POEMAS DO DESCALABRO
& ÚLTIMOS ELOGIOS

Editora Appris Ltda.
1.ª Edição - Copyright© 2023 do autor
Direitos de Edição Reservados à Editora Appris Ltda.

Nenhuma parte desta obra poderá ser utilizada indevidamente, sem estar de acordo com a Lei nº 9.610/98. Se incorreções forem encontradas, serão de exclusiva responsabilidade de seus organizadores. Foi realizado o Depósito Legal na Fundação Biblioteca Nacional, de acordo com as Leis nos 10.994, de 14/12/2004, e 12.192, de 14/01/2010.

Catalogação na Fonte
Elaborado por: Josefina A. S. Guedes
Bibliotecária CRB 9/870

N116p
2023

Nable, Gilberto
   Poemas do descalabro & últimos elogios / Gilberto Nable.
1. ed. – Curitiba : Appris, 2023.
   477 p. ; 23 cm.

   ISBN 978-65-250-4763-8

   1. Ensaios brasileiros. 2. Poesia. 3. História. I. Título.

CDD – B869.1

Editora e Livraria Appris Ltda.
Av. Manoel Ribas, 2265 – Mercês
Curitiba/PR – CEP: 80810-002
Tel. (41) 3156 - 4731
www.editoraappris.com.br

Printed in Brazil
Impresso no Brasil

Gilberto Nable

POEMAS DO DESCALABRO
& ÚLTIMOS ELOGIOS

FICHA TÉCNICA

EDITORIAL	Augusto V. de A. Coelho
	Sara C. de Andrade Coelho
COMITÊ EDITORIAL	Marli Caetano
	Andréa Barbosa Gouveia - UFPR
	Edmeire C. Pereira - UFPR
	Iraneide da Silva - UFC
	Jacques de Lima Ferreira - UP
SUPERVISOR DA PRODUÇÃO	Renata Cristina Lopes Miccelli
ASSESSORIA EDITORIAL	Bruna Holmen
REVISÃO	Andrea Bassoto Gatto
PRODUÇÃO EDITORIAL	Bruna Holmen
DIAGRAMAÇÃO	Yaidiris Torres
FOTOGRAFIA DA CAPA	Maria Célia Ferrarez Bouzada Nable
	Fotografia de Maria Célia Ferrarez Bouzada Nable. Lagoa Santa - Minas Gerais. 18/02/2021. Acervo pessoal. / AUTOR: Charge de Renato Aroeira – 2018 - Gilberto na sua Biblioteca
CAPA	Sheila Alves
REVISÃO DE PROVA	Isabela Bastos

Para Célia

À bem-amada, à sem igual,
À que me banha em claridade.
(Hino, Baudelaire)

Meu ideal, quando escrevo sobre um autor, seria não o entristecer, ou se ele estiver morto, fazê-lo chorar em sua tumba [...] pensar nele de modo tão forte que ele não possa ser um objeto, e tampouco possamos nos identificar com ele. Evitar a dupla ignomínia do erudito e do familiar. Levar a um autor um pouco da alegria, da força, da vida amorosa e política que ele soube dar, inventar.

Diálogos – Gilles Deleuze & Claire Parnet – Editora Escuta, 1998

O que li é muito mais importante que o que escrevi. Pois a pessoa lê o que gosta – porém não escreve o que gostaria de escrever, e sim o que é capaz de escrever.

Esse Ofício do Verso – Jorge L. Borges – Editora Companhia das Letras, 2000

SUMÁRIO

ELOGIO DE CHARLES CHAPLIN 13
  Sobre o ator e cineasta britânico 13
    1 - O Poema e o Telégrafo 25
    2 - Ordens do dia 26
    3 - Os amores amarelos 27
    4 - Eles passarão... Eu passarinho! 30
    5 - Bienal de Poesia 31

ELOGIO DE VINCENT VAN GOGH 33
  Sobre o pintor holandês 33
    1 - Um par de botas 57
    2 - A tela - Café à noite na Place Lamartine 59
    3 - O pintor 61
    4 - Almoço em família 62
    5 - Na janela do hospício Saint-Paul-de-Mausole 64

ELOGIO DE DANTE ALIGHIERI 67
  Sobre o político, filósofo e poeta italiano 67
  A Divina Comédia 84
    1 - O Amor Cortês I 115
    2 - O Amor Cortês II 116
    3 - O Exílio 117
    4 - De Vulgari Eloquentia 118
    5 - Ravenna 119
    6 - O Nono Círculo 120
    7 - Beatriz 121
    8 - La (Divina) Commedia 122
    9 - A República de Florença 123

ELOGIO DE MAHOMMAH GARDO BAQUAQUA 125
Sobre o africano de Zoogoo e sua singular autobiografia 125
A escravidão africana no Brasil 138
1 - Eu sou trezentas 158
2 – Um pente de ferro em brasa 159
3 - Lei Áurea 161
4 - Pequeno adagiário do white trash brasileiro 163

ELOGIO DE FRANZ KAFKA 165
Sobre o escritor tcheko 165
1 - Uma gralha descrente 186
2 - Odradek 188

ELOGIO DE CLARICE LISPECTOR 191
Sobre a jornalista e escritora brasileira 191
1 - As Metamorfoses de Chaya 218
2 - Proteus oblíqua 219

ELOGIO DE MÁRIO DE ANDRADE 221
Sobre o polígrafo paulistano 221
1 - Miss Macunaíma 234
2 - Homenagem em forma de soneto 236

ELOGIO DE FERNANDO PESSOA 237
Sobre o poeta português 237
1 - Ayuruoca Revisited 270
2 - Os mortos caminham na sala 272
3 - Pôr do Sol 274
4 - Cartas de amor 275

ELOGIO DA MEDIOCRIDADE 277
1 - Soneto da Mediocridade 295
2 - Improviso do amigo morto 296

ELOGIO DE CARTOLA (ANGENOR DE OLIVEIRA) 299
Sobre o cantor, violonista, compositor e poeta carioca 299
1 - À beira do teu leito 316
2 - Mulher no jardim 318
3 - Improviso para Angenor 319

ELOGIO DE WALT WHITMAN 321
  Sobre o jornalista e poeta norte-americano 321
    Canção da minha terra e nove volteios em torno de mim mesmo 345

ELOGIO DE EMILY DICKINSON..353
  Sobre a poeta norte-americana..353
    1 373
    2 374
    3 375
    4 376
    5 377
    6 378

ELOGIO DE LUIZ INÁCIO LULA DA SILVA 379
  Introdução...379
  Biografia do metalúrgico, sindicalista e político brasileiro 400
  Sobre a Lava Jato (task force) – Um cavalo de Troia americano 409
    1 – Vilipendiário (Atualizado) de Lula em Ordem Alfabética 419
    2 - Um auto de Fé 421
    3 - Quintais do Império..425
    4 - Dois cavalos 426
    5 - Um preso político e a nova Bastilha (ao modo nordestino de um cordel) 428

ELOGIO DE CHARLES BAUDELAIRE..431
  Sobre o poeta francês...431
    1 - Os Mortos..463
    2 - Eu falo de rameiras cansadas 465
    3 - Certas lembranças..466
    4 - Elegia em aquário e lágrima..467
    5 - Segundo Poema da Pandemia..469
    6 - Insônia 470
    7 - Pátio de Esgrima 471
    8 - Uma tradução do poema *Au Lecteur*...472

ELOGIO DE CHARLES CHAPLIN

Que eu seja um comediante – mas um comediante que pensa.

Sobre o ator e cineasta britânico

Charles (Charlie) Spencer *Chaplin* nasceu em 16 de abril de 1889, Londres, e faleceu em 25 de dezembro de 1977 (88 anos), Corsier-sur-Vevey, Suíça. Foi ator, diretor, compositor, roteirista, produtor e editor. Trabalhou na era do cinema mudo com um raro talento para a mímica, pantomima e gênero pastelão, comédia em que predominam cenas de estripulias e simulações de violência como pontapés, socos e pedradas.

Foi influenciado principalmente pelo comediante francês Max Linder. Atuou, dirigiu, escreveu, produziu e financiou a maioria de seus filmes. Alguns encantam e encantaram gerações: O Garoto, Em Busca do Ouro (que ele mais apreciava), O Circo, Luzes da Cidade, Tempos Modernos e O Grande Ditador. Desde as primeiras películas, quando tinha uma boa ideia, trabalhava com ela e filmava. Se o resultado não era bom, repetia, mudando personagens e cenários.

Os melhores filmes foram consequências dos dias em que ia para o estúdio sem nada bem definido na cabeça e simplesmente começava a gravar. Espontaneidade com perfeccionismo. Influenciou inúmeros atores e diretores: Federico Fellini, Peter Sellers, Jacques Tati, Johnny Depp, Roberto Bolaños (Chaves) e, entre nós, Renato Aragão (Didi Mocó), cuja canhestra imitação de Chaplin ajudou a torná-lo mais suportável.

A carreira durou mais de 75 anos, desde as primeiras atuações quando criança, em teatros no Reino Unido, até quase o falecimento. Fundou a empresa cinematográfica United Artists, a primeira companhia independente na distribuição de filmes, e consagrou diversos diretores do cinema mudo: Mary Pickford, Douglas Fairbanks e D. W. Griffith. Criou dos personagens mais famosos da história do cinema, *the tramp* (o vagabundo), conhecido como Charlot na Europa e Carlitos no Brasil. Um mendigo e andarilho, mas com maneiras refinadas de cavalheiro (*gentleman*): fraque preto puído, calça rasgada, sapatos enormes e pontiagudos, chapéu-coco (ou cartola), bengala de bambu, andar desengonçado característico, um bigodinho que virou marca registrada – raspado nas bordas, com extensão de três a cinco centímetros acima do centro do lábio, conhecido como bigode de broxa.

O vagabundo podia ser delicado, melancólico, engraçado, travesso e valente. Misturava comédia com drama e todas as pessoas conseguiam se identificar com ele, não importa se para rir ou para chorar. Um dos filmes – Vida de Cachorro ou A Dog's Life (1918) – retrata a extrema penúria e as atribulações vividas pelo personagem. Sobre a apresentação do vagabundo ao diretor cinematográfico Mack Sennett, Chaplin relembra em Minha Vida (José Olympio, 1989): *É preciso que você saiba que esse tipo tem muitas facetas: é um vagabundo, um cavalheiro, um poeta, um sonhador, um sujeito solitário, sempre ansioso por amores e aventuras. Ele seria capaz de fazê-lo crer que é um cientista, um músico, um duque, um jogador de Polo. Contudo, não está acima de certas contingências, como a de apanhar pontas de cigarros no chão, ou de furtar o pirulito de uma criança. E se as circunstâncias o exigirem, será capaz de dar um pontapé no traseiro de uma dama, mas somente no auge da raiva! Continuei a falar assim por dez minutos ou talvez mais, fazendo Sennett rir continuadamente.*

Chaplin convivera com a dramaturgia desde a infância. Os pais foram artistas de *music-hall* (casa de espetáculos variados envolvendo música). A ausência da televisão levava multidões para os chamados teatros de variedades. Cantores, mímicos, bailarinas, mágicos e trapezistas, as principais atrações. O pai, Charles Spencer Chaplin Sr., vocalista e ator, e a mãe, Hannah Dryden (Chaplin), cantora e atriz, separaram-se antes que ele completasse três anos. Ficaria aos cuidados dela, que enfrentava graves problemas emocionais e deixaria de cantar devido a uma doença na laringe. Lembra-se: *Foi devido às falhas da voz de minha mãe que, na idade de cinco anos, apareci pela primeira vez num palco. Mamãe em geral me levava para o teatro à noite, de preferência a deixar-me sozinho em quartos de pensão. Estava ela, então, representando* A Cantina, *no Aldershot, na época um teatrinho poeira frequentado principalmente por soldados. Estes constituíam uma plateia grosseira para a qual tudo servia de pretexto a risotas e caçoadas. Para os artistas, o Aldershot significava uma semana de terror. Lembro-me de* *que estava de pé nos bastidores quando a voz de mamãe falhou, reduzindo-se a um mero sussurro. O público começou a rir, a cantar em falsete e a miar como gatos. Tudo era vago e não entendi direito o que acontec*ia.

Chaplin e o meio-irmão Sydney (do primeiro casamento de Hannah) viram-se jogados de um lado para o outro, enquanto a mãe era internada diversas vezes por problemas psiquiátricos. Chegaram a ser admitidos no asilo de Lambeth, para órfãos e meninos pobres, de junho de 1896 a janeiro de 1898. O pai teve pouco contato com eles e sofria de um grave problema de alcoolismo, morrendo por cirrose hepática em 1901, quando Chaplin completa doze anos. Aos dezessete, fez um galã juvenil em O Alegre Major, peça muito fraca, mas que permaneceria uma semana em cartaz.

Graças ao prestígio do irmão junto ao *maioral* dos musicais, Fred Karno, contrataram-no para representar. E isso foi decisivo. A primeira viagem de Chaplin aos Estados Unidos ocorreria com a *troupe* de Karno e duraria de 1910 a 1912. Na segunda turnê, após alguns meses na Inglaterra, Chaplin conseguiu um contrato pela Keystone Film Company. O primeiro filme, Making a Living, produziria um resultado decepcionante, mas logo começa a trabalhar com Mabel Normand, que escreve e dirige vários de seus primeiros filmes, apesar de frequentes divergências. Daí em diante as produções fizeram tanto sucesso que ele se tornou das principais estrelas da empresa.

Chaplin via a profissão de ator desta forma: *Para mim, teatralidade significa o dramaturgo embelezamento de coisas que de outro modo seriam banais. É a arte da aposiopese: o abrupto fechamento de um livro, o acender de um cigarro, um efeito fora de cena, como um tiro de pistola, um grito, uma queda, uma colisão, uma entrada ou uma saída de efeito, tudo isso, que parece recurso barato ou óbvio, quando tratado com sentimento e discrição é parte da poesia do teatro.*

Aposiopese, em oratória, é a interrupção intencional de um enunciado com um silêncio brusco, representado graficamente por reticências. Chaplin, também nesse sentido, foi genial. Sugeria estar acontecendo algo que em seguida se mostrava coisa completamente diferente, numa virada e enfoque súbito da câmera. Uma aposiopese visual, cinematográfica.

Kid Auto Races at Venice (7 de fevereiro de 1914), o segundo filme de Chaplin, marca a aparição cinematográfica de Carlitos. Os primeiros trabalhos no estúdio Keystone usavam a fórmula padrão de Mack Sennett de forte comédia pastelão. A pantomima de Chaplin (ainda que nunca dispensasse os expedientes dos chutes e socos) era mais sutil e adequada para comédias também românticas. Sentindo-se insatisfeito, Chaplin se ofereceu para dirigir e editar os próprios filmes. No primeiro ano, produziu 34 curtas-metragens para Sennett, assim como um longa – Tillie's Punctured Romance (Laurel & Hardy), onde inaugura um meio Carlitos, insinuando o vagabundo completo que viria depois.

Em 1915, assina um contrato mais favorável com a Essanay Studios e desenvolve habilidades com novos roteiros, explorando outras emoções (além do riso fácil), duração bem maior do filme e um elenco no qual se encontravam os comediantes Leo White e Bud Jamison. Num país com a imigração no auge, o cinema mudo também ajudava ao dispensar as barreiras da linguagem falada. Aliás, sobre a impressionante eficácia da comunicação cinematográfica, observa Marcel Martin (A Linguagem Cinematográfica, Brasiliense, 2003): *Creio que é preciso afirmar desde o início a originalidade absoluta da linguagem cinematográfica. Tal originalidade advém essencialmente de sua onipotência figurativa e evocadora, de sua capacidade única e infinita de mostrar o invisível tão bem quanto o visível, de visualizar o pensamento juntamente com o vivido, de lograr a compenetração do sonho e do real, do impulso imaginativo e da prova documental, de ressuscitar o passado e atualizar o futuro, de conferir a uma imagem fugaz mais pregnância persuasiva do que o espetáculo do cotidiano é capaz de oferecer.*

Em 1916, a Mutual Film Corporation pagou a Chaplin 670.000 dólares para uma dúzia de comédias com duração de duas bobinas (dois rolos). Ele teria total controle sobre a produção. O resultado, em dezoito meses, foram 12 filmes, que estão entre as melhores comédias: Easy Street, One A. M., The Pawnshop e The Adventure. Além de Edna Purviance, a principal protagonista, incluiu no elenco os atores Eric Campbell, Henry Bergman e Albert Austin, que permaneceriam com ele durante décadas. Foi o período mais feliz da carreira. Todavia, o contrato com a Mutual terminou em 1917 e Chaplin inicia outro com a First National, para oito filmes com duração de duas bobinas.

Ambicioso, criaria alguns longas-metragens como Shoulder Arms (1918), The Pilgrim (1923) e o clássico The Kid (O Garoto). Jackie Coogan, que interpretou o garoto, foi a primeira celebridade infantil da história do cinema. Já nessa época, Chaplin construíra o próprio estúdio em Hollywood, o que lhe assegurava ainda mais independência criativa. Após a fundação da United Artists apareceram The Gold Rush (A corrida do Ouro) e The Circus (O Circo,1928).

Os filmes falados tornaram-se comuns a partir de 1927, mas Chaplin resistiu à inovação, pois considerava o cinema uma arte essencialmente visual: *A ação é geralmente mais entendida do que palavras. Assim como o simbolismo chinês, isso vai significar coisas diferentes de acordo com a sua conotação cênica. Ouça uma descrição de algum objeto estranho – um javali-africano, por exemplo – depois olhe para uma foto do animal e veja como você fica surpreso.*

Em 1931, surgiria Luzes da Ribalta e, em 1936, Tempos Modernos, filmes musicados e com efeitos sonoros. O primeiro filme falado de Chaplin foi The Great Dictator, O Grande Ditador – 1940, uma crítica sarcástica a Adolf Hitler e ao nazismo, lançado um ano antes dos Estados Unidos abandonarem a política de neutralidade e entrarem na guerra.

Não deixa de ser uma formidável ironia Hitler ter usado aquele mesmo bigode. Entretanto, foi apenas uma feliz coincidência, pois O Grande Ditador ficaria difícil em um ator desfalcado do bigodinho. Carlitos perderia uma de suas características faciais mais importantes. Ele explica: *Vanderbilt enviou-me uma série de cartões-postais com flagrantes fotográficos de Hitler a fazer discursos. A fisionomia do homem era obscenamente cômica – um mau arremedo da minha cara, com o bigodinho ridículo, os cabelos escorridos e despenteados, um quê de repelente na boca miúda de lábios finos. Eu não podia tomar Hitler a sério. [...] "É um maluco!", pensei. Quando, porém, Einstein e Thomas Mann viram-se forçados a deixar a Alemanha, o aspecto de Hitler já não me parecia cômico, mas sinistro.*

Chaplin interpreta Adenoid Hynkel, ditador da Tomânia e, em papel duplo, um barbeiro judeu perseguido pelos nazistas. Também contou com a participação do comediante Jack Oakie no papel de Benzino Napaloni, ditador da Bactéria, referências a Benito Mussolini e ao fascismo italiano. Chaplin não apenas desafiou o homem mais poderoso (e perigoso) do mundo, mas demonstra o seu evidente ridículo.

Depois de 559 dias de muito trabalho, o longa foi lançado, em 15 de outubro de 1940, duas semanas depois do início da II Guerra Mundial. A película mais cara e a mais lucrativa. Vale relembrar a parte inicial do discurso de Chaplin no filme: *Sinto muito, mas não pretendo ser um imperador. Não é esse o meu ofício. Não pretendo governar ou conquistar quem quer que seja. Gostaria de ajudar – se possível – judeus, o gentio, negros, brancos. Todos nós desejamos ajudar uns aos outros. Os seres humanos são assim. Desejamos viver para a felicidade do próximo – não para o seu infortúnio. Por que havemos de odiar e desprezar uns aos outros? Neste mundo há espaço para todos. A terra, que é boa e rica, pode prover a todas as nossas necessidades. O caminho da vida pode ser o da liberdade e da beleza, porém nos extraviamos. A cobiça envenenou a alma dos homens... levantou no mundo as muralhas do ódio... e tem-nos feito marchar a passo de ganso para a miséria e os morticínios. Criamos a época da velocidade, mas nos sentimos enclausurados dentro dela. A máquina, que produz abundância, tem-nos deixado em penúria. Nossos conhecimentos fizeram-nos céticos; nossa inteligência, empedernidos e cruéis. Pensamos em demasia e sentimos bem pouco. Mais do que de máquinas, precisamos de humanidade. Mais do que de inteligência, precisamos de afeição e doçura. Sem essas virtudes, a vida será de violência e tudo estará perdido.*

Durante a época do macarthismo, Chaplin foi acusado de atividades antiamericanas. Edgar Hoover instruira o FBI a manter arquivos secretos sobre ele e planejava expulsá-lo dos E.U.A. O macarthismo foi uma prática política inspirada no movimento dirigido pelo senador Joseph Raymond McCarthy (1909-1957). Milhares de americanos foram acusados de comunistas ou simpatizantes e tornaram-se objetos de agressivas investigações e inquéritos abertos pelo governo. Muitas pessoas perderam empregos ou tiveram as carreiras destruídas. Algumas foram presas. A caça às bruxas perdurou até que a opinião pública americana se indignasse com as constantes violações dos direitos individuais. Ademais, para Chaplin, os anos seguintes seriam marcados por acontecimentos decepcionantes: as acusações de Joan Barry no processo de paternidade da filha, a antipatia popular pelo fato de ter discursado pedindo o auxílio dos americanos às tropas russas encurraladas pelos nazistas, e também ter recusado a cidadania do país que o projetara mundialmente.

Para entender os motivos políticos da perseguição ao gênio artístico de Charles Chaplin, um homem que fazia rir multidões e nunca pregou a violência, devemos analisar o conteúdo de seus filmes. Ao criar o vagabundo, que ganhou o mundo e a imaginação de milhões de espectadores, ele passa uma mensagem clara e, querendo ou não, política. O personagem é um indivíduo pobre, desempregado, perseguido pela polícia e que para sobreviver recorre a pequenos furtos e estratagemas. No mundo chapliniano, os patrões e os bem situados, os ricos, como aquele (Harry Myers) de City Lights (Luzes da Cidade, 1931), são pessoas egoístas, doentias, cruéis e gananciosas. Essas conclusões ele as tirou, talvez, da própria vida social na infância e adolescência.

Obra-prima cinematográfica, o filme Tempos Modernos, realizado em 1936 (uma história sobre a indústria, a iniciativa privada e a cruzada da humanidade em busca da felicidade, como se adverte na epígrafe da película), constitui um exemplo completo da inadequação do ser humano à produção capitalista. Tempos Modernos (Modern Times) é também a última obra do cineasta em que aparece Carlitos.

O trabalho na fábrica é desumano e alienante. A linha de produção provoca no vagabundo (desta vez provisoriamente empregado!) distúrbios mentais e sofrimento. Inventaram até uma máquina para alimentar o operário, ganhar tempo: a Máquina Alimentadora Bellows, que funcionou de forma destrambelhada (desparafusada), um dos momentos mais hilariantes do filme. Rimos. Mas é uma denúncia séria e que pretende ridicularizar os que se sentem os donos do mundo. É também tocante a cena na qual Chaplin é engolido pela engrenagem enquanto aperta parafusos numa velocidade redobrada. Mesmo dentro da máquina, condicionado pela repetição, aproveita para girar ainda um último parafuso antes de ser regurgitado ao exterior.

Depois, o vagabundo (*the tramp*) acaba preso, confundido com um militante numa greve. A bandeirinha vermelha que ele empunha caíra de um caminhão. Querendo devolvê-la, ele a agita, mas não vê atrás de si a multidão de grevistas com os quais a polícia o confunde. Acaba preso ao sair de um bueiro. Vai para a cadeia acusado de líder comunista. Paulette Godard, a heroína (casou-se com Chaplin em 1933) e amada do vagabundo, é uma jovem mendiga e aparece furtando bananas, distribuindo-as para crianças numa região do porto. No casebre onde mora, luta para alimentar o pai desempregado e duas irmãs pequenas.

Chaplin destaca as mudanças ocorridas no mundo do trabalho nas primeiras décadas do século XX, representadas pelo fordismo e as linhas de montagens: intensa mecanização, grandes espaços com muitos trabalhadores reunidos, cada operário realizando uma tarefa mínima e sequencial. O filme é uma fábula moderna à altura do desvario do século XX.

A vigilância dentro das dependências da fábrica é total. Carlitos não pode fumar nem no banheiro, onde se imaginara escondido. Total disciplina, como analisa Michel Foucault em Vigiar e Punir: Nascimento da Prisão (Editora Vozes, 2014): *Implica uma coerção ininterrupta, constante, que vela sobre os processos da atividade mais que sobre seu resultado e se exerce de acordo com uma codificação que esquadrinha ao máximo o tempo, o espaço, os movimentos. Esses métodos que permitem o controle minucioso das operações do corpo, que realizam a sujeição constante de suas forças e lhes impõem uma relação de docilidade-utilidade, são o que podemos chamar as disciplinas.*

O trabalhador moderno deve ser, antes de tudo, uma criatura totalmente disciplinada. A transformação ocorrida no século XVIII, mas que iria estender-se aos séculos XIX e XX, envolve novas formas de controle sobre o corpo, numa maior sutileza. Foucault aponta que as novas formas de disciplina apresentam um tempo sem impurezas nem defeitos. Há uma presença forte do horário como dispositivo de organização e que pode ser dividido em frações infinitesimais. A presença do controle temporal (e do corpo) exigiria uma vigilância constante.

É significativo que a imagem inicial de Tempos Modernos seja de um relógio, com seu movimento contínuo. Numa parte do filme, Carlitos, pela primeira vez, solta a voz cantando no restaurante onde tenta conseguir um novo emprego, mas o seu canto não usa língua definida. Ouvimos lembranças de idiomas como italiano, francês, inglês e jogos de linguagem. Quando ele abre a boca, o faz em uma língua que não existe. O resultado, associado à mímica e à dança, é surpreendentemente lírico, inventivo e divertido. Além disso, a presença do *non-sense*, da ausência de um sentido unívoco, está na própria definição do cômico.

Carlitos interpreta uma canção aberta a vários significados. Opõe-se aos dispositivos de disciplina e controle criticados no filme. No mundo do trabalho, os gestos de Carlitos, e dos demais trabalhadores, têm finalidades definidas. Entretanto a dança e o canto de Carlitos, a rigor, não servem para nada. Não têm significado prático. Inutensílios, como costumam ser a poesia e as obras de arte. Ademais, é bom relembrar a reflexão zombeteira de Theophile Gautier: *Não é verdadeiramente belo senão o que não tem serventia; tudo que é útil é feio, porque é a expressão de qualquer necessidade, e as necessidades do homem são ignóbeis. O local mais útil em uma casa são as latrinas.*

A seguir, a letra com algumas quadrinhas (apenas a primeira parte):

Se bella giu satore
Je notre so cafore
Je notre si cavore
Je la tu la tu la twah

La spinash o la bouchon
Cigaretto portobello
Si rakish spaghaletto
Ti la tu la ti la twah

Senora Pilasina
Voulez-vous le taximeter
Le zonta su la seata
Tu la tu la tu la twa

Chaplin se identificava com os humildes e desprezava, de um jeito muito próprio, os ricos e poderosos. Evidente, pois seu herói é um despossuído e desempregado, um *homelesss*, que não tem onde dormir ou mesmo o que comer, mas mantém a dignidade e delicadeza quase a qualquer custo.

É interessante contrastar a figura do vagabundo com a de um sujeito poderoso do qual ele se torna amigo num dos filmes (Luzes da Cidade). Não por acaso, o ricaço é frívolo, beberrão, autoritário e desleal. Existe também um curta interessante, A Night in the Show (1915), em que Chaplin está bem vestido, mas com o rosto de Carlitos, e vai a um show de variedades, sentando-se entre os abonados (os miseráveis ocupam lugar específico na plateia). Agora, apesar da aparência facial do vagabundo (em outros esquetes vestirá o *smoking* ou o fraque de milionário), ele comporta-se de forma agressiva, importuna e egoísta, embora com a graça de sempre.

Uma das coisas que mais nos surpreendem é a aparente inesgotabilidade de algumas cenas cômicas, como a filmagem do anão saindo da cabine telefônica naquele *hall* do hotel, ou a luta de boxe em Luzes da Cidade, que eu já vi umas cem vezes e continuo rindo até hoje. André Bazin, em Charlie Chaplin (Jorge Zahar Editor, 2006) assim explica: *De resto, é significativo o fato de que os melhores filmes de Chaplin podem ser revistos ao infinito sem que o prazer diminua, muito pelo contrário. Provavelmente porque a satisfação provocada por algumas gags é inesgotável, uma vez que profunda, mas sobretudo porque a forma cômica e o valor estético não devem essencialmente nada à surpresa. Esta, esgotada à primeira vista, dá lugar a um prazer bem mais requintado, que é a expectativa e o reconhecimento de uma perfeição.*

Numa época de Guerra Fria, dentro dos valores médios americanos, considerarem Charles Chaplin um comunista seria apenas uma questão de tempo. A perseguição atingiu o ápice quando Chaplin lançou o filme Monsieur Verdoux (1947), que foi mal recebido e boicotado em várias cidades dos Estados Unidos. Eis a trama: Henri Verdoux, um bancário francês que ficara desempregado, começa a cometer assassinatos em série. Suas vítimas são sempre mulheres de meia-idade, sozinhas e com alguma propriedade ou renda. Assim que convence as mulheres a sacarem o dinheiro do banco (ele sempre alega a iminência de uma crise econômica) Verdoux as assassina e vende suas propriedades.

O filme foi visto como imoral e denúncia do capitalismo. Uma grande bobagem porque essa denúncia ele já a fizera, magistralmente, no filme Tempos Modernos, onze anos antes. O Congresso ameaçou chamar Chaplin para depor e ele foi incluído na Lista Negra de Hollywood.

Em 1952, Chaplin deixou os Estados Unidos para o que seria uma breve viagem ao Reino Unido na estreia de Luzes da Ribalta, mas não retorna. Passou a viver em Vevey, na Suíça: *Desde o fim da última guerra mundial, eu tenho sido alvo de mentiras e propagandas por poderosos grupos reacionários que, por sua influência e com a ajuda da imprensa marrom, criaram um ambiente doentio no qual indivíduos de mente liberal possam ser apontados e perseguidos. Nessas condições, acho que é praticamente impossível continuar meu trabalho no ramo de cinema e, portanto, me desfiz da minha residência nos Estados Unidos.*

O ator manifestava (ou aparentava) certo desprezo pelas honrarias. Um dos filhos descreve que ele teria provocado a ira da Academia ao utilizar seu primeiro Oscar (1929) como simples encosto de porta. Talvez isso explique por que Luzes da Cidade e Tempos Modernos jamais tenham sido indicados, embora dos melhores filmes de todos os tempos. Uma cegueira seletiva que demonstra os critérios políticos e alguma falta de credibilidade da premiação.

O segundo Oscar de Chaplin só aconteceria quarenta e quatro anos mais tarde, em 1972, numa homenagem muito justa e quase póstuma. Chaplin faria um brevíssimo discurso: *Agradeço a todos. Este é um momento de muita emoção para mim. E palavras são insignificantes e inúteis. Posso apenas dizer obrigado pelo convite para estar aqui. Vocês são pessoas adoráveis.*

Na década de 1970, a situação médica piorou. Tinha dificuldades para falar e se locomovia numa cadeira de rodas. Chaplin morreu dormindo, aos 88 anos, no dia de Natal, 25 de dezembro de 1977, em Corsier-sur-Vevey, Suíça. Após um pequeno funeral anglicano, foi enterrado no cemitério da comunidade. No dia primeiro de março de 1978, o esqueleto (com o caixão) foi retirado da sepultura por dois imigrantes – Roman Wardas e

Gantcho Ganev – na tentativa de extorquir dinheiro da viúva (pediram a fortuna de 600.000 francos suíços). Deu tudo errado para eles. Os ladrões foram presos e a família construiu um espesso tampão de concreto (1,80 m) sobre a sepultura para evitar nova profanação. Em 1991, a esposa faleceu (66 anos) e a sepultaram ao seu lado. Entretanto, a vida amorosa de Chaplin foi conturbada até encontrar Oona O'Neill, mulher definitiva, filha do dramaturgo Eugene O'Neil, com quem teria oito filhos.

Um resumo do acidentado percurso afetivo: em 23 de outubro de 1918, Chaplin (28 anos) casou-se com Mildred Harris, de 16. Tiveram um filho, que morreu logo após o parto. Divorciaram-se em 1920. Aos 35 anos, apaixonou-se por Lita Grey, de 16, durante as filmagens de The Gold Rush, e casaram-se (1924) no México, quando ela engravidou. Dois filhos: Charles Chaplin Júnior e Sydney. Divorciaram-se em 1926. Casou-se secretamente (1936), aos 47 anos, com Paulette Godard e divorciaram-se em 1942. Por fim, um caso com Joan Barry, atriz de 22 anos e que o forçou a assumir a paternidade de Carol Ann. Obrigado pela justiça a pagar 75 dólares por semana até a criança completar 21 anos, embora não fosse sua filha biológica.

Charlie Chaplin no filme O Grande Ditador (1940)

Elogios de Charlie Chaplin

1 - O Poema e o Telégrafo

Para Célia

Casaram-se.
A poetisa gorda
e o magro telegrafista.
No cérebro telegráfico
do telegrafista,
os neurônios herméticos
confabulam:
mensagem de amor
cifrada em código Morse.

A poetisa produziu hinos e odes,
rimou amor, felicidade, matrimônio.
O telegrafista não achou nem belo nem trágico vg
que o telegrafista é um pássaro sombrio pt

Casaram-se.
A poetisa gorda
com o telegrafista magro.
À luz das primeiras estrelas,
ela passeia, suspirosa,
dentre silêncios de longínquas Andrômedas.
O telegrafista sorve a sopa,
absorto,
o dedo fatal esquecido na colher.

2 - Ordens do dia

A luta dela com as coisas
é bruta e vã:
esfrega, varre,
passa o rodo,
empurra,
arrasta as cadeiras,
arrasta as poltronas,
abre e fecha as janelas.
Mora no apartamento de cima,
mas tanto se agita que parece mover-se
dentro de uma jaula domiciliar.

Imaginava-a forte feito um sargento,
em atividades de quartel,
ordens do dia,
e ontem a vi,
mirrada.
Cumprimentei a criatura.
Não me respondeu.
Como pode a torturadora ignorar
a quem tanto ela tortura?

Muitos lugares há no mundo,
e aqui estou, senhora,
sob as vossas patas!
Vossos duros cascos,
num desassossego de alimária
que desconhece
rumo e prumo,
cocho e sal.

3 - Os amores amarelos

Quand je suis couché: ma patrie
C'est la couche seule et meurtrie.
(Quando me deito, a pátria amada
É a cama triste e maltratada)
Paria, Les Amours Jaunes, Tristan Corbière.

Preciso dizer que estou triste.
Não desta tristeza dos que, em vez de se matarem,
fazem poemas sem esperança.
Não.
Estou triste porque vocês são burros e feios,
voragem de bobagens inauditas,
numa época de mentiras, violências, calúnias, saques, usurpações e cinismo.
E se dizem apolíticos,
e falam as mesmas babaquices feito macaquinhos amestrados,
a provocarem em mim o sentimento de uma desonra
e uma vergonha que nunca as mereci.
Sobretudo, duram além da conta,
embora a tolice seja mesmo eterna.

Ai de mim!
Vocês não morrem nunca!
Gente com saúde e de bem,
dentro de bermudas amarelas, cuecas amarelas,
dentaduras amarelas e sorrisos amarelos.
Patriotas agarrados à bandeira auriverde,
e em tais curativos cívicos,
nestas bandagens de corpo inteiro
 – donos de uma seriedade inflamada e dolorosa –

sois também os temíveis furúnculos da Pátria,
todos co'a mão no lado esquerdo do peito,
desafinando o Hino Nacional!
E que nunca para de tocar: disco empenado
no pátio deste vasto manicômio.
Ah, como sois ridículos – consumados bobos solenes,
os tais coiós ufanistas.
Revolucionários do nada!
Dentro da ordem e ainda por mais ordem.
Ai de mim!

Minha alma alheia-se na calçada
olhando as latas de cerveja,
os jornais amassados,
os cães vadios,
e não esconde as lágrimas.
Mas eu tenho que seguir. Misturo-me.
Procuro achar todos vocês uns amores amarelos.
Na minha cara há um sorriso pintado de vermelho,
a amizade fingida de um palhaço.

Sentados sobre vossas tripas (forras) vedes tv.
Sois quase todos corruptos e filhos da puta,
mas não suportais a roubalheira dos outros!
Tampouco o comunismo, seja lá o que for!
Pois Marx foi uma besta quadrada,
gigolô de mulher rica:
todos que o conheceram, inclusive as filhas,
se suicidaram ou estragaram as cabecinhas,
e foi bem feito para aquelas víboras.

Mas como são belos os filmes coloridos!
principalmente sobre a Paixão de Cristo...
ou o sermão escatológico de um pastor evangélico,
ou o discurso irritado de um capitão da PM,
com dente de ouro e comendas no peito varonil.
Deus, Pátria, Família e Liberdade.
E escrevem Liberdade com a mão e os beiços trêmulos,

Sentados sobre vossas tripas,
comportadas,
mas nem tanto;
sentados sobre vossas tripas,
sobretudo muito gratos,
gratíssimos,
assistis televisão.
E foi a última telenovela da Globo
que inventou a mamadeira de piroca
e o primeiro (primoroso) beijo gay!

4 - Eles passarão... Eu passarinho!

(Poeminha do contra – Mário Quintana)

Gilbertinho-do-Sion-de-cima;
Gilbertinho-do-Sion-do-meio;
Gilbertinho-do-Sion-de-baixo;
Gilbertinho-da-garganta-vermelha;
Gilbertinho-do-cu-riscado;
Gilbertinho-mal-te-vi;
Gilbertinho-caga-em-milico;
Gilbertinho-rasga-fascista;
Gilbertinho-da-capoeira;
Gilbertinho-fim-fim;
Gilbertinho-limpa-folha;
Gilbertinho-quero-quero;
Gilbertinho-papa-piri;
Gilbertinho-tempera-viola;
Gilbertinho-alma-de-gato;
Gilbertinho-triste-pia;
Gilbertinho-vite-vite;
Gilbertinho-tarado-do-brejo;
Gilbertinho-fogo-pagou;
Gilbertinho-amanhã-eu-vou;
Gilbertinho-bico-de-pena;
Gilbertinho-do-oco-do-pau;
Gilbertinho-chifre-de-ouro;
Gilbertinho@mor-em-pedaços;
Gilbertinho#boca-de-peçonha.

5 - Bienal de Poesia

Observa esta paisagem:
como é bela e insípida!
Vai ver que nem bela é,
foi porque nos disseram.

Assim o ouvido prepara
nosso olho na véspera.
O mesmo para os poetas
reunidos nesta Bienal.

Não exatamente poetas.
São tristíssimos pardais,
com seus pios iguais
e os mais vastos currículos.

Mas agora o olho esperto
prepara o ouvido incauto,
na antevéspera, e de fato,
para o poema de amanhã:

belo e insípido.

ELOGIO
DE VINCENT VAN GOGH

Sobre o pintor holandês

Vincent Willem *van Gogh* (a pronúncia aproximada, em holandês, seria Víncent Vilen van Ror. Em francês pronuncia-se Van Gog, como é costumeiro em português) é considerado um dos artistas mais influentes da história da arte ocidental. Criou mais de dois mil trabalhos ao longo de uma década (1880-1890) e em torno de 860 pinturas a óleo concluídas tão somente nos dois últimos anos de vida! Não por acaso ele afirmaria, em carta de 10 de setembro de 1888: *Estou feito uma locomotiva de pintar*.

Mas quando se pronuncia Van Gogh, duas coisas logo invadem a nossa mente: a loucura associada à automutilação da orelha, e o drama do gênio incompreendido. Quanto ao gênio não há nenhuma dúvida: a biografia atormentada e a obra formam um conjunto, unido pela fama e a lenda que livros, cartas e filmes ajudariam a manter. E colecionadores transformariam em investimentos milionários, excelentes aplicações financeiras, num contraste gritante, pois Van Gogh pintou para continuar vivendo e até onde pôde ou conseguiu sobreviver. Pintava para respirar e não ganhou quase nenhum dinheiro com isso, apesar da vasta produção.

Quanto à pretensa loucura, não é tão simples. Alguns o consideram psicótico e o fato é que esteve internado em manicômio durante mais de um ano. Entretanto, naquela época, os pressupostos da psiquiatria, apenas um lado problemático e mal compreendido da neurologia, davam os primeiros passos. Os tratamentos eram ineficazes e consistiam na internação, pura e simples. Ainda pior, um hospício funcionava como uma prisão meio disfarçada, mas com grades, cadeados, solitárias, camisas de força, regras rígidas de disciplina. Um lugar onde o paciente deveria *descansar os nervos*. Daí o apelido de *casa de repouso* que até hoje perdura.

O resultado terapêutico era insignificante, como seria de se esperar. Não havia medicamentos eficazes e o tratamento se resumia a banhos de imersão em água fria. O motivo dos banhos, devemos supor, seria para esfriar a cabeça e o nervosismo. A única ajuda possível, uma escuta atenta e solidária, acolhimento e empatia, certamente eram disposições incomuns. Em alguns casos, o internamento equivalia a uma punição.

Entretanto, Van Gogh admirou e demonstra apreço pelos médicos que o atenderam. Deixou retratos de dois deles, um de Felix Rey, na mutilação da orelha. Outro, do doutor Gachet, homeopata e pintor amador, que manteve com ele uma relação mais afetuosa e paternal, em Auvers. O Retrato do doutor Felix, presenteado ao médico num ato de gratidão, foi usado depois para tapar uma fresta no galinheiro, de acordo com a importância que deram à obra. Na verdade, a tela provavelmente não agradara ao homenageado, na qual ele aparece com lábios carnudos e femininos, a raiz dos cabelos esverdeada e a orelha esquerda muito vermelha (não por uma simples coincidência, claro). Tempo depois, resgatada pelo colecionador Ambroise Vollard, da desprezível função vedante, a obra foi vendida por 82 milhões de dólares! A fama, às vezes, é a louca que olha para trás e gargalha. Ou sorri com dente de ouro para disfarçar a cárie.

Mas como aconteciam as internações? Os doentes mentais eram hospitalizados pelos parentes e contra a vontade, geralmente por atos de violência e agitação no domicílio. Afastados para que *a família descansasse* um pouco. A casa de repouso era reservada ao parente agressivo, atormentado e desobediente. Entretanto, pena é que lá ele não encontraria nenhum verdadeiro descanso. Repouso valia apenas como eufemismo para substituir hospício.

No caso de Van Gogh, um detalhe é importante: nas centenas de cartas (mais de seiscentas, entre 1872 a 1890) que escreveu – Cartas a Theo (Editora L&PM, 1986) ele deixou quase um diário no qual perceberemos até a preocupação com a própria saúde mental e, sobretudo, a dedicação total ao trabalho de pintor. Foram escritas em francês (a maioria), holandês e inglês. Encontramos bastante desalento, sim, mas também consciência e lucidez.

Johanna van Gogh-Bonger, a viúva de Theo, providenciaria a publicação das cartas após a morte dos irmãos. Elas possuem bastante intimidade e valem quase como autobiografia. Segundo um tradutor, Arnold Pomerans, a correspondência *acrescenta uma nova dimensão para o entendimento da realização artística de Van Gogh, uma compreensão concedida por praticamente nenhum outro pintor.*

É fundamental observar que a demorada internação em asilo próximo da cidade (comuna) de Saint-Rémy-de-Provence, ocorreu por desejo do artista, foi uma autointernação e não um isolamento forçado. O que foge do habitual – um louco típico jamais procura tratamento por si mesmo ou qualquer espécie de cura. O psicótico perde o juízo crítico, não sabe que está maluco. Ninguém consegue convencê-lo do contrário, acredita em tudo que pensa e vê. A caricatura de Napoleão de Hospício. Mas isso significa que Van Gogh era um indivíduo mentalmente saudável? Claro que não, pois ele mesmo notava que alguma coisa não ia bem. Nos piores momentos, chega a se referir ao problema como *uma febre mental ou nervosa*. Em 1881, declara: *Sou um fanático. Sinto um poder dentro de mim... Um fogo que não posso apagar e preciso manter aceso.* Era a percepção do incêndio da euforia, uma energia incontida consumindo-o por dentro. E ainda que quisesse apagá-la, não conseguiria. O fogo na ponta do pincel ou o meteoro com um formidável rastro de chamas que simboliza tão bem sua carreira artística incrivelmente fulgurante e curta.

Antonin Artaud, escritor e dramaturgo francês que sofria de transtornos mentais, escreveu um *ensaio* comovente – Van Gogh, o suicida da sociedade (Jose Olympio, 2003) – no qual faz, entre outras, uma aguda observação: *Não, Van Gogh não era louco, mas seus quadros eram misturas incendiárias, bombas atômicas, comparados com o de todas as pinturas que faziam furor na época [...] porque a pintura de Van Gogh não ataca um certo conformismo dos costumes, mas as próprias instituições. E até a natureza exterior, com seus climas, suas marés e suas tormentas equinociais não podem mais, depois da passagem de Van Goh pela Terra, conservar a mesma gravitação. [...] Acaso era louco Van Gogh? Quem alguma vez soube contemplar um rosto humano, contemple o autorretrato de Van Gogh, me refiro àquele do chapéu caído. Pintado pelo Van Gogh hiperlúcido, aquela cara de açougueiro ruivo que nos inspeciona e vigia; que nos escava com olhar turvo. Não conheço um único psiquiatra capaz de escavar um rosto humano com uma força tão esmagadora, dissecando sua psicologia como se estivesse munido de um estilete.*

Para completar, noutro texto, ainda mais incisivo: *Os estados místicos do poeta não são manifestações de delírio. São a base de sua poesia. Se eu não acreditasse nas imagens místicas de meu coração, não conseguiria dar-lhes vida. Nunca ninguém escreveu ou pintou, esculpiu, modelou, construiu, inventou, a não ser para sair realmente do seu próprio inferno.*

Ademais, em várias cartas o pintor abordara a sua inadequação e a de outros artistas: *Você leu no De Goncourt, que Jules Dupré lhes parecia maluco? Jules Dupré tinha encontrado um apreciador que lhe pagava. Se eu pudesse encontrar isso e não viver às suas custas!* Mas ele sabia amargamente como é a vida de um artista e *que chamam um pintor de louco se ele vê as coisas com olhos diferentes dos deles.*

Um dos motivos da internação foi perceber que incomodava, sem excluir o irmão caçula, Theo, de quem dependia financeiramente, o que sempre lhe causara um perpétuo remorso e sentimentos contraditórios. Internou-se para demonstrar boa vontade nalgum propósito pessoal de cura, talvez. Tudo leva a crer que Van Gogh sofria de uma doença hoje denominada Transtorno Afetivo Bipolar, a qual transita entre os dois polos do humor – a mania em um extremo (euforia ou alegria descabida) e a depressão (grave tristeza e desânimo) no outro. O suicídio do artista aconteceria numa fase de profunda depressão, quando tal desenlace é frequente. Van Gogh terminou por acreditar que só a morte poderia resolver tanta angústia, seu doloroso e contínuo dilaceramento.

Já as três internações forçadas, em Arles (devido à mutilação da orelha), aconteceram em um hospital geral (Hôtel-Dieu): as duas primeiras com agitação e alucinações visuais que sugerem abstinência alcoólica. Numa situação complexa, provavelmente coexistiram Transtorno Bipolar, Alcoolismo e Desnutrição. Pesquisa médica recente, aborda com detalhes o assunto, pois faz até uma síntese da evolução histórica dos problemas mentais do pintor: NOLEN, W. A.; VAN MEEKEREN, E.; VOSKUIL, P. et al. New vision on the mental problems of Vincent van Gogh; results from a bottom-up approach using (semi-) structured diagnostic interviews. Int. J. Bipolar Disord, v. 8, n. 30, 2020.

Aliás, é muito sugestiva a predileção de Van Gogh pelos girassóis. *Eu tenho um pouco de girassol*, dissera certa vez. Flores ambivalentes, bipolares, mutáveis, e que sob a luz intensa do sol são altivas como ruivas cabeças coroadas. Brilham no mais esplêndido amarelo, mas quando surge a penumbra, fecham-se e debruçam-se sobre si mesmas, lembrando fetos amedrontados. Parecem ter momentos de vida e morte em um único dia, no movimento constante de girar, extasiarem-se com a luz num obsessivo tropismo, e fecharem-se na ameaça da escuridão.

O problema psíquico de van Gogh, uma doença grave do humor, lembra os ciclos da flor, exuberante, apaixonada pelo sol e que pende o caule, fenece, murcha as pétalas quando atingida pelas sombras. Van Gogh, numa intuição de artista, percebera a analogia. Portanto, ele não teria pouco, mas muito de girassol.

Vincent Willem *van Gogh* nasceu em 30 de março de 1853, na aldeia de Groot Zundert, sul dos Países Baixos. Fato inusitado é que recebeu o mesmo nome de um irmão que nascera morto (natimorto) no ano anterior. Filho primogênito de Anna Cornelia Carbentus e Theodorus van Gogh, um pastor calvinista (Van Gogh – A Vida [Steven Naifeth e Gregory Smith, Editora Companhia das Letras, 2012]), mais dois irmãos (Cor e Theo) e três irmãs (Elisabeth, Anna e Willemina).

Seu tio Cent conseguiu-lhe, na adolescência (1869), um emprego na Goupil & Cia (Haia), empresa que vendia objetos de arte, principalmente quadros. Completa o treinamento em 1873, é transferido para a filial em Londres, depois para Paris. Não logra ser um bom vendedor, dava opiniões, desaconselhava compras e acabou demitido. Volta para casa no Natal e durante seis meses trabalha em uma livraria. Passava o tempo rabiscando ou traduzindo passagens da Bíblia, cada vez mais devoto.

Em 1877, mora em Amsterdã com o tio Johannes Stricker, um respeitado teólogo, e pensava em tornar-se pastor. Presta o vestibular de Teologia. Embora não admitido, assumiu mesmo assim um cargo de missionário no distrito belga de Borinage, entre mineiros de carvão e gente bem simples. Havia sérios problemas oratórios neste novo pastor: os sermões eram rebuscados, falava baixo, gaguejava. Além disso, possuía uma concepção radical da prática e da vida religiosa. Deixa que um sem-teto more no seu aposento, mudando-se para uma pequena cabana. Doa as roupas e o pouco dinheiro. As escolhas não agradaram as autoridades da igreja e o dispensam *por minar a dignidade do sacerdócio*. Desde então, distanciou-se da religião oficial, num afastamento definitivo e até hostil: *Não existem descrentes mais empedernidos, mais terra a terra que os pastores, salvo as suas mulheres*.

Além de cristão, tinha ideias políticas de inspiração socialista (Van Gogh – A salvação pela pintura [Rodrigo Naves, Editora Todavia, 2021]) e numa das cartas (setembro de 1884) faz uma provocação, imaginando quais lados ele e o irmão escolheriam durante a revolta da Comuna de Paris (1848). Ele se posiciona junto aos revoltosos, mas coloca Theo com os soldados do governo, ainda que o faça de modo irônico. Para Van Gogh a especulação se justificava pelas divergências ideológicas dos dois, ainda que as barricadas não mais existissem: *Mas elas ainda existem para os espíritos que não podem estar de acordo. Le moulin n'y est plus, mais le vent y est encore (O moinho não mais existe, mas o vento continua).* Só não divergiram num fato crucial: a dependência financeira foi total, do princípio ao fim. Complicado para Theo, pois era também o sustento e o provedor de todos na família e não ganhava tão bem assim. Refrão imutável, ao final de quase toda carta, relia as mesmas lamentações do artista sem recursos, obcecado e anônimo: *Não tenho dinheiro nenhum. Não tenho um tostão. Estou absolutamente liso.*

Para aprimorar-se, Van Gogh viaja para Bruxelas, matriculando-se na Academia Real de Belas-Artes, onde estudará anatomia, sombreamento e perspectiva. Não se adapta, desenhava mal, e retorna para a casa da família, em Etten (abril de 1881), numa estadia prolongada. Sua prima, viúva recente, Cornelia Vos-Stricker (apelidada carinhosamente de Kee), chega em agosto. Animado, ele fazia longas caminhadas com ela. Kee, sete anos mais velha, já tinha um filho de oito anos.

Van Gogh surpreendeu a todos ao declarar seu amor e pedi-la em casamento (com o jeito exagerado de sempre). Ela o repeliria indignada, dizendo: – *Não, nunca, jamais*, e voltou para Amsterdã. Uma tremenda decepção. Van Gogh passaria a vida inteira desejando criar uma família, sem nunca conseguir, o que ele considerava o maior fracasso – a impossibilidade de compartilhar, amar e conviver com outras pessoas, ter esposa e filhos.

Dentro do próprio clã era mal tolerado e a mãe demonstrava uma dissimulada antipatia por ele. Com o pai a intolerância sempre fora aberta. Nesse período, em que foi obrigado a morar mais de dois anos na casa paterna por falta de condições financeiras, chega a se comparar a um cão enjeitado. O que nos dá uma ideia de como andava a sua perigosa autoestima: *Ele é um animal imundo. Muito bem – mas o animal tem uma história humana e, embora seja apenas um cachorro, tem uma alma humana e até mesmo sensível, que lhe permite sentir o que as pessoas pensam dele. O cachorro sente que, se ficam com ele, isso só significa que o aguentam e o toleram nesta casa, e por isso vai tentar encontrar outro canil. O cachorro, na verdade, é filho do pai e ficou largado demais nas ruas, onde não podia senão ficar cada vez mais malcriado. O cachorro podia morder, podia ter raiva, e o guarda teria de vir sacrificá-lo. O cachorro só lamenta não ter ficado longe, pois era menos solitário na charneca do que nesta casa, apesar de toda a bondade. Eu me descobri – sou este cachorro.*

Procurando lugar no mundo artístico, Van Gogh agora vai para Haia encontrar-se com um primo de segundo grau, Anton Mauve, pintor convencional e bem-sucedido. Ele o convida para voltar em alguns meses e sugere que trabalhe com carvão e pastéis. Por fim, o aceitou como aluno, mas Van Gogh não conseguia trabalhar com moldes de gesso e contratava pessoas simples nas ruas para modelos, prática que Mauve desaprovava.

Ainda que ocupado no trabalho, não se esquecera de Kee, a prima viúva. Continuaria insistindo, por meio de cartas, demonstrando fervorosas boas intenções, mas ela não queria vê-lo, e os pais reclamaram que a *persistência (dele) era repugnante*. Viam naquilo somente desajuste e odiosa obsessão sexual.

Nessa época, ele pinta as primeiras telas a óleo. Animado, espalhava a tinta sem economia, raspando-a na tela com o pincel (impasto). Entretanto as roupas surradas, os modos e os equipamentos, atraíam uma atenção indesejada, não só dos moleques, que o atormentavam e lhe atiravam pedras, mas dos passantes. *Esse aí é um pintor esquisito*, disse um deles, e ele ouvira.

Nos locais públicos, muitas vezes aprontava tanta cena, com uma *rabiscação veemente*, frenética, em grandes folhas de papel, que lhe pediam para ir embora. Numa ocasião, em visita ao mercado de batatas, alguém na multidão *cuspiu, em cima de minha folha de papel, o pedaço de fumo que estava mascando*, e ele sentiu-se bastante humilhado. *Provavelmente acham que sou doido quando me veem desenhando com gestos a torto e a direito que não significam nada para eles*. Mas o pintor nunca dera importância à aparência física, à maneira de vestir-se, andava desleixado, parecia mesmo um mendigo. Ele não ignorava o aspecto deprimente: *Admito, e admito que isso choca, mas o incômodo e a miséria não são nada gratuitos. Depois, um desânimo profundo pode ser uma das causas, e andar assim é algumas vezes um bom meio para se ter a solidão necessária*.

Como previsto, Mauve afastou-se de Van Gogh. Não obstante, descobrira o imoral e mais recente segredo do aluno: viver em família com a prostituta Clasina Maria Hoornik (apelidada de Sien). Vincent conhecera-a na rua, no final de janeiro de 1882, já com uma filhinha de cinco anos e novamente grávida. Ela daria à luz um menino batizado como Willem (provável homenagem ao pintor).

Na visão romantizada de Van Gogh, uma prostituta grávida reunia o desamparo, a tragédia da mulher não amada e a imagem da Mãe Amorosa: *Ela tem algo de sublime para mim*. Sien, tocava fundo a sua piedade: *Minha mulherzinha pobre, fraca, maltratada*. Desenhou-a como o *animal nu e maltratado* de Sofrimento, uma jovem viúva coberta de melancolia. *Tomei-a e lhe dei todo o amor, toda a ternura, toda a atenção que havia em mim*.

39

Com os traços mais superficiais, apenas sugerindo a fisionomia, representou-a feliz no aconchego do lar: varrendo o chão, amamentando, rendendo graças na hora do almoço, segurando uma chaleira, costurando e indo à igreja. É o primeiro esforço retratista de Vincent, o primeiro de vários nos anos subsequentes e que revelariam muito mais sobre ele e seu mundo interior que do modelo.

Ficou doente e teve que se internar devido a um quadro de gonorreia (provavelmente transmitida por Sien). Nem isso conseguiu destruir a ilusão de um estável e duradouro convívio familiar. Entretanto o pai de Van Gogh, Theodorus, pressionou o filho para abandonar a mulher ao saber dos detalhes daquele relacionamento pecaminoso e socialmente condenável. Ameaçou fazer até petição de tutela para considerá-lo incapaz juridicamente. O filho tentou desafiá-lo pensando em mudar-se da cidade, porém acabou por desistir, deixando Sien e as crianças. Ela se mataria em 1904, ao jogar-se no rio Escalda.

Contudo, mesmo assim e nesse intervalo, ele pintaria (1885) vários grupos de naturezas-mortas, diversos desenhos e aquarelas, além de quase duzentos quadros. Sua paleta de cores na época consistia principalmente em tons terrosos, sombrios (a pintura tradicional dos Países Baixos), crepusculares, sem indício das cores vivas que o distinguiriam depois. É interessante comparar as duas fases. A grande obra escura, Os comedores de batatas (Quadro 4, no final do texto) e uma série de *estudos de personagens camponeses* exemplificam muito bem a primeira fase. Contrapostas às telas dos últimos anos, parecem feitas por artistas de mundos totalmente diferentes. Van Gogh descreve assim a concepção da tela dos comedores de batatas: *A pintura da vida dos camponeses é coisa séria e, no que me diz respeito, eu me censuraria se não tentasse fazer quadros de tal forma que provoquem sérias reflexões nas pessoas que pensam seriamente na arte e na vida. [...] Quando esta tarde cheguei à choupana, encontrei as pessoas comendo à luz da janelinha em vez de estarem à mesa sob a luz do candelabro. Era espantosamente belo. A cor também extraordinária [...] tudo depende do tanto de vida e de paixão que um artista é capaz de expressar.*

Produzia muito, verdadeira locomotiva pictórica, mas não vendia absolutamente nada. A situação financeira só piorava. Reclamou que Theo não estava se esforçando para vender seus quadros em Paris e o irmão respondeu que não se encaixavam no estilo do impressionismo que estava na moda. Sem conseguir se sustentar, muda-se para a Antuérpia. Continuou na pobreza de sempre, vivia mal e comia pouco, escolhendo gastar o dinheiro em materiais e modelos. Pão, café e tabaco, a dieta no dia a dia. Anotou que se lembrava de ter comido apenas seis refeições quentes desde maio do ano anterior

Neste período, Van Gogh comprou xilogravuras ukyio-e japonesas nas docas, posteriormente incorporando-as ao fundo de algumas pinturas (*japonisme*). Ukiyo-ye ou ukiyo-ê (浮世絵, *retratos do mundo flutuante*, em sentido literal) são estampas japonesas, um gênero de xilogravuras e pinturas que prosperou no Japão entre os séculos XVII e XIX.

Por esta época, Vincent dedicou-se ao estudo da teoria das cores e passava o tempo dentro de museus analisando as obras de Rubens (Alemanha, 1577 – Antuérpia, 1640), pintor dos mais admirados por ele. Apesar da antipatia por estudos acadêmicos, fez o vestibular de admissão na Academia Real de Belas-Artes, matriculando-se nos cursos de pintura e desenho. Acabou ficando doente, mais uma vez, devido às péssimas condições de vida e fumo excessivo. Além disso, logo se desentenderia com o diretor da academia, Charles Verlat. Finalmente mudou-se, em março de 1886, para Paris, onde dividiria um apartamento com Theo. Ali pintaria vários retratos de amigos e conhecidos, naturezas-mortas, cenas de Montmartre, Asnières e do Rio Sena.

Para entender melhor o pulo qualitativo de Van Gogh, das cores sombrias às cores vibrantes, é preciso saber o que foi o impressionismo nas artes plásticas francesas. Um movimento do século XIX, que inaugura a Arte Moderna e cujo nome é derivado da obra Impressão: nascer do sol (1872), de Claude Monet (1840-1926), um precursor. Para julgar sua importância, basta dizer que foi a primeira grande revolução estética desde a Renascença. Rompeu-se com regras consolidadas e seculares. Não mais se preocupariam com os preceitos do realismo, naturalismo ou neoclassicismo – pintar tudo como um retrato fiel e belo da realidade.

Durante muito tempo, os pintores foram também retratistas. A maior precisão agora caberia à fotografia, que estava começando. Não se podia competir com ela, seria impossível. Pintar era outra coisa. Agora eles viam as telas como obras em si mesmas, acentuando a *luz* e o *movimento*, e por isso decidiram pintá-las ao ar livre. Representando não exatamente o que viam, mas como pareciam ser (impressões), naquele instante fugidio, sem a preocupação dos contornos bem definidos. Pinceladas rápidas, curtas, irregulares e radicais. Não se escolhiam mais temas solenes, históricos ou mitológicos, mas a natureza e a vida urbana modernas. Negligenciavam-se as formas e traços exatos para privilegiar a cor e a luz.

Camille Pissaro (1830-1903), um dos ícones do movimento, aconselhava: *Trabalhe ao mesmo tempo no céu, na água, nos galhos, no solo, mantendo tudo em pé de igualdade. Não tenha medo de pintar. Pinte generosamente e sem hesitar. É melhor não perder a primeira impressão.* Além de uma reviravolta de conceitos, o impressionismo contou também com uma mudança prática, nascida de John G. Rand (1801-1873), criativo pintor e inventor americano.

Numa descoberta genial, em sua simplicidade, Rand patenteou o primeiro tubo de tinta dobrável. O tubo de estanho permitiu que a tinta a óleo fosse armazenada sem secar. Deste modo, podia se trabalhar ao ar livre (*en plein air*), como escolheram os impressionistas. Desenvolveram-se também inúmeros novos pigmentos. Foi na primeira metade do século XIX que ficou disponível o branco de zinco (ZnO) visando substituir o branco de chumbo, não por causa da sua qualidade em pintura (excelente), mas devido à grave toxicidade. O contato com a tinta contaminada era perigoso a ponto de alguns chamarem o saturnismo (intoxicação pelo chumbo) de doença dos pintores.

Já o pós-impressionismo começa em 1886 e prossegue até a primeira década do século XX, dando início às vanguardas. Embora circunscrito a apenas duas décadas, foi momento de grande inovação artística e surgimento de obras notáveis. Os pós-impressionistas valorizavam a expressão, o lado subjetivo e emocional (prenunciando o expressionismo que viria depois). Van Gogh ocuparia um meio-termo entre os dois polos, o do impressionismo e o do expressionismo (movimento de origem alemã), a que dariam o nome de pós-impressionismo.

O novo espírito que surgia se distanciava do impressionismo, na medida em que não buscava somente elementos técnicos, estudos da luz natural e movimentos. Os artistas agora queriam estilos determinados por novos conceitos e formas, mas ainda utilizando intensamente a luz e a cor. Mais emoções do que impressões. Embora tenham criado uma tendência, muitos artistas do pós-impressionismo fizeram parte do impressionismo e o movimento pode ser considerado uma extensão. Tudo isso causou escândalo, inclusive com dificuldades para os inovadores exporem as obras, a não ser de maneira independente.

Fica fácil perceber porque as mudanças foram radicais comparadas às escolas anteriores (realismo e naturalismo), onde o pintor agia quase como copista, numa reprodução a mais fiel possível – o olho transformado em lente de máquina fotográfica. Mesmo as telas eram avaliadas procurando-se os *erros* (de perspectiva, de sombreamento, de cor). Uma avaliação por critérios negativos. Na nova escola, o pintor não fotografava colorido, ele criava. Ou, como o próprio Van Gogh (março de 1889) observou: *Isto para dizer, mais uma vez, que quando a coisa representada e a maneira de representar estão de acordo, a coisa tem estilo e porte. Os pintores precisam ter imaginação e sentimento – que levam à poesia.*

Outro fator decisivo para explicar a guinada cromática na paleta de van Gogh foi a influência do irmão para que adotasse as novidades impressionistas. Ele resistira bravamente, chegando a escrever que *cada dia que passa odeio mais e mais aqueles quadros que têm luz por toda parte*. Theo, comerciante de arte, tinha contatos em Paris com grandes pintores e sabia das novas tendências, além de valiosas (e práticas) opiniões pessoais. Discutiriam várias vezes o assunto. Provocado, Vincent costumava firmar o pé e empacar, com seu jeito debochado, desqualificando o impressionismo como *aquela fragilidade da moda*.

Entretanto, a mudança dos tons escuros para os coloridos tem uma data bem definida: 1885. Aconteceu após a visita de Van Gogh ao Rijksmuseum, que fora inaugurado em Amsterdam no mesmo ano. Ele ficaria horas diante de algumas telas, analisando-as minuciosamente, como as de Rembrandt (1606-1669) e Frans Hals (1582-1666). E a alteração não seria apenas cromática, mas no próprio modo de trabalhar com o pincel: *Pinte num impulso só. O máximo possível num impulso só. E então deixe.* Num salto de imaginação, associou tal espontaneidade frenética ao maior de seus heróis, Delacroix: o ideal seria pintar como *le lion qui devore le morceaux* (*como o leão devorando seu bocado*). É, então, que se corporifica o pintor que conhecemos. Um pulo do realismo dos tons crepusculares para a profusão de cores. E não foi por acaso que as primeiras telas verdadeiramente impressionistas pintadas por ele, surgiram quando morou junto com o irmão num apartamento da Rue Lepic, em Montmartre (Paris).

Contudo, logo ele se mudaria para Arles (fevereiro de 1888), pequena cidade no sul da França (*Midi*), procurando tranquilidade, luz do sol, belas paisagens e concentração. Pelo menos foi o que alegou, mas não se sabe por que teria abandonado Paris quando tudo parecia ir tão bem. Novamente uma vida solitária num lugar distante e desconhecido. Ao chegar, sua interação com os arlesianos foi complicada: *Não fiz o menor progresso na afeição das pessoas. Muitas vezes, passam-se dias inteiros sem eu falar com ninguém, exceto para pedir jantar ou café. E tem sido assim desde o começo.* Mas tinha a intenção de ali criar inclusive uma colônia de artistas, inspirando-se em um costume dos pintores japoneses.

A cidade lhe parece esquisita e sentiu-se como em um país estrangeiro, um peixe fora d'água: *Os zuavos, os bordéis, a adorável pequena Arlesiana indo para sua Primeira Comunhão, o padre em sobrepeliz, que parece um rinoceronte perigoso, as pessoas bebendo absinto, todas me parecem criaturas de outro mundo.* Por sorte, o período em Arles seria dos mais prolíficos. Ficaria encantado com as paisagens e a luz. Os trabalhos são ricos em amarelo, azul-ultramarino, malva, e incluem colheitas e campos de trigo. O modo de ver mostrou mudanças singulares: *A pessoa enxerga as coisas com um olho mais japonês, sente as cores de outra maneira.*

Por fim, Van Gogh alugou a ala leste da Casa Amarela pelo módico valor de quinze francos mensais. Os aposentos não estavam mobiliados, vazios há tempo. Não havia banheiro, gás e nenhum cômodo dispunha de aquecimento. Gauguin chegaria em breve e teve que providenciar tudo sozinho. Começa a trabalhar na decoração, com vários quadros (quatorze) para esse fim específico.

O tão aguardado parceiro, Paul Gauguin (1848-1903), chegaria em 23 de outubro de 1888. Aceitara a ideia como missão, por insistência de Theo, que vendia suas obras. Não havia nele muito entusiasmo nem verdadeira amizade. A primeira saída dos dois para pintar ao ar livre foi em Alyscamps, onde produziram um par de telas cada um. Mas a relação começou a deteriorar, brigas e discussões frequentes. As enormes expectativas e esperanças de Vincent iam muito além do bom-senso. O método de pintar também destoava. Gauguin se sentia um pintor de estúdio, gostava de criar com a imaginação. Van Gogh amava o ar livre e precisava de paisagens e objetos exteriores para se inspirar. Gauguin sintetizara seu jeito numa frase: *A pessoa sonha e, então, pinta com calma.* Diante das telas de girassóis feitas para decorar a Casa Amarela e dar-lhe as boas-vindas, foi grosseiro: - *Merda, merda, é tudo amarelo: não sei mais o que é pintura.*

Van Gogh, percebendo tamanhas incompatibilidades, temia que Gauguin o abandonasse. Seria dar adeus a sonhos acalentados no mais íntimo da alma: uma vida em comum numa colônia, a amizade, a camaradagem, o convívio com outros artistas. Não se sabe a sequência exata de eventos que levaram à mutilação da orelha esquerda. Os dias foram chuvosos, o que fez com que ficassem isolados dentro da Casa Amarela, num atrito nervoso. O certo é que Gauguin não estava em casa naquela noite, provavelmente tendo pernoitado em hotel.

Van Gogh cortou a orelha com navalha, causando grave sangramento. Em seguida, enfaixa a cabeça, embrulha a parte amputada em jornal e segue para um bordel, na Rue du Bout d'Arles, que o parceiro costumava frequentar. Pediria ao porteiro, que não lhe permitiu entrar, que entregasse o embrulho para Rachel (apelidada Gaby), a preferida de Gauguin, junto com um bilhete: *Lembre-se de mim*. Certamente na tentativa de comunicar-se, ainda que de maneira delirante e imprópria, mas esperando que o pacote chegasse ao amigo. Única pessoa que poderia confirmar a sua esperança de uma existência compartilhada e menos infeliz. A despeito de tudo isso, Gauguin deixou Arles apressadamente, em 23 de dezembro de 1888, como se estivesse fugindo. Ficaram somente dois meses juntos. Nunca mais se reencontrariam, apesar da troca de apenas uma carta depois do incidente (exposta no Museu Van Gogh).

Foi descoberto desmaiado na manhã seguinte, quase morto, e conduzido ao hospital da cidade, Hôtel-Dieu, onde o atendeu o doutor Félix Rey. Gauguin notificaria Theo a tempo dele viajar no trem noturno para Arles. Chegaria na manhã de Natal para reconfortar o irmão. Entretanto permaneceria apenas nove horas ao lado dele, retornando a Paris naquela mesma tarde. Acabara de iniciar o noivado com Jo Bonger, sua futura esposa. Parecia cansado de socorrer o irmão. Tanto assim que dias depois confidencia à noiva: *Se tiver que falecer, que seja*. Os outros familiares pensavam da mesma forma.

No intervalo de três meses, após receber alta, Van Gogh seria novamente levado para o hospital, escoltado pela polícia, devido às queixas de vizinhos temerosos quanto ao seu comportamento. Afinal, a fúria do pintor poderia encontrar outros alvos além da própria orelha. Quem ficaria tranquilo morando ao lado de um sujeito capaz de fazer uma automutilação? Theo também queria distância. Quando Jo sugere que o irmão fosse morar com eles para se recuperar melhor, replicara: *Não existe um ambiente pacífico para ele. Ele não poupa nada nem ninguém*.

Mas por que o pintor teria decepado a orelha? É uma pergunta que fica (e ficará) no ar. Um ato desse não tem explicações lógicas, contudo a automutilação prenuncia a maior de todas elas, a que virá mais tarde – o suicídio. E não foi, como alguns acreditam, a simples extirpação de um lóbulo da orelha (em que se penduram brincos), mas do órgão inteiro, com hemorragia violenta e que poderia ter sido fatal.

Viviane Forrester, em Van Gogh ou O enterro no campo de trigo (Editora J&PM, 1983) levanta uma hipótese caprichosa, embora pouco provável. Segundo ela, havia touradas em Arles que Van Gogh gostava de assistir aos domingos e na qual a multidão, perto do desenlace, costumava gritar: - *A orelha! A orelha!* O troféu conferido ao toureiro vencedor – a orelha do animal abatido –, e que seria entregue como prenda honrosa à dama de sua predileção. Entretanto jamais saberemos ao certo o motivo. Perguntado, logo após o episódio, ele apenas responderia, evasivo: - *Coisa pessoal*.

Van Gogh deixaria Arles dois meses após a mutilação e se internaria no hospício de Saint-Paul de Mausole, perto da cidade de Saint-Rémy-de--Provence. Segundo Meyer Schapiro (Vincent van Gogh [Ed. Abrams Books, 1982]): *Durante os anos em Saint-Rémy, ele era atraído especialmente por temas que envolviam tensão: paisagens instáveis, bloqueadas e convulsas; um mundo cataclísmico de movimentos tempestuosos e transtornados, uma natureza sofrida e perturbada; grandes montanhas em declive, colinas e rochas tumultuosas e campos que despencam velozmente como um curso de água; nuvens gigantescas, tortuosas, expandindo-se incansavelmente, espaços selvagens de espessa vegetação rasteira, ravinas e pedreiras; chuva e árvores agitadas; ciprestes contorcidos e flamejantes, com as silhuetas projetadas contra o céu.*

Na mesma época, o pintor anota: *Às vezes humores de indescritível angústia, às vezes momentos em que o véu do tempo e a fatalidade das circunstâncias parecem ser despedaçados por um instante.* Ocuparia duas celas contíguas, com janelas gradeadas, uma delas como estúdio. Realizou várias telas do próprio hospital, como Corredor do Hospício e Entrada do Hospício. Permitiram-lhe pequenas caminhadas (sob supervisão), que levaram à pintura de ciprestes e oliveiras. O acesso limitado ao exterior resultou em certa escassez de temas. Restou-lhe trabalhar em interpretações das pinturas de outros artistas, como os originais de Millet, além de variações de obras anteriores usando a memória, recurso que não apreciava.

Jean-François Millet (1814-1875), um dos mestres de Van Gogh, foi um importante pintor realista. Juntamente com Camille Corot e Théodore Rousseau, organizara um movimento chamado Escola de Barbizon, nome do povoado onde o grupo se dedicaria à representação de paisagens e cenas rurais. A influência sobre Van Gogh foi grande, não só com os temas, mas na função idealizada do pintor e na ideia de colônia que tanto o fascinava.

Alguns trabalhos no hospício são imitações diretas de Millet, feitas como exercícios e na falta das longas caminhadas para encontrar paisagens adequadas ao pincel.

Van Gogh sofreu uma severa crise nervosa durante a internação, entre fevereiro e abril de 1890. Deprimido e incapaz de escrever, ainda assim continuou a pintar, afirmando que fizera algumas pequenas telas *de memória... reminiscências do Norte.* Dentre elas, Duas camponesas cavando no campo com neve. Esse pequeno grupo de pinturas formará os núcleos de muitos desenhos e estudos representando paisagens e pessoas com as quais Van Gogh convivera. Pertencem ao período, Velho Triste (No Portão da Eternidade) e também cinco versões de A Arlesiana (Madame Ginoux), nascidas de um esboço a carvão feito por Gauguin enquanto viveram juntos.

Sempre manifestara por Madame Ginoux, a dona do restaurante em Arles, uma admiração e um amor que nunca foram correspondidos. Campo de trigo com corvos (julho de 1890) é uma obra que Hulsker diz estar associada *com melancolia e extrema solidão*. Pintada quinze dias antes do suicídio. As pinturas que Van Gogh considerava as mais importantes: O Semeador, Café à Noite, Memória do Jardim em Etten e A Noite estrelada sobre o Ródano (ver quadro 6 no final do texto). Justificou a escolha nessa obra: *Tenho uma necessidade terrível de – digo a palavra? – religião. Então saio à noite para pintar estrelas.*

A fama de Van Gogh cresceu entre artistas, críticos e colecionadores no fim da década de 1880. André Antoine, exibiu trabalhos do pintor em 1887, junto com obras de Seurat e Signac, no Teatro Livre de Paris. Sua obra foi descrita em 1889, por Albert Aurier, no jornal Le Moderniste Illustré como cheia de *chama, intensidade e luz do sol*. Exibições aconteceriam em Bruxelas, Paris, Haia e Antuérpia.

Poucos tinham visto seus quadros e menos ainda eram os que lhes haviam dado alguma atenção. Para muitos, a exposição de Les Vingt, inaugurada em Bruxelas, poucas semanas depois do artigo de Aurier, foi a ocasião de vislumbre do novo gênio. Ao que se sabe, vende um único quadro em vida – O Vinhedo Vermelho – comprado por Anna Bosch (irmã de Eugène, o poeta pintado por ele) no valor de quatrocentos francos.

Tudo que havia esperado a vida inteira, um pouco de reconhecimento e entusiasmo, deram-lhe de uma só vez, enquanto internado em um manicômio e perto do fim. Considerou o artigo elogioso de Aurier com sobriedade excessiva, deduzindo que o autor indicava *algo a ser feito, e não tanto uma coisa já feita. Ainda não chegamos lá.* Uma vida inteira de *fraquezas, doenças e perambulações* desdizia as belas palavras. Mas, poucos meses depois, Vincent tornar-se-ia quase uma celebridade, na exposição do Salon des Indépendants, em Paris.

Em 16 de maio de 1889, o Dr. Peyron, médico responsável em Saint-Paul-de-Mausole, anotou *curado* na ficha de Vincent. Uma conclusão, sem dúvida, temerária. Na manhã seguinte, ele chegaria a Paris. Há dois anos não via Theo. e finalmente ficou conhecendo tanto a cunhada quanto o sobrinho. Não obstante, daí a três dias partiu para Auvers, a trinta quilômetros da capital. Lá esperava ser atendido pelo doutor Gachet, que já medicara vários pintores. Infelizmente, depois de conversar com o médico, decepcionou-se, participando ao irmão: *Não podemos contar com dr. Gachet de maneira nenhuma. Em primeiro lugar, ele parece mais doente do que eu.*

A condição emocional não mudaria para melhor no novo ambiente, embora mostrasse otimismo nas cartas, insistindo que a família do irmão fosse morar com ele: *Estou longe de ter alcançado qualquer espécie de tranquilidade. Sinto-me um fracasso. um destino que aceito e não mudará. A perspectiva se torna mais sombria, não vejo nenhum futuro feliz.*

Van Gogh disparou um revólver na região superior do abdômen (27 de julho de 1.890), mas só morreria trinta horas depois devido à lenta hemorragia. Foi capaz de voltar andando até o hotel Auberge Ravoux, onde alugara um pequeno quarto. Seria atendido por dois médicos (Gachet e Mazery), que tão somente constataram a gravidade e fizeram um curativo. Quando perguntado pela polícia se tentara suicídio, responderia apenas: - *Não acusem ninguém. Fui eu que tentei me matar.*

Theo correu para junto do irmão, encontrando-o no dia seguinte aparentemente bem. Entretanto, Vincent morreria nas primeiras horas da manhã de 29 de julho de 1890. Foi enterrado no cemitério municipal do povoado. Theo já estava doente e faleceria seis meses depois (25 de janeiro de 1891). Inicialmente sepultado em Utrecht (sul dos Países Baixos), a viúva transferiu depois os restos mortais para repousar ao lado do irmão que ele tanto amara.

Quanto ao estilo, para Van Gogh a escolha das cores era um detalhe resolvido de modo muito pessoal. Numa das cartas a Theo, chega a explicitar a definição cromática completa de uma das obras (Ver quadro 9, no final do texto): Um poeta, retrato de Eugène Boch: *Em vez de procurar reproduzir exatamente o que tenho sob os olhos, sirvo-me mais arbitrariamente da cor para me exprimir com força. [...] Eu gostaria de fazer o retrato de um amigo artista (Eugène Boch), que tem grandes sonhos, que trabalha assim como um rouxinol canta, porque esta é a sua natureza. Este homem será louro. Eu queria colocar no quadro o meu apreço, o amor que tenho por ele [...] vou exagerar o louro da sua cabeleira, chegarei aos tons alaranjados, aos cromos, ao limão-pálido. Atrás da cabeça, em vez de pintar uma parede banal do mesquinho apartamento, pinto o infinito, faço um fundo simples com o azul mais rico, mais intenso que eu possa criar, e por esta simples combinação da cabeça loura clareada sobre este fundo em rico azul, obtenho um efeito misterioso como a estrela no anil profundo [...].*

Por fim, percebe-se que o contorno da cabeça lembra uma auréola, pois seria também uma representação de Cristo em azul e laranja.

O tratado de Charles Blanc sobre cores complementares – Grammar of the Arts of Drawing (1969) – muito o interessou, motivando combinações específicas da paleta. Passa a acreditar que os efeitos das cores iam além do descritivo – *cores expressam algo por si próprias*. Van Gogh enxergava-as com um *peso psicológico e moral*, como no Café Noturno (1888): o vermelho e verde das paredes, do teto, enquadram um ambiente abafado. Até mesmo a luz fica paralisada no contorno das lâmpadas. As mesas mostram copos e garrafas vazias, o que indica uma hora mais avançada (o relógio marca 1h15). Três estão ocupadas. Numa delas, um homem dorme e em outra alguns se acomodam para dormir. Ao fundo, um casal conversa. Um homem permanece em pé, como a posar, mas todo de branco lembra um fantasma. No centro da tela, uma mesa de bilhar projeta uma sombra maior que ela. Van Gogh escreve ao irmão que tentou *expressar as terríveis paixões humanas com o vermelho e o verde, e que um café é um lugar onde uma pessoa pode arruinar-se, enlouquecer ou cometer um crime* (ver quadro 5, no final do texto).

Pinta La Berceuse (Augustine Roulin) em dezembro de 1888 e o considerou tão bom quanto as telas de girassóis. A peça parece ser a principal de um conjunto de retratos produzido com a família Roulin, entre novembro e dezembro. A série mostra uma mudança: das pinceladas contidas e da superfície regular, de Retrato do Carteiro Joseph Roulin, ao traço com superfície acidentada e largas pinceladas no Retrato de Madame Augustine Roulin e Bebê Marcelle.

Criou mais de quarenta e três autorretratos entre 1885 e 1889, finalizados em séries, como os de Paris, e produzidos até pouco antes da morte. Geralmente concebia-os como estudos durante períodos de introspecção e quando lhe faltavam modelos. A saúde física e mental é usualmente visível, por vezes retratando-se com jeito descuidado, barba por fazer, os cabelos vermelhos, grisalhos ou até com um grande curativo na cabeça após a automutilação (ver quadro 5).

Produziria duas séries de girassóis. A primeira, em 1887, Paris, exibe as flores no solo. A segunda, concluída no ano seguinte, em Arles, retrata buquês recebendo a luz do sol. Ambas com o uso de impasto, para evocar, num viés tátil, a *textura de cabeças de girassóis recheadas de sementes*. Os quadros de Arles foram pintados em um período de raro otimismo: *Estou pintando com o entusiasmo de um marselhês a comer bouillabaisse, o que não lhe surpreenderá por ser este o caso de pintar grandes girassóis [...]. Se eu executar mesmo esse plano, haverá uma dúzia de telas. O conjunto será então uma sinfonia de azul e amarelo. Eu trabalho nisso todas as manhãs, a partir do nascer do sol, pois as flores murcham rapidamente e é uma questão de fazer tudo de uma vez.*

Pintou, além disso, quinze quadros de ciprestes, árvore que o fascinava, sem as comuns evocações fúnebres, mostrando-as como se fossem quebra-ventos e em primeiro plano, quando internado em Saint-Rémy. Observa: *Ciprestes ainda me preocupam. Eu gostaria de fazer algo com elas semelhante ao que fazia nas minhas telas de girassóis. Elas são belas em linha e proporção como um obelisco egípcio*. Mesmo as paisagens precisavam falar de *alguma* forma ao coração das pessoas: *O segredo da bela paisagem reside principalmente na verdade e no sentimento sincero*. Van Gogh encontra *um mundo de motivos que não poderia ser mais japonês* durante a floração das árvores na primavera (Quadro 8, no final do texto). Anotou que tinha dez telas de pomares e *uma grande (pintura) de uma cerejeira, que eu estraguei*.

Johanna van Gogh-Bonger, viúva de Theo, uma holandesa na casa dos vinte anos, viu-se repentinamente sozinha e encarregada do destino de centenas de pinturas, desenhos e cartas. Vincent Willem van Gogh, filho de Theo e sobrinho do artista, torna-se o único herdeiro após a morte da mãe (1925). Providenciaria, no início da década de 1950, uma edição completa de todas as cartas, em quatro volumes, para diversos idiomas. Posteriormente, negociou com o governo holandês subsídios para uma fundação. O projeto teve início em 1963, com a contratação de um arquiteto. Entretanto, o Museu Van Gogh foi inaugurado em 1973, no Museumplein de Amsterdã. Tornar-se-ia o segundo museu mais popular dos Países Baixos e costuma receber mais de 1,5 milhão de visitas anuais.

Quadro 1 – Os girassóis, 1888. Óleo sobre tela (91 cm × 72 cm)

Neue Pinakothek (Alemanha)

Quadro 2 – Autorretrato com orelha cortada, 1889. Óleo sobre tela (60 cm x 49 cm)

Instituto de Arte Courtauld (Courtauld Institute of Art) – Universidade de Londres

Quadro 3 – Campo de trigo com corvos, 1890. Óleo sobre tela (50,5 x 103 cm)

Museu Van Gogh (Holanda)

Quadro 4 – Os comedores de batata, 1885. Óleo sobre tela (82cm x 1,14 m)

Museu Van Gogh (Holanda)

Quadro 5 – Café à noite na Place Lamartine, 1888. Óleo sobre tela (79 cm x 89 cm)

Galeria de Arte da Universidade de Yale, New Haven

Quadro 6 – O par de sapatos, 1886. Óleo sobre tela (37,5 x 45 cm)

Museu Van Gogh, Amsterdã

Quadro 7 – Noite estrelada sobre o ródano, 1888. Óleo sobre tela (73cm x 92 cm)

Museu de Arte Moderna de Nova Iorque (MoMa)

Quadro 8 – Amendoeira em flor, 1890. Óleo sobre tela (74 cm x 92 cm)

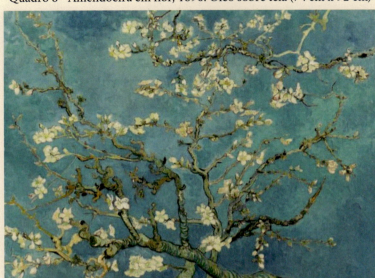

Museu van Gogh (Holanda)

Quadro 9 – Um poeta, retrato de Eugène Boch, 1888 (60 x 45 cm) Óleo sobre tela

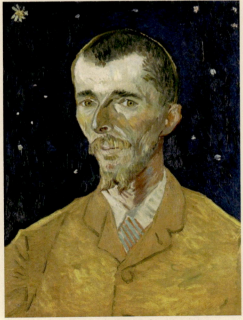

Museu d'Orsay |Paris

Túmulo dos irmãos, Vincent e Theo, em Auvers-sur-Oise (região de Ilha de França)

Elogios de Vincent van Gogh

> *Rostos amigáveis, as coisas não problemáticas que ele vê nas proximidades, flores, estradas e campos, seus sapatos, sua cadeira, o chapéu e o cachimbo, os utensílios pousados sobre a mesa, são seus objetos pessoais que se adiantam e se dirigem a ele.*
> *(Schapiro, sobre um quadro de Van Gogh).*

1 - Um par de botas

(quadro 6, no final do texto)

Antes, nada comentavam
e mal tinhas onde dormir e o que comer.
Depois, falaram tanto
que teu nome virou um ramo florido.
Então, não havia mais fome
nem tristeza e nem aflições.

Mas de todos os teus quadros,
nascidos com tanta veemência,
não é esta luz de ouro nos trigais,
o impiedoso amarelo dos girassóis,
ou, naquelas noites escuras,
o singular incêndio das estrelas
que mais fundo me comovem.

Vejo sempre aquele par de botas,
que pintaste ao chegar em casa,
após uma tão longa caminhada,
os pés sujos e maltratados.
Botas de um dedicado andarilho,
de cadarços gastos, desbeiçadas,

manchadas de poesia e de barro.
Porém, ao dono tão afeiçoadas
que parecem gravar-lhe o nome
no couro liso, velho e suado,
e nas solas já quase furadas.

Estes sapatos não foram desenhados,
somente para o descampado da tela,
mas para saltarem fora dela:
estão no mundo de onde vieram.
Não são as botas de gente enricada,
sempre confortáveis, nos pés delicados,
mas falam de trabalhos, desamparos,
sapatos rudes e que doem nos calos.

2 - A tela

> *um café é um lugar onde uma pessoa pode arruinar-se, enlouquecer ou cometer um crime [...] quis exprimir o poder tenebroso de uma taberna.*
> *(Cartas a Theo).*

Café à noite na Place Lamartine

(Quadro 5, no final do texto)

As paredes são vermelhas como num pagode chinês,
embora seja mais um antro de perdição,
onde o relógio marca uma hora e quinze
no instante congelado do pincel.
As cortinas da porta delineiam um fantasma
que, translúcido, permanecerá na entrada,
porteiro de aquém e além-túmulo.

Três grandes lâmpadas a gás
espalham uma luz sulfurosa,
de membranas e de asas,
saída da febre de insetos que tremem na noite.
Na maioria das cadeiras não há ninguém.
Mas de um lado,
um homem dorme sobre a mesa,
e do outro,
dois já se acomodam com sono.
Somente ao lado da porta,
entre o espelho e o jarro de camélias,
conversa baixinho um casal.

O que vemos, no centro, figura o bilhar,
mas projeta a sombra macabra no piso,

pois, na verdade, é um esquife
de onde o defunto fugiu,
e,
todo de branco,
encara divertido o nosso espanto.
Atrás dele, há um quadro em borrões escuros,
e pode ser que seja o retrato desse mesmo morto,
rabiscado em carvão,
chorando no seu próprio funeral.

3 - O pintor

Gogh em Bruxelas (1886)

Vindo das minas de carvão no Borinage,
os cabelos ruivos ainda sujos de fuligem,
– anjo sem asas, decaído sem remissão –
senta-se bem no fundo do café, sozinho:
pensa em pregar, mas esquecera a Bíblia,
e então faz esboços numa folha de papel.

Não tem nenhuma pressa. Nada o espera.
Nem conhece bem as pessoas da cidade.
Gosta de andar a pé e pintar a paisagem.
Agora está sem telas e quase sem tintas,
por isso bebe o que lhe sobrou em dinheiro,
e fuma no cachimbo para espantar a fome.

4

> *Eu não quero que ela se sinta abandonada e sozinha por mais uma vez... Eu sinto um amor terno por ela e abraço seus filhos [...] as dificuldades a farão seguir o mesmo caminho que termina no abismo.*
> *(Cartas a Theo).*

Sien amamentando

Almoço em família

O artista levava uma vida miserável,
mas o maior sonho era ter uma família.
Não era um homem bonito, feliz, nem bem-sucedido,
e, embora desejasse, não tivera sorte.
Certa noite, enquanto passeava numa rua escura,
atrás de encontro amoroso,
percebe uma prostituta grávida
de mãos dadas com a filhinha pequena.

Ver a mulher naquela situação
nele desperta uma imensa ternura.
Ofereceu-lhe um pouco de dinheiro
e pediu que fosse até sua casa.
Podia ficar o tempo que quisesse.
Por ocasião do parto,
o pintor a acompanha na maternidade,
feito um pai dedicado.
E quando ela retorna, abraçada ao recém-nascido,
o pequeno apartamento estava decorado,
e, ao lado da cama, havia um bercinho.
O pintor fez vários retratos, dela e dos filhos, em lápis e carvão.
Dizia, emocionado: – Ela tem algo de sublime!
Os parentes ficaram sabendo que planejava se casar.
E aí já era demais.
Todos ficaram possessos:
o pai, pastor protestante, fez sermões furiosos
e quis processá-lo como louco ou incapaz;
o irmão que ele tanto amava (e também o amava),
não quis mandar mais dinheiro;
amigos o trataram com desprezo.
O pintor desistiu de ter uma família,
abandonando a mãe e as duas crianças pequenas.
Anos depois, o artista deu um tiro no peito.
O irmão falece, daí a seis meses,
com remorso e tristeza.
Sien jogou-se no rio Escalda.
Theo e Vincent - a vida também é assim -
repousam,
lado a lado,
na França,
em Auvers-sur-Oise.
Fim.

5 - Na janela do hospício Saint-Paul-de-Mausole

Eu gosto de olhar os quintais
é pelas janelas dos fundos:
os canteiros de flores,
os varais estendidos,
as mulheres atarefadas.
Sou um perfeito voyeur.

Olhos também são janelas,
mas as da minha cela,
do meu quarto de doente
no Asilo de Saint-Paul,
são estreitas e gradeadas.
Mostram a mesma paisagem,
pobre, quase sem cor, abafada,
feito a que carrego na alma.

Os médicos e enfermeiras,
os banhos frios, a reclusão,
tudo me parece inútil.
Embotamento sem sentido.
Tortura sem razão.

Agora, desenho raízes atormentadas,
ciprestes em chamas,
aqueles céus convulsos
sobre a cidade imaginária.
O sol, as cores mais vivas,
as coroas dos girassóis,
estão indo embora.
Esmaeço,

ai de mim!
porque mais longe daqui,
– Eu sempre soube,
mas também sempre quis –
meu túmulo já me espera.

ELOGIO
DE DANTE ALIGHIERI

Sobre o político, filósofo e poeta italiano

Dante Alighieri, nascido em Florença, 21-31 de maio, dia exato indefinido, de 1265 – Ravena, em 14 de setembro de 1321, foi um ensaísta, filósofo, político e poeta italiano. É considerado o maior poeta da língua, reverenciado como *il sommo poeta* (o sumo poeta), ainda que decorridos 700 anos do falecimento.

Dante, segundo o testemunho do filho, Jacopo Alighieri, seria um diminutivo do original Durante. Nos documentos da época, os nomes eram seguidos do patronímico (descendência paterna) – Alagherii, ou do gentílico (relativo ao local de nascimento) – de Alagheriis, enquanto Alighieri firmou-se com o escritor Boccaccio (1313-1375), o grande divulgador da obra de Dante.

A mãe do poeta chamava-se Bella degli Abati, Bella sendo um apelido carinhoso de Gabriella. Morreu quando Dante contava apenas cinco ou seis anos. O pai, Alighiero di Bellincione, logo se casou com Lapa di Chiarissimo Cialuffi, e nasceram os meio-irmãos, Francesco e Tana (Gaetana). Uma família de classe média, se pudéssemos fazer uma comparação com os dias atuais (ou *mezzana*, como prefere o medievalista italiano, Alessandro Barbero). Moravam no *sesto* de Porta San Piero Maggiore, um dos seis distritos (*sestos*) nos quais se dividia a cidade de Florença, onde hoje encontram-se o Museu e a rua Dante Alighieri.

Com a idade de doze anos, em 1277, sua família contrataria o casamento dele com Gemma, filha de Manetto Donati, prática comum na época. Os casamentos aconteciam não por escolha pessoal ou afetiva, mas por decisão das famílias, promovendo uniões de interesses, seguras e convenientes. Normas seguidas por todos, principalmente quanto às mulheres, que eram prometidas aos homens mais idosos, de situação financeira bem definida. Dante teve três filhos: Jacopo, Pietro e Antonia. Cita-se um quarto filho – Giovanni, parece que ilegítimo.

A imagem física que nos ficou é a descrita por Boccaccio (embora esse escritor não o tenha conhecido pessoalmente, pois quando o poeta morreu ele era uma criança de 8 anos) no Trattatello in laude di Dante – Pequeno tratado em louvor de Dante: *Este nosso poeta era de estatura mediana, e, depois que chegou à idade madura, andou bastante encurvado, de andar grave e tranquilo, sempre muito elegantemente vestido num traje conveniente à sua maturidade. O rosto alongado, o nariz aquilino e os olhos antes graúdos que pequenos, as maxilas grandes, e o lábio de baixo avançava em relação àquele de cima; sua pele era morena, e os cabelos e a barba espessos, negros e crespos, sempre melancólico e pensativo.*

Entretanto, um experimento recente (2007) da Faculdade de Engenharia de Bolonha, mostrou que o conhecido perfil de Dante resulta de um erro histórico. O rosto era mais redondo e não teria aquele nariz aquilino tão pronunciado. Os especialistas fizeram uma reconstrução, a partir do crânio encontrado em 1920, num busto de argila com os traços prováveis: *Restituímos a Dante sua verdadeira humanidade. Até agora, os retratos que existiam eram mais uma representação psíquica do que real*, disse ao La Republica o antropólogo Giorgio Gruppioni. *Quando acabamos, ele parecia bastante comum, como o vizinho do lado. Pensei que isso pudesse causar até algum escândalo.* A aparência divulgada, a mais comum, é aquela dos quadros de Botticelli e Giotto, em que prevalece o acentuado nariz em um rosto magro.

Pouco se sabe da infância e da adolescência, a não ser por um acontecimento crucial, que foi o encontro (verdadeira epifania), aos nove anos, com Beatrice (Bice), na primavera de 1274 – a menininha teria uns oito anos, numa revelação que marcaria para sempre a sua vida. Segundo Dante, *ela usava vestido de uma cor muito nobre, de um vermelho delicado e digno, amarrado com um cinto, elegantemente apropriado à sua pouca idade.* Eram quase vizinhos e a família dela morava no mesmo distrito da Porta San Piero. A partir de então nunca deixaria de adorá-la, embora afirmasse que o amor nunca se apoderara dele de forma a sufocar o *conselho da razão* (Dante, Alessandro Barbero, Editori Laterza, 2020).

Os dois somente se reencontrariam nove anos depois (1283), o poeta com dezoito anos e Beatriz, que acabara de completar dezessete, uma mulher já casada. O matrimônio em Florença consumava-se geralmente na idade de doze-quinze anos entre as meninas. Ela o reconhece e o cumprimenta. Foi a primeira vez que Dante ouviu-lhe a voz, ficando terrivelmente abalado.

Beatriz era filha de Folco di Ricovero Portinari, banqueiro de Florença, uma entre onze irmãos – cinco meninos e seis meninas. Mas ela se casaria com Simone Bardi, também membro de uma família eminente, por um acordo e até como reconciliação política (Portinari era gibelino) entre famílias que pertenciam a partidos adversários. Ela morreria aos vinte e cinco anos, em 19 de junho de 1290, talvez durante o parto, o que não era incomum naquele tempo. Beatriz se transformaria no paradigma da musa – a musa das musas. Das mais cultuadas na literatura ocidental e que lembra outro grande poeta italiano, Francesco Petrarca (1304-1374) e também outra prima-dona: Laura de Noves, esposa do Conde Hugues de Sade (ancestral do Marquês de Sade).

Petrarca a conhecera em 1327 e viveu uma grande paixão até o falecimento da amada, numa epidemia de peste (1348). Semelhante ao Amor Cortês – eterno, etéreo e à distância, vivido por Dante, em parte seu contemporâneo (Petrarca teria uns dezessete anos quando Dante falece). Deixa dois livros de poemas – In vita de Laura e In morte de Laura – reunidos nos trezentos e trinta e seis poemas de Il Canzoniere (Rerum Vulgarium Fragmenta) criando o soneto petrarqueano, dando-lhe projeção universal.

Mas o encontro com Beatriz, nove anos depois do primeiro, acontece quando ela vem caminhando pela rua acompanhada por duas senhoras mais velhas, e ao passar por ele o cumprimenta. Dante, muito emocionado, por ouvir-lhe pela primeira vez a voz, corre e isola-se em seu quarto (*al solingo luogo d'una mia camera*). Excitado pelo episódio, febricitante, acaba adormecendo por exaustão, e tem um estranho sonho, uma *maravilhosa e assustadora visão*: enxerga no quarto uma nuvem cor de fogo, dentro da qual distingue a figura de um senhor alegre, mas apavorante (a personificação trovadoresca do Amor), e que lhe diz algumas frases em latim. Carregava nos braços uma moça nua e adormecida, envolta num lençol vermelho (*sanguíneo*), na qual ele reconhece Beatriz. Numa das mãos o homem traz um objeto ardente, dizendo a Dante: - *Vide cor tuum!* (Olha o teu coração). Beatriz desperta no sonho e começa a comer o coração oferecido pelo cavalheiro. Ao final, ela volta a dormir, como se estivesse morta. Esta visão gera o primeiro soneto de La Vita Nuova (Os Pensadores – São Tomás – Dante, Editora Nova Cultural, 1988):

A ciascun'alma presa

A ciascun'alma presa, e gentil core,
nel cui cospetto ven lo dir presente,
in ciò che mi rescrivan suo parvente,
salute in lor segnor, cioè Amore.

Già eran quasi che atterzate l'ore
del tempo che onne stella n'è lucente,
quando m'apparve Amor subitamente,
cui essenza membrar mi da orrore.

Allegro mi sembrava Amor tenendo
meo core in mano, e ne le braccia avea
madonna involta in un drappo dormendo.

Poi la svegliava, e d'esto core ardendo
lei paventosa umilmente pascea:
appresso gir lo ne vedea piangendo.

A toda alma gentil

A toda alma gentil ou que no peito
sinta vibrar os versos que ora digo,
solicito que fale-me a respeito,
saudando o Amor, nosso comum amigo.

Já era aquela hora em que, ao leito,
se recolhem todos, menos o céu antigo,
com seus astros, quando me vi sujeito
ao vulto de um Amor quase inimigo.

Afetava alegria, ao comprimir

meu coração na mão, tendo nos braços
minha senhora, em panos, a dormir.

Depois a despertava e ela, aos pedaços,
o coração se punha a consumir.
Chorando, o Amor se volve sobre os passos.
(Tradução de Décio Pignatari)

Como seria habitual, e por estar confuso na interpretação do sonho, ele envia o soneto aos amigos. Isso funcionava como um desafio (*sfida*) que exigia resposta (*tenzoni*). Guido Cavalcanti, entre as principais amizades literárias de Dante, respondeu com o poema *Vedesti, al mio parere, onne valore* (*Viste, segundo penso, todo o vigor*), mas Dante da Maiano, outro poeta, debochou do adolescente, aconselhando-o *che lavi la tua coglia largamente/a ciò che stinga e passi lo vapore*. Em tradução livre: *que lavasse os testículos com água fria para diminuir o ardor* (Dante, Alessandro Barbero, Editori Laterza, 2020).

É comum afirmar que Dante viveu um amor platônico. Essa é uma meia definição, a não ser que naquele tempo tenha se espalhado uma epidemia de tais amores. Para Platão, no O Banquete (Editora Vozes, 2017), o amor é uma força que deve nos orientar para a contemplação do belo, da beleza em si, da ideia da beleza, mas isso é apenas um ponto de contato. Por outro lado, é estranho que, numa época em que as mulheres eram frequentemente brutalizadas, em pleno regime feudal (séculos XI a XIV), tenha se cultivado uma forma, um modo específico de amá-las, idealizá-las e cultuá-las, conhecido como *Amor Cortês* (ou *fin'amor*). Há também, aí embutido, o culto à Virgem Maria, típico da Baixa Idade Média. Ademais, uma demonstração sofisticada de sentimentos, de cortesia, entre trovadores e poetas, presente apenas nas cortes, não encontrada entre o povo ou pessoas comuns. Envolvia uma relação de vassalagem com a mulher, vista como fonte enobrecedora.

Beatriz fez parte de um contexto que refletia fielmente a concepção medieval e cavalheiresca do culto feminino, exaltada não como criatura humana, mas abstração, símbolo dos sentimentos e das aspirações a que as regras impunham extrema delicadeza e reverência (Tratado do Amor Cortês, André Capelão, Martins Fontes, 2019; História do Amor no Ocidente, Dennis de Rougemont, Ediouro, 2003).

É possível encontrar as realizações da nova forma de amor não só na poesia trovadoresca, como nas experiências daqueles que atuavam nas cortes senhoriais. Começaram a surgir coletâneas de vidas dos principais poetas-cantores. É o caso, por exemplo, de Guilhem de Capestanh. Conta-se que ele se enamora pela esposa de um poderoso senhor feudal. Ela correspondia ao afeto, permitindo-lhe que a louvasse através das canções. Avisado do envolvimento da esposa, o Barão mandou assassinar o trovador e arrancar-lhe o coração. Não satisfeito, mandou prepará-lo e o serviu como repasto. Depois que ela já o havia comido, o Barão sadicamente revelou a procedência da caça, indagando-a acerca do sabor. Em um desfecho inesperado, a esposa responde que nunca havia comido, nem haveria de comer, algo tão delicioso, e em seguida apunhalou-se.

Os personagens estão todos aí: o Amante Devoto, a Dama Idealizada e inatingível e até mesmo os fofoqueiros que denunciaram a paixão. Da mesma forma, aparecem alguns dos tradicionais parâmetros ou códigos do Amor Cortês: a relação íntima entre Amor e Morte, Nobreza e Sofrimento, o confronto entre o casamento condicionado e o verdadeiro amor. Para o Amor Cortês, a ideia do casamento seria incompatível com a paixão, pois o amor realizado não faz história. E tanto isso tem um lado de verdade que uma narrativa romanesca bem finalizada terminaria com o fatal *e foram felizes para sempre*, o que diz pouco, ou sinaliza que não restou quase nada.

Dante sabia que o casamento com Beatriz era impossível e jamais pensara ou desejara isso. Na arte do Amor Cortês, o casamento encarnaria a negação do amor. Esse novo ideal, sem precedentes na história, eleva a condição feminina à posição de suserana. Segundo a historiadora Régine Pernoud, no Idade Média: o que não nos ensinaram (Editora Agir, 1979), o Amor Cortês tem relação com a estrutura social medieva: *Poesia ligada profundamente à sociedade feudal, onde todas as relações são fundamentadas em ligações pessoais e pelas quais se prendem reciprocamente senhor e vassalo, um prometendo proteção, o outro, fidelidade. A mulher torna-se "senhor" do poeta, a suserana; ela exige fidelidade; ela suscita um amor que carece também de respeito: amor de lonh, amor distante, que criou uma tensão exasperante entre sentimentos contrários e é, paradoxalmente, a joy, a alegria do poeta.*

Outro ponto de reparo é o da musa devorando o coração do amado. Descrição daquele sonho de Dante, no primeiro soneto do La Vita Nuova, onde o poeta iniciaria a beatificação profana de Beatrice, finalizada triunfalmente na Comédia. Os poetas que cultivavam a experiência do Amor

Cortês eram conhecidos como *Fedeli d'Amore*, fiéis seguidores do amor, personificado como lorde feudal ou outra figura de autoridade. Os preceitos fundamentais exigiam uma *ars amandi*, principalmente aperfeiçoamento moral e espiritual. Um exercício de adoração à distância e que seguia estranhos protocolos: a necessidade de manter o amor em segredo; o artifício de simular o amor por outra dama – *donna schermo* – para confundir os curiosos, além do grande temor da rejeição.

No Tratado do Amor Cortês, de André Capelão, discorrendo sobre de que maneira melhor se conserva um amor, também se aconselha que os amantes o mantenham em segredo para que perdure, afastando os fofoqueiros: *Quem desejar manter o amor intacto, por muito tempo, deverá cuidar, antes de tudo, para que ele não seja divulgado e mantê-lo oculto dos olhos de todos. Pois, assim que várias pessoas começam a conhecê-lo, ele deixa de desenvolver-se naturalmente e entra em declínio.*

Foi um modo de amar que, observado por nosso olhar crítico (e naturalmente cínico) moderno, dentro de uma singularíssima dramaturgia (inclusive o canibalismo do músculo cardíaco!), adquire um aspecto burlesco. Diverso da nossa maneira de viver ou imaginar qualquer relação amorosa. Entretanto, foi essa inflexão na maneira – o Amor Cortês – que moldou o nosso jeito contemporâneo e romântico de encarar o amor, iniciando os fundamentos do direito feminino e respeito às mulheres.

No entanto, definir o amor de Dante como *amor platônico* seria ignorar todos esses detalhes, embora permaneça um eco de Platão. Aliás, J. L. Borges faz uma observação ainda mais tocante: *Apaixonar-se é criar uma religião com um deus falível. Que Dante professou uma admiração idólatra por Beatriz, é uma verdade que não aceita contestação; que ela certa vez o ridicularizou e outra o repeliu, são fatos apresentados na Vita Nuova („,) Beatriz existia infinitamente para Dante; Dante existia muito pouco, e talvez nem existisse para Beatriz. Nossa piedade, nossa veneração nos fazem esquecer essa lamentável desarmonia.*

E Beatriz (*la donna gentile*) ocupa, dentro da Comédia, um papel no mínimo esquisito, muito além dela mesma, pois destrói a distinção entre texto sagrado e texto profano, resultando na fusão de profecia e poema. É o centro de uma gnose pessoal e não deriva da igreja ou de uma crença exatamente católica. Na verdade, Dante, artista singular e de um soberbo requinte, fez-se universal não por absorção da tradição, mas dobrando-a até fazê-la curvar-se à sua maneira. Beatriz, de uma imagem amorosa, é elevada a uma categoria sobrenatural, uma santa na Rosa Mística. A evidente blasfêmia foi mascarada por comentários eruditos e uma inigualável competência poética. Numa audácia sem par, Dante foi salvo da heresia por ganhar a aposta no futuro e a fama, apenas uma geração após a morte (O Cânone Ocidental, Harold Bloom, Editora Objetiva, 2001).

La Vita Nuova (chamado por Dante de *libello* – livrinho, de maneira carinhosa e não depreciativa) é obra decisiva para o percurso poético de Dante e para os desdobramentos posteriores de toda a literatura europeia: o primeiro livro daquela que seria a literatura italiana e de toda a literatura e lírica modernas, o primeiro em que um escritor mistura poemas e trechos em prosa de sua autoria (comentários). É, afinal, a recordação (o trazer de novo ao coração, ao *core*) da vida e morte de Beatrice que dá forma à *Vita Nuova*, orientando o conjunto de sonetos e canções escritos nos anos anteriores, resultando no nascimento linguístico de um sujeito, de um autor, na fundação de um livro semelhante aos que conhecemos hoje.

La vita nuova foi composto seguindo um movimento literário denominado *Dolce Stil Nuovo (Doce Estilo Novo)* que nasceu no século XIII. Teve como precursor o poeta florentino Guido Guinizelli, em um grupo do qual fizeram parte Dante Alighieri, Guido Cavalcanti e Cino da Pistoia. A expressão é usada por Dante na Comédia (Purg. XXIV, 57), quando se encontra com a alma de Bobagiunta da Lucca: di qua dal dolce stil novo ch'i odo! Sucede a lírica trovadoresca e segue as normas do Amor Cortês, mas introduz mudanças na forma e no modo de expressão: o verso de onze sílabas (que equivale ao nosso decassílabo português), o soneto e a canção. Prefere o dizer doce e suave, sem muitos elementos decorativos, um gosto pela palavra simples, viva e precisa, familiar e sugestiva, fino ajuste do poema ao sentimento. E tudo escrito no dialeto local e não em latim. Como observa Giorgio Petrocchi: *Certamente a tríplice composição da Vida Nova (poesia, prosa literária, crítica literária) é um unicum irrepetível no seu gênero, embora modelado sobre o livro de Boécio*. Dante interrompe o *Vida Nova* por não mais achar os poemas dignos da musa, Beatrice, aquela a quem dedicará a Comédia, na qual se propôs *a dicer di lei quello che mai non fue detto d'alcuna* (dela dizer o que nunca foi dito de nenhuma).

Quanto aos estudos acadêmicos do poeta, Dante formou-se no Trivium e no Quadrivium, cursos que consistiam em gramática, dialética e retórica, seguidas por aritmética, geometria, astrologia e música. Com um detalhe importante: quando se fala em gramática, a referência é exclusivamente latina, única língua a se aprender numa escola da época e a que possuía gramática escrita. Filosofia, que muito o interessava, aprendera provavelmente com os frades no convento dominicano de Santa Maria Novella e com os franciscanos de Santa Croce, quando entra em contato com o pensamento de Aristóteles, a quem tanto reverenciava.

Sabe-se que estudou a poesia toscana com a ajuda de Brunetto Latini. O interesse depressa abrangeu outros autores, dos quais se destacam os menestréis e poetas provençais, além da Antiguidade Clássica Latina (Virgílio, Horácio, Ovídio, Cícero e outros). Brunetto Latini foi filósofo e mestre em retórica, ensinou princípios básicos de ética, filosofia e política, sobretudo respeito e amor pela língua italiana. Dante se entristece por encontrá-lo no Inferno, no terceiro giro do sétimo círculo, o dos sodomitas (Inf. XV, 82-87):

Ché 'n la mente m'è fitta, e or m'accora,
la cara e buona imagine paterna
di voi quando nel mondo ad ora ad ora

m'insegnavate come l'uom s'etterna:
e quant'io l'abbia in grado, mentr'io vivo
convien che ne la mia lingua si scerna.

Vivo em minha lembrança se demora
o caro e grato vulto teu paterno,
quando a mim, lá em cima, hora por hora,

mostravas como o ser se torna eterno:
e quanto em nosso mundo te prezei,
em tom proclamarei atento e terno.

(Nota: quando nos referirmos a excertos da Divina Comédia, indicaremos primeiro o livro abreviado, por exemplo, Inferno como Inf., depois o Canto, em numeração romana seguida de vírgula. Em algarismos indo-arábicos estarão os versos, os quais aparecem numerados na maior parte das edições).

Em Bolonha, dedicara-se durante meses aos estudos de ciências naturais, escolástica e filosofia clássica. Nessa cidade, já exilado, escreveria dois ensaios – Il Convivio e De Vulgari Eloquentia. Alessandro Barbero afirma que Dante não só escreveu os ensaios em Bolonha, mas para Bolonha, pretendendo participar de sua vida universitária, em um novo projeto de vida, inclusive com o apoio de Cino da Pistoia.

A questão política ocupa um papel decisivo. A família de Dante era comprometida politicamente com o partido dos Guelfos, envolvido em lutas fratricidas com os Gibelinos. Para entender melhor é preciso discorrer um pouco sobre o que era a península itálica, e a cidade de Florença nos contextos social e político. A Itália, como nação, ainda não existia. Só viria a ser unificada depois de muitas lutas, em 20 de setembro de 1870, portanto há apenas 150 anos! Não havia unidade territorial e nem mesmo linguística, com a presença de variados dialetos. Duas palavras podem definir a conjuntura naquele período – extrema divisão e confronto.

A fragmentação do antigo Império Romano resultara na formação de muitas cidades-estados, independentes (comunas), pressiomadas pelo Papado (uma singular monarquia, envolvida em disputas temporais de terras e poder) e por outros reinados (Alemanha e França). As cidades viram-se forçadas a aderir a um e outro lado, dependendo das circunstâncias. A própria contiguidade entre as comunas não era pacífica e as guerras frequentes. Um verdadeiro caos beligerante, todos guerreando contra todos, e que Dante lamentaria de maneira veemente (Purg. VI, 76-87):

Ah serva Italia, di dolore ostello
nave sanza nocchiere in gran tempesta,
non donna di province, ma bordello!

Quell'anima gentil fu così presta,
sol per lo dolce suon de la sua terra,
de fare al cittadin suo quivi festa;

e ora in te non stanno sanza guerra
li vivi tuoi, e l'un l'altro si rode
di quei ch'un muro e una fossa serra.

Cerca, misera, intorno da le prode
le tue marine, e poi ti guarda in seno,
s'alcuna parte in te di pace gode.

Ah dividida Itália, imersa em fel,
nau sem piloto, em meio do tufão,
dona de reinos, não, mas de bordel!

Enquanto uma alma ali tal emoção
demonstra ao nome só de sua terra,
acolhendo, gentil, a seu irmão;

sobre o teu solo os vivos dão-se à guerra,
uns aos outros, lutando, de arma em riste,
mesmo no sítio onde um só muro os cerra.

Nas duas margens põe o olhar – ó triste!
depois observa as povoações do meio,
e vê se em parte alguma a paz existe!

Florença não era apenas uma das cidades mais belas, populosas (em torno de 90.000 habitantes), prósperas e cultas da península, mas de toda a europa, rivalizando com Paris. E, dentro dela, existiam grupos, partidos e facções políticas, que moviam entre si interminável disputa. A principal divisão em Florença opunha os denominados Guelfos (que apoiavam o Sumo Pontífice) e os Gibelinos (favoráveis ao Imperador do Sacro Império Germânico-Romano). O interessante é que a disputa não nascera propriamente italiana, mas fora transposta do século XII, na Alemanha, tendo como origem um confronto dinástico.

É ainda mais complicado – os Guelfos se opunham entre si, dentro da mesma facção, em Guelfos Brancos (*Bianchi*) ligados aos burgueses com ascenção social (e à qual pertencia Dante) e os Negros (*Neri*), oriundos da nobreza decadente. Havia perseguições políticas cruéis, tumultos e desordens. Quando uma das facções assumia o poder costumava vingar-se, banir ou matar adversários.

Dante se envolve nessas disputas intermináveis, pois não foi apenas um intelectual distante e pensativo, participava diretamente da política e da vida florentina. Num tempo de violência generalizada, política e guerra andavam juntas. Em 1289, o poeta fez parte de ações bélicas na batalha de Campaldino e no sítio a Caprona, como parte da cavalaria, entre os *fedi-*

tori – grupo de cavaleiros na primeira linha, mais expostos e que tinham a missão de iniciar a batalha (Inf. XXI, 94-96):

> *Così vid'io già temer li fanti*
> *ch'uscivan patteggiati di Caprona,*
> *veggendo sé tra nemici cotanti.*

Temor igual ao meu vi nos infantes
que deixavam Caprona enfim rendida,
indo entre os inimigos hesitantes.

Mas, felizmente, a experiência militar restringiu-se àqueles meses. Por volta de 1295, ele se inscreveria na *Arte dei Medici* e *Speziali* (Guilda dos Médicos e Apotecários). Não que Dante fosse médico ou apotecário (farmacêutico). Não havia uma definição exata: a guilda englobava vastíssima, heterogênea gama de atividades e empreendimentos e não havia nem mesmo a exigência duma atividade exata para a matrícula. Uma guilda ou corporação agrupava, durante a Idade Média, indivíduos com interesses mais ou menos comuns (negociantes, artesãos, artistas) e visava proporcionar assistência e proteção. Equivaleria, grosso modo, aos nossos sindicatos, embora sem uma abrangência precisa.

Dante se matricula porque era uma exigência legal para participar da vida política da comunidade. A democrática República Florentina ambicionava excluir, de seus quadros de dirigentes, os fidalgos ociosos, os que não apresentassem outros títulos senão os de ascendência nobiliárquica. Um ano depois, ele já faria parte do Conselho dos Cem, que secundava os seis priores na direção de Florença. Ademais, a República Florentina tinha uma curiosa e maciça participação popular. Além do Conselho dos Cem funcionavam, entre outros, o Conselho do Capitão do Povo e o Conselho da Comuna, num total de 676 cidadãos, cujos cargos se renovavam a cada seis meses! Não havia uma casta de políticos, nem os cidadãos participantes abandonavam as atividades habituais.

Em 13 de junho de 1300, Dante foi eleito prior. Mas, ao mesmo tempo, iniciaram-se novas hostilidades dentro do partido dos Guelfos, entre Brancos e Negros, resultando em quinze banimentos de ambos os lados, entre eles, o poeta Guido Cavalcanti, que fora um dileto amigo, dos quais Dante não pôde eximir-se de opinar. Guido, apesar de notável poeta, foi também um aristocrata arrogante e violento, sempre envolvido em confrontos, e que nunca perdoaria Dante pela simpatia com o povo e a multidão.

Terminado o prazo do cargo (durava apenas 2 meses para evitar desmandos!) em setembro, os novos mandatários revogaram o exílio dos Brancos, o que foi interpretado pelo Papa como ofensa. Em uma carta de Dante, vista por Leonardo Bruni, ele atribui com lucidez todos os infortúnios à sua eleição como prior. É impressionante a rede de intrigas, fofocas, interesses, invejas, vinganças, ódios, a venenosa seiva que alimentava o cipoal político florentino. Entretanto Dante se posiciona sozinho, no Conselho dos Cem, contra o apoio às tropas papais em Maremma (talvez uma causa provável de seu posterior desterro). Em seguida, faz parte de uma delegação florentina que tenta negociar com o papa a solução das divergências. Em novembro, os Guelfos Negros saqueiam Florença e Charles de Valois (apoiador do papa e filho de Filipe III de França) entra na cidade (Purg. XX, 70-78):

Tempo vegg'io, non molto dopo ancoi,
che tragge un altro Carlo fuor de Francia,
per far conoscer meglio e sé e 'suoi.

Sanz'arme n'esce e solo com la lancia
con la qual giostrò Giuda, e quella ponta
si ch'a Fiorenza fa scoppiar la pancia.

Quindi non terra, ma peccato e onta
guadagnerà, per sé tanto più grave,
quanto più lieve simil dano conta.

Vejo um tempo, e não tarda a ser chegado,
em que outro Carlos deixará a França,
por se tornar, e ao seu brasão, notado.

Sem exército, armado só da lança
que Judas manejou, brande-a, cruento,
contra Florença e em pleno ventre a alcança.

Em vez de terra, só aviltamento
destarte logrará, e só pecado,
dos quais nem chega, estulto, a se dar tento.

Retido em Roma pelo papa, quando volta da missão diplomática (27 de janeiro de 1302), evitando entrar na cidade (permanece em Siena), o poeta se vê banido por dois anos, acusado de corrupção (*baratteria*, termo da época) e multado em 2.000 florins, caso quisesse retornar. Um processo injusto e claramente de perseguição política, pois o novo regime, sem disfarces, vingava-se dos adversários vencidos. Segundo Dino Compagni, foram desterrados mais de seiscentos florentinos.

Posteriormente, o banimento de Dante seria convertido em pena de morte. Se regressasse, o queimariam vivo. É o início do mais longo sofrimento. Afastado da família e da pátria, errava pela península, de corte em corte, atuando geralmente como conselheiro político. No exílio viverá os próximos vinte anos. Mesmo entre os exilados não havia consenso. Dante acabou rompendo com os companheiros, formando, como disse, *um partido de mim mesmo, sozinho*. Permanece mais tempo em Verona, com o príncipe Cangrande I della Scala, e em Ravenna, com Guido Novello da Polenta. Imagina o quanto será dolorosa a vida de exilado quando encontra o seu trisavô no Paraíso, Cacciaguida, e ele profetiza sobre seu infortúnio (Par. XVII, 58-60):

Tu proverai sì come sa di sale,
lo pane altrui, e come è duro calle
lo scendere e 'l salir per l'altrui scale.

Sentirás o amargor, à boca cheia,
do pão de estranhos, e quão dura é a via
de subir e descer a escada alheia.

Dante sempre foi grato a Cangrande I della Scala (1291- 1329), o Senhor de Verona (da dinastia Scaligera e chefe dos Gibelinos no norte da Itália), que lhe permitiu viver seguro e confortável por uns quatro anos. Mas quem o protegeu, no início do exílio, foi mesmo Bartolomeo, irmão de Cangrande, o qual era ainda um menino. Ele se tornaria de fato o Senhor de Verona em novembro de 1311.

Em fevereiro de 2004, exumaram o corpo de Cangrande para a realização de testes, procurando descobrir a causa de sua morte, pois falecera jovem e aparentemente saudável. A conclusão foi de envenenamento por planta da família das dedaleiras, *Digitalis purpurea*, da qual se extrai a digitalina, usada em doenças cardíacas e que pode causar intoxicação grave.

Um dos personagens colocados por Dante no Paraíso (XVII, 70-79):

Il primo tuo refugio e 'l primo ostello
sarà la cortesia del gran Lombardo
che 'n sula scala porta il santo uccello;

ch'in te avrà sì benigno riguardo,
che del fare e del chieder, tra voi due,
fia primo quel che tra li altri è più tardo.

Con lui vedrai colui che 'mpresso fue,
nascendo, sì da questa stella forte,
che notabili fier l'opere sue.

Um refúgio de início encontrarás
na generosidade do Lombardo
que no topo da escada uma águia traz,

tão desejoso de aliviar-te o fardo,
que entre o solicitar e o conceder
virá primeiro o que de regra é tardo.

Conhecerás ali o que ao nascer
foi desta estrela à luz predestinado
por feitos estupendos empreender.

Em 1310, Henrique VII, do Luxemburgo, que o poeta conhecera pessoalmente, invadiu a península. Dante veria nele as possibilidades de unificação da Itália e seu retorno a Florença. Escreveu-lhe, bem como a vários líderes italianos, cartas abertas onde incitava violentamente à destruição do poderio dos Guelfos Negros. Em uma das epístolas nomeou os governantes florentinos de intrigantes e facínoras. Em Florença, Baldo d'Aguglione perdoou a maior parte dos Guelfos Brancos que estavam no exílio, num esforço de pacificação interna, permitindo-lhes o regresso. Dante ultrapassara os limites toleráveis nas cartas e a sua volta não seria permitida.

Em 1312, Henrique VII assalta Florença, derrotando os Guelfos Negros. Mas com a morte do imperador, numa súbita enfermidade em Buonconvento, desapareceria também a esperança de Dante rever a cidade natal (*la mia terra*). Entretanto, como afirmara no De Vulgari Eloquentia, ele, um exilado, já concebia o mundo por pátria como os peixes têm o mar (*ho per patria il mondo come i pesci hanno il mare*). Possuía agora apenas seu poema para protegê-lo do definitivo desastre (Par. XXX, 133-141):

E'n quel gran seggio a che tu li occhi tiene
per la corona che già v'è sù posta,
prima che tu a queste nozze ceni,

sederà l'alma, che fia giù agosta,
de l'alto Arrigo, ch'a drizzare Italia
verrà in prima ch'ella sia disposta.

La cieca cupidigia che v'ammalia
Simili fatti v'ha al fantolino
Che muor per fame e caccia via la balia.

O sólio que contemplas, encimado
de uma coroa, a Henrique se assegura
– antes que a núpcias tais sejas chamado –

o qual, chegando à suma investidura,
sacudirá a Itália, mas em vão,
pois a achará hostil e não madura.

Enredados em sórdida ambição,
os teus são como a criança que esfomeada
teima, entretanto, e foge à nutrição.

Em 1315, Florença foi obrigada, por Uguccione della Faggiuola (militar que controlava a cidade), a outorgar anistia a todos os exilados. Dante constava na lista daqueles que deveriam receber o perdão. Contudo exigiram que pagassem multa e, além disso, aceitassem participar de cerimônia religiosa na qual se retratariam como ofensores da ordem pública. Dante recusaria tal humilhação, preferindo o exílio. Deixou escritos os motivos da discordância: *Então é esta a revogação de Dante Alighieri à sua cidade natal, depois das misérias de quase 15 anos de exílio? É esta a recompensa à inocência manifestada a todo mundo e ao suor e à labuta do estudo constante? Longe de mim ser aquele que seguiu a filosofia para me submeter a tal humilhação. [...] Longe de mim ser quem pregou justiça e que sofreu a injustiça de pagar com dinheiro àqueles que foram injustos com ele.* Completando em outro texto: *Se é assim que admitem minha volta a Florença, jamais voltarei a Florença! Pois não posso divisar, aonde quer que eu vá, a luz do sol e o brilho das estrelas? E como poderia eu, depois, em qualquer parte sob os céus, considerar grandes e altas verdades, se de tal maneira me rebaixasse, tornando-me ignominioso perante o povo de minha terra, perante a própria cidade? Não, e espero que ainda desta vez não me faltará o pão!*

Guido Novello da Polenta, senhor de Ravena, ofereceu-se para hospedá-lo em 1318. Dante aceita e passa a residir no próprio palácio senhorial. Reuniram-se a ele os dois filhos: Pedro e Antônia. Foi ali, no Mosteiro de Santo Estêvão, que Antônia escolheu o hábito religioso com o nome de irmã Beatriz (homenagem à musa paterna). Em Ravena, o poeta terminaria o Paraíso. Porém, em janeiro de 1320, ausentou-se por uns dias e foi a Verona entregar a Cangrande um autógrafo da Comédia, dedicando-lhe o cântico do Paraíso. Na ocasião, também escreveu uma longa epístola ao Senhor de Verona, na qual faz minuciosas considerações sobre o poema. Ao voltar, encontra uma situação delicada, com ameaças de guerra e invasão entre os governos de Ravena e Veneza. Diante disso, recebeu de Guido da Polenta a missão de negociar, como embaixador e mediador experiente que sempre fora, uma paz honrosa. Entretanto, pouco depois do retorno a Ravena apresenta um quadro de febre alta e debilidade (provável malária), falecendo na madrugada de 14 de setembro de 1321 (cinquenta e seis anos), sendo sepultado na Igreja de San Pier Maggiore (mais tarde, Igreja de San Francesco).

Entre os túmulos de florentinos ilustres, em Santa Croce, encontra-se um dedicado a Dante (um cenotáfio, túmulo honorário e vazio). Inscritas na pedra as palavras com que Virgílio é saudado no Limbo: *Onorate l'altissimo poeta* – Honrado seja o altíssimo poeta (Inf. IV 79). A continuação do verso, *L'ombra sua torna, ch'era dipartita* (*seu espírito, que partira, retorna*), é mais um lamento ao túmulo vazio.

Os restos mortais nunca saíram de Ravena, a terra que o acolhera no exílio.

A Divina Comédia

A importância de Dante dentro da literatura ocidental é tamanha que T. S. Eliot chega a afirmar que *Dante e Shakespeare dividem o mundo moderno entre si, não há um terceiro*, e que o cântico do Paraíso *é o ponto mais alto que a poesia já logrou alcançar e a que provavelmente não poderá chegar outra vez*. Ademais, *Dante – em alguns aspectos medularmente medieval, em outros anunciador dos novos tempos que seriam conhecidos pelo rótulo impreciso de "Renascimento" – só alcançou uma ampla legibilidade nos séculos XIX e XX, e sem medo de anacronismo, pode-se dizer que sua obra é, em alguma medida, um fenômeno romântico e moderno* (Por que ler Dante, Eduardo Sterzi, Editora Globo, 2008).

A Commedia foi mais tarde rebatizada com o adjetivo Divina, tornando-se Divina Commedia, por Giovanni Boccaccio (1351-1355), quem escreveu das primeiras biografias do sumo poeta. Os próprios florentinos, que o haviam banido, não tardariam a reconhecer-lhe o valor. Pouco mais de cinquenta anos depois de sua morte, a administração da cidade contratou Boccaccio para ler e comentar a Comédia publicamente. Inaugurou-se uma tradição que persiste até hoje: as *lecturae dantis*, aulas com explicações detalhadas de cada canto do vasto poema.

Para escrever a Comédia, Dante inspirou-se diretamente em algumas histórias típicas da Idade Média. Havia um fascínio por relatos assustadores e maravilhosos. Uma versão de descida ao inferno, em francês antigo, acompanhada por comentários em latim, é datada do início do século XIV. O manuscrito, ilustrado com miniaturas, poderia servir facilmente para o inferno de Dante. Nele, São Paulo, guiado pelo Arcanjo Miguel, vê uma árvore incendiada, repleta de corpos crucificados nos galhos, alguns pelos pés, outros pelas mãos, braços, línguas, orelhas e cabelos. Ele pergunta quem são. O arcanjo diz que são as almas dos pecadores. São Paulo tenta cobrir os olhos, cheio de horror, mas o anjo o impede. Almas malditas, atormentadas por demônios, e almas virtuosas acolhidas por alegres anjos no céu, foram um panorama familiar em mosaicos e afrescos não só na Itália, mas em outros lugares da Europa. Na Inglaterra ficaram conhecidas como *pinturas do Juízo Final*.

Entretanto, acreditar que a Comédia seria uma versificação da Suma Teológica de São Tomás de Aquino ou das teses de Santo Agostinho pode constituir um equívoco. Deduz Harold Bloom (O Cânone Ocidental, Editora Objetiva, 2001): *Se tudo está em Agostinho ou em Tomás de Aquino, então leiamos Agostinho ou Aquino. Dante queria que lêssemos Dante. Não compôs seu poema para iluminar verdades herdadas. A Comédia pretende ser a verdade, e eu diria que desteologizar Dante seria tão irrelevante quanto teologizá-lo. Talvez Dante fosse pio e ortodoxo, mas Beatriz é figura dele e não da igreja.*

Outrossim, o guia, o mestre e protetor que o levará até o Purgatório e o Inferno é um poeta pagão, Virgílio, não é anjo ou arcanjo, muito menos Agostinho ou Tomás de Aquino (Inf. I 79-81):

Or se'tu quel Virgilio e quella fonte
che spandi di parlar sì largo fiume?
rispuos'io lui con vergognosa fronte.

Então és tu, Virgílio, aquela fonte
que expande de eloquência um largo rio?
– Perguntei-lhe, baixando humilde a fronte.

Não há registro exato da data e duração na qual foi escrita. As opiniões mais reconhecidas asseguram que de 1306 a 1321 (esta última coincide com a morte do autor), porquanto durante quinze anos. Os primeiros sete cantos do Inferno, compostos quando refugiado nas terras do Marques Moroello Malaspina, no princípio do exílio. Dante, ele mesmo, explica certa vez que a Comédia seria obra polissêmica (que tem mais de um sentido). Para demonstrar, citou o salmo: *Quando Israel saiu do Egito, da casa de Jacó, com pessoas de idioma estrangeiro, Judá era seu santuário e Israel seu domínio.*

No sentido literal, estas palavras se referem à fuga dos israelitas do Egito, guiados por Moisés; no sentido alegórico (dar uma forma figurada a pensamentos e ideias), significam nossa redenção por Cristo; no sentido moral, a conversão da alma, da tristeza e da miséria do pecado para um estado de graça; no sentido anagógico (ressignificação que transforma algo literal em místico), a passagem da alma santificada, da escravidão e da corrupção deste mundo, para a liberdade da glória perpétua. Mas ele também enxergou na Comédia, de maneira resumida, dois objetivos principais: *O tema, portanto, de toda a obra, tomado no sentido literal apenas, é o estado das almas depois da morte. Toda a obra gira em torno disso. Porém, se a obra for considerada do ponto de vista alegórico, o tema é o homem de acordo com seus méritos e deméritos, que no exercício do livre-arbítrio merece recompensa ou punição.*

Por fim, expõe com detalhes a origem latina da palavra Comédia, bem diferente do sentido atual. Ele retira a palavra *comoedia* de *comus*, aldeia, e *oda*, canção: *onde há comédia, seja onde for, há uma canção rústica*. A palavra *tragoedia*, diz ele, é derivada de *tragos*, cabra, e *oda*, novamente de canção. É, portanto, malcheirosa feito uma cabra, *como se pode ver nas tragédias de Sêneca*.

Uma tragédia começa tranquila, mas seu fim é terrível. Uma comédia, por outro lado, começa em condições adversas, mas termina bem, tem um final feliz. Caso da Comédia que começa pelo Inferno, mas termina no Paraíso. Outro ponto fundamental é que não foi escrita em latim, mas em vernáculo, no dialeto florentino, a língua vulgar, com a qual as pessoas do povo conversavam entre si. Um leitor apaixonado, o poeta argentino J. L. Borges (Nove Ensaios Dantescos & a Memória de Shakespeare, Editora Companhia das Letras, 2008) faz as seguintes considerações: *Imaginemos, numa biblioteca oriental, uma estampa pintada há muitos séculos. Talvez seja árabe e nos dizem que nela estão representadas todas as fábulas d'As mil e uma noites; talvez seja chinesa e sabemos que ilustra um romance com centenas ou milhares de personagens. No tumulto de suas formas, alguma – uma árvore que parece um cone invertido, mesquitas rubras sobre um muro de ferro – atrai nossa atenção e dessa passamos a outras. O dia declina, a luz arrefece, e à medida que nos internamos na gravura compreendemos que não há nada na terra que não esteja ali. O que foi, o que é e o que será, a história do passado e a do futuro, as casas que tive e as que terei, tudo isso nos espera em algum lugar daquele labirinto tranquilo... imaginei uma obra mágica, uma estampa que também fosse um microcosmo; o poema de Dante é essa estampa de âmbito universal... Há uma primeira leitura da Comédia, não há uma última, já que o poema, uma vez descoberto, segue acompanhando-nos até o fim. Como a linguagem de Shakespeare, como a álgebra ou como nosso próprio passado, a Divina Comédia é uma cidade que nunca teremos explorado de todo; o mais gasto e repetido dos tercetos pode, uma tarde, revelar-me quem sou ou o que é o universo.*

Ao criar um poema de estrutura épica e com propósitos filosóficos, Dante demonstra que a língua toscana, próxima do que hoje é o italiano, em oposição ao latim, a língua apropriada para discursos mais elaborados e cultos, podia ser usada também em assuntos sublimes. E faz uma defesa do uso do vernáculo no Il Convivio: *Este será luz nova, sol novo, que surgirá onde o usado (latim) declinar, e dará lume àqueles que estão nas trevas e na obscuridade, devido ao usado sol que não os ilumina.*

A língua vulgar, umbilicalmente ligada à nova poesia, é definida no De Vulgare Eloquentia como *aquela que as crianças aprendem a usar de quem as circunda quando começam a articular os sons; ou, como se pode dizer de modo ainda mais breve [...] aquela que recebemos imitando a ama-de-leite, sem nenhuma regra.* Entretanto, isto não era habitual. Por mais que se pesquisasse não se encontraria, há mais de século e meio, nada escrito quer na *língua d'oc* (provençal ou dialeto occitano, falado na antiga Provença, sul da França e norte da Itália), quer na *língua do sí* (italiano), a não ser na poesia, *per dire d'amore*.

Dante não perdia a oportunidade de sempre favorecer o idioma comum, a língua falada pelas pessoas do povo, *lo quale naturalmente e accidentalmente amo e ho amato*. Além do mais, criou uma técnica original, a *terza rima*, onde os versos com dez sílabas (decassílabos) e três linhas (tercetos), rimam na forma ABA, BCB, CDC, DED etc. Ou seja, a rima central de cada terceto rima com as duas linhas ou versos (primeira e última) do terceto seguinte, numa sequência ininterrupta, nas quais aparecem novas e diferentes combinações.

E quanto a ler a Comédia, por melhores ou incontornáveis que sejam as traduções, as *pontes necessárias*, é bom lembrar a advertência de outro Dante – o nosso poeta Dante Milano, que traduziu alguns cantos do Inferno (V, XXV e XXXIII) – *A linguagem de um poeta não pode ser trasladada a outro idioma; pode-se traduzir o que ele quis dizer, mas nunca o que ele disse. Sirva isto de escusa às deficiências desta e de qualquer tradução.* E ele dá uma prova elegante e veraz do que afirma: *O vigor musical, ao mesmo tempo ríspido, da dicção dantesca, se dilui na singela fluência do verbo português: as palavras, traduzidas embora em outras rigorosamente equivalentes, provocam, pela mera mudança de tonalidade, reações dissemelhantes. Exemplifico: as nítidas terminações em tt – smarritto –, a marcada acentuação silábica, a rugidora pronúncia dos 'rr' (Dante poderia ser cognominado 'o poeta do 'r'') contrastam com a pronúncia amena do nosso idioma. Assim* o épico torna-se lírico. Aquelas palavras que na boca de Dante são violentas e arrebatadas, como no verso *La bocca mi baciò tutto tremante*, transpostas para a nossa língua tomam um ar mais calmo, que não muda o sentido, mas altera e suaviza a ação. Ao pé da letra: A boca me beijou todo tremente ou Todo trêmulo a boca me beijou. Ou ainda, como preferi traduzir, por achar mais de acordo com o ímpeto e a intensidade lírica, mais fortes que o próprio sentido das palavras: Beijou-me a boca, trêmulo, ofegante.

Seguem-se três exemplos utilizando as famosas estrofes que iniciam a Comédia – Inferno, Canto I, versos 1-12, no original (Commedia de Dante Alighieri, Edizione di riferimento: a cura de Giorgio Petrocchi, 3 volumi, Mondadori, Milano 1966-1967), acompanhadas por duas das mais conhecidas traduções para o português no Brasil:

1 Nel mezzo del cammin di nostra vita A
2 mi ritrovai per una selva oscura B
3 ché la diritta via era smarrita. A

4 Ahi quanto a dir qual era è cosa dura B
5 esta selva selvaggia e aspra e forte C
6 che nel pensier rinova la paura! B

7 Tant'è amara che poco è più morte; C
8 ma per trattar del ben ch'I' vi trovai, D
9 dirò de l'altre cose ch'i' v'ho scorte. C

10 Io non so ben ridir com'I' v'intrai, D
11 tant'era pien di sonno a quel punto E
12 che la verace via abbandonai. D

Primeiro, uma tradução de A Divina Comédia (Cia Brasil Editora, 1955) por José Pedro Xavier Pinheiro (1822-1882), em versos decassílabos, mantendo o mesmo esquema rímico (*terza rima*):

Da nossa vida, em meio da jornada,
Achei-me numa selva tenebrosa,
Tendo perdido a verdadeira estrada.

Dizer qual era é cousa tão penosa,
Desta brava espessura a asperidade,
Que a memória a relembra inda cuidosa.

Na morte há pouco mais de acerbidade;
Mas para o bem narrar lá deparado
De outras coisas que vi, direi verdade.

Contar não posso como tinha entrado,
Tanto o sono os sentidos me tomara,
Quando hei o bom caminho abandonado.

É possível compará-la com esta outra, a que mais aprecio, do mineiro de Montes Claros, Cristiano Martins (1912-1981) – A Divina Comédia (Dante Alighieri, 10. ed. Belo Horizonte, Garnier, 2021):

A meio do caminho desta vida
achei-me a errar por uma selva escura,
longe da boa via, então perdida.

Ah! Mostrar qual a vi é empresa dura,
essa selva selvagem, densa e forte,
que ao relembrá-la a mente se tortura!

Ela era amarga, quase como a morte!
Para falar do bem que ali achei,
de outras coisas direi, de vária sorte,

que se passaram. Como entrei, não sei;
era cheio de sono àquele instante
em que da estrada real me desviei.

Ao fazer com que cada terceto antecipe o som que irá ecoar duas vezes no seguinte, a *terza rima* dá forte impressão de movimento. Fixa um padrão de espiral lírica, um entrançamento estrófico, onde um terceto

89

encaixa-se no outro firmemente como se fossem tridentes (*concatenatio pulcra* – belo acoplamento). Processo que parece não mais parar. E isto continua numa sequência impressionante de 100 cantos e 14.233 versos. Outra simetria é que todos os três livros (Inferno, Purgatório e Paraíso) terminam na mesma palavra – estrela. Se dividirmos o número total de versos por três acharemos uma dízima periódica igual a 4.744,3333333... O número decimal que se repete ao infinito é exatamente três, o poderoso mantra da Divina Comédia!

Poema narrativo, situado entre a epopeia e o romance, a meio caminho entre as duas grandes formas da literatura narrativa antiga e moderna. O filósofo Georg Lukács observa que, em Dante, *os princípios de configuração que convergem para o romance são reconvertidos em epopeia*. Segundo Eduardo Sterzi, chama atenção o fato *de ser escrita em primeira pessoa, e numa primeira pessoa que se apresenta marcadamente como não-ficcional, com uma voz e uma memória que coincidem plenamente com as do autor empírico do texto.*

Numa direta formulação de Gianfranco Contini, *Dante, o personagem--poeta, transporta-se, com sua história, e sua personalidade, com suas amizades e seus desafetos, com seus temores e suas ousadias, para o interior do texto*. A ilusão de realidade, a verossimilhança é tão poderosa que o leitor cai sob encantamento. É o que ficou caracterizado como o realismo dantesco: não apenas o poder de capturar imagens vivas do mundo dos homens, do mundo histórico, mas também de transportá-las e transmiti-las com vivacidade.

Para Erich Auerbach (Dante, poeta do mundo terreno (secular), Editora Universidade de Lisboa, 2018): *Dante foi o primeiro a configurar o que a Antiguidade havia configurado de maneira muito diferente e a Idade Média não havia configurado de modo algum: o homem, não como um herói remoto, lendário; não como um representante de um tipo ético, mas o homem tal como nós o conhecemos na sua realidade histórica viva, o indivíduo concreto na sua unidade e inteireza [...] As almas dos condenados, no seu corpo espectral, têm, neste eterno lugar, aparência, liberdade de palavras e de gestos, liberdade para realizar alguns movimentos, e, portanto, dentro da imutabilidade, liberdade para certo grau de mudança; abandonamos o mundo terreno, estamos num lugar eterno, e, todavia, encontramos nele aparências e acontecimentos concretos.*

E, nesse e noutros sentidos, *Dante foi o Vírgilio prospectivo de uma Itália unida*. A história que se conta na Comédia é a história do autor do poema – Dante Alighieri – que, aos 35 anos (No meio do caminho desta vida), num dia de 1.300 (possivelmente 8 de abril, uma Sexta-Feira Santa, durante o

Jubileu da Misericórdia em Roma) encontra-se perdido numa selva escura. Três feras agressivas impedem-lhe o caminho – a pantera (luxúria ou a personificação de Florença), o leão (soberba ou a Casa de França) e uma loba (avareza ou a Cúria papal) – e não o deixam prosseguir.

Fica explícita na Comédia a maior importância que o poeta dá à famélica loba, símbolo da avareza e da cobiça, para o próprio ressurgimento e salvação da Itália. E isto aconteceria por meio da figura de um libertador, chamado por ele de Veltro (que, em linguagem medieval, designa um cão de caça), um dos enigmas da Comédia e motivo de infindáveis discussões. Lembra mais uma profecia, pois ele fala de maneira cifrada, como os profetas (Inf. I, 100-106):

Molti son li animali a cui s'ammoglia,
e più saranno ancora, infin che 'l veltro
verrà, che la farà morir con doglia.

Questi non ciberà terra né peltro,
ma sapienza, amore e virtute,
e sua nazion sarà tra feltro e feltro.

Com bestas numerosas se acasala,
e mais serão, até que por final
o veltro surja para aniquilá-la,

por terra não movido, nem metal,
mas só por bem, amor, sabedoria:
lá de entre feltro e feltro, o chão natal.

Entretanto, existe uma explicação simples e inventiva, encontrada no livro Dante, de Barbara Reynolds (Editora Record, 2011) e que parece a mais provável. A frase a ser decodificada seria *tra feltro e feltro*. O processo de produção do papel era amplamente conhecido na Itália do século XIV. Havia moinhos de papel em Fabriano e Bolonha. Feltro com feltro (*tra feltro e feltro*) consistia no processo de secagem do papel para que não borrasse a escrita. Os feltros eram colocados entre as folhas para absorver a umidade. Portanto a superação da avareza seria conseguida na leitura e na aplicação dos textos, nos papéis do cânon e no direito civil. O cão de caça (veltro) encarnaria a figura de um imperador decidido e íntegro, um benfeitor, sem ambições de terras e riquezas, mas pronto a distribuir justiça.

Dante está ameaçado e perdido dentro da selva selvagem, na escuridão. É quando aparece o seu guia e mestre, o poeta Virgílio, para livrá-lo das feras e ajudá-lo a percorrer o justo caminho. Dante hesita, mas Virgílio acalma-o, convencendo-o a segui-lo sem maiores receios (Inf. I, 91-93):

A te convien tenere altro viaggio,
rispuose, poi che lagrimar mi vide,
se vuo'campar d'esto loco selvaggio.

Convém fazeres uma nova viagem,
disse-me, então, ao ver-me soluçando,
e escaparás deste lugar selvagem.

O grande poeta romano está a serviço e cumprindo missão confiada por Beatriz, a protetora sobrenatural de Dante (Inf. II 64-66):

e temo che non sia già sì smarrito,
ch'io mi sia tardi al soccorso levata,
per quel ch'i' ho di lui nel cielo udito.

receio que ele esteja tão perdido,
que esta ajuda a destempo vá prestada,
por tudo que no céu eu tenho ouvido.

Públio Virgílio Maro (70 a.C.-19 a.C.) foi um poeta romano, autor de três grandes obras da literatura latina: as Éclogas, as Geórgicas e a Eneida. Dante sempre foi fascinado por Eneida (Editora Abril, 1983), epopeia e obra-prima de Virgílio, um longo poema que conta a saga de Eneias, troiano que sobrevive à tomada da cidade e viaja depois pelo Mediterrâneo para fundar uma nova pátria, chegando à península itálica. Eneias é o ancestral mítico de todos os romanos. Um dos episódios mais famosos da Eneida é a descida do herói ao mundo dos mortos para ouvir os conselhos e as orientações do pai, Anquises, que também lhe faz uma longa profecia sobre o futuro glorioso de Roma. O paralelo com A Divina Comédia é evidente.

Prosseguindo na viagem, Dante e Virgílio entram na barca de Caronte na direção do Inferno. O barco move-se pelas águas escuras e Virgílio pede que ele reúna coragem, pois as palavras do barqueiro prometem bons augúrios. Atingem o primeiro círculo do Inferno – o Limbo (vem de *Limbus*, borda ou margem superior), que exibe uma lógica inexorável, mas aparência injusta. Os que nasceram e morreram antes de Cristo não o conheceram e estão excluídos da alegria da presença de Deus. No Limbo não há tormentos físicos (ou espectrais), mas um anseio perpétuo, um sofrimento emocional da falta (suspiros de homens, mulheres e crianças que não foram batizadas) que jamais será satisfeito. É de onde sai o mestre, Virgílio, um pagão virtuoso, para guiá-lo.

Chegam ao portão das regiões infernais, no início do terceiro canto, onde encontramos os mais belos e terríveis tercetos da Comédia (Inf. III, 1-9):

PER ME SI VA NE LA CITTÀ DOLENTE,
PER ME SI VA NE L'ETTERNO DOLORE,
PER ME SI VA TRA LA PERDUTA GENTE.

GIUSTIZIA MOSSE IL MIO ALTO FATTORE:
FECEMI LA DIVINA PODESTATE,
LA SOMMA SAPIENZA E 'L PRIMO AMORE.

DINANZI A ME NON FUOR COSE CREATE
SE NON ETTERNE, E IO ETERNO DURO.
LASCIATE OGNE SPERANZA VOI CH'ENTRATE.

Por mim se vai à cidadela ardente,
por mim se vai à sempiterna dor,
por mim se vai à condenada gente.

Só justiça moveu o meu autor;
sou obra dos poderes celestiais,
da suma sapiência e primo amor.

Antes de mim não foi coisa jamais
criada senão eterna, e, eterna, duro.
Deixai toda esperança, ó vós que entrais.

Os viajantes descem ao segundo círculo, onde encontram Minos, rei de Creta. No Hades de Virgílio, ele tem a função de um juiz determinando o lugar das almas pela gravidade dos pecados. Dante o transforma em um monstro, que determina o círculo da punição de acordo com as voltas do rabo. Este verso, por exemplo, sugere alguém que despenca. *Quantunque* (embora) é palavra que simula um som de baque surdo, corpo que cai e encontra o fundo (Inf. V, 12):

Quantunque gradi vuol che giù sia messa.

Quantos círculos aos quais ele condena.

Ao longo do trajeto, encontra inúmeros personagens (míticos, literários, da história antiga e recente), conversa com alguns, despreza outros, emociona-se com o destino de pessoas com as quais convivera. Estão entre os momentos mais fortes da Comédia. Dos três cantos, o Inferno é o que mais fascina. Parece um roteiro moderno de cinema com efeitos especiais. E possui uma topologia bem definida – são nove círculos dispostos em forma concêntrica feito um funil. Resulta do enorme fosso escavado pelo corpo do demônio quando despencou do Paraíso sobre a cidade sagrada de Jerusalém.

É possível fazer um pequeno esboço, um mapa, da geografia infernal: primeiro círculo: o Limbo (virtuosos pagãos); segundo círculo: Vale dos Ventos (luxúria); terceiro círculo: Lago de Lama (gula); quarto círculo: Colinas de Rocha (ganância); quinto círculo: Rio Estige (ira); sexto círculo: Cemitério de Fogo (heresia); sétimo círculo: Vale do Flegetonte (violência); oitavo círculo: o Malebolge (fraude); nono círculo: Lago Cócito (traição).

Um dos diálogos tornou-se ponto dos mais altos da obra, pelas emoções que desperta. Dante encontra-se com Francesca da Rimini, acompanhada do cunhado e amante Paolo Malatesta, no segundo círculo, reservado aos luxuriosos. Ambos foram mortos pelo marido, duplamente traído (Inf. V, 103-106):

Amor ch'a nullo amato amar perdona,
mi prese del costui piacer sì forte,
che, come vedi, ancor non m'abbandona.

Aor condusse noi ad una morte:
Caina atende chi a vita ci spense.
queste parole da lor ci fuor porte.

Amor, que a amado algum amar perdoa,
me fez nele sentir prazer tão forte
que, como vês, ainda me afeiçoa.

Amor nos conduziu à mesma morte.
Caína aguarda ao que ceifou as vidas.
Assim falou, contando a sua sorte.

(Tradução de Haroldo de Campos)

De todos os monstros e criaturas deformadas do Inferno, a mais aterrorizante é Gerião. Os centauros que vigiam o rio de sangue no sétimo círculo, atirando flechas nos assassinos, são figuras mitológicas clássicas. Mas Gerião, que levará os poetas até o abismo, entre o sétimo e o oitavo círculo, é uma figura de pesadelo. Dante dá a ele três formas – um corpo humano, outro bestial e outro de réptil. Representa a fraude: tem a face de um homem justo, um corpo com cores deslumbrantes, patas e antebraços de animal e cauda de serpente com ferrão venenoso. Virgílio exerce seu poder mágico sobre o monstro para o obrigar a carregá-los para baixo. Como está escuro, Dante não tem meios de saber que estão descendo, a não ser pelo vento que sopra no seu rosto. São instantes de pavor. Mas Gerião deixa os passageiros seguros em um rochedo e desaparece.

Dante não usa apenas o tenebroso, utiliza, quando necessário, também o ridículo e o vulgar. É fácil supor o resultado na plateia quando os versos eram lidos – a explosão de risadas, pois ele é também um talentoso artista popular. A cena do encontro com os diabos tem um lado de picadeiro de circo. Virgílio negocia com um deles, Malacoda, a permissão para passarem. O demônio convoca uma tropa para acompanhar os poetas até uma ponte desimpedida. Os nomes dos capetas não inspiram confiança: Alichino, Calcabrina, Cagnazzo, Barbariccia, Libicocco, Draghignazzo, Ciriatto, Graffiacane, Farfarello e Rubicante, o louco. Dante assusta-se com as caretas e o ranger de dentes. Mas eles vão embora a um sinal de Barbariccia, o líder, que anuncia a retirada não com uma trombeta, mas com um estrondoso peido.

Um dos encontros mais interessantes acontece no oitavo círculo – o Malebolge, onde ardem as almas dos conselheiros fraudulentos. É quando Dante encontra Ulisses, o trapaceiro e destemido herói da Guerra de Troia. Mas o Ulisses da Comédia é diferente, não busca o lar (Ítaca) depois da vitória, nem o filho, o velho pai ou a esposa. Quando deixa Circe, ele rompe todos os laços e mergulha no desconhecido, no perigo e na aventura. Uma viagem que é comparada a um voo, a um *follevolo* – um voo louco. Viajante que nunca mais retornará, o Ulisses de Dante é um navegador ainda mais ousado, que empreende uma viagem consciente de que será a última. Na verdade, Dante recupera e completa uma história inacabada que ele encontrara nas Metamorfoses (Editora Martin Claret, 2013), de Ovídio.

Dante, que sempre fora muito orgulhoso, retrata Ulisses também tomado pelo orgulho. A voz dele e de Ulisses estão perigosamente próximas. Ele é outro Ulisses, na opção pelo conhecimento e busca, obstinação e altivez em prolongar seu exílio, recusando a revogação humilhante do desterro. Comer o pão alheio, descer escadas de casas estranhas é o preço a ser pago.

Na versão dantesca, Ulisses escolheu pagar um preço bem maior que a tradicional. O que se percebe, nas entrelinhas do colóquio de Dante com Ulisses, é admiração, camaradagem compartilhada. Saúda-se um espírito afim, embora ele resida no oitavo círculo do Inferno, ardendo perpetuamente e se expressando através da língua de fogo das labaredas – Inf. XXVI, 94 -103, 118-120 e 142:

> *Né dolcezza di figlio, né la pieta*
> *del vecchio padre, né 'l debito amore*
> *lo qual dovea Penelopé far lieta,*

> *vincer potero a me l'ardore*
> *ch'i' ebbi a divenir del mondo esperto,*
> *e de li vizi umani e del valore;*

> *ma misi me per l'alto mare aperto*
> *sol con un legno e con quella compagna*

picciola da la qual non fui diserto
[...]
Considerate la vostra semenza:
fatti non foste a viver come bruti,
ma per seguir virtute e conoscenza.
[...]
infin che 'l mar fu sovra noi richiuso.

Nem de meu filho o olhar, nem a extremada
velhice de meu pai, nem mesmo o amor
de Penélope ansiosa e apaixonada,

nada pôde abater o meu pendor
de ir pelo mundo, em longo aprendizado,
dos homens perquirindo o erro e o valor.

Lancei-me ao mar, em lenho delicado,
junto à pequena e fraternal companha
pela qual nunca fui abandonado.
[...]
Relembrai vossa origem, vossa essência:
criados não fostes como os animais,
mas donos de vontade e consciência.
[...]
até que o mar enfim nos sepultou.

Lembrando que companha refere-se à tripulação de barco ou navio. Simpatizo muito mais com esse conceito do herói grego. A ideia de um Ulisses domiciliar, ocioso, satisfeito, sempre me pareceu insuportável. Escrevi um poema e o chamei de Soneto da perdição de Ulisses:

Quem supõe que Ulisses deveria voltar,
depois de Circe e da Guerra de Troia,
vê o herói de uma maneira enganosa,

vê a aparência, mas não vê a forma.

Para sempre – devia ter ido embora,
sem um retorno, sem nenhuma ideia,
além de Homero, quem o soubera,
mas o teria recomposto na Odisseia.

Voltar a Ítaca, procurar Penélope,
matar pretendentes com flechadas,
é a parte mais banal dessa história.

Ulisses nunca deveria ter voltado.
Antes ouvisse o canto da sereia,
e ali perdesse a vida, e naufragado.

O nono fosso do oitavo círculo contém a alma daqueles que espalharam o cisma e a discórdia. É um dos lugares mais repulsivos. Ali se encontra Maomé, maior apóstata do cristianismo. Ele e todos os outros condenados caminham em volta do fosso, diante de um diabo que, espada erguida, corta-os continuamente, enquanto seus espectros se refazem à medida que novamente o contornam (Inf. XXVIII, 22-27):

Già veggia, per mezzul perdere o lulla,
com'io vidi un, così non si pertugia,
rotto dal mento infin dove si trulla.

Tra le gambe pendevan le minugia;
la corata pareva e 'l tristo sacco
che merda fa di quel che sì trangugia.

Qual tonel que perde aduelas ou fundo
havia um pecador, que roto eu via
aberto do queixo ao buraco imundo.

De entre as pernas o intestino pendia,

entranhas expostas, saco de fedor

que faz merda de tudo o que comia.

Para mutilados como esses, nenhum vernáculo ilustre serviria. Ele recorre às imagens de uma chacina. E sabia o que estava descrevendo, pois estivera presente no campo de batalha de Campaldino.

À medida que caminha com Virgílio para uma plataforma que divide o oitavo do nono círculo, Dante escuta uma poderosa trombeta que lembra um trovão e enxerga três torres. Virgílio lhe explica que são gigantes: Nimrod, Efialtes e Anteu. O mais estranho entre eles é Nimrod, que participara da construção da Torre de Babel. Por ter encorajado os homens a construir uma torre que alcançasse o céu, privou a humanidade da língua e da comunhão universais. O que esse gigante fala ninguém entende, nem ele mesmo compreende qualquer língua (uma afasia sagrada): *Raphèl mai amècche zabi almi*. Uma frase de decifração impossível. Virgílio zomba, dirigindo-lhe também palavras sem sentido.

O lugar mais profundo do Inferno, sobre o qual todas os outros sustentam-se, o nono círculo, é gelado (seguindo uma tradição islâmica). Aponta para o congelamento de todos os laços humanos – de parentesco, de lealdade ao país e algum partido, de hospitalidade e de gratidão. Aliás, além da numerologia que marca a Comédia (o número três e seus múltiplos), temos também uma topologia, um território complexo, com divisões e subdivisões nas três regiões ultramundanas.

O nono círculo, por exemplo, reúne todos os traidores, mas é repartido em quatro esferas: a primeira é a Caína, onde estão os que traíram os parentes. Os pecadores ficam apenas com o tórax e a cabeça fora do gelo, mergulhados no Cócito, um dos quatro rios do inferno. O nome Caína é uma referência a Caim, o primeiro fratricida. Na segunda esfera, Antenora, os que traíram a pátria, apenas as cabeças ficam para fora. Antenor foi um troiano que, nas versões latinas medievais, atraiçoou a cidade em favor dos gregos. A terceira, chamada Ptolomeia ou Tolomeia, é onde permanecem os traidores de seus convidados, ficando apenas com a face exposta. Quando choram, as lágrimas transformam-se em gelo agudo feito espinhos. A última esfera é chamada de Judeca, numa referência a Judas Iscariotes – destino dos que traíram seus benfeitores. Os culpados ficam completamente submersos.

No meio dessa última esfera está Lucífer, que, com suas três bocarras, mastiga Judas, Brutus e Cássio. Os dois últimos por traírem César. Dante via o Império Romano como ordenação divina para conduzir a paz no mundo. No julgamento de Dante o pior pecado, entre todos, é o da traição. Ele aborda o que chama de *malizia frodolenta* (malícia furtiva ou maldade disfarçada), realizada com o uso da razão, do cálculo frio e premeditado, para espalhar sofrimento e engano. A *malizia* reparte-se entre o oitavo e o nono círculo. No oitavo, a que é promovida por aqueles em quem não se crê de forma plena. No nono, uma forma mais grave. É a malícia conduzida por aqueles em quem ingenuamente se confia, a punhalada nas costas, a perfídia pura. Percorrendo o nono círculo com Virgílio, dois condenados chamam atenção. Não podem se identificar, pois perderam a fala, e outra alma os revela – são os filhos do conde Mangona, Napoleão e Alessandro, que brigaram pela herança do pai, matando um ao outro. (Inf. XXXII, 43-48 e 58-60):

> *Ditemi, voi che sì strignete i petti,*
> *diss'io, chi siete? E quei piegaro i colli;*
> *e poi ch'ebber li visi a me eretti,*
>
> *li occhi lor, ch'eran pria pur dentro molli,*
> *gocciar su per le labbra, e 'l gelo strinse*
> *le lagrime tra essi e riserrolli.*
> *[...]*
> *D'un corpo usciro; e tutta la Caina*
> *potrai cercare, e non troverai ombra*
> *degna più d'esser fitta in gelatina.*

> Dizei-me quem sois vós, almas sofridas,
> nessa batalha, eu lhes pedi. E alçando
> ambos a mim as faces incendidas,
>
> vi-lhes no olhar o pranto rebrotando,
> que até aos lábios tristes lhes fluía,
> e sobre os mesmos, presto, congelando.
> [...]
> Foram irmãos: e aqui, pela Caína,

não acharás, buscando, outro infeliz

mais digno que eles da gelada sina.

No canto seguinte, Dante se depara com uma impressionante cena de canibalismo: duas almas presas no mesmo local, uma mastiga o crânio da outra sem cessar. Uma delas é o conde Ugolino della Gherardesca e a vítima, o espectro que está sendo roído, o arcebispo Ruggieri Ubaldino, ambos culpados de traição política. Ugolino e seu neto, Nino Visconti, foram líderes de dois partidos Guelfos que, em 1.288, tomaram o poder em Pisa. Ugolio, entretanto, aliou-se ao arcebispo, um Gibelino, para expulsar Nino. Em seguida, o próprio arcebispo conspirou contra Ugolino, prendendo-o numa torre junto aos dois filhos e dois netos, matando-os de fome. O episódio ficou conhecido em Florença, onde Pisa era insultada como exemplo de brutalidade. Os versos que contam a história da desgraça estão entre os mais comoventes da Comédia. Enlouquecido pela fome, Ugolino se alimenta da carne dos filhos e netos antes de morrer. E assim que termina o sinistro relato, volta à refeição bestial (Inf. XXXIII, 76-78):

Quand'ebbe detto ciò, con li occhi torti
riprese 'l teschio misero co'denti,
che furo a l'osso come d'um can, forti.

E terminou, enquanto o olhar torcia,

cravando à nuca do parceiro os dentes,

até os ossos, como um cão faria.

Desde a infância, o poeta se familiarizara com a imagem de Lúcifer no mosaico do batistério de San Giovanni, em Florença. Uma visão apocalíptica e majestosa de Cristo presidindo o Juízo Final, com figuras do Velho e Novo Testamentos. Noutra parte do mosaico, Lúcifer é o centro de uma cena tumultuosa com almas atormentadas por demônios. Ele é figurado como um monstro chifrudo, mastigando uma alma cujas pernas e o traseiro pendem da boca descomunal. É uma refeição cruel e contínua. Os corpos semiengolidos lembram uma parturição ao contrário. Das orelhas saem duas cobras, que também engolem mais duas almas. Lúcifer aperta várias outras com as mãos e continua o repasto infernal. Uma imagem de suas vísceras exibe um pecador prestes a ser evacuado.

É a mesma poderosa apresentação que Dante adota para o clímax do inferno, e que talvez estivesse em sua mente, com todo o pavor capaz de provocar em um menino. Lúcifer, o maior de todos os traidores, está preso no gelo e mastiga sem cessar outros três traidores. Então, por fim, arrastando Dante, Virgílio desce pelo corpo peludo do demônio para saírem e encontrarem novamente, com extremo alívio, o brilho das estrelas (Inf. XXXIV, 133-135):

Lo duca e io per quel cammino ascoso
intrammo a retornar nel chiaro mondo;
e sanza cura aver d'alcun riposo

Meu guia e eu pelo caminho brumoso
entramos, retornando ao claro mundo;
e sem pensar em ter qualquer repouso

Ademais, o Inferno é o único que exibe 34 cantos e não 33, como o Purgatório e o Paraíso. Isso porque possui uma introdução que falta nos outros. A soma final dos cantos na Comédia é de cem, o número da unidade. Todos os cantos nascem do número três – a Trindade. E toda a Comédia foi escrita em tercetos e em terza rima. É impossível não lembrar um poeta brasileiro – João Cabral de Melo Neto – cujo mantra foi o número quatro e seus múltiplos. Para demonstrar também, através dos séculos, o quanto a poesia partilha da obsessão e das ideias fixas, trabalho solitário que sempre foi, além da beleza que a justifica.

Dante, apesar de *Sommo Poeta* e de homem geralmente virtuoso, teve também algumas fraquezas humanas deploráveis, além da *amplíssima luxúria* apontada por Giovanni Boccaccio. Uma das fraquezas foi antecipar-se ao Criador, ao Juízo Divino, e colocar vários de seus desafetos no inferno. Deixou até uma vala ardente esperando a chegada do papa Bonifácio VIII, pelo qual nutria imenso desprezo. Para o inferno foram destinadas inúmeras almas dele conhecidas, merecessem ou não a danação eterna. E creio que deveriam mesmo merecê-la, pelo que sei e desconfio.

Mas Dante sempre dá a última palavra. É o dono dela. Não deve ter sido uma pessoa fácil em qualquer tipo de discussão. Contudo, certa vez, movido por *parenti che erano serpenti*, eu cometi o poema Caína (Poemas do Desalento & Alguns Elogios, Editora Scortecci, 2019). Digo ainda hoje e com sagrada indignação: espero que permaneçam ali, no lago congelado do rio Cócito, no nono círculo, mais profundo, dos traidores, o mais perto das três bocarras ou bucetas arreganhadas de Lúcifer – *o verme que perfura o mundo* – cobertos por moedas e merda, mijo e gelo, testamentos e codicilos, sem o mínimo conforto – *per saecula saeculorum*. E que Dante me apoie nessa justa empreitada:

Caína

Pouco importa o que digam.
Mas como foste traído!
Com manha, ciúme e intriga,
foram urdindo o teu exílio.

Como se não os abrigasses,
não um só, mas vários exílios.
E desconhecesses a inveja,
e as mãos secas da usura.

Poeta, entre vós, sou ingênuo,
paciente e fracassado cordeiro,
pois tudo aí vira dinheiro,
brilha e reluz – é ouro, prata.

Mas ouso rir de vós, filisteus,
ratos-de-barrigas-brancas,
tomando café com leite, de cuecas,
contando cédulas, títulos e moedas.

Sois ridículos nestes afazeres!
A alma forrada de seguros, duplicatas,
como se tivésseis comprado a eternidade:
– Vós, mercadores, que tudo comprais!

É irrisório, sim, vosso patrimônio.
Vosso juntar de pedras feito lagostins,
vossas cadelinhas, academias e soníferos,
vossa piscina térmica com cascatas!

Pouco importa o que digam.

Após a passagem pelo Inferno, Dante e Virgílio iniciam a subida por um túnel que os levará ao Purgatório, o qual ocupa um lugar estranho. Região intermédia, com singular historicidade: o tempo permanece como possibilidade de transformação (no caso, de ascensão). Estranha sobrevivência para além da morte (dentro da morte), o destino das almas continua aberto e por definir. Com outro detalhe importante: os pecadores no Purgatório dependem também dos vivos e das preces para continuar progredindo. Não bastam as penas aplicadas. Ainda mantêm uma íntima relação com familiares e amigos no mundo dos vivos.

No Inferno, Dante é um observador. No purgatório, vira participante, numa peregrinação simbólica através de todos os sete pecados capitais, estabelecendo mais um laço entre as almas e viventes. Por isso, a sua presença (uma pessoa de carne e osso) entre eles toma tamanha importância para reavivar as memórias entre os conhecidos. Um destes episódios acontece quando o poeta reencontra um amigo, Nino Visconti, e ele pede que o relembre junto à filha, uma vez que a viúva já o teria esquecido por ter se casado com outro tão prontamente (Purg. VIII, 70-76):

quando sarai di là da le larghe onde,
dì a Giovanna mia che per me chiami
là dove a li 'nnocenti si responde.

Non credo che la sua madre più m'ami,
poscia che trasmutò le bianche bende,
le quai convien che, misera!, ancor brami.

quando do mar aqui fores além,
dize à minha Giovana para orar
por mim, pois que a inocência acede ao bem.

Não creio sua mãe me possa amar,
visto que do seu luto se desprende,
embora vá depois se lamentar.

Interessante é que o nascimento do Purgatório aconteceu somente no século XII (tem muito a ver com Santo Agostinho), passando a ser considerado pelos teólogos a partir do século XIII, quando reconhecido pela Igreja. Em 1254, pouco antes da morte, o papa Inocêncio IV enviou uma carta oficial à igreja grega pedindo-lhes que subscrevessem uma definição comum de Purgatório – a certidão doutrinal desse semi-inferno temporário e menos impiedoso.

O fato é que no Purgatório o tempo (humano) irrompe no Além e relativiza o domínio da eternidade (divina). O guardião do Purgatório é Catão de Utica, que se suicidara para não ficar prisioneiro de César, e é considerado um exemplo de ética e retidão. É formado por sete círculos ou giros, cujas circunferências vão diminuindo até chegar ao topo (trata-se, portanto, ao contrário das regiões infernais, de uma subida ou ascensão). Cada giro é dedicado à expiação de um pecado capital numa ordem determinada: Soberba, Inveja, Ira, Preguiça (Acídia), Avareza, Gula e Luxúria. No topo encontra-se o Paraíso Terrestre (Éden), que finaliza os últimos seis cantos do Purgatório. Nesse lugar, Virgílio termina a sua missão.

Espetáculos teatrais, concursos alegóricos, bailes de máscaras e procissões foram comuns na época de Dante. Os dias santos, comemorados com fantasias, danças e músicas, não só nas ruas como nos rios e lagos. Não surpreende que ele decidisse levar tudo para a Comédia. Lugar escolhido, o Jardim do Éden. Entretanto, daí em diante, o guia será a própria Beatriz, para conduzi-lo no Paraíso. Porém, justamente quando Beatriz o encontra, depois de tanta ausência e sofrimento, acontece o que *costuma acontecer nos sonhos, manchando-os de tristes estorvos* (Jorge L. Borges). Chega a ser decepcionante o sermão que a musa, em cima de um carro alegórico, submete ao infeliz poeta (Purg. XXX, 28-33 e 79-81):

così dentro una nuvola di fiori
che da le mani angeliche saliva
e ricadeva in giù dentro e di fori,

sovra candido vel cinta d'uliva
donna m'apparve, sotto verde manto
vestita di color di fiamma viva.

E lo spirito mio, che già cotanto

tempo era stato ch'a la sua presenza
non era di stupor, tremando, affranto,

Assim, por entre a profusão das flores,
que ali das mãos angelicais saia,
ornando o carro com variadas cores,

sob alvíssimo véu, a que cingia
um ramo de oliveira, e verde manto,
em traje rubro, uma mulher surgia.

Minha alma, há tanto tempo já do encanto
da presença dulcíssima privada,
que a fizera imergir em glória e pranto,

Dante mostra-se profundamente arrependido, e uma outra dama, Matilda, sob a orientação de Beatriz, leva-o para um novo batismo em dois rios que nascem da mesma fonte edênica. Provavelmente, esta é Matilda de Toscana (1046-1115), uma Condessa, generosa benfeitora da igreja, e que fora aliada do papa Gregório VII. Mergulhado no primeiro rio, o Letes (da mitologia grega), rio do esquecimento, ele não mais se lembrará de todas as faltas cometidas. No segundo, o Eunoé (inventado por Dante, a partir da língua grega, e que significaria algo como boa mente), ele fixará na memória todo o bem que porventura tenha praticado. Um processo de purificação, indispensável para a entrada no Paraíso.

A cosmologia dantesca é medieval, baseada em Aristóteles e Ptolomeu, e nela a Terra aparece como globo imóvel, centro do universo, em torno do qual giram todos os astros (geocentrismo). Circunscrevendo o globo existem uma esfera de ar e outra de fogo. Depois, oito esferas concêntricas (oito céus), cada um referindo-se a um corpo celeste. Distanciando-se da Terra encontraremos a Lua, Mercúrio, Vênus, o Sol, Marte, Júpiter, Saturno e as Estrelas Fixas. Em cada uma das esferas, Dante encontra almas abençoadas. E quanto mais próximas de Deus, maior o merecimento. No oitavo céu, os apóstolos que presenciaram a Transfiguração de Cristo: Pedro, Tiago e João.

Ultrapassados todos os oito céus, atingiremos o primeiro móvel (*mobile primo*), chamado também de Céu Cristalino, que, girando velozmente, movimenta todos os anteriores. Acima dele existe o Empíreo, imóvel, lugar da Rosa Mística ou Rosa dos Beatos. No ponto mais alto do Empíreo, estarão nove círculos de anjos em torno de Deus. Ali não comparecem mais almas humanas.

Ao chegar ao Empíreo, Beatriz desaparece, sendo substituída por São Bernardo. Ela retoma o lugar na Rosa dos Beatos. É ali que Dante a verá pela última vez. Beatriz olha para Dante, dirige-lhe um terno sorriso e volta à eterna contemplação. O Paraíso encerra-se com uma visão da Trindade que, como assinala o poeta, é inefável, excede qualquer possibilidade de compreensão por meio da linguagem e mesmo da poesia.

Na verdade, todo o Paraíso é inefável. Um dos grandes desafios poéticos de Dante foi tentar transmitir, em padrões compreensíveis, situações e cenários transcendentais. Ao contrário do Inferno, que nos parece concreto, de paisagens estranhas, mas possíveis (rios, rochas, abismos, fossas, declives) de imaginar, palpáveis em algumas descrições, o Paraíso é diferente – um não lugar fora do tempo. É luz, muita luz e música, *a poesia da pura inteligência*, como define Umberto Eco. No Canto IV, poema 16, de Invenção de Orfeu (Ediouro, 1980), Jorge de Lima conceberá o Paraíso como um clarão lactescente:

Amo-te Dante, e as rosas que tu viste,

– Naquela que, formosa rosa branca,

a divina milícia tinha à vista,

de corola coral que entoa a glória

da face das pessoas trinitárias;

a rosa imensa que aos teus olhos era

um enxame de abelhas luminosas,

que na flora de Deus se dessedenta;

e a flor cativa que se cobre de

sonoras pétalas de luz, contendo

ao centro, a grei radiante, a grei divina;

e a que na alvura eterna transparece,

a pureza das almas, doce alvura,

alvura mais que alvura – láctea alvura.

Dante se diz transumanizado (Par. I, 4-6 e 68-73):

Nel ciel che più de la sua luce prende,
fu'io, e vidi cosa che ridire
né sa né può chi di là sù discende.

No alto céu, onde mais a luz se incende
eu fui, e vi tais coisas, que dizer
não sabe ou pode quem de lá descende.

(Tradução de Haroldo de Campos)

qual si fé Glauco nel gustar del'erba
che 'l fé consorto in mar de li altri dèi.

Trasumanar significar per verba
non si porìa; però l'essemplo basti
a cui esperienza grazia serba.

como Glauco que à herbática poção,
aos deuses se sentiu comparado.

E, pois, que a havida transumanação
não se pode explicar – que o exemplo baste
a quem reserva a graça esta lição.

O poeta vê-se obrigado a recorrer ao neologismo – o verbo transumanar – perseguindo uma aproximação das emoções, pois ele verdadeiramente não percorre aqueles lugares, ele os atravessa, passa através de coisas imateriais e de novíssimas visões e antevisões inéditas. Na época em que Dante escrevia o Paraíso, Beatriz morrera há 25 anos. Ele acreditava que a musa estivesse no Empíreo, a Casa de Deus, na contemplação da Rosa dos Beatos, junto a outras almas abençoadas. No Paraíso, amar é estar dentro do amor de Deus, onde todas as vontades tornam-se apenas uma – a Volição Divina (Par. III, 85-87).

E 'n tua volontade è nostra pace:

*ell'è quel mare al qual tutto si move
ciò ch'ella cria e che natura face.*

Sua vontade é, para nós, a paz:
o grande oceano que recebe, à frente,
o que ela cria e a natureza faz.

Mas a Divina Comédia tem de tudo. Em outra ocasião, por estranho que pareça, Beatriz utiliza imagens abertamente sexuais (Par. XXX, 70-72):

*L' alto disio che mo t'infiamma e urge,
d'aver notizia di ciò che tu vei,
tanto mi piace più quanto più turge.*

O desejo que mostras, claramente,
de compreender o que se passa além,
apraz-me tanto quanto mais ardente.

E que se perde na tradução de *turge* (túrgido, intumescido) por ardente (menos alusivo). Complexidade dos versos, nas mil dificuldades de tradução, ainda mais de poesia, dos tercetos rimados? Puro moralismo? Apesar de tudo, não há necessidade de muito espanto: assim como existe um *lapsus linguae*, não haveria naturalmente um *lapsus* de verso ou rima? O Paraíso (*Jannah*) islâmico, por exemplo, seria um lugar muito sensualizado, dentro de nossas concepções ocidentais.

No quinto céu, ou de Marte, Dante encontrará seu trisavô, pelo qual sempre tivera admiração – Cacciaguida. Sua origem remonta aos Elisei, das famílias romanas que fundaram Florença. Esse ancestral ilustre serviu, como outros toscanos, na Segunda Cruzada, morrendo em batalha. A esposa, Alighiera Alighieri, da região do Vale do Pó, explica o nome da família, herança do lado materno (Par. XV, 88-89):

*O fronda mia in che io compiacemmi
pur aspettando, io fui la tua radice.*

Ó tu que longamente e com ardor
eu esperava, sou teu ancestral.

Ele o adverte do doloroso exílio que virá. Mas, na verdade, Dante já estava há 15 anos exilado quando escreve estes versos (Par. XVII 55-57):

Tu lascerai ogne cosa diletta
più caramente, e questo è quello strale
che l'arco de lo essilio pria saetta.

As coisas deixarás que mais amaste,
e assim é que de início à alma alanceia
o arco do exílio, à ponta de sua haste.

Mesmo no Paraíso há discursos indignados contra a exuberância e a ostentação dos seguidores de Cristo comparados aos primitivos cristãos. São Pedro Damião (monge precursor de São Francisco de Assis) esboça um contraste com a ganância dos prelados modernos (Par. XXI, 127-135):

Venne Cefàs e venne il gran vasello
de lo Spirito Santo, magri e scalzi,
prendendo il cibo da qualunque ostello.

Or voglion quinci e quindi chi rincalzi
li moderni pastori e chi li meni,
tanto son gravi, e chi di rietro li alzi.

Cuopron d'i nani loro i palafreni,
sì che due bestie van sott'una pelle:
oh pazienza che tanto sostieni!

Cefás, um dia, e o Vaso de Eleição
o mundo viu, descalços e abatidos,
havendo à caridade o escasso pão.

Mas hoje os grãos pastores conhecidos
precisam, por sair, da mão de alguém
que os erga à sela, tanto são nutridos.

O manto abrindo sobre o palafrém,
não se distinguem mais, ao mesmo arreio:
Ó paciência de Deus, que se contém!

De acordo com São Tomás de Aquino, antes que a alma possa atingir a participação na Visão Beatífica, três virtudes teológicas – Fé, Esperança e Amor –, mediadas pela luz divina, devem prepará-la. Mas foi a esperança que proporcionou a Dante o privilégio de ascender ao céu. Esperança pela Itália, pela humanidade e pela regeneração da Igreja. Apesar das fundas decepções e da amargura, a esperança de voltar a Florença e ser recebido com a merecida coroa de louros, o que infelizmente nunca aconteceria, para tristeza de Dante e desonra da terra natal (Par. XXV, 1-9):

Se mai continga che 'l poema sacro
al quale ha posto mano e cielo e terra,
sì che m'ha fato per molti anni macro,

vinca la crudeltà che fuor mi serra
del bello ovile ov'io dormi' agnello,
nimico ai lupi che li danno guerra,

con altra voce omai, con altro vello
ritornerò poeta, e in sul fonte
del mio battesmo prenderò 'l cappello.

Se porventura o poema alto e sagrado,
a que puseram mãos o céu e a terra,
e me deixou das forças extenuado,

a maldade vencer que me desterra

do antigo ovil onde me achei agnelo,
diante dos lobos que movem guerra,

mudada agora a voz, alvo o cabelo,
poeta, retornarei para na fonte
do meu batismo haver o laurel belo.

> Nota - palavras pouco usadas, ovil é curral de ovelhas e agnelo significa cordeirinho.

Beatriz e Dante deixam o *Primum Mobile* e ascendem ao Empíreo, o domicílio de Deus. A princípio ele é incapaz de suportar o intenso brilho que jorra de todos os lados, sem conseguir discernir quase nada. Beatriz lhe explica que o Amor Divino sempre prepara a alma para a visão, como uma vela antes de acender a chama. Com uma única palavra de despedida, Beatriz volta ao seu trono entre os abençoados. Agora ele precisa da ajuda de alguém que interceda junto à Virgem Maria na última e definitiva graça – a Visão da Santíssima Trindade, pela ntercessão de São Bernardo (Par. XXXI, 61-63):

Diffuso era per li occhi e per le gene
di benigna letizia, in atto pio
quale a tenero padre si convene.

A luz do bem no rosto lhe incidia,
e no gesto lembrava quando o olhei,
o pai que com carinho ao filho guia.

Tem a última visão de Beatriz (Par. XXXIII 38-39):

vedi Beatrice con quanti beati
per li miei prieghi ti chiudon le mani!

olha Beatriz, olha os beatificados,
a orar comigo, unindo mão a mão!

A visão que Dante tem da Trindade é apresentada como dupla revelação. Na primeira, ele percebe na Luz Divina todas as coisas existentes, todos os aspectos do ser, todas as relações entre as coisas, ligadas a um único conteúdo. O universo está em Deus. O que Dante vê em seguida confunde sua genialidade como poeta, como se ele fosse uma criança com a boca cheia de leite materno, sem poder falar. Ele contempla o Criador. Vê três círculos de três cores, ainda em uma dimensão. Um está refletido no outro. O terceiro, como uma chama, deriva igualmente dos outros dois: assim, ele percebe o Três em Um – Pai, Filho e Espírito Santo.

Enquanto contempla, o círculo refletido mostra dentro dele a forma humana, colorida com a cor do próprio círculo. Ele se esforça em vão para entender como a imagem humana está unida com o círculo que é o Filho. Nesse momento, um lampejo inunda sua mente e ele percebe como o humano e o divino ficaram juntos na Encarnação. Aqui o poder mais elevado de sua capacidade poética falha, pois a vontade e o desejo foram circundados pelo amor divino e infinito (Par. XXXIII, 142-145):

A l'alta fantasia qui mancò possa,
ma già volgeva il mio disio e 'l velle,
si come rota ch'igualmente è mossa

l'amor che move il sole e l'altre stelle.

Aqui findou, sem força, a fantasia,
mas já ao meu querer soltava as velas,
qual a roda, co'o moto em sincronia,

o amor que move o sol, como as estrelas.

Retrato de Dante Alighieri, por Sandro Botticelli (1495). Óleo sobre tela (54,7 cm x 47,5 cm). Coleção Particular (Cologny, Suiça)

Elogios de Dante Alighieri

Nove sonetos por Durante

1 - O Amor Cortês I

> *Poi la svegliava, e d'esto core ardendo*
> *lei paventosa umilmente pascea.*
> La Vita Nuova

Eu vos darei meu coração como alimento,
para que dele, alegre, possais vos nutrir,
não importa que nada reste no meu peito:
– Estou no mundo, Senhora, para vos servir.

Dar-vos-ei o coração, o cérebro, os intestinos,
qualquer parte, a que mais for de vosso agrado,
e em vosso louvor entoarei os mais belos hinos,
enquanto me devorardes – vivo ou assado!

Se parece cruel e absurda essa atitude,
amansemos de vez nossos preconceitos:
todo amor é canibal desde sua origem.

Os amantes escondem o lado rude,
mas eles mordem e se arranham nos leitos,
pois o prazer vem também da libertinagem.

2 - O Amor Cortês II

Visto de longe todo amor é a perfeição,
das coisas mais belas ele se edifica.
Belas do que há em nós, no terno coração:
ali, de erro ou artifício, quase nada fica.

Ou simula não ficar– eis a aparência!
Como poderia ser real e fidedigno,
se vem de nosso mais íntimo – a coerência?
E tudo tem a força suspeita de um signo.

Mas é festiva maravilha, então a abraçamos,
e sonhamos com ela e dormimos felizes,
e, tão sublime, no paraíso a colocamos.

Pois sombria, feia e mortal não é tal criatura,
merece mesmo um lugar ao lado dos deuses,
bem longe e distante de qualquer desventura.

3 - O Exílio

Não, e espero que ainda desta vez não me faltará o pão!
(trecho de carta de Dante recusando o indulto)

Quando Dante foi expulso de Florença
e triste e pesaroso a viu sumir-se,
levou consigo sobretudo a crença
de que logo tudo iria redimir-se.

Mas foram dezenove anos de exílio,
e voltar sempre a mais doce esperança.
Perdeu a casa, a família e o pecúlio.
Jamais o sepultariam em Florença.

Impuseram-lhe um indulto humilhante:
pedir perdão em público e ajoelhado.
Ele, que crime algum houvera feito.

Dante não aceitou ser rebaixado.
Altivo, embora sábio mendicante,
exigiu que o tratassem com respeito.

4 - De Vulgari Eloquentia

dará lume àqueles que estão nas trevas e na obscuridade,
devido ao usado sol que não os ilumina.

Dante, pai da língua e sumo poeta,
criou a Comédia em dialeto florentino,
viu o falar do povo como um profeta,
e, na eloquência vulgar, seu destino.

Todo o sublime se escrevia em latim,
uma língua morta e imóvel no tempo:
as flores malcuidadas de um jardim,
sem o húmus da vida e sem fermento.

Dante colheu as palavras com carinho,
fosse no campo, no beco ou na praça,
ainda úmidas de saliva e de vinho,

ligou-as com engenho e muita graça,
das expressões comuns fez o poema,
e da beleza eterna um só sistema.

5 - Ravenna

> *parvi Florentia mater amoris*
> *(Florença, mãe de pouco amor)*
>
> *(fragmento do verso de Bernardo Canaccio,*
> *inscrito no verdadeiro sepulcro de Dante Alighieri [1.366]).*

Construíram em Florença um cenotáfio,
(sem os restos mortais do homenageado),
que ali traz, à guisa de epitáfio:
Muita honra ao poeta, o mais exaltado.

Porém, vivo, o baniram da cidade,
ameaçando-o com a pena de morte,
numa prova de pura iniquidade.
Morto, quiseram mudar-lhe a sorte.

Tentaram até redimir-lhe os ossos,
e laurear a sua fronte descarnada,
ao maior poeta da história dos povos.

Mas a família o sepultou em Ravenna,
que no desterro o acolheu, afortunada.
Para Florença – só despeito e pena.

6 - O Nono Círculo

Na rigorosa hierarquia do pecado,
em Dante, nos Círculos do Inferno,
ele nomeou o pior, o mais condenado,
e foi a traição com seu gelo eterno.

No mais profundo ficam os traidores,
bem perto das bocas de Satanás,
os que, frios, causaram fartas dores,
por empenho, malícia em coisas más.

Se choram as lágrimas viram gelo,
e os espetam na face torturada:
nada diminui tamanha aflição.

Ali, irmão devora o corpo de irmão,
em refeição bestial que nunca acaba,
presos em um terrível pesadelo.

7 - Beatriz

Eis um deus, mais poderoso do que eu, que vem para me dominar.
(La Vita Nuova)

Beatriz, o olhar que a Dante iluminara
Com tamanha e preciosa claridade,
Não foi o teu, nem jamais te pertencera,
Pois nasce em todos nós naquela idade.

Aos dezoito, o coração estará aberto,
E um altar, dentro dele, agora espera
A vinda de um deus, furtivo, incerto,
Mas com a ilusão e a alegria que ele encerra.

Muitos o querem de qualquer maneira,
E atrás de Eros correm feito uns loucos,
Perdem os dias e exaltam seus defeitos.

O acaso favorece só uns poucos:
São aqueles escolhidos, os eleitos
De um amor que dura uma vida inteira.

8 - La (Divina) Commedia

A Comédia que Boccaccio chamou Divina,
Possui também um lado herege e profano:
Dante adora na Rosa Mística a menina
vestida de vermelho que vira aos nove anos.

De guia na dura jornada escolheu a Virgílio.
Não foi anjo ou arcanjo, nem são Tomás de Aquino.
Na floresta ao poeta pagão é que pede auxílio.
Preferiu o excelso vate a qualquer ser divino.

Depois Dante, no Malebolge, encontra Ulisses,
E conversam, ciosos, na língua das chamas:
Um ímpio, outro cristão, mas ambos exilados,

E na mesma família e no orgulho irmanados.
O que lembra a reunião de Eneias com Anquises.
Vivos a inquirir mortos – dois estranhos dramas.

9 - A República de Florença

Gibelinos, Guelfos brancos e negros
São as facções inimigas em Florença.
Dante cometeria os maiores erros:
Guelfo e branco, o pecado duma crença.

O cipoal partidário florentino
Nutria-se de uma seiva venenosa:
Ódio, intriga, calúnia, desatino.
O exílio virou uma arma poderosa.

O poeta foi também bravo guerreiro,
E luta na batalha em Campaldino.
Faz parte de toda vida da cidade.

Foi eleito até prior pela comunidade,
Pois tinha o jeito insigne e cavaleiro,
Mas o desterro selou o seu destino.

ELOGIO DE MAHOMMAH GARDO BAQUAQUA

*À memória de Maria Rita (Liquinha),
com amor, gratidão e saudade.*

Sobre o africano de Zoogoo e sua singular autobiografia

A escravidão africana durou oficialmente quase três séculos e meio no Brasil (de 1550 a 1888), sendo dos últimos a aboli-la. Um descalabro humanitário que faz parte do nosso percurso histórico, mas tão intimamente que ainda hoje explica sérios desajustes nacionais – atrasos, desigualdades, injustiças e preconceitos.

Existem centenas de livros e teses sobre o tema, filmes, gravuras, páginas e páginas antigas de jornais, inclusive fotografias. Parece bem registrada, mas aconteceu também o contrário: de maneira autoritária, em 14 de dezembro de 1890, o então Ministro da Fazenda, Ruy Barbosa, assinou despacho ordenando a destruição de inúmeros documentos ligados à escravidão. Trechos da ordem pediam que os registros fossem enviados para a capital, onde se procederia à *queima e destruição imediata deles.* No ofício, chamava a escravidão de *instituição funestíssima que por tantos anos paralisou o desenvolvimento da sociedade e infeccionou-lhe a atmosfera moral* e dizia que a república era *obrigada a destruir esses vestígios por honra da pátria e em homenagem aos deveres de fraternidade e solidariedade para com a grande massa de cidadãos que com a abolição do elemento servil entraram na comunhão nacional.* O caminho do inferno costuma ser pavimentado por boas intenções. E quando, em nosso meio, fala-se em honra da pátria, deveres de fraternidade e solidariedade para com os oprimidos, é sensato colocar um ponto de interrogação no final da frase.

O deputado Francisco Badaró (MG) registrou protesto contra a queima dos arquivos. Questionava o direito do ministro sobre o destino de documentos que *mais do que aos arquivos das repartições, pertencem à história*. Na verdade, com a queima de arquivos, o que se buscava era evitar a indenização pleiteada pelos senhores de escravos. Mas cumprida a ordem ministerial, desinfeccionou-se por encanto burocrático o estado brasileiro e restaurou-se a honra. Como se não faltassem infecções ao corpo adoentado deste país. Uma delas, inextinguível – a pecha da escravidão. Hábito crudelíssimo esse, o de escravizar seres humanos. E obriga a uma pergunta básica, aparentemente ingênua: como se conseguiu naturalizar uma coisa dessa?

O sociólogo Igor Kopytoff faz uma descrição sobre a mistura de povos e culturas no processo forçado do escravismo, desvendando um pouco da sua estranheza: *A escravidão não deve ser definida como um status, mas sim como um processo de transformação de status que pode prolongar-se numa vida inteira e inclusive estender-se para as gerações seguintes. O escravo começa como um estrangeiro [outsider] social e passa por um processo para se tornar um membro [insider]. Um indivíduo, despido de sua identidade social prévia, é colocado à margem de um novo grupo social que lhe dá uma nova identidade. A estraneidade [outsidedness], então, é sociológica e não étnica.*

O escravo, para ser escravo, tem de ser diverso. E quanto mais distante ele estiver do seu local de origem, mais o dono se sentirá seguro, pois o cativo fica marcado pela diferença. No nosso caso, a cor negra, o que o distinguia dos habitantes da nova terra para onde fora levado à força. Entretanto é fundamental compreender que o racismo nasceu da escravidão, não a escravidão do racismo. O fato de os escravos brasileiros serem africanos e negros foi circunstancial, uma questão de oportunidade. A escravidão colonial só se tornou racista no século XIX, quando surgiram as teses de eugenia que sustentavam o preconceito. A escravização de seres humanos existiu por milênios na história das civilizações e em todos os locais do planeta. Por mais que nos surpreenda, a verdade é que escravizar é um hábito muito antigo.

Entretanto, pouca coisa supera em interesse um livro escrito originalmente em inglês (Biograph of Mohammah G. Baquaqua, a native of Zoogoo, in the interior of Africa) e publicado em Detroit (1854), no Estado de Michigan (E.U.A.). Traduzido para o português somente em 2017 (Biografia de Mahommah Gardo Baquaqua, um nativo de Zoogoo, no interior da África [Editora Uirapuru, São Paulo]) por Lucciani M. Furtado.

Nele, um africano conta suas trágicas aventuras através do editor Samuel Moore. O transcritor afirma ter tomado cuidado, devido ao inglês imperfeito de Baquaqua, para tornar as frases claras e legíveis. Um documento valiosíssimo, dos poucos a demonstrar a escravidão pelas vivências detalhadas do próprio cativo. Até porque existe um ditado haitiano que diz: *Enquanto o leão não aprender a falar, a história será contada apenas pelo caçador.*

Na verdade, apresenta a coexistência de duas visões de mundo: de um lado, o abolicionismo crítico ainda com um viés colonialista, de Samuel Moore; e do outro, a coragem de um indivíduo que teve a vida marcada pela escravidão – uma história de sofrimento e resistência. Estabelecer a ontogênese do texto é problemático, pois a narrativa parte de uma colaboração entre um copista e o narrador ex-escravo. No entanto é possível perceber a verossimilhança, e isso dá vida ao relato.

O nativo de Zoogoo, o africano Baquaqua, não era ateu, teve formação muçulmana e aprendera a ler o Alcorão. Particularmente incômoda é a evangelização à qual ele é submetido ao longo de todo o percurso como escravo e mesmo depois, homem livre, acabando por aderir ao protestantismo. Fica a curiosidade de saber se tal opção religiosa persistiu quando ele reencontra (se conseguiu reencontrar) a família e a terra natal.

Mohammah Gardo *Baquaqua* nasceu na cidade de Zoogoo (atual fronteira entre Nigéria e Benin), de um casal que pertencia a tribos diferentes. O pai, natural de Berggo, de tez mais clara, maometano, e a mãe, negra, de Kashua, e que falava a língua hauçá. *Minha mãe era como certos grupos de cristãos daqui que se intitulam cristãos, mas não adoram a Deus. Ela aceitava o islamismo, mas não era devota aos seus princípios. Os muçulmanos são mais numerosos que os cristãos e adoram com o mais aparente zelo e devoção.*

O tio paterno, ferreiro do rei, estava preparando-o para assumir as mesmas funções, mas o pai queria que conhecesse as rotinas da mesquita e fosse um fiel seguidor do Profeta. A educação consistia em aprender a escrever árabe e saber de cor o Alcorão. Um irmão de Mohammah, vidente, até aconselhava o rei em tempos de guerra, lendo sinais e figuras na areia. Presságios apreciados, pois os confrontos armados eram frequentes.

Baquaqua, certo dia, bebeu demais uma aguardente típica – a *Bah-gee*. Quando desperta, ainda meio confuso, percebe que fora vendido como escravo por inimigos que invejavam a sua posição social. Ao contrário do que se pensa, os escravos africanos, em sua maioria, não eram caçados por estrangeiros na África. Foram capturados por outras tribos como prisioneiros de guerra e vendidos a traficantes europeus ou brasileiros: *Abaixei minha cabeça entre minhas mãos agrilhoadas e chorei lágrimas amargas. Durante muitos dias, seguimos rumo ao nosso destino final. Ao longo da travessia pela floresta, sofri muito e não avistamos um ser humano sequer por toda viagem. Não havia estradas, assim tivemos que fazer a nossa passagem do modo que fôssemos capazes. O país através do qual passamos continuava muito acidentado e montanhoso. Transpomos algumas montanhas muito altas, que acredito serem as chamadas montanhas do Kong.*

Ele ainda não tem a mínima ideia do terrível destino que o espera. Mas algumas particularidades já o diferenciavam dos outros africanos: alguma formação escolar (o tio fora seu professor e conhecia a cultura islâmica), sabia escrever e ler em árabe. Também viera de um local incomum no tráfico, uma região mais central, e não as ligadas previsivelmente à costa, como Guiné e Angola. *Por fim, chegamos ao Efan, onde fui novamente vendido. A mulher parecia muito sentida em perder-me, então deu-me um pequeno presente antes da sua partida. Efan é um lugar enorme com muitas casas construídas diferentemente daquelas de Zoogoo, por isso me causaram uma boa impressão.*

O homem que o adquiriu era rico e possuía várias mulheres. Mahommah fica sob o controle de um escravo mais velho, várias semanas no mesmo lugar, e sente-se bem tratado. Por fim, foram para Dohama, caminhando de dia e descansando à noite. "*Quando chegamos, sentia-me profundamente deprimido e desanimado, sem qualquer esperança de novamente voltar à minha casa, mas até aquele momento imaginava que fosse capaz de efetuar minha fuga*".

Então ele é levado para outra cidade, Gra-fe, e a um rio, onde embarca com vários prisioneiros. Permanecem remando por uns três dias até chegarem a um navio. Antes do embarque são colocados em gaiolas, de costas para as *fogueiras e ordenaram para que não olhássemos à nossa volta. Para se certificarem de nossa obediência um homem foi colocado à nossa frente com um chicote na mão pronto para açoitar o primeiro que se atrevesse a desobedecer; outro homem dava voltas com um ferro quente e nos marcava como faziam com as tampas de barril ou qualquer outro bem ou mercadorias inanimadas.*

Acorrentados uns aos outros, com cordas nos pescoços, foram levados para o embarque: *O navio estava a alguma distância da praia. Nunca havia visto um navio antes e minha ideia era de que aquilo se tratava de algum objeto de adoração do homem branco. Imaginei que seríamos todos massacrados e que estávamos sendo conduzidos para lá com essa finalidade. Tive receio por minha segurança e o desânimo se apossou quase inteiramente de mim.*

Faz um relato chocante e detalhado do navio negreiro: *Fomos empurrados para o porão totalmente nus, os homens foram amontoados em um lado e as mulheres do outro. O porão era tão baixo que não podíamos nos levantar, éramos obrigados a nos agachar ou a sentar no chão. Dia e noite eram iguais para nós, o sono nos sendo negado devido ao confinamento de nossos corpos. Ficamos desesperados com o sofrimento e a fadiga. [...] A única comida que tivemos durante a viagem foi milho encharcado e cozido. Não posso dizer quanto tempo ficamos confinados, mas pareceu ser um longo tempo. Sofríamos muito por falta de água, que nos era negada na medida de nossas necessidades. Um quartilho (equivale a pouco mais de meio litro) por dia era tudo que nos permitiam e nada mais. Um grande número de escravos morreu durante o percurso. Houve um pobre homem que ficou tão desesperado pela sede que tentou roubar a faca do homem que nos trazia água. Foi levado ao convés e eu nunca mais soube o que lhe aconteceu. Suponho que foi jogado no mar. [...] Apenas duas vezes durante a viagem fomos autorizados a subir ao convés para que pudéssemos nos lavar – uma vez enquanto estávamos em alto-mar, e outra antes de entrarmos no porto.*

Chegaram a Pernambuco pela manhã e o navio ficou o dia inteiro sem lançar âncora.

Isso aconteceu em 1845, quando já havia proibição do tráfico de escravos e a embarcação não poderia aportar. Somente à noite seriam autorizados a ir ao convés, vistos e manuseados pelos futuros compradores. Desembarcam na casa de um fazendeiro que possuía muitos escravos e que chicoteou imediatamente um menino na frente de Baquaqua, o que o deixou muito assustado.

A descrição mais vigorosa de um navio negreiro foi a que fez o poeta baiano Castro Alves (1847-1871), o Poeta dos Escravos. É impressionante, como se ele estivesse ao lado de Mohammah, assistindo a tudo, comovido e tomado por sagrada fúria. Trechos retirados deste excepcional livro O Navio Negreiro – Tragédia No Mar (Editora Global, 2008):

O navio negreiro

IV

Era um sonho dantesco... o tombadilho
Que das luzernas avermelha o brilho,
Em sangue a se banhar.
Tinir de ferros... estalar de açoite...
Legiões de homens negros como a noite,
Horrendos a dançar...

Negras mulheres, suspendendo às tetas
Magras crianças, cujas bocas pretas
Rega o sangue das mães:
Outras moças, mas nuas e espantadas,
No turbilhão de espectros arrastadas,
Em ânsia e mágoa vãs!

E ri-se a orquestra irônica, estridente...
E da ronda fantástica a serpente
Faz doudas espirais...
Se o velho arqueja, se no chão resvala,
Ouvem-se gritos... o chicote estala.
E voam mais e mais...

Presa nos elos de uma só cadeia,
A multidão faminta cambaleia,
E chora e dança ali!
Um de raiva delira, outro enlouquece,
Outro, que martírios embrutece,
Cantando, geme e ri!

No entanto o capitão manda a manobra,
E após fitando o céu que se desdobra,
Tão puro sobre o mar,
Diz do fumo entre os densos nevoeiros:
"Vibrai rijo o chicote, marinheiros!
Fazei-os mais dançar!..."

E ri-se a orquestra irônica, estridente...
E da ronda fantástica a serpente
Faz doudas espirais...
Qual um sonho dantesco as sombras voam!...
Gritos, ais, maldições, preces ressoam!
E ri-se Satanás!

V

Senhor Deus dos desgraçados!
Dizei-me vós, Senhor Deus!
Se é loucura... se é verdade
Tanto horror perante os céus?!
Ó mar, por que não apagas
Co'a esponja de tuas vagas
De teu manto este borrão? ...
Astros! noites! tempestades!
Rolai das imensidades!
Varrei os mares, tufão!

Quem são estes desgraçados
Que não encontram em vós
Mais que o rir calmo da turba
Que excita a fúria do algoz?
Quem são? Se a estrela se cala,

Se a vaga à pressa resvala
Como um cúmplice fugaz,
Perante a noite confusa...
Dize-o tu, severa Musa,
Musa libérrima, audaz!...

São os filhos do deserto,
Onde a terra esposa a luz.
Onde vive em campo aberto
A tribo dos homens nus...
São os guerreiros ousados
Que com os tigres mosqueados
Combatem na solidão.
Ontem simples, fortes, bravos.
Hoje míseros escravos,
Sem luz, sem ar, sem razão...

São mulheres desgraçadas,
Como Agar o foi também.
Que sedentas, alquebradas,
De longe... bem longe vêm...
Trazendo com tíbios passos,
Filhos e algemas nos braços,
N'alma – lágrimas e fel...
Como Agar sofrendo tanto,
Que nem o leite de pranto
Têm que dar para Ismael.

Lá nas areias infindas,
Das palmeiras no país,
Nasceram crianças lindas,
Viveram moças gentis...

Passa um dia a caravana,
Quando a virgem na cabana
...Cisma da noite nos véus...
Adeus, ó choça do monte,...
... Adeus, palmeiras da fonte!...
Adeus, amores... adeus!...

Depois, o areal extenso...
Depois, o oceano de pó.
Depois no horizonte imenso
Desertos... desertos só...
E a fome, o cansaço, a sede...
Ai! quanto infeliz que cede,
E cai p'ra não mais s'erguer!
Vaga um lugar na cadeia,
Mas o chacal sobre a areia
Acha um corpo que roer.

Ontem a Serra Leoa,
A guerra, a caça ao leão,
O sono dormido à toa
Sob as tendas d'amplidão!
Hoje... o porão negro, fundo,
Infecto, apertado, imundo,
Tendo a peste por jaguar...
E o sono sempre cortado
Pelo arranco de um finado,
E o baque de um corpo ao mar...

Ontem plena liberdade,
A vontade por poder...
Hoje... cúm'lo de maldade,

Nem são livres p'ra morrer...
Prende-os a mesma corrente –
Férrea, lúgubre serpente –
Nas roscas da escravidão.
E assim zombando da morte,
Dança a lúgubre coorte
Ao som do açoute...Irrisão!

Senhor Deus dos desgraçados!
Dizei-me vós, Senhor Deus,
Se eu deliro... ou se é verdade
Tanto horror perante os céus?!...
Ó mar, por que não apagas
Co'a esponja de tuas vagas
Do teu manto este borrão?
Astros! noites! tempestades!
Rolai das imensidades!
Varrei os mares, tufão!...

VI

Existe um povo que a bandeira empresta
P'ra cobrir tanta infâmia e cobardia!...
E deixa-a transformar-se nessa festa
Em manto impuro de bacante fria!...
Meu Deus! meu Deus! mas que bandeira é esta,
Que impudente na gávea tripudia? Silêncio.
Musa... chora, e chora tanto
Que o pavilhão se lave no teu pranto!

Auriverde pendão de minha terra,
Que a brisa do Brasil beija e balança,

Estandarte que a luz do sol encerra
E as promessas divinas da esperança...
Tu que, da liberdade após a guerra,
Foste hasteado dos heróis na lança
Antes te houvessem roto na batalha,
Que servires a um povo de mortalha!

Fatalidade atroz que a mente esmaga!
Extingue nesta hora o brigue imundo,
O trilho que Colombo abriu nas vagas,
Como um íris no pélago profundo!
Mas é infâmia demais!... Da etérea plaga
Levantai-vos, heróis do Novo Mundo!
Andrada! arranca esse pendão dos ares!
Colombo! fecha a porta dos teus mares!

Mas Baquaqua permaneceu ali apenas um dia, antes de ser vendido a outro traficante na cidade, que logo o revenderia a um homem do interior, padeiro que residia em lugar não muito afastado. *Durante minha passagem no navio negreiro, consegui aprender um pouco do idioma português e, como meu senhor era um português, podia compreender muito bem o que ele queria e lhe dei a entender que faria tudo o que ele precisava, tão bem quanto eu fosse capaz, com isso ele pareceu bastante satisfeito.*

O senhor tinha uma família com esposa, dois filhos e mais quatro escravos. Sendo católico, todos eram obrigados a assistir aos cultos, duas vezes ao dia. *Enquanto orava, meu senhor segurava um chicote na mão e aqueles que mostravam sinais de desatenção ou sonolência eram imediatamente trazidos à consciência por uma aplicação picante do chicote.*

Logo em seguida, Baquaqua começou um pesado trabalho de construção e carregava pedras enormes, apoiando-as na cabeça. Quando a pedra caía, o senhor chamava-o de cachorro (*casssori!*, gritava o português): *Eu, no fundo do coração, pensava que ele era o pior cachorro, mas foi só um pensamento, porque eu não me atrevia a expressá-lo em palavras.* Não havia forma de agradá-lo. *Tudo em vão, fizesse o que fizesse, descobri que servia um tirano e nada parecia satisfazê-lo. Por isso, comecei a beber da mesma maneira que os outros: éramos todos da mesma espécie, mau senhor, maus escravos.*

Os espancamentos e humilhações viraram rotina, assim como a revolta e o desespero de Baquaqua. *Fiquei com tamanha ira que a ideia de matá-lo me passou pela cabeço, em seguida, suicidar-me. Por fim, pensei em me afogar. Eu preferia a morte a viver como um escravo. Eu, então, corri para o rio e me joguei nas águas, mas como fui visto por algumas pessoas que estavam num barco, fui resgatado.*

Como resultado da tentativa de suicídio e para evitar o que poderia ser a perda de uma valiosa propriedade, destruída por vontade própria, o padeiro *amarrou minhas mãos para trás, colocou-me de pés juntos, me chicoteou impiedosamente e me espancou na cabeça e no rosto com um pedaço de pau pesado; em seguida, ele me sacudiu pelo pescoço e lançou minha cabeça contra os umbrais da porta, que cortaram e machucaram a região de minhas têmporas. As cicatrizes desse tratamento selvagem são visíveis até hoje e assim* permanecerão enquanto eu viver.

Diante da possibilidade do prejuízo, o patrão resolve revendê-lo rapidamente, sendo adquirido por outro traficante, numa transação mais ampla: *Ele comprou duas fêmeas no momento em que me adquiriu. Uma delas era uma menina muito bonita a quem ele tratou com assombrosa barbárie.* O que as mulheres suportaram e sofreram durante a escravidão no Brasil, as humilhações, estupros e violências, o jogo cruel a que foram submetidas, é difícil tão somente de imaginar. O poeta Jorge de Lima descreve em poucos versos a tragédia (Poesia Completa, Editora Nova Fronteira, 1980):

História

Era princesa.

Um libata a adquiriu por um caco de espelho.

Veio encangada para o litoral,

arrastada pelos comboieiros.

Peça muito boa: não faltava um dente

e era mais bonita que qualquer inglesa.

No tombadilho o capitão deflorou-a.

Em nagô elevou a voz para Oxalá.

Pôs-se a coçar-se porque ele não ouviu.

Navio negreiro? não; navio tumbeiro.
Depois foi ferrada com uma âncora nas ancas,
depois foi possuída pelos marinheiros,
depois passou pela alfândega,
depois saiu do Valongo,
entrou no amor do feitor,
apaixonou o Sinhô,
enciumou a Sinhá,
apanhou, apanhou, apanhou.
Fugiu para o mato.
Capitão do campo a levou.
Pegou-se com os orixás:
fez bobó de inhame
para Sinhô comer,
fez aluá para ele beber;
fez mandinga para o Sinhô a amar.
A Sinhá mandou arrebentar-lhe os dentes:
Fute, Cafute, Pé-de-pato, Não-sei-que-diga,
avança na branca e me vinga.
Exu escangalha ela, amofina ela,
amuxila ela que eu não tenho defesa de homem,
sou só uma mulher perdida neste mundão.
Neste mundão.
Louvado seja Oxalá.
Para sempre seja louvado.

Finalmente, no Rio de Janeiro, é adquirido por capitão de um navio, onde desempenhou pequenas tarefas: polir talheres e peças de bronze. Os espancamentos continuaram, sem motivos, como sempre. Todavia um comerciante inglês contrata a embarcação para entrega de uma grande remessa de café em Nova Iorque. Baquaqua faria parte da tripulação: *Tínhamos aprendido que em Nova Iorque não havia escravidão, que era um país livre e que se uma vez ali chegássemos nada tínhamos a temer de nossos cruéis senhores* *e estávamos muito ansiosos para chegar lá. [...] A primeira palavra de inglês que meus companheiros e eu aprendemos foi **F-r-e-e** (livre), de um inglês a bordo. E oh! Quantas vezes eu a repeti!*

Quando o navio atracou, com a intervenção de alguns abolicionistas americanos, e após algumas dificuldades, Baquaqua logrou escapar. Em Nova Iorque, ele não poderia mais ser considerado escravo nem ser preso. Mas de lá ele partiria para o Haiti, permanecendo por dois anos na companhia do missionário batista Ver. Sr. Judd, quando se converte ao cristianismo. Entretanto, devido às dificuldades políticas pelas quais passava o país, decidiu retornar para os Estados Unidos (Nova Iorque). De lá rumaria para Meredith, no condado de Delaware, as Missões Livres.

Foi enviado, em seguida, para McGranville, onde frequentou, por quase três anos, o New York Central College – *onde fiz grande progresso na minha aprendizagem*. Seu último registro é datado na Grã-Bretanha, em 1857, enquanto aguardava os resultados dos esforços de amigos missionários a fim de retornar à terra natal. E nada mais se soube dele.

A escravidão africana no Brasil

A Lei Áurea, de 13 de maio 1888, foi promulgada pela princesa Isabel há mais de século. É uma lei tão curta e direta que vale a pena transcrever, num país onde os praticantes da justiça se orgulham do número de laudas produzidas, *ad nauseam*, como se a quantidade sempre fosse equiparável à qualidade: *A Princesa Imperial Regente, em nome de Sua Majestade o Imperador, o Senhor D. Pedro II, faz saber a todos os súditos do Império que a Assembleia Geral decretou e ela sancionou a lei seguinte: Art. 1°: É declarada extincta desde a data desta lei a escravidão no Brazil. Art. 2°: Revogam-se as disposições em contrário.*

No Brasil, os movimentos pela Independência e a própria Constituição de 1824 foram baseados nos princípios liberais. No entanto, o cativeiro estender-se-ia por mais 66 anos, durante os quais Escravidão e Liberalismo andaram lado a lado, constituindo uma verdadeira *comédia ideológica*. Apesar da igualdade de direitos entre os cidadãos brasileiros, estabelecida pela Constituição, os não-brancos eram dependentes do reconhecimento de sua liberdade, até para ir e vir.

Na verdade, com a Lei Áurea, os ex-escravos foram abandonados à própria sorte. Caberia a eles converter a emancipação em liberdade efetiva. A igualdade jurídica não foi suficiente para eliminar as enormes distâncias sociais e os preconceitos que mais de trezentos anos de cativeiro criaram. Aboliu-se a escravidão, mas não seu legado.

De fato, às vésperas da Lei Áurea, a escravidão era uma forma minoritária de trabalho no Brasil e havia cerca de 723 mil escravos no país, 5% da população. Embora esse regime de trabalho ainda fosse muito vivo no coração dos setores econômicos mais dinâmicos – como o café, o açúcar e a produção mercantil de alimentos –, o sistema escravista passava por uma lenta decomposição desde os anos 1850. Entretanto, nessas áreas, os senhores ainda o consideravam o ideal da mão de obra, a régua com a qual mediam o trabalho livre. Estava em jogo um sistema de relacionamento entre a elite proprietária e seus subordinados, um sistema baseado na dependência pessoal e no poder inquestionável do senhor.

O Ministério do Trabalho divulgou, em 2003, o Plano Nacional para a Erradicação do Trabalho Escravo, onde afirmava que no Brasil, 25 mil pessoas ainda trabalhavam nessas condições. E que ...*a escravidão contemporânea manifesta-se na clandestinidade e é marcada pelo autoritarismo, corrupção, segregação social, racismo, clientelismo e desrespeito aos direitos humanos.*

A persistência do escândalo está ligada ao nosso longo passado escravista, aos mais de três séculos no qual foi um comércio permitido, base do nosso sistema social e econômico, definindo estruturas perversas que tentamos quase inutilmente hoje desconstruir – a violência e as desigualdades.

Há muito tempo convivemos também com um regime de semiescravidão, e mais visível, no caso das empregadas domésticas. Elas não entraram nas considerações sobre a erradicação de algum trabalho semiescravo. Tal estatística não existe nem elas ocuparam nem ocupam lugares tão bem definidos. Mas qual é o simbolismo arquitetônico evidente por detrás dos chamados *quartinhos de empregadas*, empurrados para as áreas de serviços dos apartamentos modernos: minúsculos, desconfortáveis, sem janelas e onde mal entra um pouco de oxigênio? Além disso, não é por acaso que elas são na maioria afrodescendentes, negras e pobres.

Criou-se uma extensão direta da senzala para as cozinhas nas casas dos brasileiros ricos e de classe média. E não é também por acaso que a nossa comida, desde sempre, é tão africanizada, como percebeu Gilberto Freyre em Casa-grande e Senzala: Formação da família brasileira sob o regime de economia patriarcal (Livraria José Olympio, 1946): *O escravo africano dominou a cozinha colonial, enriquecendo-a de uma variedade de sabores novos. [...] No regime alimentar brasileiro, a contribuição africana afirmou-se principalmente pela introdução do azeite de dendê e da pimenta malagueta, tão característicos da cozinha baiana; pela introdução do quiabo; pelo maior uso da banana; pela grande variedade na maneira de preparar a galinha e o peixe. Várias comidas portuguesas ou indígenas foram no Brasil modificadas pela condimentação ou pela técnica culinária do negro; alguns dos pratos mais caracteristicamente brasileiros são de técnica africana: a farofa, o quibebe, o vatapá. Dentro da extrema especialização de escravos no serviço doméstico das casas-grandes, reservaram-se sempre dois, às vezes três indivíduos, aos trabalhos de cozinha. De ordinário, grandes pretalhonas; às vezes negros incapazes de serviço bruto, mas sem rival no preparo de quitutes e doces. Negros sempre amaricados; uns até usando por baixo da roupa de homem cabeção picado de renda, enfeitado de fita cor-de-rosa; e ao pescoço teteias de mulher. Foram estes, os grandes mestres da cozinha colonial; continuam a ser os da moderna cozinha brasileira.*

A canetada (ou penada) da princesa Isabel, a Redentora, não previu nada disso. À nobre herdeira da Casa de Bragança cabia tão somente assinar a lei, desconhecendo os efeitos indiretos e eficácia. Nada protegeria os libertos, deixados à própria sorte e condenados à uma nova forma de submissão – o neoescravismo ou a uma subcidadania eterna. Basta fazer um pequeno histórico das normas que regulamentam as atividades de uma auxiliar de serviços domésticos (o nome técnico que inventaram) para se ter um panorama do que acontece.

A lei que consolida a legislação trabalhista (1.942) ignorou as empregadas domésticas. Só reconhecidas 30 anos mais tarde, em 1.972 (Lei 5.859), quando garantidos importantes direitos – férias anuais (20 dias) e o recolhimento previdenciário. Entretanto, outra lei no ano seguinte estabeleceria que não se aplicava aos trabalhadores domésticos todo o disposto na CLT (Consolidação das Leis do Trabalho) a não ser o direito às férias. Flagrante discriminação. Outro avanço foi o Decreto 95.247, de 17 de novembro de 1.987, que instituiu o Vale-Transporte. Contudo, só a Constituição Federal de 1988 trouxe as maiores conquistas: garantia do salário-mínimo; irredutibilidade do salário; décimo terceiro; repouso semanal remunerado; férias anuais mais 1/3; licença maternidade por 120 dias; licença paternidade; aviso prévio e aposentadoria.

Por fim, a PEC das Domésticas, no ano de 2.013, firmou a igualdade de direitos entre os trabalhadores domésticos, urbanos e rurais, obrigando ao recolhimento do FGTS. Mais de meio século de leis pingadas gota a gota, como também acontecera na abolição, num cauteloso pouco a pouco.

Calculada sovinice. E quanto ao salário mínimo pago às domésticas, existe um estribilho repetido até a náusea dentro da classe média brasileira, verdadeira nostalgia dos séculos de escravismo: *É pouco para quem recebe e muito para quem paga!*.

Alguns dados estatísticos do Instituto de Pesquisa Econômica Aplicada (Ipea) ajudam a dar um contorno mais nítido: em 2.015 havia 6.200.000 empregadas domésticas no Brasil (5.700.000 eram mulheres e 3.700.000 negras), o que fornece uma média de uma empregada por 100 brasileiros, a maior do mundo! A Índia vem em segundo lugar, mas com uma população de 1,3 bilhão de habitantes, mais de seis vezes a do nosso país.

Eu vi isso bem de perto, durante a infância e adolescência, na minha terra natal – Aiuruoca, sul de Minas Gerais. Nas décadas de 60-70, as cidades do interior de Minas exibiam e cultivavam sem disfarces um racismo atroz. As empregadas trabalhavam quase de graça: por um prato de comida, roupas velhas e usadas, um lugar mais confortável para dormir. Trabalhavam para amansar a miséria, enganar a fome. Atividades puramente musculares: varrer, arrastar móveis, encerar com escovão de ferro, lavar e torcer roupa, carregar baldes e feixes de lenha.

A mesma labuta descrita pela historiadora Mary Karash no século XIX e na capital do Império (A vida dos escravos no Rio de Janeiro – 1808-1850, Companhia das Letras, 2.000): *Os donos consideram seus escravos bestas de carga, máquinas e criados que cuidavam de todas as suas necessidades e realizavam o trabalho braçal para eles*. Uma forma indisfarçada de animalizar as pessoas. Agora com uma grande vantagem contemporânea: as *peças* não necessitavam mais da compra. Poderiam ser adotadas com certo jeito piedoso, desde que lhes pudessem explorar todas as reservas de força física, se necessário até a exaustão (*Deus me livre da bondade do cidadão de bem*). Transformadas em máquinas de gestos e funções repetidas. A dor, o cansaço do movimento incessante.

Cada uma das casas da comunidade de Aiuruoca exibia sua mucama. Chamá-las de azêmolas ou azêmelas (do árabe – *az-milâ*, besta de carga) parece-me mais definidor e real. Deveríamos recorrer ao eufemismo – auxiliar de serviços domésticos? Se viramos as costas para os problemas eles não deixam de existir, tampouco se lhes dermos nomes propícios. Em algumas residências da cidade, podiam servir duas ou três *auxiliares* ou *serviçais*.

Na minha, mourejou a Liquinha. Por lá ficou quase trinta anos. Lembro-me dela como de uma segunda mãe. E não poucas vezes foi mais tolerante e compreensiva do que a verdadeira. Ademais, na memória afetiva elas não aparecem uma seguida da outra, estão lado a lado. Poço inesgotável de paciência e ternura. Suportava as minhas estripulias e caprichos de menino. Morta há tanto tempo que já não lhe distingo o rosto direito. Escuto a voz, essa não desapareceu. Me tratava como se fosse o filho que ela nunca tivera e pelo nome carinhoso de *Fiinho* (*Filhinho*). Mas é como se, de alguma forma, eu me obrigasse a escrever sobre as humilhações que sofreu. Me dói ainda hoje saber das coisas que vi.

Todos diziam que ela era da família. Mentira. Era mais uma espécie de propriedade do que uma verdadeira pessoa. Também sei que ela me amou muito, em um mundo onde não tinha mais nada, nem mesmo um nome definido. Liquinha, Lica. Só com doze anos descobri que se chamava Maria Rita. E foi na minha formatura do ginásio, quando a convidei para ser a minha madrinha. Aceitou com o maior orgulho. Compareceu ao Fórum, onde recebi o diploma, de braço dado comigo, numa alegria que perdera há muito. Todavia, foi um pequeno escândalo. Pude avaliar a extensão do mal-estar pelas caras das pessoas presentes à cerimônia. O eterno lixo branco da província. Visíveis lá atrás, no fundo das fotos: de faces torcidas, bicos de enjoo, contrastando com os nossos sorrisos, o meu e o dela. A minha querida Maria Rita, feliz, e seu afilhado com estudo, o Fiinho.

É difícil lidar com a maldade, mas com a de pessoas próximas pode ser pior. Certa vez, meu pai ordenou que eu não me relacionasse mais com o Antônio, adolescente de quem eu começava a ser amigo. Eu o conhecera há duas semanas, dando voltas na praça igual a todo mundo. Conversas bobas e inócuas. E ele, um pouco mais velho, era rapaz inteligente e engraçado. Quando perguntei o motivo da proibição, pois não via nenhum, ele respondeu encarando-me como se eu fosse um tolo: *Porque ele é preto!*. Mas como, partindo de princípios minimamente lógicos, eu poderia deduzir tal aberração convivendo com a Liquinha, negra bondosa, dedicada e digna, a quem eu tanto amava?

Com a minha mãe foi mais fácil. Ela já estava a meio caminho, uma racista em crise e envergonhada. Não assumia o racismo. Nela, o preconceito tomara formas sutis. Fui denunciando as hipocrisias à medida que conseguia percebê-las. Inclusive em mim, no qual também podiam resistir, empurradas à força para o subsolo. Minha mãe morou em uma casa espaçosa, de dois andares, no centro da cidade de Aiuruoca. A parte de baixo, onde eu gostava de ficar, tinha um banheiro que as empregadas usavam. Um dia, o papel higiênico me chamou a atenção: grosseiro, rosa, áspero. Um papel que, diziam cinicamente na época, era capaz de *limpar, lixar, polir e dar um perfeito acabamento*. O do banheiro de cima sempre exibira folhas brancas duplas, macias e delicadas. Algumas vezes, perfumadas.

— Mãe, posso fazer uma pergunta? vai achar estranha, mas depois eu explico.

— Pode sim.

— Você acha que os nossos cus são diferentes dos cus das empregadas?

— Como? Diferentes? Claro que não!

— Então por que é que o banheiro de baixo, que elas usam, tem um papel higiênico barato, péssimo, tipo lixa? Por acaso, o cu de alguma delas foi cinzelado no chapisco de cimento?

Ela ficou me olhando, divertida, pois era bem-humorada e acabaria por relevar a minha evidente grosseria:

— Fiz assim porque todo mundo faz.

— Eu sei. Mas acha que elas não percebem a humilhação? O recado é que tudo nelas seria inferior ao que temos. E a economia de papel não vale a pena. Não condiz com a senhora... Uma pessoa de bom coração e que preza tanto a dignidade dos outros.

Lembro-me também de como a discriminação, além de permitida, tinha o aval das autoridades. Não era crime, mas um ato de higiene, uma atitude saudável das pessoas de bem. Gente de consciência tranquila e bem lavada. Asseados com aspersões abundantes de água benta: a benção do padre, de origem alemã, inflexível, racista e tirânico, que brandia o rombudo sobrenome de Nagel (Prego ou Unha na língua germânica). Monsenhor Prego. O vigário mais *Fé das Unha* que já existiu. E quando ele aparecia na minha casa, como acontecia com algumas crianças nos aniversários, eu era obrigado a beijar-lhe o dorso da mão, que exibia um anel paquidérmico.

Outrossim, no clube – o Clube Lítero-Recreativo Aiuruocano – homens de cor não eram permitidos. O cômico contraste: um soldado negro, da polícia militar, na entrada para impedir a invasão de outros africanos, evitando o constrangimento dos branquelos desengonçados que se divertiam lá dentro. Bailavam feito orangotangos com sarna.

Já o *footing*, aos domingos, acontecia na Praça da Matriz, onde todos rodavam durante horas, caçando um flerte. As trocas de olhares tinham a rapidez de um tropeço, até que o giro se completasse novamente. Passávamos parte da noite nessa centrífuga de afetos adolescentes. Negros também não eram permitidos. A polícia fechava um trecho de rua (onde ficava o cinema e o Beco do Serafim) com cavaletes e permanecia vigilante. Os pretos da cidade passeavam ali. E os infelizes aceitavam a humilhação imposta sem um resmungo! *Pois todo aquele que se exaltar será humilhado, e todo aquele que se humilhar será exaltado*, já disse o Mateus da Bíblia. Mas o que acontece é que os indivíduos que aceitam a humilhação perdem a autoestima e a dignidade. *Desaprendem*, com muito sofrimento, que o lugar deles é mesmo o de seres inferiores e sem direitos.

As famílias aiuruocanas acostumaram-se tanto a utilizar o trabalho semiescravo que, quando saíam da cidade e deslocavam-se para lugares distantes, logo queriam (precisavam) providenciar a importação de mucamas. Impossível viver sem elas. *Uma neguinha do Congo faz muita falta*, gostava de debochar uma das minhas irmãs, ex-normalista, que mudara para o sul do país após se casar com um alentado homem de negócios na área médica. Financeiramente, um marido virtuoso, mas das criaturas mais chatas que já pisaram a superfície do planeta desde a extinção dos dinossauros há 65 milhões de anos. Um aborrecido arquetípico: *o sujeito que nos priva da solidão e não nos faz companhia*. Ele pronunciava pa-tri-mô-nio e se-gu-ro de vi-da como se soletram as palavras mais sagradas. A César o que é de César. Na prática, o dinheiro compensa a chatice e tudo pode acabar bem. Precisam-se desses estratagemas para que a sociedade funcione sem grandes solavancos.

Para longe levariam a Naná, magrinha e tímida, alegre e prestimosa, recém-saída da adolescência e que cuidaria da casa enorme (mistura de *bunker* e mansão de novo rico) e das duas filhas pequenas por longos anos. Primeiro e único emprego. Levaram-na para o sul glorioso, branco e teutônico, onde ainda desabrocham canteiros de moralinas e madames à moda antiga (estilo rococó), talhadas em toxinas botulínicas e colágeno injetável.

Pobre Naná, dedicação exclusiva: não arrumou namorado nem ajeitaria o futuro e a vida material. Não chegou a frequentar qualquer escola. Esgotadas a força muscular e a reserva afetiva, deu para beber aguardente. Por fim, restou quase sem serventia, avariada, deprimida, dentes em petição de miséria e começo de cirrose no fígado. Atrapalhando-se, com problemas de comportamento e memória, devolveram-na convenientemente para Aiuruoca.

De volta à terra natal, mas morando sozinha e dominada pelo alcoolismo, morreria poucos anos depois. Ela repetira a história da Liquinha no decorrer de apenas mais uma geração da família! Pobre Naná, só sabia sorrir de lado e com a cabeça baixa, olhando para o chão em sinal de respeito. Reverências inúteis às pessoas que jamais mereceriam dela maiores considerações.

Agora, a cena mais terrível, de violência racista, que assisti na minha cidade, foi quase a de um pelourinho, uma exibição pública. Entretanto não fizeram uso das vergastas, mas cassetetes. Aconteceu no ano de 1974, sendo quase meio-dia, num dos ângulos da praça da Matriz. Personagem, o Joaquinzão. Um negro magro, alto (1,90 m) e inofensivo que aparecia poucas vezes na cidade. Sua infração? Virava um litro de cachaça e dava-lhe na telha – ficar no meio da rua dançando sozinho. Atrapalhava a passagem dos carros. Não ofendia nem ameaçava ninguém. Apenas balançava o corpo comprido, que a todo o momento parecia desabar, para frente e para trás, feito um João-bobo vivo. Nunca caiu. Os enormes pés esparramados e descalços impediam-lhe a queda. Até que alguém, com jeito, convencia-o a sentar-se na calçada. E tudo se resolvia pacificamente.

Mas, naquele dia, os policiais resolveram agir. Colocar ordem. Nunca simpatizei com meganhas. Nossa polícia sempre foi covarde e cruel. Gostam de bater. Sentem prazer na violência. Pobres e negros aqui nunca tiveram vez. Desta vez, uma *disgrama* planejada contra um camponês humilde. Simples homem da roça. Arrancaram o Joaquinzão à força, no tapa, o encostaram na parede e começaram a espancá-lo sem dó. Eu estava passando e fiquei pasmo. Subiu-me uma indignação difícil de controlar. Interpelei os policiais, aos gritos e palavrões, dizendo-lhes que não havia mais escravidão no Brasil, se eles sabiam disso: *Ouviram? seus filhos da puta! Covardes!*. Para minha sorte (e surpresa), não responderam e foram embora sem reagir. Fomos salvos, eu e o Joaquinzão com algumas contusões e marca de sangue no nariz.

Entretanto, voltando à história da escravidão e à sua origem: o tráfico de africanos para o Brasil tornou-se um negócio altamente lucrativo. Era realizado por comerciantes portugueses, que foram substituídos por brasileiros a partir do século XVIII. Mobilizava um grande número de pessoas e de capital. É interessante saber que uma das moedas de troca mais valorizadas na compra de escravos era o tabaco (fumo de rolo baiano), tanto na Costa da Mina como em outras partes do Golfo do Benin. Calcula-se que cerca de 11 milhões de africanos vieram para as Américas entre os séculos XVI e XIX. Não incluindo aqueles que morreram durante os processos de apresamento e embarque nem aqueles que não sobreviveram à travessia do Atlântico (uma média estimada de 20-30%). Cerca de 4 milhões chegaram ao Brasil.

Apesar da escravidão não ser desconhecida na África, o tráfico para as Américas criou uma dimensão nunca vista naquele continente, uma escala industrial. Subverteu totalmente o sistema escravista que lá existia, onde o escravo fazia parte da família (uma espécie de parentela estendida). É bom lembrar que havia escravidão em todas as partes do mundo nessa época, inclusive na Índia e na China, mas em proporções pequenas.

Agora os africanos eram capturados nas planícies e levados até o litoral (principalmente à chamada Costa dos Escravos). Ficavam amontoados em barracões imundos durante semanas à espera do embarque nos navios negreiros ou *tumbeiros* – nome dado devido às frequentes mortes durante a viagem (A Escravidão Africana no Brasil: das Origens à Extinção do Tráfico, Maurício Goulart, Ed. Alfa e Ômega, 1975; A Escravidão no Brasil, Joel Rufino, Ed. Melhoramentos, 2013; Escravidão, Volume 1 e 2, Laurentino Alves, Editora Globo Livros, 2018 e 2021).

Embarcados à força no porão imundo, em grupos de 300 a 500, numa viagem que podia durar de 30 a 50 dias. Os suprimentos, reduzidos para diminuir o peso. Desembarcavam principalmente nos portos de Recife, Salvador, Rio de Janeiro e São Vicente. Começaram trabalhando no litoral, no corte de pau-brasil e nos engenhos de cana-de-açúcar. Depois, foram levados para o interior, na mineração de ouro, criação de gado e cultivo do cacau. Trabalham também no serviço doméstico e nas construções públicas. Possuindo uma população diminuta, Portugal encontrou no tráfico mais uma das soluções para o povoamento do imenso território brasileiro.

A condição jurídica dos escravizados equiparava-se a de uma coisa, um objeto, pois tinham o nome técnico de *peças*. A desumanização torna a crueldade mais funcional, a maldade aparentemente menos dura. Afinal, qual a dificuldade em se maltratar uma simples peça? Além disso, todo filho de escrava já nascia escravo. Como eram coisas, eles podiam ser doados, vendidos, trocados, punidos e legados nos testamentos. Não lhes permitiam possuir bens e testemunhar em processos judiciais. A coisificação buscava destitui-los de qualquer direito – uma espécie de anomia jurídica. Um jurisconsulto da época, Perdigão Malheiros considerou em seu A escravidão no Brasil: Ensaio historico-juridico-social (Parte I, Direito sobre os escravos e libertos, Typographia Nacional, 1.866): *Desde que o homem é reduzido à condição de cousa, sujeito ao poder e domínio ou propriedade de um outro, é havido por morto, privado de todos os direitos e não tem representação alguma, como já havia decidido o Direito Romano.* E Alberto da Costa e Silva completa em A manilha e o libambo. A escravidão na África, de 1500 a 1700 (Ed. Nova Fronteira, 2003): *Tratava-se, no entanto de um ser humano diferente, um estrangeiro por natureza, concebido muitas vezes como distinto e inferior, desenraizado e só de modo lento, e quase sempre de maneira incompleta, inserido noutro conjunto social. A esse estrangeiro absoluto, busca a comunidade dominante aviltar, despersonalizar, infantilizar e despir de todas as relações grupais. E é o fato de ser um estranho, que perde a família, a vizinhança, os amigos, a pátria e a língua, e a quem se nega um passado e um futuro, o que permite a redução da pessoa a algo que possa ser possuído.*

O uso da violência física e torturas variadas (chicote, tronco, a máscara de ferro, o pelourinho), eram uma forma eficaz de manter a disciplina. Adotada pela sociedade em todas as classes sociais, a escravidão contava com um universo de pessoas que se encarregava de vigiar, controlar as atividades e movimentos dos cativos. Escravos alforriados, não raro, tinham também suas peças. *Sem negros não há Pernambuco*, afirmou no século XVI o padre Antônio Vieira. E outro jesuíta, André João Antonil, escreveu (século XVI11), no Cultura e Opulência do Brasil por suas Drogas e Minas (Ed. Obelisco, 1964): *Os escravos são as mãos e os pés do senhor de engenho.* Tanto é verdade que o historiador Manolo Florentino, que estudou 1.067 inventários, rurais e urbanos, entre os anos de 1790 e 1835, descobriu que *quase todos os homens livres inventariados eram proprietários de pelo menos um escravo.*

Outros tipos de escravos, chamados de *negros de ganho*, foram frequentes nos ambientes urbanos. Muitos, treinados em vários ofícios – carpinteiros, marceneiros e pedreiros, o que fazia com que se valorizassem diante da escassez de mão de obra. Tanto é que, depois de libertas, inúmeras negras de ganho continuariam na mesma atividade.

Nessas idas e vindas, as pessoas criavam relações sociais e afetivas fora das fazendas, divulgavam notícias sobre quilombos e rebeliões, estratégias de alforrias. Não era incomum que as negras de ganho fossem acusadas de cumplicidade com quilombolas. Apesar da violência física, os escravos frequentemente se rebelavam. Nem a vigilância, nem os castigos, nem as ameaças eram suficientes para garantir a total submissão.

O sistema escravista brasileiro, desde o primeiro século da colônia, conviveu com a prática da alforria (manumissão). A palavra alforria deriva do árabe, *al-hurria*, e equivale a *estado de homem livre*. Portanto, ser negro não era sinônimo de ser escravo. A emancipação foi uma prática comum no escravismo das Américas espanhola e portuguesa, mas rara nos Estados Unidos. Poderia ser paga ou gratuita, condicional ou incondicional. As alforrias condicionais, como o próprio nome diz, exigiam algum tipo de compromisso por um tempo determinado, alguns anos, ou até mesmo toda a vida. Às vezes, a obrigação só cessava com a morte do senhor. As alforrias condicionais colocavam o escravizado em um meio-termo, numa liberdade incompleta. As gratuitas, dadas àqueles escravos considerados fiéis e obedientes, ou como agradecimento a um tipo de serviço prestado.

A capacidade de compra de alforrias demonstra que os escravizados exerciam atividades econômicas (poupar, por exemplo), e que a norma jurídica de coisa – não possuir pecúlio – não funcionava totalmente. Ao longo dos séculos formou-se uma classe de libertos e descendentes nascidos livres que desempenhariam papéis importantes na recriação da cultura africana, inclusive uma rede para libertar amigos e parentes.

Após 1822, em troca do reconhecimento da independência pela Inglaterra, o Brasil se comprometeu a abolir o tráfico. Em 1831, promulgou-se uma lei nesse sentido, mas letra morta, *lei para inglês ver (ou ler)*. Entretanto, frente a uma lei ineficaz, a Inglaterra promulgou a *Bill Aberdeen* (1845), que autorizava a captura de navios brasileiros pela marinha e o julgamento da tripulação por tribunais militares britânicos. Em 1850, o Brasil criaria uma nova lei, na qual o tráfico era equiparado à pirataria. Os traficantes ficavam sujeitos à pena de prisão, além de julgados por uma auditoria da marinha brasileira, mas os compradores de escravos não eram culpados pelo crime de contrabando. Esse ponto foi fundamental para a aceitação, pois ao mesmo tempo em que o Estado evitava o confronto, tinha o apoio dos poderosos donos da escravaria. Jogava dos dois lados. Datam dessa época os primeiros incentivos à imigração de europeus para trabalharem no Brasil.

Com uma enorme população de cativos, o Brasil sempre conviveu com sublevações. Como aceitar passivamente uma humilhação sem fim? A Revolta dos Malês (malê ou imalê – significa muçulmano, na língua iorubá) foi uma sedição escrava ocorrida em 1835, na cidade de Salvador, liderada por africanos de religião mulçumana que pretendiam tomar a província. O levante foi longamente preparado, mas durou apenas 24 horas (A Revolução dos Malês – insurreições escravas, Décio de Freitas, Ed. Movimento, 1985), da noite de 24 para 25 de janeiro, com a participação de 600 rebeldes.

Salvador teria por volta de 65.000 habitantes, dos quais 40% eram escravos. As tropas e a população livre uniram-se para derrotá-los. Morreram setenta rebeldes e cerca de dezesseis foram condenados à pena de morte (quatro, executados por pelotão de fuzilamento no Campo da Pólvora). Um dos líderes, Pacífico Licutam, foi submetido a 1.200 chibatadas (divididas em várias sessões para que sobrevivesse ao castigo).

Outras importantes revoltas foram a Balaiada no Maranhão (1838 - 1841) e a de Carrancas (ou Levante de Bella Cruz), ocorrida no sul de Minas, nas fazendas de propriedade da família Junqueira, em 1833. Liderada pelo escravo Ventura Mina, a revolta teve início na Fazenda do deputado Gabriel Francisco Junqueira. Devido à barbaridade do evento, muitos revoltosos foram condenados à morte. O medo da possibilidade de outras sedições reacendeu o debate sobre o escravismo. As fugas eram frequentes, assim como os anúncios nos jornais para reaver as peças; e havia, ainda, a temível figura do Capitão do Mato (o encarregado da captura dos escravos fugidos).

Após a evasão, o escravizado podia tentar se esconder nas matas, onde frequentemente formavam quilombos, ou se misturar na densa população africana dos núcleos urbanos. O senhor de escravos acionava uma rede de informantes e anunciava nos jornais, oferecendo recompensas. Se não houvesse outra forma, pagava um Capitão do Mato (frequentemente negros forros) para trazê-los de volta. A evasão provocava prejuízo, tanto de posse quanto de produção, e pagar um Capitão saía muito caro. O total podia chegar a 15% do valor do cativo. Os fugitivos geralmente recebiam castigos exemplares que podiam resultar até na morte. A evasão, por isso mesmo, consistia em ato de extrema coragem.

Mais frequentes eram as fugas temporárias: para cumprir obrigações religiosas, visitar parentes separados pela venda, fazer algum trabalho e completar o valor da alforria, ou apenas para sentir um pouco o gosto da liberdade. Parece ter sido comportamento regular. Tanto é assim que havia uma demora antes de anunciarem nos jornais, pois muitos fugitivos retornavam espontaneamente.

Os quilombos ou comunidades de foragidos existiram em diferentes países das Américas. Na Colômbia foram chamados de *palenques*; nos EUA e Caribe inglês de *maroons*; no Brasil, de quilombos ou mocambos, cuja origem dos termos deriva do idioma bantu e significa acampamento. Existiram desde a época colonial até os últimos anos do sistema escravista. Os habitantes, quilombolas ou mocambeiros, agiam em parceria com libertos, índios, criminosos e desertores.

O mais famoso da história brasileira foi o Quilombo dos Palmares (século XVII), na Serra da Barriga, região entre os estados de Alagoas e Pernambuco. Localizado numa área de difícil acesso, conseguiu formar uma espécie de estado com estrutura política, militar, econômica e sociocultural, no modelo e na organização de antigos reinos africanos. Calcula-se que Palmares tenha abrigado uma população de até 30 mil aquilombados. Tudo terminou em 20 de novembro de 1695, quando as forças chefiadas pelo bandeirante Domingos Jorge Velho o destruíram, matando o grande líder, Zumbi.

Há algumas décadas, a historiografia brasileira defendeu a precariedade e mesmo a inexistência da família escrava, pois a estrutura do cativeiro era desagregadora. Analisando o ambiente da senzala, tais como a venda de parentes e parceiros, a desproporção no número de mulheres e homens, a mistura de pessoas pertencentes às variadas etnias (algumas delas rivais) e falando línguas diferentes, concluiu-se que a família entre os escravos não poderia existir. Pelo contrário, haveria promiscuidade e desinteresse.

Essas afirmações serviram para justificar a exclusão social do negro no período pós-escravista, mas a verdade é que, mesmo nas condições mais difíceis, os escravos conseguiram formar laços parentais estáveis. As pesquisas mostram a existência de gerações de famílias escravas dentro de uma mesma fazenda. Alguns estudiosos entenderam que o incentivo ao casamento e à formação da família teria sido uma estratégia de alguns senhores para evitar fugas e rebeliões. Entretanto, se houve esse objetivo, os escravos souberam usá-lo como vantagem.

Claro que pensar em família escrava não significa imaginar casamentos oficiais na Igreja (caros e impraticáveis até para muitos brancos, e ainda hoje), ou apenas parentescos diretos (ou de sangue), porém os africanos viram na instituição familiar uma forma de diminuir os sofrimentos da separação da comunidade original africana. Além disso, o casamento oficial entre cativos, a rigor, nada lhes garantiria: famílias inteiras podiam ser separadas por venda ou partilha de herança. Uma lei visando proteger as famílias escravas só foi criada em 1869 e evitava que os filhos menores fossem separados dos pais.

Outra forma simbólica eram as relações religiosas. A família de santo, criada no espaço do candomblé baiano, permitiu recompor relações desfeitas durante o tráfico. As diferentes origens dos africanos trazidos para o Brasil criaram diferenças similares nas tradições religiosas. No Sudeste brasileiro, por exemplo, a maior parte da população era composta de africanos oriundos da região centro-ocidental, Congo e Angola. Eles desenvolveram uma religiosidade que cultuava os ancestrais e os *inquices* (entidades dos cultos congo-angolanos). Já o Maranhão e a Bahia receberam cativos do reino do Daomé, chamados de *jejes* na Bahia e de *minas* no Maranhão. Cultuavam deuses conhecidos como *voduns*. Para a Bahia também vieram grupos da língua iorubá, com deuses como os *orixás*. A fusão de elementos das tradições *jejes* e *nagôs* deu origem ao candomblé baiano.

Se a princípio as religiões africanas foram seguidas pelos escravos, desde o período colonial elas foram ganhando adeptos de todas as cores e classes. O que se deve também às importantes funções sociais desempenhadas pelos sacerdotes negros, que supriam necessidades da população urbana, atuando onde o Estado não existia. Estas carências não eram apenas de ordem espiritual, mas também de ordem prática.

A população pobre era tratada nas Santas Casas de Misericórdia, em ambientes desprovidos de conforto, higiene e recursos. Os médicos só sabiam aplicar sangrias e purgantes, o que muitas vezes apressava a morte. Os sacerdotes africanos, conhecedores de uma rica farmacopeia, ofereciam remédios alternativos, considerados mais eficientes. As irmandades religiosas foram fundamentais. Alguns africanos, de regiões onde o catolicismo já havia penetrado, como o Congo e Angola, já chegavam ao Brasil católicos. Mas aqueles que tinham as próprias crenças deixavam-se convencer de maneira superficial, o que fez com que os rituais religiosos, praticados por eles e seus descendentes, mostrassem características africanas nas músicas, nas danças, nas oferendas, nas festas e em promessas.

A prática acontecia por meio de irmandades, que organizavam as festas dos padroeiros, Nossa Senhora do Rosário e São Benedito. Também juntavam dinheiro para compra de alforrias e eram importantes espaços de reunião entre escravos e libertos. Como prova desse sincretismo, as escravas fundadoras da Irmandade da Boa Morte (ligada ao catolicismo) foram as que deram origem aos terreiros mais antigos de Salvador: a Casa Branca, o Axé Opô Afonjá e o Gantois.

A memória da Abolição é a de uma benevolência (13 de maio de 1888) outorgada por uma princesa da Casa de Bragança – Isabel do Brasil. Todavia, o processo começara bem antes, na década de 1870, quando se criou o movimento abolicionista. O revisionismo histórico tem mostrado que as leis sucessivas foram também conquistas dos escravos e a abolição ocorreu quando a servidão já estava quase extinta. O fim do tráfico trouxe duas consequências imediatas: o tráfico interprovincial e a *crioulização*, um número cada vez maior de escravos nascidos no país.

Quando foi promulgada a lei de 1850, de proibição do tráfico, Lei Eusébio de Queirós, as lavouras de café do Centro-sul estavam em expansão, precisando de mais trabalhadores. Através do tráfico interprovincial, os cafeicultores do Sudeste repunham a mão de obra com cativos do Norte e Nordeste, Oeste e extremo Sul. Esse tráfico manteve-se ativo até 1881, quando os parlamentares resolveram proibi-lo, temerosos de um conflito entre regiões, como ocorrera nos EUA (Guerra de Secessão, que opôs o Norte, abolicionista, ao Sul, escravocrata).

Ademais, na década de 1870, se iniciou finalmente uma verdadeira política estatal de emancipação dos escravos. A Lei 2040, de 28 de setembro de 1871 (Lei do Ventre Livre), foi a mais eficaz. Também ficaria conhecida como Lei Rio Branco ou Lei dos Nascituros, por ter libertado os filhos das escravas. Possuía dez artigos, muitos dos quais estabeleciam medidas com efeitos devastadores na política escravagista.

Até a Lei do Ventre Livre, as alforrias eram concessões feitas pelos senhores aos escravos que se mostrassem fiéis. Agora, dentre as disposições da nova lei estava a impossibilidade de revogação da alforria, o direito ao pecúlio e ao resgate da liberdade. Se a indenização não fosse fixada por acordo, seria por arbitramento. Nas vendas judiciais ou nos inventários, o preço da alforria seria o da avaliação. Com base neste artigo, quando não houvesse acordo privado entre senhor e escravo para a compra da alforria, a solução seria recorrer ao arbitramento jurídico. A partir de 1871, as ações se multiplicaram.

Em seguida, veio a Lei dos Sexagenários (1885) ou de Saraiva-Cotegipe, que concedia a liberdade aos escravos com mais de sessenta anos. O sentimento antiescravista ganhou corpo entre estudantes das Faculdades de Direito, Medicina, os profissionais liberais, mas acabou envolvendo indivíduos de classes, cores e origens diversas.

Associações Abolicionistas começaram a surgir nos finais da década de 1860 e espalharam-se por todo o Brasil. Promoviam encontros, passeatas e atividades culturais, atraindo grande número de pessoas. Uns defendiam que o progresso só seria viável se os trabalhadores negros fossem substituídos por imigrantes. Outros, que a abolição deveria vir acompanhada de políticas públicas que trouxessem benefícios para a população negra e para os ex-escravos. André Rebouças, por exemplo, defendia que deveria ser acompanhada pelo acesso direto à terra. Chamava isto de *democracia rural*, uma espécie de reforma agrária promovendo a inclusão.

Havia quem proclamasse a luta contra a discriminação racial, caso de Luiz Gama, um ex-escravo que se tornou liderança abolicionista. Defendeu a liberdade de centenas de escravos. Ao denunciar a discriminação, Gama mostrava que o racismo existia independente dos discursos que o negavam. A morte de Luiz Gama, em 1882, causou uma verdadeira comoção popular. Esta é a data utilizada como um ponto de inflexão no movimento abolicionista, que a partir daí passaria por maior radicalização, envolvendo diversos setores, que enfrentavam as forças policiais.

Um desencanto em relação às leis. Seguindo apenas as determinações jurídicas, numa simples projeção temporal, a escravidão duraria até a década de 30 do século XX. Desde então, partiram para ações bem mais ousadas, estimulando fugas ou acobertando escravos fugitivos.

Entretanto, quando os negros conquistaram a liberdade, as elites brasileiras montaram um discurso no qual os desqualificavam para enaltecer os imigrantes brancos. Como se quase tudo produzido no Brasil não o tivesse sido pelas mãos deles. Mas a calúnia pegou. Foram chamados de vadios, preguiçosos, sujos, bêbados e desordeiros. *Trabalho é coisa de negro*, costumava se dizer na época da escravidão. *O negro é pobre porque não trabalha*, dizem hoje. O primeiro, uma forma de justificar o trabalho escravo. O segundo, um preconceito junto ao provérbio de que é preciso não dar o peixe, mas ensinar a pescar – sem isca, sem ceva, sem porto, sem treino e sem vara. A pesca mística. O negro estava sendo condenado a uma morte histórica através da animalização e do estigma, a serem bestas musculares como o foram no cativeiro.

Entretanto, a década de 1870 foi um período agitado, com a crise militar da Guerra do Paraguai e a própria organização do Partido Republicano. A promulgação da Lei do Ventre Livre, ao acabar com a última fonte de renovação, colocou o problema da substituição da mão de obra. Datam desta época os projetos de formação de colônias de europeus (brancos) que deveriam substituir os braços escravos. Aos homens de ciência do Brasil, reunidos nas faculdades de medicina e de direito, nos institutos históricos, nos museus de história natural e em outras associações, caberia pensar e definir a identidade nacional.

Em todas as áreas predominou o racismo contra o negro, que foi destituído de sua cidadania. Fazendo parte da Geração de 1870, Silvio Romero ficou conhecido tanto por suas concepções acerca do povo quanto das tradições populares brasileiras, ambas interpretadas a partir da ideia de mestiçagem. Sempre se preocupou com o progresso e a formação de um povo mais bem definido racialmente, *uma única comunidade de sangue e espírito*. A sua originalidade consistiu na valorização do mestiço, princípio dessa população homogênea, e da ideia posterior e falaciosa da *democracia racial* brasileira.

A ideia de uma identidade racial mestiça e de inclusão dos negros teve início no governo de Getúlio Vargas e com as ideias de Gilberto Freyre. Porém, a escolha do mestiço não foi uma solução simples, tampouco desprovida de contradições, pois aliou a mestiçagem à ideia de branqueamento progressivo. Exemplo disso foram as políticas de imigração que vigoraram até a década de 1930 e pretendiam pôr em prática esse ideal.

Os primeiros governos republicanos trataram de incentivar a imigração de europeus e procuraram obstar a vinda de imigrantes negros e asiáticos. Tudo que era identificado à população negra, desde caracteres físicos até traços culturais, eram vistos como provas de inferioridade. As características físicas poderiam ser modificadas pela miscigenação e pelos traços culturais reprimidos. Assim, manifestações de origem afro, como o samba e a capoeira, sofreram perseguições.

O estudo da história do negro no Brasil mostra que com a Abolição e com a República a luta pelos direitos civis apenas começava. O sociólogo brasileiro Florestan Fernandes (A integração do negro na sociedade de classes, Ed. Biblioteca Azul, 2008) demonstra que a visível posição subalterna dos negros, além da dominação econômica, é fruto de padrões raciais e culturais herdados da sociedade escravista. Explicam a concentração racial da renda e as dificuldades de acesso à educação e de ascensão social, não obstante o preconceito brasileiro de não ter preconceito – uma hipocrisia mal disfarçada e com ares de caridade cristã.

O sociólogo Jessé de Souza, no Como o racismo construiu o Brasil (Ed. Estação Brasil, 2021), deduz que: *Para se falar de racismo no Brasil e em qualquer lugar deste mundo, é necessário perceber, antes de tudo, o amálgama inextricável entre classe social e raça, senão não poderemos compreender como o sucesso e o fracasso social já estão embutidos na socialização familiar e escolar primária da classe/raça negra e pobre. No Brasil, esse amálgama constrói uma classe/raça de condenados à barbárie eterna. Uma classe/raça de novos escravos.*

E qualquer tentativa de possibilitar sua inclusão social ou resgate, como fizeram Vargas e Lula, irá produzir golpes de estado que buscam mantê-la eternamente explorada, oprimida e humilhada.

No final do capítulo, o autor faz uma dolorosa síntese: *Uma sociedade como a brasileira manipula a necessidade de reconhecimento social, degradando-a em ânsia por distinção positiva às custas dos mais frágeis e vulneráveis, transformando as vítimas em culpados do próprio infortúnio e perseguição histórica. A classe média brasileira se sente privilegiada pela mera distância social em relação a negros e pobres, os quais explora a preço vil, humilha cotidianamente e está disposta a tudo para garantir esse privilégio sádico, inclusive ir às ruas protestar contra qualquer governo que diminuir essa distância. A real função do falso moralismo do combate à corrupção, há cem anos, é evitar a inclusão e a ascensão social desses humilhados e explorados cuja imensa maioria é composta de negros [...] O racismo de classe e de raça, um amálgama quase perfeito entre nós, é, portanto, a pedra de toque de toda a política brasileira nos séculos XX e XXI. É o* afeto racista *acolhido, metamorfoseado e sublimado em virtude moral que se mantém, desse modo, vivo e atuante, produzindo uma potente solidariedade imediata entre os membros das classes brancas e europeizadas.*

Aliás, esse livro tão esclarecedor e necessário, mereceria um contra título oportuno: Como o racismo destruiu o Brasil. O longo passado escravagista comprometeu o nosso futuro como se fosse uma forma de vingança, de expiação coletiva. Pagamos e continuamos pagando um altíssimo preço por este descalabro humanitário.

Foi o que pressentiu um abolicionista genial, historiador, político e jurista, Joaquim Nabuco (1846-1910), expressando-o em seu livro A Escravidão (Fundação Joaquim Nabuco, 1988): *Todos os crimes que a imaginação pode conceber, desde o lançamento ao mar de centenas de homens vivos, até a morte, no porão, por asfixia, de outros desgraçados, tudo cai como uma responsabilidade enorme de sangue sobre nossa cabeça. Eis por que hoje quando queremos livrar-nos sem abalo desse mal, não o podemos. Ele tem a idade de nosso país: nascemos com ele, vivemos dele. É como um vírus que se embebeu longos séculos em nosso sangue. Toda a nossa existência social é alimentada por esse crime: crescemos sobre ele, é a base da nossa sociedade.*

Mas qual é a situação atual dos negros, quase um século e meio depois da tão citada abolição? Os números falam por si: em 2018, 55,8% da população brasileira era de negros ou pardos. Entre os mais pobres, 75,8% são negros. Segundo a Pesquisa nacional por amostra de domicílio (Pnad), 8,9% das pessoas de cor preta ou parda, acima dos quinze anos, eram analfabetas (mais do que o dobro das brancas). Dos mortos pela polícia, 75% eram negros. A taxa geral de homicídios no Brasil, de 28 casos por cada 100.000 habitantes, sobe entre os homens negros, na faixa de dezenove a vinte e quatro anos, para mais de 200 por 100.000 habitantes. Em quinze anos, na população carcerária, a proporção de negros está em 14%, enquanto a de brancos caiu 19%. Hoje, em cada três presos, dois são negros, numa população de 780.000 encarcerados, a terceira maior do mundo! Não é sem motivo que também já se afirmou que *todo camburão da polícia brasileira tem um pouco de navio negreiro*.

Mas somos um país de contradições – no dia 12 de outubro comemora-se o dia da Padroeira do Brasil: Nossa Senhora Aparecida, uma santa negra. O que não deixa de sugerir uma esperança, embora também uma mistura de devoção e hipocrisia num povo ainda tão cruelmente racista.

POEMAS DO DESCALABRO & ÚLTIMOS ELOGIOS

Daguerreotipo de Mahommah Gardo Baquaqua (1850). Autor desconhecido

Elogios de Mohammah Baquaqua

1 - Eu sou trezentas

Com doze anos Maria Rita deixou os cafundós da roça, onde morava com os pais, e foi ser azêmola de mulher branca na cidade de Ajuruoca.
(Uma historinha de hoje e no tempo do Império).

Lica, arruma a cozinha.
— Lica, traz logo a água.
— Lica, esvazia o penico.
— Lica, acende esse fogo.
— Lica, faz o café.
— Lica, tempera o feijão.

(— Liquinha, apanha a laranja.
— Liquinha, descasca a laranja.
— Liquinha, faz o meu suco.
— Liquinha, traz o meu suco.)

— Lica, corre lá na venda.
— Lica, estica o lençol.
— Lica, trata do porco.
— Lica, enche a linguiça.
— Lica, serve o almoço.
— Lica, corta a batata.
— Lica, cadê a sopa?
— Lica, serve a sopa.
— Lica, passa a roupa.
— Lica, encera o chão.
— Lica, sai da janela!
— Lica, tranca a porta!
— Lica, vai dormir!
— Lica, cala essa boca!
— Lica! — Lica! — Lica!

2 – Um pente de ferro em brasa

O que está errado deve ser corrigido.
Esta cor negra da pele, por exemplo:
seria benéfica uma raspagem profunda
expondo as pérolas brancas da gordura.

Lábios carnudos são exageros sensuais
feito um beijo perene.
Lapidá-los e deixar traços bem finos.
Nariz achatado? estigma vergonhoso!
Afilar, como fez Michael Jackson,
em um belo projeto caucasiano.

Feito tudo isso,
atacar sem receio a carapinha,
o carrapicho,
o cabelo ruim,
o cabelo crespo,
o cabelo pixaim.
Deixar de vez as tranças nagôs,
o black power, os penteados afros,
toscos arbustos das savanas.

Espiche os cabelos com um pente de ferro em brasa!
Faz-se como eu mesmo vi,
espantado,
na casa de minha avó,
quando era um simples menino.
Primeiro, unta-se com gordura de porco.
Depois, quando o pente desliza aceso,
sai fumaça,

frige,
dá um cheiro de pelo queimado.
(Vovó disse que o capeta fede assim).
As mechas esticadas,
tomam um formato estranho,
de pontas agudas,
em ângulos duros
de estatueta etíope.
Será preciso enrolar a cabeça numa touca.
Então, é só mostrar o resultado no espelho
e enxugar as lágrimas da mocinha,
pois gado se marca, se ferra e se tange,
mas com gente,
ah, com gente eu sei que é muito diferente.

3 - Lei Áurea

O negro agora era livre para escolher a ponte sob a qual preferia morrer.
(Discurso do senador negro Abdias do Nascimento [PDT-RJ] em 13/05/2013)

Fecharam as senzalas
&
encheram as prisões.

Fecharam as senzalas
&
lotaram as favelas.

Aposentaram a chibata
&
agora lhes descem o pau.

Pararam com as bofetadas
&
hoje lhes chutam o saco.

Desistiram da meia tigela,
&
agora os matam de fome.

Esvaziaram as plantações,
&
agora eles moram sem teto.

Despovoaram as minas
&
agora não têm trabalho.

Pararam com os estupros
&
hoje as comem na zona.

Os trataram com desprezo
&
hoje sem a menor estima.

Negaram-lhes a liberdade
&
hoje não têm nenhuma.

Ficou seis por meia dúzia
&
tudo do mesmo tamanho

4 - Pequeno adagiário do white trash brasileiro

Branco parado é suspeito,
correndo é ladrão,
voando vira deputado federal.
Branco deitado é um porco,
de pé é um toco.
Branco quando não caga na entrada,
sempre caga na saída.
Uma lista branca.
No mercado branco é mais em conta.
A coisa tá branca!
Eu não sou das suas branquelas!
É um branco de alma branca.
A ovelha branca da família.
Serviço de branco!
É branco, mas é honesto.
É branco, mas é limpinho.
Branco é complexado.
Branco é tudo igual!
Tinha que ser branco!

ELOGIO
DE FRANZ KAFKA

Sobre o escritor tcheko

Franz Kafka (Praga, República Tcheca (na época, Império Austro--Húngaro), 3 de julho de 1883 - Klosterneuburg, Áustria, 3 de junho de 1924) foi escritor de língua alemã, autor de romances e contos, dos maiores e mais influentes do século XX. Segundo Harold Bloom, esta nossa era *é a era de Kafka, mais mesmo que a era de Freud. Para demonstrar a posição central no cânone deste século, temos de correr largamente seus textos, porque nenhum gênero determinado contém a sua essência. Ele é um grande aforista, mas não um simples contador de histórias, a não ser em fragmentos, e nos contos muito curtos que chamamos de parábolas. Suas narrativas mais longas* – Amerika, O Processo e O Castelo – *são melhores em partes do que como obras completas; e seus contos mais longos, mesmo* A Metamorfose, *começam de um modo mais intenso do que tendem a terminar.*

Nasceu em uma família judia de classe média e era fluente também em tcheko, mas considerava alemão a língua materna. Apenas algumas das obras foram publicadas em vida: Considerações (Meditações), Um médico rural e A Metamorfose, todas em revistas literárias. A Metamorfose (Editora Vozes, 2018) viraria o selo do mundo ficcional kafkiano.

Desde as primeiras linhas, A metamorfose é uma narrativa cruel, que nos remete às Anotações sobre Kafka (Editora Ática, 1998), do filósofo T. Adorno, onde os textos, chamados de *protocolos herméticos*, são tecidos com o propósito de encurtar a distância *entre eles e a vítima*, entendendo-se vítima por um leitor desavisado qualquer. *Isso significa que o leitor, habituado à placidez ilusória de sua poltrona, vive a experiência de quem é atropelado por uma locomotiva.* E completa, alertando que nos textos de Kafka cada frase diz: *interprete-me; e nenhuma frase tolera a interpretação.* Mas era exatamente o que o próprio escritor esperava de uma obra literária bem realizada, conforme explicita ao seu amigo, Oskar Pollak: *Se o livro que estamos lendo não nos acordar com uma pancada na cabeça, para que o estamos lendo? [...] Precisamos de livros que nos afetem como um desastre, que nos angustiem profundamente, como a morte de alguém que amamos mais do que a nós mesmos, como ser banidos para florestas distantes de todos, como um suicídio. Um livro tem de ser o machado para o mar congelado dentro de nós.*

O parágrafo introdutório de A metamorfose é dos mais famosos de toda a literatura ocidental: *Numa manhã, ao despertar de sonhos inquietantes, Gregório Samsa deu por si na cama transformado num gigantesco inseto. Estava deitado sobre o dorso, tão duro que parecia revestido de metal, e, ao levantar um pouco a cabeça, divisou o arredondado ventre castanho dividido em duros segmentos arqueados, sobre o qual a colcha dificilmente mantinha a posição e estava a ponto de escorregar. Comparadas com o resto do corpo, as inúmeras pernas, que eram miseravelmente finas, agitavam-se desesperadamente diante de seus olhos.*

Para ser mais exato, o protagonista não se transforma exatamente em uma barata (*kakerlake*, em alemão), como tornou-se habitual deduzir, mas em um monstruoso inseto (*ungeheueres Ungeziefer*, no original). Um inseto de proporções gigantescas, do tamanho de um ser humano, capaz de aterrorizar qualquer um que o encontrasse. É um texto angustiante porque Samsa precisará reaprender, em seu novo e insólito corpo, a dinâmica, os movimentos, o jeito de se movimentar de maneira harmônica como um inseto.

Amanhece, e ele continua trancado no quarto. Não quer abrir a porta, para que ninguém o surpreenda naquela sobrenatural miséria. É a metáfora da inadequação absoluta. *Que me aconteceu? – pensou. Não era nenhum sonho.* Pior, era um pesadelo acordado. Entretanto, ironicamente ele fica dividido entre a situação terrível e as preocupações banais de seu dia a dia de caixeiro-viajante, trabalhar e não perder o trem. Em nenhum momento ele se pergunta realmente sobre o motivo de ter virado um inseto. É um fato consumado. Aliás, o absurdo em Kafka é que o espantoso não espanta ninguém. Não é o monstruoso que choca, mas a sua naturalidade. Nem o protagonista que sofre a metamorfose, pois ainda se preocupa em não perder o dia normal de trabalho, o expediente rotineiro. Entretanto, quando consegue sair do aposento, provoca tanta repulsa e escândalo na família que é obrigado a retornar, às pressas: *Impiedosamente, o pai de Gregório obrigava-o a recuar, assobiando e gritando como um selvagem. Mas Gregório estava pouco habituado a andar para trás, o que se revelou um processo lento. Se tivesse uma oportunidade de virar sobre si mesmo, poderia alcançar imediatamente o quarto, mas receava exasperar o pai com a lentidão de tal manobra e temia que a bengala que brandia na mão pudesse desferir-lhe uma pancada fatal no dorso ou na cabeça.*

Fecha-se novamente em seu quarto. Por fim, a irmã (Grete) aparece para ajudá-lo, e percebe que não bebera o leite que deixara num dos cantos. Inseto, seu apetite era outro, e agora o que lhe agrada, no cheiro e no paladar, é o que a irmã acaba por lhe oferecer, afinal compreendendo-o: *Eram hortaliças velhas e meio podres, ossos do jantar da noite anterior, cobertos de um molho branco solidificado; uvas e amêndoas, era um pedaço de queijo que Gregório, dois dias antes, teria considerado intragável, era uma côdea de pão duro, um pão com manteiga sem sal e outro com manteiga salgada.*

O único contato ocasional passou a ser com a irmã, que muitas vezes não conseguia disfarçar o nojo: *Este acontecimento revelou a Gregório a repulsa que o seu aspecto provocava ainda à irmã, e o esforço que devia custar-lhe não desatar a correr mal via a pequena porção do seu corpo que aparecia sob o sofá. Nestas condições, decidiu um dia poupá-la de tal visão e, à custa de quatro horas de trabalho, pôs um lençol pelas costas e dirigiu-se para o sofá, dispondo-se de modo a ocultar-lhe totalmente o corpo, mesmo que a irmã se abaixasse para espreitar.*

Por fim, aprende algumas vantagens (gravitacionais) da existência de inseto: *Gostava particularmente de manter-se suspenso no teto, coisa muito melhor do que estar no chão: a respiração tornava-se-lhe mais livre, o corpo oscilava e coleava suavemente e, quase beatificamente absorvido por tal suspensão, chegava a deixar-se cair no assoalho. Possuindo melhor sincronia dos movimentos do corpo, nem uma queda daquela altura tinha consequências.*

Contudo, o pai, irritado, certo dia tenta novamente agredi-lo atirando-lhe várias frutas com força: *De nada servia continuar a fugir, uma vez que o pai resolvera bombardeá-lo. Tinha enchido os bolsos de maçãs, que tirara da fruteira do aparador, e atirava-as uma a uma, sem grandes preocupações de pontaria. As pequenas maçãs vermelhas rebolavam no chão como que magnetizadas e engatilhadas umas nas outras. Uma delas, arremessada sem grande força, roçou o dorso de Gregório e ressaltou sem causar-lhe dano. A que se seguiu, penetrou-lhe nas costas. Gregório tentou arrastar-se para frente, como se, fazendo-o, pudesse deixar para trás a incrível dor que repentinamente sentiu.*

Gregor, com o passar das semanas, cria tanto constrangimento, que mesmo a irmã volta-se contra ele: — *Ele tem de ir embora* – *gritou a irmã de Gregório.* – *É a única solução, pai. Tem é de tirar da cabeça a ideia de que aquilo é o Gregório. A causa de todos os nossos problemas é precisamente termos acreditado nisso durante demasiado tempo. Como pode aquilo ser o Gregório? Se fosse realmente, já teria percebido há muito tempo que as pessoas não podem viver com semelhante criatura e teria ido embora de boa vontade.*

Tratado como monstro, há muito tempo sem alimentar-se e repelido pela família, a empregada encontra-o, certa manhã, imóvel no leito: *Tinha à mão a vassoura de cabo comprido, procurou obrigá-lo a pôr-se de pé com ela, empunhando-a à entrada da porta. Ao ver que nem isso surtia efeito, irritou-se e bateu-lhe com um pouco mais de força, e só começou a sentir curiosidade depois de não encontrar qualquer resistência. Compreendendo repentinamente o que sucedera, arregalou os olhos e, deixando escapar um assobio, não ficou mais tempo a pensar no assunto; escancarou a porta do quarto dos Samsa e gritou a plenos pulmões para a escuridão: — Venham só ver isto: ele morreu! Está ali estendido, morto!*

Constatado o desenlace, o pai acaba por exclamar depois, numa expressão de alívio: — *Muito bem, disse o Senhor Samsa – louvado seja Deus.*

Kafka pertenceu a uma família de judeus asquenazes de classe média. O pai, Hermann, tornou-se um varejista de armarinho e roupas da moda e usou a imagem de uma gralha (*kavka*, em tcheco) como logotipo dos negócios. A mãe de Kafka, Julie (1856-1934), era filha de Jakob Löwy, um próspero mercador em Poděbrady, e recebera melhor educação formal.

Eles tiveram seis filhos, sendo Kafka o primogênito. Os dois irmãos, Georg e Heinrich, morreram crianças; as três irmãs, Gabriele (Ellie), Valerie (Valli) e Ottilie (Ottla), foram executadas em campos de concentração durante o massacre de judeus na Segunda Guerra (O Mundo prodigioso que tenho na cabeça: Kafka, um ensaio biográfico, de Louis Begley, Editora Companhia das Letras, 2011). É preciso lembrar que em Praga também havia antissemitismo e ele presenciara cenas de violência contra a população judaica nas ruas da cidade.

O negócio dos Kafka deu certo por um bom tempo. As vendas prosperaram. Nos dias mais agitados, Julie Kafka trabalhava 12 horas seguidas. As crianças foram criadas, na falta da mãe, por governantas e criados. Em novembro de 1913, mudaram-se para um apartamento maior, apesar de Ellie e Valli já terem se casado. Após o começo da Primeira Guerra, as irmãs retornaram ao apartamento da família devido ao recrutamento dos maridos.

Nesse intervalo, Kafka foi contratado pela Assicurazioni Generali, companhia de seguros italiana, onde permanecerá por quase um ano. Sua correspondência indica que o emprego, com uma jornada das 08:00 às 18:00, atrapalhava sua dedicação à literatura e o levaria a demitir-se. Duas semanas mais tarde, encontra emprego no Instituto de Seguros por Acidentes de Trabalho do Reino da Boêmia. As atividades envolviam investigação e avaliação de acidentes na indústria, onde a perda de dedos ou membros eram comuns.

Numa carta ao pai de sua noiva, Felice, ele declararia (Kafka, para uma literatura menor, Gilles Deleuze e Felix Guattari, Editora Assírio & Alvim, 2000): *O meu emprego é intolerável porque contradiz o meu único desejo e a minha única vocação que é a literatura. Como eu nada sou senão literatura, que não posso nem quero ser outra coisa, o meu emprego nunca poderá ser causa de exaltação, mas poderá, pelo contrário, desequilibrar-me completamente. Aliás, não estou muito longe disso.*

Já os pais referiam-se ao trabalho dele como *ganha pão*, dinheirinho extra para pagar as pequenas contas. Kafka detestava o expediente, mas foi rapidamente promovido. Pelo menos saía mais cedo e tinha tempo para a atividade literária, que cada vez mais o obsecava. Um interesse tão profundo que Harold Bloom o considera *o nosso ícone da vocação do escritor como uma missão espiritual, e seus aforismas permanecem conosco com as reverberações da autoridade. Freud e Kafka se tornaram os Rashis das ansiedades judias contemporâneas.* Valendo lembrar que Rabi Shlomo Yitzhaki, mais conhecido pelo acrônimo *Rashi* (1040-1105) foi um rabino francês, famoso como autor dos primeiros comentários sobre o Talmud, Torá e Tanak (Bíblia hebraica).

Um dos desenhos de Kafka, que ele chamava de hieróglifos pessoais, ilegíveis

Como observaria em carta a um amigo, Robert Klopstock: *Depois de ter sido fustigado em períodos de insanidade, comecei a escrever, e esse escrever é a coisa mais importante do mundo para mim (de um modo que é horrível para todos à minha volta, tão indizivelmente horrível que não falo a respeito) – assim como o delírio é importante para o louco (se ele o perdesse, "enlouqueceria") ou como a gravidez é importante para uma mulher. Isso não tem relação nenhuma com o valor de escrever – conheço bem demais esse valor, assim como sei o valor que tem para mim [...] Portanto, trêmulo de medo, protejo a escrita de todas as perturbações, e não só a escrita, mas a solidão que faz parte dela. [...] O grau de quietude de que necessito não se encontra na face desta terra. Por no mínimo um ano, gostaria de esconder-me com meu caderno e não falar com ninguém. A mais ínfima ninharia me faz em pedaços.*

Kafka recebeu a convocação para o serviço militar na Primeira Guerra Mundial, mas o Instituto de Seguros conseguiu um adiamento. Mais tarde, ele tentou alistar-se, mas seria impedido pela doença. Em 1918, o Instituto afastou Kafka com uma pensão, por estar com tuberculose grave na laringe, o que lhe impedia de falar com clareza e alimentar-se de maneira adequada.

A vida afetiva do escritor poderia se resumir na palavra inconclusa e no plural – noivados – porque foram vários, sem o esperado desfecho matrimonial. Noivados à distância e mantidos por cartas, muitas delas assombradas por uma melancolia que nada tem a ver com cartas de amor. Por exemplo, Kafka e Felice Bauer comunicaram-se por cartas durante cinco anos, encontraram-se pouco e noivaram duas vezes! As extensas missivas foram publicadas em Cartas para Felice. No impasse a que o noivado o conduziu e do qual não conseguia sair, instalou-se um esquisito *tribunal*. O escritor Elias Canetti, enxerga nesse convívio epistolar e conflituoso a ideia do romance O Processo (Biblioteca o Globo, 2003): *O processo, que até então, no curso de dois anos, acontecera nas cartas trocadas entre ele e Felice, transformou-se em seguida naquele outro Processo, que todos conhecem. Trata-se do mesmo processo. Kafka ensaiara-o. O fato dele ter incluído no livro infinitamente mais do que poderíamos deduzir das cartas, não nos deve iludir quanto à identidade dos dois processos. A força que antes procurara obter de Felice, ele a hauria agora do choque causado pelo "tribunal".*

Por volta de 1920, estaria noivo pela terceira vez, e agora de Julie Wohryzek, uma chapeleira. Apesar de os dois terem alugado um apartamento e marcado a data, a cerimônia também nunca ocorreu. Durante o período, com a decidida oposição do pai ao relacionamento, começou o esboço da Carta ao Pai (Editora L&PM, 2009). Esse livro é um desabafo, libelo contra a figura paterna, autoritária e que nunca o entendera. Um de seus biógrafos, Ernst Pawel, em O pesadelo da razão – Uma biografia de Franz Kafka (Editora Imago, 1986) acredita que *na infância ele tinha olhado para si mesmo através dos olhos do pai e desprezado o que vira [...] Medo, repugnância e ódio eram o que aquele saco recalcitrante de nervos tensos, ossos quebradiços, órgãos frágeis e carnes moles haviam despertado nele desde a mais tenra infância.*

Bem diferente do pai que esbanjava virilidade, firmeza de decisões e saúde física. Kafka tinha 1,82 m e pesava apenas 61 quilos. Magricela e desajeitado.

Eis o dolorido início da Carta ao Pai: *Querido Pai: Você me perguntou recentemente por que eu afirmo ter medo de você. Como de costume, não soube responder, em parte justamente por causa do medo que tenho de você, em parte porque na motivação desse medo intervém tantos pormenores, que mal poderia reuni-los numa fala. E se aqui tento responder por escrito, será sem dúvida de um modo muito incompleto, porque, também ao escrever, o medo e suas consequências me inibem diante de você e porque a magnitude do assunto ultrapassa de longe minha memória e meu entendimento.[...] Curiosamente você tem alguma intuição daquilo que eu quero dizer. Assim, por exemplo, me disse há pouco tempo: "Eu sempre gostei de você, embora na aparência não tenha sido como costumam ser os outros pais, justamente porque não sei fingir como eles". Ora, no que me diz respeito, pai, nunca duvidei da sua bondade, mas considero incorreta essa observação. Você não sabe fingir, é verdade, mas querer afirmar só por esse motivo que os outros pais fingem, é ou mera mania de ter razão e não se discute mais, ou então – como de fato acho – a expressão velada de que as coisas entre nós não vão bem e de que você tem a ver com isso, mas sem culpa. Se realmente pensa assim, então estamos de acordo. [...] Eu era uma criança medrosa; é claro que apesar disso também era teimoso como o são as crianças; certamente também minha mãe me mimou, mas não posso crer que fosse um menino difícil de lidar, nem que uma palavra amável, um silencioso levar pela mão, um olhar bondoso, não pudessem conseguir de mim tudo o que se quisesse. Ora, no fundo você é um homem bom e brando (o que se segue não vai contradizer isso, estou falando apenas da aparência na qual você influenciava o menino), mas nem toda criança tem a resistência e o destemor de ficar procurando até chegar à bondade. Você só pode tratar um filho como você mesmo foi criado, com energia, ruído e cólera, e neste caso isso lhe parecia, além do mais, muito adequado, porque queria fazer de mim um jovem forte e corajoso. [...] Seus recursos oratórios extremamente eficazes e que nunca falhavam, pelo menos comigo, eram: insulto, ameaça, ironia, riso malévolo e – curiosamente – autoacusação. [...] É fato também que você nunca me bateu de verdade. Mas os gritos, o enrubescimento do seu rosto, o gesto de tirar a cinta e deixá-la pronta no espaldar da cadeira para mim eram quase piores. É como quando alguém deve ser enforcado. Se ele é realmente enforcado, então morre e acaba tudo. Mas se precisa presenciar todos os preparativos para o enforcamento e só fica sabendo do seu indulto quando o laço pende diante do seu rosto, então ele pode ter de sofrer a vida toda com isso. Além do mais, das muitas vezes em que, na sua opinião declarada, eu teria merecido uma surra, mas escapara por um triz por causa da sua clemência, se acumulava de novo um grande sentimento de culpa. [...] Mas o obstáculo mais importante ao casamento é a convicção já inextirpável de que tudo o que é necessário ao sustento da família ou mesmo à sua direção é aquilo que reconheci em você – na verdade tudo junto, o bom e o mau, tal como isso está organicamente unificado em você, ou seja, força e desdém pelo outro, saúde e uma certa falta de medida, dom oratório e insuficiência, autoconfiança e insatisfação com todos, superioridade diante do mundo e tirania, conhecimento dos homens e desconfiança em relação à maioria; depois, virtudes sem qualquer desvantagem, como operosidade, perseverança, presença de espírito, esperança, intrepidez. [...] A isso respondo que, em primeiro lugar, toda essa objeção, que pode em parte também se voltar contra você, não vem de você, mas de mim. Nem mesmo sua desconfiança dos outros é tão grande quanto a minha autodesconfiança, para a qual me educou. Não nego à objeção uma certa legitimidade, que além do mais contribui com algo novo para a caracterização do nosso relacionamento. É claro que na realidade as coisas não se encaixam tão bem como as provas contidas na minha carta, pois a vida é mais que um jogo de paciência; mas com a correção que resulta dessa réplica – que não posso nem quero estender aos detalhes – alcançou-se a meu ver alguma coisa tão próxima da verdade que pode nos tranquilizar um pouco e tornar a vida e a morte mais leves para ambos. Franz.*

Kafka foi diagnosticado com tuberculose em 1917 (aos 34 anos), e mudou-se por alguns meses para a vila boêmia de Zürau. Não obstante, foi como se o destino encontrasse uma benéfica solução na doença. Dentro do que a escritora Susan Sontag já descrevera em A doença como metáfora (Editora Graal, 1984), pois a tuberculose compunha na época uma imagem estética da delicadeza, apropriada aos homens sensíveis. Também lhe daria o álibi perfeito para encerrar o noivado.

POEMAS DO DESCALABRO & ÚLTIMOS ELOGIOS

Sem coragem para o suicídio, logo percebeu que a tuberculose, por estranhos caminhos, cabia-lhe bem. Ele mesmo faz uma análise que envia ao amigo mais íntimo, Max Brod: *A doença está falando por mim porque eu lhe pedi que o fizesse.* E completa: *Em todo caso me relaciono com minha tuberculose do mesmo modo que uma criança se agarra às saias da mãe. Se a doença vem de minha mãe, a imagem é inda mais justa, e, em seu infinito desvelo, muito abaixo de sua compreensão da coisa, ainda me teria prestado este serviço. Busco constantemente uma explicação da doença, pois eu mesmo andei à sua procura. Parece-me às vezes que, independente de mim, o cérebro e os pulmões realizaram um pacto: "Assim não pode continuar", disse o cérebro e, ao fim de cinco anos, os pulmões se dispuseram a ajudar.*

E lança um veredito macabro (e real) para Felice: *Meu tribunal humano eras tu [...] Jamais recobrarei a saúde. Nem mais nem menos, porque não se trata de uma tuberculose que se coloca numa espreguiçadeira e que se cuida até sua cura, mas trata-se de uma arma cuja necessidade prosseguirá enquanto esteja eu com vida.*

Gostava de manter diários e outros escritos íntimos. Certa vez, dessas notas, tirou 109 bilhetes numerados, sem ordem definida. Foram mais tarde publicados como Os Aforismos de Zürau ou Reflexões sobre o Pecado, a Culpa, o Sofrimento e a Verdadeira Guerra, editado no Brasil como Contos, Fábulas e Aforismos (Editora Civilização Brasileira, 1993) do qual se seguem alguns fragmentos: *1. O verdadeiro caminho passa por uma corda que não está esticada no alto, mas logo acima do chão. Parece mais destinada a fazer tropeçar do que a ser percorrida. 3. Existem dois pecados capitais, dos quais todos os outros derivam: impaciência e indolência. Por causa da impaciência os homens foram expulsos do paraíso, por causa da indolência eles não voltam. Mas talvez só exista um pecado capital: a impaciência. Por causa da impaciência eles foram expulsos, por causa dela eles não voltam. 5. A partir de certo ponto não há mais retorno. É este o ponto que tem de ser alcançado. 22. Você é a lição de casa. Por todos os lados, nenhum aluno. 25. Como é possível alguém alegrar-se com o mundo, a não ser quando se refugia nele. 26. Os esconderijos são inumeráveis, a salvação apenas uma, mas as possibilidades de salvação, por sua vez, são tantas quanto os esconderijos. Existe um objetivo, mas nenhum caminho; o que chamamos de caminho é hesitação. 30. Em certo sentido o bem não tem consolo. 35. Não existe um ter, somente um ser – apenas um ser que anseia pelo último alento, pela asfixia. 37. Sua resposta à afirmação de que talvez tivesse posses, mas não existência, foi apenas tremor e taquicardia. 40. Só a nossa concepção de tempo nos faz nomear o Juízo Final com essas palavras; na realidade ele é um tribunal permanente. 47. Foi-lhes apresentada a opção de se tornarem reis ou mensageiros dos reis. À maneira das crianças, todos quiseram ser mensageiros. É por isso que existe um bando de mensageiros que correm pelo mundo e, uma vez que não há mais reis, bradam uns para os outros mensagens que perderam o sentido. Gostariam de pôr um fim à sua vida miserável, mas não ousam fazê-lo por causa do juramento de ofício. 50. O homem não consegue viver sem uma confiança duradoura em algo indestrutível nele mesmo, muito embora tanto o indestrutível como a confiança possam permanecer-lhe ocultos de maneira contínua. Uma das possibilidades dessa ocultação permanente é a crença em um Deus pessoal. 60. Quem renuncia ao mundo tem de amar a todos os seres humanos, pois também renuncia ao mundo deles. A partir daí começa a pressentir a verdadeira essência humana, que não é outra coisa senão poder ser amado, pressupondo-se que esteja à altura disso. 61. Quem, dentro do mundo, ama o próximo, não está mais nem menos certo do que quem, dentro do mundo, ama a si mesmo. Resta só a pergunta sobre se o primeiro deles é possível. 78. O espírito só fica livre quando deixa de ser um suporte. 91. Para evitar um equívoco verbal: o que deve ser ativamente destruído precisa antes ter sido sustentado com firmeza total; o que desmorona, desmorona, mas não pode ser destruído. 94. Duas tarefas do início da vida: limitar seu círculo cada vez mais e verificar continuamente se você não está escondido em algum lugar fora do seu círculo.*

Em 1920, Kafka iniciou uma relação com Milena Jesenská, jornalista e escritora tcheca. A correspondência foi publicada mais tarde como Cartas para Milena (Editora Itatiaia – Vila Rica, 2000). Segundo Harold Bloom, em seu Cânone Ocidental (Editora Objetiva, 2001), apesar de agonizantes, como frequentemente são, as cartas estão entre os textos mais eloquentes que escreveu: *Faz muito tempo desde que te escrevi, Frau Milena, e mesmo hoje estou escrevendo apenas em consequência de um incidente. [...] É, na verdade, um intercâmbio com fantasmas, e não apenas com o fantasma de quem recebe, mas também com o nosso, que desenvolvemos entre as linhas da carta que escrevemos, e ainda mais numa série de cartas. [...] Beijos escritos não chegam a seu destino, em vez disso são bebidos nos caminhos pelos fantasmas. É com essa vasta alimentação que se multiplicam tão enormemente. [...] Os fantasmas não vão morrer de fome, mas nós pereceremos.*

É também importante observar que Kafka deixou um extenso epistolário e escreveu um volume de cartas, durante os quarenta anos de vida, bem superior a todo o conjunto da obra. Sem dúvida, uma peculiar derivação literária, pois enquanto missivista ele nunca deixava de continuar um escritor. Segundo Deleuze e Guattari: *Já não é a questão de saber se as cartas fazem ou não parte da obra, nem se elas são a origem de certos temas da obra; elas são parte integrante da máquina de escrever ou de expressão. É desta maneira que é preciso pensar as cartas em geral, como pertencendo plenamente à escrita, fora da obra ou não, e compreender também porque é que certos gêneros tais como o romance se serviram naturalmente da forma epistolar.*

  A particularidade é que foi mais por meio da correspondência que ele se aproximava das mulheres que amou. Contudo não deixa de perceber o quanto essa ânsia de pureza está comprometida na origem: *Sou impuro, Milena, infinitamente impuro, eis porque falo tanto de pureza. Ninguém canta com tanta pureza como aqueles que estão no inferno mais profundo; são deles os cantos que tomamos como o canto dos anjos.* Entretanto, com Milena, Kafka chegou a viver quatro dias de intimidade, mas que sustentariam a sua fantasia por meses. Com ela, nos arredores de Viena, nunca se sentira tão bem, feliz e disposto.

  Além das cartas, escreveu Diários (Todavia Editora, 2010), que funcionam como longos rascunhos e fragmentos. Não pensou em publicá-los, imaginando destruir tudo, como orientaria ao amigo, Max Brod. Ademais, em julho de 1923, ele conheceu Dora Diamant, uma professora de jardim de infância, nascida numa família judaica ortodoxa. Kafka mudou-se para Berlim e passaram a viver juntos. Ela relata um episódio durante um passeio dos dois: *Quando moramos em Berlim, Kafka ia frequentemente passear no parque de Steglitz. Eu o acompanhava algumas vezes. Certo dia, encontramos uma garotinha que chorava e que parecia completamente desesperada. Nós lhe dirigimos a palavra e Kafka lhe perguntou o motivo de sua aflição; foi quando descobrimos que ela havia perdido sua boneca. Para explicar esse desaparecimento Kafka logo inventou uma história completamente verossímil: "Sua boneca acabou de fazer uma pequena viagem. Eu sei, pois ela me enviou uma carta". Mas a garotinha olhou para ele com olhar desconfiado: "Você tem ela aqui com você?", perguntou-lhe. "Não. Eu a deixei em casa, mas vou trazer amanhã para você." A garotinha, que ficou com um olhar muito curioso, já havia quase esquecido sua dor, e Franz voltou imediatamente para casa para escrever a carta. Ele trabalhou com verdadeira seriedade como se tivesse que escrever uma obra literária. Tinha o mesmo estado de tensão nervosa que o agitava quando se instalava em seu escritório, mesmo que fosse apenas para escrever qualquer carta ou um cartão postal. Além do mais, era uma verdadeira tarefa, tão essencial como as outras, pois era preciso a todo custo agradar a garota e evitar-lhe uma decepção ainda maior. A mentira deveria tornar-se verdade graças à verdade da ficção. No dia seguinte, levou a carta à garotinha que esperava por ele no parque. Como a garotinha não sabia ler, Franz leu a carta para ela. A boneca explicava que estava cansada de viver na mesma família, exprimia seu desejo de mudar, que queria, por algum tempo, separar-se da garotinha mesmo amando-a tanto. Ela prometia escrever todos os dias, e, assim, Kafka escrevia a cada dia uma carta, contando sempre novas aventuras que muito rapidamente se desenvolveram conforme o ritmo próprio de vida das bonecas. Dias depois, a criança havia esquecido a perda de seu brinquedo e só pensava na ficção que ele havia lhe presenteado. Kafka escrevia cada fase da história com tamanha precisão e humor que a história da boneca ficou muito fácil de compreender: ela havia crescido, frequentado a escola, conhecido outras pessoas. Não deixava nunca de assegurar à criança o seu amor, mas mencinava as complicações da vida, outros interesses e outras obrigações que, no momento, não lhe permitiam retomar sua vida anterior. Ela pedia à garotinha que refletisse a respeito de tudo isso, de tal maneira que estaria pouco a pouco preparada para a perda definitiva de seu brinquedo.*

Infelizmente, mas como esperado, a tuberculose progrediu. Em 1924, ele volta a Praga, onde familiares (principalmente a irmã Ottla) cuidaram dele. Foi internado depois no sanatório de Kierling, perto de Viena, onde morreria em 3 de junho de 1924. Ele estava revisando as páginas do conto Um artista da fome e outros textos recentes (Josefina, a cantora). A tuberculose da laringe, além de impedir a fala, dificulta a alimentação por comprometer o esôfago, que fica logo atrás. É perturbador imaginar que o conto também encarna a penosa situação que ele mesmo vivia como paciente, análoga à do obsessivo jejuador, um profissional da fome. Perto do fim, Kafka passou a comunicar-se apenas por bilhetes: *Um pouco de água: esses pedaços de comprimido grudam no muco como estilhaços de vidro. E pensar que eu já fui capaz simplesmente de me aventurar a um grande gole de água.* Além do mais, já era vegetariano, sempre fora magro e comia pouco.

O conto, revisado por Kafka no leito de morte, narra a história de um artista da fome, criatura cujo ganha-pão (sem descartar a ironia) foi jejuar para ganhar a vida, ou seja, perdendo-a, de alguma forma. Despertava a curiosidade do público no início de sua estranha atividade profissional, atraía a atenção pelo exotismo: *Os tempos eram outros. Antigamente toda a cidade se ocupava com os artistas da fome; a participação aumentava a cada dia de jejum; todo mundo queria ver o jejuador pelo menos uma vez por dia; nos últimos, havia espectadores que ficavam sentados dias inteiros diante da pequena jaula [...] as crianças olhavam com assombro, de boca aberta, uma segurando a mão da outra por insegurança, aquele homem pálido, de malha escura, as costelas extremamente salientes [...] quarenta dias eram o período máximo. Sendo assim, no quadragésimo dia eram abertas as portas da jaula coroada de flores, uma plateia entusiasmada enchia o anfiteatro, uma banda militar tocava, dois médicos entravam na jaula para proceder às medições necessárias no artista da fome, os resultados eram anunciados à sala por um megafone, e finalmente duas moças felizes por terem sido as sorteadas, ajudavam o jejuador a sair da jaula, descendo com ele alguns degraus de escada a uma mesinha onde estava uma refeição de doente cuidadosamente selecionada. [...] Assim viveu muitos anos, com pequenas pausas regulares de descanso, num esplendor aparente, respeitado pelo mundo mas, apesar disso, a maior parte do tempo num estado de humor melancólico, que se tornava cada vez mais sombrio, porque ninguém conseguia levá-lo a sério.*

Não o compreendiam. Ele era um entusiasta do jejum, achava muito fácil praticá-lo e poderia jejuar muito mais tempo do que aqueles miseráveis quarenta dias prefixados. Esta a causa da melancolia que o torturava e que ninguém percebia, tal a ideia de sofrimento que a palavra jejum evoca nas pessoas. *Mas seja como for o mimado artista da fome se viu um dia abandonado pela multidão [...] Quem tinha sido aclamado por milhares de pessoas não podia exibir-se em barracas nas pequenas feiras, e para adotar outra profissão o artista estava não só muito velho, mas sobretudo entregue com demasiado fanatismo ao jejum. Sendo assim, demitiu o empresário, companheiro de uma carreira incomparável, e se empregou num grande circo; para poupar a própria suscetibilidade, nem olhou as condições do contrato.*

No circo ele não ocupava mais o centro das atenções. Por isso, arrumaram para ele um lugar secundário, perto do estábulo dos animais, no caminho dos visitantes. *O jejuador podia jejuar tão bem quanto quisesse – e ele o fazia – mas nada mais podia salvá-lo: passavam reto por ele. Tente explicar a alguém a arte do jejum! Não se pode explicá-la para quem não a sente.* Acabou por ficar esquecido naquela jaula que ninguém visitava, esqueceram-se dele, até mesmo de trocar a tabuletinha que marcava os dias roubados à fome. Pelo menos, podia ficar sem comer o tempo que quisesse, quebrando os próprios recordes. *Passaram-se ainda muitos dias e até isso chegou ao fim. Certa vez um inspetor notou a jaula e perguntou por que deixavam sem uso aquela peça perfeitamente aproveitável, com palha apodrecida dentro; ninguém sabia, até que um deles, com a ajuda da tabuleta, se lembrou do artista da fome. Levantaram a palha com ancinhos e encontraram nela o jejuador [...], cujas* últimas palavras foram a chave de sua absurda tenacidade profissional:

Eu nunca encontrei a comida que me agradasse. – Limpem isso aqui! – disse o inspetor, e enterraram o artista da fome junto com a palha.

Mas o conto que mais me impressionou foi A Construção (traduzido também como O covil ou A toca), dos últimos escritos por ele. Um texto que me levou à insônia. A invasão da narrativa roubou o meu sono. O leitor kafkiano típico, a vítima atropelada pela locomotiva da ficção. Kafka descreve o cotidiano de um animal que vive numa toca: bicho hábil, calculista e metódico (lembra um texugo, mas isso não tem muita importância). Monólogo de um paranoico preocupado com a própria sobrevivência. O *conatus* de Espinosa em estado bruto. Entretanto, a estratégia tão bem planejada do esconderijo não lhe diminui jamais a angústia. O tempo todo a reparar os mínimos defeitos do lugar, onde se esconde e acumula mantimentos, saindo para o mundo exterior e retornando à toca o mais rápido possível. Sempre encontra reparos a fazer, tem de verificar a causa de estranhos ruídos e se enche de medo: *Instalei a construção e ela parece bem-sucedida. Por fora é visível apenas um buraco, mas na realidade ele não leva a parte alguma, depois de poucos passos já se bate em firme rocha natural. Não quero me gabar de ter executado deliberadamente esta artimanha, o buraco era muito mais o resto de uma das várias tentativas frustradas de construção, no final porém pareceu-me vantajoso deixá-lo destapado. A uns mil passos de distância dessa cavidade localiza-se, coberta por uma camada removível de musgo, a verdadeira entrada da construção, ela está tão segura quanto algo no mundo pode estar seguro [...] e mesmo agora, no auge da vida, não tenho uma hora de completa tranqulidade, pois naquele ponto escuro do musgo eu sou mortal e nos meus sonhos muitas vezes ali fareja, sem parar, um focinho. [...] Tudo isso são cálculos bastante laboriosos e a alegria que a mente laboriosa tem consigo mesma é algumas vezes o único motivo pelo qual se continua calculando. [...] Mas estou envelhecendo, existem muitos que são mais fortes que eu e meus adversários são incontáveis, poderia acontecer que, fugindo de um inimigo, eu caísse nas garras de outro. Ah, O que não poderia acontecer! Seja como for, preciso ter a garantia de que em alguma parte talvez exista uma saída fácil de alcançar, completamente aberta, onde, para me evadir, já não tenha mais de trabalhar, de tal modo que, enquanto estiver cavando desesperadamente, ainda que seja num aterro leve, eu não sinta de repente – que o céu me proteja! os dentes do perseguidor nas minhas coxas. [...] Mas a coisa mais bela de minha construção é o seu silêncio. [...] sem ouvir outra coisa senão, algumas vezes, o zunido de algum bicho pequeno, que eu logo sossego entre meus dentes, ou o escorrer da terra, que me aponta a necessidade de alguma reforma; de resto, tudo quieto. [...] Nesta praça do castelo reúno minhas provisões, acumulo aqui tudo o que trago de minhas caçadas fora de casa. Ela é tão grande que as reservas para meio ano não a enchem. [...] Além disso, é estúpido, mas verdadeiro, que a autoconsciência sofre, quando não vê todas as provisões juntas e não percebe num único olhar aquilo que tem. [...] Como? Sua casa está protegida, fechada em si mesma. Você vive em paz, aquecido, bem alimentado, único senhor de um sem-número de corredores e recintos – e é de esperar que deseja não só sacrificar, mas em certa medida abandonar tudo? Na verdade, você tem a confiança de recuperar isso, mas não estará permitindo uma jogada alta demais? Existiriam motivos racionais para tanto? Não, para algo dessa natureza não pode haver motivos racionais. Nesse instante, porém, abro com cautela a porta do alçapão e já estou fora, deixo-a baixar cuidadosamente e corro o mais rápido que posso para longe do lugar traiçoeiro. [...] Não estou propriamente em campo aberto, na verdade não me comprimo mais pelos corredores, mas disparo pela floresta descampada e sinto em meu corpo forças novas para as quais, de certa maneira, não há espaço na construção, nem mesmo na praça do castelo, ainda que esta fosse dez vezes maior. Também a alimentação fora é melhor, a caça na realidade mais difícil, o êxito mais raro, mas o resultado em todos os sentidos superior – tudo isso não nego e consigo apreender e fruir pelo menos tão bem quanto qualquer outro, provavelmente muito melhor, uma vez que não caço como um vagabundo da estrada, por leviandade ou desespero, mas com objetivo e calma. [...] Procuro um bom esconderijo e vigio a entrada de minha casa – desta vez do lado de fora – durante dias e noites. Pode parecer tolo: isso me dá uma alegria indizível e me tranquiliza. [...] Houve épocas felizes em que quase confiei a mim mesmo que a inimizade do mundo contra mim talvez tivesse cessado ou amainado, ou que a força da construção me punha acima da luta de extermínio travada até então. Quem sabe a construção proteja mais do que jamais pensei ou ouso pensar no seu interior. [...] E com isso me perco em reflexões técnicas, começo de novo a sonhar meu sonho de uma construção absolutamente perfeita, o que me acalma um pouco: de olhos fechados penso com encanto possibilidades de construção claras e menos claras para entrar e sair sem ser notado. [...] Na angústia nervosa do momento, não significa subestimar muito a construção, vê-la apenas como uma cavidade, para dentro da qual se quer rastejar com a maior segurança possível? Sem dúvida ela é também uma cova segura ou deveria sê-lo, e quando imagino que estou no meio de um perigo, com os dentes cerrados e com toda a força da vontade quero que a construção não seja outra coisa senão o buraco destinado a salvar minha vida, e que ela realize esta tarefa claramente definida com a máxima perfeição, e nessa hora estou disposto a dispensá-la de qualquer outra missão. [...] Fico então deitado debaixo do musgo, banhado de sangue e sucos de carne, em cima da presa que eu trouxe, e poderia começar a dormir o sono almejado. Nada me perturba, ninguém me seguiu, sobre o musgo parece estar calmo, pelo menos até agora e, mesmo que não estivesse, acredito que não poderia me entreter neste momento com observações; [...] De resto, a nova escavação, se de alguma maneira corresponder às proporções da construção, também pode ser bem-vinda como novo conduto de ar. Mas nas criaturinhas eu quero prestar muito mais atenção do que fiz até agora, nenhuma delas deve escapar. [...] Mas se são animais desconhecidos por que não consigo vê-los? Já fiz muitas escavações para agarrar um deles, porém não encontro nenhum. Ocorre-me que talvez sejam seres minúsculos, muito menores do que aqueles que conheço, e que somente o ruído que fazem é maior. Por causa disso, investigo a terra escavada, atiro ao ar os torrões, para que eles se desfaçam nas menores partículas; os provocadores de barulho, entretanto, não estão ali. [...] deixei-me levar à completa confusão por um fenômeno reconhecidamente estranho. O que é ele? Um leve zumbido, audível apenas em longas pausas, um nada ao qual não quero dizer que se pudesse acostumar; não, não se poderia acostumar com isso, mas seria possível observá-lo por um certo tempo, sem empreender de imediato alguma coisa contra ele, ou seja, a cada par de horas, ouvir de vez em quando e registrar o resultado com paciência;portanto, não como eu fiz, deslizar o ouvido ao longo das paredes e toda vez que o ruído é escutado, rasgar a terra – na realidade, não para descobrir alguma coisa, mas para fazer algo que corresponda ao desassossego interior. [...] O ruído dá a impressão de ter ficado mais forte, naturalmente não demais, trata-se sempre das diferenças mais sutis, mas sem dúvida um pouco mais forte e nitidamente apreensível pelo ouvido. E este avolumar-se é semelhante a um aproximar-se; mais distinto que o próprio aumento do volume, vê-se literalmente o passo com que se chega mais perto. [...] O que teria de ser feito agora, na verdade, seria vistoriar a construção em detalhe no que concerne à defesa e todas as suas possibilidades imagináveis; elaborar um plano de defesa e de construção correspondente e, logo em seguida, iniciar o trabalho, lépido como um jovem.[...] existe um plano cujo sentido me escapa, considero apenas que o bicho me cerca – não quero afirmar com isso que ele saiba de mim – e que deve ter traçado alguns círculos em torno da minha construção desde que o observo. O tipo de barulho, o barulho ou assobio, me dá muito o que pensar. Quando eu arranho e raspo a terra a meu modo, ouve-se coisa muito diferente. Só posso explicar o zumbido pelo fato de que a principal ferramente do animal não são as garras, mas o focinho ou a tromba, que além de sua força descomunal, de alguma maneira também são afiados. Provavelmente ele enfia, com um único e poderoso golpe, a tromba na terra e arranca um grande pedaço, nessa hora não ouço nada – é a pausa, mas depois aspira o ar outra vez para uma nova investida. A inspiração de ar, que deve provocar um estrondo de estremecer a terra, não só por causa do vigor do animal, mas também de sua pressa e zelo no ofício, é o ruído que eu ouço depois como zumbido. [...] De resto procuro decifrar os desígnios do animal, Ele está migrando ou trabalhando na própria construção? Se estiver no curso de uma migração, então será possível um entendimento com ele. Se rompe caminho na minha direção, dou-lhe um pouco das minhas provisões e ele segue viagem. [...] Evidentemente, uma coisa dessas não se alcança através de negociações, mas tão somente pelo próprio siso do animal ou pela coação que fosse exercida por mim. Em ambos os sentidos será decisivo – se é que o animal sabe a meu respeito. Quanto mais medito sobre isso, tanto mais improvável me parece que ele tenha alguma vez me ouvido; é possível, apesar de inimaginável, que disponha de algumas informações sobre mim, mas de resto ele nunca me escutou. Enquanto eu não tinha conhecimento dele, ele não seria capaz de me ouvir, pois meu comportamento então era silencioso: não há nada mais quieto que o reencontro com a construção; depois, quando fiz as escavações experimentais, ele poderia ter me escutado, embora minha maneira de cavar produza pouco rumor; se ele, porém, me ouviu, eu deveria ter notado alguma coisa – o animal precisaria, pelo menos enquanto trabalhava, parar de vez em quando e prestar atenção. Mas tudo continuou inalterado.*

E, por fim, este conto, mínimo em extensão, mas sujeito às mais diversas e longas interpretações, todas incompletas, algumas delirantes – A tribulação de um pai de família: *Dizem alguns que a palavra odradek provém do eslavo, e procuram determinar a formação da palavra com base nesta afirmação. Já outros acreditam que ela provenha do alemão, do eslavo teria apenas a influência. A incerteza das duas interpretações autoriza, entretanto, a supor que nenhuma delas acerta, mormente porque nenhuma nos leva a encontrar um sentido para a palavra. Como é natural, ninguém se ocuparia de tais estudos se não existisse realmente um ser chamado Odradek. À primeira vista, parece um carretel de linha, achatado e estreliforme; e aparenta, de fato, estar enrolado em fio; é bem verdade que os fios não serão mais do que fiapos, restos emendados ou simplesmente embaraçados de fio gasto, da mais diversa cor e espécie. Mas não se trata apenas de um carretel, pois no centro da estrela nasce uma vareta transversal, de cuja extremidade sai mais outra, em ângulo reto. Com auxílio desta segunda vareta, por um lado, e duma das pontas da estrela por outro, o todo se põe de pé, como sobre duas pernas. Seria o caso de se* acreditar que este objeto, outrora, tenha tido alguma finalidade, que agora esteja apenas quebrado. Mas, ao que parece, não é o que se dá; ao menos não há sinal disso; não se vê marca alguma de inserção ou de ruptura que indicasse uma coisa destas; embora sem sentido, o todo parece completo à sua maneira. Aliás, não há como dizer coisa mais exata a respeito, pois Odradek é extraordinariamente móvel e impossível de ser pego. Ele vive alternadamente no sótão, no vão da escada, nos corredores, no vestíbulo. Às vezes desaparece por semanas inteiras; provavelmente se muda para outras casas, mas é certo que acaba voltando à nossa. Cruzando a soleira, se ele está encostado ao corrimão, lá embaixo, às vezes dá vontade de lhe falar. Não se fazem naturalmente perguntas difíceis, ele é tratado – já o seu tamaninho nos induz – como uma criança. Pergunta-se "qual é o teu nome?". Ele responde "Odradek". "E onde você mora?" Ele responde "residência indeterminada", e ri; mas é uma risada como só sem pulmões se produz. Soa, quem sabe, como o cochicho de folhas caídas. De hábito, este é o fim da conversa. Mesmo estas respostas, aliás, não é sempre que se obtêm; com frequência ele fica mudo, por longo tempo, como a madeira que aparenta ser. Inutilmente eu me pergunto – dele, o que será? É possível que ele morra? Tudo o que morre terá tido, anteriormente, uma espécie de finalidade, uma espécie de atividade, na qual se desgastou; não é o que se passa com Odradek. Será então que no futuro, quem sabe se diante dos pés de meus filhos, e filhos de meus filhos, ele ainda rolará pelas escadas, arrastando os seus fiapos? Evidentemente ele não faz mal a ninguém; mas a ideia de que além de tudo me sobreviva, para mim é quase dolorosa.

Kafka começou o projeto de seu primeiro romance em 1912 e intitulou a obra, que permaneceu inacabada, de O Desaparecido, mas Brod depois daria-lhe o título de Amerika. A inspiração veio de apresentações teatrais iídiches que assistira. Contém detalhes de experiências vividas por parentes que emigraram para a América e é a única obra com um final promissor.

Durante 1914, Kafka começaria O Processo, a história de um homem processado por uma autoridade inacessível, sendo a natureza do crime indefinida (*Alguém certamente havia caluniado Josef K., pois uma manhã ele foi detido sem ter feito mal algum...*). Kafka não concluiu o romance, apesar de possuir um capítulo final. De acordo com o escritor Elias Canetti, Felice foi fundamental para a trama do romance e Kafka disse que esta era a história dela. Canetti intitulou seu livro sobre as cartas para Felice de O Outro Processo.

POEMAS DO DESCALABRO & ÚLTIMOS ELOGIOS

Kafka deixou todos os direitos autorais para o amigo Max Brod, com instruções de que sua obra deveria ser destruída: *Querido Max, meu último pedido: Tudo que eu deixo para trás... na forma de diários, manuscritos, cartas (minhas e de outras pessoas), esboços, e assim por diante, deve ser queimado sem ser lido*. O amigo preferiu ignorar e publicou a obra completa entre 1925 e 1935. Levou consigo vários manuscritos quando fugiu para a Palestina, em 1939, devido às perseguições nazistas. Dora Diamant também ignorou as instruções de Kafka, mantendo 20 cadernos e 35 cartas que, confiscadas pela Gestapo, continuam desaparecidas. Brod tentou organizar, talvez da forma como o autor faria, muitas das anotações, pois Kafka deixara, em O Processo, capítulos inacabados e, em O Castelo, frases incompletas.

Em 1961, Malcolm Pasley adquiriu a maior parte dos originais e liderou uma equipe para reconstruir os romances. Foi o editor de O Castelo, em 1982, e O Processo, em 1990. São chamadas de edições críticas ou edições de Fischer. Quando Brod morreu, em 1968, ainda restavam textos inéditos com a secretária e sua amante, Ester Hoffe. Ela publicou e vendeu alguns, mas deixou outros de herança para as filhas, Eva e Ruth. Em 2008, iniciou-se um processo judicial entre as irmãs e a Livraria Nacional de Israel, com a alegação de que as obras já pertenciam à nação quando Brod emigra para a Palestina. Os Hoffe alegaram patrimônio pessoal, enquanto a Biblioteca argumentava serem *patrimônios culturais pertencentes ao povo judeu*. A corte de Telavive decidiu, em outubro de 2012, que os textos seriam da Biblioteca Nacional. Entretanto, a obra literária genial de Kafka pertence à humanidade, mais do que a qualquer etnia.

Na verdade, a decisão tem estranhezas, no mínimo duas: o povo de Israel é o povo israelense e não todo o povo judeu. Kafka, apesar da origem, nunca frequentou a sinagoga ou professou a religião judaica – e se comportava como um descrente. Numa das cartas para Felice ele afirmara: *Não sou sionista*. Tanto é assim que, num parágrafo de Carta ao Pai, ele nos fala do tédio na sinagoga: *Não me ocorreu ir ao templo. O templo não é algo do qual se possa aproximar-se furtivamente. Impossível fazê-lo agora, como tampouco podia fazê-lo na infância: ainda recordo que, quando menino, afogava-me em um terrível tédio e em uma espantosa falta de sentido das horas passadas no templo. Eram estudos preliminares que o inferno organizava com vistas à minha vida posterior de burocrata*

E declara em O Diário: *Que tenho eu em comum com os judeus? Quase não tenho nada em comum comigo próprio e devia ficar muito quieto a um canto, satisfeito por poder respirar.*

A palavra judeu não aparece nem uma única vez em nenhuma das obras. Aliás, o pertencimento, a identidade de Kafka (étnica, religiosa, nacional) sempre foi uma coisa indefinida. Como analisa Gunther Anders, em Kafka – Pró e contra – Os autos do Processo (Editora Perspectiva – 1969): *Como judeu, não pertencia de todo ao mundo cristão. Como judeu indiferente – pois a princípio o foi – não se integrava inteiramente aos judeus. Por falar alemão, não se afinava a fundo com os tchekos. Como judeu de língua alemã, não se incorporava por completo aos alemães da Boêmia. Como boêmio, não pertencia integralmente à Áustria. Como funcionário de uma companhia de seguros de trabalhadores, não se enquadrava por completo na burguesia. Como filho de burguês, não se adaptava de vez ao proletariado. Mas também não pertencia ao escritório, pois sentia-se escritor. Escritor, porém, também não era, pois sacrificava suas forças pela família. Mas "vivo em minha família mais estranho que um estrangeiro".*

O corpo de Kafka (falecido um mês antes de completar 41 anos) foi para Praga, onde o sepultariam, em 3 de junho de 1924, no Cemitério Judeu de Strasnice. Seus pais foram posteriormentre enterrados ao seu lado.

Milena, a mulher que mais o amou e compreendeu, publicou um elogio fúnebre em sua memória num diário praguense – Národni Listy (6 de julho): *Ele era tímido, ansioso, meigo e gentil e no entanto os livros que escreveu são aterradores e pungentes. Ele via o mundo cheio de demônios invisíveis a dilacerar e destruir seres humanos indefesos. Ele era demasiado clarividente, demasiado inteligente para ser capaz de viver, e demasiado fraco para lutar. Ele era fraco do modo como o são as pessoas nobres, belas, incapazes de batalhar contra seu medo do equívoco, da perfídia ou do embuste intelectual porque de antemão se reconhecem desarmadas: sua submissão só envergonha o vitorioso. Ele compreendia as pessoas como só alguém com uma imensa sensibilidade pode compreender alguém que é solitário, alguém que pode reconhecer os outros num lampejo, quase como um profeta. Seu conhecimento do mundo era extraordinário e profundo, ele próprio era um mundo extraordinário e profundo.*

Foto de Franz Kafka em 1910

Autor desconhecido

GILBERTO NABLE

Elogios de Franz Kafka

1 - Uma gralha descrente

> 32 - *As gralhas afirmam que basta uma para destruir o céu. Não há dúvida quanto a isso, mas não prova nada contra o céu, pois os céus significam justamente a impossibilidade das gralhas.*
> *Aforismos reunidos, Franz Kafka.*

> — *Sou um pássaro completamente impossível – disse Kafka. – Sou uma gralha pequena; um "kavka". [...] Uma gralha que sonha desaparecer entre as pedras.*
> *Conversas com Kafka, G. Janouch, Editora Nova Fronteira, 1983.*

Sou um estrangeiro dentro da família.
Sou um estrangeiro diante de meu pai.
Estrangeiro na sinagoga,
estrangeiro nas cidades,
estrangeiro no emprego.
Gralha sem ninho,
também não me sinto leve e ave,
mas viro um inseto monstruoso
no lugar de Gregório Samsa,
e sou um focinho farejando numa toca.

Posso ser um trapezista sem esperança,
uma gaiola à procura de um pássaro,
a boneca perdida de uma criança,
um construtor da Torre de Babel,
um operário nas Muralhas da China,
um carretel chamado Odradek,
uma rata que atende por Josefina.
Posso ser o ator que, para ganhar a vida,
morreu de jejum esquecido numa jaula.

Posso ser esse Artista da Fome,
do último conto que escrevi,
já no leito de morte em Viena.

(Autor e personagem
agora são um só,
revisando o texto,
página por página,
enganando a fome
e a falta de ar:
sem poder engolir,
sem poder respirar.)

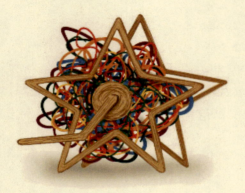

Desenho digital de Isabel Bouzada Netto – 2022

2 - Odradek

Cabem a um pai de família
inúmeras tribulações,
penoso rol de atitudes
que exigem perseverança.
Ninguém desconhece,
mas tudo parecia bem
até surgir Odradek.
Com efeito, não é tão simples:
não se sabe se ele é, foi ou será.
E nem mesmo se surgiu,
se esteve sempre aqui,
ou se irá embora.

Alguns o comparam a um carretel,
no formato de dupla estrela.
Seu recheio com linhas coloridas,
provindas de fiapos emendados,
lhe dá uma desajeitada aparência.
Na verdade, conforme se apresenta,
não constitui um ser muito exato.
É mais propriamente um treco.
Fulustreco. Estrovenga.
Talvez mesmo um mondrongo
respirando com dificuldade.
Criaturinha monossilábica,
vive sem compromissos,
mas não faz mal a ninguém,
embora lembre uma criança atrevida
quando lhe perguntam qualquer coisa.

Nunca ocupa um cômodo definido,
aparecendo em qualquer lugar.
Às vezes penso que pode ser meu filho.
Um filho perdido,
filho que esqueci quase por completo,
e que hoje me causa dolorosa impressão:
— Só espero que morra antes de mim!

ELOGIO
DE CLARICE LISPECTOR

Sobre a jornalista e escritora brasileira

> *Escrevo por não ter nada a fazer no mundo: sobrei e não há lugar para mim na terra dos homens. Escrevo porque sou um desesperado e estou cansado, não suporto mais a rotina de me ser e se não fosse a sempre novidade que é escrever, eu me morreria simbolicamente todos os dias. Mas preparado estou para sair discretamente pela saída da porta dos fundos.*

Clarice Lispector, com o nome original de Chaya Pinkhasovna Lispector (Chechelnyk, Ucrânia, 10 de dezembro de 1920 – Rio de Janeiro, 9 de dezembro de 1977), foi uma escritora e jornalista brasileira de romances e contos, além de inúmeras crônicas e reportagens. Nasceu em uma família judia, filha de Pinkhas e Mania Lispector. O casal teve três filhas: Leah (1911), Tania (1915) e Chaya (ou Haia) (1920).

O parto de Clarice, a caçula, deu-se durante a atribulada fuga da família devido ao antissemitismo e à Guerra Civil Russa (1918-1920). O impedimento da emigração fez com que se mudassem, de modo conveniente, para uma aldeia mais próxima da fronteira (Chechelnyk), onde Clarice nasceria. No inverno de 1921, conseguiram deixar a Ucrânia com o objetivo de migrarem para o Brasil ou Estados Unidos. Em Hamburgo, embarcaram para Maceió, onde encontram a irmã de Mania, Zicela, e o marido, Joseph Rabin (dono de uma pequena fábrica de sabão). Os nomes nativos foram logo trocados por outros, em português, com exceção de Tania: Pinkhas virou Pedro; Mania, Marieta; Leah, Elisa; Chaya, Clarice. Todavia, não restaram lembranças e Clarice diria da Ucrânia: *Naquela terra eu literalmente nunca pisei: fui carregada de colo* e que a sua verdadeira pátria era o Brasil, pois aqui chegara com dois meses de idade.

Em Maceió, continuaram a viver em condições precárias. Para progredir, Pedro tornou-se mascate, comprando roupas usadas, revendendo-as, e deu aulas particulares de hebraico. Os esforços pouco adiantaram. Então, mudam-se para Recife, onde permaneceriam nove anos. É nesse período que Clarice Lispector descobre a literatura: *quando eu aprendi a ler e escrever, eu devorava os livros! [...] Eu pensava que livro é como árvore, como bicho: coisa que nasce! Antes de sete anos eu já fabulava, já inventava histórias; por exemplo, inventei uma história que não acabava nunca. É muito complicado para explicar essa história. Quando comecei a ler, comecei a escrever também. Pequenas histórias. [...] Caótica. Intensa. Inteiramente fora da realidade da vida.*

Foi uma escritora precoce e clandestina, que é quando se escreve apenas para se guardar nas gavetas. Todo escritor começa assim, mas a literatura sempre ocupará parte importante da vida de Clarice. Tanto que, bem mais tarde, ela afirmaria: *Há três coisas para as quais nasci e para as quais eu dou minha vida. Nasci para amar os outros, nasci para escrever e nasci para criar meus filhos. [...] A palavra é o meu domínio sobre o mundo. Eu tive desde a minha infância várias vocações que me chamavam ardentemente. Uma das vocações era escrever. E não sei porque, foi esta a que segui. Talvez porque para as outras vocações eu precisaria de um longo aprendizado, enquanto que para escrever o aprendizado é a própria vida se vivendo em nós e ao redor de nós. É que não sei estudar. Adestrei-me desde os sete anos de idade para que um dia eu tivesse a língua em meu poder.*

Já em 1930 (com dez anos), produz a primeira peça teatral – Pobre Menina Rica –, em três atos. Enviava também contos para a página infantil do Diário de Pernambuco, mas o jornal nunca publicaria nada porque *os outros diziam assim: Era uma vez, e isso e aquilo... E os meus eram sensações. [...] Eram contos sem fadas, sem piratas. Então ninguém queria publicar.* Portanto, esse estilo onde predominam impressões e sensações, em detrimento da cronologia linear e dos fatos exteriores, *do era uma vez* prosaico, manifestaram-se desde o início nos seus textos.

Embora imigrante russa (ucraniana), nunca se sentira estrangeira e sequer falava o iídiche dos pais. Os *erres* da língua presa e não corrigida (anquiloglossia), confundiam os interlocutores, que a julgavam francesa. O falso sotaque chama atenção nas poucas entrevistas. Além disso, seu lado judeu também vivia um dilema: *Eu sou judia, você sabe. Mas não acredito nessa besteira de judeu ser o povo eleito por Deus. Não é coisa nenhuma. Os alemães é que devem ser porque fizeram o que fizeram. Que grande eleição foi essa para os judeus? Eu, enfim, sou brasileira, pronto e ponto.*

A mãe sempre fora doente, falecendo em 21 de setembro de 1930, aos quarenta e dois anos. Clarice lamentaria: *Fui preparada para ser dada à luz de um modo tão bonito. Minha mãe já estava doente e, por superstição bastante espalhada, acreditava-se que ter um filho curava uma mulher de uma doença. Então fui deliberadamente criada: com amor e esperança. Só que não curei minha mãe. E sinto até hoje essa carga de culpa: fizeram-me para uma missão determinada e eu falhei. Como se contassem comigo nas trincheiras de uma guerra e eu tivesse desertado. Sei que meus pais me perdoaram eu ter nascido em vão e tê-los traído na grande esperança. Mas eu, eu não me perdoo.*

Na última entrevista (TV Cultura, 1977), conta a desordenada formação literária: *Misturei tudo. Eu lia romance para mocinhas, livro cor-de-rosa misturado com Dostoievski. Eu escolhia os livros pelos títulos e não pelos autores. Misturei tudo. Fui ler, aos treze anos, Hermann Hesse,* O Lobo da Estepe, *e foi um choque. Aí comecei a escrever um conto que não acabava nunca mais. Terminei rasgando e jogando fora.*

Em janeiro de 1935 mudaram-se para o Rio de Janeiro. Clarice ingressa na Faculdade de Direito da Universidade Federal ao mesmo tempo em que trabalhava como secretária em escritório de advocacia: *Como eu não tinha orientação de nenhuma espécie sobre o que estudar, fui estudar advocacia*, mas tinha um objetivo utópico e idealista: *Minha ideia... era estudar advocacia para reformar as penitenciárias femininas.*

Pinkhas Lispector morre após uma cirurgia de cálculo no rim. Então acontece um obrigatório rearranjo na família: as irmãs foram morar com Tânia, já casada, em apartamento nos arredores do Palácio do Catete. Devido ao tamanho do imóvel, Elisa dormia na sala e Clarice no quarto de empregada, estudando e escrevendo. Nesta época, passou por redações oferecendo os textos, até que apareceu na revista Vamos Ler! Mostrou os textos ao jornalista Raimundo Magalhães: *Eu sou tímida e ousada ao mesmo tempo. Chegava lá nas revistas e dizia: "Eu tenho um conto, você não quer publicar?". Aí me lembro que uma vez foi o Raymundo Magalhães Jr. que olhou, leu um pedaço, olhou para mim e disse: "Você copiou isto de quem?". Eu disse: "De ninguém, é meu". Ele disse: "Então vou publicar".* Passou a trabalhar também como tradutora na Agência Nacional, uma agência de notícias do governo. Na equipe, conheceria Lúcio Cardoso, escritor e jornalista mineiro, 26 anos, já respeitado no meio literário. Experimenta uma forte admiração por ele e um amor com desfecho improvável, pois Cardoso era um assumido homossexual.

Publica, em 1942, o primeiro romance – Perto do Coração Selvagem (Editora Francisco Alves, 1990). O livro tem uma abertura sonora, prosopopaica: *A máquina do papai batia tac-tac...tac-tac-tac...O relógio acordou em tin-dlen sem poeira. O silêncio arrastou-se zzzzzz. O guarda-roupa dizia o quê? roupa-roupa-roupa. Não, não. Entre o relógio, a máquina e o silêncio havia uma orelha à escuta, grande, cor-de-rosa e morta. Os três sons estavam ligados pela luz do dia e pelo ranger das folhinhas da árvore que se esfregavam umas nas outras radiantes.* Muitos críticos, como Álvaro Lins, reagiram até com preconceito, devido à idade da autora e ao fato de ser mulher. Exceção de Antonio Candido, que detectou o *desvio criador* de Clarice: *A jovem romancista ainda adolescente estava mostrando à narrativa predominante em seu país que o mundo da palavra é uma possibilidade infinita de aventura, e que antes de ser coisa narrada, a narrativa é forma que narra.* Percebe na autora a preocupação, que permanecerá, de *pensar o material verbal.*

A obra de Clarice nasce tendo como principal característica a consciência da linguagem. O que a distingue também dos romances chamados introspectivos, pois mais do que psicológica, a narrativa de Clarice é fenomenológica. Ela já se definira quanto a isso: *Além do mais, a "psicologia" nunca me interessou. O olhar psicológico me impacientava e me impacienta, é um instrumento que só transpassa. Acho que desde a adolescência eu havia saído do estágio psicológico.* Perto do coração selvagem, vencedor do prêmio da Fundação Graça Aranha, abre-se com epígrafe de James Joyce, no Retrato do artista quando jovem (1916): *Ele estava só. Estava abandonado, feliz, perto do selvagem coração da vida.* Há realmente uma certa identificação de Clarice com esse autor, pelo recurso ao fluxo de consciência (*stream of consciousness*) joiceano, que atinge um ponto alto no monólogo interior de Molly Bloon (Ulisses, Ed. Civilização Brasileira, 1975) como neste trecho: *[...] eu adoro flor eu ia adorar entupir a casa de rosa Deus do céu não tem nada igual à natureza as montanhas virgens e aí o mar e as ondas quebrando e aí o interior lindo com os campos de aveia e de trigo e tudo quanto é coisa e aquele gado bonito tudo andando de um lado pro outro isso faz um bem pra alma ver rio lago e flor tudo quanto é tipo de forma cheiro e cor saltando até das valas prímula e violeta é a natureza e por mais que eles digam que Deus não existe eu não dou dez mirréis de mel coado por toda essa sabedoria deles por que que eles não me vão lá e criam alguma coisa eu sempre perguntava pra ele os ateus ou sei lá que nome que eles se dão [...]* Existe uma semelhança de timbre e método, no fluxo de escrita de Clarice: *o mais possível se aproximando e me aproximando do que estou agora pensando na hora de escrever.* Até porque toda epígrafe é definidora do coração do texto (ou não seria epígrafe).

Entre o primeiro romance e o quinto, A paixão segundo G.H., passaram-se vinte anos, e os livros intermediários (O Lustre, A Cidade sitiada e A maçã no escuro, além dos contos e livros infantis) continuaram desafiando a crítica. Como ela mesma analisaria em Descoberta do mundo (Ed. Rocco, 1999): *Bem sei o que é o chamado verdadeiro romance. No entanto, ao lê-lo, com sua trama de fatos e descrições, sinto-me apenas aborrecida. E quando escrevo não é o clássico romance. No entanto é romance mesmo. Só que o que me guia ao escrevê-lo é sempre um senso de pesquisa e de descoberta. Não, não de sintaxe pela sintaxe em si, mas de sintaxe o mais possível se aproximando e me aproximando do que estou agora pensando na hora de escrever. Aliás, pensando melhor, nunca escolhi linguagem. O que eu fiz, apenas, foi ir me obedecendo.*

Em O Lustre, concluído em Nápoles (1946), a personagem Virgínia vive uma estranha relação com o irmão, Daniel, meio incestuosa e cheia de mistério. Sua vida é marcada pelo signo da água – *Ela seria fluida durante toda a vida* – e por um trânsito entre o mundo do casarão da Granja Quieta, um passado morto e a cidade grande.

No final do ano, com a paixão por Lúcio Cardoso superada, inicia um relacionamento com Maury Gurgel Valente, colega de faculdade. Entretanto, ele fora aprovado para diplomata e não poderia se casar com uma estrangeira. Clarice ainda não se naturalizara, o que só era permitido após os vinte e um anos. Obteve a naturalização em janeiro de 1943, e casaram-se imediatamente. Um mês após o fim da Segunda Guerra, o marido foi transferido para o consulado na comuna italiana de Nápoles. Depois, promovido a cônsul de segunda classe, mudariam-se para Berna (Suíça). Escreve, em 1949, A Cidade sitiada (Editora Rocco, 1998), em meio *ao silêncio aterrador das ruas de Berna*, cidade na qual moraria de 1946 a 1949, e onde sentia-se igualmente sitiada, como a protagonista, Lucrécia.

Em 10 de agosto de 1948, nasce o primeiro filho, Pedro Lispector Valente. O segundo, Paulo Gurgel Valente, nasceria em Washington (fevereiro de 1953). De 1953 a 1956, dedica-se ao livro A maçã no escuro (Ed. Nova Fronteira, 1982), que teve como título provisório A Veia no pulso. O texto fora concluído cm Washington, mas publicado cinco anos depois. É a história de Martim, primeiro protagonista masculino da autora, que foge após a tentativa de matar a esposa (ela sobrevive sem que ele saiba), refugiando-se numa fazenda. Ali, convive com a proprietária, Vitória, sua prima Ermelinda e a cozinheira. Como no filme Teorema (Pasolini, 1968), a chegada do estranho tumultua as relações, pois Vitória vive uma paixão por Martim, que já seduzira a cozinheira e tornara-se amante de Ermelinda.

Contudo, na vida real, o filho Pedro foi diagnosticado como esquizofrênico. Ela sentiu-se culpada pela doença e enfrentou um período difícil. Em 1959, Clarice separa-se do marido, que permanece na Europa, e volta a viver no Rio com os dois filhos, em um apartamento no Leme. No mesmo ano assina a coluna Correio feminino – Feira de utilidades, no jornal carioca Correio da Manhã, sob o pseudônimo de Helen Palmer. No ano seguinte assume a coluna Só para mulheres, do Diário da noite, como *ghost writer* da atriz Ilka Soares. Um bom exemplo de crônica/reportagem é aquela com o título de Mineirinho (Para não esquecer, Editora Siciliano, 1992), dos preferidos da autora, como ela mesma afirma, na impressionante entrevista a Júlio Lerner – TV Cultura (1977). Ficara indignada ao saber detalhes da execução do bandido: *Os policiais que mataram o bandido são agentes do mal porque uma bala bastava. O resto era vontade de matar.*

Cinco minutos diante de Santo Antônio, uma oração encontrada no bolso do criminoso, abatido pelos policiais: *Estou disposto a fazer tudo por ti; mas, filho, dize-me uma a uma todas as tuas necessidades, pois desejo ser o intermediário entre tua alma e Deus, com o fim de suavizar teus males.* Bandido dos mais procurados pela polícia carioca, José Miranda Rosa ganhara o apelido por ter nascido em Minas Gerais. Famoso por inúmeros assaltos, atentados contra a polícia e três fugas espetaculares, duas da cadeia e outra do Manicômio Judiciário, fora condenado a cumprir mais de um século de prisão.

Conta-se que os moradores e vizinhos o protegiam das caçadas policiais, nas labirínticas ruelas da favela da Mangueira, e o consideravam uma espécie de Robin Hood. Transformado em mito, teria sete vidas, como os gatos, mas foram 13 as balas que o atingiriam na emboscada de primeiro de maio de 1962. Sua morte foi noticiada pelos jornais e revistas da época, dentre elas a *Senhor*, na qual Clarice Lispector trabalhava desde 1958. O texto, *Um grama de radium – Mineirinho,* foi encomendado pelo conselho editorial e publicado no mês seguinte: *É, suponho que é em mim, como um dos representantes do nós, que devo procurar por que está doendo a morte de um facínora. E por que é que mais me adianta contar os treze tiros que mataram Mineirinho do que os seus crimes. Perguntei a minha cozinheira o que pensava sobre o assunto. Vi no seu rosto a pequena convulsão de um conflito, o mal-estar de não entender o que se sente, o de precisar trair sensações contraditórias por não saber como harmonizá-las. Fatos irredutíveis, mas revolta irredutível também, a violenta compaixão da revolta.*

Sentir-se dividido na própria perplexidade diante de não poder esquecer que Mineirinho era perigoso e já matara demais; e, no entanto, nós o queríamos vivo. A cozinheira se fechou um pouco, vendo-me talvez como a justiça que se vinga. Com alguma raiva de mim, que estava mexendo na sua alma, respondeu fria: "O que eu sinto não serve para se dizer. Quem não sabe que Mineirinho era criminoso? Mas tenho certeza de que ele se salvou e já entrou no céu". Respondi-lhe que "mais do que muita gente que não matou". Por que? No entanto a primeira lei, a que protege corpo e vida insubstituíveis, é a de que não matarás. Ela é a minha maior garantia: assim não me matam, porque eu não quero morrer, e assim não me deixam matar, porque ter matado será a escuridão para mim.

Esta é a lei. Mas há alguma coisa que, se me faz ouvir o primeiro e o segundo tiro com um alívio de segurança, no terceiro me deixa alerta, no quarto desassossegada, o quinto e o sexto me cobrem de vergonha, o sétimo e o oitavo eu ouço com o coração batendo de horror, no nono e no décimo minha boca está trêmula, no décimo primeiro digo em espanto o nome de Deus, no décimo segundo chamo meu irmão. O décimo terceiro tiro me assassina – porque eu sou o outro. Porque eu quero ser o outro.

Essa justiça que vela meu sono, eu a repudio, humilhada por precisar dela. Enquanto isso durmo e falsamente me salvo. Nós, os sonsos essenciais. Para que minha casa funcione, exijo de mim como primeiro dever que eu seja sonsa, que eu não exerça a minha revolta e o meu amor, guardados. Se eu não for sonsa, minha casa estremece. Eu devo ter esquecido que embaixo da casa está o terreno, o chão onde nova casa poderia ser erguida. Enquanto isso dormimos e falsamente nos salvamos. Até que treze tiros nos acordam, e com horror digo tarde demais – vinte e oito anos depois que Mineirinho nasceu – que ao homem acuado, que a esse não nos matem. Porque sei que ele é o meu erro. E de uma vida inteira, por Deus, o que se salva às vezes é apenas o erro, e eu sei que não nos salvaremos enquanto nosso erro não nos for precioso. Meu erro é o meu espelho, onde vejo o que em silêncio eu fiz de um homem. Meu erro é o modo como vi a vida se abrir na sua carne e me espantei, e vi a matéria de vida, placenta e sangue, a lama viva. Em Mineirinho se rebentou o meu modo de viver. Como não amá-lo, se ele viveu até o décimo-terceiro tiro o que eu dormia? Sua assustada violência. Sua violência inocente – não nas consequências, mas em si inocente como a de um filho de quem o pai não tomou conta. Tudo o que nele foi violência é em nós furtivo, e um evita o olhar do outro para não corrermos o risco de nos entendermos. Para que a casa não estremeça. A violência rebentada em Mineirinho que só outra mão de homem, a mão da esperança, pousando sobre sua cabeça aturdida e doente, poderia aplacar e fazer com que seus olhos surpreendidos se erguessem e enfim se enchessem de lágrimas. Só depois que um homem é encontrado inerte no chão, sem o gorro e sem os sapatos, vejo que esqueci de lhe ter dito: também eu. Eu não quero esta casa. Quero uma justiça que tivesse dado chance a uma coisa pura e cheia de desamparo em Mineirinho – essa coisa que move montanhas e é a mesma que o fez gostar "feito doido" de uma mulher, e a mesma que o levou a passar por porta tão estreita que dilacera a nudez; é uma coisa que em nós é tão intensa e límpida como uma grama perigosa de radium, essa coisa é um grão de vida que se for pisado se transforma em algo ameaçador – em amor pisado; essa coisa, que em Mineirinho se tornou punhal, é a mesma que em mim faz com que eu dê água a outro homem, não porque eu tenha água, mas porque, também eu, sei o que é sede; e também eu, que não me perdi, experimentei a perdição.

  A justiça prévia, essa não me envergonharia. Já era tempo de, com ironia ou não, sermos mais divinos; se adivinhamos o que seria a bondade de Deus é porque adivinhamos em nós a bondade, aquela que vê o homem antes de ele ser um doente do crime. Continuo, porém, esperando que Deus seja o pai, quando sei que um homem pode ser o pai de outro homem. E continuo a morar na casa fraca. Essa casa, cuja porta protetora eu tranco tão bem, essa casa não resistirá à primeira ventania que fará voar pelos ares uma porta trancada. Mas ela está de pé, e Mineirinho viveu por mim a raiva, enquanto eu tive calma. Foi fuzilado na sua força desorientada, enquanto um deus fabricado no último instante abençoa às pressas a minha maldade organizada e a minha justiça estupidificada: o que sustenta as paredes de minha casa é a certeza de que sempre me justificarei, meus amigos não me justificarão, mas meus inimigos que são os meus cúmplices, esses me cumprimentarão; o que me sustenta é saber que sempre fabricarei um deus à imagem do que eu precisar para dormir tranquila e que outros furtivamente fingirão que estamos todos certos e que nada há a fazer.

  Tudo isso, sim, pois somos os sonsos essenciais, baluartes de alguma coisa. E sobretudo procurar não entender. Porque quem entende desorganiza. Há alguma coisa em nós que desorganizaria tudo – uma coisa que entende. Essa coisa que fica muda diante do homem sem o gorro e sem os sapatos, e para tê-los ele roubou e matou; e fica muda diante do São Jorge de ouro e diamantes. Essa alguma coisa muito séria em mim fica ainda mais séria diante do homem metralhado. Essa alguma coisa é o assassino em mim? Não, é desespero em nós. Feito doidos, nós o *conhecemos, a esse homem morto onde a grama de radium se incendiara. Mas só feito doidos, e não como sonsos, o conhecemos. É como doido que entro pela vida que tantas vezes não tem porta, e como doido compreendo o que é perigoso compreender, e só como doido é que sinto o amor profundo, aquele que se confirma quando vejo que o radium se irradiará de qualquer modo, se não for pela confiança, pela esperança e pelo amor, então miseravelmente pela doente coragem de destruição. Se eu não fosse doido, eu seria oitocentos policiais com oitocentas metralhadoras, e esta seria a minha honorabilidade. Até que viesse uma justiça um pouco mais doida. Uma que levasse em conta que todos temos que falar por um homem que se desesperou porque neste a fala humana já falhou, ele já é tão mudo que só o bruto grito desarticulado serve de sinalização. Uma justiça prévia que se lembrasse de que nossa grande luta é a do medo, e que um homem que mata muito é porque teve muito medo. Sobretudo uma justiça que se olhasse a si própria, e que visse que nós todos, lama viva, somos escuros, e por isso nem mesmo a maldade de um homem pode ser entregue à maldade de outro homem: para que este não possa cometer livre e aprovadamente um crime de fuzilamento. Uma justiça que não se esqueça de que nós todos somos perigosos, e que na hora em que o justiceiro mata, ele não está mais nos protegendo nem querendo eliminar um criminoso, ele está cometendo o seu crime particular, um longamente guardado. Na hora de matar um criminoso – nesse instante está sendo morto um inocente. Não, não é que eu queira o sublime, nem as coisas que foram se tornando as palavras que me fazem dormir tranquila, mistura de perdão, de caridade vaga, nós que nos refugiamos no abstrato.*

O que eu quero é muito mais áspero e mais difícil: quero o terreno.

A famosa entrevista para a TV Cultura é impressionante pela densidade e até pela crueza, criando constrangimento no entrevistador. Selada com uma frase sinistra e verdadeira (ela faleceria meses depois): *Eu falo do meu túmulo.* De fato, o humor de Clarice tinha muito de humor negro, como atesta este poema de João Cabral, que convivera com ela:

Contato de Clarice Lispector

Um dia Clarice Lispector
intercambiava com amigos
dez mil anedotas de morte,
e do que tem de sério e circo.

Nisso, chegam outros amigos,
vindos do último futebol,
comentando o jogo, recontando-o,
refazendo-o, de gol em gol.

Quando o futebol esmorece,
abre a boca um silêncio enorme
e ouve-se a voz de Clarice:
Vamos voltar a falar na morte?

Clarice Lispector foi uma contista admirável. Em 1960, publicaria a coletânea Laços de Família (Editora Rocco, 2008), na qual encontramos Amor: *Um pouco cansada, com as compras deformando o novo saco de tricô, Ana subiu no bonde. Depositou o volume no colo e o bonde começou a andar. Recostou-se então no banco procurando conforto, num suspiro de meia satisfação.*

Ana é uma dona de casa comum, voltando para casa num dia comum, sem grandes expectativas. Casada, com filhos saudáveis, num apartamento confortável e com um marido atencioso. *[...] Ana dava a tudo, tranquilamente, sua mão pequena e forte, sua corrente de vida. Certa hora da tarde era mais perigosa. Certa hora da tarde as árvores que plantara riam dela. Quando nada mais precisava de sua força, inquietava-se. [...] Parecia ter descoberto que tudo era passível de aperfeiçoamento, a cada coisa se emprestaria uma aparência harmoniosa; a vida podia ser feita pela mão do homem. [...] O homem com quem casara era um homem verdadeiro, os filhos que tivera eram filhos verdadeiros. Sua juventude anterior parecia-lhe estranha como uma doença de vida. Dela havia aos poucos emergido para descobrir que também sem a felicidade se vivia: abolindo-a, encontrara uma legião de pessoas, antes invisíveis, que viviam como quem trabalha – com persistência, continuidade, alegria. Quanto a ela mesma, fazia obscuramente parte das raízes negras e suaves do mundo. E alimentava anonimamente a vida. Estava bom assim. Assim ela o quisera e escolhera.*

Vinha tranquila no bonde, levando suas compras, quando, de repente, uma cena, que deveria passar despercebida, provoca-lhe um doloroso estranhamento e desvela o palco de sua existência. *[...] Foi então que olhou para o homem parado no ponto. A diferença entre ele e os outros é que ele estava realmente parado. De pé, suas mãos se mantinham avançadas. Era um cego. O que havia mais que fizesse Ana se aprumar em desconfiança? Alguma coisa intran-*

quila estava sucedendo. Então ela viu: *o cego mascava chicles... Um homem cego mascava chicles. Ana ainda teve tempo de pensar por um segundo que os irmãos viriam jantar – o coração batia-lhe violento, espaçado. Inclinada, olhava o cego profundamente, como se olha o que não nos vê. Ele mastigava goma na escuridão. Sem sofrimento, com os olhos abertos. O movimento da mastigação fazia-o parecer sorrir e de repente deixar de sorrir, sorrir e deixar de sorrir – como se ele a tivesse insultado, Ana olhava-o. E quem a visse teria a impressão de uma mulher com ódio. Mas continuava a olhá-lo, cada vez mais inclinada – o bonde deu uma arrancada súbita jogando-a desprevenida para trás, o pesado saco de tricô despencou-se do colo, ruiu no chão – Ana deu um grito, o condutor deu ordem de parada antes de saber do que se tratava – o bonde estacou, os passageiros olharam assustados. [...] Poucos instantes depois já não a olhavam mais. O bonde se sacudia nos trilhos e o cego mascando goma ficara atrás para sempre. Mas o mal estava feito [...]. O mal estava feito. Por quê? Teria esquecido de que havia cegos? A piedade a sufocava, Ana respirava pesadamente. Mesmo as coisas que existiam antes do acontecimento estavam agora de sobreaviso, tinham um ar mais hostil, perecível... O mundo se tornara de novo um mal-estar. O que chamava de crise viera afinal. E sua marca era o prazer intenso com que olhava agora as coisas, sofrendo espantada. O calor se tornara mais abafado, tudo tinha ganho uma força e vozes mais altas. [...] E um cego mascando goma despedaçava tudo isso. E através da piedade aparecia a Ana uma vida cheia de náusea doce, até a boca.*

Passa o ponto de descida e, confusa, em vez de voltar para casa, resolve sentar-se sozinha num banco do Jardim Botânico, onde se perde em estranhos pensamentos: *As árvores estavam carregadas, o mundo era tão rico que apodrecia. Quando Ana pensou que havia crianças e homens grandes com fome, a náusea subiu-lhe à garganta, como se ela estivesse grávida e abandonada.* [...] O cego, caricatura de um mundo mecânico e repetitivo, funciona como uma espécie de guia em direção ao espaço vegetal e animal do Jardim Botânico. Lugar, ao mesmo tempo, de delícia e horror. Sai de lá, em pânico, chamando o vigia para abrir os portões que já estavam fechados: *Enquanto não chegou à porta do edifício, parecia à beira de um desastre. Correu com a rede até o elevador, sua alma batia-lhe no peito – o que sucedia? A piedade pelo cego era tão violenta como uma ânsia, mas o mundo lhe parecia seu, sujo, perecível, seu.* [...] *E por um instante a vida sadia que levara até agora pareceu-lhe um modo moralmente louco de viver.* [...] *Com horror descobria que pertencia à parte forte do mundo – e que nome se deveria dar à sua misericórdia violenta? Seria obrigada a beijar o leproso, pois nunca seria apenas sua irmã. Um cego me levou ao pior de mim mesma, pensou espantada.* [...] *Depois o marido veio, vieram os irmãos e suas mulheres, vieram os filhos dos irmãos. [...] Eles rodeavam a mesa, a família. Cansados do dia, felizes em não discordar, tão dispostos a não ver defeitos. Riam-se de tudo, com o coração bom e humano. As crianças cresciam admiravelmente em torno deles. E como a uma borboleta, Ana prendeu o instante entre os dedos antes que ele nunca mais fosse seu. [...] É hora de dormir, disse ele, é tarde. Num gesto que não era seu, mas que pareceu natural, segurou a mão da mulher, levando-a consigo sem olhar para trás, afastando-a do perigo de viver. Acabara-se a vertigem de bondade. E, se atravessara o amor e o seu inferno, penteava-se agora diante do espelho, por um instante sem nenhum mundo no coração. Antes de se deitar, como se apagasse uma vela, soprou a pequena flama do dia.*

Em 1964, aparecem dois livros – um de contos, A Legião estrangeira (Ed. Ática, 1977) e o romance mais polêmico – A paixão segundo G. H. (Ed. Rocco, 1998). Em A Legião estrangeira encontraremos um dos contos de Clarice Lispector que mais aprecio – Viagem a Petrópolis. Aliás, cumpre esclarecer que Clarice não se refere à *Legion Étrangère*, soldados franceses bem treinados e mercenários de guerra. Legião, no caso, seria a multidão de seres estrangeiros sem um pertencimento definido: crianças, animais, velhinhos e adolescentes.

A personagem desse conto é uma velhinha frágil e desmemoriada. Costuma-se confundir demência com loucura, mas são problemas bem distintos. Uma palavra mais adequada seria caduquice. No caso mais comum, uma demência de Alzheimer que, apesar do nome complicado de médico austríaco, já entrou para a fala popular e diz-se *Arraime*.

Os dementes sofrem a perda de todas as capacidades mentais – memória, raciocínio, sentimentos e linguagem ao mesmo tempo. A doença interfere nas tarefas simples e até na higiene pessoal. O texto mostra (demonstra) outra das facetas ficcionais de Clarice, além daquela mais debatida – a metalinguagem. Assistimos ao mergulho da escritora na alma de uma pobre velhinha demenciada. No mesmo livro de contos ela entrará dentro da pequena cachola de uma galinha ou pode habitar o misterioso obelisco egípcio de um ovo – *coisa* aparentemente sem vida e direta origem da vida. Clarice possui uma capacidade de perceber o outro, uma capacidade quase sobrenatural de *outrar-se*. Às vezes, manifesta até uma nostalgia de não ter nascido bicho. Em nossa cultivada antinatureza acabamos nos esquecendo de que também somos animais, ou pior, *um animal que não deu certo*.

Ela diz em uma de suas crônicas: *Não ter nascido bicho parece ser uma de minhas secretas nostalgias. Eles às vezes chamam de longe de muitas gerações e eu não posso responder senão ficando desassossegada*. Percebemos também a multiplicidade de reflexos pronominais, em vários textos, como se Clarice jogasse o leitor numa Casa de Espelhos gramatical: *ela me é eu – de mim para si mesma*.

Mas é no conto Viagem para Petrópolis que Clarice utiliza uma impressionante e precisa sonda psíquica para iluminar e apreender o cérebro de Mocinha, a protagonista. Senil, caduca, indefesa no mundo, apesar dos *longuíssimos anos de boa educação*: *Era uma velha sequinha que, doce e obstinada, não parecia compreender que estava só no mundo. Os olhos lacrimejavam sempre, as mãos repousavam sobre o vestido preto e opaco, velho documento de sua vida. [...] Achava sempre onde dormir, casa de um, casa de outro. Quando lhe perguntavam o nome, dizia com a voz purificada pela fraqueza e por longuíssimos anos de boa educação: – Mocinha. As pessoas sorriam. Contente pelo interesse despertado, explicava: – Nome, nome mesmo, é Margarida. [...] Dormia agora, não se sabia mais por que motivo, no quarto dos fundos de uma casa grande, numa rua larga cheia de árvores, em Botafogo. A família achava graça em Mocinha, mas esquecia-se dela a maior parte do tempo. [...] Mocinha nascera no Maranhão, onde sempre vivera. Viera para o Rio não há muito, com uma senhora muito boa que pretendia interná-la num asilo, mas depois não pudera ser: a senhora viajara para Minas e dera algum dinheiro para Mocinha se arrumar no Rio. [...] Sua vida corria assim sem atropelos, quando a família da casa de Botafogo um dia surpreendeu-se de tê-la em casa há tanto tempo, e achou que assim também era demais.*

A família, que havia tolerado a presença de Mocinha (na verdade, esquecendo-se dela), de repente a classifica como estorvo. Chega a irritar uma das adolescentes com o perpétuo sorriso bobo e feliz. Resolvem levá-la para Petrópolis, deixando-a na casa do irmão, casado com uma alemã chata, e com os quais não se davam. Sabem que ficará irritado com o *presente*. Pouco importa, precisam livrar-se dela e, de sobra, atazanar o parente. *Quando, pois, o filho da casa foi com a namorada e as duas irmãs passar um fim-de-semana em Petrópolis, levou a velha no carro*. A velhinha, sem perceber a intenção, passa a noite excitada, pensando na novidade da viagem. *[...] E pela primeira vez foi preciso acordá-la. Ainda no escuro, a moça veio chamá-la, de lenço amarrado na cabeça e já de maleta na mão. Inesperadamente Mocinha pediu uns instantes para pentear os cabelos. As mãos trêmulas seguravam o pente quebrado. Ela se penteava, ela se penteava. Nunca fora mulher de ir passear sem antes pentear bem os cabelos. A viagem foi muito bonita. [...] Foi quando Mocinha começou finalmente a não entender. Que fazia ela no carro? como conhecera seu marido e aonde? como é que a mãe de Maria Rosa e Rafael, a própria mãe deles, estava no automóvel com aquela gente? Logo depois acostumou-se de novo. [...] O rapaz disse para as irmãs:* — *Acho melhor não pararmos defronte, para evitar histórias. Ela salta do carro, a gente ensina aonde é, ela vai sozinha e dá o recado de que é para ficar. [...] Mocinha desceu do automóvel, e durante um tempo ainda ficou de pé mas pairando entontecida sobre rodas. O vento fresco soprava-lhe a saia comprida por entre as pernas.*

Entrou na casa pela porta da cozinha para encontrar a alemã e o filho tomando café. Ocupada, a dona da casa olha para ela com indiferença. [...] *A mulher alemã examinava-a de vez em quando em silêncio: não acreditara na história da recomendação da cunhada, embora "de Iá" tudo fosse de se esperar. [...]* — *Preciso antes tomar café, disse-lhe. Depois que meu marido chegar, veremos o que se pode fazer. Mocinha fica sentada, muda e imóvel, esperando a chegada do chefe de família. [...] Uma pequena luz iluminou Mocinha: domingo? que fazia naquela casa em vésperas de domingo? Nunca saberia dizer. Mas bem que gostaria de tomar conta daquele menino. Sempre gostara de criança loura: todo menino louro se parecia com o Menino Jesus. O que fazia naquela casa? Mandavam-na à toa de um lado para outro, mas ela contaria tudo, iam ver. Sorriu encabulada: não contaria era nada, pois o que queria mesmo era café. [...] Afinal Arnaldo apareceu em pleno sol, a cristaleira brilhando. Ele não era louro. Falou em voz baixa com a mulher, e depois de demorada confabulação, informou firme e curioso para Mocinha:* — *Não pode ser não, aqui não tem lugar não. E como a velha não protestasse e continuasse a sorrir, ele falou mais alto:* — *Não tem lugar não, ouviu? Arnaldo deu-lhe uns trocados, com impaciência, e a mandou embora, sem ao menos se preocupar para onde ela poderia ir. [...] Mocinha pegou no dinheiro e dirigiu-se à porta. Quando Arnaldo já ia se sentar para comer, Mocinha reapareceu:* — *Obrigada, Deus lhe ajude.*

Mocinha saiu sem rumo, mas resolve passear um pouco, como sempre costumava fazer. Vai pela estrada, em lugar totalmente desconhecido para ela. [...] *Dirigiu-se para a estrada, afastando-se cada vez mais da estação. Sorriu como se pregasse uma peça a alguém: em vez de voltar logo, ia antes passear um pouco. Um homem passou. Então uma coisa muito curiosa, e sem nenhum interesse, foi iluminada: quando ela era ainda uma mulher, os homens. Não conseguia ter uma imagem precisa das figuras dos homens, mas viu a si própria com blusas claras e cabelos compridos. A sede voltou-lhe, queimando a garganta. O sol ardia, faiscava em cada seixo branco. A estrada de Petrópolis é muito bonita. Entretanto, sente-se mal e resolve descansar um pouquinho para ainda continuar apreciando a bela paisagem. [...] Mocinha sentou-se numa pedra que havia junto de uma árvore, para poder apreciar. O céu estava altíssimo, sem nenhuma nuvem. E tinha muito passarinho que voava do abismo para a estrada. A estrada branca de sol se estendia sobre um abismo verde. Então, como estava cansada, a velha encostou a cabeça no tronco da árvore e morreu.*

A Paixão segundo G. H., foi o primeiro romance de Clarice escrito na primeira pessoa. O ano de 1964, data da publicação do livro, é marcado pelo golpe militar, com um inusitado rodízio de generais-presidentes que duraria 21 anos. Em 1968, Clarice participa de passeata contra o regime e sempre apoia os estudantes na luta contra a ditadura.

Depois da separação, Clarice retoma a vida no Rio de Janeiro, sozinha, tal como a personagem G. H. do romance. O livro, no início, faz um breve reparo – A Possíveis Leitores – *Este livro é como um livro qualquer. Mas eu ficaria contente se fosse lido apenas por pessoas de alma já formada. Aquelas que sabem que a aproximação, do que quer que seja, se faz gradualmente e penosamente – atravessando inclusive o oposto do que se vai aproximar. Aquelas pessoas que, só elas, entenderão bem devagar que este livro nada tira de ninguém. A mim, por exemplo, o personagem G. H. foi dando pouco a pouco uma alegria difícil; mas chama-se alegria.*

A epígrafe, em inglês, é um preâmbulo do núcleo da narrativa: *Uma vida completa talvez seja aquela que termina em tal identificação com o não eu que não resta um eu para morrer*, de Bernard Berenson. A trama, por si só, parece simples, mas já sabemos que os fatos na narrativa de Clarice não importam muito. O que se constrói é o *é da coisa*, está por detrás do pensamento. Pois bem.

Quando resolve limpar a casa, começando pelo quarto da empregada, Janair (recém-demitida), G. H. vive uma estranha experiência: *Eu ia me defrontar em mim com um grau de vida tão primeiro que estava próximo do inanimado*. A narração acontece apenas 24 horas depois do incidente e começa com uma sequência de travessões enunciando a dificuldade do que se tem a dizer: – – – – – *estou procurando, estou procurando. Estou tentando entender.*

Os seis travessões iniciais (que se repetem no final do romance) mostram a indefinição. A busca de sentido no corte do mundo familiar, do qual G. H. vê-se expulsa, para entregar se a uma ordem *extraordinária. É difícil perder-se. E tão difícil que provavelmente arrumarei depressa um modo de me achar, mesmo que achar-me seja de novo a mentira de que vivo.* É o que G. H. vivencia que a faz abandonar a rotina doméstica humana para *entrar nessa coisa monstruosa que é minha neutralidade viva?*

A estranha vivência ocorrerá na área de serviço, *corredor escuro* que separa o *living* do quarto da empregada. A camada mítica do romance, que logo se desdobrará em revelações, não ofusca a dimensão concreta e social do encontro de G. H. com alguém de uma classe social inferior, Janair, mulher pobre e negra, na invisibilidade do trabalho doméstico. No quarto, G. H. vê um mural desenhado a carvão – um homem nu junto de uma mulher e um cão, como se fosse uma pintura rupestre numa caverna pré-histórica. Mais do que um desenho, é o esboço do que a narradora vai percorrer – regiões mais que pré-históricas, pré-humanas, aquém da linguagem. Aliás, a dificuldade em se fazer um resumo do romance reside na impossibilidade de conseguir o resumo da *narração de uma narrativa*.

G. H. não se lembra muito bem do rosto da empregada. Era uma *mensagem bruta* de Janair para a patroa: *Janair era a primeira pessoa realmente exterior de cujo olhar eu tomava consciência*. E, subitamente, uma *barata grossa* saiu do fundo do armário. É a partir desse confronto que se dá o *itinerário da paixão* de G. H., numa experiência de nojo e sedução, sofrimento e êxtase.

É do conhecimento de todos o choque que esse animal, apesar de ubíquo, provoca nas mulheres, que vai da repulsa paralisante ao grito agudo. O romance subverte violentamente a dramaturgia do corriqueiro desastre doméstico mulher/barata. Identificações e estranhamentos se alternam: G. H. oscila entre a atração e a repulsa. Após amassar o corpo do inseto, G. H. sente-se atraída por aquela espécie de *hóstia*, a massa branca que sai do bicho esmagado. Imaginar uma mulher engolindo uma barata é uma cena de filme de terror e de extremo mau gosto. *Como chamar de outro nome aquilo horrível e cru. Matéria-prima e plasma seco, que ali estava, enquanto eu recuava para dentro de mim em náusea seca, eu caindo séculos e séculos dentro de uma lama [...] era uma lama onde se remexiam com lentidão insuportável as raízes de minha identidade.*

A conclusão é algo espantoso: *o inumano é o melhor nosso, é a coisa, a parte coisa da gente*. A dedução de G. H. lembra a categoria psicanalítica do Unheimlich, tal como está no ensaio O Estranho (1919), de Freud. O recalcado é o responsável pelo mal-estar: *inferno de vida crua, horrível mal-estar feliz, amostra de calmo horror vivo, o inexpressivo diabólico, danação e alegre terror*, para terminar na frase: *Eu chegara ao nada, e o nada era vivo e úmido*. Ao contrário do processo formador do sujeito racional, G. H. toca no impuro para *sentir o gosto da identidade das coisas*: *Os seres existem os outros como modo de se verem; O mundo se me olha. Tudo olha para tudo, tudo vive o outro; a vida se me é.* A primeira pessoa (me) e a terceira (se) identificam-se e se intercambiam.

G. H. debate-se com a necessidade de relatar um acontecimento que é inalcançável pela linguagem: *Viver não é relatável,* mas é *preciso com esforço traduzir sinais de telégrafo para uma língua que desconheço, e sem sequer entender para que servem os sinais.* Novamente, está em questão o dilema da representação impossível. Como dar forma ao inominável? O sujeito é negado para mergulhar no anonimato e começar a existir novamente a partir do nada. *A vida se me é, e eu não entendo o que digo. E então adoro – – – – – –.* Esta a súbita conclusão do romance. Uma sequência de travessões que equivalem ao silêncio.

Em 1975, foi convidada a participar do Primeiro Congresso Mundial de Bruxaria, em Cali (Colômbia). Faz uma pequena apresentação na conferência e fala do seu conto O ovo e a galinha. Ao voltar, a viagem ganha ares de fofoca midiática, com jornalistas descrevendo (falsas) aparições da autora vestida de negro e coberta de amuletos – *a grande bruxa da literatura brasileira.* Sobre sua obra, o amigo Otto Lara Rezende, sarcástico, determinou na época: *não se trata de literatura, mas de bruxaria.*

Pouco depois da publicação do romance A Hora da Estrela, Clarice se interna com um câncer inoperável no ovário. Faleceu em 9 de dezembro de 1977, um dia antes do 57° aniversário. Está sepultada no Cemitério Israelita do Caju, no Rio de Janeiro. Como epitáfio, uma frase de A Paixão segundo G. H.: *Dar a mão a alguém foi o que sempre esperei da alegria.*

Dentro de sua fortuna crítica, Clarice Lispector foi definida várias vezes como uma escritora epifânica. Epifania é um termo, quando usado em literatura, para definir o instante da inspiração, o súbito desvelamento de algo. Manuel Bandeira preferia alumbramento e Ferreira Gullar chamava de espanto. Nos contos e romances de Clarice, quase sempre encontramos um fato corriqueiro (um cego mascando chiclete no conto Amor; uma barata esmagada no romance A paixão segundo G. H.; um senhor comendo em um restaurante, no conto O jantar), que traz a revelação de uma verdade ou conhecimento oculto. No caso de Clarice, a epifania não é agradável, nenhum êxtase ou alumbramento. Pelo contrário, é da qualidade do mal-estar, a consciência de algo vital, mas incômodo, enjoo. Uma antiepifania. Mas se é o contrário de epifania, não seria melhor encontrar outra palavra mais definidora? Uma negação não explica, apenas contrasta.

Ocorre que Sigmund Freud publica, em 1919, um ensaio intitulado Das Unheimliche (O estranho/O inquietante), com o objetivo de mostrar a causa do sentimento de estranheza nos seres humanos. Usou como referência o conto O Homem da areia (personagem do folclore europeu) de E. T. A. Hoffmann. Ente mágico que aparece à noite provocando o sono nas crianças. No lado mais sinistro, o ogro que arranca os olhos dos meninos, como acontece no texto de Hoffmann.

O ensaio interpreta o conto a partir do sentimento do estranho (*Unheimlich*), uma *inquietante estranheza*. Traduzido literalmente seria o *infamiliar* (não existe em português, mas comum em alemão, na formação de palavras compostas). Uma experiência emocional singular quando revemos coisas, pessoas, impressões, eventos e situações familiares com um sentimento de estranheza. Provoca medo e horror, embora surja de coisas conhecidas.

Nos textos de Clarice nenhuma daquelas situações (mesmo a barata esmagada) são coisas incomuns, mas cotidianas. O ensaio de Freud tornou-se tão relevante para os estudos literários que há o verbete *inquietante estranheza (das Unheimliche)* no E-Dicionário de Termos Literários, de Carlos Ceia, acessível na internet. Com o prefixo *un-*, de negação, *unheimlich* é tudo o que parece não familiar, não conhecido, estranho, embora faça parte de nossa vivência comum.

Outro tema que suscita a sensação do estranho é o fator da repetição que pode estar ligada ao que Freud chama de *onipotência de pensamento*, que conduz à *antiga concepção animista do universo*, crenças primitivas e reprimidas. Como se ninguém passasse por essa fase sem preservar certos resíduos, que são ainda capazes de se manifestar, e que tudo aquilo que agora nos surpreende como estranho tocasse em traços de atividade mental animista, há muito esquecidos dentro de nós. A própria Clarice chega a usar a expressão, num dos parágrafos de A Hora da Estrela, embora num contexto diferente: *É tão curioso e difícil substituir o pincel por essa coisa* estranhamente familiar, *mas sempre remota: a palavra*.

Evando Nascimento, em Clarice Lispector: uma literatura pensante (Ed. Civilização Brasileira, 2012), afirma que *Clarice faz um uso estrangeiro de nossa língua. Ela é uma sintaxista, no sentido de Mallarmé. Muitas de suas frases soam agramaticais ou estrangeiras em relação à norma culta, mas isso não ocorre por incapacidade ou deficiência, mas pela aludida força de experimentação, por meio do oblíquo.* Pois *Não se faz uma frase. A frase nasce*, como ela mesma diz numa página de A Descoberta do mundo.

A experimentação de Clarice Lispector com a linguagem fez com que se aproximasse dos ensaios filosóficos. Não que ela quisesse fazer exatamente uma literatura filosófica, romances filosóficos, como fez Sartre, mas a analogia é real. Não que se queira também explicar racionalmente tudo que ela escreveu. A experimentação aproxima-a também, e bastante, da linguagem poética. E nem tudo em poesia é claro, facilmente explicável, e deve ser racionalmente compreendido. Entretanto a filosofia de Wittgenstein, um sofisticado filósofo da linguagem, auxilia e enriquece o material crítico de sua abordagem. Se ela conhecia o pensamento de Wittgenstein? Talvez não. Mas vale como ferramenta, não como explicação absoluta. Ademais, *Clarice está interessada em algo que se encontra para além da linguagem, ao passo que Wittgenstein procura por algo que está na própria linguagem, embora não possa ser expresso por ela.*

Quanto ao filósofo, Wittgenstein afirma em Conferência sobre ética (1930), que não existe nada essencialmente bom ou belo e os valores que designamos como éticos e estéticos resultam de uma experiência humana com os limites do mundo, da linguagem, da representação e do sentido. Na moldura do Tractatus Logico-Philosophicus (Ed. edusp, 2001), o estético e o ético significam um excesso que não pode ser suportado. Por isso surge o conceito *sub specie aeterni* (sob a forma do eterno), que designa uma maneira de contemplar a suspensão do tempo. O olhar sobre o mundo transforma os objetos percebidos, os fatos e os estados das coisas em obras de arte. A ética e a estética transformam o mundo. Do ponto de vista lógico, científico e matemático não há valor, arte, ética ou *milagre*. O modo de ver da ciência não permite reconhecer as regiões mais importantes da vida humana: *ética e estética são um*. A ética é vista de maneira original: *é evidente que a Ética não se pode expressar. A Ética é Transcendental (Ética e Estética são um)*. Se o argumento também se aplica à estética, temos que admitir que ela é também transcendental, não é passível de qualquer enunciação por meio da linguagem – *em arte é difícil dizer-se algo tão bom como nada dizer.* A consequência dessa atitude reflete uma transformação no próprio olhar através do qual o espectador capta o objeto e o próprio mundo de um determinado *modo*. A questão consiste em compreender como é possível efetuar essa mudança, de que maneira é possível olhar para os objetos, para o mundo, e vê-los com um olhar estético. Captar o mundo e os objetos desse modo consiste em apreendê-los, *sub specie aeterni: A visão estética corresponde a uma experiência com dois aspectos principais: é uma experiência de excesso e é uma experiência de transformação dos limites do mundo.*

Uma transformação particular, porque aquele que reconhece valor no mundo afasta-se do mundo não o perdendo de vista: os fatos continuam a existir e o mundo, enquanto totalidade daquilo que acontece, permanece. Esse movimento de transformação é descrito como se o sujeito, no caso da ética, pudesse pôr-se no exterior do mundo, o que significa uma saída do sujeito para fora de si próprio. Essa mutação das coisas em obra de arte implica o reconhecimento de que a mais vulgar de todas as coisas, ou ações, pode assumir um aspecto estético ou divino, que resulta não de uma transformação do mundo, mas do olhar. Trata-se, de acordo com Wittgenstein, de um olhar *milagroso*. Milagre, nesse caso, com o sentido de admiração, de espanto – por isso que está aí, por isso que existe, e nada pode ser mais espantoso do que a existência do próprio mundo.

Contemplar um objeto qualquer como obra de arte é resultado de uma maneira específica de ver, de uma modificação no olhar. Aplicando seu rigor lógico, Wittgenstein afirma que todas as proposições em filosofia são absurdas, pois tentam dizer que as coisas existem – o seu aspecto ontológico –, mas a existência não pode ser dita, ela tão somente *mostra-se*. O que pode ser *dito* está estabelecido pelo limite da função descritiva da linguagem, pelos limites lógicos de vinculação dos nomes que a constituem e que formam as proposições que descrevem o mundo afigurado pelo pensamento. Entretanto, nem tudo pode ser *dito*; e, além da estrutura comum entre a linguagem e o mundo – o que ele chama de *afiguração* –, há um conjunto de coisas que só podem ser *mostradas*, pois se encontram no campo do *inefável*, do *místico*, onde o filósofo situa as proposições da lógica, da matemática, da Ética, da Estética e o sentido da vida.

O sujeito como limite do mundo não pode ser figurado, representado pela linguagem com sentido, pois não está no mundo, mas fora dele. Porém isso não quer dizer que ele não exista. Para Wittgenstein, *o sujeito não pertence ao mundo, mas é um limite do mundo. Os limites de minha linguagem significam os limites de meu mundo*. Ele admite a existência de um mundo que é exterior ao sujeito, mas esse mundo apenas adquire significado a partir do sujeito que impõe sua lógica nele. A realidade existe de forma externa ao sujeito, mas é só por meio dele que ela adquire forma e significado. É o sujeito transcendental que se coloca como limite do mundo, através de suas significações linguísticas. A linguagem somente exprime a necessidade lógica e a contingência dos fatos. O que o filósofo tcheco-brasileiro Vilém Flusser (1920-1991) em Língua e realidade (Ed. Annablume, 2004) considera do seguinte modo: *A grande maioria daquilo que forma e informa nosso intelecto, a grande maioria das informações ao nosso dispor consiste em palavras. Aquilo com que contamos, o que compilamos e comparamos, e o que computamos, enfim, a matéria-prima do nosso pensamento, consiste, em sua maioria, de palavras. [...] Além de palavras, os sentidos fornecem outros dados. Estes se distinguem das palavras qualitativamente. São dados inarticulados, isto é, imediatos. Para serem computados, precisam ser articulados, isto é, transformados em palavras. [...] Como os dados "brutos" alcançam o intelecto propriamente dito em forma de palavras, podemos ainda dizer que a realidade consiste de palavras e de palavras in statu nascendi.*

Este trecho do romance A Paixão segundo G. H. (Ed. Rocco, 2020) mostra, entre outros, a utilidade de Wittgenstein para abordá-la: *Vou criar o que me aconteceu. Só porque viver não é relatável. Viver não é vivível. Terei de criar sobre a vida. E sem mentir. Criar, sim, mentir não. Criar não é imaginação, é correr o grande risco de se ter a realidade. Entender é uma criação, meu único modo. Precisarei com esforço traduzir sinais de telégrafo, traduzir o desconhecido para uma língua que desconheço e sem sequer entender para que valem os sinais. Falarei nessa linguagem sonâmbula que se eu não estivesse não seria linguagem. Até criar a verdade do que me aconteceu. Ah, será mais um grafismo do que uma escrita, pois tenho mais uma reprodução do que uma expressão. [...] A realidade é a matéria-prima, a linguagem é o modo como vou buscá-la — e como não acho. Mas é do buscar e do não achar que nasce o que eu não conhecia, e que instantaneamente reconheço. A linguagem é meu esforço humano. Por destino tenho que ir buscar e por destino volto com as mãos vazias. Mas volto com o indizível. O indizível só poderá me ser dado através do fracasso de minha linguagem. Só quando falha a construção é que obtenho o que ela não conseguiu.*

O crítico Benedito Nunes observa em O drama da linguagem — Uma leitura de Clarice Lispector (Editora Ática, 1995): *Se o objeto de A paixão segundo G. H. é, como vimos, uma experiência não objetiva, se a romancista recriou a visão mística do encontro da consciência com a realidade última, o romance dessa visão terá que ser, num certo sentido, obscuro. A linguagem de Clarice Lispector, porém, não é nada obscura. Obscura é a experiência do que ela trata. Sob esse aspecto, a atitude de G. H., abdicando do entendimento claro para ir ao encontro do que é impossível compreender, lança a linguagem numa espécie de jogo decisivo com a realidade, que mais reforça o sentido místico do romance de Clarice Lispector. [...] Em suas Investigações filosóficas, Wittgenstein fala-nos em jogos de linguagem. São esses jogos processos linguísticos, mobilizados pelas diferentes atitudes que assumimos nomeando as coisas e usando as palavras de conformidade com as regras que estabelecemos. O crítico conclui que a linguagem tematizada na obra de Clarice Lispector, envolve o próprio objeto da narrativa, abrangendo o problema da existência como problema da expressão e comunicação. [...] Wittgenstein escrevia, no fecho de seu Tractatus Lógico-Philosophicus, que devemos silenciar a respeito daquilo sobre o qual nada se pode dizer. Clarice Lispector rompe com esse dever de silêncio. O fracasso de sua linguagem, revertido em triunfo, redunda numa réplica espontânea ao filósofo. Podemos formular assim a réplica que ela deu: é preciso falar daquilo que nos obriga ao silêncio. Resume-se nessa resposta o sentido existencial de sua criação literária. Mas acho que é necessário relembrar - o romance termina numa sequência de travessões, na agramaticalidade do silêncio.*

Lendo Clarice, estamos sempre diante da necessidade de verbalizar o inexprimível. Visto pelo ângulo psicanalítico e lacaniano, o que ela tenta é uma empreitada inviável, abordar o Real. Jacques Lacan, em conferência na Sociedade Francesa de Psicanálise, em 8 de julho de 1953, principiou a conceituação dos seus três registros da realidade, ao considerar que a subjetividade humana constitui-se pela articulação entre os eixos do Simbólico, do Imaginário e do Real, sendo o Real (com maiúscula) definido não como a simples marca da realidade, mas daquilo que é inexprimível e inapreensível dentro da existência, fora dos outros dois registros, ou seja – *o que nos escapa*. E por que nos escapa é também o de conceituação mais difícil e complexa, se é que pode ser plenamente conceituado.

A escritora, psicanalista e professora de literatura da UFMG, Lúcia Castello Branco, em O que é escrita feminina (Ed. Brasiliense,1991) conclui que essa escritora: *Pretende fazer falar o real, dizer o real. Mas se o real é o indizível, como dizê-lo? Talvez produzindo sugestões de real, talvez construindo uma escrita que, irremediavelmente simbólica (como toda escrita), pretenda sugerir alguma coisa da ordem do não-simbólico, da não-linguagem [...] Falar exaustivamente, excessivamente, em torno do impossível de dizer, daquilo que excede a realidade material exatamente porque escapa a ela, daquilo que se localiza precisamente no Real. Haverá outra maneira de dizer o indizível a não ser dizendo-o, reiteradamente, até desembocar no silêncio dessa impossibilidade? Desembocar num projeto impossível, enquanto registro verbal de um processo averbal.* Por outro lado, não haveria como escrever o silêncio, o indizível, a não ser simbolizando-os, tornando-os matéria de linguagem – o figurativo do inominável? Prometeu roubando o fogo de Héstia e dando-o aos mortais? Não há um Significante capaz de dizer tudo, até porque quanto mais se fala mais falta para se dizer.

O que leva Lúcia Castello Branco a quase uma síntese em A traição de Penélope (Ed. Annablume, 1994): *é nesse percurso enviesado que reside a riqueza da escrita de Clarice: é porque ela encena e prioriza o Real que ela é atordoante, colocando o leitor em estado de perda, como numa vertigem; é porque ela também se situa no imaginário que sua leitura arrebata, apaixona, mantém o leitor imerso; é porque ela é simbólica que ela se sustenta enquanto leitura, enquanto decifração. Aí ela se aproxima de qualquer texto literário – afinal, em muitos textos essas três instâncias estão presentes –, mas também aí ela se distingue dos demais: não é qualquer texto que leva ao paroxismo a relação do sujeito com a linguagem, não é qualquer texto que exibe, reitera e se nutre prioritariamente do Real. [...] Entretanto é apenas nesses textos de gozo, [...] que o Real, apesar de enviesado, indireto, mascarado pelo simbólico, procurará se constituir em elemento estruturante, apontando sempre em direção à singularidade, à subjetividade impossível da realidade pré-discursiva [...] Porque seu universo é o entre – entre a palavra e o silêncio, entre o excesso e a lacuna, entre o eu e o outro –, seu universo é também o quase – a palavra quase chega a tomar forma, o discurso quase chega a jorrar, algo quase acontece na narrativa. Mas qualquer gesto esbarra na irredutível impossibilidade.*

Clarice sabe que bordeja o vazio. Está sempre à beira da mudez, em A paixão segundo G. H.: *Eu tenho à medida que designo – e este é o esplendor de se ter uma linguagem. Mas eu tenho muito mais à medida que não consigo designar. A realidade é a matéria-prima, a linguagem é o modo como vou buscá-la – e como não acho. Mas é do buscar e não achar que nasce o que eu não conhecia, e que instantaneamente reconheço. A linguagem é o meu esforço humano. Por destino tenho que ir buscar e por destino volto com as mãos vazias. Mas – volto com o indizível. O indizível só me poderá ser dado através do fracasso de minha linguagem. Só quando falha a construção, é que obtenho o que ela não conseguiu.* Entretanto, é preciso levar em conta o que disse a professora Luiza Saddi, em um encontro (2011) de pesquisadores em arte, sobre a especificidade da linguagem: *Os problemas surgem quando a encaramos como apreensão ou revelação do mundo e esquecemos que ela mesma já é mundo, já é criação de mundos.*

Já na novela A Hora da Estrela (Editora Rocco, 1998) encontramos uma fusão entre a narrativa histórica e a reflexão sobre a linguagem, dentro de uma trama que recupera a tradição do romance regionalista nordestino, apesar de, ao mesmo tempo, subvertê-la. Dessa vez, Clarice incorpora a tensão política, o impasse do escritor brasileiro diante das insuportáveis mazelas nacionais. Entretanto, ela procura expressar os problemas sócio-políticos a partir de uma linha textual. A linguagem ainda assume o lugar de centro da narrativa. É transformando *a linguagem da realidade em realidade da linguagem* que o texto faz literatura engajada. Talvez o livro mais engajado politicamente de Clarice.

    Em uma síntese narrativa simples, estamos diante da vida de uma imigrante nordestina – Macabéa – na metrópole. Um drama comum. Mas a obra possui várias camadas semânticas que a tornam singular dentro do quadro literário brasileiro. Mais do que a crítica de um dilema social, funciona como metarromance. Autor, narrador e personagem ocupam posições intercambiáveis. O autor não se esconde atrás de um narrador, mas com ele se confunde. O narrador não se distancia da personagem com neutralidade, mas nela projeta-se. Os intercâmbios entre autor e narrador, bem como entre narrador e personagem, demonstram o artificialismo de uma narrativa (qualquer narrativa). Em A hora da estrela, Clarice apresenta-nos três histórias simultâneas. Primeiro, a do escritor Rodrigo S. M., que narra a saga miserável da imigrante nordestina no Rio de Janeiro; em segundo, a da própria Macabéa, cujo retrato vai sendo construído; e em terceiro, o narrador conta as desventuras da jovem imigrante no próprio ato de escrever. Neste romance, o ato de narrar entrecruza-se com o que é narrado: um romance sobre uma imigrante nordestina, um escritor no ato de criação, e também sobre o processo de escrita. A Hora da Estrela foi publicado pouco antes da morte da escritora, em dezembro de 1977. A consciência da finitude humana perpassa o texto de forma tão íntima que o escritor Rodrigo S. M. diz a certa altura: *A morte, que é nesta história o meu personagem predileto.*

    Macabéa nasceu no interior de Alagoas, tem 19 anos, perde os pais muito cedo e é criada por uma tia pouco amorosa. Com a morte da tia decidiu mudar-se para o Rio de Janeiro. Tendo parcos conhecimentos de datilografia, semialfabetizada, tenta se sustentar na cidade grande. Trabalha em uma firma representante de roldanas, da qual será logo demitida por incompetência. Divide um quarto de pensão com quatro moças e alimenta-se apenas de cachorros-quentes. Fora do trabalho, circula pelas ruas do centro, pelo cais do porto, e vai uma vez por mês ao cinema. Sua atriz preferida, Marilyn Monroe. De madrugada ouve baixinho a Rádio Relógio. Namora o metalúrgico Olímpico de Jesus, até ser trocada por uma colega de trabalho, Glória, carioca legítima. Por fim, consulta uma cartomante que lhe revela a extensão de sua vida mesquinha, mas lhe prevê um futuro de estrela. Logo em seguida é atropelada por um automóvel e tem uma morte solitária.

Macabéa representa toda uma legião de pessoas que circulam anônimas pelas ruas das grandes cidades e são *meros parafusos dispensáveis* dentro da engrenagem capitalista. Para o crítico Eduardo Portella, ela é uma *alegoria regional*. Já o escritor Rodrigo, misto de narrador e personagem, refere-se à nordestina como a *uma moça tão antiga que podia ser uma figura bíblica.* De fato, o nome constitui uma referência a Macabeu, judeu que liderou, no ano 166 a.C., a resistência à ocupação grega de Jerusalém. *Como a nordestina, há milhares de moças espalhadas por cortiços, vagas de cama num quarto, atrás de balcões trabalhando até a estafa. Não notam sequer que são facilmente substituíveis e tanto existiriam como não existiriam. Poucas se queixam e ao que eu saiba nenhuma reclama por não saber a quem. Esse quem será que existe?* Macabéa faz parte de *uma resistente raça anã teimosa que um dia vai talvez reivindicar o direito ao grito*. Mas o escritor Rodrigo também fica à margem: *Sim, não tenho classe social, marginalizado que sou. A classe alta me tem como um monstro esquisito, a média com desconfiança de que eu possa desequilibrá-la, a classe baixa nunca vem a mim.*

Contudo existe um momento que sintetiza o espírito do livro – o atropelamento de Macabéa, a sua hora de estrela, de virar estrela. O narrador não se limita a descrever, encarna a própria morte, a sua e a de todos nós. Fato que abole as diferenças sociais e as injustiças, remetendo à dissolução universal, e obriga-nos a indagar sobre o sentido da existência:

Macabéa me matou.

Ela estava enfim livre de si e de nós. Não vos assusteis, morrer é um instante, passa logo, eu sei porque acabo de morrer com a moça. Desculpai-me esta morte. É que não pude evitá-la, a gente aceita tudo porque já beijou a parede. Mas eis que de repente sinto meu último esgar de revolta e uivo: o morticínio dos pombos!! Viver é luxo.

A hora da estrela foi adaptado para o cinema, com o mesmo título, sob direção de Suzana Amaral, lançamento em 1985, e tendo no papel de Macabéa a atriz Marcélia Cartaxo.

Entretanto, todas as tentativas anteriores de interpretação do legado de Clarice, ferramentas críticas, que vão da psicanálise lacaniana às reflexões filosóficas de Sartre e Wittgenstein, acabaram por me relembrar o que Emil Cioran, em Exercícios de Admiração (Editora Rocco, 2001), concluiu a respeito da obra do poeta francês Saint-John Perse (Alexis Leger) e que, na minha opinião, se aplicaria também a Clarice Lispector; não só à autora, claro, mas a ela de uma maneira talvez bem mais particular: *Se se liga a uma obra um sentido unívoco, ela está irremediavelmente condenada. Desprovida desse halo de indeterminação e ambiguidade que encanta e multiplica os comentadores, desaba nas misérias da clareza e, deixando de desconcertar, se expõe à desonra que se reserva às evidências. Se se pretende poupar à humilação de ser compreendida, lhe cabe, dosando o irrecusável e o obscuro, cultivando o equívoco, suscitar interpretações divergentes e entusiasmos perplexos, estes índices de vitalidade e garantias de duração.*

POEMAS DO DESCALABRO & ÚLTIMOS ELOGIOS

Foto de Clarice Lispector em agosto de 1969. Acervo IMS. Foto de Maureen Bisilliat

GILBERTO NABLE

Elogios de Clarice Lispector

1 - As Metamorfoses de Chaya

"É belo como sânscrito", exclama então nosso eu passivo e enfeitiçado, que se entrega à volúpia da linguagem enquanto tal.
Exercícios de admiração, Cioran.

Os traços de Clarice lembram um felino.
Mas, se gata, como virou uma galinha?
Galinha, como retrocedeu ao vitelino?
Ovo, por que se encarna numa velhinha?

Nasceu na Ucrânia, mas se dizia nordestina.
Fala português com sotaque de francesa.
Foi, algum tempo, uma escritora clandestina.
Depois, bruxa a quem nunca faltou beleza.

Tudo em Lispector, e tudo, do início ao fim,
do primeiro romance ao último conto,
é espanto e fascínio, não há nada ruim.

Presos na sutil armadilha de sua fala,
desistimos da luta, entregamos o ponto,
entra-se num mundo estranho, o mais resvala.

2 - Proteus oblíqua

> *Os seres existem os outros como modo de se verem. O mundo se me olha. Tudo olha para tudo, tudo vive o outro; a vida se me é.*
> A paixão segundo G. H.

1
Ser capaz de duplicar-se,
ser capaz de centuplicar-se.
Saltar
do objeto para o sujeito,
do sujeito para o objeto.
Bem atrás do que fica
por detrás do pensamento.
Entrar no obelisco de um ovo.
Princípio de vida,
vivo,
mas que parece
apenas uma casca,
o cálcio da casca de um ovo:
feito a ostra que é também
gosma de pedra viva.

2
Dentro do equívoco de ser
personagem de si mesma,
do monólogo que nada mais é
senão um por dentro diálogo,
o enigma de um eco:
eu sou o tu do meu eu.

3
Por isso, Rimbaud gritou

no deserto de Danakil,
e nas montanhas da Abissínia:
– Eu é um outro!
e ninguém mais o ouviu,
porque morreria em silêncio.
Nada mais ele disse,
enquanto esteve em Harar:
prestimoso traficante de armas,
entre folhas de Khat,
os jarros de orquídeas,
a amante etíope,
as bebidas quentes
e os grãos de café.

ELOGIO
DE MÁRIO DE ANDRADE

Sobre o polígrafo paulistano

Mário Raul *de* Morais *Andrade* (São Paulo, 9 de outubro de 1893 - 25 de fevereiro de 1945) foi poeta, romancista, músico e crítico de arte. Mas a definição que me parece a mais acertada encontraremos em Uma história da poesia brasileira, de Alexei Bueno (Ermakofff Casa Editorial, 2007): *líder incontestado do Modernismo de 1922, por uma influência direta e epistolar sobre os maiores espíritos do país – é impressionante o número de poemas a ele dedicados no momento de sua morte – estreou, como comumente acontece, como poeta, ele que seria um dos mais completos polígrafos brasileiros, no estrito senso do termo, além de folclorista notável e musicólogo.* Um autor que escreve de formas diversas sobre inúmeros temas: cartas (ele próprio se refere ao seu *espantoso epistolário*), poemas, romances e ensaios. E tudo dentro daquele verso que virou a definição central de sua personalidade: *eu sou trezentos*!

Mário de Andrade nasceu em São Paulo, no número 320 da Rua Aurora, onde os pais, Carlos Augusto de Andrade e Maria Luísa de Almeida Leite Moraes de Andrade, também moraram. Mário escolhe a música e cursa o Conservatório Dramático e Musical, passando depois a lecionar piano, história e teoria. Segundo Alceu Amoroso Lima, Mário de Andrade apresentava *o tipo físico de um índio espadaúdo. Uma boca enorme, cheia de dentes, que os caricaturistas aproveitavam com razão como foco central de sua fisionomia. Umas mãos enormes como patas de urso. Uns ombros muito largos, uns óculos muito espessos, um riso muito aberto, uma fala muito caipira mas nada descansada, tudo nele respirava irradiação, dinamismo, exuberância, alegria de viver. Estava talhado fisicamente para agitador.*

No intervalo de 1917 até 1937 (no início do Estado Novo da era Vargas), foi a figura central da vida intelectual do país. Nenhum escritor, nunca mais, teve tanta importância como formulador de uma interpretação do Brasil e animador cultural (Eu sou Trezentos – Mário de Andrade, vida e obra, de Eduardo Jardim, Edições de Janeiro, 2015). Em 1917, as comoções da guerra inspiraram-lhe uma série de poemas, resultando no primeiro livro, sob o temeroso pseudônimo de Mário Sobral – Há uma gota de sangue em cada poema (1917) –, e uma epígrafe significativa, quase um pedido de desculpas, Biografia:

São Paulo o viu primeiro.
Foi em 93.
Nasceu acompanhado daquela
estragosa sensibilidade que
deprime os seres e prejudica
as existências, medroso e humilde.
E, para a publicação destes
poemas, sentiu-se mais medro-
-so e mais humilde, que ao
nascer.
Abril de 917.

São textos de um pacifista diante da barbárie da Primeira Guerra Mundial, nos quais encontramos estrofes assim – Espasmo:

Ele morre. E tão só! Move-se e chama.
Quer chamar: sai-lhe a voz quasi sumida:
e pelo esforço, sobre o chão de grama
jorra mais sangue da ferida...

Mais tarde, talvez ele mesmo dissesse, como bom crítico, um livro com muitas *inconveniências da aurora*, espasmos de estreante. Manuel Bandeira achou ruim, *mas de um ruim diferente, um ruim esquisito*.

A estreia do poeta maduro aconteceria em Pauliceia Desvairada, no ano da Semana de Arte Moderna (1922), onde se confundem o doutrinador da vanguarda paulista (seu apostolado) no Prefácio interessantíssimo – provocações bem-humoradas com reflexões estéticas, criando o desvairismo – com o poeta de algumas peças antológicas, como Inspiração e a Ode ao burguês. De qualquer forma, o encontro com Anita Malfatti (1917) numa exposição da pintora seria de importância fundamental para ele.

Analisada mais de perto, a obra revela-se a matriz dos processos que marcaram nossos poetas mais agressivamente modernistas, como Oswald, Bandeira, Drummond e Murilo Mendes. Mário cria vários neologismos – *bocejal, luscofuscolares, retratificado* e, principalmente, *arlequinal* –, figurando a babel de retalhos coloridos em que se transformara a pacata e provinciana São Paulo (História Concisa da Literatura Brasileira, Alfredo Bosi, Editora Cultrix, 2006). Escreve a Manuel Bandeira que *só sendo brasileiro, isto é, adquirindo uma personalidade racial e patriótica é que nos universalizaremos, pois que assim concorreremos com um contingente novo, novo assemblage de caracteres psíquicos para o enriquecimento do universal humano.*

Não lhe satisfez a solução regionalista, exotismo dentro do Brasil que excluía, ao mesmo tempo, a parte progressista. Uma hábil mistura das duas realidades parecia-lhe a melhor solução. Brasilizar o brasileiro no sentido total, patrializar a pátria ainda tão despatriada, quer dizer, influir para a unificação psicológica do Brasil – tal a finalidade de sua obra, *mais exemplo do que criação* (Apresentação da poesia brasileira, Manuel Bandeira, Cosacnaify, 2009):

Prefácio Interessantíssimo (fragmentos)

1 - Leitor:
Está fundado o desvairismo.

4 - Quando sinto a impulsão lírica escrevo sem pensar tudo o que meu inconsciente me grita. Penso depois: não só para corrigir, para justificar o que escrevi. Daí a razão deste Prefácio Interessantíssimo.

15 - Todo escritor acredita na valia do que escreve. Si mostra é por vaidade. Si não mostra é por vaidade também.

19 - A inspiração é fugaz, violenta. Qualquer empecilho a perturba e mesmo emudece. Arte, que somada a Lirismo dá Poesia, não consiste em prejudicar a doida carreira do estado lírico para avisá-lo das pedras e cercas de arame do caminho. Deixe que tropece, caia e se fira. Arte é mondar mais tarde o poema de repetições fastientas, de sentimentalidades românticas, de pormenores inúteis ou inexpressivos.

21 - "O vento senta no ombro das tuas velas! Shakespeare. Homero já escrevera que o chão mugia debaixo dos pés de homens e cavalos. Mas você deve saber que há milhões de exageros nas obras dos mestres.

27 - Mas não desdenho baloiços bailarinos de redondilhas e decassílabos. Acontece a comoção caber neles. Entram pois às vezes no cabaré rítmico dos meus versos.Nesta questão de metros não sou aliado; sou como a argentina: enriqueço-me.

32 - Minhas reivindicações? Liberdade. Uso dela; não abuso.Sei embridá-la nas minhas verdades filosóficas e religiosas; porque verdades filosóficas, religiosas, não são convencionais como a Arte, são verdades. Tanto não abuso! Não pretendo obrigar ninguém a seguir-me. Costumo andar sozinho.

34 - A língua brasileira é das mais ricas e sonoras. E possui o admirabilíssimo "ão".

65 - E não quero discípulos. Em arte: escola=imbecilidade de muitos para vaidade dum só.

66 - Poderia ter citado Gorch Fock. Evitava o Prefácio Interessantíssimo. "Toda canção de liberdade vem do cárcere".

Inspiração

São Paulo! comoção de minha vida...
Os meus amores são flores feitas de original...
Arlequinal!... Traje de losangos... Cinza e ouro...
Luz e bruma... Forno e inverno morno...
Elegâncias sutis sem escândalos, sem ciúmes...
Perfume de Paris... Arys!
Bofetadas líricas no Trianon... Algodoal!...
São Paulo! comoção de minha vida...
Galicismo a berrar nos desertos da América!
Ode ao Burguês (Trecho)
Eu insulto o burguês! O burguês-níquel,
o burguês-burguês!
A digestão bem-feita de São Paulo!

O homem-curva! o homem-nádegas!
O homem que sendo francês, brasileiro, italiano,
é sempre um cauteloso pouco-a-pouco!
Eu insulto as aristocracias cautelosas!
Os barões lampiões! os condes Joões! os duques zurros!
que vivem dentro de muros sem pulos;
e gemem sangues de alguns mil-réis fracos
para dizerem que as filhas da senhora falam o francês
e tocam os "Printemps" com as unhas!

Participa dos preparativos da Semana de Arte Moderna, ao longo de 1921, e de tudo que se passou naqueles dias 13, 15 e 17 de fevereiro de 1922, no Teatro Municipal de São Paulo (a *semana* dura, na verdade, apenas três dias!). Ganhou a adesão de um pequeno grupo de amigos e o apoio de dona Marinette Prado, mulher de Paulo Prado, um dos principais animadores. A programação inclui palestras, concertos, exposição de quadros no saguão, inclusive de Anita Malfatti e Di Cavalcanti. A abertura ficaria a cargo de Graça Aranha em uma conferência. Na música, o destaque foi Villa-Lobos. Mário de Andrade, sob um coro violento de vaias, leu na segunda noite trechos de sua obra A escrava que não é Isaura. eríodo de grande entusiasmo. Encontrava-se quase diariamente com o grupo de amigos – Oswald, Menotti Del Picchia, Tarsila do Amaral e Anita, o Grupo dos Cinco. Foi o mais ativo criador da revista Klaxon, a primeira revista modernista. Pouco depois, Oswald de Andrade resumiu a tarefa no Manifesto Pau-Brasil: *acertar o relógio império da literatura nacional.*

O núcleo modernista juntou tudo que podia das novas linguagens artísticas europeias, e o que importava era a incorporação de meios expressivos modernos. Numa carta a Manuel Bandeira quase se desculpa: *Sei que dizem de mim que imito Cocteau e Papini. Será já um mérito ligar estes dois homens diferentíssimos. É verdade que movo como eles as mesmas águas da modernidade. Isso não é imitar: é seguir o espírito duma época.* O compromisso universalista, ao longo da história do nosso modernismo, deve muito a Mário de Andrade.

De 1926, é Losango Cáqui, ou afetos militares de mistura com os porquês de eu saber alemão, no qual vigora um memorialismo associado à onipresença da cidade e topônimos tipicamente paulistanos, como Tabantiguera. São Paulo sempre foi para ele uma obsessão. São impressões de um mês de exercícios militares, o losango cáqui dos uniformes. Não são verdadeiros poemas, mas anotações líricas, desses dias em que o poeta, *defensor interino do Brasil*, inebriou-se *de manhãs e de imprevisos*. Mas é em Clã do Jabuti (1927) que alcança plena expressão. O período, que vai de 1924 até 1930, foi a mais feliz e produtivo na vida de Mário de Andrade, e não foi por acaso que declarou em verso: *a própria dor é uma felicidade*. Dois longos poemas descritivos são dos melhores momentos – Carnaval carioca e Noturno de Belo Horizonte, este último com um outro poema anexo, em forma de balada, sobre a serra do Rola-Moça:

Noturno de Belo Horizonte (trecho)

a Elysio de Carvalho (1924)

Maravilha de milhares de brilhos vidrilhos,
Calma do noturno de Belo Horizonte...
O silêncio fresco desfolha das árvores
E orvalha o jardim só.
Larguezas.
Enormes coágulos de sombra.
O polícia entre rosas...
Onde não é preciso, como sempre...
Há uma ausência de crimes
Na jovialidade infantil do friozinho.
Ninguém.

A serra do Rola-Moça
Não tinha esse nome não...
Eles eram do outro lado,
Vieram na vila casar.
E atravessaram a serra,
O noivo com a noiva dele
Cada qual no seu cavalo.

Antes que chegasse a noite
Se lembraram de voltar.
Disseram adeus pra todos
E puseram-se de novo
Pelos atalhos da serra
Cada qual no seu cavalo.
Os dois estavam felizes,
Na altura tudo era paz.
Pelos caminhos estreitos
Ele na frente ela atrás.
E riam. Como eles riam!
Riam até sem razão.

A serra do Rola-Moça
Não tinha esse nome não.

As tribos rubras da tarde
Rapidamente fugiam
E apressadas se escondiam
Lá em baixo nos socavões
Temendo a noite que vinha.

Porém os dois continuavam
Cada qual no seu cavalo,
E riam. Como eles riam!
E os risos também casavam
Com as risadas dos cascalhos
Que pulando levianinhos
Da vereda se soltavam
Buscando o despenhadeiro.

Ah, Fortuna inviolável!
O casco pisara em falso.
Dão noiva e cavalo um salto
Precipitados no abismo.
Nem o baque se escutou.
Faz um silêncio de morte.
Na altura tudo era paz...
Chicoteando o seu cavalo,
No vão do despenhadeiro
O noivo se despenhou.

E a serra do Rola-Moça
Rola-Moça se chamou.

Remate de Males (1930), onde encontramos o poema Eu sou trezentos, mostra um afastamento dos temas folclóricos e um verso livre longo, comum naquela década. O nome do livro é de uma cidade amazonense que conhecera durante uma de suas raras viagens. Incorpora a pesquisa folclórica, o registro moderno dos mitos indígenas, africanos e sertanejos com os meios expressivos de nossa arte primitiva, que resultaram no romance Macunaíma. Entretanto os melhores poemas de Mário de Andrade são aqueles que foram publicados postumamente, beneficiados pelo afastamento da militância literária: Canto do mal de amor e Reconhecimento de Nêmesis, onde encontramos até alguns sonetos, o que seria impensável nos primeiros instantes iconoclastas do Modernismo. A Lira Paulistana, última obra editada, mostra um lirismo autobiográfico:

Na rua Aurora eu nasci
Na aurora de minha vida
E numa aurora cresci.

*No largo do Paiçandu sonhei,
foi luta renhida,
Fiquei pobre e me vi nu.*

Nesta rua Lopes Chaves
envelheço, e envergonhado
nem sei quem foi Lopes Chaves.

Mamãe! me dá essa lua,
Ser esquecido e ignorado
como esses nomes da rua.

Mas a Meditação sobre o Tietê, longo e solene, composto pouco antes da morte, virou um selo lírico:

Meditação sobre o Tietê (trecho)

Eu vejo; não é por mim, o meu verso tomando
As cordas oscilantes da serpente, rio.
Toda a graça, todo o prazer da vida se acabou.
Nas tuas águas eu contemplo o Boi Paciência
Se afogando, que o peito das águas tudo soverteu.
Contágios, tradições, brancuras e notícias,
Mudo, esquivo, dentro da noite, o peito das águas,
fechado, mudo,
Mudo e vivo, no despeito estrídulo que me fustiga e devora.
Destino, predestinações... meu destino. Estas águas
Do meu Tietê são abjetas e barrentas,
Dão febre, dão morte decerto, e dão garças e antíteses.
Nem as ondas das suas praias cantam, e no fundo
Das manhãs elas dão gargalhadas frenéticas,
Silvos de tocaias e lamurientos jacarés.
Isto não são águas que se beba, conhecido, isto são
Águas do vício da terra. Os jabirus e os socós
Gargalham depois morrem. E as antas e os bandeirantes e os ingás,
Depois morrem. Sobra não. Nem siquer o Boi Paciência

Se muda não. Vai tudo ficar na mesma, mas vai!... e os corpos
Podres envenenam estas águas completas no bem e no mal.
Isto não são águas que se beba, conhecido! Estas águas
São malditas e dão morte, eu descobri! e é por isso
Que elas se afastam dos oceanos e induzem à terra dos homens,
Paspalhonas. Isto não são água que se beba, eu descobri!
E o meu peito das águas se esborrifa, ventarrão vem, se encapela
Engruvinhado de dor que não se suporta mais.
Me sinto o pai Tietê! ôh força dos meus sovacos!

As duas longas e únicas viagens do escritor datam da segunda metade dos anos 1920: a primeira, para Iquitos, no Peru (durante o percurso escreveria o livro de viagem – O turista aprendiz). Na segunda (1927), ao Nordeste, do final de 1928 até início de 1929, começou de forma sistemática a pesquisa folclórica. A ideia do modernismo em Mário de Andrade envolveu, a partir de 1924, a preocupação com os aspectos nacionais da cultura, que ele enxergava no popular e no folclórico. A pesquisa etnográfica era para ele *um dos muitos jeitos de procurar o Brasil*. A confiança de que sua obra contribuiria para a formação da brasilidade sustentou a redação de Macunaíma, na chácara do tio Pio, em Araraquara, realizada em seis dias (1926).

Ele lera a obra de Koch Grünberg, Vom Roraima zum Orinoco (De Roraima a Orinoco), na qual o autor relata a história do herói indígena Macunaíma. No caso de Mário de Andrade, Macunaíma insere-se em um retrato do Brasil feito em negativo, junto com outro importante livro (1928) – Retrato do Brasil, de Paulo Prado. Seria preciso dotar o país de uma cultura e fisionomia próprias.

A história de Macunaíma é bem conhecida e a trama desenvolve-se em três tempos: o primeiro começa com o nascimento do herói e termina quando ele perde um poderoso amuleto para Venceslau Pietro Pietra, o vilão da história. O segundo apresenta as suas atribulações para recuperar o amuleto. Mas o epílogo é triste – *Acabou-se a história e morreu a vitória*. Macunaíma morre e vira a Ursa Maior (constelação que simboliza o Saci). O cenário está vazio, à beira do rio do Uraricoera. Um homem (que encarna Mário) aparece e encontra um papagaio, única testemunha daqueles *tempos de dantes*. O aruaí pousa na cabeça do poeta e começa a contar a história de Macunaíma.

Somente cinquenta anos após a morte de Mário de Andrade, a sua sexualidade foi abordada por Moacyr Werneck de Castro, que afirma que não se suspeitava que ele fosse homossexual: *supúnhamos que fosse casto ou que tivesse amores secretos. Se era ou não, isso não afeta a sua obra nem seu caráter.* Chegou-se a falar na hipótese absurda de assexualidade. O que é tapar o sol com a peneira, angelizar ou anular as pessoas, uma forma dissimulada de preconceito. Se não podemos aceitar a sexualidade do outro, é melhor desaparecer com ela. A moralina desvairada na pauliceia da época.

O episódio do rompimento da amizade com Oswald de Andrade é hoje largamente citado: Oswald ironizou que Mário *se parecia com Oscar Wilde, por detrás* e apelidou-o de *Miss Macuanaíma*. Mário passou a considerá-lo um indivíduo desprezível. No livro Devassos no paraíso – A homossexualidade no Brasil, da colônia à atual (Ed. Objetiva, 2020), João Silvério Trevisan denuncia que ele teria sido *vítima de um verdadeiro conluio de censores paranoicos, que cercaram sua vida e continuam atuando sobre seu cadáver como abutres zelosos da própria* honra, *em nome da qual têm tornado indigno o passado do maior escritor modernista do Brasil.* Entretanto, este soneto (obviamente, de publicação póstuma) mostra um lirismo melancólico e suave. A homossexualidade talvez um pouco mais depurada, mas com um título que é uma pergunta aflita – Aceitarás o amor como eu o encaro?

Aceitarás o amor como eu o encaro?...
... Azul bem leve, um nimbo, suavemente
Guarda-te a imagem, como um anteparo
Contra estes móveis de banal presente.

Tudo o que há de melhor e de mais raro
Vive em teu corpo nu de adolescente,
A perna assim jogada e o braço, o claro
Olhar preso no meu, perdidamente.

Não exijas mais nada. Não desejo
Também mais nada, só te olhar, enquanto
A realidade é simples, e isto apenas.

Que grandeza... a evasão total do pejo
Que nasce das imperfeições. O encanto
Que nasce das adorações serenas.

No dia 19 de junho de 2015, a Fundação Casa de Rui Barbosa disponibilizou para consulta trecho inédito de carta escrita por Mário de Andrade, em 7 de abril de 1928, ao amigo Manuel Bandeira, na qual fala a respeito de sua fama de homossexual. A carta, que recebeu ampla divulgação nos jornais, é uma confissão velada: *[...] Está claro que eu nunca falei a você sobre o que se fala de mim e não desminto. Mas em que podia ajuntar em grandeza ou melhoraria pra nós ambos, pra você, ou pra mim, comentarmos e elucidar você sobre a minha tão falada (pelos outros) homossexualidade? Em nada. Valia de alguma coisa eu mostrar o muito de exagero nessas contínuas conversas sociais? Não adiantava nada pra você que não é indivíduo de intrigas sociais. Pra você me defender dos outros?*

Mário de Andrade faleceu em casa, de infarto agudo do miocárdio, em 25 de fevereiro de 1945, aos 52 anos. Sepultado no Cemitério da Consolação, São Paulo.

Retrato de Mário de Andrade (1927) por Lasar Segall.
Óleo sobre tela – (60,00 cm x 72,00 cm)

Coleção de Artes Visuais do Instituto de Estudos Brasileiros (IEB)/USP (São Paulo, SP).

Elogios de Mário de Andrade

Se vocês estão querendo saber qual dos dois (Mário e Oswald de Andrade) acho mais importante, direi o seguinte: depende do momento e do ponto de vista. Para quem estiver preocupado com os precursores de um discurso em rompimento com a mimese tradicional, seria Oswald. Para quem está interessado num discurso vinculado a uma visão do mundo no Brasil, seria Mário. Quem construiu mais? Mário. Qual a personalidade mais fascinante? Oswald. Qual a individualidade intelectual mais poderosa? Mário. Qual o mais agradável como pessoa? Oswald. Qual o mais scholar? Mário. Qual o mais coerente? Mário. Quem explorou mais terrenos? Mário. Quem pensou em profundidade a realidade brasileira? Mário. Oswald era um homem de intuições geniais, mas com escalas de valor muito desiguais. Em resumo, foram dois grandes homens, sendo irrelevante "optar" entre eles.

Historicamente, não se pode compreender o movimento modernista sem ambos.

Antonio Candido. Trecho de "Entrevista", em *Brigada Ligeira e outros escritos*. São Paulo: Editora Unesp, 1992, p. 244. Postado no *Facebook* pelo escritor mineiro Caio Junqueira Maciel.

1 - Miss Macunaíma

Oswaldo o chamou de miss Macunaíma
e disse que se parecia a Wilde, *por detrás*.
Mesmo entre intelectuais também se faz,
porque pode atrair a maldade feito ímã.

A regra – perde-se o amigo, mas não a piada.
Os dois nunca mais trocaram uma palavra.
Oswaldo e seu deboche de cobra criada,
Mário e sua dignidade, o que mais prezava.

Ambos, poetas e grandes inovadores,
ficaram inimigos pelo preconceito:
as expressões cruéis dos caluniadores,

que tudo preferem ver como defeito,
e não respeitam o modo de cada um,
como se só prestasse o lugar-comum.

2 - Homenagem em forma de soneto

Homenagear o Mário em soneto,
tem, por certo, alguma leve ironia.
Foi, no tabu modernista, um veto,
feição que encarnava a monotonia.

As formas fixas foram proibidas:
processos poéticos superados,
nessas idas e vindas, vindas e idas,
porque elas têm, toda arte – seus mercados.

Mas, anos depois, Mário também fez
belos sonetos, com rimas e estrofes,
esquecido de bolores ou velhas regras,

pois a armadura e o que resta por fora,
são tão somente, e só, as vacas magras.
Dentro mora a seiva e o que vigora.

ELOGIO
DE FERNANDO PESSOA

Sou apenas fragmentos, enigma e pavoroso acaso.
(F. Nietzsche)

Sobre o poeta português

O poeta e ensaísta mexicano Octavio Paz, em Fernando Pessoa, o desconhecido de si mesmo, tenta uma síntese interessante: *Os poetas não têm biografia. A sua obra é a sua biografia. Pessoa, que duvidou sempre da realidade deste mundo, aprovaria sem vacilar que se fosse diretamente aos seus poemas, esquecendo os incidentes e acidentes da sua existência. Nada na sua vida é surpreendente – nada, exceto os seus poemas. Anglômano, míope, cortês, fugidio, vestido de escuro, reticente e familiar, cosmopolita que predica o nacionalismo, investigador solene de coisas fúteis, humorista que nunca sorri e nos gela o sangue, inventor de outros poetas e destruidor de si mesmo, autor de paradoxos claros como a água, vertiginosos: fingir é conhecer-se, misterioso que não cultiva o mistério, misterioso como a Lua do meio-dia, taciturno fantasma do meio-dia português, quem é Pessoa? Pierre Hourcade, que o conheceu no final da sua vida, escreve: "Nunca, ao despedir-me, me atrevi a voltar-me para trás; tinha medo de vê-lo desvanecer-se, dissolvido no ar".*

Fernando António Nogueira *Pessoa* (Lisboa, 13 de junho de 1888 – 30 de setembro de 1935) foi um tradutor, ensaísta, crítico e poeta português. Nasceu no dia de santo Antônio (que antes de ser frade Antônio chamava-se Fernando) e os pais o registraram como Fernando António. Mas ele inventaria, mais tarde e para si mesmo, dezenas de nomes. Talvez até mais, pois continuam a surgir inéditos de uma fabulosa arca, onde guardava tudo – inclusive contas de alfaiate ou recados para a faxineira.

O pai do poeta, Joaquim de Seabra Pessoa, funcionário do Ministério da Justiça e crítico musical, morreu cedo (quarenta e três anos), de tuberculose, quando Fernando tinha apenas cinco anos. Pouco depois morreria seu único irmão (alguns dias após completar um ano), Jorge. Ficaria sendo doravante o *menino da sua mãe* (aliás, como ela, de fato, o chamava), Maria Madalena Pinheiro Nogueira Pessoa, de ascendência açoriana e que teve educação distinta: falava alemão, francês, inglês, gostava de ler e escrever versos. Aos seis anos, Fernando criaria o precursor dos heterônimos da vida adulta – *Chevalier de Pas* – um amiguinho invisível, usando o francês que aprendera da mãe, sendo *Pas* o advérbio de negação e não *passo* como poderia parecer.

> No tempo em que festejavam o dia dos meus anos,
> Eu era feliz e ninguém estava morto.
> Na casa antiga, até eu fazer anos era uma tradição de há séculos,
> E a alegria de todos, e a minha, estava certa como uma religião qualquer.
> O que eu sou hoje (e a casa dos que me amaram treme através das minhas lágrimas),
> O que eu sou hoje é terem vendido a casa,
> É terem morrido todos,
> É estar eu sobrevivente a mim mesmo como um fósforo frio...

Em 1896, com oito anos, viajou e mudou-se com a mãe – que se casara com o comandante João Miguel Rosa, cônsul-honorário de Portugal em Durban – para a África do Sul (Estranho estrangeiro – uma biografia de Fernando Pessoa, por Robert Bréchon. Ed. Record, 1999). Durban, uma cidade com 30.000 habitantes, dentro da colônia britânica de Natal. Ali nasceriam cinco meios-irmãos: Henriqueta Madalena (1896), Madalena Henriqueta (1898), Luís Miguel (1900), João (1902) e Maria Clara (1904).

Por se educar numa escola católica irlandesa (Convent School), o inglês foi para o menino uma segunda língua. No ano de 1901, já no Liceu (Durban High School), é aprovado com distinção e escreve os primeiros poemas em inglês. A propósito, com exceção de Mensagem, os únicos livros publicados (descontados os poemas que surgiram nalgumas revistas literárias, principalmente Presença) em vida seriam conjuntos de poemas ingleses: Antinous e 35 Sonnets e English Poems I – II e III (1918 a 1921).

Jennings, o biógrafo que mais estudou o período na África, resume o bilinguismo pessoano da seguinte forma: *O inglês era para ele a língua do intelecto; o português, a do coração*. Traduziu várias obras (Shakespeare e Edgar A. Poe, entre outros) para o português, e obras portuguesas (principalmente António Botto e Almada Negreiros) para o inglês. Deixou versos em cadernos de juventude e ensaios que parecem redigidos por indivíduos distintos, divididos por convicções e (des)crenças inconciliáveis. O poeta confessaria depois: *O paradoxo não é meu, o paradoxo sou eu*.

Em 1901, parte com a família para Portugal em um ano de férias. Nesse interlúdio português, adolescente inglesado, termina reconhecendo sua lusitanidade. Viaja para a Ilha Terceira nos Açores, origem da família materna, e, depois, ao Algarve, terra do pai. No entanto volta para o continente africano e matricula-se na Durban Commercial School. Depois, deixando a família em Durban, regressará definitivamente para Lisboa, em 1905 (tem dezessete anos). Passa a viver com a avó Dionísia, com graves problemas mentais, e duas tias (Rita e Maria Xavier), na Rua da Bela Vista, n.º 17.

A mãe e o padrasto regressariam mais tarde, e Pessoa voltaria a morar com eles e mais três meios-irmãos. No intervalo, se inscreve no curso superior de letras, logo abandonado para fundar uma tipografia, a Casa Íbis (com o dinheiro da herança de uma tia-avó). Sempre fora fascinado com a imagem da Íbis. Escrevera até um poema para divertir os sobrinhos e que lia equilibrando-se num pé só, fazendo graça, imitando a ave sagrada:

A Íbis, a ave do Egito,
Pousa sempre sobre um pé,
O que é
Esquisito.
É uma ave sossegada,
Porque assim não anda nada.

Mas não tinha jeito para negócios e faliu. Vê-se obrigado a encontrar uma atividade menos provisória para ganhar a vida. Pensou em muita coisa, inclusive em consultório de astrologia e grafologia. Nesta época, descobriu (1908) os poetas Cesário Verde, Antero de Quental e Camilo Pessanha, que considera mestres. Sobretudo, nasceu uma grande admiração por Padre Antonio Vieira, a quem nomearia *imperador da língua portuguesa*.

Ao ler Os Sermões (Editora Germape, 2 volumes, 2005), emocionou-se até as lágrimas e anotou no diário que sua legítima *Pátria era a Língua Portuguesa*. São também dessa época os primeiros contatos com a poesia do norte-americano Walt Whitman, influência decisiva. A tal ponto que o crítico Harold Bloom, em O Cânone Ocidental (Ed. Objetiva, 2001) observaria: *Pessoa não era nem louco nem ironista; é Whitman renascido, mas um Whitman que dá nomes ao eu, ao eu verdadeiro, ao eu mesmo, e escreve maravilhosos livros de poesia por todos os três, além de um volume separado sob o nome de Walt Whitman. Os paralelos são bastante próximos para não ser coincidências, sobretudo desde que a invenção dos* heterônimos *(termo criado por Pessoa) veio após um mergulho em Leaves of Grass (Folhas de Relva)*. De fato, os poemas Saudação a Walt Whitman e Ode Marítima (de Álvaro de Campos) parecem completas reencarnações líricas do poeta americano. Uma surpreendente metempsicose literária.

A partir de 1908, reside no Largo do Carmo e dedica-se à tradução da correspondência comercial de línguas estrangeiras. Doravante será seu trabalho, compatível com uma vida bem modesta. Mas não é um típico empregado de escritório ou assalariado, ele, que sempre fora um indolente cheio de iniciativas e um sonhador laborioso. Aceita o emprego na condição de não ter nenhuma obrigação de assiduidade nem ser pontual.

O expediente consistia em traduzir para o português a correspondência do estrangeiro, inglês ou francês, e vice-versa. Atendia várias firmas ao mesmo tempo, mas ganhava pouco e inúmeras vezes foi obrigado a pedir emprestado a patrões, amigos e parentes. Viveu sempre numa situação financeira delicada (Fernando Pessoa, uma quase autobiografia, de José Cavalcanti Filho, Editora Record, 2011).

Gostava de frequentar bares. Os cafés preferidos foram o Brasileira do Chiado e o Martinho da Arcada. O último, diariamente, hábito que manteve toda a vida e onde saboreava por vezes a sopa Juliana; sem esquecer a Dobradinha à moda do Porto, imortalizada num poema. Aliás, de preparo bem diferente da dobradinha brasileira, pois agrega toucinho, chouriço, mão de vitela, carne de cabeça de porco, frango e salpicão.

E ele não estimava só comida – Pessoa bebeu muito vinho e aguardente: bagaceira, marca Águia Real, destilado de bagaço de uva, com teor alcoólico de 35 a 54%. José Blanco acrescenta que o poeta suportava bem as bebedeiras: *É notório que nunca ninguém o viu embriagado. Conseguia ficar imperturbável depois de ter bebido quantidades que teriam deitado abaixo qualquer outro*. Imperturbável, não creio. Mas conheci, eu próprio, alguns bêbados, civilizados e discretíssimos, depois de ingestões formidáveis por este mundo que nunca foi mesmo o de Deus. Outrossim, ele pouco disfarçava: *Cada qual tem o seu álcool. Tenho álcool bastante em existir. Bêbado de me sentir, vagueio e ando certo.*

No início de 1912, Pessoa envia ao diretor de A Águia, Álvaro Pinto, um artigo intitulado A Nova Poesia Portuguesa Sociologicamente Considerada, que aparece no número 4, onde analisa o papel do movimento da Renascença Portuguesa na história literária do país. Um texto de sete páginas que marca a sua estreia como escritor, ou melhor, a passagem da produção literária oculta para a pública.

É um poeta exuberante. Por que terá estreado com um texto crítico e em prosa? Todavia, nesse período, o fato mais importante é seu encontro com o também poeta Mário de Sá-Carneiro. Relação que durou apenas três anos e meio, mais epistolar do que presencial, pois Sá-Carneiro permaneceria quase sempre em Paris, cidade de eleição. Um relacionamento que iluminou as duas existências, mesmo depois da morte, quando o amigo suicidou-se em hotel de Paris (26 de abril de 1916), aos vinte e seis anos, por ingestão de estricnina:

Hoje, falho de ti, sou dois a sós [...]
Como éramos só um, falando! Nós
Éramos como um diálogo numa alma.
Ah, meu maior amigo, nunca mais
Na paisagem sepulta desta vida
Encontrarei uma alma tão querida.

Faz outro elogio no segundo número da revista Athena: *Morre jovem o que os Deuses amam, é um preceito da sabedoria antiga. E por certo a imaginação, que figura novos mundos, e a arte, que em obras o finge, são os sinais notáveis desse amor divino. Não concedem os Deuses esses dons para que sejamos felizes, senão para que sejamos seus pares. Quem ama, ama só a igual, porque o faz igual com amá-lo*. Teresa Rita Lopes, no prefácio à edição francesa das Poesias de Sá-Carneiro afirma que *eles foram discípulos um do outro. E se admitirmos que Pessoa ensinou Sá-Carneiro a pensar, teremos de acrescentar que Sá-Carneiro ensinou pessoa a sentir.*

Em 1915, Fernando Pessoa participa da revista literária Orpheu, que lançaria o movimento modernista em Portugal, assumindo a direção com Mário de Sá-Carneiro. Circularam apenas três números, como costuma acontecer com as revistas literárias, mas foi um divisor de águas na poesia de Portugal. Todavia, importantes poemas de Pessoa foram publicados ali. A posição dele no movimento modernista, que toma ares de escola, é central, junto a outros jovens, como Luís de Montalvor, Almada Negreiros e Antonio Ferro. Aliás, Pessoa e Camões dividiriam os ciclos de toda a poesia portuguesa (Fernando Pessoa: o espelho e a esfinge, Massaud Moisés, Ed; Cultrix, 2009).

Entretanto, 1920 foi um ano bem diferente na vida do poeta: o início de um namoro com Ofélia Maria de Queiroz, que não dura muito (nove meses). Apesar de reatado em 1929, resultará num afastamento definitivo daí a apenas mais três meses. A duração foi pequena, mas o sentimento profundo:

Amei-te e por te amar
Só a ti eu não via...
Eras o céu e o mar,
Eras a noite e o dia...
Só quando te perdi
É que eu te conheci...

Um envolvimento sério. O fato coloca em questão a sexualidade do poeta, assunto polêmico. Em seus escritos íntimos, Pessoa já afirmara sentir como mulher e pensar como homem. Aborda a questão de forma corajosa para a época, embora deixe-a, na verdade, indefinida. Mas não se esperem conclusões exatas de Fernando Pessoa, ainda que ele alegue facilidade em fazê-lo: *Não encontro dificuldades em definir-me; sou um temperamento feminino com uma inteligência masculina. A minha sensibilidade e os movimentos que dela procedem, e é nisso que consistem o temperamento e a sua expressão, são de mulher. As minhas faculdades de relação – a inteligência e a vontade, que é a inteligência do impulso – são de homem.*

Entretanto não há na biografia real nada que nos faça considerá-lo um homossexual, nas relações sociais e no comportamento. Foi um grande amigo do poeta Sá-Carneiro, mas cultivaram apenas amizade, como demonstra de forma inequívoca a correspondência. Homossexual, e até com alguns delírios sadomasoquistas, é o heterônimo Álvaro de Campos em alguns poemas. Aliás, pouco antes de conhecer Ofélia, a disposição afetiva de Pessoa andava cada vez pior, como demonstram desalentados versos de 13 de janeiro de1920:

> Outros terão
> Um lar, quem saiba, amor, paz, um amigo,
> A inteira, negra e fria solidão
> Está comigo.

Ofélia, aos dezenove anos, mocinha alegre e delicada, respondera a um anúncio de emprego da Félix, Valladas e Freitas Ltda., e fora admitida como datilógrafa. Conheceria Pessoa no primeiro dia de trabalho (Fernando Pessoa – vida, personalidade e génio, por António Quadros. Publicações Dom Quixote, Lisboa, 1984), conforme relata nas Cartas de amor de Fernando Pessoa (Organização de Walmir Ayala, Editora Nova Fronteira, 2011). E apareceram os primeiros versos à bem-amada, dentro de uma paixão que comove pela simplicidade e singeleza:

> Fiquei louco, fiquei tonto,
> Meus beijos foram sem conto,
> Apertei-a contra mim,
> Enlacei-a nos meus braços,
> Embriaguei-me de abraços,
> Fiquei louco e foi assim.
>
> Dá-me beijos, dá-me tantos,
> Que enleado em teus encantos,
> Preso nos abraços teus,
> Eu não sinta a própria vida,
> Nem minha alma, ave perdida,
> No azul-amor dos teus céus.

Bonequinha dos meus amores,
Lindinha como as flores,
Minha boneca que tem
Bracinhos para enlaçar-me,
E tantos beijos p'ra dar-me,
Quantos eu lhe dou também. [...]

Nossa surpresa fica maior quando lemos uma carta, entre as várias (51), escritas para a jovem namorada: *Sinto a boca estranha, sabes, por não ter beijinhos há tanto tempo... meu Bebê, para sentar ao colo! Meu Bebê, para dar dentadas! Meu Bebê, para... (e depois o Bebê é mau e bate-me [...] Corpinho de tentação te chamei eu, e assim continuarás sendo, mas longe de mim. Bebê, vem cá, vem para o pé do Nininho, vem para os braços do Nininho; põe a tua boquinha na boca do Nininho... Vem... Estou tão só, tão só, tão só de beijinhos...*
Do teu, sempre teu e muito teu
Fernando (Nininho)

É desconcertante ver o poeta acriançar-se, numa fala pueril, mas justificando versos posteriores de Álvaro de Campos (escritos um mês antes da morte de Pessoa) sobre tais missivas naturalmente edulcoradas:

Todas as cartas de amor são
Ridículas.
Não seriam cartas de amor se não fossem
Ridículas.
Também escrevi em meu tempo cartas de amor,
Como as outras,
Ridículas.
As cartas de amor, se há amor,
Têm de ser
Ridículas.

Diante de Ofélia, diz José Blanco, *o escritor apaga-se e cede o lugar ao namorado à portuguesa*. Todavia não nos parece uma carta vinda de um temperamento feminino, mas de alguém, não direi tomado, mas de um homem fulminado pelo tesão. Não posso concordar com Walmir Ayala, na introdução às cartas publicadas no Brasil, onde afirma: *Coloco-me aqui como simples leitor e não consigo encontrar o propalado amor nestas cartas de amor*. Fico me perguntando o que Ayala teria encontrado. Algo iniciático e exótico, pois nada vindo dele, um dos maiores poetas da língua, poderia ser natural ou simplesmente humano? E ele não poderia abrigar uma alegria na vida material embaçada que sempre fora a sua? Outrossim, em carta para Ofélia de 29/09/1929, o poeta escreve: *Se casar, não casarei senão consigo*.

Entretanto, o relacionamento não deu certo, por várias razões, uma seria a consideração banal de que os relacionamentos afetivos são falhos e acertar nessa arena é difícil. Dentre elas, duas nos parecem principais: a necessidade de tomar uma séria decisão envolvendo outra pessoa (e não só o próprio Pessoa), e isso o deixava paralisado. Por fim, a situação financeira modesta de *correspondente comercial*, ocupação que exerceria durante toda a existência:

> Queriam-me casado, fútil, cotidiano e tributável?
> Queriam-me o contrário disto, o contrário de qualquer coisa?
> Se eu fosse outra pessoa, fazia-lhes, a todos, a vontade.
> Assim, como sou, tenham paciência!
> Vão para o diabo sem mim,
> Ou deixem-me ir sozinho para o diabo!
> Para que havemos de ir juntos?

Não se conhece outra forma de rendimento na vida financeira do poeta, pois ao único cargo público que concorreu, na Biblioteca e Museu Conde de Castro Guimarães (Cascais), não foi admitido. E por falta de qualificação – não tinha nenhum diploma válido para o cargo, nada que formalmente o recomendasse. Mundo, vasto mundo! Jorge Luis Borges teve mais sorte e conseguira ser ao menos bibliotecário de subúrbio em Buenos Aires. Uma combinação atroz na vida de Pessoa: trabalhando no mundo do comércio e tendo estudado contabilidade na África do Sul, sabia e percebia muito bem que o poder real é econômico. Então, como poeta, na teoria era *mais* e na prática *menos* do que a maioria dos indivíduos com os quais convivia.

Na verdade, ele situa-se, na existência social, poemas e páginas íntimas, como um *gênio desqualificado*. Excelente e excêntrico, *investigador solene de coisas fúteis*, cultiva um ceticismo eivado de ironias: *Nada de desafios à plebe, nada de girândolas para o riso ou a raiva dos inferiores. A superioridade não se mascara de palhaço: é de renúncia e de silêncio que ela se veste*. Uma estética da abdicação, atitude sem revolta ou aberto heroísmo que poderia ser sintetizado naquela frase de Machado de Assis: *Ao vencedor as batatas*. Nem mesmo a loucura ou o alcoolismo (quase nunca abordado nos textos) definiria o seu lugar. Permaneceu à margem das margens, fora de qualquer instância definida, imobilizado em uma pavorosa lucidez:

Nem tenho a defesa de poder ter opiniões pessoais.
Não tenho, mesmo, defesa nenhuma: sou lúcido.

Aliás, a renúncia de Fernando Pessoa surge-nos, muitas vezes, até como marca sagrada ou juramento iniciático, conforme confessa na última carta de amor: *O meu destino pertence a outra Lei de cuja substância a Ofelinha nem sabe, e está subordinado cada vez mais à obediência a Mestres que não permitem nem perdoam.* Contudo, a grande questão, talvez a única, é sempre a da identidade projetada e falha. A experiência intelectual é a da compreensão do *mistério do mundo*, a da impossibilidade de compreender, pois *o segredo da Busca é que não se acha.*

Sendo um poeta-pensador que inquiria as próprias inquirições e arrancava perguntas de dentro de outras infinitas perguntas, ele deveria enveredar naturalmente no espiritual e no divino. É o lado ocultista de Fernando Pessoa, sua ligação com a astrologia, a Cabala e a doutrina teosófica, que nascera de forte impressão ao ler e traduzir A voz do silêncio, de Helena Blavatsky (Editora Pensamento, 2006). O poeta, ora esconde-se de tais visitações transcendentais, ora aproxima-se, ora as quer renovar nas horas mais desesperadas, pela prece, pela graça e pela meditação. Todavia, nunca por meio dos comportamentos religiosos convencionais (abominava os aspectos sociais e dogmáticos do catolicismo), mas do hermetismo, do ocultismo, do ascetismo e do conhecimento iniciático. Um exemplo é este poema, publicado em Presença, n.º 35, maio, 1932:

Iniciação

Não dormes sob os ciprestes,
Pois não há sono no mundo.
O corpo é a sombra das vestes
Que encobrem teu ser profundo.

Vem a noite, que é a morte,
E a sombra acabou sem ser.
Vais na noite só recorte,
Igual a ti sem querer.

Mas na Estalagem do Assombro
Tiram-te os Anjos a capa.
Segues sem capa no ombro,
Com o pouco que te tapa.

Então Arcanjos da Estrada
Despem-te e deixam-te nu.
Não tens vestes, não tens nada:
Tens só teu corpo, que és tu.

Por fim, na funda caverna,
Os Deuses despem-te mais:
Teu corpo cessa, alma externa,
Mas vês que são teus iguais.

A sombra das tuas vestes
Ficou entre nós na Sorte.
Não 'stas morto, entre ciprestes.
Neófito, não há morte.

Em outubro de 1924, com o artista plástico Ruy Vaz, Fernando Pessoa lançou a Revista Athena, na qual fixou o *drama em gente* dos seus heterônimos, publicando poemas de Ricardo Reis (um mestre bucólico), Álvaro de Campos (poeta futurista) e Alberto Caeiro (um neoclássico estoico), bem como do ortônimo Fernando Pessoa, sobre o qual ele diz: *E tudo isto me parece que fui eu, criador de tudo, o menos que ali houve.* Na verdade, a situação é ainda mais complexa e beira a obsessão. Um dos especialistas na obra desse autor, Jerónimo Pizarro, professor da Universidade dos Andes (Colômbia) e do Instituto Camões (Lisboa), afirma que o artista português deixou 30 mil papéis manuscritos. Uma obra completa de Pessoa teria 100 volumes, cada um com 300 páginas. Além disso, o legado contabiliza – a partir do levantamento mais recente – 136 autores fictícios, uma vez que Pessoa assinou textos com nomes variados, embora os heterônimos mais famosos e completos sejam Alberto Caeiro, Ricardo Reis e Álvaro de Campos.

Segundo Pessoa, os heterônimos não eram meros pseudônimos, mas bem simuladas personalidades, com datas de nascimento e até mapas astrais por ele mesmo traçados, fisionomias e assinaturas distintas. Similarmente, o poeta moderno tende a ceder a voz a outro sujeito que não ele próprio. Isso é o contrário, por exemplo, do modelo romântico, no qual a voz que fala no poema costuma ser a dele, a chamada poesia confessional romântica. A poesia torna-se moderna quando o poeta, conscientemente, *sai* do poema. Um procedimento comum em Charles Baudelaire. No caso de Pessoa, a matriz baudelairiana é levada ao extremo, pois a poesia moderna nem seria mais a poesia do outro (enquanto a romântica era a poesia do eu), mas a poesia de outros (os heterônimos).

Fernando Pessoa publicou pouco (proporcionalmente) em revistas e viu impressa apenas parte de sua produção. Seus 30 mil papéis são projetos. O fenômeno editorial dos livros é resultado de colaboradores que os publicaram. Até recentemente ainda havia inéditos sendo editados. Diante disso, não há como saber se Pessoa organizaria os livros no formato tradicional, como obras acabadas e com títulos definidos. O mais correto talvez seja entender que a obra tem um caráter assistemático e fragmentário. A heteronímia, por si só, levanta problemas insolúveis. Massaud Moisés observa que *outro ser, nele, toma a palavra, ainda quando fala no seu nome de batismo, pois o Fernando Pessoa ortônimo é tão máscara quanto Alberto Caeiro, Álvaro de Campos, Ricardo Reis e os outros. Porque poeta, o "eu" dos poemas é um outro "eu", um autêntico "ele".*

Multipliquei-me para me sentir,

Para me sentir, precisei sentir tudo,
Transbordei-me, não fiz senão extravasar-me.

Quanto à obsessão heteronímica é instigante a interpretação psicanalítica (lacaniana) que a crítica Leyla Perrone-Moisés faz em Fernando Pessoa – Aquém do Eu, além do Outro (Martins Fontes, 1982): *o sujeito como significante vazio, o desejo como aspiração a preencher uma brecha, a ficção como suplência da ausência, o poeta moderno como o que fala no vazio. Tudo parte da afirmação, que fiz em 74 como uma provocação, de que Pessoa é ninguém. Meu trabalho não pressupõe uma riqueza desse ser que foi muitos, mas a falta de ser, que ser muitos indicia.* E existe uma justificativa existencial do próprio poeta: *Com uma tal falta de gente coexistível, como há hoje, que pode um homem de sensibilidade fazer senão inventar os seus amigos, ou quando menos, os seus companheiros de espírito?* Vale lembrar também que Ofélia, a breve namorada que tanto o amou, dera-lhe um apelido em francês muito sugestivo – *Ferdinand Persone* (Fernando Ninguém).

Os anos 1925-28 foram de agitação política em Portugal e resultaram num regime de repressão que durou quase meio século. Em 27 de fevereiro, Antônio de Oliveira Salazar é nomeado Ministro das Finanças, com plenos poderes e direito de veto no orçamento de todos os outros ministérios. A Ditadura Nacional (1926-1933) e o Estado Novo de Salazar e Marcello Caetano foram o mais longo regime autoritário na Europa Ocidental, que só terminaria com a Revolução dos Cravos (1974). Regime com características fascistoides: partido único, onipresença do exército e da polícia política (PIDE), censura da imprensa, prisões arbitrárias, deportações e torturas.

Fernando Pessoa apoiou a ditadura no início (1933-34), mas tornou-se opositor do regime a partir de 1935. Ele seguiu de perto os acontecimentos e deixou vários textos com reflexões políticas. Em seu ponto de partida, muito pessoal ou pessoano, está implícita uma pergunta: como fundamentar o contrato social se os homens não se amam uns aos outros? Todo e qualquer sistema político baseado no conceito de Rousseau – existência da fraternidade – estaria fadado ao fracasso por tratar dos fenômenos políticos em termos de sentimentos morais ou religiosos. Ao contrário do moralista ou do crente, o cidadão, de fato, não teria um *próximo* (a não ser como abstração). A política não seria uma forma de humanismo. Nada tem a ver com a essência humana, mas com a participação pragmática na sociedade. A função dos governantes seria organizar, o que é essencialmente uma atividade intelectual, fazer valer os direitos da inteligência, embora também da intuição divinatória – a partir do passado e do presente, inventar o futuro. Dar lugar aos verdadeiros mitos que iluminam a história de um povo. No caso de Portugal, passaria pela renovação do mito sebastianista.

Pessoa recusa o governo democrático e exalta um governo aristocrático e de homens superiores. Em janeiro de 1928, publica um manifesto - O interregno: defesa e justificação da Ditadura Militar em Portugal. Contudo entre seus papéis deixou anotado que se considerava *um conservador no estilo inglês, isto é, liberal dentro do conservantismo, e absolutamente antirreacionário*. Portanto, criou também heterônimos políticos em que conviviam ideais e mundos diversos.

Sustenta M. Moisés: *E tais e múltiplas são as facetas da produção pessoana que tudo quanto se disser a respeito está certo, ou tem características de verdade. Em se tratando de Pessoa, podemos afirmar o "sim" e o "não" com análoga segurança, autorizados precisamente pelos textos que legou à posteridade. Ainda que, à primeira vista, pareça absurdo. A sua constante reversão de perspectiva, ou de opinião, permite todas as interpretações, conflitantes ou contraditórias. Os heterônimos são pelo menos complementares, verso e reverso da mesma moeda: o que um nega, o outro afirma, e vice-versa. [...] A última palavra, se houver no caso de Pessoa, terá de levar em conta essa incessante mobilidade, burladora das definições cortantes e definitivas. [...] Seria a dúvida como sistema, da mesma forma que trabalha a contradição como método. [...] E com a possibilidade de ver-se de fora, de modo que o "eu", nele, se transformasse em objeto no ato de pensar – o "eu" ao espelho, a esfinge a mirar-se na própria interioridade –, o Poeta podia abandonar os limites da sua consciência para analisar-se como "outro". Eis aí o mecanismo dos heterônimos, essa galáxia de alter egos com vida independente, ao menos na aparência.*

Fernando Pessoa foi internado no dia 29 de novembro de 1935, no Hospital de São Luís dos Franceses, em Lisboa, com diagnóstico duvidoso de *cólica hepática* (provavelmente, uma pancreatite aguda grave ligada ao alcoolismo). Morreu no dia 30 de novembro, com 47 anos de idade. No dia anterior, havia escrito a sua última frase, em inglês: *I know not what tomorrow will bring* (Não sei o que o amanhã trará). Na comemoração do centenário do seu nascimento, em 1988, os restos mortais foram transferidos para o Mosteiro dos Jerônimos, onde encontra-se sepultado ao lado de Vasco da Gama e Camões.

E para ti, ó Morte, vá a nossa alma e a nossa crença, a nossa esperança e a nossa saudação! Virgem-Mãe do Mundo absurdo, forma do Caos incompreendido, alastra e estende o teu reino sobre todas as coisas, entre o erro e a ilusão da vida!

Livro do Desassossego, Bernardo Soares.

Aliás, um quarto heterônimo, de grande importância, foi Bernardo Soares, autor do Livro do Desassossego, considerado um semi-heterônimo por ter muitas semelhanças com Pessoa, mas não possuir personalidade e biografia tão bem definidas, ao contrário dos três primeiros (exceção para Ricardo Reis, sem data de falecimento). Por sinal, a ausência de óbito desse último inspiraria José Saramago a escrever O ano da morte de Ricardo Reis.

O Livro do desassossego é uma das mais belas obras do poeta português, no qual aparece Bernardo Soares, ajudante de guarda-livros (profissional contábil) que vive em Lisboa. Pessoa levou vinte e sete anos escrevendo-o. Parece um diário fragmentado, com trechos inconclusos, e é permeado por temas como a vacuidade da ação e dos fatos históricos. Sobretudo, pela angústia particular e pela indiferença de um homem que não sabe lidar com o fato de estar vivo. O tédio, que permeia todo o livro, é a sensação de que não vale a pena fazer nada, pois toda ação exige uma dose tremenda de fé. Bernardo Soares não é um outro de Pessoa, mas não é Pessoa – é o nada que Pessoa descobre em si mesmo. Poderia chamar-se também de Livro da insônia. É, principalmente, a inversão irônica do *cogito* cartesiano: Penso, logo não existo. A atenção extraordinária que ele presta às coisas mínimas da existência e o seu requinte lembram Montaigne. Entretanto, como dar sequência à vida diária com uma convicção imponente e sempre impotente? Textos onde perpassa um gemido que torna o Livro do desassossego, nas palavras do narrador, "o livro mais triste que há em Portugal", assim desalojando o Só, de António Nobre, do seu trono de alheamento e tédio.

Alguns, dentre os 520 fragmentos que o compõem:

1. "O coração, se pudesse pensar, pararia". "Considero a vida uma estalagem onde tenho que me demorar até que chegue a diligência do abismo. Não sei onde me levará, porque não sei nada. Poderia considerar esta estalagem uma prisão, porque estou compelido a aguardar nela; poderia considerá-la um lugar de sociáveis, porque

aqui me encontro com outros. Não sou, porém, nem impaciente nem comum. Deixo ao que são os que se fecham no quarto, deitados moles na cama onde esperam sem sono; deixo ao que fazem os que conversam nas salas, de onde as músicas e as vozes chegam cómodas até mim. Sento-me à porta e embebo meus olhos e ouvidos nas cores e nos sons da paisagem, e canto lento, para mim só, vagos cantos que componho enquanto espero. Para todos nós descerá a noite e chegará a diligência. Gozo a brisa que me dão e a alma que me deram para gozá-la, e não interrogo mais nem procuro. Se o que deixar escrito no livro dos viajantes puder ser relido um dia por outros, entretê-los também na passagem, será bem. Se não o lerem, nem se entretiverem, será bem também".

6. "Escrevo, triste, no meu quarto quieto, sozinho como sempre tenho sido, sozinho como sempre serei. E penso se a minha voz, aparentemente tão pouca coisa, não encarna a substância de milhares de vozes, a fome de dizerem-se de milhares de vidas, a paciência de milhões de almas submissas como a minha ao destino quotidiano, ao sonho inútil, à esperança sem vestígios. Nestes momentos meu coração pulsa mais alto por minha consciência dele. Vivo mais porque vivo maior".

12. "Se escrevo o que sinto é porque assim diminuo a febre de sentir. O que confesso não tem importância, pois nada tem importância. Faço paisagens com o que sinto".

36. "São as pessoas que habitualmente me cercam, são as almas que, desconhecendo-me, todos os dias me conhecem com o convívio e a fala, que me põem na garganta do espírito o nó salivar do desgosto físico. É a sordidez monótona da sua vida, paralela à exterioridade da minha, é a sua consciência íntima de serem meus semelhantes, que me veste o traje de forçado, me dá a cela de penitenciário, me faz apócrifo e mendigo".

46. "Releio passivamente, recebendo o que sinto como uma inspiração e um livramento, aquelas frases simples de Caeiro, na referência natural do que resulta do pequeno tamanho de sua aldeia. Dali, diz ele, porque é pequena, pode ver-se mais do mundo do que da cidade; e por isso a aldeia é maior que a cidade...

"Porque eu sou do tamanho do que vejo
E não do tamanho da minha altura".

Frases como estas, que parecem crescer sem vontade que as houvesse dito, limpam-me de toda a metafísica que espontaneamente acrescento à vida. Depois de as ler, chego à minha janela sobre a rua estreita, olho o grande céu e os muitos astros, e sou livre com um esplendor alado cuja vibração me estremece no corpo todo.

65. "Ah, mas como eu desejaria lançar ao menos numa alma alguma coisa de veneno, de desassossego e de inquietação. Isso consolar-me-ia um pouco da nulidade de acção em que vivo. Perverter seria o fim da minha vida. Mas vibra alguma alma com as minhas palavras? Ouve-as alguém que não só eu?".

85. "Fazer qualquer coisa completa, inteira, seja boa ou seja má – e, se nunca é inteiramente boa, muitas vezes não é inteiramente má –, sim, fazer uma coisa completa causa-me, talvez, mais inveja do que outro qualquer sentimento. É como um filho: é imperfeita como todo o ente humano, mas é nossa como os filhos são. E eu, cujo espírito de crítica própria me não permite senão que veja os defeitos, as falhas, eu, que não ouso escrever mais que trechos, bocados, excertos do inexistente, eu mesmo, no pouco que escrevo, sou imperfeito também. Mais valeram pois, ou a obra completa, ainda que má, que em todo o caso é obra; ou a ausência de palavras, o silêncio inteiro da alma que se reconhece incapaz de agir".

95. "Somos quem não somos e a vida é pronta e triste".

110. "Cada qual tem o seu álcool. Tenho álcool bastante em existir. Bêbado de me sentir, vagueio e ando certo. Se são horas, recolho ao escritório como qualquer outro. Se não são horas, vou até o rio fitar o rio, como qualquer outro. Sou igual. E por detrás de isso, céu meu, constelo-me às escondidas e tenho o meu infinito".

115. "Assim organizar a nossa vida que ela seja para os outros um mistério, que quem melhor nos conheça, apenas nos desconheça de mais perto que os outros. Eu assim talhei a minha vida, quase que sem pensar nisso, mas tanta arte instintiva pus em fazê-lo que para mim próprio me tornei uma não de todo clara e nítida individualidade minha".

116. "A literatura é a maneira mais agradável de ignorar a vida".

139. "Há muito tempo que não escrevo. Têm passado meses sem que viva, e vou durando, entre o escritório e a fisiologia, numa estagna-

ção íntima de pensar e de sentir. Isto, infelizmente, não repousa: no apodrecimento há fermentação".

148. "O homem perfeito do pagão era a perfeição do homem que há; o homem perfeito do cristão a perfeição do homem que não há; o homem perfeito do budista a perfeição de não haver homem".

149. "A Ironia é o primeiro indício de que a consciência se tornou consciente. E a ironia atravessa dois estádios: o estádio marcado por Sócrates, quando disse «sei só que nada sei», e o estádio marcado por Sanches, quando disse «nem sei se nada sei». O primeiro passo chega àquele ponto em que duvidamos de nós dogmaticamente, e todo o homem superior o dá e atinge. O segundo passo chega àquele ponto em que duvidamos de nós e da nossa dúvida, e poucos homens o têm atingido na curta extensão já tão longa do tempo que, humanidade, temos visto o sol e a noite sobre a vária superfície da terra".

Publicado em 1934, apenas um ano antes da morte do autor, Mensagem contém 44 poemas. Entretanto é obra de toda uma vida: o primeiro poema é datado de 21 de julho de 1913 e o último de 26 de março de 1934. Único livro que Pessoa compôs, reviu e publicou sob sua total responsabilidade. Começa com uma epígrafe heroica:

Navegadores antigos tinham uma frase gloriosa: Navegar é preciso; viver não é preciso:

Quero para mim o espírito desta frase, transformada a forma para a casar com

o que eu sou: Viver não é necessário; o que é necessário é criar.

Não conto gozar a minha vida; nem em gozá-la penso. Só quero torná-la grande, ainda que para isso tenha de ser o meu corpo e a minha alma a lenha

desse fogo.

Só quero torná-la de toda a humanidade; ainda que para isso tenha de a perder

como minha.

Cada vez mais assim penso. Cada vez mais ponho na essência anímica do meu sangue o propósito impessoal de engrandecer a pátria e contribuir para a

evolução da humanidade.

É a forma que em mim tomou o misticismo da nossa Raça.

O livro concorreu ao prêmio Antero de Quental, promovido pelo governo salazarista, mas fica em segundo lugar. O primeiro foi para o livro Romaria, de Vasco Reis, que após a premiação submerge no limbo literário perpétuo.

Mensagem, obra marcada pelas raízes nacionais e um patriotismo místico por quem se declarava monárquico, mas partidário de uma república aristocrática por considerar a monarquia inviável. Pessoa sente-se investido de uma missão de salvação nacional: *O meu intenso sentimento patriótico, o meu intenso desejo de melhorar a situação de Portugal provoca em mim um milhar de planos*. Organizado pelo próprio poeta, o conjunto dos textos apresenta três partes: a primeira, chamada Brasão, contém uma série de poemas marcados pela referência a reis e príncipes tidos como fundadores de Portugal; a segunda, denominada Mar Português, é aquela em que se retomam nos textos os heróis portugueses da expansão ultramarina; e a terceira, cujo título é O Encoberto, fecha a obra com poemas que remetem ao desejo de retomada da proeminência de Portugal. Essa organização dá forma a um triplo e articulado movimento na obra, que retoma o passado de Portugal e projeta seu futuro, ao mesmo tempo em que constrói um presente de espera messiânica. O messianismo português tem início com o caráter mítico de que se revestiu a própria fundação de Portugal. A vitória de Afonso Henriques em uma expedição do outro lado do Tejo, em 1139, no âmbito da Reconquista, ensejou sua autoproclamação como rei. O imaginário messiânico português viu o fato histórico como intervenção divina. A interpretação mítica serve de fundamento para uma crença em um lugar reservado por Deus a Portugal, que asseguraria sua independência em relação à Espanha, e papel de liderança em um projeto divino para a humanidade. O messianismo valeu-se da inspiração do poeta popular Gonçalo Anes Bandarra (século XVI), que anunciava a unificação política e religiosa do mundo por um rei português: o rei encoberto, associado depois à figura de D. Sebastião, desaparecido na Batalha de Alcácer-Quibir. O Sebastianismo enriquece o messianismo português com mais um componente mítico. Um exemplo toma forma no padre Vieira, que acreditou na iminência do cumprimento daquilo profetizado por Bandarra. Mensagem participa desse imaginário, dando-lhe intensa voz lírica. Dois poemas do livro:

QUINTA / D. SEBASTIÃO, REI DE PORTUGAL

Louco, sim, louco, porque quis grandeza
Qual a Sorte a não dá.
Não coube em mim minha certeza;
Por isso onde o areal está
Ficou meu ser que houve, não o que há.
Minha loucura, outros que me a tomem
Com o que nela ia. Sem a loucura que é o homem
Mais que a besta sadia,
Cadáver adiado que procria?

X. MAR PORTUGUÊS

Ó mar salgado, quanto do teu sal
São lágrimas de Portugal!
Por te cruzarmos, quantas mães choraram,
Quantos filhos em vão rezaram!
Quantas noivas ficaram por casar
Para que fosses nosso, ó mar!

Valeu a pena? Tudo vale a pena
Se a alma não é pequena.
Quem quer passar além do Bojador
Tem que passar além da dor.
Deus ao mar o perigo e o abismo deu,
Mas nele é que espelhou o céu.

Os heterônimos

Num dia [...] – foi em 8 de março de 1914 – acerquei-me de uma cômoda alta, e, tomando um papel, comecei a escrever, de pé, como escrevo sempre que posso. E escrevi trinta e tantos poemas a fio, numa espécie de êxtase cuja natureza não conseguirei definir. Foi o dia triunfal da minha vida e nunca poderei ter outro assim. Abri com um título, O Guardador de Rebanhos. E o que se seguiu foi o aparecimento de alguém em mim, a quem dei desde logo o nome de Alberto Caeiro. Desculpe-me o absurdo da frase: aparecera em mim, o meu mestre.

Essa é a parte central da carta (13 de janeiro de 1935) mais famosa do poeta, dirigida ao amigo e escritor Casais Monteiro, respondendo à pergunta que lhe fizera sobre a origem dos heterônimos. Noutro trecho: *Vou mudando de personalidade, vou (aqui é que pode haver evolução) enriquecendo-me na capacidade de criar personalidades novas, novos tipos de fingir que compreendo o mundo, ou, antes, de fingir que se pode compreendê-lo. Por isso dei essa marcha em mim como comparável, não a uma evolução, mas a uma viagem: não subi de um andar para outro; segui, em planície, de um para outro lugar. Perdi, é certo, algumas simplezas e ingenuidades, que havia nos meus poemas de adolescência; isso, porém, não é evolução, mas envelhecimento.*

Alberto Caeiro é considerado, tanto por Ricardo Reis como por Álvaro de Campos, o mestre de toda *coterie* (confraria) de heterônimos, embora seja o mais simples de todos eles – homem do campo e sem estudos formais. Mestre do paganismo, poeta e filósofo cujo pensamento nasce da relação direta com a natureza. Mas é um paganismo absoluto e principalmente anticristão, contra a *endurecida e secular mentira do monoteísmo humanitário*. Existe uma similitude com o Zen-budismo, sabedoria existencial vivida como *práxis*. Um modo de viver que liberta e não uma mentalização que visa dirigir a existência, limitar a vida concreta do corpo e a plena expansão da mente. O que o Zen nega é justamente a dissociação mente e corpo, intelecto e fruição dos sentidos. Os ensinamentos de Caeiro, assim como os de um mestre Zen, consistem em trazer o homem de volta ao cotidiano mais rico e elementar. Para chegar à experiência direta seria necessário um lento e difícil trabalho de *desaprendizado*. O ensinamento de Mestre Zen/Caeiro consiste na tentativa de esvaziar o discípulo, muito mais do que um acréscimo de entendimento, como se concebe no ensino ocidental. Caeiro defende a simplicidade da vida. O mundo dele é o real, o que ele vê e sente. Surpresa de contemplar as coisas como se fosse pela primeira vez, conhecimento imediato e intuitivo. Suas principais obras são O Guardador de

GILBERTO NABLE

Rebanhos, O Pastor Amoroso e Poemas Inconjuntos. Eis como o próprio Pessoa lhe define a biografia: *Alberto Caeiro nasceu em 1889 e morreu em 1915; nasceu em Lisboa, mas viveu quase toda a sua vida no campo. Não teve profissão nem educação quase alguma. [...] era de estatura média, e, embora realmente frágil (morreu tuberculoso), não parecia tão frágil como era. [...] como disse, não teve mais educação que quase nenhuma – só instrução primária; morreram-lhe cedo o pai e a mãe, e deixou-se ficar em casa, vivendo de uns pequenos rendimentos. Vivia com uma tia velha, tia-avó.*

O mundo não se fez para pensarmos nele

O meu olhar é nítido como um girassol.
Tenho o costume de andar pelas estradas
Olhando para a direita e para a esquerda,
E de vez em quando olhando para trás...
E o que vejo a cada momento
É aquilo que nunca antes eu tinha visto,
E eu sei dar por isso muito bem...

Sei ter o pasmo essencial
Que tem uma criança se, ao nascer,
Reparasse que nascera deveras...
Sinto-me nascido a cada momento
Para a eterna novidade do Mundo...

Creio no mundo como num malmequer,
Porque o vejo.
Mas não penso nele
Porque pensar é não compreender...

O Mundo não se fez para pensarmos nele
(Pensar é estar doente dos olhos)
Mas para olharmos para ele e estarmos de acordo...

Eu não tenho filosofia: tenho sentidos...
Se falo na Natureza não é porque saiba o que ela é,
Mas porque a amo, e amo-a por isso,
Porque quem ama nunca sabe o que ama
Nem sabe por que ama, nem o que é amar...
Amar é a eterna inocência, E a única inocência não pensar...

Ricardo Reis nascera em 1887, educado em colégio de jesuítas e formado em medicina. Viveu no Brasil desde 1919, um autoexílio, por ser a favor da monarquia e devido à Proclamação da República em Portugal (1910). Embora cultivasse a simplicidade das coisas e o amor à natureza, Reis percebe-se numa civilização decadente. Sua poesia é culta, estilo neoclássico, ligada ao poeta Horácio. É pagão e também admirador de Caeiro: *Quando me declaro pagão e amo a obra de Caeiro, porque ela envolve uma reconstrução integral da essência do paganismo, eu não sobreponho a esse amor qualquer esperança no futuro. Não creio em uma paganização da Europa, ou de qualquer outra sociedade. O paganismo morreu. O cristianismo, que por decadência e degeneração descende dele, substituiu-o definitivamente. Está envenenada para sempre a alma humana.*

Assume pose de poeta báquico: uma taça de vinho na mão, deitado junto a Cloé, Lídia ou Neera. Repete em tom desencantado que o ser é apenas um clarão fugitivo. Não somos nada, não temos nada, nada fazemos que dure. Pretende viver a vida e usufruir os momentos fugazes – o *carpe diem*. As primeiras obras foram publicadas em 1924, na revista Athena. Mais tarde apareceriam oito odes, entre 1927 e 1930, na revista Presença. Os restantes, poemas e prosa, são de publicação póstuma.

As Rosas

As rosas amo dos jardins de Adônis,
Essas volucres amo, Lídia, rosas,
Que em o dia em que nascem,
Em esse dia morrem.
A luz para elas é eterna, porque
Nascem nascido já o sol, e acabam
Antes que Apolo deixe

O seu curso visível.
Assim façamos nossa vida um dia,
Inscientes, Lídia, voluntariamente
Que há noite antes e após
O pouco que duramos.

Entre todos, *Álvaro de Campos* foi o único a manifestar fases poéticas diferentes ao longo da obra. Na biografia, inventada por Pessoa, *é engenheiro naval (por Glasgow), mas agora está aqui em Lisboa em inatividade. [...] é alto (1,75 m de altura, mais 2 cm do que eu), magro e um pouco tendente a curvar-se. [...] entre branco e moreno, tipo vagamente de judeu português, cabelo, porém, liso e normalmente apartado ao lado, monóculo. [...] teve uma educação vulgar de liceu; depois foi mandado para a Escócia estudar engenharia, primeiro, mecânica e depois naval.* Começa a trajetória como decadentista (nome original do simbolismo), mas logo adere ao futurismo. É revoltado, crítico e faz a apologia da velocidade e da vida moderna. Quer *sentir tudo de todas as maneiras* – a sua divisa.

O poeta inglês Roy Campbell disse que a Ode marítima foi o poema mais estrepitoso jamais escrto – *the loudest poem ever written*. Campos é o duplo extrovertido de Pessoa. Os gritos, as injúrias, os palavrões, as exclamações e as onomatopeias, ou as grandes palavras que o ortônimo não poderia dizer, o engenheiro profere sem pudor. O espalhafato deixa-o orgulhoso. Assume fantasias homossexuais e até de pedofilia (como no verso – *menininhas que aos oito anos masturbam homens de aspecto decente*).

Escreveu as Odes, publicadas na revista Orpheu em 1915, e o Ultimatum, publicado na revista Portugal Futurista em 1917. Assume uma postura niilista, expressa no poema Tabacaria, epopeia do absoluto fracasso, um dos mais conhecidos e belos poemas da língua. A meditação de um empregado de escritório, em seu quarto, no centro da cidade, consciência dilacerada entre o peso da realidade exterior e o sentimento da irrealidade de tudo. São 171 versos encadeados, longo como um poema de Whitman:

Tabacaria

Não sou nada.
Nunca serei nada.
Não posso querer ser nada.
À parte isso, tenho em mim todos os sonhos do mundo.
Janelas do meu quarto,
Do meu quarto de um dos milhões do mundo que ninguém sabe quem é
(E se soubessem quem é, o que saberiam?),
Dais para o mistério de uma rua cruzada constantemente por gente,
Para uma rua inacessível a todos os pensamentos,
Real, impossivelmente real, certa, desconhecidamente certa,
Com o mistério das coisas por baixo das pedras e dos seres,
Com a morte a pôr umidade nas paredes e cabelos brancos nos homens,
Com o Destino a conduzir a carroça de tudo pela estrada de nada.
Estou hoje vencido, como se soubesse a verdade.
Estou hoje lúcido, como se estivesse para morrer,
E não tivesse mais irmandade com as coisas
Senão uma despedida, tornando-se esta casa e este lado da rua
A fileira de carruagens de um comboio, e uma partida apitada
De dentro da minha cabeça,
E uma sacudidela dos meus nervos e um ranger de ossos na ida.
Estou hoje perplexo, como quem pensou e achou e esqueceu.
Estou hoje dividido entre a lealdade que devo
À Tabacaria do outro lado da rua, como coisa real por fora,
E à sensação de que tudo é sonho, como coisa real por dentro.
Falhei em tudo.
Como não fiz propósito nenhum, talvez tudo fosse nada.
A aprendizagem que me deram,
Desci dela pela janela das traseiras da casa.
Fui até ao campo com grandes propósitos.
Mas lá encontrei só ervas e árvores,

E quando havia gente era igual à outra.
Saio da janela, sento-me numa cadeira. Em que hei de pensar?
Que sei eu do que serei, eu que não sei o que sou?
Ser o que penso? Mas penso tanta coisa!
E há tantos que pensam ser a mesma coisa que não pode haver tantos!
Gênio? Neste momento
Cem mil cérebros se concebem em sonho gênios como eu,
E a história não marcará, quem sabe?, nem um,
Nem haverá senão estrume de tantas conquistas futuras.
Não, não creio em mim.
Em todos os manicômios há doidos malucos com tantas certezas!
Eu, que não tenho nenhuma certeza, sou mais certo ou menos certo?
Não, nem em mim...
Em quantas mansardas e não-mansardas do mundo
Não estão nesta hora gênios-para-si-mesmos sonhando?
Quantas aspirações altas e nobres e lúcidas –
Sim, verdadeiramente altas e nobres e lúcidas –,
E quem sabe se realizáveis,
Nunca verão a luz do sol real nem acharão ouvidos de gente?
O mundo é para quem nasce para o conquistar
E não para quem sonha que pode conquistá-lo, ainda que tenha razão.
Tenho sonhado mais que o que Napoleão fez.
Tenho apertado ao peito hipotético mais humanidades do que Cristo,
Tenho feito filosofias em segredo que nenhum Kant escreveu.
Mas sou, e talvez serei sempre, o da mansarda,
Ainda que não more nela;
Serei sempre o que não nasceu para isso;
Serei sempre só o que tinha qualidades;

Serei sempre o que esperou que lhe abrissem a porta ao pé de uma parede sem porta,
E cantou a cantiga do infinito numa capoeira,
E ouviu a voz de Deus num poço tapado.
Crer em mim? Não, nem em nada.
Derrame-me a Natureza sobre a cabeça ardente
O seu sol, a sua chuva, o vento que me acha o cabelo,
E o resto que venha se vier, ou tiver que vir, ou não venha.
Escravos cardíacos das estrelas,
Conquistamos todo o mundo antes de nos levantar da cama;
Mas acordamos e ele é opaco,
Levantamo-nos e ele é alheio,
Saímos de casa e ele é a terra inteira,
Mais o sistema solar e a Via Láctea e o Indefinido.
(Come chocolates, pequena;
Come chocolates!
Olha que não há mais metafísica no mundo senão chocolates.
Olha que as religiões todas não ensinam mais que a confeitaria.
Come, pequena suja, come!
Pudesse eu comer chocolates com a mesma verdade com que comes!
Mas eu penso e, ao tirar o papel de prata, que é de folha de estanho,
Deito tudo para o chão, como tenho deitado a vida)
Mas ao menos fica da amargura do que nunca serei
A caligrafia rápida destes versos,
Pórtico partido para o impossível.
Mas ao menos consagro a mim mesmo um desprezo sem lágrimas,
Nobre ao menos no gesto largo com que atiro
A roupa suja que sou, em rol, pra o decurso das coisas,
E fico em casa sem camisa.
(Tu, que consolas, que não existes e por isso consolas,
Ou deusa grega, concebida como estátua que fosse viva,

Ou patrícia romana, impossivelmente nobre e nefasta,
Ou princesa de trovadores, gentilíssima e colorida,
Ou marquesa do século dezoito, decotada e longínqua,
Ou cocote célebre do tempo dos nossos pais,
Ou não sei quê moderno – não concebo bem o quê –
Tudo isso, seja o que for, que sejas, se pode inspirar que inspire!
Meu coração é um balde despejado.
Como os que invocam espíritos invocam espíritos invoco
A mim mesmo e não encontro nada.
Chego à janela e vejo a rua com uma nitidez absoluta.
Vejo as lojas, vejo os passeios, vejo os carros que passam,
Vejo os entes vivos vestidos que se cruzam,
Vejo os cães que também existem,
E tudo isto me pesa como uma condenação ao degredo,
E tudo isto é estrangeiro, como tudo).
Vivi, estudei, amei e até cri,
E hoje não há mendigo que eu não inveje só por não ser eu.
Olho a cada um os andrajos e as chagas e a mentira,
E penso: talvez nunca vivesses nem estudasses nem amasses nem cresses
(Porque é possível fazer a realidade de tudo isso sem fazer nada disso);
Talvez tenhas existido apenas, como um lagarto a quem cortam o rabo
E que é rabo para aquém do lagarto remexidamente
Fiz de mim o que não soube
E o que podia fazer de mim não o fiz.
O dominó que vesti era errado.
Conheceram-me logo por quem não era e não desmenti, e perdi-me.
Quando quis tirar a máscara,
Estava pegada à cara.

Quando a tirei e me vi ao espelho,
Já tinha envelhecido.
Estava bêbado, já não sabia vestir o dominó que não tinha tirado.
Deitei fora a máscara e dormi no vestiário
Como um cão tolerado pela gerência
Por ser inofensivo
E vou escrever esta história para provar que sou sublime.

Essência musical dos meus versos inúteis,
Quem me dera encontrar-me como coisa que eu fizesse,
E não ficasse sempre defronte da Tabacaria de defronte,
Calcando aos pés a consciência de estar existindo,
Como um tapete em que um bêbado tropeça
Ou um capacho que os ciganos roubaram e não valia nada.

Mas o Dono da Tabacaria chegou à porta e ficou à porta.
Olho-o com o desconforto da cabeça mal voltada
E com o desconforto da alma mal entendendo.
Ele morrerá e eu morrerei.
Ele deixará a tabuleta, eu deixarei os versos.
A certa altura morrerá a tabuleta também, os versos também.
Depois de certa altura morrerá a rua onde esteve a tabuleta,
E a língua em que foram escritos os versos.
Morrerá depois o planeta girante em que tudo isto se deu.
Em outros satélites de outros sistemas qualquer coisa como gente
Continuará fazendo coisas como versos e vivendo por baixo de coisas como tabuletas,
Sempre uma coisa defronte da outra,
Sempre uma coisa tão inútil como a outra,
Sempre o impossível tão estúpido como o real,
Sempre o mistério do fundo tão certo como o sono de mistério da superfície,
Sempre isto ou sempre outra coisa ou nem uma coisa nem outra.

Mas um homem entrou na Tabacaria (para comprar tabaco?)

E a realidade plausível cai de repente em cima de mim.
Semiergo-me enérgico, convencido, humano,
E vou tencionar escrever estes versos em que digo o contrário.
Acendo um cigarro ao pensar em escrevê-los
E saboreio no cigarro a libertação de todos os pensamentos.
Sigo o fumo como uma rota própria,
E gozo, num momento sensitivo e competente,
A libertação de todas as especulações
E a consciência de que a metafísica é uma consequência de estar mal disposto.
Depois deito-me para trás na cadeira
E continuo fumando.
Enquanto o Destino mo conceder, continuarei fumando.
(Se eu casasse com a filha da minha lavadeira
Talvez fosse feliz)
Visto isto, levanto-me da cadeira. Vou à janela.
O homem saiu da Tabacaria (metendo troco na algibeira das calças?).
Ah, conheço-o; é o Esteves sem metafísica.
(O Dono da Tabacaria chegou à porta).
Como por um instinto divino o Esteves voltou-se e viu-me.
Acenou-me adeus, gritei-lhe Adeus ó Esteves!, e o universo
Reconstruiu-se-me sem ideal nem esperança, e o Dono da Tabacaria sorriu.

E acrescento mais dois poemas de minha preferência:

Poema em linha reta

Nunca conheci quem tivesse levado porrada.
Todos os meus conhecidos têm sido campeões em tudo.
E eu, tantas vezes reles, tantas vezes porco, tantas vezes vil,
Eu tantas vezes irrespondivelmente parasita,
Indesculpavelmente sujo,
Eu, que tantas vezes não tenho tido paciência para tomar banho,
Eu, que tantas vezes tenho sido ridículo, absurdo,
Que tenho enrolado os pés publicamente nos tapetes das etiquetas,
Que tenho sido grotesco, mesquinho, submisso e arrogante,
Que tenho sofrido enxovalhos e calado,
Que quando não tenho calado, tenho sido mais ridículo ainda;
Eu, que tenho sido cômico às criadas de hotel,
Eu, que tenho sentido o piscar de olhos dos moços de fretes,
Eu, que tenho feito vergonhas financeiras, pedido emprestado sem pagar,
Eu, que, quando a hora do soco surgiu, me tenho agachado
Para fora da possibilidade do soco;
Eu, que tenho sofrido a angústia das pequenas coisas ridículas,
Eu verifico que não tenho par nisto tudo neste mundo.
Toda a gente que eu conheço e que fala comigo
Nunca teve um ato ridículo, nunca sofreu enxovalho,
Nunca foi senão príncipe – todos eles príncipes – na vida...
Quem me dera ouvir de alguém a voz humana
Que confessasse não um pecado, mas uma infâmia;
Que contasse, não uma violência, mas uma cobardia!
Não, são todos o Ideal, se os oiço e me falam.
Quem há neste largo mundo que me confesse que uma vez foi vil?
Ó príncipes, meus irmãos,
Arre, estou farto de semideuses!
Onde é que há gente no mundo?

　　　　　Então sou só eu que é vil e errôneo nesta terra?
Poderão as mulheres não os terem amado,
Podem ter sido traídos – mas ridículos nunca!
E eu, que tenho sido ridículo sem ter sido traído,
Como posso eu falar com os meus superiores sem titubear?
Eu, que venho sido vil, literalmente vil,
Vil no sentido mesquinho e infame da vileza.

Dobrada à moda do Porto

Um dia, num restaurante, fora do espaço e do tempo,
Serviram-me o amor como dobrada fria.
Disse delicadamente ao missionário da cozinha
Que a preferia quente,
Que a dobrada (e era à moda do Porto) nunca se come fria.
Impacientaram-se comigo.
Nunca se pode ter razão, nem num restaurante.
Não comi, não pedi outra coisa, paguei a conta,
E vim passear para toda a rua.
Quem sabe o que isto quer dizer?
Eu não sei, e foi comigo...
(Sei muito bem que na infância de toda a gente houve um jardim,
Particular ou público, ou do vizinho.
Sei muito bem que brincarmos era o dono dele.
E que a tristeza é de hoje).
Sei isso muitas vezes,
Mas, se eu pedi amor, porque é que me trouxeram
Dobrada à moda do Porto fria?
Não é prato que se possa comer frio,
Mas trouxeram-mo frio.
Não me queixei, mas estava frio,
Nunca se pode comer frio, mas veio frio.

Foto de Fernando Pessoa em fevereiro de 1914

Autor desconhecido

GILBERTO NABLE

Elogios de Fernando Pessoa

1 - Ayuruoca Revisited

*Para Juliana Sartorelo,
colega de profissão e confidente literária
e que compartilha raízes em Aiuruoca.*

Amanhece.
Montanhas,
domingos,
e o ar transparente
como tudo mais:
almas,
leite,
meio-dia.

Amanhece.
Translúcido aquário:
seus habitantes,
peixes de água-doce,
em um lento deslizar
por bares e ruas,
igrejas, esquinas.

E nesta serena paisagem
de remanso e espuma,
percebo que sou,
desde as origens,
um animal placentário:
sinto o cheiro de poejo
nos campos molhados,
arranho a terra vermelha
e suas longas raízes,

procurando os umbigos
que mães cuidadosas enterraram.

Ayuruoca revisitada:
pés expressivos de crianças
brincam nas calçadas de minha alma.
Ayuruoca revisitada:
eu bebo tuas águas
como quem bebe a seiva.mais doce;
eu mastigo tuas pedras
como quem parte a carne mais tenra.

2 - Os mortos caminham na sala

> *Sabedoria e bondade aos vis parecem vis. A imundície adora-se a si própria.*
> Shakespeare, Rei Lear. Porto Alegre, L&PM, 2001.

> *Soy, tácitos amigos, el que sabe*
> *que no hay otra venganza que el olvido*
> *ni otro perdón. Un dios ha concedido*
> *al odio humano esta curiosa llave.*
> Soy - J. L. Borges

I

Nesta casa,
mortos caminham na sala,
com o luar nos ralos cabelos.
Percebo passos no assoalho:
– Quem é? Pergunto, aflito.
– Morrer é difícil, meu filho.
(Os espelhos choram de vergonha,
o relógio na cozinha é só um lamento.)
E o que nasce
nos aposentos empoeirados,
escorre dos rebocos
e costura-se no ar,
são bocas tortas de ódio.

II

Levanta, mãe, e abre os olhos,
ou vê com o espelho da tua alma.
Montaram aquele triste bazar,
diante da cidade emudecida:
negociaram taças e quadros,
toalhas, talheres, os móveis,

e mesmo o piano que amavas.

III

Toda família tem seus piratas.
E para alguns destes corsários,
a Moura Torta e Rumpelstilskin,
testamentos são codicilos.
Eles fazem rol dos butins
e registram furto em cartório!

IV

Não.
Não convém abrires os olhos,
pobres órbitas de argila molhada,
a boca que não come mais,
a boca que não fala mais,
a boca que não ri mais,
os olhos que nada mais veem.

V

Mas se a cegueira da loucura,
pudesse descolar as pálpebras,
para fechá-las, logo em seguida,
não seria tarde para descobrir
que as víboras só descansam
sozinhas,
no mais fundo breu.
Sozinhas:
é na fria escuridão das valas.

3 - Pôr do Sol

> *Um poente é um fenômeno intelectual.*
> *(F. Pessoa)*

Ainda ontem me chamaram para ver o pôr do sol.
Há pores de sol desde que o mundo é mundo.
Ficamos maravilhados
com a dramaturgia planetária,
talvez como os primeiros macacos
quando viram uma estrela cadente.

Hélio leva o carro do Sol
para banhar os cavalos no oceano,
e abre os caminhos da noite.
A barca solar mergulha na escuridão,
lutando contra os monstros
que lhe impedem o renascimento.

Desde a Grécia, passaram-se
mais de 720.000 pores do sol,
cada um mais deslumbrante que o outro?
Até que meus olhos pudessem
perceber a perfeição de um deles.
Deste, que embriagado e reles,
me levaram para eu visse.

4 - Cartas de amor

> *Nunca amamos ninguém. Amamos, tão somente, a ideia que fazemos de alguém. É a um conceito nosso – em suma, é a nós mesmos – que amamos.*
>
> (F. Pessoa)

Ridículas não são apenas as cartas de amor,
qualquer carta de amor.
Ainda mais ridícula
é a inveja de nunca as ter escrito.
Ridículos somos nós,
todos nós,
e as nossas vidas miseráveis.
Não há como separar as coisas:
ser ridículo de espírito
e desfilar nobreza.
Ser mesquinho de gestos
e se desejar sublime.

ELOGIO DA MEDIOCRIDADE

À memória de
José Roberto Ayres

Escolhi como fio de Ariadne, para este capítulo, os parágrafos de um livro precioso escrito por Erasmo de Roterdã – O Elogio da Loucura (Editora Escala, 2007). Ensaio publicado em 1511, portanto há 510 anos! Nele, Erasmo usou a ironia, de forma pedagógica, para demonstrar (e debochar) os desvarios no mundo daquela época, afundado em parvoíce e obscuridade. O fato de permanecer atual demonstra que, de lá para cá, a situação não mudou como deveria. Permanecemos desatinados. Chamo de fio de Ariadne, mas recorrerei a tantos fragmentos que seria uma corda grossa e não simplesmente um frágil subtexto. Melhor assim. Pendurado com segurança, diminuo o risco de sofrer uma queda ainda mais grave.

Acreditei na necessidade de se escrever um Elogio da Mediocridade, não por ser algo louvável em si, claro, mas por indiscutível merecimento. É o que o Brasil de hoje requer, e não pretendo desmerecer Erasmo espelhando-me nele tanto. Até porque falo de um lugar e de um povo que, a cada dia, mais e mais se apequena e amesquinha-se. Uma forma de progressivo embrutecimento. E que não mereceria um humanista como Erasmo. Talvez, um humilde escriba nascido na cidade mineira de Aiuruoca. O nome exótico, um buquê de vogais, vem do Tupi – Terra de Papagaios. E farei tal elogio para incluir também os psitacídeos, que adoram falar, embora unicamente imitando. Até porque nossa ligação com eles é antiga. O Brasil foi chamado, no início, de Terra de Papagaios. E muitas dessas criaturas plumadas assombraram a Europa na capacidade excepcional de imitar com perfeição a voz humana – aves que falavam e até riam! Vera Cruz, Terra dos papagaios, Santa Cruz. A indefinição em nomear o território revela a disputa entre humanistas e comerciantes no expansionismo português do século XVI.

Gerrit Gerritszoon (de nome latino, Desiderius Erasmus Roterodamus), conhecido como Erasmo de Roterdã (1466-1536), foi um filósofo e teólogo neerlandês cuja obra mais conhecida – e lida ainda hoje – é o Elogio da Loucura, publicado (como era comum e obrigatório) em latim – Stultitiae Laus. O livro foi dedicado ao amigo Thomas Morus ou Thomas More, condenado à morte pelo Rei da Inglaterra, Henrique VIII. Ao subir no cadafalso, onde seria decapitado (6 de julho de 1535) pelo crime de discordar do divórcio do rei, tendo dificuldade em caminhar devido à gota, solicitaria a um dos guardas, com humor negro (no caso, legítimo humor patibular): *Amigo, ajuda-me a subir, que ao descer não te darei mais nenhum incômodo.*

De antemão, respondo à obrigatória pergunta quanto ao tema: como criticar a mediocridade, sendo, talvez, um outro medíocre? acreditar ser mais inteligente que a média poderia ser um valioso sinal de estupidez. Erasmo elogiou a loucura sem estar (ou supor) *inteiramente* louco. É isto: eu também espero não ser inteiramente medíocre. Pelo menos, não na extensão e na gravidade do que vejo e tenho verificado em todos os rincões desta nação infeliz: *Se assim não fosse, precisaria eu mesmo fazer uma sátira a meu respeito, com todas as particularidades que atribuo aos outros.*

Mas para não ficar citando de maneira errática, eis o início preciso do famoso ensaio: *ACHANDO-ME, dias atrás, de regresso da Itália à Inglaterra, a fim de não gastar todo o tempo da viagem em insípidas fábulas, preferi recrear-me, ora volvendo o espírito aos nossos comuns estudos, ora recordando os doutíssimos e ao mesmo tempo dulcíssimos amigos que deixara ao partir. E foste tu, meu caro More, o primeiro a aparecer aos meus olhos, pois que malgrado tanta distância, eu via e falava contigo com o mesmo prazer que costumava ter em tua presença e que juro não ter experimentado maior em minha vida. Não desejando, naquele intervalo, passar por indolente, e não me parecendo as circunstâncias adequadas aos pensamentos sérios, julguei conveniente divertir-me com um elogio da Loucura.*

Entretanto, estes tempos não permitem tamanha distração. Dentro de uma pandemia (Covid-19) não há lugar para quase nenhum divertimento. A não ser para evocar algumas gratas lembranças, entre elas a de um amigo, psiquiatra na Residência Médica do Hospital de Base do IPSEMG, no final da década de 70. O Jota Bob (José Roberto Ayres), como eu o apelidei, fora um apaixonado pelo Elogio da Loucura, livro que recebera das mãos do pai – o doutor Ayres, de Santa Bárbara. E com *o prazer da tua presença*, fraterno e saudoso amigo, jovens e cheios de alegria, como ríamos e éramos felizes naquela época! Mas os sentimentos, as recordações e as pessoas passam, o mundo compõe-se de mudanças, como neste soneto de Camões:

> Mudam-se os tempos, mudam-se as vontades,
> Muda-se o ser, muda-se a confiança;
> Todo o mundo é composto de mudança,
> Tomando sempre novas qualidades.
>
> Continuamente vemos novidades,
> Diferentes em tudo da esperança;
> Do mal ficam as mágoas na lembrança,
> E do bem, se algum houve, as saudades.
>
> O tempo cobre o chão de verde manto,
> Que já coberto foi de neve fria,
> E enfim converte em choro o doce canto.
>
> E, afora este mudar-se cada dia,
> Outra mudança faz de mor espanto:
> Que não se muda já como soía.

No entanto, quero ser mais exato e tentar esclarecer a que me refiro. A que tipo de mediocridade. Começo com a raiz da palavra – de qualidade média, comum, mediano, meão, modesto, pequeno. Esse o significado primitivo. Mas diz-se também, numa acepção mais moderna, de pessoa pouco capaz, sem qualquer talento, que fica aquém das outras ou que, num dado campo, nem consegue atingir a média. A palavra latina *mediocris*, que deu origem ao termo, não possuía conotação negativa. Significava apenas médio ou mediano. Ficar no meio, evitar os extremos, sempre parece coisa desejável. Tinha o sentido adicional de ordinário, cujo cognato em inglês (*ordinary*) quer dizer comum. Aliás, este conceito já aparece no pensamento grego: nada em excesso! A média áurea, de ouro, ou doutrina do meio-termo. O desejável deveria situar-se entre extremos, o do excesso e o da falta.

Aurea Mediocritas é uma locução latina encontrada numa das Odes (II, 10, 5) de Horácio: só merece ou consegue ser feliz quem se contenta com o mediano, e nada mais – a *Áurea Mediocridade*. Todavia aqui abordarei a significação hodierna, despida da pretensão da mediania, do caminho do meio, procurada até como opção budista. *O Caminho do Meio* é o termo que Siddhartha Gautama usou para descrever o *Nobre Caminho Óctuplo*, que leva à libertação, importante princípio da prática budista. E Buda foi um iluminado, muito distante de qualquer suposta ideia de mediocridade.

Tentarei discorrer sobre a mediocridade mais comum: aquela do burro convicto, o papalvo, o bobo solene, o bocó, o pateta, o bronco, o lorpa, o miolo mole, o estúpido, o palerma, o parvo, o tapado, o atoleimado. Daquele que quando pensa os outros percebem e escutam o atrito, o rangido, mecanismo enferrujado do pensamento lutando para produzir uma ideia (aproveitável). Digo aproveitável porque todo palerma também pensa, o difícil é esperar alguma coisa no esforço do seu moinho mental – apenas fubá queimado e arruelas. Muito barulho para nada. E o tolo, como esperado, não se incomoda com a própria tolice e a dos outros. Tudo parece natural. A ponto de Millôr Fernandes (1923-2012) exclamar num de seus adágios: *O maior erro da natureza é a burrice não doer!* Não sei. Não sei. Poderíamos presenciar uma gritaria insuportável! A natureza, ainda bem, talvez tenha preferido um silêncio mais conveniente e discreto.

Refletindo sobre tal assunto, José Ingenieros, filósofo argentino (O homem medíocre, Ed. do Chain, 2014), opôs homens e sombras. O homem medíocre seria nada mais do que uma mera sombra. Não tem luz própria, firmeza no pensamento, nos valores e na ação. Comparável à argila, que a tudo se adapta: *Sua vida é uma perpétua cumplicidade com a vida alheia. São hostes mercenárias ao primeiro homem firme que saiba colocá-las sob seu jugo. Atravessam o mundo cuidando da sua sombra, ignorando a sua personalidade. Nunca chegam a se individualizar; ignoram o prazer de exclamar "eu sou", em face dos demais. Não existem sozinhos. Sua amorfa estrutura os obriga a se apagarem numa raça, num povo, num partido, numa seita, num bando: sempre a fingir que são outros. [...] Sua característica é imitar a todos quantos o rodeiam: pensar com a cabeça alheia e ser incapaz de formar ideias próprias.*

Esse livro, embora comporte equívocos, vale a pena pela descrição crítica ou até pelo subtítulo auspicioso e otimista: *Ensaio moral sobre a mediocridade humana, como causa de rotina, hipocrisia e domesticidade nas sociedades contemporâneas, com reflexões úteis de idealismo experimental, para que os jovens procurem evitá-la educando livremente sua inteligência, sua virtude e sua dignidade.* Assim seja!

Entretanto, ser um homem medíocre não descarta poder ou dinheiro. Existem completos idiotas bem fornidos e ricos em todas as áreas do conhecimento e em todas as profissões. No Brasil virou praga entre a elite financeira e entre os novos ricos. Carlos Cipolla, no sexto capítulo – Estupidez e Poder – de As leis fundamentais da estupidez humana (Ed. Planeta, 2020), determina: *Como todas as criaturas humanas, também os estúpidos influenciam outras pessoas com intensidades muito variadas. Alguns estúpidos causam normalmente apenas perdas limitadas, enquanto alguns conseguem causar danos impressionantes não só a um ou dois indivíduos, mas a inteiras comunidades ou sociedades. O potencial de uma pessoa estúpida criar danos depende de dois fatores principais. Antes de tudo, depende do fator genético. Alguns indivíduos herdam notáveis doses do gene da estupidez e, graças a tal hereditariedade, pertencem, desde o nascimento, à elite do seu grupo. O segundo fator que determina o potencial de uma pessoa estúpida deriva da posição de poder e de autoridade que ela ocupa na sociedade. Entre burocratas, generais, políticos, chefes de estado e homens da igreja, encontra-se a áurea proporção de indivíduos estúpidos, cuja capacidade de prejudicar o próximo foi (ou é) perigosamente acrescida pela posição de poder que ocuparam (ou ocupam).* Também é aconselhável denunciar uma cepa de percepção mais sutil – a mediocridade moral. O perverso que se finge de bobo. O famoso boi sonso. Finge para viver e vive da própria e fingida tolice, usada como rede. Ser enredado por um canalha disfarçado de ingênuo é situação das mais humilhantes. É preciso cuidado.

Os medíocres também não são loucos, necessariamente. Os loucos nunca sabem ou aceitam que são doidos. Os medíocres também não sabem que são medíocres, ou não o seriam (conhecido como efeito de *Dunning-Kruger*, professores da Universidade de Cornell que estudaram o fenômeno). Julgam sempre de maneira apequenada, presos às armaduras e às engrenagens disfuncionais das suas ideias. Entretanto, ao contrário do que se alardeia, são mais propensos a ficarem loucos.. Apregoa-se que os indivíduos inteligentes são malucos por natureza – quanto mais inteligentes mais propensos à maluquice! Mas acontece o contrário. Aliás, existe até uma síndrome, descrita nos livros de psiquiatria como *folie à deux* (loucura a dois) ou Transtorno Psicótico Induzido, na qual os sintomas são compartilhados por duas pessoas próximas. É como se a loucura passasse de uma para o outra. E isso costuma acontecer numa extravagante transfusão psíquica, de vasos comunicantes, do louco mais inteligente para o burro. Tolo fica doido fácil, tem pouca defesa e é mais influenciável.

Mas irei ao cerne da minha questão: por que fazer um elogio à mediocridade? Ora, porque ela nunca foi tão visível, tão desinibida, tão gregária, como tem sido agora. Até pelo mesmo motivo que Erasmo de Roterdã fez o elogio à loucura. Com intenção pedagógica, diante de tudo que estamos presenciando no Brasil nos últimos anos. Partindo de um detalhe fundamental: a mediocridade nunca foi desconhecida entre nós. Pelo contrário. Sempre cultivamos um vasto rebanho de ignorâncias, espécie de próspero agronegócio cognitivo e moral. E, assim, distribuímos atualmente *commodities* de imbecilidades, infinitas toneladas de bobagens para todo o planeta, em proporções tais que o mundo inteiro anda rindo de nós. O que houve nos últimos cinco anos foi uma erupção vulcânica de estultícies. As cinzas turvaram os céus, e de tal forma, e com tamanha violência, que nos roubaram quase toda a luz e o oxigênio. Ai de nós! E dentro do pior desafio e pesadelo de nossa história recente – uma pandemia (Covid-19) que nos dizima às centenas de milhares. Chegaremos talvez a um milhão de mortos. Porém, apesar de tudo, a imagem do governo é a de um circo mambembe montado dentro de um cemitério. Pudera! Diante da catástrofe, o que fizemos? Reunimos toda a vasta mediocridade nacional, em torno do líder, padrão universal do homem medíocre – Jair Messias Bolsonaro. Estamos nas mãos de homens que nos odeiam e posam de heróis, honestos salvadores da pátria. Mia Couto (Antônio Emílio Leite Couto), escritor moçambicano muito lido no Brasil, na conferência de abertura de Fronteiras do Pensamento (2020) decifra esta perplexidade: *O que espanta não é a loucura que vivemos, mas a mediocridade dessa loucura. O que nos dói não é o futuro que não conhecemos, mas o presente que não reconhecemos.*

Pois é. Fala-se em democracia, plutocracia, etnocracia. No Brasil, depois de tantos ensaios, avanços e recuos, estamos vivendo agora a plena Mediocracia, o Reino da Mediocridade, a Era da Burrice Assumida e Glorificada, no qual alguns líderes governam outros tantos indivíduos também medíocres. Um mundo de incompetência e trapaça. José Ingenieros denuncia o funcionamento da principal engrenagem: *As mediocracias negaram sempre as virtudes, as belezas, as grandezas; deram o veneno a Sócrates, o madeiro a Cristo, o punhal a César, o desterro a Dante, o cárcere a Galileu, o fogo a Bruno; e, enquanto escarneciam desses homens exemplares, esmagando-os com a sua sanha, ou armando contra eles algum braço enlouquecido, ofereciam o seu servilismo a governantes imbecis, ou davam o seu ombro para sustentar as mais torpes tiranias.*

A um preço: que estas garantissem, às classes fartas, a tranquilidade necessária para usufruir seus privilégios.

Aliás, conclui-se que o que realmente importa não é evitar a estupidez, mas adorná-la com a aparência do poder. Robert Musil, autor de O Homem sem qualidades (Ed. Nova Fronteira, 1989), já percebera essa obviedade: *Se a estupidez [...] não se assemelhasse perfeitamente ao progresso, à habilidade, à esperança e à melhoria, ninguém iria querer ser estúpido.* De fato, agora percebe-se prazer, despropositado deleite, um convencimento em ser palerma, denunciado pelo característico riso bobo daquele que teve o privilégio de ser contemplado por esta grande virtude nacional.

Nos últimos anos vivemos também uma praga cognitiva. A destruição sistemática do bom senso. Em menos de um mês de governo Bolsonaro, o Ministro da Educação já dissera que o *marxismo cultural faz mal à saúde*; o Ministro da Casa Civil afirmou que *o risco de uma arma em casa é o mesmo de um liquidificador*; a Ministra dos Direitos Humanos, a sinistra Damares Alves, comprovava que *meninos vestem azul e meninas vestem rosa*; a Ministra da Agricultura recebera doações de um assassino de líder indígena; o astrólogo Olavo de Carvalho, influente guru do governo, já acusava Newton de ter *espalhado a burrice* e contestou o heliocentrismo e a teoria da relatividade; o coordenador do Exame Nacional do Ensino Médio (Enem) afirmara que Raskolnikov, personagem no romance Crime e castigo, de Dostoievski, *fora um típico estudante esquerdista influenciado por Nietzsche*. O Festival de Besteiras que Assola o País (Febeapá), de Sérgio Porto, se materializara. Mas a mediocridade moral foi melhor revelada no sujeito que se sentiu autorizado a repetir frases de ódio. Reação consagrada pelo presidente, no dia da posse: *Libertar a nação do politicamente correto*. A autorização expressa de tripudiar sobre as minorias ou aniquilá-las (gays, indígenas, negros, mulheres), dentro do que se tornou uma estratégia, a necropolítica brasileira. Aliás, uma perfeita descrição do político medíocre, daquele que antecedeu o atual no pódio da mesquinhez planaltina, a encontraremos no livro do psicanalista Tales Ab'Sáber – Michel Temer e o fascismo comum (Ed. Hedra, 2018): *Nada nele nunca surpreende, brilha ou dá esperança. Seu mundo é o dos gabinetes e dos acordos de bastidores. Não há nada a sonhar e nada a esperar a seu respeito. Seu universo de corpo e espírito, se podemos falar assim, é o mundo da infraestrutura da política, onde as decisões indizíveis são tomadas e os acordos das facções da política são feitos, entre os interesses que podem e os que não podem vir à luz do dia. Nem mesmo a quadrilha da qual ele participa é especial [...] Sua voz melíflua, seu pernosticismo e suas mãos que giram sobre si* mesmas, representando longos cálculos e negociações de velhos espertos, de fato não falam nada. Uma flor nascida no pântano da riqueza brasileira [...] é o mordomo do poder, como retratam os cartunistas, que servilmente entrega o combinado, sempre tirando a própria parte.

O universo conspira contra nós? Carlo Cipolla, autor de As leis fundamentais da estupidez humana (Ed. Planeta, 2020) parece concordar com a casualidade cósmica: *É a minha firme convicção, sustentada por anos de observações e experimentos, que os homens não são iguais, que alguns são estúpidos e outros não, e que a diferença é determinada não por forças ou fatores culturais, mas por características biogenéticas da inescrutável Mãe Natureza. Alguém é estúpido da mesma forma que um outro é ruivo; alguém pertence ao grupo dos estúpidos como um outro pertence a um grupo sanguíneo. Em resumo, alguém nasce estúpido por vontade indecifrável e indiscutível da Divina Providência.*

Outrossim, conta uma antiga lenda que quando o Criador povoou o mundo de seres humanos, começou primeiro a fabricá-los usando manequins experimentais. Antes de entrarem em circulação, levantava as calotas cranianas, preenchendo-as com massas pensantes divinas. Mas havia certa imprecisão na quantidade de massa de cada um (talvez a mão de Deus tremesse ou Ele podia escrever certo por cérebros tortos). Infelizmente, o Criador sentiu algum desconforto ao ver os primeiros exemplares andando e em funcionamento. O resultado é que, por defeitos da Fábrica Divina, muitos foram enviados ao mundo sem nada dentro das cacholas. Tal origem mítica explicaria a existência de homens cujos crânios têm uma significação meramente anatômica – os cabeças-ocas. Casos do vice golpista e do atual governante, criaturas que nasceram de moleiras cerzidas, cocos sem o miolo, comidos da lua. São aquilo que são. Tristes e indecifráveis desígnios cósmicos para azedar o nosso vinho mais raro e aumentar a indigestão de todos: *Dizei-me, por favor: se a questão pudesse ser posta a votos, que cidade desejaria semelhantes magistrados? Que exército reclamaria tais generais? Quem os convidaria à sua mesa? Estou igualmente convencido de que não achariam, sequer, uma mulher ou servo que quisessem e pudessem suportá-los. E quem, ao contrário, não preferiria um homem qualquer, tirado da massa dos homens estúpidos; que, embora estúpido, soubesse mandar ou obedecer aos estúpidos, fazendo-se amar por todos; que, sobretudo, fosse complacente para com a mulher, bom para os amigos, alegre na mesa, sociável com todos os que convivesse; que, finalmente, não se achasse estranho a tudo o que é próprio da humanidade?*

Para o Ministério da Saúde (transformando-o em Ministério da Doença), o protervo presidencial escolheu um general da ativa – Eduardo Pazuello –, anão moral de espantosa incompetência, vindo da incubadora de gênios do exército brasileiro. Parece, física e mentalmente, a encarnação do sargento Garcia. Criou-se um férreo círculo de ineficiência em torno da garganta do povo, tirando-lhe o que restava de ar e asfixiando-o ainda mais do que o coronavírus. *São necessários homens troncudos e grosseiros, robustos e audazes, mas de muito pouco talento; sim, são necessárias justamente semelhantes máquinas para o mister das armas.*

E tudo isso com a prestimosa ação e apoio da maioria da classe médica e de alguns de seus órgãos corporativos, principalmente do Conselho Federal de Medicina. Com a nobre exceção dos que se bateram na linha de frente, em UPAs e CTIs, comendo o pão que o diabo amassou com o rabo. Quanto aos outros, muitos ainda hoje não se envergonham de participar ou de ter participado da página mais desonrosa da história da nossa medicina. Não se importam. Postam vídeos nas redes sociais espalhando besteiras, sequer disfarçando o oportunismo ou a ignorância. Falta-lhes o olhar lateral devido às viseiras que usam. Receitam ivermectina como tratamento para uma grave infecção viral. Imaginar que uma droga que mata piolhos (um inseto) e ácaros tenha o poder de inibir a multiplicação de um vírus é um delírio farmacológico. Qual a semelhança desses animais complexos, multicelulares, com a estrutura ultramicroscópica de um vírus, uma fita minúscula de RNA? Porquanto, qual a semelhança entre um cavalo e uma pulga? Pois é! Pode parecer extraordinário, mas um cavalo e uma pulga são muito, muito mais parecidos do que um piolho e um vírus. Entretanto, muitos médicos exibem e exibiram as caixinhas dos remédios milagrosos (da ivermectina e da cloroquina, um antimalárico) como panaceia para a cura da doença. São entusiasmados representantes de laboratórios. Elevaram medicamentos às condições de fetiches ideológicos.

O poder é um camaleão ao contrário – todos tomam a sua cor. O jogo do poder favorece um puxasaquismo frenético, cada qual espalhando confetes na cabeça do outro, como se participassem de mútuas coroações. A mediocracia exige de seus atores alguma solenidade e uma atitude séria convencional. Os medíocres adoram posar de solenes. Estão sempre figurando. Desprovidos de verdadeiros méritos, cultuam comendas, medalhas, taças, penachos, inaugurações, microfones, câmeras e discursos inflamados. Adoram aparecer. Escravos das sombras que as suas visões projetam na opinião dos demais, acabam por preferi-las do que a si mesmos. Quanto aos médicos de araque, basta que algo lhes pareça verossímil para que aceitem e divulguem. Se acreditam equivocar-se, se titubeiam, podemos jurar que cometeram a imprudência de pensar. Não obstante, a leitura atenta pode lhes produzir sintomas de envenenamento. Está sempre contraindicada. Impressionante foi a guinada que os médicos brasileiros deram para a extrema direita, assumindo posições fascistas com uma facilidade que faz supor um período de incubação. Ideias prontas que só aguardavam o momento certo para eclodir. Único país do mundo a instituir mata-piolhos ou antimaláricos para deter a multiplicação de vírus. Orientação oficial do Ministério da Saúde, protocolo de controle da pandemia, com o nome de Tratamento Precoce. Disparates transformados em políticas públicas. Um neocurandeirismo promovido por médicos diplomados e oficiais do exército que só aumentou a já imensa mortandade: *De todas essas artes, são tidas em maior apreço as que mais se aproximam do bom senso, isto é, da loucura. Mas que vantagem proporcionam aos que delas fazem profissão? Morrem de fome os teólogos, definham os físicos, caem no ridículo os astrólogos, são desprezados os dialéticos. E só o médico faz fortuna. A principal vantagem da medicina está em que, quanto mais ignorante, ousado e temerário é quem a exerce, tanto mais estimado é pelos senhores laureados. Além disso, essa profissão, da maneira por que muitos a exercem hoje em dia, se reduz a uma espécie de adulação, quase como a eloquência.*

Os médicos não ficaram nem estão sozinhos. Diante de tantos descalabros, qual a posição do Judiciário brasileiro? Assistir a algumas decisões do Superior Tribunal Federal e à inação do Procurador Geral da República (que nada procura nem acha), pode às vezes produzir risos convulsivos. Risos nervosos de indignação convulsiva. E como dão importância a si mesmos, como se julgam eruditos e sofisticados! Com a entrada recente de novos ministros, Kassio Nunes Marques (2020) e André Mendonça (2021), dois baluartes da mediocridade jurídica nacional, a Suprema Corte deve atingir níveis de perversidade, burrice e incompetência antes inimagináveis. Mais dois capachos vitalícios decidindo os destinos da nação. Entrementes, quando um medíocre é juiz, ainda que compreenda que seu dever é fazer justiça, submete-se a outros interesses, cumprindo o triste ofício de não a alcançar nunca. Daí porque: *depois dos médicos, vêm, imediatamente, os rábulas ou jurisconsultos. Eu não saberia dizer-vos ao certo se esses supostos filhos de Têmis precederam os sequazes de Esculápio: disputam a precedência entre si. O que é fora de dúvida é que os filósofos, quase que por consenso unânime, ridicularizam os advogados e, com muita propriedade, qualificam essa profissão de* ciência de burro. *Mas, burros ou não, serão sempre eles os intérpretes das leis e os reguladores de todos os negócios.* Observando aqueles olhos cansados, inchados pela leitura de tantos incisos, parágrafos, alíneas e artigos, não poucas vezes lembrei-me de Mário Quintana: *E os velhos jurisconsultos viram fetos... fetos que a gente olha, meio desconfiado, nos bocais de vidro... e que, no silêncio dos laboratórios, oscilando gravemente as cabeças descomunais, elucubram anteprojetos, orações de paraninfos, reformas da Constituição...*

Já o Ministro da Economia, Paulo Guedes, diante da catástrofe sanitária preocupou-se em *sanear* os bancos e distribuir esmolas para a população com o eufemismo de auxílio-emergencial. A ciência econômica no Brasil sempre foi fácil de entender, embora o uso de jargão (*economês*) possa dar-lhe aspecto esotérico. Atualmente é ainda mais simples e poderia ser definida como a *banalidade do mal* (neste caso e na origem – do mal econômico). É que Paulo Guedes passou a ser uma variante financeira de Adof Eichmann, um *SS-Obersturmbannfürher* da Alemanha nazista e um dos principais organizadores do Holocausto nativo. O objetivo é cristalino: enriquecer os que já estão ricos e empobrecer mais ainda os miseráveis, favorecendo seu extermínio. O Ministro apoia-se em um pilar único: os juros dos bancos – no cartão de crédito, empréstimo e cheque especial – são absurdos, mais de 300% ao ano. É o capitalismo financeiro – o dinheiro drenado da veia de todos não volta sob a forma de geração de empregos ou investimentos. Na verdade, o neoliberalismo é a face econômica do fascismo. Drenagem monetária a engordar alguns, que nadam no dinheiro furtado de toda a nação. Existem poucos bancos, públicos e privados, e que não competem entre si. A finalidade de todos é desossar o cliente e endividá-lo. Endividado, vira refém e pode ficar com o *nome sujo*. Sujas são as instituições financeiras, mas criaram até um estigma com falsas conotações morais. Todo brasileiro acha que, quase não importa como, é preciso manter *o nome limpo*. Pura perversidade do capitalismo financeiro que substituiu as atividades produtivas. Uma agiotagem legal, permitida e protegida pelo estado. O Brasil é o paraíso dos agiotas. Mais da metade de tudo que o governo arrecada é gasto com a dívida interna e o pagamento de juros aos rentistas que compraram grandes volumes de títulos da dívida pública. Uma dívida fraudulenta, verdadeiro roubo legalizado que objetiva premiar uns poucos. Grandes somas também são desviadas para paraísos fiscais (*offshores* ou empresas cuja contabilidade acontece num país distinto), em torno de 600 bilhões/ano, como forma de não pagar tributos nacionais. O próprio Ministro da Economia, com a desfaçatez e o cinismo habituais, admitiu ter 43 milhões de reais aplicados fora do Brasil.

E temos o mercado. Fala-se do comportamento do mercado, dos humores do mercado, das crises do mercado, refletidos na Bolsa de Valores e na cotação do dólar. O Deus Mercado (que nunca olhou e nunca olhará por ti) ou o Senhor Mercado – um velho rabugento, mestre em chantagens, ganancioso, sovina, imediatista, cego para as temáticas sociais e apaixonado especulador financeiro. É uma regra infalível: quando os bancos, a bolsa e o mercado vão bem, a população vai mal. Quanto mais se enterra o punhal nas costas do povo, mais alegram-se os rentistas e os parasitas do sistema financeiro. A isso dá-se o nome de *responsabilidade fiscal*, com toda a sua inequívoca *irresponsabilidade social*. A isso se reduz a atual política econômica brasileira, a ditadura do capitalismo financeiro – proteção incondicional dos bancos e dos rentistas.

E não é por acaso que o neoliberalismo (monetarismo dos anos 70) nasceu na escola de pensamento econômico de Chicago, com Milton Friedman, onde Guedes (um *chicago boy* de formação) estudou. O Ministro da Economia é apenas um mediocrata vulgar que enriqueceu no mundo financeiro, a quem sempre protegeu, ao qual pertence e orgulha-se de pertencer. O resto é conversa fiada: *Os negociantes, sobretudo, são os mais sórdidos e estúpidos atores da vida humana: não há coisa mais vil do que a sua profissão, e, como coroamento da obra, exercem-na da maneira mais porca. São, em geral, perjuros, mentirosos, ladrões, trapaceiros, impostores. No entanto, devido à sua riqueza, são tidos em grande consideração e chegam a encontrar frades aduladores, particularmente entre os mendicantes, que lhes fazem humildemente a corte e publicamente lhes dão o nome de veneráveis, a fim de lhes abiscoitar uma parte dos mal adquiridos tesouros.*

Tudo somado, viramos uma exuberante mediocracia. Pensar com alguma lógica e sensatez tornou-se hábito solitário, fantasia masturbatória. A terra é plana por desgaste cósmico: pião que de tanto girar foi desgastando-se – se achatou. José Saramago já observara: *O problema não é que as pessoas tenham opiniões, isso é ótimo. O drama é que pessoas tenham opiniões sem saber do que falam.* Claro, raciocinar e construir análises complexas sempre é muito cansativo: *Observai, por favor, aquelas fisionomias sombrias, aqueles rostos torturados e sem cor, mergulhados na contemplação da natureza ou em outras sérias e difíceis ocupações: parecem envelhecidos antes de terminada a juventude, e isso porque um trabalho mental assíduo, penoso, violento, profundo, faz com que aos poucos se esgotem os espíritos e a seiva da vida.*

Entretanto, a nossa aposta na mediocridade não é de agora, vem de longe, dos bancos escolares. E cujos dados demonstram, a cada ano, pioras sucessivas nos desempenhos dos alunos em todas as matérias. Não foi por acaso que o estado faliu na tarefa de bem educar as pessoas. A liberdade, antes de um direito, é uma consciência de ser livre. E tal nível de consciência só melhora com a formação cultural. Para vivermos a plenitude da existência é preciso ver, compreender e atuar no mundo. O rebaixamento cultural é uma deliberada medida de limitação da capacidade humana para que nos tornemos menos daquilo que poderíamos ser. Já em minha época, as aulas eram de baixa qualidade, desinteressantes, chatas, infindáveis decorebas. Fico com Eduardo Galeano (Os filhos dos dias, Ed. L&PM, 2012): *Livres são aqueles que criam, não aqueles que copiam; livres são aqueles que pensam, não aqueles que obedecem. Ensinar é ensinar a duvidar.* Pois é. Tratava-se não de aprender, mas decorar. Não de entender, apenas guardar na memória. Nenhum prazer, nenhum raciocínio bem feito, nenhuma descoberta interessante. O indivíduo era ali programado para ser medíocre enquanto estudante e depois, no conseqüente desastre da vida adulta. Treinados para a disciplina de um silêncio onde nada se questiona – a torta moldura do bom aluno. Já se disse que *educação sem pensamento crítico é adestramento*. Éramos adestrados. Português, a conjugação exaustiva de tempos verbais. Formidáveis gramatiquices. Matemática, a tabuada de trás para a frente e de frente para trás: *Entre esses, ocupam o primeiro posto os gramáticos, ou seja, os pedantes [...] se julgam os primeiros homens do mundo. Não podeis imaginar o prazer que experimentam fazendo tremer os seus tímidos súditos com um ar ameaçador e uma voz altissonante. Armados de chicote, de vara, de correia, não fazem senão decidir o castigo, sendo ao mesmo tempo partes, juízes e carrascos. Parecem-se mesmo com o burro da fábula, o qual, por ter às costas uma pele de leão, julgava-se tão valoroso como este.*

Deste precioso tempo roubado à minha infância, guardei dois momentos de felicidade nos sons da sineta. A do recreio e a que finalizava o suplício, a ordem sonora para deixar aquele lugar:

Primeiras lições

Lições de nada
ou coisa alguma,
do que a escola
parece ensinar
e pouco ensina.

E só nos sobrou o balbucio,
os discursos solenes,
os votos de Feliz Natal
e próspero Ano Novo,
as histórias enfadonhas
do mundo dos cicerones.

O que se aprende nas escolas:
o mais-que-imprestável,
o futuro sem objetivo,
bulhufas,
nhenhenhéns.

Sempre me entristece vê-los:
estes meninos,
pobres meninos,
pequeninos erros
de carinhas lavadas.
Em filas indianas,
silenciosos
e prontos para
a sessão de tortura.

É triste constatar que muitas pessoas que deveriam ser modelos, os professores principalmente, possam transformar-se nas influências mais negativas: *Todas as coisas humanas têm dois aspectos, à maneira dos Silenos de Alcebíades, que tinham duas caras completamente opostas. Por isso é que, muitas vezes, o que à primeira vista parece ser a morte, na realidade, observado com atenção, é a vida. E assim, muitas vezes, o que parece ser a vida é a morte; o que parece belo é disforme; o que parece rico é pobre; o que parece infame é glorioso; o que parece douto é ignorante [...].*

Séculos de um processo de emburrecimento. Entretanto, o fruto máximo da nossa sofisticação intelectual parece estar agora brotando. Esta exuberante ascensão filosófica poderá nos redimir, quem sabe, da estreiteza de pensamento! Primeiro surgiu a face alvar de Olavo de Carvalho. Um apedeuta furioso e prolixo, mas que deu certo: criou fama, publicou milhares de páginas, indicou ministros de estado, cativou leitores e até discípulos. Aberta a trilha da insciência, apareceram outros: Felipe Pondé (lê-se Pondê, em francês, claro), com formação universitária, mas para quem a atividade filosófica é uma estereotipia da aparência – barba branca, óculos de aros finos, crânio raspado, cachimbo, copo de uísque na mão, face meio crispada pelo esforço rigoroso que todo pensamento profundo exige (e Auguste Rodin imortalizaria no *Le Penseur*). Você olha para ele e conclui com certeza: - *Estou diante de um filósofo!*. No vácuo e na poderosa esteira desses pensadores surgiu Leandro Karnal, híbrido de padre e garçom, servindo o alimento espiritual definido no prato do dia. Dono de uma dentição prodigiosa, transformou o conceito de autoajuda, após concentrada mastigação, em graves reflexões ontológicas e epistemológicas: *To be or not to be, that is the question.*

E o que fizeram os líderes religiosos diante da pandemia e do rebanho apavorado? Preocuparam-se com a queda na arrecadação dos dízimos. Os estelionatários das almas alheias só têm a preocupação metafísica do dinheiro. Muitos templos no Brasil viraram picadeiros, com rituais de curas e gritarias histéricas. As nossas crenças religiosas são baseadas num sistema de trocas que lembram de perto um comércio. Entre os fiéis e pastores, pura exploração econômica, sem nada de sobrenatural. Entre os fiéis e Deus, um sistema jurídico rígido e perverso, permeado de recompensas e punições. Tudo que Espinosa repudiava: *Um desses homens que não hesitaria em seguir todos os seus desejos se o medo do inferno não o restringisse. Abstêm-se de más ações e cumpre as ordens de Deus, como se fosse um escravo, contra a sua vontade, e em troca da sua escravidão espera ser recompensado com dons que prefere ao amor Divino*. O que reforça as perguntas sarcásticas feitas por Borges: *O que é o céu senão um suborno, e o que é o inferno senão uma ameaça?* Religiões que funcionam de forma precária e hipócrita, a sugerir que a única forma de livrar-se eficazmente de qualquer pecado seria praticando-o. Nestes cultos é espantosa a intimidade dos pastores com o demônio e a topologia detalhada dos infernos, cada um dos quais com as peculiaridades de quem o frequenta: *Quantas lindas lorotas não vão esses doutores impingindo a respeito do inferno? Conhecem tão bem todos os seus apartamentos, falam com tanta franqueza da natureza e dos vários graus do fogo eterno, e das diversas incumbências dos demônios; discorrem, finalmente, com tanta precisão sobre a república dos danados, que parecem já ter sido cidadãos da mesma durante muitos anos.*

As classes privilegiadas fecharam os olhos diante da pandemia. Moedas e patrimônios tornam as pessoas imortais? Todos sabem, a Covid-19 sequela, mata e pune os miseráveis, e a foice acerta bem menos os enricados. Quando ceifa os poderosos, temos a comoção, exibida nos jornais e tvs. É grande o cuidado com a repercussão midiática e as homenagens. A mediocridade dita tais pompas fúnebres. A preocupação com o número de coroas e a perfeição da maquiagem. Um morto bem maquiado é a perfeita decomposição do bom gosto. A gravata compatível, os sapatos eternos bem engraxados e brilhantes. Cuidados para não comprometer a dignidade e a importância do defunto, o velório e o sepultamento, o portão da eternidade aberto por um mordomo bem vestido. Antes pagavam as carpideiras. Hoje elas desempenham o papel de graça, apenas para aparecer nas fotos dos jornais ou na tv: *Quero referir-me aos ricos que, vendo chegar o fim dos seus dias, providenciam grandiosos preparativos para uma passagem magnífica ao túmulo. É com grande prazer que se observa como esses moribundos se aplicam seriamente às suas pompas fúnebres. [...] Por tudo isso, nunca terei louvado bastante a Pitágoras por se ter transformado em galo. Esse filósofo, em virtude da metempsicose, passou por todos os estados: filósofo, homem, mulher, rei, confidente, peixe, cavalo, rã e creio até que esponja. E, depois de todas essas transmigrações, declarou que o homem era o mais infeliz de todos os animais, pois todos os outros estão satisfeitos de ficar nos limites prefixados pela natureza, enquanto só o homem se esforça por ultrapassá-los.*

Entretanto, denunciando a mediocridade com tal veemência e vendo-a espalhar-se por todos os recantos, quando ninguém mais ruboriza, pois quase todos podem reclamar sua parte na estupidez coletiva; apontando-a no STF e na PGR; na Câmara dos Deputados e no Senado, onde se acoitam as hostes e as matilhas que se chamam partidos políticos; sentada hoje obstinadamente no tron(c)o da Presidência da República junto aos quatro filhos desajustados; nas escolas e nas universidades; nas corporações e nos consultórios médicos; nas igrejas e nos templos, ruminando credos e cobrando dízimos no portão do Paraíso; dramatizada nas telenovelas e no BigBrotherBrasil; nas letras de músicas; nos filmes; nos programas milenares da tv brasileira, com seus faraós insepultos: Silvio Santos, Faustão, Ana Maria Braga, Ratinho e Datena; nos jornais, nos livros, nas revistas (Veja, IstoÉ, Caras, Coroas & Corjas, Cracas & Cucas); no Youtube, no Facebook e no WhatsApp: não serei eu, que ando em tão parca companhia, um Simão Bacamarte pontificando em Itaguaí? Eu, apenas eu, terei razão e todos estarão errados? Apenas meu espírito logrou esquivar-se da mediocridade planetária? E, o que parece impossível, da mediocridade nacional?

Em lugar de uma resposta e de um epílogo, quero oferecer-vos duas sentenças: A primeira, de Oscar Wilde: *A cada bela impressão que causamos, conquistamos um inimigo. Para ser popular é indispensável ser medíocre.* A segunda, de Maquiavel: *A mediocridade e o anonimato são a melhor escolha.*

Cristo carregando a cruz – Hyeronimus Bosch (entre 1510-1535) – Óleo sobre madeira – 76,7 cm x 83,5 cm

Museu de Belas-Artes de Ghent (Bélgica)

Cristo, serenamente cumprindo o seu destino, cercado pela agitada mediocridade humana em forma de caricatura, da qual não escapa nem mesmo a Verônica (ao lado do bom ladrão), que parece exibir um meio-sorriso esnobe. Ali, o único realmente virtuoso seria Simão de Cirene, que ajuda o mártir a carregar a cruz, mas do qual só vemos parte das mãos e do rosto. Não sabemos ao certo, pois ele permanecerá nas sombras.

Elogio da Mediocridade

1 - Soneto da Mediocridade

> *Em nosso país a vulgaridade é um título, a mediocridade um brasão.*
> *Machado de Assis*

Este é o país da eterna mediocridade,
onde o mais ínfimo sempre viceja,
e esta a nossa mais triste realidade:
a burrice do outro nos causa inveja.

Elegemos um canalha em mito,
saudamos a qualquer Pai do Povo,
seja ele vil por vocação e mérito,
amante submisso e até baba-ovo.

Para tudo dizemos: – Com certeza!
Embora nada saibamos de nada.
E vem de nossa dúbil natureza:

afirmar sem saber que se afirma,
ir sem ter ido, dormir na estrada,
uma vela ao diabo e outra para cima.

2 - Improviso do amigo morto

Para José Roberto (J. Bob),
com o verso de Pessoa:
Hoje, falho de ti, sou dois a sós.

Eu sei que não me disse Adeus,
meu amigo.
É apenas um Até Breve.
Sei também o quanto durou nossa despedida.
Transpomos até mesmo a pandemia,
com tantas vidas ceifadas pela Morte
que sobreviver pegou jeito de Farsa.
Farsantes e debochados,
nós sempre fomos.
Mas nunca tolos,
tampouco eternos.

Contudo, não funciona como escolha:
ali não somos os donos do jogo,
e assim se repartem os destinos.
– Poderia ser diferente?
Fazendo a pergunta,
revejo seu rosto no sonho,
junto do pai,
o velho Ayres,
na sala pequena,
a manhã manchada de um sol gelado,
e os dois rindo de mim.
Ao sair me vi chorando em um deserto.

Por seis meses nos esqueceram, as Parcas.
Tantos fios a cortar que elas se esqueceram!

E pudemos refazer nossa amizade,
aquelas antigas lembranças
feito bons vinhos dormindo numa adega.
E o fizemos com este bem, o mais precioso,
recebido por nós numa dádiva – o tempo.
O que mais pareceu um presente inusitado,
entregue a dois meninos, tristes e sozinhos:
um, em Santa Bárbara;
o outro, em Aiuruoca.
Presente que nos foi dado e de graça,
àqueles que já não se alegravam nos Natais.

ELOGIO DE CARTOLA (ANGENOR DE OLIVEIRA)

Sobre o cantor, violonista, compositor e poeta carioca

Angenor de Oliveira, conhecido como *Cartola* (Rio de Janeiro, 11 de outubro de 1908 – 30 de novembro de 1980) foi um dos maiores compositores da história da música popular brasileira. Nasceu no Bairro do Catete, terceiro dos dez filhos do casal Sebastião Joaquim de Oliveira e Aída Gomes de Oliveira. Apesar do nome de Agenor, foi registrado como Angenor, fato corriqueiro nos cartórios da época.

Tinha oito anos quando a família mudou-se para a rua das Laranjeiras, numa vila construída para os operários da Fábrica de Tecidos Aliança, onde o pai trabalhava. Foi lá que participou dos ranchos carnavalescos, seu primeiro contato com a música popular. Rancho (agremiação comum nos bairros cariocas mais pobres) era a exibição de um cortejo, com rei e rainha, ao som de marcha, executada com instrumentos de sopro e corda, e ritmo mais pausado que o samba. Usavam vestimentas vistosas e os destaques eram para a porta-estandarte e o mestre-sala, que abriam o desfile. Naquela vila exibiam-se os ranchos União da Aliança e Arrepiados. O menino participava no Arrepiados, acompanhado do pai, que tocava cavaquinho: *Eu aprendi a tocar violão sozinho. Meu pai tocava e eu ficava olhando pros dedos dele. Quando saía pra trabalhar eu pegava o violão e repetia o que ele fazia. Quando saí de casa já arranhava um pouco. Comecei com o cavaquinho, mas depois passei para o violão.*

Todavia, com a morte do avô, que ajudava nas despesas da casa, foram obrigados a mudarem-se para o morro da Mangueira, então pequena favela com menos de cinquenta barracos. Um dos moradores, Carlos Cachaça (Carlos Moreira de Castro, 1902-1999), seis anos mais velho, se tornaria amigo fiel e parceiro em dezenas de sambas. Cartola estava com apenas onze anos (1919) quando chegou à sua definitiva pátria musical, onde adotaria o ritmo no qual se tornaria mestre – o samba. Uma atividade artística ainda restrita aos morros e subúrbios, sinônimo de malandro e vagabundagem para a polícia, mas a alegria das favelas cariocas. Só bem mais tarde seria redimido e elevado a verdadeiro símbolo rítmico do país.

O pai de Cartola, seu Sebastião, alugou uma das únicas casas de alvenaria para sede oficial da Escola de Samba. No entanto, o nascimento de mais três filhos – Dagmar, Arquimedes e Alcides – e as perpétuas dificuldades financeiras provocaram atritos. Sebastião obrigaria Cartola a trabalhar desde cedo e ainda exigia a entrega mensal do parco salário para as despesas da casa. O primeiro emprego foi em uma tipografia. *Comecei numa tipografia pequena, na avenida Mem de Sá. Chama-se O Norte. Antes eu tinha feito o teste no Jornal do Brasil, mas eu era muito pequeno, não tinha idade. Mas já era margeador. Fui elogiado, coisa e tal, mas não pude trabalhar por causa da idade. Depois trabalhei em uma porção de tipografias por aí.* Após esses empregos temporários, o jovem Angenor começou na dura vida de pedreiro. Foi quando ganharia o apelido de Cartola, dos debochados companheiros de trabalho, pois passou a usar um chapéu-coco (não uma cartola) para proteger-se da constante chuva de pó e cimento dos andaimes no pátio da construção. *Quando tinha quinze anos, trabalhava numa gráfica. Ia para o trabalho e passava por uma obra e via o pessoal todo trepado nos andaimes a assoviar para as garotas. Às vezes davam sorte. Pensei: isso é que é emprego. Passei a trabalhar na obra e como o cimento caísse sempre sobre minha cabeça, arranjei uma cartola e passei a usá-la, mas não só nas horas de serviço, mas na rua também. Tinha grande carinho por ela. Todas as noites a escovava e, já pela manhã, ia trabalhar de cartola. Meus companheiros passaram a me chamar de Cartola e ninguém me conhece diferente hoje!*

Mas a agitação musical na favela da Mangueira fascinara Angenor mais do que aquele triste dia a dia de esforço muscular, sem verdadeira graça e mal remunerado. Bem diferente do que imaginara olhando de longe. Não era só assobio e paquera. Trabalho duro. E ele desejava outras coisas mais divertidas e belas: *Samba duro e batucada é a mesma coisa. A gente fazia isso a qualquer hora, em qualquer dia. Juntavam umas vinte pessoas – homens e mulheres – e a gente começava a cantar. Apenas uma linha ou duas de coro e os versos improvisados. Isso é que é partido alto. Os únicos instrumentos eram o pandeiro e o violão, o prato e a faca, e no coro as mulheres batiam palmas. Aí um – o que versava – ficava no meio da roda e tirava um outro qualquer. Aí, dançando e gingando, mandava a perna. O outro que se virasse pra não cair.*

Estava com 17 anos quando a mãe morreu. Em seguida, após outros desgastantes conflitos com o pai, termina expulso de casa. Levou por algum tempo vida de vadio, bebendo muito e namorando nas zonas de prostituição, a perambular pelas noites, nas madrugadas, e até dormindo dentro de trens de subúrbio: *Dormia no trem da Central que ia até a Estação de Dona Clara, fazendo a viagem de ida e volta a noite inteira.* Algum tempo depois, de volta à Mangueira, não encontraria o pai. Ele fora embora, deixando um recado, quase uma praga, para o filho desajuizado: *Vou-me embora deste morro, mas deixo aqui um Oliveira para fazer a vergonha da família.*

O adolescente foi levando a vida ao deus-dará, com biscates, sem compromissos, daqui e dali, aceitando entrega de encomendas e até preparo de despachos de macumba. Total desinteresse pelas vagas nas fábricas e olarias perto do morro. Completou a formação (estudaria até a quarta série primária) entre as rodas de samba e a malandragem. Sem satisfação para dar a mais ninguém, caiu na vida. Aos 17 anos, mal alimentado, triste e sozinho, sem pai nem mãe, enfraquece e fica doente, vítima das *doenças do mundo: Eu estava na pior. Todo engalicado. Eu tinha gonorreia, cancro duro, cancro mole, mula, cavalo, o diabo. Gemia o dia inteiro naquela cama. Aí, uma vizinha, com pena, passou a cuidar de mim. Fazia sopinha, trazia. Lavava minha roupa. Me dava remédio. Como uma verdadeira mãe.* Os cuidados salvadores vieram de Deolinda da Conceição, casada com Astolfo de Oliveira, e já com uma filha de dois anos, Ruth. Apaixonada por Cartola, deixaria o marido. Então, o compositor, aos 18 anos, adota (ou é adotado) uma mulher com a filha pequena e até um sogro. Contudo, não endireita como pai de família nem homem de bem. Embora fosse o melhor pedreiro do morro, não apreciava trabalho pesado. Deixaria toda a responsabilidade do sustento para Deolinda, que lavava e cozinhava para fora. À época, já se firmara como dos melhores e mais criativos compositores do morro, ao lado dos amigos Carlos Cachaça e Gradim. Fazia parte de uma turma de baderneiros e valentões, o Bloco dos Arengueiros (1925), origem da Estação Primeira da Mangueira, hoje das mais tradicionais da história do carnaval brasileiro.

No livro Cartola: todo o tempo que eu viver (Corisco Edições, 1988), Roberto Moura explica: *A progressiva marginalização do pobre no espaço da cidade, assim como a contínua perseguição ao seu comportamento e aos traços de sua vida social – vista com desconfiança pelos poderes públicos, mesmo nos dias de franquia do carnaval – davam vazão aos atos de violência e vandalismo de grupos compostos de brigões e batuqueiros como os Arengueiros, que reunia tanto os compositores da antiga quanto os novos, e trazendo no bojo, e como garantia, os valentes. O bloco Arengueiros ia assumindo as características de seus integrantes, expressando-se não só através do ritmo quente do samba carioca, mas também através de uma postura agressiva e desabusada do sambista, afirmativa do negro livre e em conflito com as regras da sociedade que o recusava.*

A possibilidade de unificar o morro através de uma Escola de Samba que fornecesse representação diante das instituições públicas e até habilitando-a a eventuais patrocínios – já dispensado aos ranchos –, começou a mobilizar a gente da comunidade. A Escola de Samba Estação Primeira de Mangueira nasceria da convergência dos desejos da população com o espírito poético e combativo do grupo de sambistas. Sendo assim, em 28 de abril de 1928, na Travessa Saião Lobato, número 21, Euclides Roberto dos Santos, Pedro Caim, Abelardo Bolinha, Saturnino Gonçalves, José Gomes da Costa (Zé Espinhela), Marcelino José Claudino (Massu) e Angenor de Oliveira (Cartola) fundaram a Estação Primeira de Mangueira. As cores verde e rosa (lembrança das cores do rancho da infância) e o nome foram escolhidos por Cartola: *Eu resolvi chamar de Estação Primeira porque era a primeira estação de trem, a partir da Central do Brasil, onde havia samba.* A partir da Escola, o Buraco Quente – alcunha da Travessa Saião Lobato – tornou-se ponto de encontro. Começava, com a fundação da Escola de Samba, uma nova fase na vida do mestre Cartola. O samba Chega de Demanda (1928) foi o primeiro composto para desfile, no carnaval de 1929. Ao contrário do que ocorre hoje, apresentava apenas uma estrofe, cantada em estribilho, e durante o desfile ocorriam improvisos:

> Chega de demanda
> Chega
> Com este time temos que ganhar
> Somos da Estação Primeira
> Salve o Morro de Mangueira.

Assim Roberto Moura explica a letra da pequena estrofe: *Demanda, uma palavra única, com uma semântica vinda da macumba, significando alguma coisa próxima de disputa, combate, rivalidade, rixa. Chega! Para com isso, não podemos mais ficar divididos! Com esse time, com aqueles que naquele momento eram a Mangueira, mas que, como time, precisava de conjunto, projeto, de uma utopia de afirmação coletiva, de uma forma de convívio possível, de uma história, de uma dinâmica coletiva. Somos é uma gente que não aguenta mais perder. Agora é ganhar. Nós somos, e juntos afirmamos uma identidade. A Estação Primeira, do trem suburbano entre São Cristóvão e São Francisco Xavier, na verdade, não a primeira na ordem da linha da estrada de ferro, mas no valor daquela gente que se unia, farta. Salve o Morro da Mangueira: e unidos para a vitória, a sobrevivência, o direito de existir como uma comunidade.*

O rádio, aliado da política governista e das estratégias empresariais, teria uma participação importante no processo. Em 1923, inaugurou-se a primeira emissora de rádio brasileira – a Rádio Sociedade do Rio de Janeiro, uma iniciativa do antropólogo Roquete Pinto. Três anos após, a Rádio Mayrink Veiga e a Rádio Educadora. Os programas de grande audiência surgiriam depois da Revolução de 30, sendo um dos pioneiros o Programa Casé (1932), na Rádio Philips. Em 1928, já se ampliara o mercado de discos: a Casa Edison, de propriedade da Odeon, a Parlophone e a Columbia.

Por mais e mais repertório, para o consumo dos ouvintes, aconteceu uma verdadeira corrida aos redutos do samba. Simples compra do produto cultural, sem beneficiar o criador, nem mesmo com o justo título da autoria. Cartola fez parte dessa primeira leva de vendedores de músicas a troco de nada. Verdadeira perversidade. Roberto Moura, em Cartola: todo o tempo que eu viver: *Partiu daí a descoberta de que o samba valia dinheiro e que, supostamente, o negro poderia viver fazendo música, cantando e tocando como profissional – um profissional de sua arte, original. Era um ritmo novo, que fascinava a população da cidade, mas que pedia uma série de adaptações a que os compositores tinham que se conformar (um diálogo inicialmente proveitoso e necessário entre as partes que, com o tempo, tornou-se danoso). Veja-se que antes do disco o samba tinha uma estrutura aberta, de autoria múltipla e complexa, de responsabilidade da improvisação do ouvinte, que também era parceiro da composição. O samba estava à disposição de quem tivesse bom ouvido e talento. Desejava-se agora um produto de entretenimento, de reconhecimento e reprodução imediata, para o imediato consumo dos estabelecimentos culturais e musicais da cidade.*

Dos sambas, além de Que infeliz sorte, vendido a Mário Reis e gravado por Francisco Alves, foram negociados: Tenho um novo amor (gravado por Carmen Miranda) e Diz qual foi o mal que te fiz. Essa foi a fase mais prolífica de Cartola. Aumentou também o número de parceiros: Baiaco, Arlindo, Maciste Carioca, Isaltino Custódio, Arthur Faria, Silvio Caldas, Noel Rosa, Aluízio Dias e Paulo da Portela.

Em 1932, a Mangueira foi campeã do desfile promovido pelo jornal O Mundo Esportivo, com o samba Pudesse meu ideal, fruto da primeira parceria com Carlos Cachaça. Em 1933, Cartola viu pela primeira vez um dos seus sambas se tornar sucesso comercial: Divina Dama. Em 1935, novamente a Mangueira desfilou com um samba premiado de Cartola – Não quero mais, parceria com Carlos Cachaça e Zé da Zilda. Esse foi regravado em 1973, por Paulinho da Viola, com o título Não quero mais amar a ninguém. Para aprimorar as letras, Cartola começou a ler poemas: Castro Alves, Gonçalves Dias, Olavo Bilac, Camões e Guerra Junqueiro, seu preferido.

Em 1940, Cartola foi convidado pelo maestro e compositor erudito Heitor Villa-Lobos, a formar um grupo de sambistas – entre eles, Donga, Pixinguinha, João da Banana – para fazer gravações para outro maestro, mundialmente famoso, o norte-americano Leopold Stokowski, que percorria a América Latina recolhendo músicas nativas. Dos sambas que Cartola gravou a bordo de um navio, Quem me vê sorrindo saiu em um dos quatro discos de 78 rpm lançados comercialmente nos Estados Unidos pela Columbia. Além da sua primeira gravação, foi registrado nesse álbum o coro da Mangueira com as vozes de Dona Neuma e de suas irmãs, a clarineta de Luís Americano, emboladas de Jararaca e Ratinho, a flauta de Pixinguinha, além das participações de Donga e João da Baiana com um arranjo de Villa-Lobos.

Em 1941, Cartola formou (com Paulo da Portela e Heitor dos Prazeres) o Conjunto Carioca, e durante um mês realizaram apresentações em São Paulo, num programa da Rádio Cosmos. Entretanto, daí em diante, Angenor desapareceu do ambiente musical. A verdade é que, na época, com a morte de Deolinda, companheira de vinte e três anos, ele resolvera deixar o morro. Infelizmente, dos anos 50 à década de 60, o mestre da verde-e-rosa passou por duras privações, com empregos que lhe garantiam apenas uma subsistência miserável. Para resgatá-lo, surgiria Euzébia Silva de Oliveira, a luminosa Dona Zica, a Divina Dama, com quem, a partir de 1952, iniciou um convívio que o levaria de volta à Mangueira. Quando Eusébia encontrou-o, o sambista estava em estado lastimável, entregue à bebida, desdentado e sobrevivendo de biscates – e, ainda, com um problema no nariz devido a uma forma grave de acne – a rinofima. O alcoolismo costuma piorar as lesões e o tratamento envolve cirurgia, à qual ele se submeteria depois. Todavia, tendo retornado ao morro, não mais reconhecia a escola que fundara, a amada Mangueira. A crescente importância do Carnaval no turismo da cidade criara um ritualismo burocrático que tomaria conta do processo criativo e dos desfiles, com alterações estéticas que pediam uma nova safra de sambistas. Cartola não mais visitava a sede ou participava de reuniões e ensaios. Sua presença não importava nem as opiniões, que soavam retrógradas, pareciam não mais refletir as necessidades na relação do morro com a cidade.

Na contramão, coerente, permaneceria fiel à sua arte, como bem definiu José Ramos Tinhorão (História da Música Popular Brasileira, Editora Abril Cultural,1988): *Cartola teve a sabedoria de evoluir mantendo-se em absoluta coerência com as condições não apenas da sua realidade pessoal, mas também da cultura média dos seus iguais. Em nome dessa coerência, por exemplo, deixaria de compor sambas de enredo para a Mangueira quando percebeu que as expectativas, dos líderes de sua Escola de Samba, voltaram-se ingenuamente para fora, isto é, para a aceitação de valores que não correspondiam à realidade de sua gente.*

O velho sambista vivia agora de biscate em biscate, sendo redescoberto pela mídia somente em 1956, quando o cronista Sérgio Porto encontrou-o lavando carros em uma garagem de Ipanema. Foi levado para cantar na Rádio Mayrinck Veiga, e logo depois o jornalista Jota Efegê arranjou-lhe um emprego no jornal Diário Carioca. Por fim, em 1961, tornou-se funcionário público – por intermédio de Guilherme Romano, que o empregou na COFAP – o que lhe trouxe alguma estabilidade econômica.

Em 21 de fevereiro de 1964, ao lado de Eugênio Agostini e mais três sócios, Cartola e Zica inauguraram o restaurante Zicartola, na Rua da Carioca, que viraria ponto de encontro cultural do morro e da gente da Zona Sul. Além da boa cozinha, administrada por Zica, o estabelecimento oferecia excelente música, com a presença de sambistas famosos. Cartola relembra: *Fiz muitos amigos e é isso que interessa. Naquele tempo ninguém pensava em ficar rico com uma casa de samba. Muita gente que hoje está aí começou no Zicartola. O primeiro cachê do Paulinho da Viola quem pagou fui eu. Os meninos estudantes eram gente muito boa. Não tenho saudades, mas foi um tempo muito bom.* Apesar do sucesso, o Zicartola durou pouco (de setembro de 1963 a maio de 1965). Da sociedade inicial, a empresa passou a ser apenas de Zica e de Alcides de Souza. No entanto, despreparados para administrar, acabaram por deixar o negócio nas mãos de Jackson do Pandeiro. Nesta fase, Cartola oficializou sua união com Dona Zica. Às vésperas do casamento, compôs o samba Nós Dois, em que exalta a união:

Quem me vê sorrindo

Quem me vê sorrindo pensa que estou alegre
O meu sorriso é por consolação
Porque sei conter para ninguém ver
O pranto do meu coração
O pranto que eu verti por este amor, talvez
Não compreendeste e se eu disser não crês
Depois de derramado, ainda soluçando
Tornei-me alegre, estou cantando
Quem me vê sorrindo pensa que estou alegre
O meu sorriso é por consolação
Porque sei conter para ninguém ver
O pranto do meu coração
Compreendi o erro de toda humanidade
Uns choram por prazer e outros com saudade
Jurei e a minha jura jamais eu quebrarei
Todo pranto esconderei
Quem me vê sorrindo pensa que estou alegre
O meu sorriso é por consolação
Porque sei conter para ninguém ver
O pranto do meu coração
Nós dois
Está chegando o momento
De irmos pro altar
Nós dois
Mas antes da cerimônia
Devemos pensar em depois
Terminam nossas aventuras

Chega de tanta procura
Nenhum de nós deve ter
Mais alguma ilusão
Devemos trocar ideias
E mudarmos de ideias
Nós dois
E se assim procedermos
Seremos felizes depois
Nada mais nos interessa
Sejamos indiferentes
Só nós dois, apenas dois,
Eternamente.

Mesmo sumido, Cartola ainda foi lembrado em 1952, quando Gilberto Alves gravou o samba-canção Sim (parceria com Oswaldo Martins):

Sim

Deve haver o perdão
Para mim
Senão nem sei qual será
O meu fim
Para ter uma companheira
Até promessas fiz
Consegui um grande amor
Mas eu não fui feliz.

E com raiva para os céus
Os braços levantei
Blasfemei
Hoje todos são contra mim
Todos erram neste mundo

>Não há exceção
>Quando voltam à realidade
>Conseguem perdão
>Por que é que eu, Senhor
>Que errei pela vez primeira
>Passo tantos dissabores
>E luto contra a humanidade inteira.

A evolução de sua obra e o convívio com os parceiros de classe média fizeram com que colocassem em dúvida a autoria de algumas letras (daí a decisão posterior de abandonar todas as parcerias). No período, gravou discos individuais, conseguiu um relativo conforto financeiro e compôs trabalhos considerados antológicos, como As rosas não falam. Em 1970, apresentou uma série chamada Cartola Convida, no antigo prédio da UNE, na Praia do Flamengo. Ainda nessa época, participou dos shows promovidos pelos produtores Jorge Coutinho e Leonides Bayer (Samba do Teatro Opinião): *Essa fase, eu estou achando a fase mais importante da minha vida. Hoje sou rodeado de amigos, mas amigos que eu fiz. Plantei e agora estou colhendo, porque eu sou um sujeito muito humilde, não tenho vaidade. E não há quem não goste de uma pessoa que não seja vaidosa. Porque a vaidade prejudica muito. Sobe à cabeça e a gente perde tudo que pode ganhar. Então eu trato todos com humildade, considero os meus amigos, sou considerado por eles, e acho que tudo que eu faço não é nada.*

As rosas não falam

>Bate outra vez,
>Com esperanças o meu coração,
>Pois já vai terminando o verão,
>Enfim.
>Volto ao jardim,
>Com a certeza que devo chorar,
>Pois bem sei que não queres voltar
>Para mim.
>Queixo-me às rosas.

Mas que bobagem,
As rosas não falam,
Simplesmente as rosas exalam
O perfume que roubam de ti, ai.
Devias vir
Para ver os meus olhos tristonhos,
E, quem sabe, sonhavas meus sonhos,
Por fim.

Mas foi somente em 1974, que o compositor gravou seu primeiro LP, etiqueta Marcus Pereira. Aos 66 anos de idade, o lançamento do primeiro disco obteve sucesso absoluto de crítica e foi colocado entre os melhores do ano (Jornal do Brasil, Revistas Veja, Fatos & Fotos e Associação Paulista de Críticos de Arte) e de todos os tempos (Revista Status). Em 1978, quase aos 70 anos, transferiu-se da Mangueira para uma casa simples em Jacarepaguá, buscando tranquilidade, mas sempre voltava para visitar os amigos do morro. A mudança justificava-se: não tinha mais sossego na Mangueira, transformada em ponto turístico de compositor famoso: *Quando somos jovens queremos muito movimento. Vivi anos na Mangueira, no carnaval era um verdadeiro farrista. Como todo jovem, não pensava no futuro, mas também não calculava chegar a esta idade. Aos 20, pensava que não chegava aos trinta e fui pensando assim até passar dos cinquenta. Nunca tive uma doença, e espantado com meu organismo, que aguentava tanto, comecei a pensar seriamente na velhice, em saúde, hospital, dependência, essas coisas que a gente pensa depois de certa idade. E comecei a guardar umas economias num canto. O que tinha de fazer de errado ou de certo no passado já fiz. Agora na minha velhice, quero é viver tranquilo. Daqui pra frente não quero mais nada.* Foi a primeira casa própria do artista, o máximo que ele conseguira e quase no final da vida. Na frente seria inaugurada uma praça com o nome de As rosas não falam. Naquele mesmo ano, estreou o segundo show individual – Acontece. E, em novembro, por ocasião de seu septuagésimo aniversário, recebeu uma grande homenagem na quadra da Mangueira. Em fins de 1979, Cartola participou de um programa na Rádio Eldorado, da cidade de São Paulo, no qual contou um pouco da vida e cantou músicas inéditas. Essa entrevista foi posteriormente lançada em LP, na década de 1980, com o nome Cartola – Documento Inédito.

Pouco antes da morte do compositor, Carlos Drummond de Andrade escreveu esta crônica (Jornal do Brasil, de 27/11/80): [...] *Cartola sabe sentir com a suavidade dos que amam pela vocação de amar, e se renovam amando. Assim, quando ele nos anuncia: "Tenho um novo amor", é como se desse a senha para a renovação geral da vida, a germinação de outras flores no eterno jardim. O sol nascerá, com a garantia de Cartola. E com o sol, a incessante primavera. A delicadeza visceral de Angenor de Oliveira (e não Agenor, como dizem os descuidados) é patente quer na composição, quer na execução. Como bem me observou Jota Efegê, seu padrinho de casamento, trata-se de um distinto senhor emoldurado pelo Morro da Mangueira. A imagem do malandro não coincide com a sua. A dura experiência de viver como pedreiro, tipógrafo e lavador de carros, desconhecido e trazendo consigo o dom musical, a centelha, não o afetou, não fez dele um homem ácido e revoltado. A fama chegou até a sua porta sem ser procurada. O discreto Cartola recebeu-a com cortesia. Os dois convivem civilizadamente. Ele tem a elegância moral de Pixinguinha, outro a quem a natureza privilegiou com a sensibilidade criativa e que também soube ser mestre de delicadeza [...] Cartola discorrendo com modéstia e sabedoria sobre coisas da vida. "O mundo é um moinho...". O moleiro não é ele, Angenor, nem eu, nem qualquer um de nós, igualmente moídos no eterno girar da roda, trigo ou milho que se deixa pulverizar. Alguns, como Cartola, são trigos de qualidade especial. Servem de alimento constante. A gente fica sentindo e pensamenteando sempre o gosto dessa comida. O nobre, o simples, não direi o divino, mas o humano Cartola, que se apaixonou pelo samba e fez do samba o mensageiro de sua alma delicada. O som calou-se e "fui à vida", como ele gosta de dizer, isto é, à obrigação daquele dia. Mas levava uma companhia, uma amizade de espírito, o jeito de Cartola botar em lirismo a sua vida, os seus amores, o seu sentimento do mundo, esse moinho, e da poesia, essa iluminação.*

Cartola morreu devido a um câncer da tireoide, em 30 de novembro de 1980, aos 72 anos de idade. A partir dessa data sucederam-se consagrações, homenagens e resgates. Em 1982, foi lançado o LP Cartola Documento Inédito, com uma entrevista realizada por Aluísio Falcão; em 1984, o LP Cartola Entre Amigos; em 1987, o LP Cartola 70 anos, por Leny Andrade; e, um ano depois, o LP Cartola Bate Outra Vez, com vários intérpretes.

O mundo é um moinho

Ainda é cedo, amor,
Mal começaste a conhecer a vida.
Já anuncias a hora de partida,

Sem saber mesmo o rumo que irás tomar.
Preste atenção, querida,
Embora eu saiba que estás resolvida,
Em cada esquina cai um pouco a tua vida.
Em pouco tempo não serás mais o que és.
Ouça-me bem, amor,
Preste atenção, o mundo é um moinho:
Vai triturar teus sonhos, tão mesquinho,
Vai reduzir as ilusões a pó.
Preste atenção, querida,
De cada amor tu herdarás só o cinismo,
Quando notares estás à beira do abismo,
Abismo que cavaste com os teus pés.

Preciso me encontrar

Deixe-me ir.
Preciso andar,
Vou por aí a procurar,
Rir pra não chorar.
Deixe-me ir.
Preciso andar,
Vou por aí a procurar,
Rir pra não chorar.
Quero assistir ao Sol nascer,
Ver as águas dos rios correr,
Ouvir os pássaros cantar,
Eu quero nascer,
Quero viver.
Deixe-me ir.
Preciso andar,
Vou por aí a procurar,

Rir pra não chorar.
Se alguém por mim perguntar.
Diga que eu só vou voltar.
Depois que me encontrar.
Quero assistir ao Sol nascer,
Ver as águas dos rios correr,
Ouvir os pássaros cantar,
Eu quero nascer,
Quero viver.
Deixe-me ir.
Preciso andar,
Vou por aí a procurar,
Rir pra não chorar.
Deixe-me ir preciso andar,
Vou por aí a procurar,
Rir pra não chorar.
Deixe-me ir preciso andar,
Vou por aí a procurar,
Rir pra não chorar.

O Sol Nascerá

A sorrir
Eu pretendo levar a vida,
Pois chorando,
Eu vi a mocidade
Perdida.
Fim da tempestade,
O sol nascerá.
Finda esta saudade,
Hei de ter outro alguém para amar.
A sorrir

Eu pretendo levar a vida.
Pois chorando,
Eu vi a mocidade
Perdida.

Corra e olhe o Céu

Linda!
Te sinto mais bela,
Te fico na espera,
Me sinto tão só.
Mas
O tempo que passa,
Em dor maior,
Bem maior.
Linda!
No que se apresenta,
O triste se ausenta,
Fez-se a alegria.
Corra e olha o céu,
Que o Sol vem trazer,
Bom dia!
Ai, corra e olha o céu,
Que o Sol vem trazer,
Bom dia!
Linda!
Te sinto mais bela,
Te fico na espera,
Me sinto tão só,
Mas
O tempo que passa,
Em dor maior,

Bem maior.
Linda!
No que se apresenta,
O triste se ausenta,
Fez-se a alegria.
Corra e olhe o céu,
Que o Sol vem trazer,
Bom dia!
Ai, corra e olhe o céu,
Que o Sol vem trazer,
Bom dia!

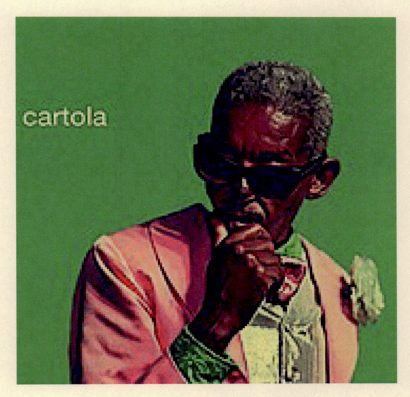

Fonte – Enciclopédia Itaucultural, 2021

Elogios de Cartola

1 - À beira do teu leito

Mãe, eu sento à beira do teu leito,
com o coração tão triste e pesaroso...
A doença que, aos poucos, te consome,
é veneno que circula no meu corpo.

Entanto, esta é a nossa casa,
perfeita e exposta feito um ventre.
Sobre a mesa posta, na toalha branca,
havia sempre leite, pão e esperança.

Mãe, eu sento à beira do teu leito,
e lembro daqueles dias felizes,
que hoje me parecem tão distantes.
As mãos cobrem o meu rosto.

Os meus olhos não querem ver
a tua palidez, os cabelos desfeitos,
teu desespero e inútil aflição,
teu coração se fechando para o mundo.

A casa nada sabe, mas também se fecha,
pelos corredores onde passo mudo,
e é como se as paredes ruíssem,
uma a uma e sem barulho.

Pois é um espaço de desolação e luto
o caminho que agora trilho,
entre soluço, horror e luar frio,

embora outra vez menino.

Mãe, eu sento à beira do teu leito,
com o coração tão triste e pesaroso,
que este velho menino já não sabe
onde ancorar o seu destino.

2 - Mulher no jardim

Deste lugar não há caminho em que se venha.
Mas, no entanto, eu a vejo ali,
junto às flores secas do jardim,
há tanto tempo abandonado.

Mas vejo uma mulher imóvel,
como se dentro de um quadro,
sendo a moldura o canteiro
e o meu olhar amargurado.

Os pés estão quase suspensos,
e o corpo se faz de fino pólen.
Ainda posso enxergar a face,
que, através do véu, me sorri?

Vinda de onde não se vem,
permanece sentada no jardim.
Tenho receio de assustá-la
com qualquer ruído ou movimento.

Não posso sequer me aproximar.
Devo olhá-la longe, em silêncio.
E pensar quando irá embora,
e na minha tristeza, só comigo.

3 - Improviso para Angenor

Mestre Cartola jamais usou cartola,
e tampouco fraque,
bengala ou pincenê.
Muito antes, pelo contrário:
como ajudante de pedreiro
juntava é cimento na bitola.

Chovia poeira dos andaimes
e sujava os olhos, os cabelos.
Cartola pôs um chapéu de coco
para fugir de tais atropelos.
Nas mãos nasceram calos,
de tanto empurrar carrinho,
de tanto empunhar martelo,
mas a alma permaneceu delicada,
no samba e no cavaquinho.

Trabalhou em tipografia,
foi lavador de carro,
namorador e cachaceiro,
entregador de recados,
office boy de macumba.
Largado no mundo cão,
dormiu em vagão de trem,
pegou doenças de rua,
vagueou olhando a lua
e quase morreu de fome.

Perdido na bacia das almas
foi salvo por duas vezes,

salvo por duas mulheres:
Deolinda e dona Zica,
que nele não viram o mendigo,
mas sobretudo o poeta,

O Mestre fundou escola
e lhe deu nome inventivo:
Estação Primeira da Mangueira,
e lhe pintou as cores – verde e rosa.
Foi sambista naquele tempo
de malícia, sufoco e xilindró..

Vendeu músicas de graça.
Uma casinha só depois de velho,
em Jacarepaguá, bairro simples,
para viver com a companheira,
dona Zica, a divina dama.

Lugar tranquilo para compor
e ficar em paz.
Satisfeito com pouco,
pois ao Mestre Cartola
nunca deram sequer,
e ele também não pediu,
a mais humilde cartola.

ELOGIO
DE WALT WHITMAN

Sobre o jornalista e poeta norte-americano

Walt Whitman (Walter Whitman Jr.) nasceu em 31 de maio de 1819, em West Hills (Long Island), Nova Iorque. O segundo dos nove filhos de Walter Whitman, carpinteiro, e Louisa Van Vesor. De 1920 a 1930, a família vive em Long Island e no Brooklyn, onde frequenta a escola primária. Teve apenas seis anos de educação formal, até deixar os estudos aos onze anos para trabalhar como office-boy. Aos treze, entrou na carreira de tipógrafo para um jornal. Com vinte e três, estreou na literatura com o romance *Franklyn Evans, ou O ébrio*, obra sem valor literário, mas que vende surpreendentes 20 mil exemplares, número que ele nunca alcançaria com a publicação dos poemas que ficaram famosos. Jornalista, durante grande parte da vida trabalha em vários periódicos (*Brooklyn Daily Eagle, Daily Times,* New Orleans *Crescent, Evening Post e Brooklyn Freeman*). Também dono de livraria, professor primário, enfermeiro voluntário do exército em Washington, construtor de casas e agente imobiliário. Mas com trinta e seis anos, Whitman publicou a primeira edição de *Leaves of Grass*, um dos marcos da poesia moderna americana e mesmo ocidental, a ponto de receber nove edições do autor até 1892, ano da morte. O escritor argentino Jorge Luis Borges considera que, *em* Leaves of Grass, *Whitman escreveu uma espécie de épico cujo protagonista era Walt Whitman – não o Whitman que escrevia, mas o homem que gostaria de ter sido. [...] A personagem que Whitman criou é uma das mais adoráveis e memoráveis em toda a literatura. É uma personagem como Dom Quixote ou Hamlet, mas alguém não menos complexo e possivelmente mais adorável que qualquer um deles.*

De fato, Walt Whitman foi um escritor surpreendente e originalíssimo. Sobretudo, vejam só, improvável. Em 1848, vinte e nove anos, ainda não produzira nenhum texto digno de nota. Nos dois anos anteriores, fora redator-chefe do Brooklyn Daily Eagle e escrevera folhetos de campanha eleitoral. Já possuía reputação de jornalista polêmico, com ideias próprias, e apresentava-se como democrata radical. Havia publicado alguns poemas medianos, a maioria ruins. O maior feito consistia numa novela banal contra o alcoolismo. Por mais que se procure não é possível encontrar nada que o distinguisse, sendo até mesmo um jornalista que não se destacava nem entre os colegas. Entretanto, com trinta e seis anos, ele publicaria Folhas de Relva (Leaves of Grass), o mais original livro de poemas composto nos Estados Unidos. E o faria por sua própria conta, inclusive desenhando a capa verde florida e compondo-o na gráfica de um amigo do Brooklyn. A primeira edição continha apenas 12 poemas. Das reedições, as mais importantes, com acréscimos e modificações, foram as de 1856 (32 poemas e a carta elogiosa de Emerson) e a de 1860. A edição do leito de morte (1892), com 438 páginas, seria o legado de toda a vida. Seis grandes peças (grandes em todos os sentidos) destacam-se: Song of Myself (Canção de mim mesmo), extensa, com 52 estrofes em mais de 50 páginas e, segundo Horace Traubel, o *poema mais desconexo, mais espontâneo e mais fragmentado jamais impresso,* considerado uma obra-prima; The Sleepers (Os Adormecidos); Crossing Brooklyn Ferry (A Travessia na Balsa do Brooklyn); e as três meditações elegíacas – Out of the Cradle Endlessly Rocking (Do Berço embalando-se sem cessar); As I Ebb'd with the Ocean of Life (Enquanto eu refluía com o Oceano da Vida); When Lilacs Last in the Dooryard Bloom'd (Da última vez em que os Lilases floriram no Pátio de Entrada). Outros detalhes incomuns da primeira edição: omitia-se o nome do autor na folha de rosto, o qual só aparece citado no primeiro longo poema do livro (linha 499), quase ao acaso e sem destaque. Encontra-se também a gravura de um homem de barba com um chapéu meio de lado, calças de operário e o colarinho aberto, deixando ver a camiseta de flanela. Mão na cintura, encara o leitor com desafio – orgulhoso, mas um trabalhador comum. Não havia ali nada de um *bobo solene*, próximo à definição irônica de Nicanor Parra (1914-2018). Whitman viraria a poesia tradicional pelo avesso, utilizando o verso livre quando tudo seguia a forma fixa. Falando numa lírica e bela espontaneidade, sem artifícios aparentes, caloroso, entusiasta, abordando temas tabus, inclusive a homossexualidade e a masturbação. Transformara-se na viva Montanha Russa do poeta chileno:

Durante meio século
A poesia foi
O paraíso do bobo solene.
Até que cheguei eu
E me instalei com minha montanha russa.
Subam, se quiserem.
Claro que não me responsabilizo se saírem
Botando sangue pela boca e narinas.

Segundo Harold Blomm, em O Cânone Americano – O espírito criativo e a grande literatura (Ed. Objetiva, 2015): *Folhas de relva é o sublime americano encarnado num livro que é também um homem. O homem não se confunde com Walter Whitman Jr. É o Homem Hermético, pairando sobre o abismo do sono e da morte num equilíbrio precário, antes de cair e se precipitar no oceano do tempo e do espaço.*

Whitman apaga tão bem os vestígios e as influências sofridas que passamos a conhecê-lo como poeta puramente intuitivo – um escritor que começou do zero. Entretanto, Whitman não só lia, como parafraseava e copiava. Via sugestões em George Sand e Michelet, em poetas ingleses sem grandes méritos, mas conhecidos do público (Philip Bailey, Martin Tupper), e na Bíblia, menos com intenções religiosas, mas buscando efeitos tonais e rítmicos. A sua falta de educação formal deixou-o livre para ler sem considerar padrões, consultando desde Ésquilo até Federika Bremer, desde Emerson e Thomas Carlyle (Sartor Resartus) até Fanny Fern (Walt Whitman – A formação do poeta, por Paul Zweig, Jorge Zahar Editora, 1988). Há qualquer coisa de glorioso e perturbador na sensibilidade estética de Whitman, são a sua marca e o auxiliaram a criar um estilo notável. E isso sem mencionar a *estranha miscelânea*: a curiosidade, a leitura de obras científicas sobre astronomia, frenologia (uma pseudociência médica da época) e egiptologia, tendo frequentado bastante o museu egípcio do dr. Abbot, com suas *maravilhosas relíquias*, em Nova Iorque.

Um reconhecimento importante chegaria numa famosa carta (datada de 21 de julho de 1855) do homem de letras mais respeitado dos Estados Unidos – Ralph Waldo Emerson (1803-1882), na qual presumia, *do longo aprendizado que decerto precedera* Leaves of Grass, *a mais extraordinária obra de espírito e sabedoria que até então a América havia produzido*. Na verdade, parece-nos mais um milagre do que um longo e penoso aprendizado. Foi um elogio que Whitman tratou de divulgar, junto com resenhas anônimas nos jornais, escritas por ele mesmo, em termos extravagantes: *grande, orgulhoso, carinhoso, comedor, bebedor e fecundador, seus trajes masculinos e livres, seu rosto queimado de sol e barbado, sua postura forte e ereta. Sua voz trazendo esperança e profecia às generosas raças de jovens e velhos. [...] Se a saúde não fosse o seu atributo marcante, esse poeta seria uma verdadeira prostituta. Joga os braços para todos os lados, envolvendo homens e mulheres com irrecusável amor em seu apertado abraço.*

O título Folhas de Relva, referindo-se ao gramado ou conjunto de ervas rasteiras, simples e despretensioso, ou às folhas de um livro, já demonstrava a intenção de tratar das coisas comuns e corriqueiras que preenchem a vida de qualquer ser humano. Talvez, no verdadeiro espírito de Whitman, a melhor tradução do título em português fosse Folhas de Grama. No Brasil, caberia muito bem Folhas de Capim. Em Portugal aparece, entretanto, como Folhas de Erva. O título pode ser, inclusive, referência ao segundo Isaías (40:6-7):

A voz disse: Clama. E ele disse: Por que hei de clamar? Toda carne é relva, e toda a sua beleza é como a flor do campo.
A relva seca, a flor murcha, por que o espírito do senhor sopra sobre ela: em verdade, a gente é relva.

Para os versos utilizou-se também da experiência nos jornais. Transpôs em parte o idioma jornalístico para uma nova forma, primeiro no trabalho de redator. Escrever editoriais era uma espécie de comunhão com as pessoas, que deleitava Whitman. Fato que ele não esqueceu, anos mais tarde, sempre presente no seu estilo literário inconfundível. O verso ondulado de Whitman tinha a capacidade de acomodar uma espantosa vastidão de tons e temas. Fazia uma seleção nos cadernos, repletos de anotações (principalmente quando caminhava), artigos de jornal, cadernos de rascunhos, passagens de livros de geologia e astronomia. As fontes, ele as trabalhava inventando, copiando, parafraseando. Dava-lhes formatos inéditos, seus poemas diferiam de qualquer outro poema longo escrito naquele século – não contavam uma história nem desenvolviam um argumento muito exato. Outrossim, também não se considerava um típico homem de letras: *Ninguém penetrará nos meus versos se insistir em* vê-los como desempenho literário ou como uma iniciativa neste sentido, ou mesmo com o principal objetivo de arte ou estetismo. Os poemas não seriam literatura, a seu ver, porque dissolviam a distância entre a obra, entidade elaborada de linguagem, e a experiência real. Sem dúvida, ele foi o primeiro mestre autêntico do vernáculo americano. Withman produzia como se a literatura não existisse, mas o fazia com sagacidade e inequívoco instinto artístico, rude e delicado, insolente e gentil. Ele anota nos cadernos, de maneira direta, sua *ars poetica*: *Não entulhe o texto com coisa alguma, deixe-o fluir levemente como um pássaro voa no ar, como um peixe nada no mar. [...] Clareza, simplicidade, nada de frases tortuosas ou obscuras, a mais translúcida clareza, sem variação*. Não por acaso, tinha grande interesse em oratória, teatro e ópera. Ia ao teatro desde menino.

A partir de 1834, ele atravessava de barca, com regularidade, saindo do Brooklyn para ver espetáculos no elegante Park Theatre e no Bowery. Anota: *Parece-me que tenho que registrar minha dívida para com atores, cantores, oradores públicos, convenções e o Palco de Nova York, peças e óperas em geral.* Seus grandes poemas – particularmente a Canção de mim mesmo – são melhor lidos como representações teatrais, monólogos dramáticos. Sentia-se fascinado pelo efeito da voz, do gesto, e encontramos anotações como esta: *Desde o início da oração e através dela o importante é estar inspirado como alguém tomado por uma possessão divina, cego a todos os assuntos secundários e inteiramente entregue às investidas e pronunciamentos de um demônio possante e tempestuoso.* O próprio *daimon* de Whitman. *Eis o que deves fazer*, ele afirma no prefácio da primeira edição de Folhas de Relva: *Amar a Terra, o sol e os animais; desprezar as riquezas, dar esmolas a toda pessoa que pedir; defender o idiota e o louco, dedicar sua renda e trabalho aos outros, odiar os tiranos, não discutir a respeito de Deus; ter paciência e indulgência para com as pessoas, não tirar o chapéu para nada conhecido ou desconhecido nem para qualquer homem ou grupo de homens...*

É interessante observar que Folhas de Relva foi escrito durante um período de renascimento religioso na América e ele se refere à sua obra como a uma Nova Bíblia. Embora um livre-pensador (e sempre demonstrasse desdém pelo clero oficial), era americano demais para não absorver a pesada devoção de seu povo. Havia grandes motivos para que Whitman se voltasse para a Bíblia como modelo de elevação moral, bem como pelo estilo de sua prosa poética. Talvez isso explique a recusa em separar a literatura da vida real. Era o que se esperaria dos santos e dos clérigos: a obra e a existência seriam uma única coisa ou coisa nenhuma. Almejava ser a corporificação viva do que falava, não apenas arte, conversa fiada, puro desempenho cênico:

> O dito e o escrito não provam quem sou,
> Trago a plena prova e todo o resto em meu rosto,
> Com meus lábios calados confundo o maior dos céticos.

Certamente, não foi, e talvez nunca tenha sido, um exemplo típico de homem de cultura popular. No entanto, mais do que qualquer escritor americano do seu tempo, vibra com as paixões da América, o fervor chauvinista pela guerra, o interesse pela Bíblia, o culto hagiográfico pelos velhos heróis: Jackson, os generais da Guerra Mexicana (nunca demonstrou escrúpulos em relação a nada disso) e os Fundadores da República. Modelos de sabedoria e tolerância, o ideal que a democracia do século XIX representava em meio às suas inevitáveis misérias e contradições. Uma delas, o verdadeiro pesadelo da democracia, a escravidão, realidade terrível que rebaixava o sonho e qualquer genuína ideia de igualdade ou liberdade. O peso do passado irremovível, pecado original americano que o otimismo democrático não conseguiria jamais apagar. Entretanto sobre esse tema o poeta manteve-se prudente, numa atitude de condescendência que até hoje causa-nos desconforto. Certa vez, expressou-se assim: *Quem acredita que Brancos e Negros algum dia se misturarão na América? Ou quem deseja que tal aconteça? A natureza estabeleceu uma vedação intransponível contra isso.* Porém, nada é tão simples ou definitivo em Whitman, e encontramos este verso em Os Adormecidos:

> O chamado do escravo se une ao chamado do senhor... e o senhor saúda o escravo.

Na verdade, os americanos sempre conviveram – e ainda convivem – com um arraigado racismo. Basta relembrar as cenas chocantes da morte de um afro-americano, George Floyd (Minneapolis, 25 de maio de 2020), asfixiado até a morte por um policial branco, na frente dos passantes e à luz do dia. O pecado original ainda faz suas vítimas. Pois Whitman, apesar de poeta revolucionário e do verso livre, foi também inimigo das transições rápidas, cultor da prudência e, em vários aspectos, um teimoso conservador, ou seja, americano demais e apesar de tudo:

Eu me contradigo?
Pois muito bem, eu me contradigo.
Sou amplo. Contenho multidões.

Adestrara também um excelente ouvido para as conversas de rua e as aproveitava nos textos: *Muitas vezes passeio o dia todo pela ilha de Manhattan, atravessando as ruas que vão dar no East River, de propósito, para ter o prazer de ouvir as vozes dos trabalhadores e dos aprendizes nascidos e criados nos canteiros de obras, nos portos, nos calafates, nos andaimes dos navios, ferreiros, mecânicos indo ou vindo de suas oficinas, cocheiros gritando com seus cavalos e coisas que tais.* Para Whitman, a democracia foi uma espécie de pastoral. Sua música não era a de um solitário flautista, mas um coro de vozes, uma ópera livre, bem ao ar livre, a desenrolar-se fora de controle, num *alarido bárbaro*. Pensamos nele, e com razão, como um rebelde. Contudo ele acreditava na contribuição moral de sua poesia e que o verdadeiro objetivo de um poema seria transformar a vida, o destino do homem, renová-lo espiritualmente. A produção literária teria um sentido religioso numa terra irremediavelmente moralista e evangelizadora. Mas essa analogia com o teatro da pregação pode ser estendida para explicar o singular aspecto de Whitman como figura pública. As roupas de trabalhador na gravura de Samuel Hollyer, para a edição de 1855, de Folhas de Relva (imagem no final do texto), e, depois, a barba frondosa combinando com as calças enfiadas em botas de cano longo. Raramente um escritor demonstrou tanto zelo (um esquisito dândi ao estilo americano) pela aparência e o efeito que produziria nos outros. O que não deixa de lembrar Oscar Wilde, o qual, de fato, fez-lhe uma visita em Camden no ano de 1882.

Em carta ao amigo Abby Price, quando visitou Boston em 1860, Whitman comenta: *Faço a maior sensação na Rua Washington. Todo mundo aqui é tão como todo mundo – e eu sou Walt Whitman. A curiosidade e a graça ianque, de repente, ficam completamente confusas, petrificadas, desesperadas.* Podemos concluir que o poeta foi um *self-made man*, no sentido completo do termo, uma autorrealização, um personagem criado a partir de uma poderosa ideia. Mas para que seus poemas fossem verdadeiros, ele mesmo deveria tornar-se verdadeiro. Song of Myself (Canto de mim mesmo) é o registro sobre a aventura de uma construção individual. Entretanto, aos 42 anos, ainda não conseguira ganhar a vida e morava com a família numa casa barulhenta, mantida graças ao zeloso trabalho da mãe.

Whitman dava uma importância obsessiva à sua saúde, embora a família não fosse lá nenhum exemplo de sanidade: o irmão Ed tinha epilepsia; Jesse, apresentava problemas psiquiátricos; Andrew, morreria de tuberculose e Hannah, a irmã preferida, comportava-se como grave hipocondríaca. Mas Whitman julgava-se excessivamente sadio. Era o que pensava levar consigo nas visitas aos hospitais: a exibição de seu bem-estar físico, um grandalhão exalando confiança e cordialidade, sorriso aberto e bochechas rosadas, saúde magnética, que teria um efeito terapêutico nos enfermos. Ser saudável era um culto. E isso explica também a força e a coragem nos últimos vinte anos de vida, vitimado por um derrame (AVC) que o atingira em 1873, aos 54 anos, e o deixaria paralisado no lado esquerdo do corpo (hemiparesia), com dificuldade permanente de locomoção (Walt Whitman, por Bette Deustch, Livraria Martins Editora, 1965). Em 26 de março de 1892 (73 anos), seria sepultado no cemitério de Harleigh, Camden (Filadélfia), em um jazigo que ele mesmo mandara construir.

A saúde, da qual tanto se orgulhava, um mito pessoal, talvez fosse apenas aparente. Devia ter hipertensão arterial, ou diabete, as principais causas de derrame cerebral, duas enfermidades silenciosas. Aliás, quanto à morte, numa conferência no Brooklyn Art Union (1851), ele já dissera: *No templo dos gregos, a Morte e o seu irmão, o Sono, eram representados como jovens belos repousando nos braços da Noite. Em outros momentos, a Morte era representada como uma forma graciosa, com olhos calmos, porém tristes, de pés cruzados e os braços apoiados numa tocha invertida. Tais foram as influências suavizantes e solenes que a arte verdadeira, idêntica à percepção da beleza que existe em todas as combinações, assim como em todas as obras da natureza, lançou sobre o último e terrível frêmito desses antigos dias. Não foi melhor assim? Ou é melhor ter diante de nós a ideia de nossa dissolução ilustrada pelo horror espectral sobre o cavalo pálido, por um esqueleto de dentes arreganhados ou por uma caveira a desfazer-se em pó?*

Canto de mim mesmo (Trecho)

1.
Eu celebro o eu, num canto de mim mesmo,
E aquilo que eu presumir também presumirás,
Pois cada átomo que há em mim igualmente habita em ti.
Descanso e convido a minha alma,

Deito-me e descanso tranquilamente, observando uma haste da relva de verão.
Minha língua, todo átomo do meu sangue formado deste solo, deste ar,
Nascido aqui de pais nascidos aqui de pais o mesmo e seus pais também o mesmo,
Eu agora com trinta e sete anos de idade, com saúde perfeita, dou início,
Com a esperança de não cessar até morrer.
Crenças e escolas quedam-se dormentes
Retraindo-se por hora na suficiência do que não, mas nunca esquecidas,
Eu me refúgio pelo bem e pelo mal, eu permito que se fale em qualquer casualidade,
A natureza sem estorvo, com energia original.

2.

Casas e cômodos cheios de perfumes, prateleiras apinhadas de perfumes,
Eu mesmo respiro a fragrância, a reconheço e com ela me deleito,
A essência bem poderia inebriar-me, mas não permitirei.
A atmosfera não é um perfume, mas tem o gosto da essência, não tem odor,
Existe para a minha boca, eternamente; estou por ela apaixonado
Irei até a colina próxima da floresta, despir-me-ei de meu disfarce e ficarei nu,
Estou louco para que ela entre em contato comigo.
A fumaça da minha própria respiração,
Ecos, sussurros, murmúrios vagos, amor de raiz, fio de seda, forquilha e vinha,
Minha expiração e inspiração, a batida do meu coração, a passagem de sangue e de ar através de meus pulmões,
O odor das folhas verdes e de folhas ressecadas, da praia e das pedras escuras do mar, e de palha no celeiro,
O som das palavras expelidas de minha voz aos remoinhos do vento,
Alguns beijos leves, alguns abraços, o envolvimento de um abraço,
A dança da luz e a sombra nas árvores, à medida que se agitam os ramos flexíveis,

O deleite na solidão ou na correria das ruas, ou nos campos e colinas,
O sentimento de saúde, o gorjeio do meio-dia, a canção de mim mesmo erguendo-se da cama e encontrando o sol.
Achaste que mil acres são demais? Achaste a terra grande demais?
Praticaste tanto para aprender a ler?
Sentiste tanto orgulho por entenderes o sentido dos poemas?
Fica esta noite e este dia comigo e será tua a origem de todos os poemas,
Será teu o bem da terra e do sol (há milhões de sóis para encontrar),
Não possuíras coisa alguma de segunda ou de terceira mão, nem enxergarás através do olhos de quem já morreu, nem te alimentarás outra vez dos fantasmas que há nos livros.
Do mesmo modo não verás mais através de meus olhos, nem tampouco receberás coisa alguma de mim,
Ouvirás o que vem de todos os lados e saberás filtrar tudo por ti mesmo.
3.
Eu ouvi a conversa dos falantes, a conversa sobre o início e sobre o fim,
Mas não falo nem do início nem do fim.
Nunca houve mais iniciativa do que há agora,
Nem mais juventude ou idade do que há agora,
E jamais haverá mais perfeição do que há agora,
Nem mais paraíso ou inferno do que há agora,
O anseio, o anseio, o anseio,
Sempre o anseio procriador do mundo.
Na obscuridade a oposição equivale ao avanço, sempre substância e acréscimo, sempre o sexo,
Sempre um nó de identidade, sempre distinção, sempre uma geração de vida.
Não vale elaborar, eruditos e ignorantes sentem que é assim.
Certeza tal como a mais certa certeza, aprumados em nossa verticalidade, bem fixados, suportados em vigas,
Robustos como um cavalo, afetuosos, altivos, elétricos,
Eu e este mistério aqui estamos, de pé.
Clara e doce é minha alma e claro e doce é tudo aquilo que não é minha alma.

Faltando um, falta o outro, e o invisível é provado pelo visível
Até que este se torne invisível e receba a prova por sua vez.
Apresentando o melhor e isolando do pior, a idade agasta a idade,
Conhecendo a adequação e a equanimidade das coisas, enquanto eles discutem eu mantenho-me em silêncio e vou me banhar e admirar a mim mesmo.
Bem-vindo é todo órgão e atributo de mim, e também os de todo homem cordial e limpo.
Nenhuma polegada ou qualquer partícula de uma polegada é vil e nenhum será menos familiar que o resto.
Estou satisfeito – vejo, danço, rio, canto;
Quando o companheiro amoroso dorme abraçado a mim a noite inteira e depois vai embora ao raiar do dia com passos silenciosos,
Deixando-me cestas cobertas com toalhas brancas enchendo a casa com sua exuberância,
Devo adiar minha aceitação e compreensão e gritar pelos meus olhos,
Para que deixem de fitar a estrada ao longe e para além dela
E imediatamente calculem e mostrem-me para um centavo,
O valor exato de um e o valor exato de dois, e o que está à frente?
4.
Traiçoeiros e curiosos estão à minha volta
Pessoas com quem me encontro, os efeitos que a minha infância tem sobre mim, ou o bairro e a cidade em que vivo, ou a nação,
As últimas datas, descobertas, invenções, sociedades, autores antigos e novos,
Meu jantar, roupas, amigos, olhares, cumprimentos, dívidas,
A indiferença real ou fantasiosa de um homem ou mulher que eu amo,
A doença de alguém de minha gente ou de mim mesmo, ou ato doentio, ou perda ou falta de dinheiro, depressões ou exaltações,
Batalhas, os horrores da guerra fratricida, a febre de notícias duvidosas, os terríveis eventos;
Essas imagens vêm a mim dia e noite, e partem de mim outra vez,
Mas não são o meu verdadeiro Ser.

Longe do que puxa e do que arrasta, ergue-se o que de fato eu sou,
Ergue-se divertido, complacente, compassivo, ocioso, unitário,
Olha para baixo, está ereto, ou descansa o braço sobre certo apoio impalpável,
Olhando com a cabeça pendida para o lado, curioso sobre o que está por vir,
Tanto dentro como fora do jogo, e o assistindo, e intrigado por ele.
No passado vejo meus próprios dias quando suei através do nevoeiro com lingüistas e contendores,
Não trago zombarias ou argumentos, apenas testemunho e aguardo.
[...]

E, logo abaixo, transcrevo um poema completo, na bela e competente tradução de Guilherme Gontijo Flores, poeta de Brasília, retirado da revista virtual Jornal Literário, Companhia Editora de Pernambuco, com o título – Uma proposta de tradução para Walt Whitman, em que ele faz algumas observações pertinentes: *Whitman permanece sendo um poeta para multidões, e isso sem fazer concessão ao pensamento simplório ou ingênuo. Para além disso, foi ainda capaz de cantar o próprio homoerotismo em séries como Cálamo, com uma coragem absolutamente fora da curva de seu tempo; além de anotar encontros com homens e rapazes em seus cadernos, hoje de conhecimento público [...] observo a necessidade de traduzir e retraduzir Walt Whitman: muitos poemas fundamentais ainda não receberam uma versão poética de peso, que tente recriar a vitalidade e o impacto do texto inglês. Eu começaria trocando "relva" por "capim", esse que nasce nos pastos, mas também nos quintais e terrenos baldios do país inteiro, que rompe calçamentos. Capim, essa palavra de origem indígena ka'pii, o "mato fino" [...] apresento aqui a tradução de um poema longo e seriado, a* Canção da Estrada Aberta (Song of the Open Road). *Porque desejo, ao verter Whitman num português brasileiro, reescutar os ritmos de uma voz pulsante para além do papel*:

Canção da Estrada Aberta

1

A pé, de peito leve, eu pego a estrada aberta,
Sadio, livre, o mundo à minha frente,
A longa via ruça à minha frente leva aonde eu queira.

Daqui pra frente não peço por sorte, a sorte sou eu,
Daqui pra frente não choramingo mais, não adio mais, careço de nada,
Chega de lamentos caseiros, bibliotecas, críticas cretinas,
Forte e alegre eu sigo a estrada aberta.
A terra é quanto basta,
Eu não quero as constelações mais perto,
Sei que estão muito bem onde estão,
Sei que bastam pra quem pertence a elas.
(Ainda assim cá trago meus velhos doces fardos,
Trago, homens e mulheres, trago comigo aonde for,
Juro que é impossível me livrar deles,
Estou cheio deles e em troca vou enchê-los.)

2

Você, estrada que eu adentro e espio, acho que você não é tudo por aqui,
Acho que tem muita coisa invisível por aqui,
Aqui a profunda lição de acolhimento, nem preferência nem recusa,
O negro de cabeça lanosa, o criminoso, o doente, o analfabeto não são recusados,
O parto, a corrida atrás do médico, a marcha do mendigo, o tropeço do bêbado, a gargalhada dos mecânicos,
O jovem foragido, o carro do rico, o dândi, o casal fugitivo,
O vendedor madrugueiro, a funerária, a mudança de móveis pra cidade, o retorno da cidade,
Eles passam, eu também passo, qualquer coisa passa, ninguém será barrado,
Ninguém, mas são aceitos, ninguém, mas me são caros.

3

Você, ar que me dá fôlego pra fala!
Vocês, objetos que convocam da dispersão meus significados e lhes dão forma!
Você, luz que me envolve e as coisas todas numa garoa uniforme e delicada!
Vocês, caminhos gastos em buracos irregulares dos acostamentos!

Acho que vocês estão latentes de existências invisíveis, me são tão caros.

Vocês, calçadas sinalizadas das cidades! vocês, sarjetas resistentes!

Vocês, balsas! vocês, pranchas e postes dos cais! vocês, flancos de madeira! vocês, barcos distantes!

Vocês, filas de casas! vocês, fachadas ajaneladas! Vocês, telhados!

Vocês, varandas e entradas! Vocês, cimalhas e grades de ferro!

Vocês, janelas cujas conchas expõem tanta coisa!

Vocês, portas de degraus ascendentes! vocês, arcos!

Vocês, pedras cinzas de pavimentos intermináveis! Vocês, encruzilhadas batidas!

De tudo que lhes tocou, acho que vocês transmitiram para si próprios e agora

secretamente me transmitiriam o mesmo,

Com mortos e vivos vocês povoaram suas superfícies impassíveis, e os espíritos assim seriam evidentes e amigáveis comigo.

4

A terra que se expande à direita e à esquerda,

A imagem viva, cada parte na melhor luz,

A música que cai onde é desejada e para onde não é desejada,

A voz eufórica da estrada pública, o sentimento alegre e vivo da estrada.

Ah, rodovia que cruzo, você me diz: Não me deixe?

Diz: Não se atreva — se me deixar, está perdido?

Diz: Já estou preparada, sou bem batida e inegável, vem me aderir?

Ah, estrada pública, eu rebato: Não tenho medo de te deixar, mas te amo,

Você me expressa melhor do que posso me expressar,

Vai ser mais pra mim que o meu poema.

Penso que os feitos heroicos foram todos concebidos ao ar livre, como os poemas livres,

Penso que eu bem poderia parar aqui, fazer milagres,

Penso que devo gostar de tudo que topar na estrada, e quem me vir vai gostar de mim,

Penso que quem eu vir está feliz.

5
De agora em diante me declaro livre dos limites e linhas imaginárias,
Vou aonde apraz, meu próprio mestre total e absoluto,
Ouço os outros, matuto no que dizem,
Paro, busco, acolho, contemplo,
Gentil, mas com ímpeto inegável, me livro das amarras que me amarrariam.
Inspiro grandes lufadas de espaço,
Leste e oeste são meus, e norte e sul são meus.
Sou maior, melhor do que pensava,
Eu não sabia que detinha tanto bem.
Tudo parece lindo,
Posso repetir aos homens e mulheres: Você me fez tão bem, eu faria o mesmo pra você,
Vou recrutar a mim e a você na passagem,
Vou me espalhar entre homens e mulheres na passagem,
Vou jogar nova satisfação e rudeza entre eles,
Quem me nega isso, não vai me perturbar,
Quem me aceita, ele ou ela seja abençoado e me abençoe.
6
Hoje se aparecessem mil homens perfeitos não me espantaria,
Hoje se aparecessem mil lindas formas femininas não me admiraria.
Hoje vejo o segredo pra fazer as melhores pessoas,
É crescer ao ar livre e comer e dormir com a terra.
Aqui tem espaço um grande feito pessoal
(Esse fato arrebata os peitos de toda a raça humana,
Sua efusão de força e ímpeto esmaga a lei e ri de toda autoridade e argumento contra si).
Aqui está o teste da sabedoria,
Sabedoria não se testa nas escolas,
Sabedoria não se passa de quem tem pra quem não tem,
Sabedoria é da alma, insuscetível a prova, é a própria prova,

Se aplica a todos os estágios e objetos e qualidades e se contenta,
É a certeza da realidade e imortalidade das coisas e da excelência das coisas;
Tem algo no flutuar da visão das coisas que a convoca pra fora da alma.
Hoje reconsidero filosofias e religiões,
Podem se sair bem em salas de aula, sem provar nadinha sob as amplas nuvens, entre a paisagem e o fluxo das correntes.
Aqui está a realização,
Aqui um homem contado – aqui percebe o que traz em si,
O passado, o futuro, majestade, amor – se estão sem você, você está sem eles.
Só o cerne de cada objeto nutre;
Onde está quem arranca as cascas pra você e eu?
Aqui está a aderência, não foi moldada previamente, é particular;
Você sabe o que é passar e ser amado por estranhos?
Você sabe a conversa daqueles olhos revirados?

7

Aqui está o efluxo da alma,
O efluxo da alma vem de dentro de portões pergolados, sempre provoca questões,
Esses anseios, por quê? essas ideias no escuro, por quê?
Por que existem homens e mulheres que, perto de mim, a luz do sol expande meu sangue?
Por que quando me deixam, meus estandartes de alegria afundam lisos e planos?
Por que existem árvores que nunca passo por baixo, mas ideias largas e melódicas descem sobre mim?
(Acho que ali pendem inverno e verão naquelas árvores e sempre deitam frutos quando passo);
O que é isso que tão súbito eu troco com estranhos?
O quê, com um motorista, quando sigo no assento a seu lado?
O quê, com um pescador que puxa a rede na praia enquanto eu ando e paro?

O que me liberta à boa vontade de uma mulher ou homem? o que os liberta à minha?
8
O efluxo da alma é felicidade, aqui está a felicidade,
Penso que impregna o ar livre, espera a todo instante,
Hoje flui em nós, merecemos essa carga.
Aqui cresce o caráter fluido e conector,
O caráter fluido e conector é o frescor e doçura de homem e mulher,
(As ervas da manhã não brotam mais frescas e doces a cada dia pelas próprias raízes do que ele brota continuamente fresco e doce de si próprio).
Rumo ao caráter fluido e conector se exala o suor do amor de jovens e velhos,
Dele cai destilado o encanto que ri da beleza e dos feitos,
Rumo a ele se atira a tremente dor que anseia por contato.
9
Allons! seja você quem for, viaje comigo!
Viajando comigo vai achar o que não se cansa.
A terra não se cansa,
A terra é rude, calada, incompreensível de cara, a Natureza é rude e incompreensível de cara,
Não se desanime, siga em frente, tem coisas divinas bem encobertas,
Te juro que tem coisas divinas mais lindas do que dizem as palavras.
Allons! não devemos parar aqui,
Por mais doces que sejam as lojas telhadas, por mais conveniente que seja o abrigo, não podemos ficar aqui,
Por mais protegido que seja o porto, por mais calmas que sejam as águas, não devemos ancorar aqui,
Por mais gentil que seja a hospitalidade que nos cerca só nos cabe recebê-la por um breve instante.
10
Allons! os incentivos serão maiores,
Vamos velejar por mares ínvios e selvagens,

Vamos aonde ventos sopram, ondas batem e o clíper yankee acelera a plenas velas.
Allons! com poder, liberdade, a terra, os elementos,
Saúde, ousadia, alegria, autoestima, curiosidade;
Allons! de todas as fórmulas!
De todas as suas fórmulas, ô padres materialistas com olhar de morcego.
O cadáver mofado bloqueia a passagem – o enterro não espera mais.
Allons! mas fique atento!
Quem viaja comigo carece do melhor sangue, músculo, vigor,
Ninguém chegue ao julgamento até que ele ou ela traga coragem e saúde,
Nem venha aqui você que gastou o melhor de si mesmo,
Só podem vir aqueles que vêm em corpos doces e determinados,
Nenhum doente, manguaceiro de rum ou ranço venéreo é permitido aqui.
(Eu e os meus não convencemos por argumentos, símiles, rimas,
Convencemos por nossa presença)

11

Escute! vou ser honesto com você,
Não ofereço os velhos prêmios mansos, mas ofereço rudes prêmios novos,
Estes são os dias que vão te acontecer:
Você não vai empilhar o que chamam de riquezas,
Você vai espalhar com mão pródiga tudo que ganhar e alcançar,
Você mal chega à cidade destinada, mal se aninha na satisfação, antes que te chamem num chamado irresistível de partida,
Você vai receber ironia e zombaria de quem fica pra trás,
Os acenos de amor que você ganhar só vai responder com beijos de partida apaixonados,
Você não vai tolerar a amarra de quem lhe estica as longas mãos.

12

Allons! atrás dos grandes Companheiros e de pertencer a eles!
Eles também estão na estrada – os homens ágeis, majestosos – as melhores mulheres,

Que gozam a calmaria dos mares e a tempestade dos mares,
Marujos de muitos barcos, andantes de muitas léguas,
Habitués de muitas pátrias distantes, habitués de abrigos longínquos,
Fiadores de homens e mulheres, observadores de cidades, batalhadores solitários,
Paradores e contempladores de tufos, flores, conchas do mar,
Dançarinos de casamentos, beijoqueiros de noivas, tenros ajudantes de crianças, geradores de crianças,
Soldados de revoltas, guardas de cova aberta, descedores de caixão,
Viajantes de estações consecutivas, anos a fio, curiosos anos que emergem do precedente,
Viajantes com companheiros, a saber, as próprias diversas fases,
Avançadores da latente infância irrealizada,
Viajantes alegres com o próprio viço, viajantes de virilidade barbada e cultivada,
Viajantes de feminilidade, ampla, insuperável, contente,
Viajantes com a sublime velhice da virilidade e feminilidade,
Velhice, calma, alargada, ampla com a arrogante amplidão do universo,
Velhice, fluindo livre na deliciosa liberdade próxima da morte.

13
Allons! ao infinito tanto quanto incomeçado,
Aguentar muito, errâncias de dias, descansos de noites,
Fundir tudo na viagem a que tendem e os dias e as noites a que tendem,
De novo fundi-los no início de jornadas superiores,
Ver em qualquer parte nada além do que pode alcançar e passar,
Conceber tempo algum, por mais distante, além do que pode alcançar e passar,
Procurar estrada alguma além da que se alonga e espera por você, mesmo que distante, mas que se alonga e espera por você,
Ver ser algum, nem mesmo de Deus, mas você segue além,
Ver posse alguma além da possuível, gozando de tudo sem labuta ou compra, abstraindo do festim sem abstrair uma partícula que seja,

Tirar o melhor da fazenda do fazendeiro e da chique mansão do rico e das castas bênçãos dos bem-casados e dos frutos dos pomares e flores dos jardins,
Tirar sustento das cidades compactas por onde passa,
Levar prédios e ruas contigo depois aonde quer que vá,
Colher as mentes dos homens de seus cérebros quando encontrá-los, colher o amor de seus corações,
Tirar os teus amores para a estrada contigo, por tudo que deixa pra trás pra eles,
Conhecer o próprio universo como estrada, muitas estradas, estradas de almas viajantes.
Tudo parte para o progresso das almas,
Toda religião, todas as coisas sólidas, artes, governos – tudo que era ou é aparente neste globo ou qualquer globo cai em nichos e recantos perante a procissão das almas pelas imensas estradas do universo.
Do progresso das almas de homens e mulheres pelas imensas estradas do universo, qualquer outro progresso é o emblema e sustento necessário.
Sempre vivos, sempre adiante,
Faustosos, solenes, tristes, reclusos, perplexos, loucos, inquietos, frágeis, insatisfeitos,
Desesperados, arrogantes, carinhosos, doentes, aceitos e negados pelos homens,
Eles vão! eles vão! eu sei que eles vão, mas não sei aonde vão,
Mas sei que vão rumo ao melhor – rumo a algo grandioso.
Seja você quem for, avance! homem, mulher, avance!
Não fique aí dormindo e enrolando pela casa, mesmo se você a construiu, ou se a construíram pra você.
Saia desse confinamento escuro! saia de trás da tela!
Protestar não vale nada, eu sei tudo e te mostro.
Veja através de você tão ruim quanto o resto,
Através do riso, da dança, da janta, da ceia do povo,
Dentro das roupas e enfeites, dentro dos rostos lavados e asseados,
Veja um asco e desespero, secretos e calados.

Nenhum marido ou esposa ou amigo confiável pra ouvir a confissão,
Um outro eu, um duplo de cada um, oculto e escondido segue,
Sem forma, sem palavras pelas ruas das cidades, polido e manso nos salões,
Nos vagões das ferrovias, nos vapores, na assembleia pública,
Lar para as casas de homens e mulheres, à mesa, no quarto, em toda parte,
Esperto nas vestes, vulto sorrindo, empertigado, morte sob o esterno, inferno sob o crânio,
Sob o pano grosso e luvas, sem falar uma sílaba de si,
Fala de qualquer outra coisa, nunca de si.

14

Allons! entre lutas e guerras!
A meta nomeada segue irrevogável.
Tiveram sucesso as lutas passadas?
O que teve sucesso? você? a tua nação? a Natureza?
Me entenda bem agora – é dado pela essência das coisas que por qualquer fruição do sucesso, pouco importa qual, algo vem pra fazer uma grande luta necessária.
Eu clamo o clamor da batalha, nutro a rebelião ativa,
Vindo comigo, que ele venha bem-armado,
Vindo comigo, vem com dieta parca, pobreza, inimigos raivosos, deserções.

15

Allons! a estrada está à nossa frente!
É segura – eu testei – meus próprios pés testaram bem – não se contenha!
Deixe o papel na mesa inescrito, e o livro na estante inaberto!
Deixe as ferramentas na oficina! Deixe o dinheiro ilucrado!
Deixe a escola pra lá! esqueça o grito do professor!
Deixe o pregador pregar no púlpito! Deixe o jurista altercar na corte e o juiz expor a lei.
Camarada, eu te dou minha mão!

Te dou meu amor mais precioso que dinheiro,
Te dou eu mesmo antes de pregação ou lei;
Você vai se dar pra mim? Vem viajar comigo?
Vamos grudar um no outro enquanto vivermos?

Whitman participaria de fatos históricos dramáticos. Com o início da Guerra Civil ou Guerra da Secessão (1861-1865), numa tarde de dezembro de 1862, partiu às pressas para Frederickburg (Virgínia), ao encontro do irmão George, ferido em combate. Um ferimento leve no braço, mas Whitman permaneceria no campo de batalha, no meio da guerra, compartilhando a camaradagem dos jovens soldados. A mais desafiadora experiência. Não parou ali. Em 1863, foi para Washington ajudar nos hospitais de campanha. Observava o sofrimento dos soldados, via-os agonizando, escrevia cartas para as famílias, trazia presentes, folhas de papel de carta, doces ou balas, até mesmo aguardente. Segurava-lhes as mãos trêmulas para transmitir-lhes alguma força. Continuaria o trabalho voluntário por quatro ou cinco anos, mesmo depois do fim da guerra. Enquanto percorria as enfermarias, entre moribundos e jovens solitários, assumia o espírito dos poemas, um homem idealizado compartilhando tristes experiências, dentro da democracia que tanto amava. Numa carta a um amigo de Nova York: *Não se passou um dia em meses (ou pelo menos não mais de dois) em que eu não tenha estado entre os doentes e os feridos, ou em hospitais ou no campo – às vezes aqui eu passo as tardes no hospital –, a experiência é profunda, maior que qualquer outra, e que me toca egoisticamente, de modo inusitado – quero dizer, a maneira como muitas vezes os soldados mutilados, doentes, às vezes à morte, se apegam e se agarram a mim como um afogado a uma tábua de salvação, e a alegria completa se permaneço com eles, sentado à beira da cama por um momento [...] É delicioso ser objeto de tanto amor e confiança, e fazer-lhes tanto bem, acalmar e pacificar as dores dos feridos*

Todavia, a dedicação de Whitman não era apenas piedosa, mas também estranhamente erótica, uma forma indireta de viver a sexualidade. Ele ali se sentia realizado. As carícias nos soldados lhe pareciam mais espontâneas e verdadeiras do que qualquer poema que houvesse escrito. Situação esquisita, vivo e amado porque os outros morriam. Nunca o amor e a morte misturaram-se nele de forma tão intensa. A Secessão foi um episódio marcante. Seu livro Drum-Taps (Toques de Tambor), de 1865, contém uma série dos melhores poemas sobre a guerra. Entretanto a sexualidade aberta irritava os puritanos e trouxe-lhe problemas devido aos versos explícitos:

Noite nupcial
numa trêmula gelatina de amor
límpida transparente
Ilimitados jatos de amor quentes e enormes...
Ébrio e louco de amor nadando
em seu... no mar incomensurável
Intumescida carne do amor e deliciosamente doloroso sangue branco do amor.

Alguns desses versos fazem parte do Eu canto o Corpo Elétrico, e identificamos o esperma como o sangue branco do amor em uma série de poemas que lembram fantasias masturbatórias. Entretanto, noutro poema o encontraremos meio ansioso para não destronar o personagem viril edificado com tanto empenho, mas tão contraditório:

Talvez alguém esteja lendo isto agora que conheça algum erro de minha vida passada,
Ou talvez um estranho esteja lendo isto e que secretamente me amou,
Ou talvez alguém que encare todos os meus grandes egoísmos e presunções com escárnio,
Ou talvez alguém que fica intrigado comigo.
Como se eu não ficasse intrigado comigo mesmo!
Ou como se eu não amasse estranhos secretamente! (Ó, ternamente, durante muito tempo, sem nunca o confessar;)
Ou como se eu não visse perfeitamente bem, em meu âmago, a essência dos erros,
Ou como se isso pudesse cessar de brotar de mim enquanto não tivesse que cessar.

Aliás, a complexidade sexual de Whitman parece maior do que o simples rótulo de homossexual. Harold Bloom chega a nomeá-lo, de maneira surpreendente, como um *lésbico masculino*. Para ele, esse poeta *transcende qualquer redução homoerótica: seu eros intransitivo é difuso e universal.*

Retrato de Walt Whitman por Samuel Hollyer (1854)
Fonte: Biblioteca do Congresso Americano
Conforme apareceu na primeira edição de Leaves of Grass (4 de julho de 1855)

Elogio de Walt Whitman

Canção da minha terra com nove volteios em torno de mim mesmo

> ... formado deste solo, deste ar, nascido aqui de pais aqui nascidos de
> pais semelhantes nisso e os pais deles também.
> Canto a mim mesmo – W. Whitman.

1
Nasci em uma cidade do sul de Minas Gerais
cuja denominação é um estupendo buquê de vogais – Aiuruoca.
Quase ninguém conseguia me entender.
Quando entendiam podia ser ainda pior,
vinha o deboche:
– Onde fica isso?
Nome estranho, quase impronunciável,
e que alguns, na falta de algo veraz,
confundiam com Europa.
Chique, porque aí eu sempre passava minhas férias na Europa,
toda a minha família era de lá,
completa intimidade:
– Está indo para a Europa?
– Sim. Vou passar dois meses na casa da minha mãe,
paisagens da minha infância.
O engano me divertia.
Ser europeu no Brasil dá muita importância.
Para ficar genuíno eu usava umas palavras em francês:
Pardon. Moi aussi. Très bien. Au revoir. Oui?
Meu sobrenome? Nablê.

2
Cidade pequena.

Você se acostuma com as mesmas pessoas.
Tudo é sempre muito igual.
O capim nascendo entre as pedras.
A barba escurecendo a cara dos homens.
Na esquina do meu avô Nagib a novidade era de cavalos,
multidão de burros com balaios levando queijos, frangos amarrados com embira, manteiga.
Todas as quintas-feiras.
Éguas urinando esparramadas, cagando bolotas verdes, relinchos.
Vovó Marieta, na janela centenária, xingando a sujeirada.
Quando partiam, a esquina virava um monte de bosta fumegante e mijo.
A empregada, com baldes de água sanitária e vassoura,
limpando a insuportável excrementícia equestre.

3
C'est le exécution du catéchisme. Je suis esclave de mon baptême. Parents, vous avez fait mon malheur et vous avez fait le vôtre. Pauvre innocent!
Une saison en enfer, Rimbaud.

Fui um ateu precoce.
Aprendi o ateísmo naquelas aulas de catecismo.
Para a primeira comunhão era obrigatório.
Eu subia a rua em ziguezague para ganhar tempo (o meu)
e chegar atrasado.
A Freira ensinou que um menino atrevido
fincou prego na Hóstia Consagrada
e escorreu Sangue.
O Corpo de Cristo deveria ser dissolvido apenas no céu da boca,
com saliva, cuidado e paciência.
Tanto assim que se chama céu.
É na boca, mas também é céu.
A Freira disse "com muito amor" e mexeu a língua

estufando um pouquinho a bochecha esquerda.
Nunca se podia mastigar o Sacramento da Eucaristia,
o divino Corpo de Cristo.
Era falta de respeito.

No dia da comunhão,
de olhos fechados,
com cara de sério
e as mãos postas,
cravei o molar impenitente
na carne do Supliciado.

4
Eu não bato à porta desta casa.
Sobre ela abro a mão de criança –
ela se faz sozinha no meu peito.
A casa existe no fundo de um bar:
os quartos, a sala, a cozinha,
a longa escada que leva ao porão.
O menino estende os pés
e desce os degraus úmidos.
No coração do menino já crescem
as finas raízes do tempo.
À noite estará pronto para dormir,
sobre a misteriosa rede de ossos,
fios de pensamentos e plasma,
e tudo que, por acaso, possa compor
o corpo de uma criança dormindo.
E manhãs súbitas o despertarão
com alfinetes de sol nas pálpebras.
Abrirá os olhos para ver o mundo,
a graça da mãe ainda tão jovem,

acontecimentos em sua penugem
de primeira e terrível inocência.
Malmequer de vida inconclusa,
ansioso para crescer sem rumo,
em direção a tudo e nada,
incompleto,
mas em espesso estado de pureza.

5
Uma das maiores torturas – assistir missa em latim:
In nomine Patris, et Filii, et Spiritus Sancti.
Outra, ir à escola e ficar longe do quintal.
Saber de cor a tabuada (umavezcinco, cinco. Duasvezcinco, dez.
Trêsvezcinco, quinze)
e as conjugações de verbos.
A língua portuguesa transformada em venenosa planta carnívora.
O conhecimento como forma de suplício sem fim.
Declamação de sonetos parnasianos: A árvore. A bandeira. A pátria.
Mão no peito e olhos esgazeados.
Única redenção, a sineta para ir embora e sumir dali.
De repente, numa das aulas, ouvi a palavra et caetera (etc.).
Fiquei maravilhado.
Uma palavra mágica.
Bojuda cornucópia.
Talvez escancarasse caverna feito abre-te, sésamo!
Resolvia a enumeração das coisas: rios, capitais, frutas, grãos, aflições.
Quis pegar para mim.
Perguntei à professora se valia.
Ela disse: – Claro!
Acreditei,
e fui destroçado
na prova escrita.

6
Todo mundo se masturbava, mas ninguém assumia.
No confessionário não podia falar punheta.
Um colega mais velho me ensinou:
de olhos baixos, dizer: – Padre, pequei contra a castidade.
Estranhei, a única forma de pecar contra a castidade seria bater punheta?
Mas disse.
O padre deu penitência brava de 100 Ave-Marias e 100 Pai-Nossos.
Se levasse a sério, estava lá até hoje ajoelhado e dedilhando terço.
Rezei uma de cada uma e fui embora.
Aprendi que padres nunca se masturbam, passam a vida rezando,
com a firme determinação de virarem santos.
Respeito a fé de cada um.
A minha passou bem longe.
Na religião católica você aprende, desde cedo, a ser solene e hipócrita.
Exercita um mandamento atroz:
procurar motivos para ser infeliz
quando tudo derredor vibra no desejo e na alegria.
Anos depois, li um livro pernicioso e entrei em abstinência.
No sétimo dia, súcubos e íncubos invadiram a minha alma,
à noite, de manhã e na tarde. Oficina de Satanás.
Não podia ouvir nem de longe a fala de uma das primas,
a que tinha a mão e a voz macia.
O pecado faz do entusiasmo um mal bem maior.

7
A primeira namorada abre as portas do paraíso,
ou os portões do inferno,
no mesmo sorriso gracioso,
e guarda as duas chaves com ela.
Tinha a pele muito clara e os olhos azuis,

de um azul-violeta:
ler dentro deles era mergulhar numa beirada de abismo:

Os teus olhos são lindos
De um azul tão belo
Q
Imagino
Possam um dia chorar
Lágrimas de vidro
Monocromáticas
De um azul tão puro
Q
Espetadas no meu peito
Nem lágrimas pareceriam

Seu nome estava escrito numa pedra hoje coberta pelo limo.
Na vida a gente aprende até com as pequenas desilusões.
As grandes tristezas conheceremos bem depois,
e morrer não será a maior delas –
ali,
rodeado de flores murchas,
envolto talvez em contidos insultos.

Meu amor foi se transformando com a idade,
mas o sentimento diante da beleza da mulher nunca mudou:
esta mistura de reverência e desamparo.

8
Mais pas une main amie! et où puiser le secours?
Une saison en enfer, Rimbaud.

Com treze anos saí de casa para continuar os estudos.

Fui morar em Itajubá num prédio de estudantes:
cinco andares e quinze apartamentos miseráveis,
onde se agitavam quase cem colegiais famélicos,
devastados pela acne, a masturbação e as pulgas.
Aprender mal, comer mal, dormir mal, sobretudo ser mau – a nossa sagrada divisa.
Era cada um por si e Deus contra,
nenhum sinal de misericórdia
entre a pouca idade e as mazelas da vida.
Faltou dinheiro para o almoço.
Faltou dinheiro para o cigarro.
Bebi vodca estragada e quase morri.
Mais seis meses naquela tristeza e peguei a primeira gonorreia.
A prostituta tinha até apelido de guerra – Vietnã –
iniciação com napalm e agente laranja.
Doutor Coelho, no Posto de Saúde,
Me olhou com expressão de nojo,
tremeu as vibrissas do nariz
e passou injeções de Benzetacil.
O braço duro e inchado de tanta dor.
Onde eu sentava ninguém mais ousava,
medo de pegar a moléstia pelo cu.
Os adolescentes daquela república
debocharam de mim pelas costas.
Descobri, à beira do suicídio,
que não tinha uma doença,
mas incurável mal bíblico.
Marcado nas partes,
feito um bezerro no ferrete em brasa,
afogado em lágrimas,
solucei sozinho pelos cantos.
Mas foi enfim que então pude despertar

para as graças do humano convívio.

9
Vivi num turbilhão de leituras desencontradas.
Nunca houve método nem rumo definido.
Gosto das capas, dos títulos dos livros,
das cores, das texturas.
Gosto de olhar.
Perpétua paixão.
Descobri que eu seria talvez o sinólogo Peter Kien,
personagem do Auto de Fé de Canetti,
que carregava uma biblioteca dentro da cabeça.
E rodo dia era uma ingrata trabalheira da criatura
montar e desmontar a colossal livraria inexistente!
Até hoje continuo lendo e empilhando, feito um Kien.
Bagunça organizada e desorganizada por mim,
mas já não sei onde fica o lugar de cada volume.
Quero colocar ordem, mas não consigo,
não consigo porque eu sou a desordem.
E preciso dela como se fosse a minha secreta ordem.

ELOGIO
DE EMILY DICKINSON

Sobre a poeta norte-americana

On ne naît pas femme: on le deviant.
Simone de Beauvoir

Emily Elizabeth *Dickinson* nasceu em 10 de dezembro de 1.830, filha de Edward e Emily Norcross Dickinson, na pequena cidade de Amherst (população atual de 40.000 habitantes), estado de Massachusetts, em casa da rua Main, onde moraram com o irmão mais velho (Austin), os avós paternos e um tio. Pouco depois do nascimento de Lavinia, irmã caçula, os avós foram para Ohio e a casa foi vendida, mas o restante da família lá permaneceu por mais um tempo. Quando Emily completou nove anos, mudaram-se para uma casa grande e confortável, na rua North Pleasant, à qual se afeiçoaria muito e passava o tempo entre tarefas domésticas (principalmente jardinagem e culinária), indo à escola e à igreja, lendo, escrevendo cartas, aprendendo a cantar e a tocar piano.

Recebe uma educação formal mais avançada do que a comum para as jovens da época. Participou da Academia de Amhrest, antes de ingressar no Seminário Feminino Mount Holyoke (atualmente, Mount Holyoke College), em 1847. Permanece por um ano no Seminário, período em que mais se ausentou da casa paterna. Abandonaria a instituição ao se recusar a uma declaração de fé em público, irreverência cravada nos versos de um poema: *The Bible is an Antique Volume / Written by Faded Men* (A Bíblia é um Volume Antiquado / Escrita por Homens Desbotados). Entretanto em muitos poemas há referências ao Gênesis, aos Salmos da Bíblia, especificamente a King James Bible e ao Novo Testamento.

Mas em Emily, a necessidade puritana de justificação deslocou-se do plano religioso para o literário. Ademais, vivia numa sociedade calvinista e todos frequentavam e davam muita importância à igreja, crenças e rituais. Certa vez escrevera: *I am one of the lingering bad ones* (Sou daquelas pessoas más e persistentes). A verdade é que acabou por criar seu próprio e estranho monastério: teve poucos amigos, nunca se casou e viveu numa reclusão quase total durante vinte e cinco anos. A maioria da obra, com centenas de poemas, foi composta num pequeno período, entre 1858-1865, que coincide com fatos importantes, como a Guerra Civil ou de Secessão (1861-1865), conflito que deixou mais de 600.000 mortos entre o Norte ou União (região industrializada e contrária à escravidão) e os Estados Confederados da América, na região Sul – Carolina do Sul, Alabama, Flórida, Mississipi, Geórgia, Texas e Luisiana – dependentes das plantações (*plantations*) e dos braços escravos. A eleição de Abraham Lincoln, em 1860, considerado um abolicionista pelos sulinos, desencadearia a guerra e muito sofrimento para todos os americanos. Falta de apoio internacional, menor contingente e infraestrutura precária foram alguns dos motivos que levaram à derrota dos confederados. Além disso, o Norte impôs um pesado bloqueio marítimo que impedia o abastecimento. O presidente Abraham Lincoln acabou assassinado no final do conflito (15 de abril de 1865), por um sulista inconformado. Não foi coincidência que Emily Dickinson tenha escrito a maioria de seus poemas nessa época de graves tensões, embora ela não faça referências muito diretas a este fato histórico tão relevante.

Em 1855, a família voltou para a casa onde ela havia nascido e Austin, o irmão mais velho, que já havia se casado com Susan Huntigton Gilbert (também escritora e grande amiga de Emily), foi morar numa residência ao lado. O pai construiu uma estufa junto à casa, onde Emily poderia cultivar orquídeas e outras plantas delicadas, aprimorando a jardinagem, um dos passatempos favoritos. Entretanto, a vida de Dickinson era convencional apenas na superfície. A singularidade permanecia, silenciosa e subterrânea, na poesia guardada dos fascículos, material para baús e gavetas. Não obstante, tinha um quarto só seu, espaço isolado e favorável para o trabalho de escritora.

Até os trinta e cinco anos Dickinson havia escrito em torno de mil e cem poemas, mas não os compartilhara com quase ninguém, a não ser com familiares e uns poucos amigos. Susan Dickinson recebera uns duzentos e cinquenta poemas durante a longa correspondência entre as duas e que duraria quarenta anos. Thomas Wentworth Higgison, um homem de letras (*scholar*), recebeu uns cem, e depois confidenciaria a um amigo que os versos eram *remarkable, though odd... too delicate – not strong enough to publish* (*notáveis, embora estranhos... muito delicados –, mas não adequados para publicação*).

Alguns poemas, pouquíssimos (uns oito ou dez), apareceram em periódicos, de maneira anônima e, ao que parece, sem o pleno consentimento da autora, pois muitos editores costumavam *corrigi-los*. A primeira publicação em livro ocorre postumamente, em 1891, volume organizado por T. W. Higginson, amigo e correspondente, e Mabel Loomis Todd, amante do irmão Austin. Essa edição, que circulou até meados dos anos 1920, é a que Manuel Bandeira, primeiro tradutor brasileiro, teve acesso – continha cerca de 200 poemas, os quais sofreram descaracterizações gráficas e formais, a supressão dos famosos *dashes* (travessões) e eliminação das frequentes maiúsculas. Ademais, foram acrescidos títulos. As correções *impertinentes* ajudam também a explicar o desinteresse pela publicação manifestado pela autora. Romanelli ilustra melhor a atitude desiludida, ao explicar que ela *[...] preferiu o risco de uma ininterrupta, solitária experimentação poética e de uma fama póstuma e incerta, à certeza da mutilação que a sua palavra teria sofrido – como de fato aconteceu com as poucas poesias que aceitou publicar em vida, anônimas, que foram corrigidas por críticos obtusos justamente nas "anomalias" nas quais ela se reconhecia: o famoso travessão substituído por vírgulas, as inusitadas iterações fônicas das palavras consideradas como desarmonias.* Mas David Thoreau (1817-1862) já dissera: *Poeta é aquele que como o urso tem gordura bastante para chupar suas patas durante todo o inverno. Hiberna neste mundo e se alimenta de seu próprio tutano.*

Tutano e genialidade ela tinha de sobra. A solidão foi apenas a natural consequência. Ao longo dos anos 1920 e 1950, novas edições e novos poemas foram publicados, quase sempre sem muito cuidado crítico-textual, até que Thomas H. Johnson estabelece a primeira edição crítica, em 3 volumes, dos poemas completos. Em 1981, o arquivista e estudioso Ralph W. Franklin publica um livro que muda a recepção dos poemas de Emily Dickinson: The Manuscript Books of Emily Dickinson. Seguindo o fio da história textual, dos depoimentos de parentes e da materialidade dos manuscritos, Franklin reconstruiu o que se convencionou chamar de fascículos: conjuntos de uma ou duas dezenas de poemas escritos em folhas de tamanho carta (*stationery*), já dobradas em quatro faces, perfuradas lateralmente e costuradas em conjuntos de seis a oito folhas. A rigorosa reconstrução de Franklin devolveu ao estado primitivo os 40 fascículos originais, tal como organizados e costurados entre 1858 e 1864, justamente na época mais produtiva, quando as ambições literárias ainda estavam vivas. As publicações de Thomas Johnson são consideradas as mais fiéis, principalmente quanto à pontuação. Foram publicadas três coletâneas: The Poems of Emily Dickinson, de 1955; The Complete Poems of Emily Dickinson, de 1960; e Final Harvest: Emily Dickinson's Poems, de 1961.

Quanto à quantidade, Dickinson escreveu aproximadamente 1.775 poemas e 1.049 cartas. Segundo Augusto de Campos, Emily Dickinson *criou um idioma poético próprio e antecipatório em termos de densidade léxica, economia de expressão e liberdade sintática. Parece mais próxima das ousadias metafóricas dos poetas 'metafísicos ingleses [...]. Utiliza, muitas vezes em combinatórias novas, versos tradicionais, nos quais os seus estranhos tracejamentos gráficos introduzem recortes e pausas inusitados, dando-lhe feição singular.* Além da linguagem concisa, o fato de estarem repletos de travessões despertou e ainda desperta espanto. O recurso é usado como quase a única forma de pontuação. Vale como a pausa que antecede o início da linguagem, de quem perde o fôlego; supera a pontuação normativa, anuncia a contração do texto poético que se verificará na poesia moderna. Além de empregar os travessões *(dashes)*, também fazia uso de letras maiúsculas, geralmente em substantivos, para dar destaque às palavras. A métrica e a rima nunca foram uma preocupação, pois era metricamente experimental. Na maioria das vezes, iniciava poemas com rimas perfeitas e depois alternava para rimas imperfeitas, as mais usadas. Também podia escolher simplesmente não seguir as regras gramaticais, como ocorre na última estrofe do poema On a Columnar Self, em que, ao invés de utilizar a forma pronominal correta *ouselves*, prefere *ourself*. Outro detalhe incomum: nunca colocou título nos poemas. Foram, depois, apenas numerados.

Segundo José Lira (Emily Dickinson, Alguns poemas, Editora Iluminuras, 2006): *A grandeza do gênio poético de Emily Dickinson está, em larga medida, nas entrelinhas, nos subtextos e nos não-ditos de uma escrita elíptica, oblíqua, irônica e cheia de sugestões e insinuações [...] tem-se a impressão de que algo sempre está faltando nessa escrita. A ideia de perda – a perda do amor, perda da fé, perda da fama – já foi vista por alguns críticos como inerente à poética dickinsoniana. Ela é um dos aspectos, talvez o mais expressivo e recorrente, de um missing all (um perder tudo) do que se poderia chamar de biografema da estrangeirização: os seus poemas são sempre marcados por um traço biografemático (no caso, a ideia de perda) subjacente a uma escrita estrangeirizada, na qual se manifestam as mais contraditórias vozes e personas, determinada, talvez, pelo recolhimento a que se impôs a autora e pela rejeição de seu labor poético em face das rígidas convenções da época.* Aliás, estrangeirização é uma palavra semelhante à que ela usa em um poema – *Foreignhood*, e refere-se a *uma voz estrangeira em meio às vozes poéticas melífluas e previsíveis de seu tempo [...] no uso de uma interlíngua usada por um estrangeiro ou aprendiz de outro idioma*. Em 1980, Roland Barthes definiria, em A câmara clara (Ed. Nova Fronteira, 1984), um neologismo criado por ele – biografema: *Gosto de certos traços biográficos que, na vida de um escritor, me encantam tanto quanto certas fotografias; chamei esses traços de 'biografemas'; a fotografia tem com a história a mesma relação que o biografema com a biografia.*

  Se considerarmos os amores que fizeram parte da vida da poeta e a grande presença dessa temática, podemos supor que seria um dos motivos de seu sofrimento e reclusão. Ela tinha diferentes relações de amizade e amor com pessoas que desempenharam papéis importantes e diferentes em sua vida, como o reverendo Charles Wadsworth, seu crítico e mentor Higginson e seu amigo Bowles. Donoghue comenta que *alguns de seus melhores poemas foram causados por momentos de dramas nessas relações*. Todavia Dickinson manteve poucas amizades. Uma delas foi com o crítico Thomas Higginson, com quem se correspondeu, dos poucos que recebia em casa. Ele passou a ser o seu mentor literário, emitindo opiniões acerca dos poemas, embora tenha desencorajado Dickinson de publicá-los. Contudo, após a morte da poeta, ajudou a divulgar os poemas, editando-os juntamente com Todd, na primeira edição (1890). O que confundira Higginson foi por certo a incapacidade de classificar os poemas, pois não soube encontrar-lhes lugar adequado. Eram notáveis, mas fugiam a qualquer definição devido às anomalias sintáticas, linguísticas e estilísticas. Além de Higginson, outro amigo foi o estudante de direito Benjamin Franklin Newton (1821-1853). Ela o descrevia como *seu mais antigo amigo, o primeiro de seus amigos, seu irmão mais velho*. Tal admiração é ainda mais visível em uma das cartas: *O senhor Newton se tornou para mim, ainda que severo, um gentil instrutor, me ensinando o que ler, quais autores admirar, o que havia de mais magnífico e bonito na natureza, e sua mais sublime lição, a fé em coisas que não se pode ver.*

  O hábito da leitura foi adquirido desde pequena, por meio do pai, Edward Dickinson. Um dos poetas mais admirados e lidos por Dickinson foi William Shakespeare, do qual ela sabia peças de cor. Harold Bloom em O Cânone Americano (Editora Objetiva, 2015) observa que: *Com Shakespeare, Dickinson aprendeu a retardar o ritmo do leitor. Aforismos elípticos espicaçam nossa função de ouvintes feridos pelo assombro. A rapidez mental de Hamlet só encontra equivalente na da visionária de Amhrest. A relação com Shakespeare* é fundamental para sua obra [...] Como poeta de vigor sobrenatural, Dickinson ficava atenta para não se afogar em Shakespeare. Um dos recursos era a paródia, principalmente nas cartas. Ela cultivou, de maneira hábil, uma modalidade de alusão suficientemente contida para minimizar qualquer empréstimo shakespeariano, fosse nas cartas ou nos poemas [...] não existe fórmula que consiga abarcar Dickinson: depois de Shakespeare, ela é uma das consciências poéticas mais abrangentes da língua. Torna-se arbitrário escolher entre suas várias centenas de poemas plenamente realizados para ilustrar suas saliências (saliences). Para ela, o fardo da existência é perdermos nossos entes queridos para a morte.

Ilustrando as dificuldades de tradução, devido às inúmeras particularidades da poeta norte-americana, exemplificarei com o poema I died for Beauty, um dos mais conhecidos. Escrito em 1862, recebeu vinte e uma traduções para o português, dentre as quais a de Manuel Bandeira (1976) e a de José Lira (2004).

Primeiro, o original (1862):

I died for Beauty – but was scarce
Adjusted in the Tomb
When One who died for Truth, was lain
In an adjoining Room –
He questioned softly "Why I failed?"
"For beauty," I replied –
"And I – for Truth – Themself are One –
We Brethren, are", He said –
And so, as Kinsmen, met a Night –
We talked between the Rooms –
Until the Moss had reached our lips –
And covered up – our names –

Beleza e verdade (Trad. de Manuel Bandeira)

Morri pela beleza, mas apenas estava
Acomodada em meu túmulo,

Alguém que morrera pela verdade.
Era depositado no carneiro contíguo.
Perguntou-me baixinho o que me matara:
– A beleza, respondi.
– A mim, a verdade – é a mesma coisa,
Somos irmãos.
E assim, como parentes que uma noite se encontraram,
Conversamos de jazigo a jazigo,
Até que o musgo alcançou os nossos lábios
E cobriu os nossos nomes.

Na tradução de José Lira (2004):

Morri pela Beleza – e em minha Cova
Eu não me sentia a gosto
Quando Alguém que morreu pela
Verdade
À Cova ao lado chegou –
Gentil ele indagou por que eu viera –
E eu disse – "pela Beleza" –
"Eu vim pela Verdade – a Mesma
Coisa –
Somos Irmãos" – respondeu–
E quais Parentes juntos numa Noite
Conversamos no Jazigo –
Até que o Musgo nos chegou aos
lábios
E nossos nomes cobriu –.

Como a perfeita equivalência é impossível, talvez seja mais sensato aceitar a definição do poeta Paulo Henriques Britto (que traduziu alguns poemas dickinsonianos): *A tradução de um poema não é, em nenhum sentido estrito do termo, equivalente ao original; o máximo que se pode exigir de um poema traduzido é que ele capte algumas das características reconhecidas como importantes do poema original, e que ele seja lido como um poema na língua-meta.* Já no ensaio Aspectos linguísticos da tradução (1963), Roman Jakobson pondera que a tradução de poesia é possível, mas somente por meio da *transposição criativa*, livre, em que o tradutor afasta-se com mais autonomia, interferindo e recriando o texto. Em O Anticrítico (Editora Companhia das Letras, 1986) estão 10 poemas de Dickinson traduzidos por Augusto de Campos, e em 2008 ele lançou Emily Dickinson: não sou ninguém, que reúne 45 poemas, seguindo a edição de Thomas H. Johnson, considerada a mais fiel:

> *I'm Nobody! Who are you?*
> *Are you – Nobody – Too?*
> *Then there's a pair of us?*
> *Don't tell! they'd advertise – you know!*
>
> *How dreary – to be – Somebody!*
> *How public – like a Frog –*
> *To tell one's name – the livelong June –*
> *To an admiring Bog!*
>
> Não sou ninguém! Quem é você?
> Ninguém – Também?
> Então somos um par?
> Não conte! Podem espalhar!
>
> Que triste – ser – Alguém!
> Que pública – a Fama –
> Dizer seu nome – como a Rã –
> Para as palmas da Lama.
>
> *Too scanty 'twas to die for you,*
> *The merest Greek could that.*

The living, Sweet, is costlier —
I offer even that —

The Dying, is a trifle, past,
But living, this include
The dying multifold — without
The Respite to be dead.

Morrer por ti era pouco.
Qualquer grego o fizera.
Viver é mais difícil —
É esta a minha oferta —

Morrer é nada, nem
Mais. Porém viver importa
Morte múltipla — sem
O Alívio de estar morta.

Pain — has an Element of Blank —
It cannot recollect
When it begun — or if there were
A time when it was not —

It has no Future — but itself —
Its Infinite contain
Its Past — enlightened to perceive
New Periods — of Pain.

A Dor — tem algo de Vazio —
Não sabe mais a Era
Em que veio — ou se havia
Um tempo em que não era.

Seu futuro é só Ela –
Seu Infinito faz supor
O seu passado – que desvela
Novos Passos – de Dor.

Success is counted sweetest
By those who ne'er succeed.
To comprehend a nectar
Requires sorest need.

Not one of all the purple Host
Who took the Flag today
Can tell the definition
So clear of Victory

As he defeated – dying –
On whose forbidden ear
The distant strains of triumph
Burst agonized and clear!

O Sucesso é mais doce
A quem nunca sucede.
A compreensão do néctar
Requer severa sede.

Ninguém da Hoste ignara
Que hoje desfila em Glória
Pode entender a clara
Derrota da Vitória.

Como esse – moribundo –

Em cujo ouvido o escasso
Eco oco do triunfo
Passa como um fracasso!

Publication – is the Auction
Of the Mind of Man –
Poverty – be justifying
For so foul a thing

Possibly – but We – would rather
From Our Garret go
White – Unto the White Creator –
Than invest – Our Snow

Though belong to Him who gave it –
Then – to Him Who bear
Its Corporeal illustration – Sell
The Royal Air –

In the Parcel – Be the Merchant
Of the Heavenly Grace
But reduce no Human Spirit
To Disgrace of Price –

Publicar – é o Leilão
Da nossa Mente –
Pobreza – uma razão
De algo tão deprimente

Mas Nós – antes, em Greve,
Da Mansarda ir, sem cor,
Branca – Ao Branco Criador –

Que investir – Nossa Neve –

A Ele o nosso Pensamento
Pertence – a Ele Que encomenda
Sua ilustração Corpórea – a Venda
Do real Alento –

Mercar, sim – o que emana
Do Celeste Endereço –
Sem reduzir a Alma Humana
À Desgraça do Preço –

I felt a Funeral, in my Brain,
And Mourners to and fro
Kept treading – treading – till it seemed
That Sense was breaking through –

And when they all were seated
A Service, like a Drum –
Kept beating – beating – till I thought
My Mind was going numb –

And then I heard them lift a Box
And creak across my Soul
With those same Boots of Lead, again
The Space – began to toll,

As al the Heavens were a Bell,
And Being, but an Ear,
And I, and Silence, some strange Race
Wrecked, solitary, here –

And then a Plank in Reason, broke,
And I dropped down, and down –
And hit a World, at every plunge,
And Finished knowing – then –

Senti um Féretro em meu Cérebro,
E Carpideiras indo e vindo
A pisar – a pisar – até eu sonhar
Meus sentidos fugindo –

E quando tudo se sentou,
O Tambor de um Ofício –
Bateu – bateu – até eu sentir
Inerte o meu Juízo

E eu os ouvi – erguida a Tampa
Rangerem por minha Alma com
Todo o chumbo dos pés, de novo,
E o Espaço – dobrou,

Como se os céus fossem um Sino
E o Ser apenas um Ouvido,
E eu e o Silêncio a estranha Raça
Só, naufragada aqui –

Partiu-se a Tábua em minha Mente
E eu fui cair de Chão em Chão –
E em cada Chão havia um Mundo
E Terminei sabendo – então -

As traduções mais recentes aparecem em Poesia completa de Emily Dickinson (Tradução Adalberto Müller, Editora Universidade de Brasília, 2020. V. 1 – Os Fascículos). Um dos poemas:

[F418A; J299]
Your – Riches – taught me – poverty!
Myself – a "Millionaire"
In little – wealths – as Girls – can boast
Till broad as Buenos Ayre –
You drifted your Dominions –
A Different – Peru –
And I esteemed – all Poverty –
For Life's Estate – with you –
Of "Mines" – I little know, myself –
But just the names, of Gems –
The Colors – of the Commonest –
And scarce of Diadems –
So much – that did I meet the Queen –
Her glory – I should know –
But this, must be a different wealth –
To miss it – beggars – so!
I'm sure 'tis "India" – all day –
To those who look on you –
Without a stint – without a blame –
Might I – but be the Jew!
I'm sure it is "Golconda"
Beyond my power to dream –
To have a smile – for Mine – each day –
How better – than a Gem!
At least – it solaces – to know –
That there exists – a Gold –
Altho' I prove it – just in time –

Its distance – to behold –
Its far – far – Treasure – to surmise –
And estimate – the Pearl –
That slipped – my simple fingers – thro'
While yet – a Girl – at school!
Dear Sue –
You see I remember.
... ... Emily
[1862]

Rica – me ensinastes – pobreza!
Eu mesma – com "Donaires"
De dama – que toda Menina –
Ostenta – uma "Buenos Ayres" –
Estendestes teus Domínios –
Ao Peru – Antigo –
Estimei – toda pobreza –
Imóvel de Viver – contigo!
De *"Minas"* – pouco sei –
Apenas os *nomes* – das *Gemas* –
As *Cores* – das mais *Comuns* –
Uns poucos Diademas –
Tanto – que encontrei *A Rainha* –
Devia saber – sua glória –
Mas *esta* – é uma *outra riqueza* –
Mendigos sabem – a história!
Certo – é uma *"Índia"* – todo dia –
A quem vê o rosto teu –
Sem parcelas – sem queixas –
Só posso ser – o teu Judeu!
Sei que é uma "Golconda" –
Pra tal sonho – sou pequena –

Ter um sorriso – teu – e sempre –
Muito *melhor* – que uma *Gema*!
Ao menos – consola – saber –
Que lá *existe* – um *Ouro* –
Embora eu saiba, a tempo –
A distância – do Tesouro!
Longe – longe – não agarro –
Esta pérola – não se estima –
Que escorreu-me entre os dedos –
Ainda – na escola – de Menina!
Querida Sue –
Como vês
Eu me lembro.
……… Emily
[1862]

Dentre os quase mil e oitocentos poemas de seu *corpus*, uma imensa parte foi extraída das cartas que escreveu (mais de mil). A prática epistolar assumiu uma natureza dupla: de um lado, a construção mais íntima de relações pessoais e afetivas; de outro, o espaço da interlocução poética e reflexiva, motivo de aprofundamento na própria natureza da poesia, mesmo que apenas Thomas Higginson e Susan Gilbert Dickinson (cunhada da poeta) a tenham retribuído no envio de poemas: *A carta sempre me parece como a imortalidade, pois que é a própria mente em si sem a presença física.*

Diante do desinteresse em publicar livros, Emily preferiu partilhar os versos com amigos. Daí surgirem pelo menos três subgêneros no seu acervo: a carta, o poema, e a carta-poema – modelos com fronteiras imprecisas. Presenteava amigos com flores, frutas, comidas, sempre acompanhados de uma carta, ou de um poema, eventualmente como retribuição a alguma visita, o que faz com que muitas das cartas estejam vinculadas a contextos pessoais (às vezes, enigmáticos) da vida dos interlocutores.

Amherst era uma cidade provinciana, conservadora, de forte tradição calvinista, e Edward Dickinson, pai de Emily, representava a austera figura do homem público, a impor um modelo de discrição à filha poeta.

A poesia ficou na gaveta, mas as cartas serviram de comunicação com o mundo. Frente às lendas que se criaram, a publicação das cartas de Emily Dickinson foi aguardada com ansiedade. Em 1894, Mabel Loomis Todd, amante de Austin Dickinson (irmão de Emily), que já tinha publicado dois volumes de poemas da escritora, lançou uma coletânea que trouxe decepção aos que esperavam grandes revelações, amores e mistérios. O epistolário de Emily Dickinson mostrou coisa diversa: o espaço de uma investigação retórica e reflexiva sobre si mesma, sobre o mundo, o amor, a morte, Deus, sobre a condição humana. E bem no caminho de sua poesia: obscura, enigmática, lírica. Bilhetinhos pessoais, cartas a colegas de ginásio e outras banalidades misturam-se a verdadeiras obras de arte, endereçadas a algumas figuras mais ou menos ilustres. As referências aos ensaios de Ralph Waldo Emerson e David Thoreau são frequentes. Por diversas vezes ela os menciona também na correspondência com amigos. Thomas Johnson, um dos primeiros biógrafos, deixa claro: *As duas forças intelectuais e espirituais que influenciaram o seu pensamento foram as tradições puritanas da sua família e do ambiente à sua volta, e as doutrinas românticas e transcendentais que começavam a generalizar-se na Nova Inglaterra da sua juventude.*

Interessa-nos a personagem, aquela que se elabora na autobiografia contida nas cartas e na poesia. *Quando exponho a mim mesma, como representativa do verso*, ela escreveu a Higginson em 1862, *isso não quer dizer que seja eu – mas uma pessoa imaginária. Supposed person*, a expressão utilizada. O próprio Higginson, mesmo depois de anos de correspondência (toda a vida da poeta), ainda se perguntava se ela realmente existia, se não seria ficção em forma humana. Os dois se encontrariam pessoalmente apenas em 1870. Nas cartas da primeira fase, Emily Dickinson demonstra amor a muitas amigas de juventude: Abiah Root, Jane Humphrey, Emily Fowler Ford, Susan Gilbert – correspondências interrompidas quando as jovens colegas dedicaram-se à vida conjugal, com exceção da cunhada Susan, com quem manteve uma complexa e demorada interlocução. A linguagem erotizada, verdadeiro exercício retórico de poesia amorosa, não deixa de insinuar uma sexualidade ambígua. O amor de Emily Dickinson por Susan Gilbert foi explorado por biógrafos como Sewall, pois as cartas são cartas de amor, embora a poeta atribua-lhe o papel de irmã. Mesmo a partir da poesia é possível compreender que Emily deve ter se sentido frustrada, chegando a impor-se uma conduta puritana. Deixou de visitar, por pelo menos 15 anos, a cunhada, que morava na casa da frente! As cartas de Emily a Susan – *a querida Susie ou Sue* – são das mais elevadas referências do seu epistolário amoroso. Juntas, compõem o volume Open me carefully: Emily Dickinson's Intimate Letters to Susan Huntington Dickinson, editado por Ellen Louise Hart e Martha Nell Smith (1998). A variedade temática e a força dos sentimentos, somada ao conjunto de informações autobiográficas, torna a correspondência um modelo poético do mais alto valor. Quanto às cartas ao juiz Otis Phillips Lord – são surpreendentes, pois os dois começaram a se corresponder em 1878, ela com quase 50 anos. Otis Lord, magistrado famoso que servira à legislatura de Massachusetts e ao senado estadual, era dezoito anos mais velho e viúvo. Em 1878, pediu-a em casamento, mas ela não aceitou. Entretanto, nas cartas de Emily é possível entrever afeição e declarações de amor contidas, diferentes do teor erotizado nas cartas às amigas, seja pela idade ou pela posição do juiz. Mas em Dickinson sempre prevalece o desejo acalorado, disfarçado de decoro, embora a moralidade questione-se a si mesma. E como saber com certeza detalhes da vida íntima de uma escritora insular e inédita? As cartas e os poemas podem servir de sinalizações, balizas, mas não para definir condutas reais. Como observou a também poeta norte-americana Adrienne Rich (1929-2012): *Há uma tendência em tratar poemas – pelo menos em certos círculos – como uma espécie de documentação sobre a vida do poeta, como talvez uma espécie de autobiografia. Sinto-me próxima de Wallace Stevens quando diz que* poesia é a ficção suprema, *que um poema não é uma fatia da vida do poeta, embora, obviamente, aflore de lugares intensos da vida do poeta, de sua consciência e experiência. Mas Muriel Rukeyser tem uma frase –* Inspire experiência, expire poesia. *Há nela um senso de transmutação: algo deve acontecer entre o inspirar experiência e o expirar poesia. Algo foi transformado, não somente em palavras, mas em algo novo.*

Não obstante, existem sem dúvida aspectos intrigantes na biografia da poeta, como observa H. Bloom: *Ainda que Dickinson se abstivesse visivelmente de encontrar a amante e segunda mulher de seu irmão, Millicent Todd Bingham, suas cartas à rival e destronadora de Sue mostram uma retórica semelhante à que empregava na correspondência com Susan Gilbert Dickinson. Millicent substitui Sue junto a Dickinson de forma tão categórica quanto ocorreu com Austin Dickinson. Fica-se com a impressão de que Emily Dickinson gostaria de desempenhar o papel da serpente de Amhrest.* O crítico fez uma ironia do apelido com o qual a poeta ficaria conhecida – a *Bela de Amhrest* – trocando-o por *Serpente de Amhrest*. Ele completa a cáustica reflexão com uma descoberta definidora: *Existe na literatura americana algum niilista mais radical do que a srta. Dickinson de Amhrest? Nisso também hamletiana, ela pensa não demais, mas bem demais, e pelo pensamento segue seu caminho até a verdade. Possui sua arte para não morrer por causa da verdade, e sua verdade é a aniquilação: o resto é silêncio.*

Daguerreótipo de Emily Dickinson (1848)

Autor desconhecido

Elogios de Emily Dickinson

1

De mim pequenos hábitos se perderam –
Já não desço à beira do rio
Para meditar na tarde
Nem consulto mais o relógio –
Perderam-se também muitas Certezas
E para desde sempre a Calma –
A Calma que conforme me disseram
Chegaria com a Idade –

Não chegou – o mais se foi –
Doce carícia do vento
Janela aberta para o mar
Criança brincando na areia

Sim – o mais se foi -

2

> *De repente, o artista do trapézio começou a chorar [...], Mas depois de muitas perguntas e palavras de carinho o artista disse, soluçando: – Só com essa barra na mão, como é que posso viver?*
> *A Primeira Dor, Franz Kafka.*

–

Pelo visto – vê-se –
No Avesso – não se vê –
Ou custa muito –

Custa girar os olhos
Para dentro –
Contorcer os tornozelos –

Dobrar os joelhos –

A Vida é um exercício
De Circo –
No Trapézio
– Você –

3

Para Júlio Machado

A vida é como dar comida
a peixes no Aquário –
Dela não fica um risco
não sobra um cisco
não resta um traço –

Ontem
ria feliz na varanda
olhava as flores no jardim
Fazia planos de viagens –
Abria conta na poupança
em esquisita avareza
Dizia: – Até amanhã!

Hoje
ninguém à mesa
nem mesmo posta –
Comentam:
– Absurdo!

Contudo é assim
desde o princípio
desde a fundação do Mundo –
Simples como uma certeza antiga
e sempre esquecida.

4

O que é? Já foi –
Ponha o dedo na ferida –
Dói?
Não –
Sempre doía –
Desce Morfeu sobre a Dor
Mas com Delírio e Náusea –

– Abra as gavetas da Alma –
– Deixe-as ventando na planície –
E elas não recolherão
Nada –
A não ser tua Solidão –

5

Desde o nascer da manhã
até onde morre o dia –
estes tolos cuidados
solenidades vazias –
Preocupados nos atemos
às mesmas mesquinharias –

Ainda com algum disfarce
resulto em tudo diverso –
não faço pose de Sábio
nem empino o meu nariz –

De onde eu venho se sabe –
o que importa é bem pouco

6

Se existisse por intermitências
– Eu seria menos infeliz?
Mas num recesso da Memória
sem saber exatamente qual –
me vejo até hoje Criança
– de suspensórios –
com um pequeno guarda-chuva
– aberto –
numa expressão convicta
e desesperada –
feito um Hamster pedalando
uma Roda –

ELOGIO DE LUIZ INÁCIO LULA DA SILVA

Introdução

Para este capítulo achei necessária uma introdução por três razões: a primeira, para me posicionar de forma clara; a segunda, para abordar algumas singularidades do que o nosso povo entende por política. Por fim, a terceira, para tentar construir abordagens da configuração atual. Tudo nasce, naturalmente, de minha visão de mundo. Nunca fui nem sou, e jamais serei, um homem neutro. Sempre me vi como socialista, mas poderia simplificar meu desejo numa simples palavra: igualdade. A *égalité* da revolução que mudaria a história da humanidade. Por quê? Acredito numa sociedade mais justa e em um socialismo possível dentro do jogo democrático. No Brasil, país de desigualdades sociais infames, isso sempre me parece até um puro imperativo ético. Dados de relatório recente, o World Inequality Report 2022, mostram que metade dos brasileiros mais pobres têm apenas 1% da riqueza nacional, embora outro 1% da população mais rica detenha a metade de toda a renda do país. Portanto, imaginar o Brasil como uma verdadeira nação trata-se de uma miragem. Não se consegue construir um país na falta de plenos cidadãos e convivendo com a miséria generalizada. E aqui posso citar um líder religioso que aprendi a respeitar, o papa Francisco: *Não há democracia com fome, nem desenvolvimento com pobreza, nem justiça na desigualdade.* Alguém, em sã consciência, depois dos descalabros revelados pela pandemia de Covid-19, acredita que o capitalismo possa oferecer alguma perspectiva ao menos decente de vida? Dois exemplos desconcertantes: atualmente, o Brasil é o maior exportador de carne bovina no mundo (2,2 milhões de toneladas/2020), mas parte considerável da nossa população é obrigada a consumir ossos, carcaças de frango e pelancas de boi (quando consegue). Celeiro do planeta, primeiro exportador de soja e terceiro de milho, um exuberante agronegócio, com 33 milhões de brasileiros passando fome declarada e 125 milhões em insegurança alimentar: não comem o suficiente nem sabem se comerão no dia seguinte – a fome apenas mitigada (Estudo Rede Penssan – 2022)! Como alguém poderia justificar tamanha indignidade? É um desastre completo sobre o qual não podemos nos calar. E a lógica é simples: a pobreza e a fome são fenômenos derivados de decisões políticas, não são coisas naturais, inevitáveis. Nascem da violência e do egoísmo, quase nunca da verdadeira escassez. Temos uma natural dificuldade de enxergar isso, pois fomos condicionados a pensar que a miséria é um fracasso do indivíduo, um fracasso pessoal, não do sistema.

Acho essencial crer na possibilidade de um mundo menos mesquinho e violento, uma humanidade mais feliz e solidária. Provocar em si mesmo aquela *suspensão voluntária da incredulidade*, da qual falava Coleridge, para obter a *fé poética*. É indispensável também uma certa *fé política*! Um universo sem poesia e sem esperança perde as dimensões humanas. Vira cálculo de economista limitado, daquele que só consegue *algebrizar as manhãs*. Estranhas manhãs sem nuvens e sem os fios de sol nos cantos dos galos. Queremos é uma manhã propícia que se entreteça em tenda aérea na qual entrem todos, todos sem exceção: manhã coletiva, como no poema de João Cabral. Precisamos do difícil, porque do fácil já se falou demais. A esquerda não deveria contentar-se com o tacanho papel de *testemunha impotente* dos fatos para aonde sempre tentam nos empurrar.

Entretanto, sendo socialista, qual a razão de filiar-me ao PT? Gosto de usar a justificativa de Antonio Candido, a quem admiro: *Entrei sabendo que o PT não é um partido socialista e eu sou socialista. Mas eu acho que o PT tem uma energia operária que se confunde com os interesses do povo.* Aproveito para definir o meu socialismo como também ele o fez, sem muitos rodeios teóricos: *Chamo de socialismo todas as tendências que dizem que o homem tem que caminhar para a igualdade, que ele é o criador de riquezas e não pode ser explorado.* É preciso compreender, no entanto, como funcionam as nossas siglas partidárias. Chega a ser engraçado. O PT tornou-se um partido de inspiração socialdemocrata, de centro-esquerda. O PSDB (Partido da Social Democracia Brasileira) deu uma guinada para a extrema direita, e no PSB (Partido Socialista Brasileiro) faltam o quê? faltam verdadeiros socialistas. As siglas podem ser falsos anteparos usados para confundir o eleitor. O PP (Partido Progressista), com esse nome, é um dos mais fisiológicos e reacionários do Brasil!

Sempre me envolvi, leio sobre o assunto e jamais fui apolítico como aqui muitos gostam de apregoar e definir-se. Até porque, a rigor, isso não existe. *Se você fica neutro em situações de injustiça, você escolhe o lado do opressor,* afirmou Desmond Tutu, bispo da África do Sul, falecido recentemente (26 de dezembro de 2021). Ficar em cima do muro é uma posição política! Geralmente, o nicho do criptocovarde – *permaneço no meio para não me comprometer.* Ou, conforme já disseram, em jeito debochado e bem brasileiro: *Quem fica em cima de muro é gato, caco de vidro e cerca elétrica.* Os tucanos ficavam também, mas não é posição de gente decidida. E ainda costumam exibir a pose equívoca de superioridade moral.

Supor um mundo neutro é acreditar naqueles que defendem as escolas sem partido. Aliás, para esses eternos trapaceiros, os três poderes são um – o deles. Estão constantemente esgrimindo contra a imprensa, os intelectuais e os artistas, os professores e os cientistas, os movimentos sociais e do meio ambiente. E logo desistem dos mínimos protocolos da esgrima esportiva e cospem na cara do oponente. Eles não reconhecem adversários, tão somente inimigos mortais. Entretanto, não me interesso pela política apenas como jogo de poder, mas como projeto. E não há saída. O poema de Wislawa Szymborska, prêmio Nobel de literatura de 1996, define a situação – Filhos da época:

> Somos os filhos da época,
> e a época é política.
> Todas as coisas – minhas, tuas, nossas,
> coisas de cada dia, de cada noite,
> são coisas políticas.
> Queiras ou não queiras,
> teus genes têm um passado político,
> tua pele, um matiz político,
> teus olhos, um brilho político.
> O que dizes tem ressonância,
> o que calas tem peso
> de uma forma ou outra – político.
> Mesmo caminhando contra o vento
> dos passos políticos,

sobre solo político.
Poemas apolíticos também são políticos,
e lá em cima a lua já não dá luar.
Ser ou não ser: eis a questão.
Oh, querida, que questão mal parida.
A questão política.
Não precisas nem ser gente
para teres importância política.
Basta ser petróleo, ração,
qualquer derivado, ou até
uma mesa de conferência cuja forma
vem sendo discutida meses a fio.
Enquanto isso, os homens se matam,
os animais são massacrados,
as casas queimadas,
os campos se tornam agrestes
como nas épocas passadas
e menos políticas.

No dia 27 de abril de 1937, morreu o filósofo italiano Antonio Gramsci (1891-1937), num hospital penitenciário, apenas seis dias após recuperar a liberdade. Mais de 10 anos encarcerado, em condições subumanas, por um crime de ideias, defender com coragem e nunca abdicar do que pensava. Acho soberba a reflexão dele sobre os apolíticos (conhecidos ironicamente, entre nós, como *isentões*): *Eu odeio os indiferentes: porque me molestam suas queixas, sua forma de atuar como eternos inocentes. Cobrarei cada um deles: como fizeram para cumprir esse papel? Diante da missão que a vida lhes oferece, o que fizeram, e principalmente o que não fizeram? Me sinto no direito de ser inexorável e, na obrigação de não desperdiçar minha piedade, espero não compartilhar com eles minhas lágrimas. Sou partidário, estou vivo, sinto já na consciência dos que estão ao meu lado o pulso da cidade futura que estão construindo. Nela, a cadeia social não gravita sobre alguns poucos; nada acontece por acaso, nem é produto da fatalidade, e sim obra inteligente dos cidadãos. Ninguém que está nessa cidade fica olhando da janela, passivamente, o sacrifício e sangue dos outros. Vivo, sou partidário. Por isso odeio quem não toma partido. Odeio os indiferentes.*

Outra opinião comum é que política seria igual a religião e futebol – *portanto não se discutem*. Nada disso. E não são termos iguais. Religião ou futebol funcionam como crenças. *O meu Deus é o único. O meu time é o melhor do mundo*. Mas a política está ligada ao mundo real e às pessoas reais e, certamente, envolve possibilidades mais concretas. Não é bom que um partido possa se transformar em igreja (*sacralização* ou dogmatismo ideológico) ou se apresente como portador do saber revolucionário e único representante dos oprimidos – a *Vanguarda Iluminada*, na expressão irônica de Antonio Candido. Uma coisa é certa, as decisões do mundo político mexem com o cotidiano de todos: definem o quanto você gasta, ganha, como vive e até o que pode ou não poderia pensar e dizer. Participa de suas escolhas e, muitas vezes, escolhe por você sem que você saiba. E mesmo que saiba e não queira. Estamos mergulhados em um mundo político. Não há como sair dele. Despolitizada, restaria a noção de uma vida abstrata, com falsas imagens de felicidade: viver muito, comer poucas calorias, não faltar ao trabalho, pagar os impostos, ir à missa, ser manso, socialmente produtivo e politicamente inofensivo. É possível (preciso) entender e debater questões políticas, desde que exista tolerância, disposição para ouvir o outro. E que se pretenda estabelecer um verdadeiro diálogo. Votar não é o único fato nem o principal. Trata-se de uma ferramenta importante. Entretanto, política é muito mais do que isso, ela diz de nossa própria inserção filosófica no mundo. Participar da vida política de um país não é tão somente um direito fundamental – impõe-se como dever.

Outra afirmativa falaciosa é concluir que todos os políticos são iguais. Não são, até porque ninguém é igual a ninguém. O que existe é um círculo vicioso. Abominamos a política, não nos informamos nem oferecemos nossa participação. A contragosto somos obrigados a votar. Aí escolhemos por critérios duvidosos. Um exemplo recente: monta-se um partido. Dá-se-lhe um nome sugestivo – NOVO. As ideias, os criadores são todos velhos, de projetos e de intenções. Até porque manter e conservar não é mudar. Mas todos queremos o NOVO, e escolhemos para governador de Minas Gerais, atraídos pela miragem semântica, o Zema, mistura desagradável de gerente de posto de gasolina, com lápis atrás da orelha, e jacu. Mas pertencia ao NOVO. Se pertencia ao NOVO, deveria ser NOVO, a descoberta genial. Nem podemos chamar a falsa conclusão de raciocínio. Não obstante, Romeu Zema ganhou a eleição, uma criatura medíocre ancorada numa falsa palavra de mudança. Seria acreditar que o partido AVANTE é de vanguarda. Ou o PODEMOS se interessa, pode e quer fazer algo de valor para a comunidade. Poderia? mas não quer.

Neste caminho equivocado da negação da política, de tropeço em tropeço, montamos um Congresso cheio de indivíduos egoístas que só defendem os próprios interesses. A razão é clara: fomos obrigados a votar, mas não entendemos nem gostamos nada de política: *voto por obrigação, todos os políticos são iguais, tanto faz como tanto fez*. Partindo desse grande empenho, colocamos na Câmaras dos Deputados quem se interessa por si, nunca gostou de nenhum de nós e tampouco do país. E o pessoal que se senta lá não quer que nada mude mesmo, ninguém se lembre da política, tudo continue como está. São eleitos e reeleitos, fundam dinastias e sinecuras, como os Sarney, ex-mandatários na Capitania do Maranhão. Em setembro de 1993, em campanha para a eleição presidencial de 1994, Lula disse uma frase que ficaria célebre, afirmando que havia no Congresso *uma minoria de parlamentares que se preocupa e trabalha pelo país, mas há uma maioria de uns 300 picaretas que defendem apenas seus próprios interesses*. Era verdade na época, e talvez hoje seja pior, quando a maior bancada parlamentar (55 deputados) é a do PSL (Partido Social Liberal), eleita na onda que mostrou o importante viés neofascista da sociedade brasileira.

Entretanto autonomear-se de esquerda no Brasil pode ser complicado e mesmo perigoso. Para a extrema direita todo esquerdista equivale ao status ideológico de comunista. E comunista é sinônimo de filho da puta, estereótipo da criatura malévola, destrutiva e dissimulada. Pode-se acrescentar fanático e vítima de lavagem cerebral (embora não se saiba exatamente o que seja). Não deixa de ser um paradoxo, pois é como a extrema direita se comporta. Ela gruda na testa dos adversários as grandes virtudes que tem e vem desenvolvendo, capaz dos expedientes mais vis. Chega a ser cômica a eterna fantasia do comunismo. Outro dia achei um *post* divertido no Facebook: *O mais perto que o Brasil chegou do comunismo foi quando enfrentou a União Soviética na Copa de 1958. O resto, meu anjo, é doideira do seu primo, aquele que dirige um Celta e morre de medo da taxação das grandes fortunas.* E vale recordar que ganhamos de dois a zero da União Soviética (semifinal) e fomos, nessa Copa, campeões do mundo pela primeira vez!

Outrossim, a direita exerce o que pode ser chamado de controle de natalidade de qualquer opção de esquerda, proibida de nascer ou de se criar, conforme analisou Érico Veríssimo no Prólogo do livro Luiz Inácio Lula da Silva – A verdade vencerá (Ed. Boitempo, 2018): *Até onde a casta dominante está disposta a ir para evitar que a esquerda prolifere, nós já vimos. Os gritos de dor dos torturados pela ditadura de 1964 ainda ecoam em porões abandonados. E 1964 é apenas um exemplo do que tem sido uma constante histórica. Até hoje se discute se o governo de Getúlio Vargas foi "progressista" por convicção ou por conveniência política. [...] De qualquer maneira, foi uma das poucas vezes, antes dos anos petistas, em que as esquerdas brasileiras estiveram nas cercanias do poder, mesmo fazendo concessões para não serem abortadas. O primeiro governo do Partido dos Trabalhadores mostrou que era possível fazer política social consequente sem ter que ceder às tentações ditatoriais, como as que acometeram na era Vargas. Houve distribuição de renda – e começou-se a diminuir a desigualdade no país. Daí a reação feroz da casta dominante à perspectiva da volta do PT ao poder. O patriciado, em eterna vigilância contra o nascimento de uma esquerda viável, deu-se conta da sua distração e agora se apressa em corrigi-la – até com o repetido sacrifício de convenções jurídicas e cuidados éticos.* E isso é, de fato, uma constante. Basta acompanhar, por exemplo, a valorização do salário mínimo, que remunera a população mais humilde. Se acumular aumentos progressivos e reais, se resultar em maior inclusão social, podemos prever a possibilidade de um golpe de estado. Ademais, já temos a própria cultura dos golpes de estado, desde o início da República. Claro que jamais dirão que é por esse motivo. Ressuscitam-se os eternos fantasmas ou espantalhos da corrupção e do comunismo. Impossível não se lembrar de Karl Marx no O dezoito de Brumário de Luís Bonaparte (Editora L&PM, 2020): *a história se repete, a primeira vez como tragédia e a segunda como farsa.* O golpe arquitetado contra Getúlio Vargas, em 1954, devido à comoção nacional do suicídio, foi adiado para 1964. Em 2016, aconteceu o golpe parlamentar contra Dilma Roussef; em seguida, o *lawfare* que levou à prisão de Lula. Isso pode ser transformado em gráfico de *power point* como numa demonstração matemática. A sincronia com a valorização do salário mínimo é impressionante. Farsas em série. O lema nasceu na era Vargas, quando alguém da esquerda concorria com alguma chance de vencer: *Não pode ser candidato; se for, não pode ganhar; se ganhar, não pode tomar posse*. Atualizando, mereceria dois acréscimos: *se tomar posse, não pode governar; se governar, deve sofrer impeachment.*

  Do mesmo livro, A verdade vencerá, retirei vários trechos do capítulo A democracia à beira do abismo, reflexões do cientista político Luis Felipe Miguel: *Há, de maneira geral, o que se está chamando de criminalização da esquerda, em que posições políticas progressistas deixam de ser aceitas e passam a sofrer perseguição. A seletividade da imprensa e dos órgãos repressivos do Estado em relação à corrupção faz com que seja vista como exclusividade dos partidos de esquerda, tratados agora como organizações criminosas.* Com o retrocesso nos direitos, eles agora são considerados exclusivamente individuais e em oposição aos coletivos. Uma greve, uma ocupação ou uma passeata precisam ser contidas porque ameaçam contratos privados e a decisão de comparecer ao trabalho e à escola, ou o direito de ir e vir. O conservadorismo moral fez com que as lutas das mulheres ou da população LGBTQ+ apareçam como ameaças à família tradicional, instituição sacrossanta e imutável, que sendo a base civilizatória justificaria qualquer abuso em sua defesa. A criminalização da política, promovida pelo sistema judiciário, e a pauta da corrupção, mudaram o espectro partidário do Brasil, abrindo espaço para a direita. Isto tem até expressão numérica: o partido bolsonarista, PSL, pulou de 1 para 52 deputados!

A mídia hegemônica foi de um protagonismo excepcional. Qualquer boato contra Lula ou um de seus filhos (Lulinha), por mais desproposidado, ganhava reportagens por dias a fio. Operava-se uma triangulação. Primeiro, uma informação contrária ao ex-presidente era vazada pela polícia ou pelo Ministério Público. Em seguida, os meios de comunicação transformavam-na em manchete escandalosa. Por vezes, o inverso: um jornal, uma revista ou uma emissora anunciava o furo (certa vez, foram pedalinhos num lago!), e depois os órgãos judiciais respaldavam. Por fim, a terceira ponta do triângulo: os *websites* dedicados às *fake news*, da milícia digital, preparando versões mais simplificadas, grosseiras e agressivas. O resultado foi um ambiente tóxico para o debate político, cuja superação é (e será) um desafio. Situação em que argumentos e evidências tornam-se irrelevantes e só valem as convicções e as *narrativas*. Aliás, foi essa a justificativa do procurador da república, Deltan Dallagnol, na projeção de um *power point*, em rede nacional, que apontava o ex-presidente Lula como uma espécie de *capo dei capi, comandante máximo do esquema de corrupção na Petrobras*, um dos maiores ladrões de todas as eras, incluindo a paleo e a mesozoica. Baseado apenas nas convicções pessoais do mesmo procurador. Expôs ao país uma calúnia de gigantescas proporções sobre um político que fora presidente da república por dois mandatos e ajudara a eleger a sucessora por mais dois. O bom moço foi incensado pela imprensa, junto ao seu mentor paranaense, outro medíocre e mau-caráter – o juiz Sérgio Moro. Os dois viraram os inquisidores-mores da República de Curitiba. Contraditoriamente, os governos petistas foram também responsáveis, dando poderes e fortalecendo o Ministério Público e a Polícia Federal, além do que seria razoável para órgãos tão corporativos.

Quanto à República de Curitiba, é bom lembrar que antes já houvera república semelhante – a República do Galeão, quando montaram naquela

Base Aérea, em agosto de 1954, um esquema da Aeronáutica para interrogar suspeitos no famoso atentado da Rua Tonelero. No episódio, feriram Carlos Lacerda com um tiro no pé, o principal opositor do presidente Vargas, e mataram o major da FAB, Rubens Vaz. Os interrogatórios transcorriam em meio à crise do governo e acusações de quê? de corrupção. O chefe da guarda pessoal de Getúlio, Gregório Fortunato, acusado de ser o mandante, foi preso e interrogado. A República do Galeão só seria dissolvida após o suicídio de Vargas. A analogia fala por si. A história repete-se, primeiro como tragédia, depois como farsa ou farsas em série, porque no Brasil sabemos inovar, insistindo na mesma tecla perversa. Inclusive nos mesmos falsos argumentos, justificando a frase de Samuel Johnson (1709-1784), escritor inglês: *O patriotismo é o último refúgio dos canalhas*. Reciclada depois pelo nosso genial Millôr: *No Brasil, é o primeiro*.

Assim, na ambiência punitivista da República de Curitiba, não haveria outro jeito a não ser a condenação de Lula, em segunda instância, pelo Tribunal Regional Federal da 4ª Região (TRF-4), em janeiro de 2018. As fragilidades e os exageros do processo foram amplamente apontados: ausência de provas, cerceamento do direito de defesa, constrangimento ilegal nas delações premiadas, prisões preventivas servindo como tortura emocional, vazamentos para a imprensa e desvio de foro. Causou espanto a sintonia absoluta nos votos dos três desembargadores (Gebran, Paulsen e Laus), além da decisão de ainda aumentar a pena de 9 para 12 anos. Ademais, para que o tribunal alinhasse o calendário à estratégia política, houve uma antecipação. A justiça brasileira, velha tartaruga preguiçosa, nesse caso agiu igual gazela enlouquecida no cio. Coisa totalmente suspeita. Puro ativismo judicial, como se além do invisível e atuante Partido Militar houvesse também um Partido de Magistrados. Contudo, a necessidade de impedir a candidatura de Lula a qualquer custo, atropelando o decoro e os ritos processuais, macularia o pleito com uma ilegitimidade irreparável. E desembocaria na eleição de um psicopata e *miliciano infame* – Jair Bolsonaro. Com a decisão do TRF-4 definiu-se que o ex-presidente estava fora da disputa, colocando eleitores e lideranças políticas em um cenário surrealista. Não bastasse, o juiz Sérgio Moro, que por meios parciais condenara o ex-presidente em primeira instância, aceitaria depois o convite para ser Ministro da Justiça de Bolsonaro. Tornou-se Ministro do presidente que só vencera devido às manobras jurídicas criadas por ele. Na posse, o miliciano o agradeceria de maneira direta: *Se a missão dele não fosse bem cumprida, eu também não estaria aqui*.

O único tema que o noticiário na época tentou impor era se, ou quando, Lula seria preso. Tudo já fora julgado (e jogado), as peças jurídicas (o dominó ilegal) encaixavam-se perfeitamente – em primeira, em segunda e em terceira instâncias. Uma injustiça costurada nos três planos? Sequestradas, viraram instâncias ideológicas e de opiniões pessoais. As togas substituíram as baionetas de um golpe militar. O golpe jurídico é menos espalhafatoso. Convence até pelo aparato solene e o enganoso verniz de legalidade. Outro disparate: Sérgio Moro, que subira nos ombros de Lula feito um fascinado papagaio de pirata, se comportaria agora como carcereiro. Muito mais carcereiro do que juiz. Alguém que parecia carregar no bolso a chave da solitária de 15 metros quadrados onde dormia o maior troféu de sua existência de juiz ignorante. O magistrado Zébedeu, o Marreco de Maringá. Poliglota que pronuncia Massachusetts como Massachutes, chamou Edith Piaf de Edith Piá, e nomeia a letra da canção *Je ne regrette rien* por *Je ne me regrette rien*, atrapalhando-se nas três línguas, que confunde e desconhece. Demonstrar a indigência intelectual para ele viraria rotina.

Destarte, a transformação do caso político em situação criminal cumpriu o triplo papel de desmoralizar Lula, normalizar a eleição e mostrar que as instituições funcionavam. O que permitiu a espiral punitivista começara nos governos do PT. O primeiro sinal de *lawfare* explícito aconteceria em 2012, embora as revelações conexas datassem de 2005: um vídeo de funcionário dos correios recebendo propina, divulgado pela Revista Veja. O julgamento só aconteceria sete anos depois, no terceiro governo petista (primeiro governo Dilma), com a *performance* do Ministro Joaquim Barbosa, o primeiro a transformar o plenário do STF em um completo circo televisivo, no escândalo do *Mensalão*. Ali, tal magistrado posaria de dono da verdade, dando súbitas revoadas na toga alada, repartindo perdigotos e olhares furiosos. Relator do processo, utilizou-se da chamada *Teoria do Domínio do Fato* (do jurista alemão Claus Roxin), fundamentando a prisão de várias lideranças do PT apenas pela posição que tinham na organização partidária, presumindo que sabiam e endossariam qualquer esquema ilegal, fosse qual fosse. Na verdade, mais que réus, os petistas foram tratados e julgados como *inimigos do Estado*. Entretanto o próprio jurista criticaria (setembro de 2014), no Congresso Internacional de Direito Penal realizado em São Paulo, a aplicação da sua tese. A teoria se desenvolvera não somente para tornar mais severas as penas das pessoas que comandam as estruturas políticas, mas para *punir os responsáveis pelas ordens e as pessoas que as executam em uma estrutura hierarquizada que atue fora da lei*. Ademais, tudo aconteceu de tal maneira que a aplicação da tese transformaria o julgamento numa narrativa alegórica – *a era da parábola judiciária brasileira* – com o uso de inovações processuais (Domínio do Fato, onde a convicção ganha foro de verdade) e ampla publicidade dos processos que envolvem escândalos políticos. A partir daí, por meio dos canais de tv, estreou-se nova forma de entretenimento, até com destemperos verbais entre os Ministros para animar o auditório. Cada um querendo aparecer mais do que o outro. Cada qual caprichando nas citações latinas: *data venia, data maxima venia, ab ovo, furandi conscientia fraudis, hic et nunc*. Um tremendo show de mau gosto.

Não poucas vezes, assistindo pela tv, lembrei-me de trechos do Elogio da Loucura, de Erasmo de Roterdã: *uma vez que podem gabar-se de outras línguas como a sanguessuga e consideram coisa maravilhosa inserir nos seus discursos, de cambulhada, mesmo fora de propósito, palavrinhas gregas, a fim de formarem belíssimos mosaicos. E, quando acontece que um desses oradores não conhece as línguas estrangeiras, desentranha ele de rançosos papéis quatro ou cinco vocábulos, com os quais lança poeira aos olhos do leitor, de forma que os que o entendem se compadeçam do próprio saber e os que não o compreendem o admirem na proporção da própria ignorância*.

Em entrevista, Lula, percebendo a manobra, desabafaria: *Esta foi a grande descoberta do século XXI: de como a mídia poderia ser utilizada para criminalizar as pessoas antes da Justiça. A mídia tomou a decisão de, ao invés de esperar a Justiça criminalizar, transformar alguns líderes do PT em bandidos.* Depois do espetáculo, após iniciar a grave erosão do Estado de Direito no Brasil – e por dentro, pois fazia parte da principal engrenagem –, o Ministro Barbosa deu-se por satisfeito: aplacada a cólera, montou na gorda aposentadoria e voou para Miami (Flórida, E.U.A.), onde até hoje reside.

Mas o que terá sido o *mensalão* (apelidado pela jornalista Hildegard Angel de *mentirão*)? Foi batizado com esse nome pelo delator do esquema, o deputado do PTB, Roberto Jefferson, na tentativa de atingir o seu maior desafeto, José Dirceu, Ministro-chefe da Casa Civil no primeiro governo Lula. Trata-se, na verdade, do uso do caixa dois do PT. Caixa dois é onde fica o dinheiro não contabilizado e não declarado aos órgãos de fiscalização. O financiamento ilegal de campanhas sempre foi generalizado na política brasileira. É proibido, mas todos usam. A compra de votos no Congresso também nunca foi novidade. O presidente Fernando Henrique Cardoso comprou deputados do Amazonas para garantir a mudança constitucional que lhe permitiria a reeleição. Todos sabem. O legislativo brasileiro é um covil de venalidade e oportunismo. Ao fim do primeiro mandato de Lula, um terço dos deputados no Congresso já tinham mudado de partido, pois nunca existiu fidelidade partidária. Até o final do segundo mandato, mais de um quarto dos membros de ambas as casas estavam enfrentando acusações na justiça. O Congresso funciona como um navio pirata. Em 2002, Lula se elegera com 61% dos votos, mas o PT tinha menos de um quinto dos assentos no Congresso, onde o governo teria de encontrar aliados nas votações das propostas. Lula já constatara: *Se Jesus Cristo viesse para cá, e Judas tivesse a votação num partido qualquer, Jesus teria que chamar Judas para fazer coalizão.* José Dirceu, o maior estrategista do PT, queria fazer um acordo com um partido de centro, o PMDB, mas isso significaria conceder ministérios importantes dentro da velha prática do toma lá, dá cá. Lula talvez tenha preferido costurar uma colcha de retalhos com os partidos menores. Entretanto, os pequenos também exigiram participação nos espólios, e assim surgiu o *mensalão*, que nunca foi distribuído em forma de mesadas mensais como o nome sugere. E não houve desvio de dinheiro público, mas contribuições de empresas privadas (VISANET), que seriam utilizadas para pagar publicidade. Foram feitos também empréstimos bancários, através do Banco Rural, em contratos legais com assinatura de Genoíno, o então presidente do PT.

O sistema de governo brasileiro funciona como um *presidencialismo de coalizão*, dependente de um Congresso multipartidário e fragmentado (atualmente, 23 partidos). Não se governa, no Brasil e no resto do mundo, no presidencialismo e no parlamentarismo, sem maioria. Foi a armadilha na qual o PT escorregou, e ironicamente denunciada por um parlamentar falastrão, Roberto Jefferson, capaz das maiores baixezas. O resultado final foi este: um partido de trabalhadores com veleidades éticas, obrigado a negociar com piratas e a velejar no pântano. José Dirceu, o arquiteto do PT moderno, trabalhara escondido no país depois de voltar do exílio; Genoíno fora um guerrilheiro torturado pela ditadura; Gushiken vivia a vida modesta de um ex-sindicalista. Eles agiram sem vantagens pessoais, tentando resolver a questão da governabilidade, sem a qual tudo permaneceria travado. Entretanto, tais justificativas não comoveram a mídia nem a opinião pública. Não havia como negar que o PT sempre afirmara ser uma força política em um plano ético acima das práticas tradicionais. A direita move-se por interesses, mas a esquerda deve agir por princípios. Não há como fugir disso sem cair em um contraditório meio-termo. Recorrer ao caixa dois fora um erro! Mas ali começaria a sequência de *lawfares* contra o Partido dos Trabalhadores, numa tentativa de destruir a principal facção da esquerda brasileira.

Além de tudo, no Brasil, a magistratura sempre esteve ao lado dos oligarcas. Uma casta de mandarins, alinhada à direita, conforme o estrato social de onde vieram ou costumam frequentar. Os pais quase sempre são também promotores e juízes. Pelos altos salários, não se sentem verdadeiros funcionários públicos (sessenta dias de férias por ano, auxílio-moradia e vários outros privilégios). Infelizmente, na maioria, não passam de *concurseiros*, treinados em resolver *pegadinhas* de provas de múltipla escolha, adestrando-se em *decorebas pueris*, jovens e com pouca experiência de vida. O *magister* (que lembra magistério) desapareceu quase completamente dos tribunais brasileiros!

No Paraná, um estado dos mais conservadores, a situação parece ainda mais grave, como ficou demonstrado pelos fatos e pela total sincronia entre os julgamentos de primeira e segunda instâncias do ex-presidente Lula. Colocaram até um *outdoor* junto ao aeroporto (pago por um dos procuradores, Diogo Castor de Matos), que alardeava: *Bem-vindo à República de Curitiba, terra da Lava Jato, a investigação que mudou o país. Aqui a lei se cumpre. 17 de março, cinco anos de Lava Jato. O Brasil agradece.* Esse procurador, pela falta de decoro e por colocar o contrato de propaganda em nome de um *laranja*, foi o único demitido do Ministério Público, até agora. Todos os outros deveriam segui-lo se a lei se cumprisse. A Justiça, quem sabe, poderia calibrar novamente a triste e desconjuntada balança.

Na verdade, a situação é ainda mais séria. Segundo o historiador Fernand Braudel, em A Dinâmica do capitalismo (Ed. Rocco,1996), o poder econômico e a corrupção política são faces da mesma moeda. O capitalismo acontece numa antessala mal iluminada, em horários duvidosos, onde se encontram os donos do dinheiro e os donos do poder (*as tenebrosas transações*, da letra de Chico Buarque). A negociação do Executivo, do Legislativo ou do Judiciário como barganha para interesses de grandes corporações, de conselhos de administração e de empresários, é a regra global, e não a exceção brasileira.

Todavia essa deprimente realidade não deve servir para naturalizar ou normalizar nada, apenas colocar o debate em termos mais concretos (Operação Lava Jato – crime, devastação econômica e perseguição política, por José Sérgio Gabrielli e Antonio Alonso Júnior (orgs.), Ed. Expressão Popular, 2021). E, sobretudo, para não se valorizar somente a *corrupção dos tolos*, como a denomina o sociólogo brasileiro Jessé Souza (A tolice da inteligência brasileira, Ed. Leya, 2015), quando se a supõe limitada apenas ao governo e aparato político (uma meia verdade), esquecendo-se das elites financeira e rural, que permanecem invisíveis, apesar de seus perenes assaltos ao orçamento público. A elite de proprietários que não pode ser melindrada e um mercado supostamente virtuoso. Ainda pior, uma elite agrária, cevada na escravidão e no mandonismo rural, cuja acumulação primitiva de capital sempre foi a expulsão violenta, assassinato e roubo de terras. O ogronegócio de origem.

Nesse período, devido ao escândalo do *mensalão*, o desgaste da atividade política (não somente do PT) foi enorme. No entanto, o nome de Joaquim Barbosa entraria para o rol dos perpétuos candidatos à presidência! A palavra corrupção, entre nós, é um poderoso talismã e pode transformar quase qualquer um em herói. No julgamento do *mensalão* já se preparava o futuro golpe parlamentar (*impeachment*) de Dilma Roussef e a previsível prisão de Lula, na sequência lógica da Operação Lava Jato. O caminho estava aberto e a opinião pública mais do que predisposta. Muitos já afirmavam que, para salvar o Brasil, seria preciso retirar o PT do poder, de preferência eliminá-lo como partido, proibir a legenda, bani-lo, não importando o que se colocasse no lugar. O antipetismo cego e feroz. Tudo somado, colocariam na cadeira de presidente um psicopata. E tudo dentro da maior crise sanitária da nossa história, a pandemia da Covid-19, com mais de 682.000 mortos até o momento (23/08/2022). A catástrofe que o ex-capitão do exército produziu, em todos os setores, é descomunal. Ainda mais grave, porque os filhos parecem compartilhar o transtorno da personalidade paterna.

No entanto, em abril de 2021, o STF inocentou Lula, apontando a parcialidade e a incompetência de Sérgio Moro, abrindo-lhe a chance de disputar a presidência em outubro de 2022. Nesta data, os eleitores brasileiros terão a oportunidade de um acerto de contas, numa trajetória política interrompida à força e desastrosa para todos nós. O desatino do miliciano foi completo, em todas as áreas: econômica, social, política, institucional e ética, no meio ambiente e cultural. Mas é inegável que Bolsonaro tem – e mantém, apesar de tudo – o apoio irrestrito de 25% dos eleitores. E, para mim, uma das maiores tristezas foi constatar que um em cada quatro brasileiros partilha valores dessa criatura sórdida. Até porque o combustível do fascismo sempre foi o mais puro ódio.

Em 28/04/2022, o Comitê de Direitos Humanos da ONU concluiu que Lula teve violados os direitos políticos e a garantia a um julgamento imparcial. Entretanto, é cada dia mais evidente que Bolsonaro jamais respeitará um resultado adverso nas urnas de 2022. As pesquisas não lhe têm sido favoráveis. Para o Bolsonarismo, a disputa política é pensada como um jogo de tudo ou nada, vencer a qualquer custo, onde os meios justificam os fins. Questionar com violência e falsas premissas qualquer derrota.

Além disso, fala-se muito em *fake news*, motor da eleição de 2018. Desde o começo, um pleito inédito, pois não se decidiu na tv ou nos debates públicos (nem aconteceram), mas na propaganda intensiva dos aplicativos (WhatsApp e Youtube). Mais interessante é saber como se aprendeu essa poderosa estratégia utilizada pela extrema direita brasileira. Não há dúvida: veio da eleição norte-americana que elegeu Donald Trump em 2016. A mesma baixaria e falta de princípios, com o uso de ataques morais à candidata adversária, Hillary Clinton (Fogo e Fúria – Por dentro da Casa Branca de Trump, Michael Wolff, Ed. Objetiva, 2018). A *fake news* mais destrutiva, multiplicada aos milhares nas redes, foi a de que Hillary promovia orgias sexuais com crianças quando ocupou a Casa Branca (primeira-dama). É estranho porque lembra a acusação que fizeram contra a rainha Maria Antonieta na Revolução Francesa – a pedofilia, uma poderosa *kryptonita* social. Pouco depois, a história seria desmentida pela imprensa e pela campanha democrata, mas já atingira milhões de votantes. Em alguns comitês distribuíram-se camisetas estampadas com uma foto de Hillary ao lado de uma única palavra, impressa em grandes letras – BITCH (PUTA). Para o eleitor mais pudico, a palavra puta foi substituída – *Procurada pela polícia ou cooked Hillary* (Hillary corrupta). No Brasil, usaram o delírio moralista da Mamadeira de Piroca e do Kit Gay, com resultados semelhantes, pois provocam pânicos morais na população suscetível. Mentor dessa trama, aqui e lá, o estrategista-chefe de Trump, Steve Bannon, fotografado em Nova Iorque ao lado de Eduardo Bolsonaro, filho do presidente. Steve certamente ensinou-lhe as manhas para entupir as redes sociais com disparos de milhões de mentiras. A extrema direita, em todo o mundo, é muito parecida, porque a vileza e os objetivos são quase exatamente os mesmos.

Mas três outros momentos foram importantes na trajetória da política brasileira contemporânea. Em 2010, o Congresso aprovou, quase por unanimidade, e o próprio Lula sancionou, a Lei da Ficha Limpa. Na realidade, a lei facilita a tutela do Judiciário sobre a soberania popular e pode comprometê-la. Em meio ao entusiasmo da mídia e de muitas organizações da sociedade civil, entorpecidas pela palavra corrupção, pouquíssimas vozes ergueram-se contra. A lei dispõe que os cidadãos condenados por decisões do Poder Judiciário não devem concorrer às eleições. Repousa em duas premissas: que as decisões dos tribunais são imunes à manipulação política e que a vontade do povo pode ser desviada por maus candidatos. A Lei da Ficha Limpa deu base formal à impugnação da candidatura de Lula, condenado em julgamento viciado e com motivação política. A completa subversão das ideias purificadoras contidas na mesma lei!

Em junho de 2013, aconteceram passeatas e protestos com enorme número de participantes, principalmente em São Paulo e Rio de Janeiro. Foi um fato inédito – pela primeira vez a direita ocuparia as ruas, transformando as manifestações iniciais, da esquerda (por preços de passagens de ônibus) num mar de pessoas de classe média, brancas, iradas, gritando contra a corrupção e o governo Dilma. Até então a rua era, e sempre fora, um espaço da esquerda, e eu já participara de inúmeras passeatas. Curioso, deixei meu apartamento e desci até a Praça da Savassi, percorrendo a multidão (junho de 2013). Havia de tudo, inclusive cartazes pedindo *Intervenção Militar Constitucional Já!* Outro exclamava: *Precisamos de Um Milhão de Eduardos Cunhas!* Parecia um pesadelo. Fui descendo até a avenida Augusto de Lima e resolvi tomar uma cerveja na Cantina do Lucas (que frequento desde os 18 anos, ainda estudante de medicina). Quando entrei no Edifício Malleta notei todas as mesas ocupadas. Brancos da classe média belo-horizontina, camisa canarinho, alguns enrolados na bandeira nacional, batiam os copos, os olhos revirados: *Fora Dilma! Fora PT!* Após presenciar a profanação, lugar sagrado para mim, voltei para casa deprimido. As sementes do bolsonarismo estavam frutificando para a furiosa colheita de 2018. A melhor abordagem do fenômeno eu encontraria, bem depois, num recente livro de Jessé Souza, A guerra contra o Brasil (GMP Editora Ltda., 2020): *As chamadas Jornadas de Junho de 2013, no Brasil, foram o divisor de águas da política brasileira contemporânea. Como se sabe, o país estava voando em "céu de brigadeiro" em 2013, com altas taxas de crescimento econômico, pleno emprego, aumento da capacidade de compra da população, obras de vulto na infraestrutura e uma presidenta com alto índice de popularidade. Os protestos de junho de 2013 equivalem, nesse sentido, a um raio em céu azul, parafraseando o Marx de 18 de Brumário de Luís Bonaparte, que pede uma explicação racional para o aparentemente inexplicável.*

Como se sabe, diversos grupos de esquerda, principalmente em São Paulo e no Rio de Janeiro, desenvolvem ações de rua em protesto inicialmente contra o aumento das passagens de ônibus e, logo depois, contra uma série de alvos, que abrangiam desde manifestações contra a Copa do Mundo e a Olimpíada até protestos contra a Rede Globo. A chamada grande imprensa condenou de modo enfático as manifestações até perceber que poderia utilizá-las contra o governo de Dilma Roussef. Presenciaríamos o que Jessé chama de uma revolução colorida. Como estratégia, ela implica, por exemplo, se aproveitar de rebeliões espontâneas de baixa intensidade, que é o que tínhamos por aqui até então, e transformá-las em revoluções de grande intensidade, exatamente como operam os vírus de computadores que terminam por se apossar de todo o sistema. As Revoluções Coloridas, na definição de Korybko, são as que visam a deposição de regimes não conformes aos Estados Unidos, realizadas sempre em nome dos valores democráticos e a retórica dos direitos humanos. Mas como utilizar a retórica da democracia e dos direitos humanos contra um governo popular e democrático? Muito cedo, com certeza poucos dias depois dos primeiros protestos, por volta dos dias 17 e 18 de junho de 2013, a grande mídia descobre uma súbita simpatia pelos manifestantes. O fio condutor comum que possibilitou a passagem, no início quase imperceptível, das manifestações da esquerda para a direita parece ter sido o foco nos protestos contra a Copa do Mundo no ano seguinte. Ainda que nos grupos de esquerda a preocupação tenha sido enfatizar o investimento em infraestrutura educacional e hospitalar como prioridade, a acusação ainda abstrata, nesse momento pré-Lava Jato, de supostos desvios de recursos e corrupção estava presente já nos dois núcleos. Bastava construir uma linha de continuidade e chamar para encabeçar o protesto os brancos da classe média moralista e ressentida (que se comportam e se sentem como norte-americanos virtuosos numa África brasileira) por anos de ascensão popular. Quando a elite associada à imprensa venal se volta contra a quebra do compromisso lulista por Dilma Roussef, a partir de 2012 – ataque da governante às taxas de juros e contra a margem de lucro das concessões público-privadas, então o quadro se torna crítico. A partir desse ponto, alguma forma de golpe de estado se torna mera questão de tempo.

O terceiro fator, decisivo, aconteceria em 2016: o Supremo Tribunal Federal deliberou que seria possível prender réus antes da condenação definitiva (do trânsito em julgado, decisão na última instância). Apoiava-se na ideia de que é necessário apenar aqueles que, dispondo de recursos e bons advogados, conseguem postergar o veredito. O combate à impunidade de alguns justificaria a retirada das garantias de todos. O subtexto, crucial em todo o discurso do golpe, é que os direitos devem ser olhados com desconfiança, pois podem encobrir injustiças. E outro subtexto, ainda mais corrosivo, é que a injustiça contra alguns alvos pode ser extremamente justa! Caso essa decisão inconstitucional não estivesse em vigor, a prisão do ex-presidente Lula seria impossível.

É assustador que a mais alta corte do país tenha escolhido dessa forma, tal é a transparência do texto constitucional que a interdita. O inciso LVII do artigo 5º, promulgado pela Constituição Federal de 1988, determina que: *Ninguém será considerado culpado até o trânsito em julgado de sentença penal condenatória*. A frase é tão clara que fica difícil complicar o entendimento com qualquer jargão ou *juridiquês* pernicioso. Ora, ninguém significa exatamente ninguém. Ali não consta exceto este ou aquele. E o trânsito em julgado exige que o processo transite ou passe pelas três instâncias: primeira, segunda e terceira, e não em duas. Pois foi isso que fizeram os supostos guardiões da Constituição em fevereiro de 2016. Declararam a prisão em segunda instância constitucional! Votaram a favor os ministros Edson Fachin, Cármen Lúcia, Roberto Barroso e Luiz Fux, que depois se distinguiriam como quase incondicionais defensores dos desmandos da Lava Jato. Os procuradores da República de Curitiba chegaram a saudar Edson Fachin (em gravação exibida pelo *Intercept*) de modo entusiástico: *O Fachin é nosso!* Antes, Moro havia declarado, numa jocosidade juvenil, em confidência ao subordinado (*de facto*), Deltan Dallagnol: *In Fux we trust!* (*Em Fux nós confiamos!*). Perigoso, porque ao STF não caberia mudar a Carta Magna. Só o parlamento pode fazê-lo e, em alguns casos, devido às Cláusulas Pétreas (no texto de 1988, as normas intocáveis estão no artigo 60, parágrafo 4º: o voto direto, secreto, universal e periódico; a separação dos poderes; os direitos e as garantias individuais), apenas numa nova Assembleia Constituinte, eleita para esse fim. Por atingir garantias individuais, a prisão em segunda instância quebra uma cláusula pétrea. É grave quando o STF supõe ter uma função iluminista (como já declarou o Ministro Barroso) e comporta-se como regente republicano da cidadania brasileira, usando batuta que ninguém lhe deu nem lhe pertence por direito. Uma sobreinterpretação do ordenamento tanto pode ampliar direitos como também ser utilizada para violar o princípio da separação de poderes e legitimar a exceção. A prisão de Lula foi pavimentada em primeira, segunda e terceira instâncias. Uma canalhice jurídica sincronizada e cuja rapidez das decisões e dos processos surpreendeu a todos. Afinal, queriam trancar o ex-presidente para que ele não ganhasse a eleição, conforme apontavam as pesquisas. Se você não consegue vencer o adversário numa disputa eleitoral digna, transforme-o em um fora da lei!

Lula ficaria na prisão da Superintendência da PF, em Curitiba, caluniado e humilhado, por 580 dias – de 7 de abril de 2018 até 8 de novembro de 2019. O primeiro preso político desde a redemocratização (1985). Como não poderiam prendê-lo por razões políticas, carimbaram-lhe na testa a pecha de ladrão. Foram ainda mais longe. Primeiro, o etiquetaram de criminoso, depois saíram procurando o crime. Se não achassem algum teriam que inventá-lo. Assim foi: um apartamento na praia do Guarujá (chamado pomposamente de Tríplex, com agudo no i, mas, na verdade, um Símplex) que nem era dele, e um pequeno sítio em Atibaia, na posse de um amigo íntimo (Jacó Bittar), e que ele gostava de frequentar. O ex-presidente foi promovido ao posto de presidiário. Não era apenas um ex-presidente da República por dois mandatos consecutivos e que deixara o cargo com 87% de aprovação popular, mas aquele que também elegera a primeira mulher a ocupar a presidência, Dilma Roussef. Para se ter uma ideia do tamanho da perseguição ao ex-presidente, foram 17 investigações, entre inquéritos e ações judiciais, instauradas pelo Ministério Público Federal (Operação Lava Jato) contra ele. A última só foi encerrada em 2 de março de 2022, por decisão do Ministro Ricardo Lewandovski. Todas o inocentaram.

A fantasia ideológica garantira a blindagem da Lava Jato, símbolo da maior investigação de corrupção e lavagem de dinheiro na história do país. A definição pomposa e irreal dava-lhe ares de dignidade. Embora a operação tenha conseguido alguns bons resultados no combate à corrupção, que realmente acontecera na Petrobras (batizada como *Petrolão*), sofreu de um erro imperdoável: as ações penais justificáveis foram utilizadas apenas para dar legitimidade à perseguição política. Uma força-tarefa contaminada, desde o nascimento, nos objetivos: prender Lula, retirando-o da eleição, e desmoralizar o PT. Os principais envolvidos no escândalo e que ocupavam altos cargos, como Paulo Roberto Costa, Renato Duque e Nestor Cerveró, já eram funcionários de carreira e já trabalhavam na Petrobras há muitos anos. Paulo Roberto Costa (1954-2022), principal e primeiro delator do esquema, ingressara por concurso público em 1977. Assumiria cargos de direção a partir de 1995, ainda no governo FHC, sendo diretor da Gaspetro de 1997 a 2000. Com mais um detalhe: os ilícitos apontados contra Lula não tinham nenhuma relação com o escândalo da estatal do petróleo. Foram levados à força para a jurisdição de Moro no Paraná. Para a festa do papagaio de pirata. Os atos e as declarações de todos os integrantes da operação Lava Jato apontavam no sentido de uma convicção de culpa que só enxergava como prova aquilo que a reforçasse. O processo não passou de encenação para que a sentença condenatória fosse proferida. Deslavado *lawfare* (ou processo penal de exceção). O termo refere-se à junção da palavra *law* (lei) e *warfare* (guerra) – guerra jurídica. Podemos entender assim: uso ou manipulação das leis como um instrumento de combate a um oponente, desrespeitando os procedimentos legais e os direitos do indivíduo que se pretende descartar ou oprimir. No entanto, nesse caso, não se restringiu à figura do ex-presidente, pois teve implicações mais vastas: geopolíticas, militares e financeiras.

A prisão de Lula, decretada imediatamente pelo juiz-inquisidor Sérgio Moro, aconteceria em 7 de abril de 2018, no Sindicato do ABC, em São Bernardo do Campo, onde ele começara a carreira sindical. Antes de ser conduzido pela PF, ele fez um longo discurso para uma multidão indignada que pedia que ele não se entregasse (Lula, por Fernando Morais, Volume 1, Editora Companhia das Letras, 2021): *Olha, eu conheço companheiros que ficaram quinze anos exilados e não tiveram voz aqui dentro, no Brasil. Se eu tivesse cometido um erro, se tivesse cometido um crime, de todos esses de que estou sendo acusado, talvez eu fizesse isso. Como tenho plena consciência da minha inocência, eles vão pagar o preço. Tudo tem um preço. Eu sei que tem muita gente que gosta de mim, mas não tem ninguém que gosta mais de mim do que eu mesmo. Eu vou brigar aqui dentro. Vou fazer a sociedade brasileira discutir os meus processos aqui dentro.*

Outro resultado triste foi que, ao arrefecer a garra dos movimentos sociais no Brasil, o PT enfraqueceu a própria base popular. Não se trata de um efeito inesperado. Representou a garantia dada ao capital de que a inflexão pragmática, expressa em documento como a Carta aos brasileiros (da campanha em 2002), não permaneceria letra morta. Reduzindo-se a possibilidade de ação efetiva dos setores que sustentam um projeto de transformação mais radical, assegurou-se a credibilidade das promessas de manutenção do modelo. Não se mexeu na auditoria da dívida interna, no sistema financeiro predador e parasita, na taxação das grandes fortunas, nos privilégios e nas intromissões dos militares, no oligopólio vergonhoso da imprensa brasileira (concessão pública, no caso das tvs e rádios) abocanhada por poucas e poderosas famílias. Mas o PT abraçou parte do ideário neoliberal, aos poucos, meio envergonhado. E à medida que dolorosamente o incorporava, foi amenizando o discurso e satisfazendo-se com algumas reformas e alguns avanços no campo social. Reformas importantes, mas que sem as alterações estruturais atrairiam a rasteira da ultradireita. Um tombo feio. A fragilidade do que fora construído, com tantas dificuldades, ficou bem clara na sequência do golpe parlamentar contra Dilma. Uma destruição impiedosa no meio ambiente, o desgaste das instituições e dos direitos, as mentiras descaradas e o cinismo, a peste viral com um milhão de mortos, a miséria, a fome, o desalento. Uma terra devastada (The Waste Land):

> Que raízes são essas que se arraigam, que ramos se esgalham
> Nessa imundície pedregosa? Filho do homem,
> Não podes dizer, ou sequer estimas, porque apenas conheces
> Um feixe de imagens fraturadas, batidas pelo sol.
> E as árvores mortas já não mais te abrigam, nem te consola o canto dos grilos,
> E nenhum rumor de água a latejar na pedra seca.
> (A Terra Devastada, T. S. Eliot – Trad. de Ivan Junqueira)

O parlamento virou um circo de horrores. Com Eduardo Cunha na Presidência da Câmara dos Deputados, o Poder Legislativo dedicou-se a impedir o exercício do poder por Dilma Roussef, imobilizando-a nas *pautas-bomba*. No entanto, ele perderia a função após derrubar a Rainha (*impeachment* de Dilma em 31 de agosto de 2016), virando simples peão no jogo de xadrez, incômodo e inútil, político reconhecidamente cínico e corrupto. Acabou encarcerado pela própria Lava Jato, em 19 de outubro de 2016.

Constatação perturbadora, o protocolo desse *impeachment* significou a revogação do voto popular como atribuição de poder. Interessante observar que de 48 deputados, réus em ações penais por corrupção, 40 votaram a favor do afastamento. Um golpe parlamentar com a falsa justificativa de crime de responsabilidade (*pedaladas fiscais*). Contudo, fora sinuoso chegar às pedaladas. Primeiro, decidiram o afastamento; depois sairam buscando um motivo. Como não tinham, inventaram.

Porém as bases petistas estavam despreparadas para uma reação popular enérgica, alheias às táticas de luta. Haviam perdido o jeito nos anos de hibernação. Agora eram ursos sonolentos, empanturrados por 12 anos ininterruptos de poder na Presidência da República. O PT substituira um projeto de país por um projeto de poder e o povo ficara mais distante. Falhou-se na alfabetização política da população. Mas há quem afirme que a ortodoxia econômica do primeiro mandato de Lula e a cautela do segundo, foram mais do que simples concessões ao capital. Responderia às necessidades dos pobres que, ao contrário dos trabalhadores no emprego formal, não podem se defender da inflação e repudiam as greves como uma ameaça à vida normal. Lula combateu a inflação mesmo quando se dedicava a estimular o consumo, em um projeto que uniu a estabilidade de preços à expansão do mercado interno. Por isso, o economista e professor Paul Singer (1932-2018), um dos principais ideólogos do PT, afirma que ele teria demonstrado sensibilidade tanto ao temperamento das massas como à cultura política do país. Entretanto um verdadeiro governo de esquerda nada é sem uma efetiva participação do povo.

Sobre a biografia do metalúrgico, sindicalista e político brasileiro – Lula da Silva

Em Caetés (a 14 quilômetros de Garanhuns), no Agreste de Pernambuco, dia 27 de outubro de 1945, nasceu Luiz Inácio da Silva, sétimo filho de um casal de lavradores. Viviam numa casinha de dois cômodos e chão de terra batida. Só cinco anos depois o menino conheceria o pai, Aristides Inácio da Silva (analfabeto de *não conseguir ler um o*, segundo diria depois o filho ilustre). Até então, havia sido criado pela mãe, Eurídice Ferreira de Melo, a dona Lindu. O pai fora para Santos, trabalhar como estivador, acompanhado de uma prima de Eurídice, Valdomira (apelidada de dona Mocinha, dezesseis anos), com a qual formaria uma segunda família e mais dez filhos. Ele foi a Caetés daí a algum tempo, mas pouco permaneceria, levando o filho mais velho, Jaime, que ajudava nas tarefas domésticas. Não sem antes engravidar, pela última vez, dona Lindu.

Dois anos depois, ela receberia uma carta de Jaime, que se fizera passar pelo pai, orientando-a a vender tudo (um sítio de dez alqueires, um casebre, uma jumenta, meia dúzia de galinhas e uma vaquinha) e rumar para São Paulo. Foram todos, amontoados na carroceria de um caminhão sacolejante, numa viagem de treze dias de constante aperreio. Era comum que nordestinos despossuídos (retirantes) migrassem para o sul, fugindo da seca e da fome, em caminhões conhecidos como *paus de arara*. Viagens longas e desconfortáveis, acomodados em assentos de tábua dura, sem ter o que comer direito (apenas rapadura e farinha) e com pouquíssimo dinheiro.

Depois de muito desconforto chegaram a Santos. Mas a vida não melhorou como esperavam. Perto de completar onze anos, Luiz mudou-se novamente com a mãe e os irmãos devido às desavenças nas famílias. A ideia do pai de reunir as mulheres e a filharada (dezenove) não daria certo, embora não compartilhassem o mesmo teto (moravam na mesma rua). Dona Lindu também não aguentava mais as brutalidades de Aristides com os meninos. Não era apenas um pai severo. Surras violentas de chinelo, correntes, mangueira ou cinto, o que estivesse à mão. Lula guardou as piores lembranças dessa época e da convivência paterna.

Daí foram para uma vila operária no Ipiranga, bairro de São Paulo. Luiz começou a trabalhar como engraxate, office boy e auxiliar numa tinturaria, até conseguir, aos treze anos (1959), o primeiro emprego com carteira assinada, nos Armazéns Gerais Colúmbia. Em setembro de 1960, é contratado pela Fábrica de Parafusos Marte. Por fim, entrou num curso técnico do Serviço Nacional de Aprendizagem Industrial (Senai), habilitando-se como torneiro mecânico e contramestre júnior. Lula diria que o Senai foi das melhores coisas que lhe aconteceram na vida: *Por quê? porque eu fui o primeiro filho da minha mãe a ganhar mais que o salário mínimo, eu fui o primeiro filho da minha mãe a ter uma casa, um carro, uma televisão, uma geladeira.*

Quando tinha dezoito anos, um acidente de trabalho resultou na amputação do dedo mínimo da mão esquerda, prensado numa máquina. Sai da empresa e fica um tempo desempregado, até ser admitido nas Indústrias Villares. Um dos irmãos mais velhos, o Frei Chico (José Ferreira da Silva), era filiado ao PCB (Partido Comunista Brasileiro) e militante desde a adolescência. Seria torturado por duas semanas no DOI-CODI (órgão de repressão) de São Paulo quando Lula iniciou a carreira sindical. Contudo, Frei Chico nunca fez parte de qualquer ordem religiosa. O apelido vinha dos tempos de metalúrgico e se deve à calvície, semelhante a uma tonsura. Foi ele que convence Luiz Inácio, depois de muitas conversas no Bar da Rosa, a entrar para o Sindicato dos Metalúrgicos de São Bernardo do Campo (SMABC – Sindicato dos Metalúrgicos do ABC), em 1968, e depois candidatar-se a um cargo na diretoria. Lula, ao contrário do irmão, não fazia parte de nenhuma organização política. Até mudar radicalmente de ideia, no convívio das atividades sindicais, ele costumava inclusive definir-se como apartidário – *Não gosto de política, não gosto de político, não gosto de quem gosta de política.* Todavia, uma metamorfose foi se processando na vida dele e no pensamento. Apesar da relutância inicial, acabou tomando gosto pelo movimento e pela agitação permanente do sindicato. Nunca passara por sua cabeça fazer carreira, mas aos poucos ele se tornaria um frequentador regular das assembleias que antes tanto o entediavam. A diretoria, então presidida por Paulo Vidal, que não era um homem de esquerda nem um pelego, marcou época por tirar o sindicato da letargia. O número de trabalhadores sindicalizados subiu de 20% para 50% da mão de obra empregada na região (Lula, por Fernando Morais, Volume 1, Editora Companhia das Letras, 2021). Embora depois viesse a se notabilizar como orador que magnetizava multidões, aquele torneiro mecânico, de 23 anos, tremia só de ouvir falar em microfone e plateia: *Eu era tão inibido que, quando citavam meu nome numa assembleia, eu ficava vermelho feito um peru.*

Em 24 de maio de 1969, Lula casou-se com a operária Maria de Lourdes da Silva (mineira de Montes Claros), também de origem humilde, irmã de seu melhor amigo, Jacinto Ribeiro, o Lambari. Lourdes contraiu hepatite aguda grave no oitavo mês de gravidez, falecendo durante a cesariana de emergência que os médicos indicaram para salvar o bebê, que também não sobreviveria. Sofrimento superado com dificuldade. Ele confessaria, muito tempo depois: *Antes de casar eu não era namorador, tinha vergonha até de falar com as mulheres. Só aprendi depois da viuvez. Só depois que passou aquele longo luto é que fiquei esperto para namorar.* Daí a cinco anos viria a conhecer o grande amor de sua vida, a companheira Marisa Letícia Lula da Silva, babá e operária na adolescência. Suas mãos bordariam a estrela da primeira bandeira do Partido dos Trabalhadores (PT). Passaria quarenta e três de seus sessenta e sete anos de existência ao lado de Luiz Inácio Lula da Silva e foi a primeira-dama do Brasil de 2002 a 2010, pois o marido subiria, duas vezes eleito, a rampa do Palácio do Planalto. Marisa Letícia Rocco Casa, nome de batismo, era filha de um casal de agricultores de origem italiana e mais dez irmãos. Um dos seus avós construiu, no bairro que tinha o sobrenome da família – Bairro dos Casa –, a capela de Santo Antônio, onde, em 1974, se casaria com Lula e também batizaria os três filhos: Fábio Luís (Lulinha), Sandro Luís e Luís Cláudio. Marisa fora casada com um taxista e também metalúrgico, morto num assalto. Ainda estava grávida do primeiro filho, Marcos Cláudio (mesmo nome do pai taxista), quando enviuvou. Devido à pensão que recebia, procurou certa vez o sindicato para regularizar uns papéis. Foi lá que conheceu Lula e logo começaram um namoro apaixonado.

Durante os anos 1960, a atividade sindical atingiria seu pico, com imensas manifestações grevistas e a realização do III Congresso Sindical Nacional, quando se criou o Comando Geral dos Trabalhadores (CGT). No campo, as lutas também se intensificaram com a criação das Ligas Camponesas. Todavia o crescimento foi interrompido com o golpe militar de 1964 e os sindicatos dos trabalhadores ficaram sob controle do estado. O sindicalismo ganha força somente no fim dos anos 1970, com greves em diversas fábricas no estado de São Paulo. O motivo central foi a reposição dos 31% que o governo deveria autorizar, mas não o fazia, preferindo escamotear os índices de inflação, gerando perdas reais de salário, enganando os trabalhadores. A manobra desleal chegou a ser denunciada até pelo Banco Mundial em 1977. Adotando metodologia questionável e valendo-se de dados tornados secretos pelo AI-5, a falsificação pura e simples dos índices de preços era a fórmula mágica para esconder os números e achatar os salários. Atribui-se ao Ministro da Economia da época, Delfim Netto – o Mago do Milagre – a célebre frase (e desprezível): *Quando não se pode derrubar a inflação, derruba-se o índice que mede a inflação.* Falsificava os números para pilhar os operários. A luta nos anos 70 colocou os metalúrgicos no centro do cenário político, levando à criação da Central Única dos Trabalhadores (CUT) e do Partido dos Trabalhadores (PT). Durante o período ditatorial (1964-1985) era comum os dirigentes sindicais comportarem-se como pelegos, membros e líderes dos sindicatos que atuavam ao lado do governo e não na defesa dos trabalhadores. Postura de oportunistas, preocupados apenas com vantagens e poderes pessoais. Exemplo notório foi o de Joaquim dos Santos Andrade, o Joaquinzão, dirigente sindical paulista durante 22 anos e que virou o símbolo do peleguismo (embora hoje se questione essa afirmação). Na origem da palavra, pelego é uma pele de cordeiro usada embaixo do arreio para que o cavalo fique mais tranquilo e confortável ao ser montado. Assim como servia para suavizar o contato entre o cavaleiro e o cavalo, o pelego sindical agia como amável intercessor entre o governo e o sindicato, amaciando a situação. Lula subverteu a ideia e devolveu o protagonismo e a dignidade aos líderes sindicais brasileiros, no que ficou conhecido como *Novo Sindicalismo*. Eles agora representariam de fato os operários, uma importante voz no cenário nacional.

Lula foi eleito diretor do sindicato em 1975 e reelegeu-se em 1978 (comandava uma organização com mais de 100.000 associados, o maior da América Latina). Mudou completamente a forma de interagir com os colegas: *O que a gente via até então era operário que saía da linha de montagem, virava dirigente sindical e se transformava num pequeno patrão, um empregador. Era secretária bonita, cadeira de rodinhas virando pra lá e pra cá, mas ir para porta de fábrica, cara a cara com a peãozada, nem pensar. O pessoal fazia muito sindicalismo sem trabalhador. A minha sala passou a ser local onde a gente discutia mais problemas... Aliás, discutia-se tudo lá, desde futebol até mulher. Não tinha segredo. Não faltava uma garrafa de pinga na mesa, a gente bebia, conversava e discutia.*

No dia 13 de março de 1979, poucos dias antes da posse do general João Figueiredo, naquele singular rodízio de ditadores militares, os metalúrgicos de São Bernardo, Diadema, Santo André e São Caetano entraram em greve geral. Exigiam um reajuste salarial de 78,1%, além de melhores condições de trabalho. A adesão foi maciça: calcula-se que cerca de 200 mil cruzaram os braços, parando as fábricas da Ford, Mercedes-Benz e Volks. No maior ato da greve, ocorrido em 1º de Maio, 150 mil pessoas compareceram ao Estádio de Vila Euclides, em São Bernardo do Campo. Um dos maiores movimentos grevistas da nossa história. Ato que deu um empurrão fatal na ditadura e apressaria o seu fim.

Nessa época, os exilados políticos puderam voltar para o Brasil, o que já era um sintoma da fragilidade do regime. A Lei da Anistia entraria em vigor em 28 de agosto de 1979. Ainda é alvo de questionamentos dos que veem ali (com bastante razão) uma fonte de impunidade para os agentes da ditadura e uma violação à legislação internacional de direitos humanos. O próprio texto da Constituição Federal de 1988 diz que a tortura é crime de lesa-humanidade e imprescritível. A ditadura autoanistiou-se e aos impiedosos policiais e militares que torturaram e mataram centenas de brasileiros em seu nome e por sua orientação. Como permaneceram e permanecem impunes, os milicos não aprenderam a lição e nunca deixam de ameaçar as instituições. Apontam a baioneta do golpe de estado sobre as cabeças de todos quando julgam conveniente. Tudo muito à vontade e com a justificativa absurda de proteger a democracia! As nossas (deles) Forças Armadas funcionam como um estado encistado dentro do estado, reserva moral dos ungidos defensores duma pátria fictícia. Criou-se um Partido Militar que funciona de maneira invisível do ponto de vista legal, mas que pretende exercer um poder acima de todos os outros (Poder Moderador). Tutela que parece não ter fim e sempre nos envergonha nos pronunciamentos de generais arrogantes e que nem conseguem expressar-se de maneira coerente. Alguns, verdadeiros patetas fardados. Não por acaso, pesquisa recente (Instituto Ipsos, entre maio e junho de 2022, em 28 países) mostra que os brasileiros estão entre os que menos confiam nos militares (30%), igualando os habitantes da Polônia e abaixo apenas da Colômbia, África e Coreia do Sul.

Em 1980, durante uma greve no ABC, o Sindicato dos Metalúrgicos de São Bernardo do Campo sofreu intervenção federal e Lula ficou detido 31 dias nas instalações do Dops paulista. Por comandar as greves na região do ABC foi cassado como dirigente e processado com base na Lei de Segurança

Nacional. As Leis de Segurança Nacional – porque foram muitas –, seriam usadas pelo regime para intimidar e silenciar adversários. O Decreto-Lei n.º 314, de 13 março de 1967, funcionou como a primeira Lei de Segurança Nacional. Todas elas nascidas da Doutrina de Segurança, típica dos governos militares, e inspiradas em posicionamentos geopolíticos dos Estados Unidos durante a Guerra Fria.

O mundo fora dividido em dois blocos antagônicos. De um lado, o Xerife do Planeta, os E. U. A., e do outro, a U.R.S.S., encabeçando o Império do Mal, conforme definiu Ronald Reagan dentro do seu universo mental restrito e binário. Além do comunismo internacional, os grandes inimigos do país seriam internos, brasileiros que discordavam da brutalidade do regime e insurgiram-se contra ele. Alguns foram caçados e abatidos como animais perigosos (Lamarca e Marighella).

Durante os movimentos grevistas, a ideia de fundar um partido dos trabalhadores amadureceu e, em 1980, Lula juntou-se a sindicalistas, intelectuais, representantes dos movimentos sociais e católicos militantes para formar o Partido dos Trabalhadores (PT), do qual foi o primeiro presidente. Desde que surgiu, teve uma trajetória impressionante de ocupação de cadeiras nos parlamentos (municipais, estaduais e federal), prefeituras, governos estaduais e governo federal em quatro eleições seguidas. Um de seus objetivos, explicitado no texto do Programa: *[...] O Partido dos Trabalhadores surge da necessidade sentida por milhões de brasileiros de intervir na vida social e política do País para transformá-la. A mais importante lição que o trabalhador brasileiro aprendeu em suas lutas é a de que a democracia é uma conquista que, finalmente, ou se constrói pelas suas mãos ou não virá [...]*. A ficha de filiação de número 1 foi assinada pelo lendário Apolônio de Carvalho, seguido pelos críticos Mário Pedrosa e Antonio Candido.

Em 1982, Lula participou das eleições para o governo de São Paulo, mas perdeu. Na época, alteraria o nome de Luiz Inácio da Silva para Luiz Inácio Lula da Silva, pois a legislação proibia candidatos com apelidos. Em 1984 – ao lado de Ulisses Guimarães, Fernando Henrique Cardoso, Eduardo Suplicy e Tancredo Neves – participa da campanha Diretas Já, que eletrizou o país pela volta de eleições presidenciais. Após o fracasso do movimento, Lula e o PT abstiveram-se da escolha indireta do Presidente da República, na Câmara dos Deputados, considerando-a indigna e ilegítima. Com a morte de Tancredo Neves e a posse de José Sarney, decidiram-se pela firme oposição ao governo.

Em 1986, Lula elege-se deputado federal por São Paulo, com votação impressionante (650.134 votos), a maior da época. Em 1989, com a primeira eleição direta para presidente, Lula enfrentaria Fernando Collor de Mello, do Partido da Renovação Nacional (PRN). Collor, autodenominado *Caçador de Marajás* (sendo ele, ironicamente, um dos mais abastados Marajás de Alagoas, seu estado natal), foi eleito com o apoio entusiasmado dos meios de comunicação e do empresariado. Uma antiga namorada de Lula, Míriam Cordeiro, com a qual teve uma filha (que se chamaria Lurian Cordeiro Lula da Silva), surgiu para acusá-lo de racista e de tê-la induzido a abortar. As acusações falsas foram usadas, sem nenhum escrúpulo, inclusive no último debate dos dois. Às vésperas da eleição, a tv Globo levou ao ar uma versão editada do debate, favorecendo Collor como se fosse uma peça publicitária. Aconteceu também, de maneira conveniente, o sequestro do empresário do setor de supermercados, Abílio Diniz. Libertado do cativeiro no exato dia da eleição, os sequestradores foram apresentados pela polícia vestindo camisetas do PT. Uma propaganda política que transformava supostos militantes em terroristas. O fantasma do comunismo daria novamente seus frutos nas urnas. No início do governo, mostrando a que viera, Collor fez o confisco da poupança, uma das maiores trapalhadas econômicas e autoritárias da história republicana.

É preciso entender como funciona a mídia brasileira (que alguns chamam de Quarto Poder) – uma formidável indecência. Segundo estudo elaborado pelo Media Ownership Monitor (MOM), ONG financiada pelo governo da Alemanha) e pelo Repórteres Sem Fronteiras (RSF), nove dos mais influentes meios de comunicação do Brasil pertencem às Organizações Globo (família Marinho), cinco ao Grupo Bandeirantes (família Saad), cinco à seita neopentescostal da Igreja Universal do Reino de Deus (bispo Edir Macedo), três ao Grupo Folha (família Frias), um ao Grupo Estado (família Mesquita) e um à Revista Veja da Editora Abril (família Civita, depois vendida a Fábio Carvalho). Concessões públicas transformadas em oligopólios para desinformar o Brasil e manter o imobilismo conservador.

Lula voltou a candidatar-se em 1994, novamente derrotado no primeiro turno pelo candidato do PSDB, Fernando Henrique Cardoso (FHC). Em 1998, Lula perde pela terceira vez. A desvalorização do real em janeiro de 1999, as crises internacionais, o apagão elétrico de 2001 e o pequeno crescimento econômico no segundo mandato de FHC fortaleceriam a posição eleitoral de Lula. Desta vez, escolheria para a vice-presidência o senador mineiro e empresário têxtil José Alencar, do Partido Liberal (PL), de centro-direita, ao qual o PT aliou-se Na campanha eleitoral de 2002, escolheu-se um discurso moderado, de ortodoxia econômica, respeito aos contratos e reconhecimento da dívida externa do país, para atrair a classe média conservadora e parte dos empresários. Estratégia marqueteira que ficou conhecida popularmente por *Lula paz e amor* ou *Lula Light*. Pode-se dizer que quase todas as candidaturas presidenciais de 2002 foram semelhantes na principal proposta, desde as oposicionistas (Lula, Ciro Gomes e Garotinho) até a de José Serra. Nenhuma defendia, por exemplo, uma auditoria da dívida externa e interna, rever os contratos internacionais ou limitar os lucros estratosféricos do sistema financeiro. As mudanças político-ideológicas sofridas pelo PT ao longo das décadas de 1990 e 2000 são demonstradas em um documento da campanha de 2002: a Carta ao povo brasileiro, assinada no dia 22 de junho de 2002 por Luiz Inácio Lula da Silva. Uma mudança de perspectiva e de estratégia. A carta tinha destinatários, mas não exatamente o povo brasileiro: os banqueiros, os credores das dívidas externa e interna, frações da burguesia industrial brasileira e latifundiários ligados ao agronegócio. Em meio à crise econômica que o país atravessava, era preciso acalmar o mercado. Se compararmos com o eixo programático de 1989 e início dos anos 1990, é fácil perceber a ruptura com a identidade que até então incluía a moratória e a auditoria da dívida pública, política de reforma agrária e redução dos lucros abusivos do sistema financeiro. Tratava-se, agora, de uma posição pragmática: compromissos com a estabilidade econômica e política, no máximo um reformismo gradual e seguro.

Em 27 de outubro de 2002, Lula foi eleito presidente (61% dos votos válidos), derrotando o ex-ministro da Saúde e senador paulista José Serra (PSDB). No discurso de posse, o ex-metalúrgico provocou: *E eu, que durante tantas vezes fui acusado de não ter um diploma superior, ganho o meu primeiro diploma, o diploma de presidente da República do meu país.* Vindo da miséria, a ascensão de Lula, de operário no chão da fábrica a presidente do país não fora apenas um triunfo pessoal. O que o tornou possível? a mais notável insurgência sindicalista, criando o primeiro, e até agora único, partido político moderno do Brasil – o PT. O governo do PT, apesar dos profetas do Apocalipse, apresentou resultados positivos. Segundo o IBGE, de 2003 a 2006, a taxa de desemprego caiu e o número de pessoas com carteira assinada cresceu mais de 985 mil, enquanto os empregos informais diminuíram 3,1%. O período entre 2003 e 2008 foi de retomada do crescimento. Neste período, a taxa média de expansão do PIB foi da ordem de 4,2% a.a., o dobro da observada no período anterior. As expectativas do mercado, no Relatório

Focus, sinalizavam um crescimento superior aos 7,0% a.a. em 2010. Entre 2007 e 2010, exceto no ano de 2009, as taxas de crescimento do PIB foram superiores aos 5% a.a. Em janeiro de 2003, a taxa de desemprego era de 11,3%. Em outubro de 2010, alcançou 6,1%, menor patamar registrado na série histórica. Aconteceram impactos positivos sobre o mercado de trabalho, com redução da informalidade e elevação do rendimento médio. O Índice de Gini, que em 2003 era de 0,59, atingiu em 2009 a marca de 0,54. Em 1981, o índice era de 0,58 e em 2001 alcançaria 0,60. O **coeficiente de Gini** mede a desigualdade social e atingiu o mais baixo número da história em 2015, quando chegou a 0,49. Quanto menor o número, menor a desigualdade. Todavia, para se ter uma ideia evolutiva recente, a partir desse ano a tendência inverte-se e teremos uma alta constante da desigualdade, com saltos intensos em 2016 e 2018 (0,545). A taxa de extrema pobreza foi reduzida de 11,49% em 2005, para 7,28% em 2009, de acordo com cálculo do Instituto de Pesquisas Econômicas Aplicadas (IPEA). Tivemos também melhora significativa na taxa de pobreza. Em 2005, estava em 30,82%, enquanto em 2009 seu valor atingiria 21,42%. O programa Bolsa Família beneficiou 12,7 milhões de famílias em 2010 e injetou na economia (dada a baixa condição de poupar dessa população) em torno de R$13 bilhões. É claro que o governo contou com um cenário internacional favorável até 2008, mas os avanços não se devem apenas a isso. A conjuntura internacional modificou-se a partir de setembro de 2008 e a economia, mesmo assim, retomou a trajetória ascendente devido ao aumento do mercado consumidor interno e melhor distribuição de renda. O pulo do gato de Lula foi construir uma substantiva política de promoção do mercado interno somada à manutenção da estabilidade.

Eleito presidente com uma bancada minoritária, formada pelo PT, PSB, PCB, PCdoB e PL, uma colcha de pequenos partidos, Lula buscou formar alianças com agremiações situadas mais à direita. Conseguiu apoio do PP, PTB e de parcela do PMDB. Após dois anos, mantendo maioria no Congresso, uma disputa interna entre os partidos aliados (PT, PSB, PCdoB, PL, PP, PTB) resultou no escândalo do *mensalão*. Nesse período, entre abril e dezembro de 2005, o índice de aprovação de Lula foi o mais baixo desde o começo do mandato. Depois do *mensalão*, como numa orquestra sincrônica de *lawfare*, seguiu-se o *impeachment* – ou golpe parlamentar – no segundo governo Dilma, e a posse do vice, Michel Temer, principal conspirador. Não bastasse, maior evento dramático em sua vida pessoal, a mulher e companheira de Lula, dona Letícia, faleceu devido a um AVC (derrame cerebral), em 3 de fevereiro de 2017. O ex-presidente, arrasado, culpou as perseguições políticas da Lava Jato, as humilhações que toda a família sofrera (inclusive divulgação de conversas telefônicas dela com um dos filhos), como uma das causas da morte (67 anos). Afirmaria em entrevista que *Marisa morreu por conta do que fizeram com ela e com os filhos dela. Dona Marisa perdeu motivação de vida, não saía mais de casa, não queria conversar mais nada.*

Aliás, a Operação Lava Jato, a partir de 17 de março de 2014, traria impactos comparáveis a um tsunami no comportamento político, favorecendo a eleição de um deputado medíocre e da extrema direita – Jair Messias Bolsonaro –, para o cargo de Presidente da República. A força-tarefa, que se definira como inspirada na Operação Mãos Limpas da Itália, enlameia as próprias mãos e resulta em um governo que emporcalharia quase todos aqueles que nele ocuparam cargos. Habitar o poleiro mais sujo, o mais vil, o mais baixo, chafurdar com prazer em pocilgas, fazia parte do currículo dos candidatos, um critério de escolha. Não sobrou ninguém no primeiro escalão. O Ministério Mãos Sujas. Dele fez parte, como Ministro da Justiça, o principal mentor da Lava Jato, carcereiro de Lula – o juiz Sérgio Moro. Por isso, a força-tarefa de Curitiba merece uma descrição à parte, até por razões pedagógicas – aprender como o Brasil e o mundo funcionam politicamente. Um aprendizado da náusea.

Força-tarefa (task force) da Lava Jato – Um Cavalo de Troia montado pelo Departamento de Justiça americano (DoJ) no Brasil

Conhecer a real história da força-tarefa da Lava Jato pode nos ensinar bastante sobre o funcionamento do sistema judiciário e político nacional e como opera a ingerência maliciosa dos EUA sobre os nossos assuntos internos. Esse caso, entretanto, acaba num paradoxo: o que começou como a maior força-tarefa de combate à corrupção, degenera no maior escândalo judicial. É surpreendente perceber também que resulta de uma estratégia bem-sucedida dos Estados Unidos em minar a geopolítica brasileira e controlar a ameaça representada pelo crescimento de grandes empresas nacionais (petróleo e construção pesada) que colocavam em risco seus interesses.

Os fatos foram resgatados em uma reportagem do jornal Le Monde (10/4/2021), por Nicolas Bordier e Gaspar Estrada, diretor-executivo do Observatório Político da América Latina e do Caribe (Opala), da Universidade Opala de Paris. Uma coisa é certa: não é possível compreender o conteúdo e o sentido da Operação sem se afastar da retórica moralista que tenta justificá-la. Ademais, o compromisso da imprensa com a Laja Jato foi tão acrítico, tão barulhento e tão descarado que ficou difícil voltar atrás. Ficou vergonhoso. Agora, quanto a uma possível teoria conspiratória, é bom relembrar que diziam o mesmo da participação dos EUA no Golpe de 64, da qual hoje ninguém mais duvida. No caso da Lava Jato, a sequência temporal e a lógica dos acontecimentos lembram um quebra-cabeça bem simples. São fortíssimas evidências, embora não existam documentos comprobatórios, por enquanto. Dificuldade lógica, pois a cooperação da força-tarefa com o Departamento de Estado Americano deu-se por vias não oficiais, clandestinas – traía os interesses do país e equivale a um crime de lesa-pátria. Os envolvidos entendiam de leis, e não deixariam pegadas tão visíveis. No Golpe de 64 (Operação Brother Sam), as provas apareceram bem mais tarde. É assim que funciona. Aliás, parte desse material ganhou destaque no documentário O dia que durou 21 anos (lançado em 29 de março de 2013, com versão completa disponível no YouTube), do jornalista Flávio Tavares. O filme apresenta gravações de conversas de John Kennedy e dados do DoJ, expondo a articulação do governo americano com militares e o auxílio do embaixador deles no Brasil, Lincoln Gordon. A política externa dos EUA não mudou. O Brasil também não mudou como deveria. A história agora se repete, embora com estratégias diferentes, sem tanques e baionetas nas ruas. As togas substituiriam as fardas. Como se pudesse ser verdade o que afirmou um dos generais do golpe de 64, nomeado embaixador nos EUA, Juracy Magalhães (1905-2001): *O que é bom para os Estados Unidos é bom para o Brasil*. O cientista político Emir Sader faz uma síntese desoladora desse novo ritual golpista: *o Brasil, que havia iniciado o ciclo de ditaduras militares, abre o novo ciclo dos regimes de exceção no continente. [...] A guerra híbrida é a nova estratégia imperialista, depois que os golpes militares se tornaram inviáveis. Ela combina a judicialização da política com a criminalização da imagem dos líderes populares pela mídia, para impor processos eleitorais fraudulentos, que deixam de expressar a vontade democrática do povo [...] é o caso exemplar de como se pode falsear eleições dentro das instituições, com a cumplicidade delas. [...] O regime de exceção instaurado pelo golpe de 2016 faz parte da guerra híbrida, a nova estratégia imperialista. Ela se insinua dentro das instituições para descaracterizar a soberania popular nas democracias existentes, forjando governos com aparência de legitimidade [...]*

Jessé Souza completa, em A guerra contra o Brasil (GMT Editora Ltda., 2020): *Como acontecerá no Brasil, o grande inimigo do domínio irrestrito das plutocracias americanas serão o sufrágio universal e a democracia como formas universalmente aceitas de justificação de todo tipo de poder político. São precisamente elas que permitem a participação popular num sentido contrário aos interesses elitistas. Como não existe, depois da decadência do direito divino dos reis, outra forma de legitimar a dominação política que não pelo sufrágio universal, a saída da elite americana foi desenvolver maneiras de manipular a população de modo a fazê-la se comportar contra os próprios interesses. Isto tudo mantendo formalmente o processo democrático. Assim, ao contrário da elite brasileira, sempre disposta a recorrer a golpes de estado, a estratégia da elite americana sempre foi a de enganar e manipular sua própria população – ou como diz sua elite funcional encarregada desse trabalho, "fabricar consenso". [...] Como deixar de lembrar o papel de um Sérgio Moro, um civil blindado e cevado pela imprensa, que talvez tenha causado mais danos à economia e à democracia brasileira, por meios supostamente pacíficos e jurídicos, do que qualquer guerra convencional que um inimigo externo se utilizando de bombas poderia causar? O novo tipo de guerra imperialista se refina a ponto de tornar quase impossível que se perceba quem integra as fileiras no exército inimigo. [...] A guerra híbrida torna impreciso e nebuloso quem é o combatente inimigo e ele pode assumir precisamente a forma do suposto combatente pela moralidade pública e pelo bem comum, como no Brasil temos os casos de Sérgio Moro e Deltan Dallagnol. É isso que torna essa guerra tão assimétrica e difícil de ser combatida [...] Estamos claramente lidando com uma estratégia de guerra de novo tipo, que para conquistar um país, a partir de dentro, utiliza suas próprias contradições e seus conflitos para destruí-lo ou enfraquecê-lo.*

Assim, em 2007, durante o governo George Bush, a embaixada dos EUA no Brasil criou um grupo de *experts* locais, simpáticos aos interesses norte-americanos e dispostos a aprender seus métodos. Naquele ano, Sergio Moro seria convidado a participar de um encontro, financiado pelo Departamento de Estado (equivalente ao nosso Itamaraty). Na ocasião, ele fez contato com diversos representantes do FBI e do Departament of Justice ou Departamento de Justiça (DoJ). Os americanos foram além, criaram um posto de conselheiro jurídico na embaixada brasileira, que ficou a cargo de Karine Moreno-Taxman, especialista em terrorismo e lavagem de dinheiro. Por meio do Projeto Bridges (Pontes), realizou-se um Seminário, em 2009, no Rio de Janeiro, dedicado a consolidar a aplicação bilateral de leis. Os americanos traçaram a seguinte estratégia: criação de grupos de trabalho anticorrupção e aprendizagem de outras regras processuais – delações premiadas, acordos de leniência e cláusulas de confidencialidade, compartilhamento de dados entre juiz, procuradores e agentes policiais. Exatamente como passaria a funcionar a ambiência jurídica ilegal da Lava Jato.

Em 2009, Karine Moreno-Taxman foi convidada a falar na Conferência Anual dos Agentes da Polícia Federal, em Fortaleza. Sérgio Moro estava presente e abriria os debates. Diante de 500 participantes, Karine profetizou: *Para que o Judiciário possa condenar alguém por corrupção é preciso que o povo odeie essa pessoa. É preciso correr atrás do Rei de forma sistemática e constante para derrubá-lo. A sociedade deve sentir que ele realmente abusou do cargo e exigir a sua condenação.* Aplausos demorados da plateia.

Três anos depois, Moro foi nomeado assessor do gabinete de Rosa Weber, recém-empossada no Supremo Tribunal Federal. Oriunda da Justiça do Trabalho, a ministra precisava de auxiliares com alguma *expertise* criminal. O juiz Moro foi um dos responsáveis pela ideia de flexibilizar a materialidade de provas em casos de corrupção, conforme Weber justificaria no voto: *Nos delitos de poder, quanto maior o poder ostentado pelo criminoso, maior a facilidade de esconder o ilícito. Esquemas velados, distribuição de documentos, aliciamento de testemunhas. Disso decorre a maior elasticidade na admissão da prova de acusação.* Abriu-se um atalho jurídico e à margem da Constituição. Diante de vários jornalistas do Consórcio Internacional de Jornalistas Investigativos (ICIJ), Thomas Shannon, embaixador americano em Brasília, de 2010 a 2013, disse que *a estratégia política brasileira para integração da América do Sul levantava sérias preocupações no Departamento de Estado, e que considerava o desenvolvimento da Odebrecht parte do projeto de poder do PT e da esquerda latino-americana.*

Em 2013, o Congresso brasileiro começou a discutir o projeto anticorrupção apresentado pelo próprio PT, acuado com acusações que arranhavam o seu sensível núcleo moral, sem avaliar bem o que poderiam representar no plano político-estratégico. Foram leis com limites formais imprecisos, que seriam usadas depois com enorme eficácia contra o próprio Partido dos Trabalhadores. Os parlamentares acabaram incorporando inclusive mecanismos previstos no Foreigner Corrupt Practices Act de 1977 ou Lei de Práticas de Corrupção no Exterior (FCPA), legislação que permite que os EUA investiguem e punam ilícitos ocorridos em outros países. Para especialistas, é instrumento de exercício político e econômico dos norte-americanos no resto do mundo – o posto de *sheriff* que gostam de exibir. Na verdade, uma lei que lhes concede poderes imperiais. Na ocasião, o Le Monde cita uma nota do escritório americano de advocacia Jones Day prevendo que a

Lei anticorrupção (Leis n.º 12.846 e n.º 12.850/2013) aprovada no governo Dilma, traria efeitos indesejáveis. A nota destaca o seu caráter imprevisível e contraditório e a ausência de procedimentos de controle: qualquer membro do Ministério Público poderia abrir uma investigação em função das próprias convicções, com reduzidas possibilidades de ser impedido por autoridade superior. Não é coincidência que isso tenha realmente acontecido no escândalo da projeção do *power point* de Dallagnol. Em 29 de janeiro de 2014, a lei entrou em vigor, e já em 17 de março, o Procurador-Geral da República, Rodrigo Janot, autorizou a criação da força-tarefa da Lava Jato. Desde seu surgimento, o grupo atraiu a atenção da imprensa e do público. O ritmo de atuação do Ministério Público e Moro deram à operação um jeito de verdadeira novela político-judicial sem precedentes. Alguns agentes ficaram famosos, como o *japonês da federal,* que aparecia de repente para levar mais um corrupto. As conduções coercitivas viraram concorridos espetáculos midiáticos.

Na época, o governo de Barack Obama tentava ampliar ainda mais a aplicação do FCPA à jurisdição dos EUA sobre o mundo (extraterritorialidade impositiva). Leslie Caldwell, procuradora-adjunta do DoJ, afirmou em uma palestra de novembro de 2014: *A luta contra a corrupção estrangeira não é um serviço que nós prestamos à comunidade internacional, mas sim uma medida de fiscalização necessária para proteger nossos próprios interesses em questões de segurança nacional e o das nossas empresas, para que sejam competitivas globalmente.* No nosso caso, o que preocupava os EUA: a autonomia da política externa brasileira, a ascensão do país como potência econômica (sexta no *ranking* mundial) e geopolítica na América do Sul e África, em que as empreiteiras brasileiras Odebrecht, Camargo Corrêa e OAS expandiam os negócios (inclusive impulsionadas pelo BNDES). Mas a tarefa de minar a economia e a política brasileiras ficaram complicadas depois que Edward Snowden, no *WikiLeaks,* mostrou que a National Security Agency (NSA) ou Agência Nacional de Segurança grampeava a presidente Dilma Rousseff, todos os seus ministros e as diretorias da Petrobras, o que criou constrangimentos na relação diplomática Brasília-Washington. Em outubro de 2015, os procuradores da República de Curitiba, para demonstrar a boa vontade de subalternos e estreitar relações, organizaram um encontro secreto com dezessete agentes da justiça americana, colocando-os a par das investigações. Nada foi comunicado às autoridades brasileiras, como era obrigatório. Entregaram as informações que os americanos queriam e, em troca, pediram um prêmio indecente: parte do dinheiro da aplicação das multas do FCPA à Petrobras voltaria ao Brasil para um fundo (Fundação Lava Jato) gerido pelos mesmos procuradores. Pagamento pela traição do país que estavam livrando da corrupção. Jessé Souza faz uma síntese em A guerra contra o Brasil (GMT Editores Ltda., 2020): *Se existem empresas industriais com alta tecnologia, como Petrobras e Odebrecht, monta-se um golpe com juízes e procuradores canalhas do próprio país para destruir essas empresas. Tudo em nome do combate à corrupção.*

Em 2015, com dificuldades políticas crescentes, Dilma convidaria Lula para compor o ministério na Casa Civil, tentando salvar um resto de coalizão e o governo à beira do colapso político e do *impeachment*. Criou-se novo escândalo: Moro autorizou a divulgação ilegal de uma interceptação telefônica entre Lula e Dilma, com vazamento para a Globo, preparando o clima – o que, no pensamento da psicologia americana de massas (Lippmann), chama-se *consentimento fabricado*. O STF proibiu Lula de assumir o posto (Ministro Gilmar Mendes) e depois aceitou as desculpas esfarrapadas do juiz paranaense.

Após condenar Lula e tirá-lo das eleições de 2018, Sergio Moro colheu a medalha ao aceitar ser Ministro da Justiça do presidente Bolsonaro, que o agradeceu publicamente, apontando-o como o maior responsável pela vitória eleitoral. Um juiz deslumbrado (ele e esposa) com poder e rápida ascensão social. Moro receberia nos Estados Unidos, em 2018, o prêmio de Pessoa do Ano, pela Câmara de Comércio Brasil-EUA. Compareceria a um jantar de gala no Museu de História Natural, em Manhattan (New York), com mais de 800 líderes, juntamente com a mulher. A áurea mediocridade duplamente premiada.

Os norte-americanos comemoraram o fim dos esquemas de corrupção na Petrobras e Odebrecht. Mas, de fato, exultaram foi com a destruição da capacidade de influência e de projeção político-econômica brasileira na América Latina e na África. Em julho de 2017, em palestra no Atlantic Council, o subprocurador geral estadunidense Kenneth Blanco referiu-se à condenação de Lula (12 de julho daquele ano) como *um resultado extraordinário e que é difícil imaginar uma cooperação tão intensa como a que ocorreu entre o DoJ e o Ministério Público Brasileiro*. Posteriormente, Deltan Dallagnol comentaria no Telegram que a prisão do ex-presidente *fora um presente da CIA ao Brasil*.

Os procuradores da Lava Jato animaram-se com a possibilidade de administrar parte da multa (2,5 bilhões de reais) dos EUA à Petrobras, na forma de fundação de direito privado, por eles mesmos e com consultoria da Transparência Internacional, organização de combate à corrupção com sede em Berlim. É estranho que um órgão de transparência tenha apoiado uma operação opaca, cheia de meandros políticos e interesses estritamente pessoais. Aliás, os procuradores usaram isso a seu favor – o suporte de um órgão anticorrupção internacional. Bruno Brandão, diretor-executivo da Transparência no Brasil, foi amigo pessoal de Deltan Dallagnol. Existem conversas dos dois gravadas no Telegram. O diretor da ONG, de modo enfático, defenderia os métodos da força-tarefa em veículos da imprensa. Muitas das manifestações de apoio foram diretamente solicitadas por Deltan. Felizmente, o STF, por decisão do Ministro Alexandre de Moraes, sepultou a proposta da fundação bilionária devido a sua explícita e indecorosa ilegalidade.

Em maio de 2019, o The Intercept Brasil começou a divulgar conversas no Telegram entre procuradores e Moro, hackeadas por Walter Delgatti Neto, um desconhecido morador do interior de São Paulo (Araraquara) e estudante de direito. O *hacker* de província, sem nenhuma aparelhagem sofisticada, foi preso, e os arquivos apreendidos pela Polícia Federal (Operação Spoofing) sob as ordens de Moro, ainda ministro da Justiça. Ele apontaria adulteração, ilegalidade das gravações e vazamentos, juntamente com a existência de uma poderosa organização criminosa (que nunca existiu) na origem das denúncias. Delgatti afirmaria depois, em entrevista: *Fiz tudo sozinho e não me arrependo*. Usando um método engenhoso, mas pouco sofisticado, Walter conseguiu ler as senhas do Telegram enviadas para a caixa postal dos hackeados e ter acesso às mensagens. Em seguida, repassaria os dados para o jornalista Gleen Greenwald, do The Intercept. A verdade é que Delgatti mudou a história do Brasil e, querendo ou não – talvez *malgré lui-même* –, transformou-se numa espécie de *avatar* da nossa democracia. Além de preso por um ano em Brasília, cumpre medidas cautelares: proibição de acesso à internet, dar entrevistas e uso de tornozeleira eletrônica. Recentemente, conversou com o jornalista Joaquim de Carvalho (25/03/2022), relatando as dificuldades que enfrenta. Ainda não está claro se ele agiu por alguma questão ideológica mais definida e sem motivações financeiras. Lembra a figura de Macunaíma, o herói sem nenhum caráter, engolfado pela voragem política do nosso tempo. As gravações hackeadas demonstraram que juízes, procuradores e agentes policiais mantinham uma relação de subordinação a Sérgio Moro. A ausência de um magistrado equidistante desequilibrava o processo, impossibilitando julgamento justo e imparcial, como se espera numa democracia. Atordoado com as revelações, disseminadas por toda a imprensa brasileira, o Ministro da Justiça Sérgio Moro viajou (15 a 19 de julho) repentinamente aos Estados Unidos, talvez para se orientar com os poderosos mentores do FBI e da CIA. O teor das conversas no Telegram é deprimente: desprezo pela lei e os direitos humanos, conluios, intrigas, arrogância, indiferença, lembrando os diálogos e a sinfonia amalucada de uma rede de psicopatas trocando mensagens. Há zombarias repulsivas sobre a morte de parentes de Lula: sua mulher, Letícia; o irmão, Vavá; e até o netinho de sete anos, Artur. Entretanto os narcisistas amalucados do Telegram eram procuradores do Ministério Público Federal e um juiz de Primeira Instância (13a Vara Criminal Federal de Curitiba). O STF não teve outra opção: foi obrigado a inocentar Lula e declarar a parcialidade e a incompetência dos julgamentos de Moro (15/04/2021).

Depois de pedir demissão do Ministério por divergências com Bolsonaro no comando da Polícia Federal, Moro seguiu o caminho lucrativo (chamado nos EUA de modelo das portas giratórias ou *gateways*) de outros ex-agentes do DoJ, e passou a trabalhar como consultor no setor privado (Empresa Alvarez & Marsal, com sede em Nova Iorque). Em reportagem de Malu Aires, publicada no DCM de 09/02/2022, pelo seu quadro de sócios-diretores (Steve Spiegelhalter [ex-promotor do Departamento de Justiça dos EUA], Bill Waldie [agente especial aposentado do FBI], Anita Alvarez [ex-procuradora do estado de Cook County, Chicago] e Robert DeCicco [ex-funcionário civil da Agência de Segurança Nacional]), é possível que a Alvarez & Marsal seja somente uma fachada da CIA, simulando empresa privada para lavar dinheiro que financia agentes estrangeiros corruptos.

Moro vendeu-se, portanto, duas vezes: primeiro, entregou as riquezas do país, quase falindo a Petrobras, nossa maior empresa estatal e importante fomentadora do desenvolvimento interno. Com o *impeachment* e a entrada furtiva de Temer na presidência, um entreguista convicto, a gigante do petróleo reorientou diretrizes: a prioridade agora seria distribuir dividendos aos acionistas (107 bilhões em 2021), inclusive de modo antecipado. Venderíamos petróleo cru, importando gasolina refinada a preço de mercado internacional. Os casos de corrupção serviram de retórica para a retirada da Petrobras como principal operadora do pré-sal e também para seu desmonte. Os aumentos sistemáticos nos preços do gás de cozinha e combustíveis, atrelados ao dólar (*Preço de Paridade de Importação*), provocam mais inflação, fome e desalento nos brasileiros, principalmente os mais pobres. Prejuízos econômicos provocados pela Operação Lava Jato começam a ser dimensionados por institutos como o Dieese e são espantosos: mais de 4,4 milhões de desempregados e um impacto negativo (3,4%) no PIB (187,2 bilhões).

Em seguida, Moro empregou-se como consultor da empresa Alvarez & Marsal, regiamente remunerado (média de 295.000 reais mensais, conforme revelação dele em entrevista na tv), orientando a recuperação de grandes empresas do setor da construção pesada brasileira que ajudara a falir.

Vendeu-se, portanto, duas vezes: na primeira, como Judas; na segunda, como Abutre.

Foto de Luiz Inácio Lula da Silva com Maria Célia Ferrarez Bouzada Nable em 10/07/2017, Belo Horizonte, MG

Acervo pessoal

Elogios de Luiz Inácio Lula da Silva

1 – Vilipendiário (Atualizado) de Lula em Ordem Alfabética

Analfabeto
Bandido de Estimação
Babaca
Boa-vida
Biltre
Cabeça chata
Cachaceiro
Cachorro
Capa da Forbes
Corrupto
Comunista
Dono do tríplex do Guarujá
Dono do sítio de Atibaia
Dono da Friboi
Dono do iate Lulalu
Dono da Torre Eiffel
Dono da Casa Branca
Dono de contas na Suíça
Endemoniado
Filho da puta
Homem mais rico do mundo
Ignorante
Ladrão
Lacaio de Cuba
Maior acionista da Petrobras
Nove dedos
Oreiudo

GILBERTO NABLE

Pau de arara
Populista
Pilantra
Picareta
Salafrário
Sem-vergonha
Trapaceiro
Traficante
Vagabundo
Vermeio
Xexelento.

2 - UM AUTO DE FÉ

SIEG HEIL!
No TRIBUNAL DO SANTO OFÍCIO de KUR YT YBA,
pela decisão dos quatro juízes-inquisidores,
os meritíssimos Hans, Herman, Karl e Hardt,
vindos das terras geladas da Nova Germânia,
os quais referendam veredito de Sergius Morus,
(este último oriundo de Grand Lake, Colorado)
quanto à justa pena imposta ao renitente réu,
ex-metalúrgico e arrogante pau de arara,
que sempre se achou bem maior do que é,
e alastra a cizânia pelos quatro cantos
deste país tão amável e temente a Deus,
com ideias absurdas de mais igualdade,
e direito a três pratos quentes de comida,
no café, almoço e ainda na hora do jantar,
que se a moda pega nós não saberíamos
quando parar tamanho e tanto desperdício
e o berreiro insano que disso tudo proviria.

II
E que fique bem claro a todos os súditos leais
que tomamos nossa decisão de modo unânime,
dentro da sapientíssima bula do papa Lucius III,
AD ABOLENDAM DIVERSAM HAERESIUM PRAVITATEM,
após estudo das 20.000 páginas do processo,
analisando item por item, página a página,
noites e noites debruçados sobre os autos,
como convêm aos magistrados honestos
e cuja única função é bem aplicar as leis,
no combate à heresia, blasfêmia e bruxaria.

(Longe de nós a pecha de punir inocentes!)
Mas não conseguimos disfarçar nossa antipatia
por este ignóbil estrupício – um reles da Silva,
que se comporta como se fora um Schneider.
Por isso, todos fomos precipitados no abismo,
e o Reino se encontra em petição de miséria,
com os indigentes a se arrastarem pelas ruas,
mal acostumados que eles foram à tripa forra,
e não se contentam mais em lamber os ossos,
e saquear sem pudor os vários sacos de lixos.
Antes, já cominaram os irmãos – *Arbeit macht frei!*
A solução, destarte, é confiar na sabedoria divina:
Matem-nos a todos e Deus reconhecerá os seus!

III
Data maxima venia, nos inspiramos no MALLEUS MALEFICARUM,
e nossos métodos foram fiéis à bula AD EXTIRPANDA,
promulgada por Innocentius IV (1252), Lex 25:
Ademais, o potentado ou o governante deve coagir
Todos os hereges aprisionados,
Sem chegar à amputação dos membros e ao risco de morte,
A se considerarem verdadeiramente como ladrões,
Assassinos das almas
E assaltantes dos sacramentos de Deus e da fé cristã,
A reconhecerem expressamente seus erros
E a acusar outros hereges que conhecerem,
E identificarem os bens deles,
Os partidários, os acolhedores
E os defensores dos mesmos,
Tal como os ladrões e os assaltantes dos bens temporais
São obrigados a acusar seus cúmplices
E a reconhecer os crimes que cometeram.

IV
Arrolamos contra o réu inumeráveis convicções,
por ouvir e ouvir dizer, depoimentos de testemunhas
que juraram com as mãos sobre a BÍBLIA SAGRADA,
informando hábitos e práticas pecaminosas,
que mereceriam até um minucioso POWER POINT
como forma pedagógica de demonstrar os crimes,
os quais se reduzem às duas mais graves ofensas:
A CAPACIDADE DE ATRAIR E MARAVILHAR MULTIDÕES,
que brota de um perigoso poder de feitiçaria,
fácil de deduzir e ainda mais fácil de verificar,
exercido nos diversos rincões do imenso país,
em total desrespeito à lógica mais simples:
cabe o cordel ao retirante, e não o canto da sereia.
Em segundo lugar, derivado de teor demoníaco,
A CAPACIDADE DE CONSTRUIR E DISSEMINAR SONHOS,
o qual reputamos como repulsivos e insanos desejos,
aptos a amolecer e envilecer a cabeça das pessoas,
postas a sonhar com impossibilidades deleitosas,
a querer mais do que têm, tiveram ou possam obter:
dinheiro, sossego, casa, comida, escolas e alegria.

V
PORTANTO,
com o único objetivo de sanear os distúrbios atuais
e futuros ou sérios problemas que por certo advirão,
CONDENAMOS INAPELAVELMENTE O RÉU – LULA DA SILVA,
à condução coercitiva, sob algemas, em radiopatrulhas
com sirenes ululantes, faróis, buzinas e pisca-piscas ligados,
seguidas por legiões de meirinhos em motociatas cívicas,
a portarem bandeiras, megafones, matracas, apitos, faixas,
clarins, trombetas, traques, rojões, em estouro e pregão,

a fim de que o atem em poste na Praça dos Três Poderes,
para ser queimado lentamente em fogueira de petróleo cru,
e as cinzas espalhadas no Planalto Central deste amado Brasil!
Registre-se. Publique-se. Cumpra-se.
Kur Yt Yba, 2022. 4o da Ascensão do Mito. 77o da Morte do Führer.

3 - Quintais do Império

> *Nossa derrota esteve sempre implícita na vitória dos outros. Nossa riqueza sempre gerou nossa pobreza por nutrir a prosperidade alheia.*
>
> Eduardo Galeano

– Pobre México! tão longe de Deus e tão perto dos Estados Unidos.
A frase é do General Porfirio Díaz, presidente do México por trinta anos.
Na época, alguém poderia ter atualizado o dito célebre:
– Pobre México! tão longe de Deus e tão perto de Porfirio Díaz.
Reeleito seis vezes seguidas, entregou o petróleo e as riquezas do país
para os yankees que fingira odiar.
Mexicanos pobres e índios não tiveram vez.
Morreu no exílio, em Paris – malheureux –,
enterrado no Cemitério do Montparnasse,
longe de Deus e mais longe ainda do México.
Eu digo: – Bem feito!
Mas a sentença é tão lúcida
que poderia ter saído da garganta de outro,
que não fosse entreguista nem ditador ou general.
É tão exata e profética
que merece ser também ampliada
para as duas Américas que sobraram,
duas sub-Américas,
estes infelizes quintais do Império,
no Centro e no Sul:
sempre com as veias abertas,
apartados de seus destinos,
apartados de seus direitos,
prontos apenas para perder.

4 - Dois cavalos

> *Existem dois cavalos, o estético e o político, e que o romancista hispano-americano deve montar em ambos ao mesmo tempo, ou ainda que talvez esses cavalos sejam um só e o mesmo, porque toda obra literária fiel a suas premissas e lograda em sua realização, em sua expressão, tem um significado social.*
>
> *Carlos Fuentes – Anais do 1º e 2º Simpósios de Literatura Comparada. Belo Horizonte: UFMG, 1987.*

1
Para ser um poeta latino-americano
é preciso saber montar em dois cavalos,
conforme o que nos circos se apregoa:
dois cavalos, mas de uma só vez,
um pé no estribo de um, e outro pé,
em pelo, firme, no lombo do outro.

2
Se montado apenas no cavalo estético,
é bem menor o risco de cair da sela.
Um cavalo arriado e que tem rédea,
animal de marcha que gosta de bridão,
penachos, antolhos, loro e barrigueira.
E nem dá coice, tombo ou tropeção.

3
O cavalo político é animal coiceiro,
não aceita arreio, cisma de empinar,
destemperado, refuga e corcoveia.
É um corcel da cabeça empinada,
pelagem, orelha e a crina eriçada,
amigo encantado do galope ligeiro.

4
O poeta latino-americano deve
saber montar nesses dois cavalos,
um bem armado e o outro no pelo,
meio cavalo de Troia, meio unicórnio.
E não pode ficar tão longe do seu povo:
jóquei de clube, mas peão de auditório.

5 - Um preso político e a nova Bastilha (ao modo nordestino de um cordel)

> *Alguém certamente havia caluniado Josef K., pois uma manhã ele foi detido sem ter feito mal algum.*
>
> O Processo, Franz Kafka

Bem-vindo à República de Curitiba.
Outdoor perto do aeroporto

1
Em Paris, na Praça da Bastilha,
após outra revolução, a de 30,
ergue-se a Coluna de Julho,
que tem, lá no alto, a figura
bela e heroica de um anjo,
coroado em estrela de aço:
na mão direita, leva uma tocha,
na esquerda, a cadeia quebrada.
Monumento contra a opressão,
celebra a justiça em um lugar
ligado ao arbítrio e à tortura.

2
E assim, na capital do Paraná,
antes que por lá desça um anjo,
com asas de fogo e estrela,
apontando no dedo a infâmia,
apareceu uma nova Bastilha.
No Departamento da Polícia
agora se revezam dois tipos,
em seguidos plantões e aflitos,

vigiando a um único detento.
Tais carcereiros não são policiais,
tampouco comem de marmita,
ou se escondem nos bastidores.
São dois juízes e dos federais:
Sérgio Moro e Thompson Flores.

3
Guardavam a chave preciosa,
de uma cela no quarto andar,
sem janela que dê para a rua,
isolada, fria, triste e vigiada,
onde um presidente da República,
preso sem trânsito em julgado,
é agora um ilustre condenado.
E por não haver crime algum,
fraudaram todos os processos,
corromperam as testemunhas,
inventaram as provas do roubo,
todos a espalhar esta calúnia:
era chefe de bando e farsante,
era mesmo gatuno e ladrão.

4
Político que fundara um partido,
trancado às pressas, na sanha
de sabotar a eleição já ganha.
E com dois magistrados atentos,
de togas, cuecas, de pijamas,
vigiando dia e noite, noite e dia,
o raro troféu que afanaram,
maior comenda para iluminar

duas vidas apagadas,
duas existências mesquinhas:
pois em sendo meros cadeeiros,
agora se equiparam aos rábulas.

5
Da Restauração Francesa ao Golpe de 64,
da aristocracia gaulesa ao mandarinato da justiça brasileira,
da perseguição política ao lawfare,
do preconceito de cor ao ódio de classe,
da masmorra infame à fria solitária:
a mesma vingança,
a mesma injustiça,
a mesma sem-cerimônia,
a mesma grosseria,
a mesma crueldade.
Da Praça da Bastilha,
no centro de Paris,
à rua professora Sandália,
num dos bairros de Curitiba.

ELOGIO
DE CHARLES BAUDELAIRE

Sobre o poeta francês

Baudelaire nasceu em Paris em 9 de abril de 1821. O pai, Joseph-François Baudelaire (1759-1827), cursara Filosofia e Teologia na Universidade de Paris e fora ordenado padre em 1784, ofício que abandonaria após dez anos. Era trinta e quatro anos mais velho que a noiva, viúvo, e tinha um filho (o meio-irmão de Baudelaire – Alphonse) quando se casou com Caroline Archimbaut-Dufaÿs (Baudelaire, por Henri Troyat, Ed. Scritta, 1995). Charles-Pierre Baudelaire, filho único de Caroline, nasceria um ano depois do matrimônio. Nessa época, já aposentado, Joseph-François passou a dedicar-se ao que mais o fascinava – a pintura. Tinha vários amigos pintores profissionais e uma vasta biblioteca. Os aposentos na rua Hautefeuille eram decorados com suas próprias telas, guaches ou pastéis, mas também com quadros, estátuas e moldes de vários artistas da época. A grande diferença de idade dava a aparência de pai ao marido de Caroline e de avô quando ele passeava com o filho no jardim do Luxemburgo. Joseph faleceria aos 63 anos, o que hoje não nos parece uma idade avançada, mas entre 1830-40, a média de vida na Europa Ocidental atingia apenas trinta e seis anos. A viuvez de Caroline não duraria muito (um ano e meio) e ela casou-se novamente. Desta vez com um homem bem diferente da figura anterior – um militar, o comandante Jacques Aupick, que seguia uma promissora carreira. Para Baudelaire foi o começo de um desastre. O padrasto o afastou naturalmente da mãe (dividindo os cuidados) e tentaria impor o que ele mais odiava e odiou por toda a vida – regras, deveres e disciplina. A relação entre eles foi piorando e acabou distante, raivosa, cheia de recriminações. Ademais, foram obrigados, em 1833, a mudarem-se para Lyon, onde Baudelaire frequentou a escola como interno do Collège

Royal. Não simpatizou com a escola nem com a cidade, que lhe pareceu cinzenta e entediante. Sequer compreendeu por que a mãe consentira em separar-se dele, pois poderia assistir às aulas e voltar todas as noites para casa. Preferiram interná-lo. À raiva de sentir-se abandonado mistura-se um sentimento de profunda derrota, como observou Sartre em seu ensaio Baudelaire (Editorial Losada, S.A., Buenos Aires, Tercera Edición, 1968) a ponto do poeta anotar, em Mon coeur mis à nu: *Sentimento de solidão desde a infância. Apesar da família – e no meio dos amigos, sobretudo – sentimento de um destino inteiramente solitário.* Desde então, ainda segundo Sartre: *Com violência teimosa e desolada fez-se outro; outro, distinto de sua mãe com quem se sentira unido e o rechaçara; outro, distinto de seus amigos, despreocupados e grosseiros; sente-se e quer sentir-se único até o extremo gozo solitário, único até o terror [...] A atitude de Baudelaire é a de um homem inclinado sobre si mesmo, como Narciso.* Mas um Narciso sadomasoquista:

> Je suis la plaie et le couteau, [...]
> Et la victime et le bourreau.

> Eu sou a ferida e o cutelo, [...]
> E a vítima e o carrasco.

Felizmente, outra nomeação do coronel, em janeiro de 1836, ocasiona a volta de toda a família para Paris. Passa a estudar agora no Collège Royal Louis-le-Grand. Está com quinze anos. Seu professor, Achille Chardin, deixaria anotado: *Muito volúvel. Falta de energia para corrigir os próprios erros. Muito capricho e instabilidade no trabalho. Espírito agitado.* Baudelaire confessa ao meio-irmão, Alphonse: *Quanto mais vejo aproximar-se o momento de sair da escola e de ingressar na vida, mais me amedronto, pois então será preciso trabalhar, e seriamente, e é terrível pensar nisso.* Noutra carta, para a mãe, fala de impressões literárias e de seu grande amor por ela: *É sobretudo de Eugène Sue que não gosto. Li apenas um livro dele e fiquei extremamente entediado. Estou aborrecido com tudo isso; só os dramas, as poesias de Victor Hugo e um livro de Sainte Beuve (Volupté) me prenderam a atenção. Estou completamente enfastiado da literatura; é que na verdade, desde que aprendi a ler, ainda não encontrei uma obra que me agradasse por inteiro, de que eu conseguisse gostar do começo ao fim: por isso, não leio mais. [...] embora saibas que te amo, ficarás mais surpresa com a extensão desse amor. Adeus – de quem te amará para sempre*. A ligação materna é tão intensa que Ivan Junqueira, um dos principais tradutores do poeta para o português no Brasil (As Flores do Mal, Nova Fronteira, 2012), define de maneira jocosa: *Estivesse vivo em fins do século XIX, Baudelaire teria sido um dos mais paradigmáticos pacientes de Freud, a própria encarnação do complexo de Édipo*.

É quando começa a rabiscar os primeiros versos. As escolas da época eram intolerantes e muito exigentes na disciplina. Ao negar-se a revelar um bilhete que recebera de um amigo durante a aula, rasgando-o, foi expulso da escola com uma carta do diretor aos pais. Um pequeno escândalo. Charles deixa o Collège Louis-le-Grand e ingressa no Collège Saint-Louis. Emprega todas as forças para o exame final do curso secundário (*o baccalauréat*) para redimir-se do constrangimento dos anos anteriores e consegue aprovação. Ao mesmo tempo, Aupick é nomeado Marechal de Campo, o posto mais alto na carreira militar.

Os pais o queriam na diplomacia ou no exército, mas Charles planejava ser escritor, apesar das relutâncias familiares. Contudo, consente em seguir os estudos jurídicos como subterfúgio. O poeta, aparentemente dócil, aceita inscrever-se na Escola de Direito e morar na pensão Bailly et Lévêque, estabelecimento de boa fama. Os jovens da época cultivavam o gênero desalinhado. Na contramão, Baudelaire veste-se com elegância, Não obstante, provoca surpresa, apesar da pose de dândi, a preferência por mulheres decaídas, numa contradição que parece estudada. A opção tem resultados adversos e previsíveis: contrai gonorreia de uma prostituta judia, Sarah, a quem chamava de *Louchette* (Vesguinha) pelo pronunciado estrabismo (As Flores do Mal, XXXIII):

Noite em que estava ao pé de uma feia judia,
Qual cadáver deitado ao longo de um cadáver.

O que o seduz na moça aparentemente sem graça e doente? A excitação do aviltamento, a feiura associada à volúpia, as escolhas orgulhosas e sombrias que insultam os cânones da perfeição estética e da beleza feminina? É o aprendizado da contramão, de querer as coisas pelo avesso, pelo lado mucoso. O filósofo Walter Benjamin, um de seus maiores estudiosos, vai ainda mais longe e faz esta consideração em Paris, capital do século XIX (Editora Neru, 1984): *A posição híbrida de Baudelaire. Seu refúgio aos elementos associais. Ele vive como uma prostituta*. Melhor definindo, uma *prostitution par mimétisme* (prostituição por mimetismo), como definiria o ensaísta G. Blin. Aliás, o dandismo de Baudelaire, apesar dele pertencer à classe burguesa, lembra a nostalgia de um nobre. Antes de tudo, ele mesmo acentua, vira um cerimonial, um culto ao eu, onde o poeta declara-se ao mesmo tempo sacerdote e vítima. Uma casta de aristocratas que *nasce das faculdades mais preciosas, mais indestrutíveis, de dons espirituais que nem o trabalho nem o dinheiro podem conferir*. Segundo Sartre (Baudelaire, Editorial Losada, S.A., Buenos Aires, Tercera Edición, 1968), neste caso, a nobreza destronada transforma-se numa irmandade esotérica da qual Baudelaire, como artista e poeta, faz parte. Edgar Alan Poe, por suas grandes afinidades, é também chamado e admitido. A comunidade laica dos artistas adquire valor religioso e se converte quase numa igreja. É preciso realçar que o que recobre o mito do dandismo em Baudelaire não é qualquer presumida homossexualidade, mas o exibicionismo. Seu lado afetado produz o comportamento de um *comediante*. A roupa, gestos, implicâncias – tudo nele é uma interpretação para uma plateia ubíqua. Sempre atingido pelos olhares dos outros, sempre sentindo-se observado.

Dentro em breve, Charles não porá mais os pés na Escola de Direito, onde se matriculara sem verdadeiros motivos. Flerta, gasta dinheiro, pega emprestado, desconversa, bebe, passeia (será um perene *flâneur*), escreve poemas e dá as costas a todos os projetos de futuro que os pais idealizaram para ele. Endivida-se com o alfaiate, o chapeleiro, as amantes e os amigos de grandes farras. O Marechal se enfurece cada vez mais com o descaramento do enteado. Não pode tolerar tanta leviandade e arrogância. Também o irmão nega-se a emprestar-lhe mais dinheiro e o repreende. Os dois planejam um longo exílio ultramarino com funções pedagógicas, como explicaria o Marechal a Alphonse, o meio-irmão: *Uma longa viagem marítima para umas e outras índias, na esperança de que assim despatriado, arrancado das suas detestáveis relações, e em presença de tudo o que teria a estudar, ele possa ingressar novamente na realidade e voltar para nós, poeta talvez, mas poeta que tenha bebido suas inspirações em melhores fontes do que os esgotos de Paris*. Para Baudelaire, que aparentemente concorda com o plano, a partida teria outro sentido. Logo ele alcançará a maioridade. Livre da tutela, poderá dispor à vontade da considerável herança que o pai lhe deixara. Portanto, não opõe resistência e faz as malas. O navio, Paquebot-des-Mers-du-Sud, zarpa em 9 de junho de 1841. Uma longa, insalubre e incômoda viagem. Certo dia, o capitão fere com um tiro de carabina um albatroz que rodeava a embarcação. É uma ave magnífica, com 3,9 metros de envergadura. Ligeiramente ferido, mas impedido de voar, os marujos amarram-no por uma das pernas e se divertem com ele, enquanto ele arrasta, desajeitado, as imensas asas no convés. Baudelaire, cheio de piedade e indignação, tenta impedi-los, inclusive atracando-se com um dos marinheiros até que o capitão os separe. O incidente se transformaria num dos mais citados e belos poemas de As Flores do Mal:

L'Albatros

Souvent, pour s'amuser, les hommes d'équipage
Prennent des albatros, vastes oiseaux des mers,
Qui suivent, indolents compagnons de voyage,
Le navire glissant sur les gouffres amers.

À peine les ont-ils déposés sur les planches,
Que ces rois de l'azur, maladroits et honteux,
Laissent piteusement leurs grandes ailes blanches
Comme des avirons traîner à côté d'eux.

Ce voyageur ailé, comme il est gauche et veule!
Lui, naguère si beau, qu'il est comique et laid!
L'un agace son bec avec un brûle-gueule,
L'autre mime, en boitant, l'infirme qui volait!

Le Poète est semblable au prince des nuées
Qui hante la tempête et se rit de l'archer;
Exilé sur le sol au milieu des huées,
Ses ailes de géant l'empêchent de marcher.

O albatroz (Trad. de Guilherme de Almeida)

Às vezes, por prazer, os homens de equipagem

Pegam um albatroz, enorme ave marinha,
Que segue, companheiro indolente de viagem,
O navio que sobre os abismos caminha.

Mal o põem no convés por sobre as pranchas rasas,
Esse senhor do azul, sem jeito e envergonhado,
Deixa doridamente as grandes e alvas asas
Como remos cair e arrastar-se a seu lado.

Que sem graça é o viajor alado sem seu nimbo!
Ave tão bela, como está cômica e feia!
Um o irrita chegando ao seu bico um cachimbo,
Outro põe-se a imitar o enfermo que coxeia!

O poeta é semelhante ao príncipe da altura
Que busca a tempestade e ri da flecha no ar;
Exilado no chão, em meio à corja impura,
As asas de gigante impedem-no de andar.

Pouco depois, desiste de continuar a longa viagem até Calcutá e resolve voltar para Paris. Em fevereiro de 1842, já desembarca em Bordeaux. Chega preocupado com a recepção, mas é aceito melhor do que poderia supor. Sempre fora indócil e deram o regresso imprevisto como fato consumado. Todavia, de comum acordo com os pais, sai do lar e aluga um apartamento modesto na Ilha Saint-Louis: cama, algumas poltronas, mesa, um baú para guardar os livros. Com a expiração do poder legal de tutor, o general faz questão de apresentar-lhe o balanço patrimonial: mais de 18.000 francos e algumas propriedades. Uma renda anual equivalente a 1.800 francos. Baudelaire fica maravilhado e imediatamente começa a gastar sem conta. Aparece plenamente seu lado extravagante e perdulário. Aupick e Alphonse questionam se não seria melhor recorrer à nomeação de um conselho judiciário para defender o poeta da prodigalidade, pois em dois anos já gastara metade da herança paterna. Mas isso só poderia ser feito com a solicitação formal da mãe (pedido de uma tutela cautelar). Ela o faz, convencida de que seria a atitude sensata. Com o coração apertado encarrega o solicitador Legras de redigir o documento, submetendo-o aos juízes em 31 de julho de 1844. Enumeram-se os gastos do senhor Charles Baudelaire e as despesas desde a entrega das contas da tutela. Baudelaire não acreditava que a mãe, a pessoa que mais ama no mundo, fosse capaz de tamanha traição. De um dia para o outro reassume a condição de menor perante a lei e perde o direito de dispor dos bens. E, mais importante ainda, de multiplicar dívidas, sua melhor e definida vocação social (*Ser um homem útil sempre me pareceu algo bem horrível*). Os empréstimos frequentes e impagáveis irão transformá-lo num devedor em trânsito, um foragido, com mudanças frequentes de endereços para fugir da perseguição dos credores. Fora obrigado, certa vez, a mudar de casa seis vezes num único mês. Devido à correria, nunca pôde desfrutar de uma verdadeira biblioteca pessoal. Além disso, com a decisão judicial, volta à opressiva indigência financeira e a depender de decisões da mãe e do tutor em questões de dinheiro. É nessa época que contrai sífilis, que julgava ser uma doença benigna e até magicamente rejuvenescedora como muitos acreditavam naquela época. Vai, primeiro, a um homeopata, depois toma os remédios de um especialista, Philippe Ricord. Entretanto, ainda não havia nenhum medicamento eficaz, que só apareceria com a descoberta da penicilina quase um século depois. Muito pior, a infecção sifilítica é uma doença meio silenciosa, mas pode ser muito grave. Principalmente na última fase, conhecida como terciária, muitos anos após a contaminação, quando pode lesar os vasos sanguíneos e o cérebro, ocasionando problemas neurológicos devastadores e mesmo a morte (sífilis cerebrovascular). Acredita-se que tenha sido isso que aconteceu depois com Baudelaire.

Mas o poeta continua levando uma vida de dissipação. Muda-se para o Hotel Pimodan e conhece muitas pessoas ligadas às artes, como poetas, pintores e *marchands*. Ali reencontra o poeta Théophile Gautier e o pintor Fernand Boissard. Fundam o famoso Club des Haschischins, que inspiraria a primeira parte de Paraísos artificiais (L&PM Editores, 2011) onde se podem ler interessantes parágrafos sobre os efeitos do haxixe: *O olfato, a visão, a audição e o tato participam igualmente deste processo. Os olhos alcançam o infinito. O ouvido percebe sons quase inaudíveis no centro do maior tumulto. É aí então que começam as alucinações. Lentamente, sucessivamente, os objetos ganham aparências estranhas; deformam-se e se transformam. Em seguida, surgem os equívocos, os desprezos e as transposições de ideias. Os sons se revestem de cores e as cores contêm uma música [...] O vinho exalta a vontade, o haxixe aniquila-a. O vinho é um suporte físico, o haxixe é uma arma para o suicídio. O vinho torna bom e sociável. O haxixe é isolante. Um é laborioso, por assim dizer, o outro, essencialmente preguiçoso. Realmente, para que trabalhar, lavrar, fabricar seja o que for, quando se pode alcançar o paraíso de uma só vez? Finalmente, o vinho é para o povo que trabalha e que merece bebê-lo. O haxixe pertence à classe das alegrias solitárias; é feito para os miseráveis ociosos. O vinho é útil, produz resultados frutificantes. O haxixe é inútil e perigoso.*

Os amigos frequentemente encontram em seu quarto uma mulher alta, negra, de vasta cabeleira e lábios sensuais. Originária da ilha de São Domingos, chama-se Jeanne Duval (ou Jeanne Prosper), a amante de Baudelaire. Uma prostituta, mas que representara também alguns papéis no teatro de Porte-Saint-Antoine com o nome de Berthe. Seria imortalizada em poemas de As Flores do Mal (XXIV):

Eu te adoro tal qual à abóbada noturna.
Ó vaso de tristeza, ó grande taciturna

Mas não só a literatura o interessa. Influência provável do pai, sempre teve grande afinidade pelas artes plásticas desde pequeno. Tanto que um de seus melhores amigos foi o pintor Emile Deroy. Chega a afirmar: *Gosto permanente, desde a infância, de todas as imagens e de todas as representações plásticas.* Decide fazer apreciações críticas, numa brochura, sobre o Salão de 15 de março de 1845. Entre os modernos, aprecia principalmente as obras de Delacroix: *O senhor Delaxroix é, decididamente, o pintor mais original dos tempos antigos e dos tempos modernos. É assim, que fazer? Nenhum dos amigos do senhor Delacroix, e dos mais entusiastas, ousou dizer isso, simples, cruel, e impudentemente como nós.* As publicações de Salão de 1845 e Salão de 1846 firmam seu prestígio como crítico de arte e aprofundam a sua doutrina estética.

Continua convivendo com a falta de dinheiro e as incompreensões familiares. Certa ocasião, entra em desespero e parece resolvido a se matar. Escreve uma longa carta ao conselheiro judiciário, o senhor Ancellle, alertando-o quanto à disposição de deixar bens para Jeanne. Tenta desferir uma facada no peito, mas a ferida é superficial. Um propósito de suicídio que lembra mais uma cena. Entretanto, escreve para a mãe em tons dramáticos e exigentes: *A senhora toma, pois, os meus sofrimentos por uma brincadeira? E tem a coragem de privar-me de sua presença? – Digo-lhe que preciso da senhora, que preciso vê-la, falar-lhe. Portanto, venha, venha, portanto, imediatamente – sem pudores [...] asseguro que se a senhora não vier, isso só provocará novos acidentes.*

Quero que venha sozinha. A mãe comparece, aflita, e o leva para casa tentando uma recuperação física e emocional. Mas Charles não resiste nem consegue morar muito tempo em uma prisão domiciliar, com horários regulares, apesar das atenções e do conforto. Foge, deixando uma carta desaforada: *Parto e só volto numa situação de espírito e de dinheiro mais convenientes. A princípio mergulhei num marasmo e num torpor medonho e tenho necessidade de minha solidão para refazer-me um pouco e recuperar as forças. Depois, me foi impossível tornar-me tal qual teu marido gostaria que eu fosse: por conseguinte, melhor roubá-lo do que viver mais tempo na sua casa. E, finalmente, não acho decente ser tratado por ele como parece querer doravante fazê-lo.*

Baudelaire também viveu um período de extrema agitação política na França – a Revolução de 1848 e seus tortuosos desdobramentos. Participaria dos fatos, mas por razões estranhamente pessoais. Eis os antecedentes históricos: no ano de 1830, com o expresso apoio da burguesia, Luís Filipe de Orleáns assumira o trono como Luís Filipe I (apelidado de Rei Cidadão ou Rei Burguês) com o intuito de firmar os avanços liberais da Constituição Francesa - ampliação do Poder Legislativo e separação entre Igreja e Estado. Mesmo com os progressos políticos, vários grupos voltaram-se contra o governo, uma Monarquia Constitucional. Pretendendo esvaziar o movimento, o rei Luís Filipe I e o ministro Guizot escolheram endurecer o regime, lançar a oposição na ilegalidade, não ceder a qualquer reivindicação. Isso acabou sendo o estopim para um grande movimento popular em fevereiro de 1848. Com o apoio de membros da própria Guarda Nacional, os revolucionários forçaram a demissão do ministro Guizot, a fuga do rei para a Inglaterra e a transformação da França numa república (Segunda República Francesa). Baudelaire e alguns amigos – Toubin, Champfleury e Promayer – misturam-se aos insurretos. Charles tem a falsa impressão de que é a sociedade inteira que está ruindo – hierarquias, leis, ministros, juízes, generais. Para ele, não se tratava de um confronto político entre republicanos e monarquistas, mas entre jovens lutando por independência e a ordem estabelecida. Em 24 de fevereiro, logo pela manhã, Baudelaire já está na rua. No Carrefour de Buci, a multidão saqueia uma loja de armas. O poeta participa e vê-se numa barricada empunhando um fuzil reluzente de novo. Repete, aos gritos: *É preciso fuzilar o general Aupick! É preciso fuzilar o general Aupick!* Anotará em Mon coeur mis a nu (Meu coração desnudado): *Minha embriaguez de 1848. De que natureza era? Gosto de vingança. Prazer natural da demolição. Embriaguez literária, reminiscência de leituras [...] entendo porque se deserta de uma causa para saber o que se sentirá ao servir a uma outra. Seria talvez gostoso ser alternadamente vítima e carrasco. [...] 1848 só foi divertido porque cada qual imaginava as suas utopias como castelos no ar.* Um governo provisório, chefiado – entre outros – por Lamartine, proclama a Segunda República. Embora ligado à família real Orléans pela ascensão na carreira militar, Aupick adere imediatamente ao novo poder republicano. Em recompensa à sua neutralidade será mantido no posto. Seu oportunismo faz maravilhas, como há pouco fizera sob a monarquia. É promovido e nomeado embaixador em Constantinopla. E a mãe de Baudelaire que, de algum modo, ainda o protegia, vai partir para longe, novamente abandoná-lo! O poeta entra em desespero.

Entretanto, os acontecimentos precipitam-se numa contrarrevolução. Na noite de 27 para 28 de junho, no faubourg Saint-Antoine, a última barricada capitula. O general Cavaignac, que comandou a repressão com extrema crueldade, torna-se chefe do poder executivo. As forças reacionárias voltam ao poder. Baudelaire fica perplexo com o sangue inútil derramado, as prisões, as deportações, as execuções sumárias. Anota novamente: *Os horrores de junho. Loucura do povo e loucura da burguesia. Amor natural pelo crime.* Mas Aupick é, então, nomeado embaixador na Espanha. Tudo desmorona, mas ele permanece. Baudelaire escreve uma dolorosa carta à mãe, recriminando-a: *Eu gostaria de poder enternecer o meu estilo, mas ainda que o seu orgulho o ache inconveniente, espero que a sua razão compreenda a excelência de minha intenção, e o mérito que tenho por essa minha atitude para com a sua pessoa, que outrora me foi tão doce. Mas dada a situação em que a senhora me colocou, isso tudo se torna, irrevogavelmente, definitivo. Que me tenha privado de sua amizade e de todos os contatos que todo homem tem o direito de esperar da própria mãe, isso demonstra a sua consciência e talvez também a de seu marido.*

Tendo a Segunda República escolhido o caminho reacionário, ele a compara à Monarquia de Julho (de Luís Filipe I). Por isso Baudelaire não reagiu, senão com ironia, a um novo golpe de estado, o de Luís Bonaparte, em 2 de dezembro de 1851 (assumindo como Napoleão III no chamado Segundo Império Francês depois de ser o primeiro presidente eleito pelo voto direto na Segunda República!). Escreveu simplesmente: *Mais um Bonaparte! Que vergonha! E, no entanto, tudo está em paz. Não tem o presidente um direito a invocar?*

Todavia, no terreno literário, com Baudelaire surgiria uma atitude nova, um posicionamento estético que os críticos batizariam com o nome ambíguo de *modernidade*. Introduzir a cidade como tema é uma das grandes marcas de sua poesia (*pintar* a vida de seu tempo, inclusive com os excluídos – a velha, a prostituta, o trapeiro). Apesar disso, ele nunca acreditou no progresso como uma forma inequívoca de melhorar o ser humano. Valéry afirma que a poesia de Baudelaire *impõe-se como a própria poesia da modernidade*. Já não é apenas a aristocrática retirada dos *enfants du siècle* nem o triunfalismo burguês de Victor Hugo. O *frisson nouveau* tem o apelo de uma profecia sem esperança – os fundamentos da poesia moderna. A causa alucinada assumida por esse poeta, o *dandy* de cabelos verdes e sapatos gastos. Para Hugo, a função da poesia era também a de guia moral. Para Baudelaire, assim como para Poe, a ambição didática e a finalidade moral não existem. O único objetivo seria *revelar uma beleza superior* que nada tem a ver com as normas de uma sociedade em que o poeta mal sobrevive: *A poesia, por pouco que se queira interrogar sua alma, evocar suas lembranças de entusiasmo, não tem outro objetivo a não ser ela mesma, não pode ser outro, e nenhum poema será tão grande, tão nobre, tão verdadeiramente digno do nome de poema, quanto aquele que foi escrito unicamente pelo prazer de escrever um poema.*

    O escritor americano Edgar Allan Poe morreu em Baltimore, em 7 de outubro de 1849, aos quarenta anos. Dois poetas definitivamente malditos (*poète maudit*, termo criado talvez por Paul Verlaine) e também contemporâneos. Baudelaire sempre teve uma enorme admiração por ele. Identidade de vida e de pensamento. As desordens, o alcoolismo, a indigência, a incompreensão familiar, o padrasto rico e moralista, o tédio, os delírios. Baudelaire admite tudo isso: *Sabe por que traduzi tão pacientemente Poe? Porque se parecia comigo. A primeira vez em que abri um livro dele vi, com terror e deslumbramento, não somente temas com que sonhei, mas frases em que pensei e que tinha escrito vinte anos antes.* Embora nunca tenham se encontrado, eram irmãos na genialidade e na inadequação. Segundo Valéry: *O demônio da lucidez, o gênio da análise e inventor das combinações mais novas e mais sedutoras da lógica com a imaginação, do misticismo com o cálculo; o psicólogo da exceção, o engenheiro literário que aprofunda e utiliza todos os recursos da arte, aparecem-lhe em Edgar Poe e o maravilham.* Baudelaire sente-se obrigado a lhe prestar homenagem. Publica, na Revue de Paris, um estudo: Edgar Poe, sa vie e ses ouvrages (Edgar Poe, sua vida e sua obra). Sem dúvida, é em si mesmo que pensa quando diz: *Haveria então uma Providência diabólica que prepara a infelicidade desde o berço? Esse homem cujo talento sombrio e desolado causa medo, foi lançado premeditadamente num meio que lhe era hostil. [...] Edgar Allan Poe, bêbado, pobre, perseguido, pária, agrada-me mais do que um Goethe ou um W. Scott, calmo e virtuoso. Eu diria, naturalmente, dele e de* uma classe particular de homens, o que o catecismo diz do nosso Deus: *Ele sofreu muito por nós. Poder-se-ia inscrever no seu túmulo: Todos vocês que procuraram ardentemente descobrir as leis do próprio ser, que aspiraram ao infinito, e cujos sentimentos recalcados tiveram de buscar um terrível alívio no vinho da depravação, rezem por ele. Agora que o seu eu corporal purificado nada no meio dos seres cuja existência ele vislumbrou, rezem por ele, que vê e sabe, e ele intercederá por vocês.* Fez também uma bela tradução (1853) de O Corvo (The Raven) com a conversão das famosas rimas dos refrões, *nothing more* e *nevermore*, para *rien de plus* e *jamais plus*. Mesma solução adotada depois por Mallarmé em 1888.

E foi lembrando o infeliz poeta americano (e a própria mãe) que escreveu um terrível poema de As Flores do Mal – onde a bendição (ou bênção) significa, na verdade, a irremediável praga materna. A pior, pelo que dizem, de todas as pragas possíveis:

Bénédiction (apenas as cinco primeiras estrofes)

Lorsque, par un décret des puissances suprêmes,
Le Poète apparaît en ce monde ennuyé,
Sa mère épouvantée et pleine de blasphèmes
Crispe ses poings vers Dieu, qui la prend en pitié.

— «Ah! que n'ai-je mis bas tout un noeud de vipères,
Plutôt que de nourrir cette dérision!
Maudite soit la nuit aux plaisirs éphémères
Où mon ventre a conçu mon expiation!

Puisque tu m'as choisie entre toutes les femmes
Pour être le dégoût de mon triste mari,
Et que je ne puis pas rejeter dans les flammes,
Comme un billet d'amour, ce monstre rabougri,

Je ferai rejaillir ta haine qui m'accable
Sur l'instrument maudit de tes méchancetés,
Et je tordrai si bien cet arbre misérable,
Qu'il ne pourra pousser ses boutons empestés!»

Elle ravale ainsi l'écume de sa haine,
Et, ne comprenant pas les desseins éternels,
Elle-même prépare au fond de la Géhenne
Les bûchers consacrés aux crimes maternels.

Bendição (Tradução de Guilherme de Almeida em Flores das Flores do Mal, Ed. Jose Olympio, 1944)

Quando, por uma lei das supremas potências,
O Poeta surge aqui neste mundo enfadado,
Sua mãe a verter blasfêmias e insolências
Crispa as mãos contra Deus, que a contempla apiedado:

"Ah! Tivesse eu gerado um rolo de serpentes,
Em vez de alimentar esta irrisão comigo!
Mal haja a noite em que, nos gozos inconscientes,
Meu ventre concebeu o meu próprio castigo!

"Já que entre todas as mulheres fui eleita
Para ser a abjeção de um desolado esposo,
E não posso queimar, como ao fogo se deita
Um bilhete de amor, este aleijão monstruoso,

"Eu farei recair teu ódio, que me esmaga,
Sobre o instrumento vil do teu rancor cruento,
E tão bem torcerei a árvore má, que a praga
Não lhe permitirá deitar um só rebento!"

Engole a espuma, então, do seu ódio e, atordoada,
Sem poder compreender os desígnios eternos,
Ela mesma prepara a fogueira votada
Aos crimes maternais no fundo dos infernos.

Por fim, após dez anos de relacionamento conturbado, Baudelaire tenta se afastar de Jeanne. Agora, duas mulheres o fascinam – a senhora Apollonie Sabatier e Marie Debrun. A primeira, uma bela mulher que encantava a todos. A filha de Théophile Gautier, Judith, a descreveria assim: *Ela era bastante alta e de belas proporções, com modos muito finos e mãos encantadoras.* Fora amante de homens poderosos. Baudelaire fica encantado. Escreve o poema A une Femme trop gaie, que envia anonimamente, acompanhado de um bilhete: *A pessoa para quem esses versos foram feitos, quer lhes agradem ou não, mesmo que lhe pareçam ridículos, suplico que não os mostre a ninguém.* Mas se interessa também por outra mulher, a atriz Marie Daubrun. Loira, de olhos verdes, pele clara e sorriso malicioso. Ele não passa um dia sem vê-la no camarim, teatro da Gaité. Entretanto ela escolhe como amante um escritor e amigo do poeta – Théodore de Banville. Não tendo esperanças em relação a Sabatier nem a Marie Daubrun, ele retoma (dezembro de 1855) à vida com Jeanne, embora não fiquem juntos por muito mais tempo, numa relação já bastante desgastada. Todavia, é preciso olhar com cuidado os envolvimentos amorosos do poeta, de alguém que escreve *que a mulher que se ama é aquela que não goza* e que prefere a irritação nervosa do desejo à saciedade comum. Sartre conclui que Baudelaire provavelmente tenha permanecido tão solitário na sua vida sexual (que sempre exige troca), como um menino quando se masturba.

No início de 1857, Baudelaire ocupa-se com as provas de As Flores do Mal, que o editor Poilet-Malassis lhe envia. Cobre-as de retificações e acréscimos, a ponto de quase deixá-las ilegíveis. É interessante que o título não tenha sido inventado pelo poeta. Nasceria da sugestão de um amigo, Hyppolyte Babou. É realmente espantoso, pois o nome tem a precisão de um batismo promissor, traduz magnificamente a alma e as disposições do livro, que será um marco da poesia ocidental e se tornará um clássico, apesar de todas as animosidades despertadas. Os títulos anteriores, vindos do próprio Baudelaire, são ineficazes – Les Lesbiennes (1845) e Limbes (1848). Dedicará a obra a Théophile Gautie, a quem considerava um perfeito mágico das letras francesas (*parfait magicien des lettres françaises*). Enquanto a obra está sendo montada, seu padastro morre, aos sessnta e oito anos. Imediatamente, vai consolar a mãe e acompanhá-la no sepultamento (cemitério de Montparnasse). Charles tem a impressão, e mesmo a certeza, de que o obstáculo entre os dois agora desapareceu. De filho desnaturado pode tornar-se uma espécie de anjo da guarda ao refazer os laços afetivos que sempre lhe foram tão caros. Acredita nessa possibilidade com fervor.

Escreve a carta mais emocionada: *Quero dar-lhe conta, em duas linhas, da razão da minha conduta e dos meus sentimentos desde a morte do meu padrasto: a senhora encontrará nestas duas linhas a explicação da minha atitude diante desta grande infelicidade e, ao mesmo tempo, da minha conduta futura: este acontecimento foi para mim coisa solene, como que um chamado à ordem. Fui algumas vezes muito duro e desonesto para com a senhora, minha pobre mãe; mas, enfim, eu podia considerar que alguém se havia encarregado da sua felicidade – e a primeira ideia que me assaltou por ocasião dessa morte foi que, doravante, seja naturalmente eu o encarregado. Tudo o que me permiti, negligência, egoísmo, grosserias violentas, como sempre há na desordem e no isolamento, tudo isso me foi proibido. Tudo o que for humanamente possível fazer a fim de criar-lhe uma felicidade particular e nova para a última parte da sua vida será feito. E depois, a coisa não é tão difícil assim, já que dá tanta importância ao êxito de todos os meus projetos. Trabalhando para mim, trabalharei para a senhora.*

Três semanas depois aconteceria o lançamento de Les Fleurs du Mal (As Flores do Mal), coletânea de poemas escritos num intervalo de quinze anos e que inclui 52 inéditos. Enquanto Baudelaire esforça-se para tranquilizar a mãe e a si mesmo, a violenta campanha da imprensa já começara. Gustave Bourdin publica, em Le Figaro: *Se é compreensível que aos vinte anos a imaginação de um poeta possa deixar-se levar a tratar de semelhantes temas, nada pode justificar que um homem de mais de trinta anos tenha tornado públicas tamanhas monstruosidades.* Baudelaire, ele mesmo, já esperava: *Neste livro atroz, pus todo o meu pensamento, todo o meu coração, toda a minha religião (travestida), todo o meu ódio.* Blasfêmias, palavras inconvenientes e consideradas antipoéticas, elogios à lubricidade, cânticos ao lesbianismo, saudações ao demônio, a obra parece, ao Ministério do Interior, um ultraje insuportável aos costumes e à igreja. Em 17 de julho de 1857, o Procurador-Geral entra com um pedido de investigação, ordenando a apreensão dos exemplares. Felizmente, os amigos do poeta, encabeçados por Asselineau, já haviam escondido grande parte da tiragem. Em seu retiro de Honfleur, Caroline fica consternada. Viúva de um homem tão distinto e mãe de um filho processado nos tribunais por atentados à religião e aos costumes!

O promotor seria Pinard, que já acusara Flaubert no escândalo de Madame Bovary, mas naquela vez perdera. Numa quinta-feira de 20 de agosto de 1857, Baudelaire comparece ao tribunal para ouvir a sentença. É condenado a pagar uma multa de trezentos francos e a suprimir do livro alguns poemas – *pièces condamnées* –, seis ao todo, considerados obscenos e ofensivos. Como demonstração deste equívoco jurídico, que invadiu a história literária, e de como as convenções morais são coisas evanescentes e de época, basta transcrever um dos poemas proibidos. O esforço que o leitor faz, hoje, para desentranhar daí algo verdadeiramente pornográfico basta como demonstração da obtusidade da justiça em assuntos que não lhe competem:

Les Métamorphoses du vampire

La femme cependant, de sa bouche de fraise,
En se tordant ainsi qu'un serpent sur la braise,
Et pétrissant ses seins sur le fer de son busc,
Laissait couler ces mots tout imprégnés de musc:
— «Moi, j'ai la lèvre humide, et je sais la science
De perdre au fond d'un lit l'antique conscience.
Je sèche tous les pleurs sur mes seins triomphants,
Et fais rire les vieux du rire des enfants.
Je remplace, pour qui me voit nue et sans voiles,
La lune, le soleil, le ciel et les étoiles!
Je suis, mon cher savant, si docte aux voluptés,
Lorsque j'étouffe un homme en mes bras redoutés,
Ou lorsque j'abandonne aux morsures mon buste,
Timide et libertine, et fragile et robuste,
Que sur ces matelas qui se pâment d'émoi,
Les anges impuissants se damneraient pour moi!»

Quand elle eut de mes os sucé toute la moelle,
Et que languissamment je me tournai vers elle
Pour lui rendre un baiser d'amour, je ne vis plus
Qu'une outre aux flancs gluants, toute pleine de pus!
Je fermai les deux yeux, dans ma froide épouvante,
Et quand je les rouvris à la clarté vivante,
À mes côtés, au lieu du mannequin puissant
Qui semblait avoir fait provision de sang,

Tremblaient confusément des débris de squelette,
Qui d'eux-mêmes rendaient le cri d'une girouette
Ou d'une enseigne, au bout d'une tringle de fer,
Que balance le vent pendant les nuits d'hiver.

As metamorfoses do vampiro (Tradução de Ivan Junqueira)

E, no entanto, a mulher com lábios de framboesa
Coleando qual serpente ao pé da lenha acesa,
E o seio a comprimir sob o aço do espartilho,
Dizia, a voz imersa em bálsamo e tomilho:
"A boca úmida eu tenho e trago em mim a ciência
De no fundo de um leito afogar a consciência.
As lágrimas eu seco em meus seios triunfantes,
E aos velhos faço rir com o riso dos infantes.
Sou como, a quem me vê sem véus, a imagem nua,
As estrelas, o sol, o firmamento e a lua!
Tão douta na volúpia eu sou, queridos sábios,
Quando um homem sufoco à borda de meus lábios,
Ou quando os seios oferto ao dente que o mordisca,
Ingênua ou libertina, apática ou arisca,
Que sobre tais coxins macios e envolventes
Perder-se-iam por mim os anjos impotentes!

Quando após me sugar dos ossos a medula,
Para ela me voltei já lânguido e sem gula
À procura de um beijo, uma outra eu vi então
Em cujo ventre o pus se unia à podridão!
Os dois olhos fechei em trêmula agonia,
E ao reabri-los depois, à plena luz do dia,
Ao meu lado, em lugar do manequim altivo,

No qual julguei ter visto a cor do sangue vivo,
Pendiam do esqueleto uns farrapos poeirentos,
Cujo grito lembrava a voz dos cataventos,
Ou de uma tabuleta à ponta de uma lança,
Que nas noites de inverno ao vento se balança.

Em 1860, sairá a segunda edição de As Flores do Mal, sem os poemas proibidos, e com cinco seções temáticas: Spleen et Ideal (Melancolia – ou Tédio Existencial – e Ideal), Tableaux Parisien (Quadros Parisienses), Le Vin (O Vinho), Les Fleurs du Mal (As Flores do Mal), Révolte (Revolta) e La Mort (A Morte). A inclusão dos quadros Parisienses foi o que ajudou a definir a modernidade baudelaireana, tão importante dentro de sua temática, nova maneira de relacionar-se com o mundo, os habitantes das cidades e o capitalismo nascente. Para a segunda edição (também produzida por Poulet-Malassis e De Boise) foi prevista uma tiragem de 150 exemplares, enriquecida de poemas (25) já publicados em diferentes revistas. Todas as peças são rigorosamente rimadas e metrificadas, com predominância do verso alexandrino (doze sílabas), mais usado em francês (entre nós seria o decassílabo). Trabalha cada poema com esmero excessivo, bem diferente do que possa sugerir uma vida desregrada. Declara não acreditar *senão no trabalho paciente, na verdade dita em bom francês, na magia da palavra justa.* A imprensa pouco falou da originalidade do livro. Baudelaire tornou-se célebre pelo processo penal e o escândalo. Todos passam a conhecê-lo, mas ninguém o lê. Tendo-o encontrado, em outubro de 1857, no Café Riche, os Goncourt divulgam em seu Journal: *Baudelaire janta ao lado, sem gravata, pescoço nu, cabeça raspada, numa verdadeira toalete de guilhotinado. Um único requinte: mãos pequenas, lavadas, esfregadas, lustradas. Cabeça de louco, voz nítida como uma lâmina. Elocução pedantesca, afeta Saint-Just e o incorpora. Defende-se muitas vezes obstinadamente e com certa paixão ríspida, de ter ultrajado os costumes em seus versos.* Alguns consideram sua obra uma literatura de abatedouro (*littérature de charnier et d'abattoir*). Outro observador, Charles Yriarte, anota: *Havia nele algo de padre e algo de artista, e um não sei o quê de estranho e de inexplicável, principalmente em relação ao seu talento e aos extravagantes hábitos de vida.* Mas Victor Hugo lhe diz que: *As suas Flores do Mal brilham e deslumbram como estrelas*, e Flaubert lhe escreve: *Eu primeiro devorei seu livro do começo ao fim, como uma cozinheira devora um folhetim, e agora, já há oito dias, releio, verso por verso, palavra por palavra, e, francamente, isso me agrada e me encanta.* O que mais atrai e choca é a estranheza temática. Todos os poemas, do impressionante Charogne ao claro Invitation au Voyage, da piedade de Vin des Chiffonniers ao mistério dos Chats, são violentas intrusões na intimidade do leitor, aos costumes e aos pensamentos ingênuos e delicados. Ao lado do rigor formal, Baudelaire exibe o seu famoso prosaísmo – emprego de palavras do cotidiano, triviais e até vulgares, em meio ao arrebatamento lírico. É o que encontramos, por exemplo, no quarto Spleen: Quando o céu baixo e carregado pesa como uma tampa, ou em Réversibilité: o coração comprimido qual papel amassado. Há sempre uma imensa compaixão pela miséria humana e uma revolta permanente contra a sociedade hipócrita que incensa Deus, mas cultua o demônio. A única maneira de escapar da mediocridade seria refugiar-se no sonho, com a ajuda de drogas e álcool, se necessário. Baudelaire sofre com tudo o que lhe lembra a triste condição de homem perdido, sem lugar entre os demais. O *puro tédio de existir*, de que falava Valéry, o gosto que o homem tem necessariamente de si mesmo, o sabor insosso da existência. Não perdoa Deus por ter criado um universo absurdo e cheio de iniquidades. Blasfema. Mas suas blasfêmias são preces camufladas, têm direções invertidas, são rezas pelo avesso.

Quanto à religião, Baudelaire nunca foi uma alma cristã, mas uma alma religiosa, capaz de criar uma visão particular sem relação com as crenças tradicionais – um gnosticismo neopagão. Ou, talvez, como salientou Eliot, a tentativa de atingir o cristianismo pela porta dos fundos. É um total inadaptado e o que lhe falta para ser feliz ninguém pode dar. Ambiciona a solidão do maldito e do monstro, do contranatural. Essa inadequação, ele a põe nesse livro, que tem a nitidez e a perfeita harmonia arquitetônica de um diamante, mas cujo estranho objetivo seria *extraire la Beauté du Mal* (extrair a Beleza do Mal). *Entregar-se a Satã, o que é que isso significa? Haverá algo de mais absurdo do que acreditar no Progresso quando o gênero humano, como o podemos comprovar diariamente, continua semelhante e igual a si mesmo – isto é, ainda no estado selvagem? O que são os perigos da selva ou das pradarias com os choques e os atritos da civilização de nossos dias? O homem que dá o braço à sua vítima em plena avenida ou aquele que abate a sua presa em qualquer floresta absconsa, não será sempre o mesmo, o mesmo homem – isto é, o mais perfeito animal de rapina?*

Na sequência, algumas flores das Flores do Mal nas traduções de Guilherme de Almeida:

Une Charogne

Rappelez-vous l'objet que nous vîmes, mon âme,
Ce beau matin d'été si doux:
Au détour d'um sentier une charogne infame
Sur um lit semé de cailloux,

Les jambes en l'air, comme une femme lubrique,
Brûlante et suant les poisons,
Ouvrait d'une façon nonchalante et cynique
Son ventre plein d'exhalaisons.

Le soleil rayonnait sur cette pourriture,
Comme afin de la cuire a point,
Et de rendre au centuple à la grande Nature
Tout ce qu'ensemble ele avait joint.

Et le ciel regardant la carcasse superbe
Comme une fleur s'épanouir;
La puanteur etait si forte que sur l'herbe
Vous crûtes vous évanouir.

Les mouches bourdonnaient sur ce ventre putride,
D'où sortaient de noirs bataillons
De larves qui voulaient comme um épais liquide
De long de ces vivants haillons.

Tout cela descendait, montait comme une vague,
Où s'élançait em pétillant;
On eût dit que le corps, enflé d'um souffle vague,
Vivait en se multipliant.

Et ce monde rendait une étrange musique
Comme l'eau courante et le vent,
Où le grain qu'um vanneur d'um mouvement rhythmique
Agite et tourne dans son van.

Les formes s'effaçaient et n'étaient plus qu'um rêve,
Une ébauche lente à venir.
Sur la toile oubliée, et que l'artiste achève
Seulement par le souvenir.

Derrière les rochers une chienne inquiete
Nous regardait d'une oeil fâché,
Épiant le moment de reprendre au squelette
Le morceau qu'elle avait láché.

— Et pourtant vous serez semblabe à cette ordure,
A cette horrible infection,
Étoile de mês yeux, soleil de ma nature,
Vous, mon ange et ma passion!

Oui! Telle vous serez, ó la reine de grâces,
Après les derniers sacrements,
Quand vous irez sous l'herbe et les floraisons gra
Moisir parmi des ossements.

Alors, ó ma Beauté! dites à la vermine
Qui vous mangera de baisers,
Que j'ai gardé la forme et l'essence divine
De mês amours décomposés!

451

Uma Carniça

Recorda o objeto que vimos, numa quieta,
Linda manhã de doce estio:
Na curva de um caminho uma carniça abjeta
Sobre um leito pedrento e frio.

As pernas para o ar, como uma mulher lasciva,
Entre letais transpirações,
Abria de maneira lânguida e ostensiva
Seu ventre a estuar de exalações.

Reverberava o sol sobre aquela torpeza,
Para cozê-la a ponto, e para,
Centuplicado, devolver à Natureza
Tudo quanto ela ali juntara.

E o céu olhava do alto a soberba carcaça
Como uma flor a se oferecer;
Tão forte era o fedor que sobre a relva crassa
Pensaste até desfalecer.

Zumbiam moscas sobre esse pútrido ventre
De onde em bandos negros e esquivos
Larvas se escoavam como um grosso líquido entre
Estes trapos de carne, vivos.

Isso tudo ia e vinha, assim como uma vaga,
Ou se espalhava a borbulhar;
Dir-se-ia que esse corpo, a uma bafagem vaga,
Vivia a se multiplicar.

E esse mundo fazia a música esquisita
Do vento, ou então da água corrente,
Ou do grão que, mexendo, o joeirador agita
Na joeira, cadenciadamente.

As formas eram já mera ilusão da vista,
Um debuxo que custa a vir,
Sobre a tela esquecida, e que mais tarde o artista
Só de cor consegue concluir.

Entre as rochas, inquieta, uma pobre cadela
Fixava em nós o olhar zangado,
À espera de poder ir retornar àquela
Carcaça podre o seu bocado.

– E, no entanto, hás de ser igual a esse monturo,
Igual a esse infeccioso horror.
Astro do meu olhar, sol do meu ser obscuro,
Tu, meu anjo, tu, meu amor!

Sim! Tal serás um dia, ó tu, toda graciosa,
Quando, ungida e sacramentada,
Tu fores sob a relva e a floração viçosa
Mofar junto a qualquer ossada.

Dize, então, ó beleza! Aos vermes roedores
Que de beijos te comerão,
Que eu guardo a forma e a essência ideal dos meus amores
Em plena decomposição!

Les Litanies de Satan

Ó toi, le plus savant et le plus beau des Anges,
Dieu trahi par le sort et privé de louanges,

Ó Satan, prends pitié de ma longue misère!

Ó Prince de l'exil, à qui l'on a fait tort,
Et qui, vaincu, toujours te redresses plus fort.

Ó Satan, prends pitié de ma longue misère!

Toi qui sait tout, grand roi des choses souterraines,
Guérisseur familier des angoisses humaines,

Ó Satan, prends pitié de ma longue misère!

Toi qui, même aux lépreux, aux parias maudits,
Enseignes par l'amour le goût du Paradis,

Ó Satan, prends pitié de ma longue misère!

Ó toi qui la Mort, ta vieille et forte amante,
Engendras l'Expérance, – une folle charmante!

Ó Satan, prends pitié de ma longue misère!

Toi qui fais au proscrit ce regard calme et haut
Qui d amne tout um peuple autor échaufaud,

Ó Satan, prends pitié de ma longue misère!

Toi qui sais em quel coin des terres envieuses
Le Dieu jaloux cacha les pierres précieuses,

Ó Satan, prends pitié de ma longue misère!

Toi dont l'oeil clair connaît les profonds arsenaux
Où dort enseveli le peuple des métaux,

Ó Satan, prends pitié de ma longue misère!

Toi dont la large main cache les precipices
Au somnanbule errant au bord des édifices,

Ó Satan, prends pitié de ma longue misère!

Toi qui, magiquement, assouplis les vieux os
De l'ivrogne attardé foulé par les chevaux,

Ó Satan, prends pitié de ma longue misère!

Toi qui, pour consoler l'homme frêle qui souffre,
Nous appris à mêler le salpêtre et le soufre,

Ó Satan, prends pitié de ma longue misère!

Toi qui poses la marque, ó complice subtil,
Sur le front du Crésus impitoyable et vil,

Ó Satan, prends pitié de ma longue misère!

Toi qui mets les yeux et dans le coeur des filles
Le culte de la plate et l'amour des guenilles,

Ó Satan, prends pitié de ma longue misère!

Bâton des exilés, lampe des inventeurs,
Confesseur des pendus et des conspirateurs,

Ó Satan, prends pitié de ma longue misère!

Père adoptif de ceux qu'en sa noire colère
Du paradis terrestre a chassés Dieu le Père,

Ó Satan, prends pitié de ma longue misère!

As Litanias de Satã

Ó tu, o anjo mais belo e também o mais culto,
Deus que a sorte traiu e privou do seu culto.

Tem piedade, ó Satã, desta longa miséria!

Ó príncipe do exílio a quem alguém fez mal,
E que, vencido, sempre te ergues mais brutal.

Tem piedade, ó Satã, desta longa miséria!

Tu que vês tudo, ó rei das coisas subterrâneas,
Charlatão familiar das humanas insânias.

Tem piedade, ó Satã, desta longa miséria!

Tu que, mesmo ao leproso, ao pária infame, ao réu
Ensinas pelo amor as delícias do céu.

Tem piedade, ó Satã, desta longa miséria!

Tu que da morte, tua velha e forte amante,
Engendraste a Esperança, – a louca fascinante!

Tem piedade, ó Satã, desta longa miséria!

Tu que dás ao proscrito esse alto e calmo olhar
Que faz ao pé da forca o povo desvairar.

Tem piedade, ó Satã, desta longa miséria!

Tu que sabes onde é que em terras invejosas
O Deus ciumento esconde as pedras preciosas.

Tem piedade, ó Satã, desta longa miséria!

Tu cujo claro olhar conhece os arsenais
Onde dorme sepulto o povo dos metais.

Tem piedade, ó Satã, desta longa miséria!

Tu cuja larga mão oculta os precipícios
Ao sonâmbulo a errar na orla dos edifícios.

Tem piedade, ó Satã, desta longa miséria!

Tu que, magicamente, abrandas como mel
Os velhos ossos do ébrio moídos num tropel.

Tem piedade, ó Satã, desta longa miséria!

Tu que, ao homem que é fraco e sofre, deste o alvitre
De poder misturar ao enxofre o salitre.

Tem piedade, ó Satã, desta longa miséria!

Tu que pões a tua marca, ó cúmplice sutil,
Sobre a fronte do Creso implacável e vil.

Tem piedade, ó Satã, desta longa miséria!

Tu que, abrindo a alma e o olhar das raparigas, a ambos
Dás o culto da chaga e o amor pelos mulambos.

Tem piedade, ó Satã, desta longa miséria!

Do exilado, bordão, lanterna do inventor,
Confessor do enforcado e do conspirador.

Tem piedade, ó Satã, desta longa miséria!

Pai adotivo que és dos que, furioso, o Mestre,
O Deus Padre, expulsou do paraíso terrestre.

Tem piedade, ó Satã, desta longa miséria!

Correspondances

La Nature est un temple où de vivants piliers
Laissent parfois sortir de confuses paroles;
L'homme y passe à travers des forêts de symboles
Qui l'observent avec des regards familiers.

Comme de longs échos qui de loin se confondent
Dans une ténébreuse et profonde unité,
Vaste comme la nuit et comme la clarté,
Les parfums, les couleurs et les sons se répondent.

Il est des parfums frais comme des chairs d'enfants,
Doux comme les hautbois, verts comme les prairies,
— Et d'autres, corrompus, riches et triomphants,

Ayant l'expansion des choses infinies,
Comme l'ambre, le musc, le benjoin et l'encens,
Qui chantent les transports de l'esprit et des sens.

Correspondências (Tradução de Ivan Junqueira)

A natureza é um templo onde vivos pilares
Deixam filtrar não raro insólitos enredos;
O homem o cruza em meio a um bosque de segredos
Que ali o espreitam com seus olhos familiares.

Como ecos longos que à distância se matizam
Numa vertiginosa e lúgubre unidade,
Tão vasta quanto a noite e quanto a claridade,
Os sons, as cores e os perfumes se harmonizam.

Há aromas frescos como a carne dos infantes,
Doces como o oboé, verdes como a campina,
E outros, já dissolutos, ricos e triunfantes,

Com a fluidez daquilo que jamais termina,
Como o almíscar, o incenso e as resinas do Oriente,
Que a glória exaltam dos sentidos e da mente.

Consciente de que dificilmente poderia fazer algo melhor do que As Flores do Mal, Baudelaire abre um novo caminho: *uma prosa poética, musical, sem ritmo e sem rima, bem ligeira e bem dissonante para adaptar-se aos movimentos líricos da alma, às ondulações do devaneio, aos sobressaltos da consciência.* E apareceram, em 1889, os *Pequenos poemas em prosa ou Spleen de Paris (Ed. Nova Fronteira, 1980).* Na verdade, pequenas crônicas do dia a dia em Paris: AS MULTIDÕES – *Não é dado a todo o mundo tomar um banho de multidão: gozar da presença das massas populares é uma arte. E somente ele pode fazer, às expensas do gênero humano, uma festa de vitalidade, a quem uma fada insuflou em seu berço o gosto da fantasia e da máscara, o ódio ao domicílio e a paixão por viagens. Multidão, solidão: termos iguais e conversíveis pelo poeta ativo e fecundo. Quem não sabe povoar sua solidão também não sabe estar só no meio de uma multidão ocupadíssima. O poeta goza desse incomparável privilégio que é o de ser ele mesmo e um outro. Como essas almas errantes que procuram um corpo, ele entra, quando quer, no personagem de qualquer um. Só para ele tudo está vago; e se certos lugares lhe parecem fechados é que, a seu ver, não valem a pena ser visitados. O passeador solitário e pensativo goza de uma singular embriaguez desta comunhão universal. Aquele que desposa a massa conhece os prazeres febris dos quais serão eternamente privados o egoísta, fechado como um cofre, e o preguiçoso, ensimesmado como um molusco. Ele adota como suas todas as profissões, todas as alegrias, todas as misérias que as circunstâncias lhe apresentem. Isto que os homens denominam amor é bem pequeno, bem restrito, bem frágil comparado a esta inefável orgia, a esta solta prostituição da alma que se dá inteiramente, poesia e caridade, ao imprevisto que se apresenta, ao desconhecido que passa. É bom ensinar, às vezes, aos felizes deste mundo, pelo menos para humilhar um instante o seu orgulho, que existem bondades superiores às deles, maiores e mais refinadas. Os fundadores de colônias, os pastores de povos, os sacerdotes missionários exilados no fim do mundo conhecem, sem dúvida, alguma coisa dessas misteriosas bebedeiras; e, no seio da vasta família que seu gênio criou, eles devem rir, algumas vezes, dos que se queixam de suas fortunas tão agitadas e de suas vidas tão castas.*

Foi, então, que um grupo de amigos lançou a candidatura de Baudelaire, na vaga de Lacordaire, para a Academia Francesa de Letras. Uma postulação fora de propósito. Tentando evitar um revés diante da conservadora Academia, Sainte-Beuve convenceu-o a desistir. Em 1864, irritado com os intelectuais franceses e os órgãos da censura oficial, emigra para a Bélgica. Pretendia também ganhar algum dinheiro em conferências e publicações. Decepcionou-se rapidamente, o que explicaria a virulência de seus textos sobre o país. No folheto Pauvre Belgique! exerce um sarcasmo atroz: *é difícil assinalar um lugar ao belga na escala dos seres. Contudo, pode-se afirmar que ele deve ser classificado entre o macaco e o molusco.* Escreve para a mãe, agora contrito: *Já sofri tanto e já fui tão punido que acho que muitas coisas me podem ser perdoadas. Estou em penitência e ficarei até que as causas de tal penitência desapareçam.*

Em março de 1865, apresentou um mal súbito em Namur (sul da Bélgica), com afasia e hemiplegia à direita (paralisia da metade direita do corpo). Ao que parece, uma Afasia de Expressão. A compreensão da linguagem fica preservada, o doente entende o que lhe dizem, mas não consegue responder, comunicar-se de forma clara, a fala fica muito embolada. Lesão das artérias cerebrais derivada da sífilis adquirida há muitos anos.

Em julho, Baudelaire retornou a Paris e foi internado na Casa de Saúde do Doutor Duval. Morre em 31 de agosto de 1867, aos quarenta e seis anos, sendo sepultado (2 de setembro) no cemitério de Montparnasse, ao lado do padrasto, numa ironia do destino que juntou no túmulo duas pessoas que nunca se deram em vida.

E foi assim que um de seus maiores amigos, Charles Asselineau, refere-se ao poeta em trecho do elogio fúnebre: *Muito se falou da "lenda" de Charles Baudelaire, sem se considerar que essa lenda não era mais que o reflexo de seu desprezo pela estupidez e pela mediocridade orgulhosa.*

Retrato de Charles Baudelaire por Carbon Print (impressão por carbono) de Etienne Carjat (1862)

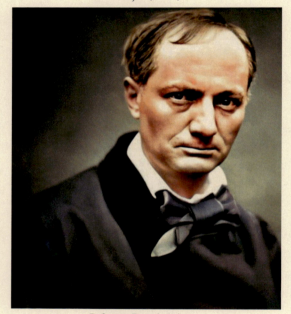

Coleção Britsh Library

Elogios de Charles Baudelaire

1 - Os Mortos

Nas desoladas noites dos cemitérios
os mortos fumam maconha.
E são tão grandes as suas tristezas
que não cabem nas tumbas úmidas.
Se levantam, então, dos estreitos caixões
onde esquecidos boiam,
e descem gelados
pelos espessos caminhos da memória.
São humildes como os cães de igreja.
Vêm com o vento e batem tímidos
à minha, à tua porta.
Em vão, perguntas no escuro; – Quem é?
Não te respondem,
mas já estão ao teu lado.

Amantes traídos,
remexem em velhos baús
daguerreótipos empoeirados.
Passeiam obsessivos chinelos pela sala.
Depois,
no pouco tempo que lhes resta,
revivem detalhes,
namoram tua face,
enquanto dormes.

E mal nascem as luzes sobre o vale,
se recolhem ainda mais tristes,
ao seu estranho país das flores de pedra,

mas seus corações enormes
ainda batem nas covas,
sob sete pesados palmos de terra.

2 - Eu falo de rameiras cansadas

> *O meretrício brilha ao longo das calçadas.*
> *As Flores do Mal*

I
Eu falo de rameiras cansadas,
(faces amassadas de sono)
as longas pestanas azuis
roídas pelas madrugadas.
Eu falo de travestis agachados
mijando feito mulheres.
Eu falo do tropel de rufiões,
cicatrizes
e fundas navalhadas.

II
Eu canto os bordéis,
os subúrbios,
o trottoir na Afonso Pena,
as putas como vasos expostos
em longas e escandalosas vitrinas.
Eu falo dos aglomerados,
das favelas cercadas
pela incompreensão urbana.

(E açougueiros assomam nos balcões,
os aventais sujos de sangue.
E homens exaustos ressonam
nas portas das barbearias).

3 - Certas lembranças

Certas lembranças são sem sentido,
embora se recomponham a cada manhã:
como se faz com os sonhos desfeitos,
e justo assim, fragmento a fragmento.

Fosse somente, na inconclusa tarde,
o neutro olhar sem pensamentos,
sem o remoer de tempos findos.
O que sobrou – cinzas – as levasse o vento.

Meu coração já não sabe o que perdeu,
e sente tantas coisas – vai e vem,
como se pudesse escolher o mundo,
e pudesse viver na genuína alegria,

que nunca tive, nunca foi minha.

4 - Elegia em aquário e lágrima

Ao Glenam

Ainda outro dia ríamos, meu amigo,
naquela mesa anônima de bar.
E erguíamos copos de espuma,
e brindávamos felizes
não sei mais a quê.
E como adivinhar, então,
que num bolso da camisa,
numa ruga imperceptível,
no jeito de acender o cigarro,
bem ali
ou bem próximo daqui,
em qualquer esquina ou artéria
a morte já te espreitava?

Ainda hoje te encontramos,
mudo e pálido,
tão distante e concentrado,
além da conta circunspecto,
que nem parecias o antigo sujeito
alegre e generoso.

Afinal, numa ressaca imemorável?
Em eterna e terrível abstinência?
Da mulher? Das filhas?
Dos pequeninos peixes coloridos,
naquele aquário luminoso,
esquecido para sempre na sala?

A verdade é que não mais te abrangemos,
neste momento estranho,
quando a lágrima é um mar minúsculo,
o corpo apenas peixe transitório,
sem olhos, nadando sem rumo,
e o universo este escuro aquário,
onde todos por fim naufragamos.

5 - Segundo Poema da Pandemia

> *Na manhã do dia 16 de abril, o Dr. Bernard Rieux saiu do consultório*
> *e tropeçou num rato morto, no meio do patamar.*
> *A Peste, Albert Camus.*

Bem sei,
morrer não tem nenhum glamour.

Pavor, entre espasmos e gemidos.
E nem mesmo se prefigura o morto,
que é a simples ausência disso tudo,
e até do que ele possa ainda ter sido:
fiel amigo, bom pai, um compassivo.
Fica aquele casulo meio oco – o corpo.
Dá a impressão de que algo dali fugiu
e não se sabe o porquê e o como.

E aonde poderia ir sem as duas pernas?
Correndo alegre nos Campos Elísios?
Dando seguidas piruetas no Paraíso?
Uma pobre alma penada e sem rumo
se escondendo naquele vão escuro?
Nada sabemos ou saberemos quando
nos formos. E nem sequer se vamos,
o que pressupõe direção e caminho.

Nem é preciso chorar ou se despedir.
(A triste mania nossa de viventes).
Desde que nascemos – nós já partimos:
e o barco que nos leva não tem vela,
e o mar que ele singra não tem porto.

6 - Insônia

Para Carlos Machado

Inseguro como quem procura
um interruptor no escuro,
e não encontra outro corpo,
nem sombra de vela,
no mesmo cubo de trevas.

(Cubo de trevas onde nadam
os peixes cegos da insônia,
com suas esquisitas guelras,
e penosas barbatanas).

Silêncio de mariposas mortas.
O sono se apartou do mundo,
seiva rara em velho tronco.
E nada há por fazer,
senão suportar a espera.

Até que o lodo espesso da noite,
mole feito um desmaio,
vá se diluindo, pouco a pouco,
em cada rua deserta,
em cada pálpebra entreaberta,

e te ofereça, agora sem aflição,
das auroras de festim e gripe,
diferente e novo,
um outro, mesmo dia.

7 - Pátio de Esgrima

> *Race de Caïn, cœur qui brûle,*
> *Prends garde à ces grands appétits.*
> *Les Fleurs du Mal, Abel et Caïn.*

As famílias são pântanos morais
Onde dormem baixezas e demônios.
Vistas de longe até simulam sonhos:
Irmãs beijam irmãos, mães beijam pais.

Nalgumas é a loucura escancarada,
Noutra o ódio se enobrece de sigilo.
O dono do dinheiro acha que manda,
Mas nossa inveja ignora este cochilo.

Daí o provérbio: parente é serpente.
Só te apunhala quem junto te abraça.
Caim matou Abel – e sobra o quê? trapaça.

Pobre de ti – ó triste –, e toda gente
Condiz. Disfarça, enxuga esta lágrima:
Cada família, um pátio cruel de esgrima.

8 - Uma tradução do poema Au Lecteur

Baudelaire sempre foi dos meus poetas preferidos, desde quando o conheci, na adolescência, juntamente com Augusto dos Anjos, poeta brasileiro sobre o qual a influência dele é direta, embora não explicitada. Na época, aos 17 anos, escrevi um poema de inspiração baudelaireana – Réquiem pelo Sorriso – que venceu o Segundo Concurso Nacional de Poesia Falada de Varginha com versos assim:

[...] No Vale das Sombras,
Onde o dia morreu,
Alvamente
Ri a caveira.
Ri crânio luzidio,
Ao lusco-fusco,
À luz da lua!

[...] Podeis rir ensandecidos.
Rasgai o ar na garra dos sorrisos!
Chicoteai o ar nas gargalhadas!
Eu sorrirei
Calvo,
Alvamente,
Como as ossadas!

Admirando-o tanto, não consegui deixar a tentação de traduzir um de seus poemas, dos que me são mais caros – Ao Leitor. Procurei manter a métrica dodecassilábica, com acentuação predominante na sexta e na décima-segunda, e as rimas consoantes (usei algumas toantes), sem me esquecer do relativo *prosaísmo* baudelairiano (lombrigas, por exemplo). Com certos detalhes pessoais: eu jamais traduziria Hypocrite lecteur por Hipócrita leitor, não importando as justificativas que se inventem. Jamais pronunciaríamos desse modo em português. Tira a espontaneidade no próprio fecho do poema, o que é ainda mais grave.

Neste *tour de force*, foi o que consegui:

Au lecteur

La sottise, l'erreur, le péché, la lésine,
Occupent nos esprits et travaillent nos corps,
Et nous alimentons nos aimables remords,
Comme les mendiants nourrissent leur vermine.

Nos péchés sont têtus, nos repentirs sont lâches;
Nous nous faisons payer grassement nos aveux,
Et nous rentrons gaiement dans le chemin bourbeux,
Croyant par de vils pleurs laver toutes nos taches.

Sur l'oreiller du mal c'est Satan Trismégiste
Qui berce longuement notre esprit enchanté,
Et le riche métal de notre volonté
Est tout vaporisé par ce savant chimiste.

C'est le Diable qui tient les fils qui nous remuent!
Aux objets répugnants nous trouvons des appas;
Chaque jour vers l'Enfer nous descendons d'un pas,
Sans horreur, à travers des ténèbres qui puent.

Ainsi qu'un débauché pauvre qui baise et mange
Le sein martyrisé d'une antique catin,
Nous volons au passage un plaisir clandestin
Que nous pressons bien fort comme une vieille orange.

Serré, fourmillant, comme un million d'helminthes,
Dans nos cerveaux ribote un peuple de Démons,
Et, quand nous respirons, la Mort dans nos poumons

GILBERTO NABLE

Descend, fleuve invisible, avec de sourdes plaintes.

Si le viol, le poison, le poignard, l'incendie,
N'ont pas encor brodé de leurs plaisants dessins
Le canevas banal de nos piteux destins,
C'est que notre âme, hélas! N'est pas assez hardie.

Mais parmi les chacals, les panthères, les lices,
Les singes, les scorpions, les vautours, les serpents,
Les monstres glapissants, hurlants, grognants, rampants,
Dans la ménagerie infâme de nos vices,

Il en est un plus laid, plus méchant, plus immonde!
Quoiqu'il ne pousse ni grands gestes ni grands cris,
Il ferait volontiers de la terre un débris
Et dans un bâillement avalerait le monde;

C'est l'Ennui! L'œil chargé d'un pleur involontaire,
Il rêve d'échafauds en fumant son houka.
Tu le connais, lecteur, ce monstre délicat,
– Hypocrite lecteur, – mon semblable, – mon frère!

Ao Leitor

A tolice, os erros, o pecado e as intrigas,
Ocupam nossa alma e domam nossos corpos,
E alimentamos alguns amáveis remorsos,
Como aquele mendigo faz com as lombrigas.

O pecado é direto, o lamento tortuoso.
Mas, não satisfeitos, queremos a paga.
Reentramos alegres no caminho lodoso,

E crendo que uma lágrima vil tudo apaga.

No travesseiro, o vício – Satã Trismegisto,
Embala nosso espírito com pura maldade,
E o mais rico metal da nossa vontade
Vira tênue vapor pelo sábio Mefisto.

São filhotes do Diabo os que nos provocam
E assim nos atraem às coisas mais nojentas.
E cada dia, ao inferno, sempre nos convocam,
Sem horror, através das trevas pestilentas.

Qual um pobre devasso que beija e espreme
O seio martirizado duma prostituta,
Nós queremos o sádico prazer que geme,
Apertando-o forte, mesmo velha fruta.

Juntos e feito enxame de milhões de vermes,
No cérebro dançam os demônios – legiões.
E respirando, a Morte, nos pulmões inermes,
Desce um rio invisível, com surdos senões.

Se o veneno, o estupro, os incêndios e o punhal,
Não bordaram ainda com desenhos vivos,
A tela usual e triste dalguns destinos,
É porque a alma, pena! não se comportou mal.

Mas no meio das panteras, linces e chacais,
Dos abutres, escorpiões, símios e serpentes,
Monstros rapinantes, uivantes e dementes,
E na infame manada desses animais,

Existe um desvio pior, mais indecente e imundo,
Sem nem mesmo grandes gestos, sequer um grito,
Que da terra em bom grado faria um detrito,
E apenas bocejando engoliria o mundo:

O tédio! – de falsa lágrima e sem emoção,
Já sonha guilhotinas, no cachimbo curvado.
Tu o conheces, leitor, o monstro delicado,
– Leitor hipócrita! –, meu semelhante e irmão!